앨리스의
축음기

12

민음의 시

앨리스의 축음기

유희경의 미발견

민음사

2013년 『포즈와 프러포즈』를 출간한 후에 쓴 글들을 간추려 묶는다. 1부는 '여성'이 주된 테마인 글들을 모았다. 문학의 주체, 문학의 언어, 문학의 미래 — 이 세 가지를 여성과 떼어서 사유할 수 없다는 것이 오래된 나의 생각이다. 잠재성, 타원, 축음기성, 삼중 은유 등이 여성의 글쓰기에 내재해 있다고 믿는다. 여성을 장소로 치환하는 사고의 위험성과 불가능한 사랑에 대한 탐구를 여기에 포함했다. 2부는 문학과 역사성 혹은 동시대성에 관한 글이다. 동시대성이 시대착오와 시차를 통해 나타난다는 것이 2000년대 문학의 특질이 아닐까 생각한다. 3부는 세상을 바라보는 작가들의 시선이 도드라진 글들을 모았다. 이들의 눈에 드러난 이 세계는 실패, 반쪽 되기, 악무한, 죽음, 회의, 악몽, 불가능과 같은 것들이다. 어쩌겠는가. 이 세계는 이상한 나라인 것은 맞지만 천국이나 유토피아는 아닌 것을. 그럼에도 불구하고 이들은 그 너머에서 가능성, 애도, 진무한, 축제, 믿음, 탈출기, 재건(再建)을 꿈꾼다. '문학하기'는 꿈꾸기의 다른 이름이다. 4부는 변전하는 주체에 관한 글이다. 저자는 독자와 뒤섞이고 이름은 국가와 교환된다. 죽은 자는 멈춰 서서 이정표가 되거나 구원을 거부하거나 유령으로서 살아간다. 그리고 그들 모두가 사랑한다. 5부는 '나'의 분산에 관한 글이다. '나'는 도처에서 먼 곳, 초자아, 그림자, 상대성 이론, 복수화된 '나'를 맞닥뜨린다. 그것은 이상한 나라에서 울리는 '나'의 메아리라고 생각한다. 작가가 겹치거나 동일 작가의 작품이 겹쳐 있는 경우가 더러 있지만, 결이 다른 경우 빼지 않았다. 이 글은 각 편이 중심이다. 다시 말해 이 책은 중심이 하나 이상이거나 없는 타원형의 형식을 하고 있다.

잠재성, 삼중 은유, 사라지는 것, '노바디(nobody)', 시차, 무한, 악몽, 먼 곳 등. 이 책에 실린 글의 제목들을 지을 때 앨리스의 이상한 나라를 많이 생각했다. 제목을 『앨리스의 축음기』로 정한 것은 잠재적인 목소리, 알려지지 않은(unknown) 목소리에 관해서 말하고 싶어서다. 분산되는 목소리, 무(無)로 세어지는 목소리, 추방되고 배제된 목소리, 유령의 목소리에 대한 비평가로서의 편애가 글의 여기저기에 묻어 있다. 아마도 그것은 LP판의 팬 틈을 더듬더듬 읽는 축음기의 닳아 버린 바늘만큼이나 잡음이 섞인 소리일 것이다. 그런데 LP판은 약하기 때문에 음반이 마모되지 않도록 하기 위해서는 바늘이 닳아야 한다. 바늘이 변해야 한다. 나의 몸을 바꾸어 가면서 글을 쓸 수 있길 소망한다.

이 책에서 쓰는 '이야기'와 '서사'에 관해 설명해야 할 것 같다. 서사 이론에서 말하는 이야기(story)는 서사(narrative)의 질료이거나 혹은 원질(原質, arche)과 같은 것이다. 그것은 서사적 변형이 가해지지 않은 시간 연속체에 불과하기 때문에 서사보다 낮은 차원에서 다루어진다. 독자가 기억과 말하기의 저변에서 건져 올릴 수 있는 것, 독자의 전(前)의식 앞에서 특별한 변형 없이 호출될 수 있는 것이 서사론에서 지시하는 이야기일 것이다. 한편 서사는 이야기가 구조화된 것이다. 서사는 각 요소들(화소들)로 분해될 수 있다. 서사의 각 단위(화소)는 레고의 각 부품처럼 끼워 맞춰져 있고 언제든 허물어져서 다른 서사의 일부로 재사용될 수 있다. 나는 서사 이론을 공부했고 구조 분석을 훈련했으나,(그 결과 이 책에서도 그러한 구조 분석이 적지 않다.) 이 구조적 차원의 접근만으로는 놓치는 것이 많다고 생각한다.

무엇보다 '이야기'는 '이야기하는 사람'을 반드시 포함해야 한다. 따라서 이야기는 이야기하기의 줄임말이다. 할머니가 손주를 품에 안고 "옛날 옛날에"로 시작하는 긴 밤의 이야기 보따리를 풀어놓을 때, 그 이야기는 할머니의 경험과 세계관, 손주를 향한 사랑, 말하는 입과 쓰다듬는 손의 결합, 깊은 잠까지 이어지는 상상과 몽상과 환상의 변형과 분리되지 않는다. 할머니가, 할머니의 말하는 입이 아니라면 그 이야기는 이미 이야기가 아니다. 이 책의 1부를 '여성'으로 삼은 이유도 그 때문이다. 예컨대 김숨과 은희경의 이야기는 이야기하는 여성을 빼놓고서는 성립되지 않는다고 생각한다. 나는 두 이야기가 '구원(救援)의 이야기'라고 생각하는데, 그렇지만 그것이 구원의 서사는 아니다. 구조 분석은 두 이야기가 분열과 파국으로 의미화된다고 결론짓는다. 한 부부의 남남으로의 분열, 한 사람의 두 캐릭터로의 분열, 그 둘의 반목과 질시가 이어진다. 하지만 이야기하기의 차원에서는 다르다. 두 이야기는 그 이야기의 결과로서 한 사람을, 그리고 한 시대를 구원했다. 『천일 야화』에서 알게 되는 것도 바로 그것이 아닐까. 길고 긴 이야기는 목숨 연장술 때문에 나왔다고들 말한다. 재미없는 이야기를 하면 죽이겠다고 왕은 겁박했고 그 앞에서 세헤라자데는 목숨을 걸고 이야기를 했다고. 그런데 왕의 변덕만으로도 세헤라자데의 이야기는 중단될 수 있고 이야기하는 자는 목숨을 잃을 수 있다. 정작 구원의 대상은 세헤라자데가 아니다. 이야기가 그친다면 왕은 권태로 인해 죽었을 것이다. 그리고 그에 따라 이야기하기도, 이야기하기에 포함된 세헤라자데도 사라졌을 것이다. 왕은 길고 긴 밤, 할머니 품에 안긴 아이처럼 그 이야기에서 구원을 받은 것이고 세혜라자데는 왕을 그 이야기하기로 구원한 것이다. 이 책에서 '이야기' 혹은 '이야기하기'라는 말이 나올 때, 이런 배경을 기억해 주셨으면 한다.

앨리스를 생각해 보자. 앨리스는 이상한 나라에 들어가서 신기한 일들을 겪는데 그것은 앨리스의 수동적인 체험기가 아니다. 앨리스는 수동자(受動者)가 아니라 능동자(能動者), 그것도 스스로 변화하면서 '하기'(커지기, 작아지기, 보기, 달리기)와 '말하기'(발견하기, 명명하기, 울기, 웃기)를 동시에 수행하는 자다. 바로 이 점에서 '앨리스'는 명사가 아니라 동사다. 앨리스가 특별한 고유 명사가 아니라 자신의 체험을 통해 '이상한 나라'(wonder land)의 표식이 되었기 때문이다. 이야기가 이야기하기의 줄임말이듯, 앨리스는 앨리스하기의 줄임말이다. 이 책의 또 다른 주인공 황정은의 명명(에 대한 나의 해석)에 따르면 앨리스는 앨리스 하는 사람, 다시 말해 앨리서이다.

보르헤스는 길버트 키스 체스터턴의 책 『아폴로의 눈』을 소개하면서 이렇게 말했다. "문학은 행복의 행태들 가운데 하나"이며, "체스터턴만큼 내게 행복한 시간을 많이 안겨 준 작가는 없을 것"이라고. 체스터턴은 보르헤스가 자신에게 영향을 준 작가를 언급할 때 빼놓지 않는 작가로 알려져 있다. 내게는 『아폴로의 눈』보다 보르헤스의 서문이 더 기억에 남아 있다. 평론가와 독자의 자리가 거기서 행복하게 겹쳐 있기 때문이다. 체스터턴을 소개할 때의 보르헤스는 평론가지만, 그의 책을 읽을 때의 보르헤스의 행복감은 오롯이 독자의 것이다. 나는 문학 평론가의 자리에서 이 책에 실린 글들을 썼지만 이 책의 대상이 된 작품들을 읽을 때 나는 행복한 독자였다. 이 이중성이 이 책을 읽을 소수의 독자분들께도 있었으면 좋겠다.

이 책을 세상에 태어나게 도와주신 민음사와 서효인, 김화진 두 분 편집자께 깊은 감사의 마음을 전한다. 지금 내 옆에는 이상한 동행자, 앨리스가 한 명 있다. 나의 목소리를 반복하고 내 표정을 흉내 낸다. 나는 웃는다. 앨리스를 바라보며 나도 앨리스를 흉내 낸다. 그러면 내가 낸 흉내를 다시 흉내 내는 앨리스. 앨리스가 있는 이상한 나라에서 이 평론집을 묶게 되어 더없이 다행스럽게 생각한다. 여기가 아니었으면, 끝내 묶지 못했을 것 같기 때문이다.

2020년 8월
양윤의

차례

1부

여성,
타원과
잠재적인 것

잠재적인 것으로서의 서사

강화길의 끝없는 이야기[1]

1 창문이 비추고 있는 것

사람을 창문 없는 단자(monad)라고 불렀던 이는 라이프니츠다. 사람은 독립적이고 자족적이어서 다른 사람의 영향이나 도움을 필요로 하지 않는다. 영향을 주고받는 것을 인과라 부른다면 인과적 사슬 없이 어떻게 단자들의 세계가 성립할 수 있을까? 라이프니츠는 경험적으로 드러나는 인과의 사슬은 예정 조화의 표출에 지나지 않는다고 말한다. 세계는 '그렇게 진행하게끔 미리 예정된 순서'에 따라서 움직일 뿐이라는 것이다. "그렇게 될 수밖에!"라는 영탄 속에는 단자들의 비탄(나는 나 자신의 운명에 개입할 수 없다.)과 경악(내가 무엇을 하건 간에 나는 저 표면적인 인과의 사슬에 매여 있다.)이 아로새겨져 있다.

이 단자에 창문을 내 보자. 세계를 내다보는(타인을 들여다보는) 혹은

---

1 이 글이 다루는 소설은 강화길, 『괜찮은 사람』(문학동네, 2016)이다. 수록작을 본문에 인용할 때는 쪽수만 밝힌다.

세계에 내보이는(타인이 들여다보는) 창. 그런데 그 창에 비친 것이 정말 나 혹은 타인 혹은 세계일까? "나는 확신이 들지 않는다."(17쪽) 강화길 소설 속 인물들은 이런 말을 자주 내뱉는다. 나와 타인 간의 관계에서 앎이란 다음의 네 가지일 것이다. 나도 알고 타인도 아는 경우. 이것이 열린(open) 창이다. 나는 알지만 타인은 모르는 경우. 이것은 숨겨진(hidden) 창이다. 나는 모르지만 타인은 아는 경우. 이것이 보이지 않는(blind) 창이다. 나도 모르고 타인도 모르는 경우. 이것은 미지(unknown)의 창이다.(이 도식을 '조하리의 창(Johari's windows)'이라 부른다.) 강화길의 인물들은 명백한 사건에서 출발하여,(열린 창. 사건이 발생한다.) 서로 알지 못하는 이자 관계를 형성하고,(숨겨진 창과 보이지 않는 창. 나와 타인은 각자만 아는 혹은 모르는 상태에서 서로를 의심한다.) 불명료한 종국에 이른다.(미지의 창. 그로 인해 사건은 미궁에 빠진다.) 창문을 냈어도 소통은 이루어지지 않는다. 오히려 예정 조화만 파괴된다. 사건은 예정되어 있으나 조화롭지 않거나 조화롭지만 예상할 수 없다. 소설의 끝에 이르러서 관계는 파괴되고 사건은 미궁에 빠지지만 둘(나와 타인)은 여전히 이자 관계로 묶여 있다. 네 개의 창을 오가는 경로로 서사들이 정리된다고 말하면 될까? 문제는 그렇게 간단하지 않다. 네 개의 창은 조금씩 겹치며 앎과 무지의 차원을 섞는다. 나는 그가 의심스럽다는 것을 안다,(나는 그를 알지만 모른다.) 그는 나를 위협하지만 동시에 좋은 사람이다,(그는 선의를 베푸는 범죄자다.) 우리는 사랑하지만 파국을 맞을 것이다(우리의 사랑은 의심할 수 없으므로 파국마저 수용할 것이다.) 등등.

바로 여기에서, 전통적인 서사 장르에서는 구현될 수 없었던 특별한 힘이 생성된다. 현행적인 것을 넘어서는 잠재적인 것(the virtual)의 분출 말이다. 서사는 시간의 장르다. 사건에 시간이 개입하는 순간 그 사건은 현행적인 것이 되고 잠재적인 것은 억압된다. 사건이 일어난다는 것은 어떤 일이 현행적인 것(the actual)이 되었다는 뜻이다. 이로써 잠재적인 것은 기껏해야 일어날 수 있었던 일의 목록, 다시 말해 가능한 것(the possible)에 불과해진다.[2] 잠재적인 것이 실재하는 것(the real)으로 남으려면 그것이 실현될 수도, 실현되지 않을 수도 있어야 한다. 또한 그것은 실현됨으로써 실현되지 않음을 보존하거나 실현되지 않음으로써 이미 무엇인가가 실현되어야 한다. "잠재적인 것은 실현되지 않을 수 있는 자신의 능력(자신의 비잠재성)을 유보하는 순간에 현실성(현행성 — 인용자)으로 나아갈 수 있다. 비잠재성의 유보란 잠재성의 파괴가 아니라 반대로 잠재성의 실현, 잠재성이 자신의 비잠재성을 부여하기 위해 자신에게 되돌아가는 방식을 의미한다."[3]

잠시 용어를 정의해 두자.[4] '잠재적인 것'은 실재하지만 아직 현행적인 것이 되지 않은 것, 즉 실제로 있는 것이지만 현실화되지 않은 것이다. 바둑 대국 중인 프로 기사는 머릿속에서 몇십 수 앞을 둔다. 머릿속에서 펼쳐지는 그 가상의 대국은 반상에서는 현실화되지 않았지만 언제든 실현될 수 있는 것이자 실재하는 것이다. 들뢰즈는 예술 작품의 '구조'를 잠재하는 것의 실재성의 예로 든다. 작품의 구조는 작품에 잠재해 있으면서도 완결적으로 규정되어 있다. 작품이야말로 바로 그 구조의 실현이기 때문이다. 반면 '가능한 것'은 실현된 것이 재구성하는 사후적인 이미지다. 그것은 실현된 것에 따라서만 생겨나는 실현된 것들의 예측 가능한 결과물이자 동일성의 결과물이다. "가능한 것은 사후적으로 생산된 것, 그 자체가 자신과 유사한 것의 이미지에 따라 소급적으로 조작된 것이다. 반면

---

2   양윤의, 「한국 현대 소설에 나타난 다수(多數) ―1950~1970년대 소설 속 다수 이미지를 중심으로」, 《한국문예비평연구》, 56집, 2017, 227~229쪽.

3   조르조 아감벤, 박진우 옮김, 『호모 사케르』(새물결, 2008), 112~113쪽.

4   질 들뢰즈, 김상환 옮김, 『차이와 반복』(민음사, 2004), 449~460쪽 참조.

잠재적인 것은 언제나 차이, 발산 또는 분화를 통해 현실화된다."[5] 바둑 시합에서 패배하고 복기 중인 프로 기사가 "175수에 이 수를 두었어야 하는데……."라고 탄식할 때 그 수는 현실화된 결과에 종속된, 현실화된 패배를 기념하는 실현되지 않은 가능성에 불과하다. 그때 그 기사가 다른 수를 두었다면? 반상에서는 또 다른 잠재성이 현실화되면서 그 가능성을 패배의 이미지로 바꾸었을 것이다. 가능성은 현행적인 것을 바꾸지 못한다. 가능성은 현행적인 것의 소급된 배경에 불과하기 때문이다.

서사가 시간의 순서에 따라 사건을 매듭짓는 순간, 그렇지 않을 수도 있었던 수많은 다른 결말들은 저 예정 조화 속에서 산산이 부서져 내린다. 플롯이란 결말이 사후적으로 구성해 낸 가능적인 것들(가능성들)의 배열에 지나지 않는다. 인과론에 사로잡혀 있는 한 서사는 잠재적인 것을 구현할 수 없다. 그러나 인과를 버리는 순간 서사는 무의미한 에피소드들로 흩어져 버린다. 그렇다면 이 딜레마를 어떻게 돌파할 수 있을까? 서사는 어떻게 잠재적인 것이 가진 해방적 역량을 발휘할 수 있을까?

2 공백으로서의 사건과 이름 붙일 수 없는 것

강화길 소설이 잠재성을 구현하는 첫 번째 방법은 역(逆)-추론적 서사다. 이 경우 강화길의 소설을 일종의 반(反)-추리물로 읽을 수 있다. 추리물의 서사는 이렇게 간추려진다. 1) 사건 현장이 처음에 제시된다. 2) 이 사건의 트릭이 밝혀진다. 3) 범인이 지목된다. 4) 범행 동기가 밝혀진다. 5) 사건이 해결된다. 이 과정이 두 개의 시간 접속을 가능하게 한다. 하나는 탐정이 사건을 해결해 나가는 순행적 시간이고 다른 하나는 사건의 원

5   위의 책, 456쪽.

인을 찾아 나가는 역행적 시간이다. 그런데 강화길 소설은 이를 뒤집는다. 사건은 해소되는 게 아니라 중첩되거나 미결된 상태로 남는다. 분명 무언가가 있다. 어떤 일이 발생했다. 어떤 사고가 일어났다. 그런데 시간이 갈수록 그 사건은 점차 모호해진다. 아니, 그런 일이 있었는지조차 확실치 않다. 그 일은 일어났을 수도 있고 단지 상상의 표현일 수도 있다. 현행적인 것(발생한 사건)이 점차로 잠재적인 것으로 변환되는 것이다.

「호수 ― 다른 사람」을 보자. "끔찍한 일"이 벌어졌다. 바로 "이곳에서".(11쪽) 호수에서 발견된 '민영'은 심한 폭행을 당해 의식을 되찾지 못한 상태다. 소설의 서술자이자 주인공인 '나'(진영)는 민영의 오랜 친구다. 소설은 '나'와 민영의 연인 '이한'이 그 장소를 다시 찾아가는 과정을 그린다. 그런데 이 동행은 무언가 이상하다. 민영의 연인은 "평판이 좋은 사람이었고, 실제로도 굉장히 좋은 인상을 줬다". 그는 "예의 바르고 잘생겼을 뿐만 아니라 유머 감각도 좋아서 분위기를 잘 이끌었다".(15쪽) 하지만 '나'는 민영과 그의 사이가 어딘가 이상하다고 느낀다. 사소한 디테일들 ― 이를테면 민영이 술을 못 마시는 줄 알고 있던 그에게 친구들이 민영의 술버릇을 말해 주었을 때 순간적으로 굳던 그의 표정 같은 것, 민영이 자기 얘기를 한 적 없느냐는 그의 집요한 물음들 ― 이 쌓이면서, '나'는 점차 그가 범인이 아닐까 의심하게 된다. 게다가 사고 전날 민영은 '나'에게 무섭다고 고백했다. "요즘 뭔가 무서워."(22쪽)라고. 여기엔 사귀던 남자 친구에게 목을 졸린 적이 있는 '나'의 체험이 공명하고 있기도 하다.

'나'가 이한과 동행하게 된 것은 그가 호수에서 뭔가를 찾았다고 말했기 때문이다. 그게 무엇이냐고 묻자,

> 그는 머뭇거리며 대답하지 못했다. 설명을 못하겠다며 말을 얼버무렸다. 그러더니 대뜸 "장도리 같아요."라고 말했고, 이어 "아뇨, 머리핀처럼 생겼어요."라고 말을 바꿨다.(14쪽)

호수로 들어간 그는 물속에서 자신이 말하던 것을 찾았다고 소리친다. '나'가 손을 뻗자,

막대기 끝에 딱딱한 게 닿는 느낌을 받았다. 나도 모르게 막대기를 놓쳤다. 손바닥을 펼쳤다. 그리고 몸을 조금 숙였다. 그곳에 정말로 무언가가 있었다. 딱딱하고 단단한, 길고 얇은 물건이 바닥에 있었다. 위쪽인지 아래쪽인지 모르겠지만 한쪽으로 갈수록 점점 얇아지고 있었고, 조금은 날카로운 느낌도 들었다. 뭔지 알 것 같기도 했고 전혀 감이 오지 않기도 했다.(39쪽)

장도리나 머리핀을 닮았지만 둘 다 아닌 것, "딱딱하고 단단한, 길고 얇은" 것, "뭔지 알 것 같기도 했고 전혀 감이 오지 않기도" 한 것. 이것은 '이름 붙일 수 없는 것', 그럼에도 불구하고 '이름 없이도 존재하는 것'이다. 분명 물속에 어떤 것이 있으나, 그것을 무어라고 말할 수가 없다. 사물은 이 소설이 구현할 서사의 공백을 그 공백 자체로서 채워 준다. 언어의 공백이란 무(nothing)가 아니라 어떤 것(something)이다. 그것은 사물의 공백이 아니다. 그것은 마찬가지로 무엇이라고 말할 수 없는 사건이나 아무 일도 아닌 일(nothing)이 아니라 어떤 일(something)이다. 그것은 현실화되지 않으나(그것은 장도리로도 머리핀으로도 현시될 수 없다.) 분명히 거기에 있다. 이것이 잠재적인 것이 아니면 무엇이란 말인가?

이 급박한 순간에 이한이 '나'에게 질문한다. "민영이가 정말로 나 무섭다고 했어요?"(39쪽) 그때 수면이 흔들렸고, '나'의 발이 미끄러졌고, '나'는 물속에 빠진다. 물속에서 '그것'을 잡자, '나'는 '나'의 기억이 아닌 어떤 기억을, 말하자면 호수의 기억을 받아들이게 된다. "많은 것들이, 호수의 무수한 기억이 내 손바닥으로 스며들었다."(39~40쪽) 저 기억들은 현실화되지 않았으나 실재하고 있는 것이지, 현실화됨으로써만 표현될 수 있는 사후적인 이미지들(즉 가능한 것들)이 아니다. 그것은 호수가 비-존재

의 심연(여기에 관해서는 잠시 후에 다시 말할 것이다.)인 제 속에 끌어안은 숱한 사연들이고, 실재하지만 수면 위로 표현될 수는 없는 잠재적인 기억들이다. 물속에 있던 길고 딱딱한 그 "물건"을 '나'는 꽉 쥐고 나온다. 그때 그가 묻는다.

"내가 유난스럽다고 생각해요?"
나는 천천히 그의 눈을 마주했다. 그리고 해야 할 일을 했다. 그래야 할 것 같았다.(41쪽)

"해야 할 일"이란 무엇일까? 이전 상황을 더듬어 보아도 그 일은 명확하게 짚이지 않는다. 그가 범인이라면 '나'는 그 물건으로 그를 찔렀을 것이다. 그러나 그는 어쨌든 괜찮은 사람으로도 보이지 않았던가. 여기서 민영의 사연을 풀어 가는 추리적 여정은 중단된다.(여기가 이 소설의 마지막 장면이다.) 그 사연에 관해서는 아무것도 해결되지 않는다. 이 중층적인 서사를 '잠재적인 것으로서의 서사'라 불러도 좋을 것이다. 여기 어떠한 미결정성이 있다. 그런데 이것을 서사의 중단(그와 그녀에 관한 어떤 것도 밝혀지지 않았다.)이나 개방성(어쩌면 그들은, 그리고 '나'는 그 모든 예측에 부합할 수도 있다.) 혹은 혼돈(어느 것인지 독자는 끝내 알 수 없다.)이라고만 부를 수는 없다. 어쨌든 이한은 두 가지 실재성(그는 범인이거나 범인이아니다.) 사이에서 진동하고 있기 때문이다. "해야 할 일"이란 물속에 있던 저 물건처럼 혹은 이름 붙일 수 없으면서도 거기에 있던 사물처럼, 공백으로서 그 모든 것을 담지한 잠재적인 것의 거기-있음이며 잠재적인 것으로서의 이야기다.

3 이상한 동행자와 비-존재의 심연

강화길 소설은 대체로 현재의 서사를 진행하면서 중간중간 과거의 사건이나 기억, 의혹 등을 배치하면서 현재 일어나는 사건 자체를 의심하게 만든다. '신뢰할 수 없는 서술자' 때문에 사건은 매우 모호해진다. 그러나 그 모호함은 단순한 비현실이거나 비논리가 아니다. 이 신뢰할 수 없는 서술자가 스스로 추론적이고 논리적이며 이성적으로 사고하려고 노력하기 때문이다. 서술자는 끊임없이 "나는 여전히 그를 믿을 수 없었지만, 동시에 나 역시 실수를 저지르고 있는 것인지 모른다는 생각"(30쪽)으로 괴로워한다. "나는 올바른 판단을 하고 싶었다. 올바른 판단을 하는 사람이 되고 싶었다. 내 의지로 판단하고 싶었다."(38쪽) 그러니 서술자 자신을 의심할 수는 없다.

'사람' 연작에 속하는 「괜찮은 사람」을 보자. 돌아오는 봄에 결혼을 앞둔 남녀가 있다. '그'와 '나'(민주)는 앞으로 함께 살(지도 모를) 집을 보러 간다. 그가 5년 전 구입한 집이다. 「호수」의 '나'와 이한처럼 이 둘도 이상한 동행이다. 그는 연봉이 높은 변호사로, 경제적으로 여유롭지 못한 '나'와 교제하기에는 썩 "괜찮은 사람"(89쪽)이었다. 그런데 시작부터가 다르다. "그가 나를 밀쳤다."(81쪽) '나'는 계단에서 굴렀다. 사고에 관해 설명한 다음 '나'는 이렇게 덧붙인다. "돌아오는 봄, 우리는 결혼할 것이다."(82쪽) 집을 보러 가는 여정에서 둘은 사소한 문제들로 다툰다.

집을 보러 가면서 마주친 풍경들은 그의 설명과 다르다. 지루하고 메마른 풍광만이 펼쳐진다. 도축장이 있고 정신이 나간 듯한 낯선 사내가 더러운 손을 내밀며 아이스크림을 판다. 핸드폰도 연결되지 않는 외진 곳에서 「호수」의 이한처럼 그는 점점 낯설고 퉁명스러워진다. 여기서도 이름 붙일 수 없으나 '거기'에 있는 사물이 등장한다.

그때 손 밑에 무언가 잡혔다. 골판지였다. A4 용지만 한 크기에 구김 없이 빳빳한, 하지만 무언가에 찢겨 나간 듯 가장자리가 비뚤비뚤하고 한쪽에 눌린 자국이 있는 갈색 골판지였다. 어디 오래 끼워져 있었거나 아니면 누군가 꽉 붙잡고 있었던 것 같았다. 게다가 물이나 다른 음료에 젖었는지 살짝 눅눅했고, 비릿한 냄새가 났다.(93쪽)

그 골판지를 발견한 후에 둘은 길을 잃는다. 마치 골판지가 서사의 구멍을 메워서, 예정된 파국으로 둘을 데려가기라도 하는 것처럼. 길을 벗어나 논두렁에 박힌 차는 남녀의 서사가 저 구멍에 의해 단절될 것이라는 점을 암시하는 듯하다. 다정했던 그는 점차 신경질적이고 위협적인 사람으로 변해 간다. 물론 '나' 역시 마찬가지. 이 둘을 기다리고 있는 집이 '즐거운 나의 집'이 될 수 없음은 자명해 보인다.

저 안에서 무슨 일이 일어나도 밖에서는 아무도 모를 것 같았다. 두 개의 창문 중 하나는 쇠사슬로 묶여 있었고, 자물쇠까지 채워져 있었다. 다른 창은 투명한 유리로만 되어 있었다. 그런데 창 너머에서 동그랗고 붉은 불빛이 반짝였다. 천천히 그리고 흐릿하게 여러 번 깜빡였는데, 내가 어, 하고 손가락을 드는 순간 사라져 버렸다. 나는 물었다.
"혹시 집에 누가 있어?" 목소리가 갈라져 나왔다.
"응? 아니."(99쪽)

처음 그 집을 소개하면서 그는 "초록색 기와가 눈에 띄는 옛날식 주택으로 아담하지만 단단해 보였고, 밖에서 무슨 일이 벌어지더라도 집안으로 결코 침범할 수 없을 것 같았다."(85쪽)라고 말했더랬다. 외부의 침입을 막는 요새 같은 집이라는 것이다. 그런데 이제 실물로 맞닥뜨린 집은 정반대로, "안에서 무슨 일이 일어나도 밖에서는 아무도 모를 것 같"은 집이었다. 위협은 외부에서 오는 것이 아니라 내부에서, 말하자면 함께 가정을 꾸리기로 한 남편/아내에게서 온다. 이 이상한 동행자는 모든 관계의 실현(이 남녀는 단란한 가정을 꾸릴 수도 있고, 사드풍의 고문실에 입장할 수도 있다.)을 그 잠재적인 것 속에서 표현한다. 그렇다면 저 "붉은 불빛" 역시 아무도 없으나(nobody) 누군가는 있는(somebody) 공백으로서의 사건, 잠재적인 것으로서의 행위자의 도래를 증언하는 것이라고 해야 한다.(nothing이면서 something인) 이 사건 혹은 (nobody이면서 somebody인) 이 사람은 비존재의 심연에서 솟아난 존재다.

'사람' 연작의 마지막 작품 「니꼴라 유치원 ─ 귀한 사람」을 보자. '나'(민우 엄마)는 '민우'를 안진시의 명문 니꼴라 유치원에 입학시키기 위해 온갖 노력을 다한다. "니꼴라 유치원을 졸업하면 출세한다."(47쪽)라는 소문 때문에 많은 안진시 학부모들이 니꼴라 유치원에 아이들을 보내기 위해 혈안이 된 상태. 아이가 니꼴라 유치원에 다닌다는 것은 "귀한 사람으로 대접받는다는 의미였"(47쪽)다. 일곱 살 민우는 영재 소리를 듣는 아이였으나 작년에도 재작년에도 입학을 허가받지 못했다. 올해에도 두 번째 대기표를 받아서 실망했는데 뜻밖에도 입학이 허가되었다는 전화를 받았다. '나'는 민우를 데리고 원장실을 방문한다. 그 자리에서 원장은 이상한 질문을 한다. "그 소문 다 거짓말인 거 아시죠?"(59쪽) 소문은 이런 것들이다. 유치원 내부가 담쟁이덩굴로 덮여 있다는 동화적인 소문부터, 뒤뜰 어딘가에 죽은 고양이 떼가 묻혀 있다는 고딕풍의 소문까지. 무엇보다 원장 선생에 대한 괴소문이 있었다. 흰색 블라우스 속에 부주의하게 검은 브래지어를 입고 다닌다거나 자기 치마를 걷어 올리고 아이들에게 팬티를 보여 준다는 식의 소문들이다. '나'는 당연히 유치원의 명성을 질투한 자들이 퍼뜨린 뜬소문이라 생각해서 그런 말들을 무시해 왔다. 그런데 원장의 손목에서 "빨갛게 덴 것 같은 자국"(63쪽)을 보았을 때는 무심하게 지나칠 수가 없었다.

'나'는 자신의 어린 시절 국민학교 동창생 '양슬기'를 떠올린다. 슬기는 집단 따돌림의 대상이었던 '나'에게 유일한 친구가 되어 준 아이였다. 슬기는 지나친 거짓말쟁이였지만 경찰서장의 딸이어서 아무도 그녀를 무시하지 못했다. 슬기가 꾸며낸 말들 중 하나가 바로 니꼴라 유치원의 여선생에 대한 소문이었다. 그 여선생은 매우 천박했으며 아이들이 글자를 외우지 못할 때마다 회초리로 자기 손목을 때리는 자해를 했다는 것이다. 그러던 어느 날 (슬기 말에 따르면) 그녀가 죽은 채 발견되었다. "나 그 선생님 죽은 거 봤다."(65쪽)

유치원 원장의 상처는 작고 둥글었기 때문에 슬기가 말한 그 선생이 원장은 아닐 것이다. 그럼에도 불구하고 의심이 생기는 것은 어쩔 수가 없다. 그때 한 여자가 원장실을 찾아온다. '나'에게 입학을 통보해 온 목소리의 주인공이었다. "잔뜩 쉬어 갈라지는 소리였다. 성대 안쪽을 긁어 내는 듯 투박하고 거칠었다."(68쪽) 게다가 그녀에게서는 "오래된 아파트 현관에서 나는 듯한 묵은 곰팡내"(69쪽)가 났으며 "속눈썹이 하나도 없"었다.(70쪽) 그녀는 '나'와 민우에게 유치원을 안내하겠다고 말하면서 이렇게 덧붙인다.

"경찰서장 딸 알지?"

나는 여자의 얼굴을 마주 보았다. 여자는 이제 내게 입을 맞출 듯이 다가왔다. 한 달 전부터. 매일매일. 이 앞에 서 있었어. 매일 줄을 섰어. 그렇게 대신 줄을 섰고 그 아이를 첫 번째로 정원에 접수시켰지.

"지금 걔가 어떻게 사는지 알아?"

그 순간이었다. 건물 안쪽을 흔드는 듯한 종소리가 들려왔다. 오래된 성당의 거대한 종이 흔들릴 때나 들릴 법한 깊고 큰 울림이었다. 마치 종 안에 들어와 있는 것 같았다. 동시에 유리벽 밖에서 웅성거리는 소리가 번져 오는가 싶더니, 검은 옷을 입은 조그만 아이들이 건물 밖으로 뛰어나왔다. 검은 바둑알이 통 안에서 와르르 쏟아지는 것처럼 수십 명의 아이들이 놀이터를 향해 한꺼번에 뛰었다.

민우가 무언가에 홀린 듯 유리벽을 향해 다가갔다. 아이가 양 손바닥을 투명한 벽에 올렸다. 손이 닿은 곳 저편에 아이들이 있었다. 그중 누군가가 이쪽으로 손을 흔들고 있었다. 그러나 자세히 보니 그건 원장실로 보내는 손짓이 아니었다. 같은 옷을 입은 아이들이 서로를 부르는 신호였다. 그러나 민우는 아이들이 자신을 부르고 있다는 듯 손바닥으로 유리벽을 만지작거렸다.(73~74쪽)

쉰 목소리의 주인공, 역겨운 썩은 내를 풍기고 속눈썹 하나 없는 저 여자는 누구인가? 이름을 부여받지 못한 그 여자가 양슬기가 말했던 죽은 선생은 아닐까? 이제 모든 것이 충격적으로 뒤집힌다. 그녀가 "경찰서장 딸" 슬기를 유치원에 입학시켰다. 지금 슬기는 어떻게 되었을까? 종이 울린 뒤에 쏟아져 나온 아이들이 슬기의 운명을 보여 준다. 유치원생답지 않게 "검은 옷을 입은" "검은 바둑알" 같은 아이들 역시 조종(弔鐘)에 맞추어 쏟아져 나온 원혼들처럼 보인다. 어딘가에 묻혀 있다는 고양이 떼 같은 이미지들이다. 유리벽 너머로 아이들이 손짓하자 민우 역시 거기에 응답한다. "무언가에 홀린 듯"한 눈빛으로. 이제 민우 역시 소문의 벽 너머로, 죽음과 유년이 구별되지 않는 공간으로 진입할 것이다. "나는 내 아이의 작은 어깨를, 이제 곧 시작될 작은 기대를 조용히 쓰다듬었다. 그렇게 나는 귀한 사람이 될 것이었고, 그렇게 새로운 소문이 될 것이었다."(77쪽)

결국 니꼴라 유치원은 망자들의 집결소, 유계(幽界)였던 셈이다. 죽은 자들이야말로 비존재의 심연에서 잠재적인 것으로 존재하는 자들이다. 소문이야말로 그들의 존재 방식이다. "~한다더라"의 방식으로만 존재하는 자들, 잠재적인 '거기'에는 있으나 현행화된 '여기'에는 없는 자들이기 때문이다. 그런데 따지고 보면 물속에서 정신을 놓쳤다가 수면 위로 올라온 '나'도(「호수」), 차 사고로 논두렁에 처박힌 그와 '나'도(「괜찮은 사람」) 어쩌면 한 번은 죽은 자들이 아닐까? 비-존재의 심연에서 소문처럼 유령처럼 떠올라 온 잠재적인 자들이 아니었을까?

이 소설집의 핵심적 이미지 중 하나가 바로 '하얀 벌레 떼'의 이미지다. 「벌레들」에는 벌레들만 나오는 게 아니다. 이상한 동거인들도 나온다. '나'(수지)와 '예연' 그리고 '희진'이다. '나'는 전문 대학에 재학 중인 여대생이었다. 여동생이 서울의 사립 대학에 합격하자, 부모님은 '나'에게 휴학할 것을 권유한다. '나'는 가족과 주변에 "떳떳해지고 싶"(113쪽)은 마음에 여러 노력을 하지만, 사기성 다단계에 빠져 엄청난 액수의 빚을 지고 만다. "아무것도 해내지 못하는"(114쪽) 자신을 비관한 '나'는 약 한 통을 한꺼번에 삼켰다. 병원에서 의식을 되찾은 '나'의 곁에 있던 여동생은 자신의 등록금으로 빚을 갚자고 말한다. 그날, '나'는 동생 몰래 병원을 빠져나왔다. 영락한 채 이곳저곳을 떠도는 '나'는 벌레가 되는 꿈을 꾼다.

> 지하에서 종종 내가 벌레가 된 꿈을 꾸었다. 벌레는 매일 땅을 파고 들어가 아래로, 아래로 내려갔다. 만일 그 지하 아래 더 저렴한 방이 있었다면, 나는 그곳으로 갔을 것이다.(114~115쪽)

'나'의 꿈에서 벗어난 벌레는 실제로 예연의 집 곳곳에 숨어든다. 예연은 '나'의 구원자 같은 존재다. 예연이 낸 룸메이트 광고 덕분에 '나'가 가족 같은 친구를 만들게 되었기 때문이다. 월세 8만 원이 전부고 식비나 관리비도 낼 필요가 없다. 조건은 "친구가 적고, 조용하고, 수입이 적고, 보호가 필요한 사람"(115쪽)일 것. 이렇게 '나', 예연, 희진의 기묘한 동거가 시작되었다. 예연 역시 '나'와 비슷한 처지의 룸메이트다. 그런데 집 안 곳곳에서 악취와 함께 벌레들이 출몰하기 시작한다. 그러고 보니 예연의 집에 수상한 점이 없지 않았다. 부엌에 수십 개의 뼛조각들이 일정한 간격으로 줄 맞춰 나열되어 있던 것, 컵이 색깔별로 배열된 것, 생선 대가리 열다섯 개를 늘어놓은 예연의 기행, "너무 창백해서" "송장 보는 기분이"(126쪽) 드는 예연의 얼굴까지. 무엇보다 생선 입안에서 기어 나온 하얀 벌레는 의미심장하다. "하얀 벌레 한 마리가 기어 나왔다. 벌레는 조리대에서 뛰어내려 바닥에 착지했다. 그리고 짧은 날개를 펼쳐 낮게 날았다."(130쪽) '나'는 하얀 벌레를 따라가 예연의 방문을 열었다. 거기서 발견되는 쓰레기 더미, 먼지와 머리카락 뭉치, 그리고 하얀 벌레 떼. 벌레 떼는 살아 있으면서도 죽어 있음을 증명하는 이미지다. 다시 말해 벌레 떼는 분명 살아 있음의 형식을 가지고 있으나, 시체 위에서 번성한다는 점에서 죽음, 즉 생명 없음을 드러낸다. 그럼에도 불구하고 벌레 떼는 움직인다. 때문에 이곳은 잠재적인 생명들의 장소다. 「벌레들」에서 '나'는 예연과 더 가까운 존재가 자신임을 증명하기 위해 (분명 우발적인 실수였으나) 친구 희진을 죽이고 만다. 하얀 벌레들은 무얼 그렇게 먹는지 뚱뚱하게 살이 올랐다. 그렇다면 「벌레들」에 나오는 이상한 동거인들도 자신이 죽었다는 것을 알지 못하는 망자들이 아닐까? 예연은 희진이 죽었음에도 불구하고 그녀가 자신에게 편지를 보내왔다고 '나'에게 거짓말을 한다. "희진이가 수지 씨한테도 연락할 거예요."(133쪽) 여기가 망자들의 집이라고 느껴진다면 이들 역시 잠재적인 영역에 속해 있는 자들일 것이다.

사물 혹은 괴물과 육체를 교환하는 변신 이야기의 주인공들도 잠재적인 것의 역량을 보유하고 있는 자들이다. 등단작인 「방」을 보자. '나'(재인)와 '수연'은 보다 나은 삶을 꿈꾸며 한 도시에 도착했다. "전염과 부패, 부식과 오염 같은 단어들"로 설명되는 도시, "지저분한 거리, 부러진 전봇대와 가라앉은 건물들. 죽음. 시체. 어둠"(171쪽)이 가득한 도시다. 둘은 새로운 삶을 꿈꾸며 힘겹게 일을 한다. 이 도시로 옮길 것을 제안한 것은 수연이었다. 둘은 쉬지 않고 일했다. 수연의 어깨는 언제나 납덩이처럼 딱딱하게 뭉쳐 있었다. 어느 날 '나'는 수연의 몸을 주물러 주다가 전에 없던 이물질이 느껴지는 걸 발견한다. 수연의 종아리에는 "정체 모를 이물질이 단단히 뭉쳐 있는 듯한 촉감이 느껴졌다."(175쪽) 그녀는 갈증이 날 때마다 수돗물을 마셨는데 그 때문인지 다리가 점점 부풀고 석화되어 간다. 수연의 저 기괴한 몸은 강화길 소설에서 흔히 발견되는 이상한 동행자(서로 사랑하지만 상처를 입히고 좋은 사람이면서도 공포와 불안을 느끼게 하는 커플)의 특성이 신체로 외화(外化)된 것이다. 수연만이 아니다. '나'에게 돈을 미끼로 몸을 요구하는 작업 팀장의 얼굴에는 반점들이 곰팡이처럼 퍼져 있다. '나' 역시 중지 한가운데에 "가늘고 긴 벌레가 움직이듯 검은 선이"(190쪽)나 있다. 신체가 잘게 부서져 먼지처럼 되면 아마도 「벌레들」에 나오는 하얀 벌레 떼가 될 것이다. 육체가 변한 사물은 현행화될 수 없는 것, 현실에서 나타날 수 없는 것이다. 하지만 움직일 수도 없이 피로할 때, 우리는 우리 몸이 실제로 바위로 변해 있다고 느끼지 않는가? 따라서 변신의 역량역시 잠재적인 것이 새롭게 얻어 낼 표현형이라고 해야 할 것이다.

4 무한한 길 위에서

보르헤스는 끝없이 갈라지는 미로와 같은 것으로 이야기의 분화를 설명했다. 결정된 하나의 길(결말)은 다른 모든 분기점들을 억압하거나 은닉하고 단 하나의 가느다란 선만을 가능적인 것, 그 길에 이르기 위해 거쳐야 할 필연적인 경로로 지정한다. 보르헤스는 매번 다르게 전변하는 길의 이미지를 통해 평행 우주를 서사에 도입했다. 분기점에서 우리는 어느 쪽을 선택하든 다른 쪽의 역량을 보존할 수 있다.

강화길 소설은 보르헤스의 분지(分枝)를 뒤집은 것이다.

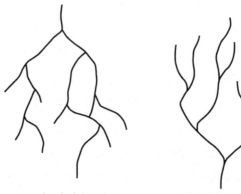

보르헤스의 서사 분지도   강화길의 서사 분지도

보르헤스의 분지도에서는 하나의 기원이 여러 개의 선택지들로 나뉘고 이에 따라 잠재적인 것의 역량이 각각의 평행 우주 속에 보존된다. 강화길의 분지도에서는 하나의 결과가 여러 개의 선택지들을 포함한다. 이에 따라 잠재적인 것의 역량이 최종적인 국면에서 보존된다. 따라서 이야기들은 열린 결말을 갖게 되고 더욱 진전 가능한 것이 된다. 다르게 말해서 무한해진다. 「굴 말리크가 기억하는 것」의 결말에는 이를 보여 주는 이미지가 하나 있다.

머지않아 그들은 다시 헤매기 시작했다. 알 수 없었기에 발이 닿는 대로 걸었다. 오르막길을 오르면 내리막길이 있었고, 길모퉁이를 지나면 다시 모퉁이가 있었다. 계단 위에 또 계단이 있었다. 갈 수 없는 곳. 그러나 가야 하는 곳.(252쪽)

이 소설 역시 평행 우주의 판본 가운데 하나다. 두 커플이 있다. 하나는 '굴 말리크'와 '타니 칸' 커플이고 다른 하나는 '그'와 '그녀' 커플이다. 둘은 서로를 비춘다. 첫 번째 커플을 만나 보자. 굴 말리크와 타니 칸은 인도의 같은 마을에서 같은 날에 태어났다. 둘은 서로 사랑했지만 서로 다른 신분이 둘의 만남을 가로막고 있었다. 타니 칸은 늙은 남편에게 시집가서 상습적으로 구타를 당했다. 둘은 파키스탄으로 달아났다. 그들은 거기에서 최선을 다해 일했다. 그러나 근근이 연명할 뿐 사정은 나아지지 않았다. "그는 아무리 노력해도 그 가난한 마음을 벗어날 수 없으리라는 것을 잘 알았다."(237쪽) 어느 날 타니 칸의 친구 '람'의 도움을 받아 다른 나라로 갈 수 있는 기회가 이들에게 생겼다. 람은 굴 말리크보다 부유하고 건장하며 높은 계급의 남자였다. 굴 말리크는 질투심 때문에 그의 제안을 거절했다. 굴 말리크와 타니 칸은 새로운 도시로 거처를 옮기고 자신들의 힘으로 "더 나은 삶을 위해. 노력하자."(250쪽)라고 약속했다. 그러나 얼마 후 둘 사이는 소원해지고, 결국 불신이 생기고, 누군가 결단을 내렸다. "누구였을까. 다른 사람이 생긴 건. 아니, 다른 사람이 생겼다고 믿은 사람은."(251쪽) 둘 중의 하나가 고향에 편지를 보내 둘이 여기 있음을 알렸다. "같이 걸려들 걸 알았지만 개의치 않았다. 누군가에게 떠나보낼 거라면, 차라리 함께 죽는 것이 나았다."(252쪽)

두 번째 커플을 만날 차례다. 그와 그녀는 한때 연인이었던 사이다. 굴 말리크가 죽기 전 그들에게 무언가를 보냈고, 이제 유품이 된 그것을 둘이 찾으러 가는 길이다. 둘은 자꾸 길을 잃고(헤맴은 헤어진 둘의 상태를 입증하는 서사이기도 하다.) 그 길 끝에서 저 무한한 길을 만난다. 저 길은 폐품과 고철 더미 사이로 나 있다. 폐허가 만들어 낸 길이다. 무한한 폐허는 둘의 내면을 증거하는 풍경이다. 무한한 길은 미로이자 서사가 중단되지 않을 것임을 보여 주는 끝없는(endless) 이야기의 은유다. 이렇게 본다면 굴 말리크와 타니 칸의 이야기는 그와 그녀의 추억이자 생시의 이야기이기도 할 것이다. 소설의 마지막 장면에서 '그들'(그와 그녀)은 '우리'로 바뀐다. 우리가 국경과 이름을 바꾸어 가면서 무한한 이야기로서 그 잠재적인 역량을 드러내는 셈이다. 작가 강화길 역시 이 무한한 길을 무한히 걸어가기를 바란다.

앨리스의 축음기

황정은의 이상한 나라

1 무덤에서 걸려 온 전화

세상에서 가장 불행한 사람은 누구일까? 키르케고르는 답을 알고 있는 것 같다. 그에 따르면, '가장 불행한 사람'이라는 묘비명 때문에 알려진 무덤이 잉글랜드에 있다. 사람들이 그 무덤을 파헤쳐 보았으나 시체의 흔적을 찾지 못했다고 한다. 무덤이 비어 있다니! 죽은 자가 무덤 속에서조차 안식을 찾지 못하고 어딘가를 떠돌고 있다는 것인가? 키르케고르는 말한다. 죽음보다 더한 불행이 여기 있다고. "가장 불행한 사람은 죽을 수가 없는 사람, 무덤 속으로 도망쳐 들어갈 수 없는 사람"이다.[1] 이것은 무엇을 말하는가? "불행한 사람이란, 자신의 이상(理想)과, 자신의 삶의 내용과, 자신의 의식의 충실과, 자신의 존재의 본질을 어떤 방식으로든지 자기 자신 바깥에 갖고 있는 사람을 말한다. (중략) 불행한 사람은 부재(不在)라고 한다."[2] 저 무

---

1   쇠얀 키르케고르, 임춘갑 옮김, 『이것이냐, 저것이냐』(다산글방, 2008), 397쪽.

2   위의 책, 400~401쪽.

덤은 텅 빈 바깥, 무의 외재성을 뜻하는 주소다. 불행한 사람이란 자신의 삶과 그 삶을 채우는 내용과 그 내용에 의해 규정되는 자기의식 전부를 자기 무덤에 헌납한 자다. 자기 자신을 텅 비웠으므로 그는 무덤이 되었다. 자신의 모든 실정적인 내용을 자기 바깥의 가묘(假墓)에 두었으므로 그는 자기 무덤에도 들지 못하는 사람이 되었다. 그는 무덤이면서 그 자신인 무덤에도 들지 못했다. 이중적인 부재를 감당하고 있으므로 그는 불행의 불행, 즉 가장 불행한 사람이 되었다.

이 무덤을 풀어서 '무(無)의 더미(dummy)'라고 말해도 좋을 것이다. 황정은의 세계에는 실제로 이 무덤이 존재한다. "고모리라는 지명의 유래는 그대도 알다시피 무덤이다. 옛날 옛적에 마을 사람들이 자고 일어나 보니 마을 입구에 영문 모를 무덤이 세 개 솟아 있었다."(4: 8쪽)[3] 굶주린 사람들이 아기 셋을 먹고 묻어 둔 봉분이 있어 이 지명이 생겼다는 소문이 있다. "비참한 뼈들을 숨긴 봉분은 그대로 방치되어 있다가 잡초들 틈으로 사라졌다."(4: 9쪽) 그러니 이 무덤들도 무(無)를 묻은 무덤들, 망자를 자기 바깥으로 내쫓은 무덤들이다. 무덤에서 당신을 부르는 전화가 걸려온다. 사라진 무덤, 빈 무덤, 고모리[4]에 모여라.

---

3   이 글에서 다룰 황정은의 작품은 1. 창작집 『일곱시 삼십이분 코끼리열차』(문학동네, 2008), 2. 『百의 그림자』(민음사, 2010), 3. 『파씨의 입문』(창비, 2012), 4. 『야만적인 앨리스 씨』(문학동네, 2013)다. 이하 본문에 인용할 때 제목 숫자와 쪽수를 함께 적겠다.

4   고모리의 지명이 어디에서 유래했는가에 대한 설은 다양하다. 이 소설에서 음성적 유사성은 매우 중요하다. 고모리에 대한 가능한 해석 몇 가지를 소개하면 다음과 같다. 1 옛날, 비룡산(飛龍山) 아래 용천(龍泉)에 새끼 용이 살았다. 새끼 용이 그곳을 떠날 때 어미 용이 절대로 뒤를 돌아보지 말고 했으나, 새끼 용은 어미 용을 보고 싶어 뒤를 돌아보았다. 그때 벼락이 떨어져 새끼 용이 죽고 그 자리에 바위가 솟았다. 이곳을 고모령(顧母嶺)이라 불렀다. 여기에서 고모리가 나왔다는 설이다. 2. 고모(姑母): 할미의 어원으로 추정하는 경우도 있다. 3. 고모리는 일본어로 아기 돌보기라는 뜻이다. 이 사례들을 따라 소설을 읽지 못할 이유도 없다. 1. 승천하지 못한 용은 아파트 단지로 변한 고모리에 적응하지 못하고 여전히 과거의 고모리(이야기의 세계) 속에서 낡

2 "여보세요." "이것은 ~ 입니다."("Hello." "This is ~")

무덤에서, 저 바깥에서 당신을 호출하는 전화가 왔다. 당신은 대답한다. 당신은 당신 자신을 소개해야 한다. 그런데 당신은 "저는 ~ 입니다."라고 말하지 않고 "이것은 ~ 입니다."라고 말한다. 이곳이 앨리스의 세계임을 기억하자. 당신은 일인칭 단수가 아니라 삼인칭 단수다. 당신은 고유 명사가 아니라 일반 명사다. 또한 사람이 아니라 사물이다.

황정은의 세계에는 수많은 '이것'이 있다. '이것'은 지칭할 수 없는 무언가를 가리키는 이름이지만 동시에 이것이라고밖에 부를 수 없는 존재를 지칭한다. "그대가 부르고 싶은 대로 나를 부르라. 그 남자, 그 기록, 그 새끼, 그 물건, 그것, 나는 즉 그다."(「뼈 도둑」, 3: 183쪽) 소설에 등장하는 이름들을 열거해 보자. 파씨, 곡씨, 묘씨, 여씨, 장, 조, 밈, 곰, 미오, 도도, 디디, 곡도, 두리안, 무재, 은교, 유라, 유도, 미라, 야노, m, K, P 등등. 이 이름들은 고유 명사라기보다는 별명에 가깝다. 다시 말해서 자기 정체성을 부여받은 표지라기보다는 식별하기 위한 표지에 가깝다.[5] 우선 그것은 현상을 지시한다. 그러나 오해해선 안 된다. 그것은 현상을 '지시'할 뿐, 현상 너머를 지시하지는 않는다. 다시 말해서 '의미'하지 않는다. 만약 그것이 무엇인가를 의미한다면? 그것은 무엇인가의 '부재'를 의미하는 것

아 가는 인물들에 대한 비유적 명명일 수 있다. 앨리시어의 동생은 무정한 어미와의 관계에서 죽어 스스로 무덤이 된다. 2. 소설에서 폭력적인 어머니의 폭력성("씨발됨")은 외할머니의 방관에서 비롯되었다. 고모리는 저 태초의 어머니(늙은 어머니, 즉 외할머니)에 대한 명명이다. 3. 앨리시어는 동생을 돌보았지만, 동생의 요람은 끝내 그의 무덤이 되고 만다.

5   양윤의, 『포즈와 프러포즈』(문학동네, 2013), 150~157쪽. 이 이름들을 타자들의 목소리를 현시하는 것으로 분석한 바 있다. 본문의 설명과는 다른 결론 같지만 실은 같은 말이다. 타자들의 이름이 식별 가능한 이름으로 바뀔 때 타자들은 자아의 명명 작용에 포획된다. 그로써 타자성을 잃어버리게 되는 것이다. 역설적으로 고유 명사란 고유한 이름을 잃어버린 이름이다. 따라서 저 낯설고 사물화된 표식들은 최소한의 타자적 지표를 포함한다.

일 수밖에 없다. 이렇게 해서 특별한 이름들이 탄생한다. 고유 명사를 의미하지 않으면서도 고유 명사가 점유할 수 없는 특이한 자리를 가진 이름들. 서로가 호환되지 않으면서도 호환 가능성을 지닌 이름들.

파도를 기다려.

거기서 문득 파씨의 세계가 시작됩니다. 파도, 이 한마디가 파씨의 말랑말랑한 표면을 뚫습니다. 파씨는 파도라는 발음을 기억해 두고 파도가 누구냐고 생각합니다. 바다를 돌아봅니다. 붉은 부표 너머 흐릿한 수평선을 바라봅니다. 묵묵히 파도를 기다리는 친척들 틈에서 파씨는 파도라는 것이 사람의 형상을 한 생물이 틀림없다고 생각합니다.(「파씨의 입문」, 3: 210쪽)

많은 평론가들에 의해 언급된 저 장면은 '파씨'의 탄생을 구성하는 원장면이자 '파씨'의 세계로 들어가는 진입로〔入門〕이다. '파도'라는 말에서 떨어져 나왔을 '파씨'라는 저 이름은 어떤 실체를 가리키는 이름이 아니다. 파도는 바다의 현상에 지나지 않는다. 즉, 무(無, 잔잔한 표면)에서 나와서 현상(파도)했다가 다시 무로 돌아가는 파동의 일부에 불과하다. 그러나 파도가 닥칠 때 그 물결의 운동(파동)에서 이름을 떠올리는 순간, 그 운동은 '이것'이 된다. 처음을 기억해 보자. 무에서 전화가 걸려온다. 여보세요? 누구를 기다리세요? 파도를 기다려요. 이것은 파씨입니다. 바로 이것이 파씨의 탄생담이다. 그런데 수많은 황정은 소설의 인물들이 이런 작명법을 따른다.

다음으로 「대니 드비토」를 보자.

죽어서도 남을 쓸쓸함이라면.

유도 씨.

유도 씨는, 덧없이 사라질 수 있을까.

에라, 하고.

유라, 혹은 미라, 하고.(「대니 드비토」, 3: 57쪽)

유라라는 이름의 한 여성이 숨을 거둔다. 그녀는 원령이 되어 사랑했던 남자인 유도의 주변을 떠돈다. "유도 씨"는 미라라는 여성과 결혼해서 "안"이라는 이름을 가진 딸을 낳고 오래 살다가 아내인 미라와 사별한 후 다시 혼자가 된다. 유라는 유도가 미라와 신혼여행을 떠났을 무렵, 아랫집 노인이 임종하는 것을 본다. "이윽고 숨이 멎은 뒤에, 노인의 이마에서 둥근 것이 부풀더니 에라, 하면서 사라졌다."(3: 47쪽) 세월이 흘러 유도에게 임종의 순간이 다가왔다. 그는 임종의 순간에 무엇이라고 말할까. 예전의 사랑이었던 '나'의 이름(유라)을 부를까, 사별한 아내(미라)의 이름을 부를까, 그것도 아니라면 저 노인처럼 "에라"라고 말할까.

이 소설은 원령을 초점 화자('나')로 삼아서 쓰였으나, 실제 이야기의 초점은 살아남은 남자(유도 씨)에게 있다. 우리는 죽은 자의 그리움에 관해 알지 못한다. 산 자의 그리움에 관해서만 알 뿐이다. 그렇다면 저 원령은 남자의 그리움이 불러낸 어떤 흔적일 터. 한 노인이 죽는 순간 감탄사를 내뱉었다. "에라." 그것은 욕설일 수도 있지만, "애라"(3: 47쪽) 그러니까 그 노인이 생전에 사랑하던 연인의 이름일 수도 있다. 마찬가지로 유도가 부른 이름도 임종의 순간에 내뱉은 한탄일 수도 있고, 먼저 떠나보낸 사람을 이르는 말일 수도 있다. 중요한 것은 그것들이 고유 명사로 보이지만 실제로는 어떤 호환 가능한 이름들이라는 점이다. 그 이름들은 남자의 그리움이 호명한 흔적들을 담고 있다. 그로써 상호 간에 식별 가능하면서도 고유한 정체성을 부여받지는 못하는 감정의 표지들이다. 여보세요. 당신은 누구입니까? 저는 에라, 라고 말했어요. 이것은 유라입니다.[6]

6   「야행」은 흥미로운 비교를 허용한다. 이 소설에는 한씨, 고씨, 백씨, 박씨라는 일반 명사(의 희미

36

이 소설은 이렇게 끝난다. "유라. 양지바른 곳에서, 유도 씨가 말했다."(58쪽) 유도는 망자들의 세계에서, 오래 함께 살았던 '미라'를 찾지 않고 젊어서 일찍 잃어버린 '유라'를 부른다. 황정은의 명명법을 참조한다면, 이 역시 두 고유명사 가운데 하나를 '선택'한 것이라 볼 수 없다. '유라'는 '유도'+'미라'를 합성한 이름 아닌가? 그렇다면 유라는 미라와 다른 인물이 아니라, 미라와 유도의 행복한 '결합'을 상징하는 이름일 것이다.

「곡도와 살고 있다」에는 이런 대화가 나온다.

　　"이상한 거라니, 새나 고양인가?"

　　"……그건 아니고요."

　　"사람도 아니고?"

　　"네."

　　"아아, 그래."

　　소장은 알아들었다는 듯 고개를 끄덕였어. (중략)

　　"(중략) 사람은 아니고, 딱 알겠더라고, 이건 그거다, 라고. 그 순간엔 말이지. 이거 귀찮게 되었구나, 생각했지만 일단 지내 보니 별로 그런 일도 없었어. 그야 밤중에 내 얼굴 근처에서 '마요네즈마요네즈마요'라거나 '서쪽에 다섯 개가 있어'라는 등, 중얼거릴 때는 좀 오싹하기도 했지만 말이야, 그 정도가 전부였다고."(「곡도와 살고 있다」, 1: 170쪽)

곡도는 고양이를 닮은 애완동물이다. 다른 곡도는 원숭이를 닮았다고도 한다. "서쪽에 다섯 개가 있어", 혹은 "마요네즈마요네즈마요"와 같이

한 흔적)가 등장한다. 그런데 정작 초점 화자인 (한씨와 고씨 부부의) 자식들 이름은 곰과 밈이다. 황정은의 세계에서는 바로 볼수록 이름이 희미해진다. 이들은 일인칭 화자의 분신이라 할 수 있는 고유 명사의 장악력에서 벗어나 있다.

알아들을 수 없는 말을 중얼거려 사람들을 놀라게 하기도 하고, 성미가 까다로워서 재미있는 얘기를 해 달라고 조르기도 하며, 집 안을 마구 뛰어다니기도 한다. 무한 증식해서 집을 가득 채우거나 성냥갑에 담길 만큼 작아지기도 한다. 곡도는 인간이 아닌 생물이지만 인간처럼 말하고 직립하고 느낀다. 그리고 곡도는 "그거"라고 불린다. 왜일까? 우리가 그에 합당한 이름을 붙여 줄 수가 없기 때문에. 곡도는 모든 인간의 명명을 무력하게 만드는 지점에 서 있다. 그렇다고 해서 곡도를 없는 것으로 간주할 수도 없다. 곡도는 "버림받는 즉시 곡도로서의 특징을 잃고 보통의 동물화 단계에 접어들게 됩니다. 이때 공평무사, 사육자에게도 같은 비중의 '분실'이라는 현상이 일어난다는 점을 명확히 인지하시기 바랍니다."(1: 178~179쪽) 이때 인간이 잃는 분실의 목록에는 다음과 같은 것들이 있다. 특정한 어휘, 자신감, 미소, 그림자, 드물게 눈꺼풀. 우리의 반려자이면서도 어떤 고유 명사조차 부여받지 못한 이상한 동행자, 이들이 곡도다. 여보세요. 그것은 무엇입니까? 이야기를 해 주세요. 이것은 곡도입니다.

3 "여보세요"를 두 번 반복하기

무덤에서, 이를테면 토끼 구멍 저편의 이상한 세계에서 전화가 걸려 왔다. "여보세요." 그러나 '이것'을 소개하기 전에 먼저 해야 할 일이 있다. 우리는 저 인사에 응답해야 한다. "여보세요."라고 우리는 반복해야 한다. 이 반복에 의해, 전화기는 축음기(gramophone)의 일종으로 변한다. 데리다는 "예, 예.(yes, yes.)"의 반복을 다음과 같이 흥미롭게 분석한 바 있다.

바로 저 예, 예(yes, yes)가 원인입니다. 저 예스는 아무 말도 하지 않으면서 또 다른 예스만, 타자의 예스, 곧 우리가 보겠지만 첫 번째 예스에 분석적으로 또는 선험적 통합으로 암시된 또 다른 예스만 부탁하기 때문입니다. 후자의 예스는 자신의 확증을 위한 요청 내에서, 예, 예 안에서 스스로를 위치시키고 전개하고 표지할 따름입니다. 저 예, 예와 함께, 두 번째 예스, 다른 예스와 같이 시작하긴 하지만 이것은 여전히 회상하는 예스이고 (중략) 우리는 언제나 이를 기억 과잉증적, 또 동어 반복적 일인극이라고 부르고 싶은 충동을 느낍니다. 예스는 예스 외의 아무 말도 하지 않습니다: 처음 것을 닮은 또 다른 예스, 비록 완전히 다른 예스의 도래에 예스라 한다해도. 그 자체가 수행성의 조건이 되는 나의 위치를 마련해 주기에 이는 하나만 되풀이해 말하거나 반사하는, 또는 가상의 형태로 나타납니다.[7]

전화를 받는 사람은 흔히 "예"라고 하지 않고 "예, 예."라고 한다. 첫 번째 "예"가 상대방(타자)의 임재를 확증한다면, 두 번째로 나타나는 "예"는 첫 번째 "예"를 주체의 내부에 선험적으로 통합시키는 기능을 할 뿐이다. 후자는 전자와 달리 어떤 질문에 대한 답으로 등장하지 않았다. 따라서 후자는 재등장하면서 발화를 역진행시키는 "예"라는 말이다. 다시 말해 후자는 회상하는 "예", 기억 과잉의 "예", 동어 반복의 "예"가 된다. 그것은 자기 지시적 지표다. 이를 통해 그것은 주체를 등장시킨다. 저 두 번째 "예"를 통해 주체가 주체 자신임을 수행적으로 재확인하기 때문이다. 이것은 아무것도 이름 짓지 않으면서도 그 의미화 불가능성을 통해 대화를 완성시킨다. 그것은 무(無)를 첨가하면서 특별한 계기가 된다. "의식이 자신을 회복하여 모든 내용을 소유하게 되면, 진정한 창조의 가능성을 내포하는 순간이 도래한다. 그러나 무엇인가가 결여되어 있다. 이 결여되어 있

---

7   자크 데리다, 정승훈·진주영 옮김, 「율리시스 축음기: 소문으로 들은 조이스의 예스」, 『문학의 행위』(문학과지성사, 2013), 396~397쪽). 이 글의 제목과 본문에 언급한 축음기(gramophone) 역시 데리다의 용어다.

는 것이 계기다."⁸ 계기란 외재성이다. 다시 말해 계기란 결여이고 제로 (0)다. 그러나 이 바깥의 없음이 첨가되어야 창조(무로부터의 생산인 그것) 가 가능해진다.

"예, 예." 문제를 (동일한 방법으로) "여보세요."의 반복에 적용할 수 있을 것이다. 상대방의 말을 반복하는 "여보세요."는 '여기를 보세요.'나 '당신은 누구입니까?'의 줄임말이 아니다. 두 번째 여보세요는 상대방을 등장시킨 첫 번째 여보세요의 반복(반응)이다. 그것을 통해 주체가 상대와 대화적으로 연동되어 있다는 사실이 드러난다. 두번째 "여보세요"는 주체와 상대가 대화적으로 현존하고 있음을 보여 주는 부표가 된다. 후자(두 번째 여보세요)는 나타나면서 앞의 말을 반복하고 회상하고 대화의 문맥 속에 재통합한다. 주체는 이 두 번째 여보세요를 통해 비로소 주체가 된다. 그럼에도 불구하고 후자는 아무것도 의미하지 않는다. 그것은 의미의 공백 지대를 덧붙임으로써 (단지 그것으로) 진리의 자리를 만든다.

황정은의 소설에서는 도처에서 수많은 반복이 등장한다. 이를 유형화해 보자. 먼저 이름의 반복을 꼽을 수 있다. 「일곱시 삼십이분 코끼리열차」에 나타나는 "파씨"는 「곡도와 살고 있다」, 「파씨의 입문」에서도 동일하게 등장한다.

> 나는 말했다. 파씨가 가고 싶대. 파씨가 그 레스토랑의 첫 번째 손님이 될 거래.
> 파씨라고?
> 파씨.
> 파씨가 누구야.
> 파씨가 누구냐니.

---

8   키르케고르, 앞의 책, 419쪽.

나는 내 오른쪽 자리를 돌아보았다. 거기에 파씨는 없었다. (중략)

어째서 자기를 파씨라고 불러.

휴지통을 응시하며 기린이 말했다. (중략)

파씨는 어렸을 때 우리가 기른 토끼의 이름이잖아. 왜 자기를 그런 것으로 불러.(「일곱시 삼십이분 코끼리열차」, 1:87~88쪽)

'나'와 파씨, 기린 이렇게 셋이 유원지에 놀러 갔다. 나와 동생 기린은 6년 동안 외삼촌의 집에 살면서 학대를 당한 적이 있다. 그때 이후로 파씨가 등장했다. 내가 동생에게 파씨 얘기를 꺼내자 동생이 되묻는다. 형은 왜 자기를 파씨라고 불러? 그건 우리가 기른 토끼 이름이잖아? 따라서 파씨는 실존하지 않는 이름이자 실체가 아닌 자의 이름이다. 내가 등장시킨 나의 반복, 나를 파씨라고 대상화한 반복이기 때문이다. 첫 번째 여보세요가 파씨를 등장시켰다면(나는 나를 파씨라고 부른다.) 두 번째 여보세요는 파씨를 부른 나 자신을 재등장시킨다.(동생은 파씨를 나라고 부른다.) 결국 두 번째 여보세요 덕분에 나는 이중적인 나(나와 파씨를 만들어 낸 나)로 통합된다. 독특한 반려동물인 곡도를 데려다준 이도 파씨다. 두 번째 소설집에 와서 우리는 파씨가 무(無)에서 나타난 현상(파도)으로 재등장한 것을 보게 된다.

다음으로는 대화의 반복[9]이 있다.

가마는 가마지만 도무지 가마는 아닌 가마인가요.

무슨 말이에요?

해 보세요, 가마.

가마.

9 「포즈와 프러포즈」에서 이 소설의 반복을 정념의 배가(倍加)(98쪽) 혹은 타자의 등장(150쪽)을 보장하는 반복으로 읽은 적이 있다. 이 글에서의 반복은 단독성의 도래를 가능하게 하는 배가다.

가마.

가마.

가마.

이상하네요.

가마.

가마, 라고 말할수록 이 가마가 그 가마가 아닌 것 같은데요.

그렇죠. 가마.

가마.

가마가 말이죠, 라고 무재 씨가 말했다.

전부 다르게 생겼대요. (중략) 그런데도 그걸 전부 가마, 라고 부르니까, 편리하기는 해도, 가마의 처지로 보자면 상당한 폭력인 거죠.(2: 37~38쪽)

머리에 난 "가마"는 실체이지만 저렇게 단문으로 끊어 말할 때 그것은 원래의 문맥에서 빠져나온다. "가마"는 술어의 일부('가도록 하마')가 되기도 하고 사람을 실어 나르는 들것으로서의 가마가 되기도 한다.[10] 맨 처음 가마의 경우에도 저 반복은 수많은 이형(異形)들을 만들어 낸다. 사람마다 가마는 "전부 다르게 생겼"기 때문에, 첫 번째 발화한 가마와 두 번째, 세 번째 발화한 가마는 같은 가마가 아니다. 이것은 반복만이 고유성을 창출한다는 것을 보여 주는 사례다. 황정은의 반복은 동어 반복이 아니라 이질적인 것들을 생산하는 이런 고유성의 반복이다. 여보세요가 재등장하면서 주체를 재문맥화하듯이, 가마들의 수많은 등장은 고유 명사가 아닌 특

---

10 신형철이 이 소설의 해설에서 현실의 자명성, 불행의 평범성, 언어의 일반성과 싸우는 소설가의 임무를 들며, 이 부분을 분석한 바 있다.(신형철, 「『百의 그림자』에 부치는 다섯 개의 주석」) 백지은은 이러한 대화가 "일상적이고 자동적으로 사용하는 말들에 대한 냉담한 의혹과 정당한 논평"을 포함하고 있으며, "그러한 대화의 핵심은 일상적이고 자동적인 세상의 무심과 몰각에 대한 비판"에 있다고 말했다.(백지은, 『독자 시점』(민음사, 2013), 218쪽)

이점들을 나타낸다. 가마는 사람마다 다르지만 우리는 가마의 모양으로 그 사람을 판별할 수 없다. 따라서 가마는 고유 명사의 기능을 하지 못한다. 하지만 서로 다른 가마를 호명하는 순간, 그 가마들은 고유한 자리를 차지한다. 그것들을 일괄하여 가마라고 부르는 것은 "상당한 폭력"이다.

다음으로는 목소리의 반복이 있다.

> 밤에 누군가 말했다.
> 서쪽에 다섯 개가 있어.(「옹기전」, 3: 83쪽)

'나'는 어디선가 항아리를 주워 왔다. 밤이 되어 자리에 누우면 항아리 있는 쪽에서 알 수 없는 말소리가 들린다. "서쪽에 다섯 개가 있어." 그것은 두개골처럼 둥근 모양이고 거기 그어진 두 줄은 사람의 감은 눈처럼 보였다.(3: 87쪽) "서쪽에 다섯 개가 있"다는 "누군가"의 말은 앞에서 인용했듯 처음에는 곡도의 말이었다. 곡도가 '그거'라 불렸음을 기억하자. 이 항아리를 곡도의 다른 모습이라 해도 틀린 말은 아닐 것이다. 무어라 이름 지을 수 없는 이름, 이것 혹은 그것(그거). 항아리들. 내가 "시체들을 전시한 전시회"(91쪽)에 갔을 때 보았던 "기이한 아기들"도 그렇게 생겼다. "이마가 너무 불룩하거나 머리 자체가 너무 불룩하거나 장이 배 밖으로 동글동글하게 노출된 아기들이 탯줄 달린 채로 노르스름한 용액에 잠겨 있었다. 태어나지도 못한 아기들이 무언가에 시달리느라고 늙은이들의 표정을 하고 있었다. 고통스러워 보였다./이건 그거와 닮았다."(3: 91쪽) 이 항아리가 "서쪽에 다섯 개가 있어."를 반복해서 말한다. 「옹기전」은 이 말을 쫓아 서쪽으로 여행하는 이야기다. 결국 나는 세계의 끝[11]에 당도하

---

11 복도훈이 소설 속 "서쪽"을 '세계의 끝'이라고 말한 바 있다.(복도훈, 「묵시록의 네 기사」(자음과
모음, 2012), 192쪽) 그는 이 항아리를 '기괴한 피조물들'의 하나라고 불렀다. 이 글의 맥락에서,

고 거기서 항아리는 말을 멈춘다.

상당한 시간이 흘러도 항아리는 서쪽에 다섯 개가 있다고 말하지 않았다.
여기가 거기인 것이다.
이미 당도했으므로 더는 서쪽이라고 말할 필요가 없는 것이다.
그렇지 않냐.
그렇게 물어도 물질인 척, 항아리는 말이 없었다.(3: 102쪽)

이곳은 항아리들의 무덤, 항아리들의 서역이다. 곡도와 항아리, 혹은
이것이나 그것은 이곳에 당도할 때까지 제 말을 멈추지 않을 것이다. 그
렇다면 반복해서 등장하는 저 목소리는 무엇인가? 옹기의 저 발화는 의미
의 차원에서 분해되지 않는다. 왜 서쪽인지, 왜 다섯 개인지 소설은 아무
것도 말해 주지 않는다. 따라서 저 발화는 의미의 부재를 전달하는, 한 덩
어리의 분절되지 않는 소리의 시퀀스다. 그런데 이 연속된 발화가 나의
여행을 추동한다. 또한 그로써 이야기의 바깥에서 이야기를 추동하는 계
기, 키르케고르가 말한 무(無)를 첨가함으로써 진리를 완성하는 계기로
작용한다. "계기는 항상 우연적인 것이지만, (중략) 이 우연성에 있어서
필연적인 것이다."[12] 반복은 우연적인 것으로 등장하여 필연적인 것이 된
다. 우연을 통해서 반복은 진리를 등장시킨다.
　그래서 우리는 여보세요에 동일한 방식으로 응답해야 한다. 여보세요.
여보세요. 이것이 전화기가 축음기가 되는 이유다. 축음기란 발화하는 목
소리와 그것이 재등장한 목소리 사이에 시간을 도입하는 기계다. 실제로

말하는 항아리나 곡도, 묘씨(「묘씨생」) 등은 '나'와 대리 보충의 관계로 얽혀 있는 나∞타자의 한
계기다. 저 둘을 분리해 내면 나와 타자, 양자 모두 사라져 버린다.

12　키르케고르, 앞의 책, 419쪽.

전화기 역시 소리 파동이 전기 신호로 바뀌고 다시 그 신호가 소리 파동으로 바뀌는 동안 시간적 격차를 포함한다. 따라서 전화기 역시 축음기의 일종이라 할 수 있다.

우리는 이 전화기적인 셰마 이스라엘(Shema Israel)과 무한정 거리가 있는 신(장거리 전화, 걸려온 수신자 부담 전화 또는 "음경 포피 수집가"에게 건 수신자 부담 전화)과 이스라엘 사이에 관해 말할 수 있겠습니다. 셰마 이스라엘은 아시다시피 이스라엘을 부르며, 들어라 이스라엘, 이보게 이스라엘, 이스라엘이라는 이름을 호명하는, 일대일 전화입니다.[13]

셰마 이스라엘이란 그 말로 시작하는 구약 성서 「신명기」 6장의 율법을 말한다. 성경 구절을 두루 이르는 말로서, "들어라 이스라엘이여."로 풀이되는 이 말을 전화 통화용 문법으로 바꾸면 "여보세요, 이스라엘." 정도가 될 것이다. 따라서 이 말을 선포한 것으로 간주되는 하느님은 장거리 전화를 건 하느님(이곳에 임재하지 않는 하느님, 먼 데 동떨어져 있는 하느님)이다. 모든 말씀의 임재는 이처럼 말씀의 부재 위에서 가능하다. 따라서 모든 현전하는 목소리는 (전화기가 구현하듯이) 두 번 현전해야 한다. 발화되는 목소리로 한 번, 그것을 듣기 위해서 대상화되는(발화된) 목소리로 한 번. 이렇게 해서 전화기는 축음기가 된다.[14] 황정은의 소설에 나타나는 반복은 이 반복(두 번 말하기)의 변형이라 말할 수 있겠다.

13 자크 데리다. 앞의 책. 357쪽.

14 위의 책. 404쪽. '무덤의 축음기'라는 표현은 이런 맥락에서 이해할 수 있다.

4   원더랜드의 오톨로지(autology/otology)

우리는 앞에서 반복을 통해 출현하는 주체의 위상에 관해 살펴보았다. 실체를 사고의 단위로 간주하는 일반적인 존재론(온톨로지, ontology)과 달리, 이 세계의 존재론은 반복을 통해 제 자신을 선험적으로 구성하는 자기 서술학, 자기 지칭술(오톨로지, autology)이다. "'한글'은 한글이다." 와 같은 문장을 보자. 이 문장은 A=A라는 동어 반복을 의미하지 않는다. '한글'이라는 단어가 한글로 쓰여 있다는 점에서, 이 문장은 자기 자신을 가리키는 말,('한글'은 한글로 쓰여 있다.) 자기 현시적인 말('한글'은 한글로 실현되어 있다.)이다. "'짧다'라는 단어는 짧다."(The word 'short' is short.) 도 동일한 경우다. 이 단어는 실제로 짧으며,(영어의 경우에는 단음절, 한국어의 경우에는 두 음절) 이 짧음의 속성을 단어 자체가 자기 지칭적으로 구현한다. 황정은의 소설은 반복을 통해 이러한 오톨로지를 구현한다.

① 시각적으로 예를 들자면 타이프체 같은 음성이라고 할까.(「곡도와 살고 있다」, 1: 163쪽)

② '기린'은 기린의 원래 이름과 한 글자가 같았다. 기린은 언제나 잠을 자고 있었다.(「일곱시 삼십이분 코끼리열차」, 1: 77쪽)

③ 떨어지고 떨어진다. 소리도 없고 기척도 없다.(「낙하하다」, 3: 66쪽)

①은 곡도의 목소리를 시각화하는 장면인데 '타이프체'를 실제로 구현해서 보여 주었다. 이것은 단순한 형식 실험이 아니다. 곡도는 실제로 "하나도 재미없네요, 그 얘기."와 같이 저 글자체로만 말한다. 따라서 이 특별한 타이포그래피는 자체로 곡도 자신의 자기 서술학을 정립하는 것이다. ② 나

와 동생은 동물원에 놀러 가서 기린을 본다. 동생은 기린이라고 불린다. "기린아, 기린이다."(1: 83쪽) 그러므로 여기에는 두 개의 기린과 한 개의 숨겨진 이름이 있다. 하나는 동물원의 기린. 다른 하나는 동생을 부르는 별명인 '기린.' 마지막으로 그 기린과 한 글자가 같은 본래의 동생 이름.(예를 들어 동생의 진짜 이름은 '기조'이거나 '기수', '서린'일 수 있다.) 중요한 것은 '기린'이 동생을 대신하는 순간 본래의 이름이 소설에서 영구히 감춰지고, '기린'이 기린과 대리 보충의 관계 속에서 드러난다는 점이다. 그런데 "'기린'은 기린이다."라는 문장으로 간추려질 이 관계에서 '기린'과 기린은 자기 지칭적이므로 어느 것이 별명이고 어느 것이 동물의 이름인지 알 수 없게 되어 버린다. 이 '기린' 역시 한편으로는 기린을 지우면서(동생의 이름인 그것은 영원히 숨겨진다.) 다른 한편으로는 기린을 구현한다.(무엇으로도 부를 수 없었던 동생 자신을 호명한다.) 자신을 지칭하는 자신의 손가락이 자신을 표현하는 것, 이것이 오톨로지의 비밀이다. ③에서 '떨어지다'의 주체는 '빗방울'이다. 그런데 처음부터 '비'는 내리다, 떨어지다, 낙하하다 등의 술어를 그 자신 속에 포함하고 있다. 처음부터 '낙하하다'는 '비가 내린다'로 전환될 수 있는 오톨로지컬한 단어였다고 하겠다.[15] 물론 이 비가 조락(凋落)할 수밖에 없는 인간의 운명을 대신하고 있다고 볼 수도 있다.[16]

자기 서술학, 자기 지칭학으로서의 오톨로지는 이학(耳學)으로서

---

15 영어로 빗방울은 'raindrop'이며, 'rain'은 '비가—오다'라는 동사이기도 하다. 참고로 「낙하하다」는 '비'라는 테마 소설집에 실린 단편이다. 『일곱 가지 색깔로 내리는 비』(열림원, 2011).

16 조연정은 「구조적 폭력 시대의 타나톨로지(thanatology)」(『만짐의 시간』, 문학동네, 2013)에서 「낙하하다」를 비롯한 황정은의 소설을 분석하면서, 황정은의 소설이 "잘 죽고 싶다"는 소망을 드러냄으로써 "삶에 내장된 고통을 선명하게 증언한다."라고 설명한다. 황정은 소설의 맥락에서 볼 때, 인간의 운명이란 폭력에 노출된 고통을 어떤 방식으로 견디느냐(대응하느냐)의 문제와 맞닿아 있다.

의 오톨로지(otology)와 뗄 수 없이 관계 맺고 있다. 자기 서술(오톨로지, autology)이 발신자의 입(구멍)이라면 이학(오톨로지, otology)은 수신자의 귓구멍이다. 따라서 '말하다/듣다'를 관통하는 이 구멍은 황정은의 원더랜드로 들어가는 입구, 토끼 구멍(a rabbit hole)인 셈이다. 그런데 여기서도 전화기에서 축음기로의 이행이 두드러진다. 전화기는 발화자-수신자라는 축을 필요로 한다. 발신자가 있고 그의 목소리를 듣는 수신자가 있을 때 통화가 성립하기 때문이다. 첫 번째 오톨로지(autology), 즉 자기 서술학은 이 통화가 발화자와 발화된 목소리 사이에서 이루어질 때 성립한다. 그런데 축음기에서 이 축은 무너진다. 축음기는 반드시 발신자 내지 발화자를 가정하지 않는다. 단지 발화된 목소리만 있으면 된다. 우리가 죽은자, 영원히 이별한 자처럼 현존하지 않는 이의 목소리를 들을 수 있는 것은 전화기가 아니라 축음기에서다.(데리다의 '무덤의 축음기'라는 표현은 이런 맥락에서 나왔다.) 두 번째 오톨로지(otology), 즉 이학은 이처럼 현존과 무관하게(혹은 다르게) 존재하는 발화를 어떻게 수신할 것인가의 문제와 관련된다. 그렇다면, 우리는 원더랜드의 이야기를 어떻게 들을 수 있을 것인가?

5 이야기와 이야기하기, 이야기하기를 하기

『야만적인 앨리스 씨』를 다룰 차례가 되었다. 이 소설은 내부에 또 다른 이야기들을 겹으로 안고 있는(이야기 속 이야기를 미장아빔(mise en abyme)이라고 부른다.) 형국이다.[17] 소설 속에 삽입된 속 이야기들은 입구

---

17 소설에는 여러 가지 이야기들이 삽입되어 있는데 크게 세 분류로 나눌 수 있다. 첫째, 앨리시어의 어머니가 앨리시어(와 동생)에게 전해 주는 끔찍한 꿈 이야기. 아동 학대의 합리화 기제다. 둘째, 앨리시어가 동생에게 들려주는 이야기. 어머니의 폭력으로부터 동생을 보호하기 위한 방어

멍(첫 번째 오톨로지)에서 귓구멍(두 번째 오톨로지)으로의 연통을 보여 주는 것이다. 이때 속 이야기들은 큰 서사를 이루는 겉 이야기의 현전이자 기억이며 선험적 확증이다. 속 이야기는 겉 이야기를 그 이야기의 외피 속에서 재현하고 기억하며 정당화하기 때문이다.

①

내가 꿈을 꿨어.

앨리시어의 어머니가 말한다.

작은 마을에 관한 꿈이다. 복숭아술로 유명한 마을이거든? 이 마을에서 애들이 납치되는 거야. 거기에 너, 그리고 저 새끼가 있는 거야. 너희들 말고도 많고도 많은 애새끼들이. (중략) 바로 그런 날에, 시체가 발견되고 마네? 신체 일부가 말이야, 작은 발 같은 거. 어떻게 됐겠어? 축제는 중단되고 수색이 벌어지고 살인범이 발견되었겠지? 그는 밧줄에 묶인 채로 나타난다. 관광객들이 그를 보러 모이지. 그는 몸집이 크고 피부가 흰 인간이야. 밀가루 반죽으로 어설프게 빚은 빵 과자처럼 생겼는데, 희한하게도 그게 너야. 듣고 있냐, 이 새끼야. 그게 너란 말이야 응? 자 너는 이제 아주 아둔한 얼굴을 하고 현장에 모인 사람들을 둘러본다. 너는 네가 죽인 아이들을 숨긴 장소를 그들에게 가리켜 보인다. 물속이야. (중략) 너는 그 몸을 알아본다. 니가 죽인 몸이고 죽지 않았으면 했던 몸이지. (중략) 너는 그 몸의 길이를 잰다. 그러더니 검지를 치켜들고, 이제 외쳐 봐. 머리부터 꼬리뼈까지 삼십오 센티미터! 자 이제 이 꿈은 어떻게 끝날까, 응?

어떻게 끝날까?(4: 83~85쪽)

기제다. 셋째, 장성한 앨리시어가 과거를 회상하면서 섞여 드는 꿈 이야기. 여기에서는 어머니에게 들은 이야기가 변형되기도 하고, 과거의 고통스러운 기억이 환상적인 차원으로 이행되기도 한다. 이 글에서는 이야기 속 이야기들의 연쇄를 통해서 드러나는 이야기들 간의 논리적 관계를 살펴볼 것이다.

이 소설은 여장 남자 노숙인 앨리시어에게서 출발한다. 앨리시어의 유년 시절로 함께 돌아가 보자. 앨리시어의 어머니는 앨리시어와 동생을 때리고 욕하고 학대해 왔다. 어머니는 "씨발 년"(4: 43쪽)이며, 그녀의 "씨발 됨" 혹은 "씨발적인 상태"(4: 40쪽)를 또 다른 '여우 이야기'(4: 30~37쪽)가 드러내고 기억하고 확증해 준다.[18] 앨리시어의 어머니가 그렇게 일차적인 이유는 아버지(앨리시어의 외할아버지)에게 구타를 당하며 성장했기 때문이다. 어머니는 "월급을 아버지에게 빼앗겼고 참다 못해 벌인 첫 번째 월급 투쟁에서 발가벗겨져 집 밖으로 쫓겨나 눈 속에 서 있어야 했다."(3: 41쪽) 그녀의 어머니(외할머니)는 그때 자고 있었다. 그날 이후 "씨발 년이 발아한" 셈이다. 딸의 고통에 무심했던 그녀의 어머니가 첫 번째 "씨발 년"이고 그녀는 어머니를 이어받은 "포스트 씨발 년"(4: 43쪽)인 것. 그녀 역시 자식들에게 폭력과 학대를 대물림하고 있다. ①은 그녀가 앨리시어에게 폭력을 휘두르기 전, 그 폭력의 정당함을 강변하면서 늘어놓은 꿈 이야기다. 앨리시어의 어머니가 앨리시어를 향해 말한다. 너는 아기를 죽인 놈이야. "희한하게도 그게 너야." 내가 너를 응징하지 않을 수 있겠어? 그런데 앨리시어는 이 꿈 이야기를 자신을 주인공으로 삼아 다시 이야기로 만든다. 이 두 번째 이야기는 첫 번째 이야기와 거의 같지만, 꿈의 주체가 다르다. 다음을 보자.

②
앨리시어가 이야기를 해 줄까.
여기 이 모퉁이에서.

---

18 여우 이야기는 마을에 떠도는 이웃집 며느리 가출담을 간추린 사연이다. 언뜻 그것은 앨리시어나 앨리시어의 어머니와는 무관한 다른 누군가의 수난담처럼 느껴진다. 그러나 폭력에 노출된 피해자가 시간이 지난 후 가해자의 위치에서 폭력을 되풀이한다는 서사 구성은 동일하다.

작은 마을에 관한 꿈이다. 복숭아술로 유명한 마을이라고 해 두자. 앨리시어는 이 마을의 주민으로 태어나 다른 많은 아이들과 함께 좁은 방에 갇혔다. (중략) 시체가 발견된다. 작은 발뿐이다. 축제는 중단되고 수색이 벌어지고 살인범이 발견된다. 그는 밧줄에 묶인 채로 나타난다. (중략) 그는 몸집이 크고 피부가 희다. 밀가루 반죽으로 어설프게 빚은 쿠키처럼 생겼다. (중략) 덩어리가 물속에서 올라온다. (중략) 앨리시어는 그 몸을 알아본다. (중략) 그가 놀라운 집중력을 발휘하여 몸의 길이를 잰다. 머리부터 꼬리뼈까지 삼십오 센티미터! 쿠키맨이 검지를 치켜들고 외친다. 앨리시어는 이 모든 광경을 지켜보지만 어떻게 볼 수 있는지, 언제 어떻게 그 방을 빠져나왔는지, 도대체 살아남는 데 성공하기나 한 것인지, 아무것도 아무래도 알 수 없는 상태로 이 꿈은 중단되지도 않고 이제, 이제 어떻게 끝날까.(4: 113~114쪽)

소설의 전체 서사가 구축한 상황에서 볼 때, 앨리시어의 어머니가 가해자고 앨리시어(와 동생)가 피해자다. 앨리시어와 동생은 탈출을 꿈꾸지만 그녀의 악력에서 벗어날 수가 없다. 구청에 아동 학대 신고를 하러 갔다가 훈계만 듣고 돌아오는 장면은 이 세계가 거대한 감옥이라는 것을 극명하게 폭로한다. 그런데 앨리시어의 어머니가 꾸며 낸 첫 번째 꿈 이야기(①)에서는 앨리시어가 가해자고 미지의 어떤 아이(앨리시어는 아이를 알아보지만 아이가 누구인지는 언급되지 않는다.)가 피해자로 설정된다. 그리고 앨리시어가 구축한 두 번째 꿈 이야기(②)에서는 누군지 모르는 자(쿠키맨)가 가해자고 미지의 어떤 아이(이번에도 앨리시어는 아이를 알아보고 아이의 정체는 밝혀지지 않는다.)가 피해자다. 이야기는 이것으로 그치지 않는다. 소설의 말미에는 소설의 서두에 배치되었던 모래 무덤 모티프가 반복된다. 개미지옥처럼 모래 구덩이 속에서 끊임없이 빠져드는 악몽. 결국 그 모래 무덤 속에서 앨리시어 동생이 주검으로 발견된다.

③

소년 앨리스는 복숭아술로 유명한 마을에 살고 있었다. (중략) 그 마을엔 나무 한 그루가 있었다. (중략) 토끼 한 마리가, 앨리스 소년의 발 근처를 휙, 지나갔을 때 (중략) 앨리스 소년은 저거다, 라고 외치고 토끼를 따라 뛰었다. 토끼를 쫓아 달리고 달려서, 마침내 토끼굴로 미끄러졌다가, 떨어지기 시작했다. 너 토끼굴이 얼마나 길고 깊은지 아냐? 그건 진정 긴 굴이었다. 앨리스 소년은 떨어지고 떨어지면서 다시 기다렸다. (중략) 바닥에 닿기를. (중략) 아직도 떨어지고, 여태 떨어지고 있는 거다. (중략) 아무리 떨어져도 바닥이 닿지를 않고 있네…… 나는 다만, 떨어지고 있네…… 떨어지고 떨어지고 떨어지고…… 계속, 계속…….(4: 130~132쪽)

앨리시어가 동생에게 들려준 "소년 앨리스" 이야기의 한 부분이다. 소년 앨리스가 토끼를 따라서 토끼굴에 들어가는 장면인데, 저 장면 역시 모래 무덤 모티프의 변형이다. 아무리 떨어져도 바닥에 닿지 않는다. 추락은 끝없이 이어지고(「낙하하다」) 저 폭력적인 세계의 탈출구가 없다는 것을, 구멍만 있을 뿐 "배수구 없는"(「뼈 도둑」) 흙더미 속에 갇혀 있음을 보여 준다. 속된 세계의 바깥으로 탈출했다고 생각하는 순간, 그곳 역시 뒤집어진 내부와 다름없다는 사실이 드러난다.

서사의 구성을 간추리면, 겉 이야기 → 속 이야기 ① → 속 이야기 ② → 속 이야기 ③…… → 겉 이야기로 돌아오는 형국이다. 그런데 소설 속 현실에서 속 이야기들을 거쳐 현실로 돌아오면서, 일관된 가해-피해의 단락들이 생겨난다. 앨리시어의 외할머니 → 앨리시어의 어머니 → 앨리시어 → 앨리시어의 동생으로 옮겨 가면서 가해자, 피해자의 역할극이 반복된다. 이 연쇄의 맨 처음에 놓인 할머니는 가해자고, 맨 끝에 놓인 앨리시어의 동생은 피해자다. 중간에 놓인 앨리시어의 어머니와 앨리시어는 가해, 피해의 역할을 교대로 수행한다. 그러나 저 전도와 연쇄를 지켜

보면서, 우리는 이 이야기들이 여기서 끝나는 것이 아니라는 것을 짐작하게 된다. 모두가 이야기 혹은 이야기의 이야기 속에 포함되면서, 결국 고모리라는 거대한 이야기가 현실의 논리에 포괄되는 것이다.

소설의 첫 장면에서 앨리시어가 여장 남자 노숙자로 등장한다는 사실도 이와 관련될 것이다. 앨리시어는 어머니의 운명(역할)을 물려받을 수밖에 없을 것이다.[19] 아이러니컬하게도 소년 앨리시어가 폭력적인 어른을 향한 복수를 실행에 옮긴 날, 앨리시어의 동생이 사고를 당해 모래 무덤에 갇혀 목숨을 잃고 만다. 앨리시어가 "어머니와 닮"은 얼굴, 즉 "씨발 년으로 이 거리에 서 있"(4: 159쪽)는 이유가 여기 있다. "씨발 년"의 주니어로서 말이다. 네꼬와 얌들의 아름답고 슬픈 우화(3: 54~61쪽) 역시 그렇다. 이 우화는 앨리시어가 동생에게 들려준 이야기다. 요약하면 이렇다. 네꼬 위에서 살아가던 얌들(얌보, 얌지, 얌모, 얌조, 얌파, 얌마리, 얌니자, 얌얌 등등)은 조개 때문에 생긴 분쟁을 해결하기 위해 조개 공장을 폭파하려한다. 그런데 그 와중에 조개에 대한 욕망을 이기지 못하고 또다시 아귀다툼을 벌인다. 그게 부끄러워 이들은 자기 배꼽을 꾹 눌러 자살한다. 이렇게 해서 얌들이 모여 살던 네꼬 공동체는 파괴된다. 그 위로 갤럭시가 흘러가고 있었다. 앨리시어의 머리 위로도 갤럭시가 펼쳐져 있다. 자본주의에 대한 우화로도 읽힐 수 있는 이 이야기에서도 가해자와 피해자의 역할극은 동일하게 반복된다. 요컨대 얌들은 아귀다툼을 벌이는 탐욕의 주체(가해자)이면서 동시에 파멸의 대상(피해자)이기도 한 것이다. 전체의 서사와 그 속에 삽입된 속 이야기들(얌들의 이야기)이 점증적으로 서로를

19　앨리시어는 폭력에 대항하기 위해 어머니를 향한 복수를 꿈꾼다. 앨리시어가 친구 고미를 구타하는 고미 아버지를 때리는 장면은 앨리시어가 물리적인 보복을 실현한 첫 순간이다. "앨리시어는 자신이 휘두르는 물리력에 강렬하게 도취되어 아픔을 느끼지 못한다. 그는 돌진하고 돌진한다."(4: 143쪽)

반영(반사)하면서 이야기들은 이렇게 하나(의 구조)로 통합된다.

이렇게 자기 증식하는 이야기는 자기 서술적(autological)이기도 하고, 이학(otology)과 관련되어 있기도 하다. 이야기 속의 이야기가 원래의 이야기를 지시하고 있다는 점에서 그것은 자기 서술이고, 이 이야기가 축음기로 기능한다는 점에서 그것은 발신자 없는 이학이다. 앞의 이야기들에서 이야기하는 사람(발화자 내지 서술자)의 이야기 속 자리(발화 내지 서술의 위치)가 증발하는 것은 이 때문이다. 속 이야기 ①에서 앨리시어의 어머니는 어떤 곳에서도 제자리를 갖지 못하는데, 이는 속 이야기 ②에서 앨리시어가 처한 상황과 동일하다. 사실 앨리시어란 이름에서도 이 점은 암시된다. ③에서 암시된바, 앨리시어와 앨리스의 관계를 언급할 필요가 있겠다. 앨리스(Alice)와 앨리시어(Alicia)는 같은 어원을 가진 동의어다.[20] 둘은 '귀족의, 고상한, 친절한' 등의 의미를 가진 그리스어에서 나온 단어다. 그런데 앨리시어는 앨리스 이야기를 만들어 낸 사람, 즉 앨리스 발명자(Alice+er)이기도 하므로, 소설 속 이야기의 서술자 내지 발화자이기도 하다. 앨리스와 앨리시어의 관계는 이야기 속 인물과 이야기하는 사람의 관계다.

소설 속 상황을 이루는 겉 이야기와 속 이야기들이 여보세요의 반복처럼 자기 반영적이라는 데 주목하자. 앨리시어는 앨리스를 만들어 낸 사람(Alice-er)이면서 앨리스 이야기를 통해서만 현존하는 자, 다시 말해서 이야기 속 앨리스의 선험적 구축물이다. 앨리시어는 겉 이야기에서 아무렇게나 욕을 내뱉고(언어적 폭력을 배우고) 물리적 폭력을 행사한다.(폭력을 폭력으로 되갚는다.) 따라서 그는 '야만적인' 어머니처럼 야만적이다. 그는 이 이상한 나라의 주인공(앨리스)을 통해서만 등장하는, 이야기가 현전하기 때문에 나타나는 (그 역이 아니다!) 앨리스의 부가물인 것이다. 이 소설

---

20   Alice의 동의어는 Alicia, Alicia, Alyse, Elsie 등이 있다.

의 겹구조는 이 축음기성을, 발화자가 발화의 현전을 통해서만 기억되고 회상되고 주체화된다는 사실을 가시화한다.

6　앨리스의 축음기

우리는 앞에서 황정은의 세계가 무(無)에서 나타난 목소리의 세계라고 가정했다. 이 세계에 충만한 죽음들을, 그럼에도 불구하고 여전히 움직이는 그림자와 그림자의 그림자("百의 그림자")들을 설명하기 위해서. 끝내 부르지 못한 동생의 이름을 부르기 위해서.〔"여태 노력했으나 그 이름 여태 말할 수 없다. 차라리 이것이다."(4: 161쪽)〕 황정은식 원더랜드의 거주자들은 고유 명사를 부여받지 못한 이것, 그것(혹은 그거)들이었다. 이 이름들은 실체가 아닌 현상(파씨), 연장(延長)이 아닌 감정(유라), 영혼이 아닌 육체(곡도)로 존재한다. 이들의 존재 방식을 그 자체로 존중하는 것, 이것이 관건이다. 황정은 소설의 반복은 여보세요를 여보세요로 받아들이는 반복, 즉 환대로서의 반복이다. 이름을 반복하고 대화를 반복하고 목소리를 반복하는 것. 그렇게 반복하면서 이 세계는 실체나 고유 명사가 아닌 존재자들로 충만해진다. 반복은 자기 서술학, 자기 지칭술임과 더불어, 이 학이기도 하다. 말하는 입과 듣는 귀를 관통하면서 황정은식 전화기는 축음기로 전환된다. 축음기는 반드시 발신자의 현존을 요구하지 않는다. 황정은의 이야기 속 이야기의 숨은 비밀이 바로 이것이다. 여기서 이 이야기와 이야기의 이야기와 이야기하기를 이야기하는 무한 증식이 일어난다. 서로가 서로를 기억하는 이야기, 이야기 속에 자신을 포함하는 이야기, 이야기하는 이를 우리 앞에 억지로 끌어다 놓지 않는 이야기들이 이렇게 생산된다. 그것은 우리가 현실이라고 부르는 상황을, 세상이라고 말하는 지반을, 그리고 이웃이라고 지칭한 이들을 온전히 구현하는 방법이다. 이야기들과 함께 우리는 확산되고 포함되고 기억된다. 지금-여기, 앨리스의 축음기가 우리 앞에 놓여 있다.

타원의 글쓰기

박민정과 최정화의 글쓰기와 기억하기

1 엘립스: 타원, 생략 그리고 하나 이상/이하

데리다는 『불량배들($Voyous$)』에서 엘립스(ellipse)라는 단어를 소개한다. '타원'을 뜻하는 'ellipse'에는 '생략'이란 뜻도 들어 있다. "그것은 하나 이상의 중심을 가진 곡선 형태입니다. 우리는 이미 '하나 이하'와 '하나 이상' 사이에 있습니다."[1] 타원은 같은 평면에 놓인 두 점에서의 거리의 합이 일정한 점의 자취로 정의된다. 원이 같은 평면에 놓인 하나의 점에서 일정한 거리에 있는 점의 자취인 반면 타원의 중심은 둘이다. 그런데 이 두 중심에서의 거리의 합이 타원을 이루기 때문에 원과 달리 타원에서 두 중심과의 각각의 거리는 일정하지 않다. 둘의 합 혹은 차이만이 일정하다.($a+b=c$는 $c-a=b$이기도 하다.) 즉, 타원의 두 중심(a, b)에서의 거리의 합(c)이 일정하다고 말할 수도 있고 그 합(c)에서 하나의 중심(a)과의 거리를 뺀 차이(b)가 일정하다고 말할 수도 있는 것이다. 데리다에 따르면 타원에서의 중심은 둘이라고 할 수도 있고, 아예 없다고 할 수도 있다.

---

1   자크 데리다, 이경신 옮김, 『불량배들』(휴머니스트, 2003), 29~30쪽.

거리의 합을 만들어 내는 두 지점을 중심이라고 할 수도 있지만, 타원 자체에서는 원과 같은 단일한 중심이 없기에 중심이 없다고 간주할 수도 있다는 것이다. 따라서 타원에서의 중심은 둘(하나 이상)이라고 할 수도, 없음(하나 이하)이라고 할 수도 있다. 원이 일자(一者, the one), 진리, 기원을 포함한다면, 타원은 무(無, nothing), 차연, 흔적을 포함한다.

데리다는 타원/생략(ellipse)이라는 비유를 민주 정치에 대한 사유에 활용했다. '기원이나 본질'로서의 민주 정치가 아니라 '앞으로 도래'할 민주 정치가 우리에게 필요하며, 그런 체계 앞에 놓인 시간은 메시아가 없는 메시아적 시간, 일자 없는 기다림의 시간이 될 것이다. 나아가 타원/생략을 '쓰기'의 차원에서 논의할 수도 있을 것이다. 자음과 모음, 검은 글씨와 흰 여백이 얽혀서 생산되는 텍스트(text)는 씨줄과 날줄이 교차하며 짜여 나가는 직물(texture)과 같다. 텍스트는 닿소리와 홀소리, 소리와 침묵, 의미와 무의미, 하나 이상과 하나 이하가 교직(交織)되는 차연의 놀이터다. "텍스트 바깥은 없다."라는 데리다의 유명한 명제는, 세계가 텍스트이며 이 세계 바깥에서 세계를 생산하거나 주형하거나 섭리하는 일자, 초월자, 정초적 의미, 근본 기의가 없다는 뜻이다.

같은 의미에서 텍스트에는 재래의 저자 개념도 없다. 저자(author)란 텍스트의 생산자로서 텍스트를 소유하고 보증하고 공표하는 자이며, 이로써 텍스트에 정본성(혹은 眞正性, authority)을 부여하는 자이기도 하다. 텍스트가 이미 세계로서 우리 앞에 현상하고 있는데, 다시 그 세계의 기원과 통치자를 상정할 수는 없을 것이다. 그것은 텍스트가 스스로 말하기 시작한 이래 줄곧 침묵을 지켜 온 신을 다시 불러들이는 일이기 때문이다. 쓰기, 그것은 하나 이상이다.(거기에는 늘 복수화된 쓰기의 주체가, 말하자면 쓰기의 운동이 있다.) 그것은 동시에 하나 이하다.(그것은 일자로서의 저자조차 필요로 하지 않는다.)

'ellipse'는 쓰기에서 저자라는 자리를 삭제하지만 그럼에도 불구하고 쓰기의 주체는, 더 정확히 말해서 쓰기의 자리는 남는다. 'ellipse'는 자기 (self)를 뜻하는 'ipse'를 제 안에 포함하고 있다. 데리다는 "자기의, 자기를 향한, 자기 몸의 회귀의 순환성 없이" 민주 정치에 대해 사유하는 것은 어렵다고 지적한다. "최고의 자기 결정, 자신(soi)의 입세(ipse, 자신)의 자율성, 다시 말해서 자신의 법을 자기 자신에게 스스로 제공하는 자기 자신, 모든 자기 목적성(l'auto-finalité, l'auto-télie), 자기에서 시작된 자신을 목적으로 하는 자신을 위한 존재로서의 자기와의 관계, (중략) 자기성(自己性, ipséité) 일반이라고 부를 만한 형태들과 운동들이 문제가 된다면 말입니다."[2] 이때 자기(ipse, soi)란 "홀로, 남성인 주인—아버지, 남편, 아들 또는 남자 형제, 집주인, 소유주, 영주뿐 아니라 군주—으로서의 자기 자신을 가리킨다. (중략) 민중의 주권에 앞서 자기성은 권력, 무력, 크라토스(kratos), 크라티(cratie)의 널리 유포되어 있거나 인정된 지배권을 정당한 주권 원리라고 명명한다."[3] 'ellipse'는 '생략'이나 '모자람'을 뜻하는 그리스어 'ellipsis'를 어원으로 하고 있는데, 본래는 물체의 운동이 원운동에서 벗어난 정도를 뜻하는 이심률(離心率, eccentricity)이 1보다 작아서 붙인 이름이다. 'ipse'를 고려한다면 'ellipse'는 '자기 자신에게서의 모자람(결여)이나 넘침(초과)'으로 정의될 수 있을 것이다. 'ipse'가 아버지, 남편, 아들, 주인, 군주로 이어지는 남성화된 권력이라면, 'ellipse'는 그 권력에서 배제되어 온 '하나 이하',(어머니, 아내, 딸처럼 1의 부속으로 세어져 온 자) 그 권력의 대상이 되는 '하나 이상'(노예, 신민처럼 다수로서만 세어져 온 자들)의 이름이다. 텍스트의 저자가 전자라면 텍스트의 주체는 후자다. 바로 여기에 권력의 행사로서의 쓰기가 아니라 권력에서 배제된 자들의 놀이로서의 쓰기가 있다. 문학에서

2   위의 책, 48쪽.

3   위의 책, 50쪽. 강조는 인용자.

의 쓰기는 바로 이러한 것이다.

2 타원의/생략된 쓰기: 박민정의 『서독 이모』[4]

박민정의 『서독 이모』는 소설가 소설이다. 소설가가 주인공으로 등장하여 자기의 삶과 소설에 관해서 이야기하기 때문에, 이 소설은 자기(self, ipse)의 자기성(自己性)에 대한 성찰처럼 읽힌다. 그러나 소설을 쓰는 소설가도, 소설 속에 등장하는 소설가도 이중 삼중의 쓰기 속에서 분열되거나(하나 이상) 사라진다.(하나 이하) 이 소설은 '자기'에 대한 쓰기가 아니라, 쓰기의 결과로 산출된 '나'에 대한 소설이다. 혹은 '나'의 분열과 증식, '나'의 소멸과 분신에 대한 이야기라고 말할 수도 있다. 『서독 이모』에서는 여러 차원의 쓰기가 수행되고 이에 따라 쓰기의 주체가 분열되거나 증식한다.

1. 먼저 '나'의 '논문' 쓰기가 있다. 소설가로 등단한 '나'에게 대학원 과정은 불필요한 것이었다. "소설을 쓰는 일에 제도권 교육은 더 이상 필요하지 않다고 생각했다."(12쪽) 그러나 직장에 다니면서 소설을 쓰기란 더욱 어려운 일이었다. "나는 짧은 직장 생활을 통해 깨달았다. 회사에서 종일 하얀 모니터를 보다가 (더욱이 그때는 주말에도 쉴 수 없었고 5일은 야근했다.) 귀가해서 다시 그 하얀 모니터 앞에 마주 앉는다는 것은 엄청난 의지를 요하는 일이었다. 바보들이 넘쳐 난다고 욕하던 학교로 돌아가고 싶은 마음이 간절해졌다."(13쪽) 소설을 쓰기 위해 나는 차악을 선택해야 했고 그것이 대학원 진학이었다. 그런데 석사 과정에 입학하고 그사이 등단도 했으나 근로 장학생으로 일하느라 소설을 별로 쓰지 못했고, 박사

---

4   박민정, 『서독 이모』(현대문학, 2019). 이하 본문에 인용할 때는 쪽수만 밝힌다.

과정을 포기하고서야 청탁과 발표가 줄을 이었으니 소설 쓰기를 위한 대학원 진학은 성공적이지 못했다. 이 과정에서 소설가로서의 '나'는 지워진다. 게다가 논문을 쓰는 동안 겪었던 수모와 모멸감은 '나'에게 깊은 상흔을 남겼다. 이 과정을 상세히 살펴보자.

① 소설을 쓰기 위해 '나'는 대학원에 진학한다. '나'는 소설을 쓰지 못하고 논문을 쓴다. 소설가는 사라지고 논문의 저자가 산출된다. '나'는 둘로 분열한다. ② 석사 학위 논문으로 '나'는 브레히트를 다루기로 한다. 논문을 지도한 독문과 최 교수는 브레히트의 번역되지 않은 독일어 원서를 주요 전거로 삼을 것을 권한다. 그러나 '나'는 독일어를 읽을 수 없다. 영어본을 통해 어렵게 논문을 완성했으나, 그 논문은 공개 발표회 자리에서 난도질을 당한다. "독일어를 모르는 한국 문학 전공생이 어떻게 브레히트의 번역되지 않은 저작을 이론적 토대로 논문을 쓸 수 있었느냐는, 사회학과 장 교수의 지적"(45쪽)이 대표적이다. "분명 내가 쓴 글이지만 나는 거기에서 추방당하고 있었다."(46쪽) 논문의 저자로서도 '나'는 읽을 수 없는 언어(독일어)를 읽고 써야 했다. '나'는 논문 쓰기에서도 또다시 사라지거나 분열한다. ③ 결국 '나'는 박사 과정 진학을 포기하는데, 그때서야 청탁도 밀려들고 소설 쓰기도 가능하게 되었다. 그러나 이 과정에서 '나'에게는 쓰지 못한 혹은 발표할 수 없는 소설이 남는다. "세상이 모르는 소설들"이 그 제목이다.(95쪽) 작가인 '나'는 이렇게 또 한 번 은닉된다. ④ '나'는 취직도 한다. 다시 구한 직장은 견딜 만하다. 이제 글쓰기도 돈벌이도 회복한 것처럼 보인다. 그러나 거기서 '나'는 "내 또래 자문 위원"에게 질문을 받는다. "우정 씨, 독일어를 읽으시겠네요. (중략) 아, 제가 우정 씨 논문을 찾아봤어요. 독문학 관련이시길래……."(73~74쪽) 논문의 저자인 '나'는 이렇게 또 한 번 호명되고 비판된다. 이 에피소드는 떠올릴 때마다 '나'를 불쾌하게 만든다.

결국 '논문 쓰기'를 통해 '나'는 이중으로 지워진다. 처음에는 소설가로서의 '나'가, 그다음에는 논문의 저자로서의 '나'가. 이 일은 '나'에게 깊은 상처를 남겼다. '나'가 '서독 이모'와 공감하는 첫 번째 지점이 여기다. 분단을 지나 통일(혹은 데탕트)을 이룬 후에도 이모가 서독 이모로 불리는 것처럼, 학위를 받고 나서도 '나'는 자신이 쓴 논문의 언어를 모르는 사람으로 남는다. 이모부의 실종 사건이 이모의 삶 전반에 그늘을 드리운 것처럼, '나'의 석사 학위 논문은 '나'의 '쓰기'에 지워지지 않는 흔적으로 남았다.

2. 서독 이모와 이모부를 둘러싼 이야기는 '나'의 '알려지지 않은 소설' 쓰기의 내용을 이룬다. 서독 이모에게는 첫사랑의 대상이었던, 결혼하여 함께 살다가 어느 날 자취를 감춘 '클라우스'라는 이모부가 있었다. 동독 출신의 한국계 과학자였던 이모부는 여동생, 아내와 평온하게 살다가 문득 사라진다. 그 이후 우리 가족은 이모부의 소식을 이모에게 묻는 일을 금기로 삼았다. 당사자인 이모의 고통과 충격을 짐작할 수 없었기 때문이다. "클라우스는 내 머릿속에 이국의 협곡에서나 발견될 만한 존재였다."(89쪽) 현실의 지평에 생긴 이 심연을 상상으로 메우기 위해 '나'는 여러 차례 소설을 쓴다.

대학 1학년 때 처음 쓴 소설에서 이모부는 '서독 고모부'로 등장했는데, 이 소설에 대한 반응이란 고작 "간호사 고모와 광부 고모부야?"(36쪽)가 전부였다. 그 후에도 '나'는 여러 차례 소설을 썼으나 완성할 수 없었다. 그 여러 버전은 결국 이모부가 왜 실종되었는가를 밝히기 위한 상상의 산물들이었으나, 이모부가 죽지 않고 "브레멘에" 살고 있었다는 후일담(90쪽)의 충격을 넘어서지 못했다. 대체 무슨 일이 있었던 걸까? 『서독 이모』는 이모부에 대해 아무 말도 하지 않는다. '나'는 "앞으로도 영영 그들의 이야기를 감히 소설로 쓸 수 없으리라고 생각했다. 나는 여러 버전의 클라우스 이야기를 외장 하드에 저장해 두었다. '세상이 모르는 소설들'이라는 제목을 달아서. 그런 행동이 겸연쩍어 나는 외장 하드를 서랍

깊숙한 곳에 넣어 두었고 다시 꺼내 보지 않았다."(95쪽)

이것은 쓰기/이야기의 실패인가? 아니면 실패의 쓰기/이야기인가? 전자는 상상이 메우지 못한 현실의 분열을 말하는 것이며,(독일과 한국의 '분단'은 이 분열의 알레고리다.) 후자는 실패담의 형식으로써만 쓰기에 기입되는 모든 이야기의 운명을 말하는 것이다. '나'의 저 행동에 의해서, '나'의 쓰기는 두 가지로 나뉜다. 하나는 '나'가 발표한 소설들로 '세상이 아는 소설들'이라면, 다른 하나는 서랍 속에 묻어 둔 소설들로 '세상이 모르는 소설들'이다. 후자로 인해 '나'의 쓰기는 앎과 무지, 알려짐(공표)과 은닉함, 존재와 부재를 포괄하는 것이 된다. 저 소설의 내용은 이모부의 이력처럼 아무도 알지 못한다. 그러나 서랍 속의 저 소설들은 '거기에 있어 왔던 것', 과거에서 현재까지 한 번도 소멸되거나 사라지지 않고 존재해 왔던 것이다. 그 알려지지 않은 소설들의 개략이 『서독 이모』의 이곳저곳에서 소개되면서 저 소설들은 알려지지 않았으나 현실의 심연을 메우는 데에는 성공한, 다시 말해 가상으로써나마 이모부의 실종을 이러저러한 방식으로 짐작하게 해 주는 데에는 성공한 이야기가 된다. 실패담은 성공으로 가지 않는 길을 하나씩 지우기에 성공담을 보증해 준다. 그 가운데 현실로 가는 길 하나가, 이모부의 삶이 영위되는 말할 수 없는 장소(브레멘)가 발설될 것이다.

3. '나'의 알려지지 않은 소설은 이모의 '희곡' 쓰기와 짝을 이룬다. 극작에도 재능을 보였던 이모는 늘 희곡을 쓰고 있었다. 최 교수의 술회다. "경희가 쓴 희곡은 결국 단 한 편뿐이었다. 수차례 학인들에게 리딩을 시키고 합평을 받으면서도 그걸 완성작이라고 표현하지 않았단다. 그러다 결혼하고 나서도 몇 년이 지난 후 드디어 완성했다고, 무대에 올릴 방법을 모색해 보겠노라고 말했었지. '동맹(Bündnis)'이라는 제목의 작품이었단다……. 그리고 얼마 지나지 않아 클라우스가 실종되었지."(64~65쪽) 이모의 쓰기는 이모부의 실종 이전의 시간을 채우고, '나'의 소설 쓰기는

이모부의 실종 이후의 시간을 채운다. 그리고 그 둘 모두가 발표되거나 무대에 오르지 않음으로써 현실의 결락을 메운다. 분열은 이처럼 채움이기도 하다. (이모부의) 실종이 (이모의) '동맹'을 잇듯이. (이모부의) 재등장을 ('나'의) 미발표가 잇듯이.

4. 마지막으로 '나'의 '소설' 쓰기가 있다. '나'는 이 모든 이야기들을 아우르며, 이 모든 이야기에서의 '쓰기'의 주체들을 잇는다. ① 소설은 이모의 희곡 쓰기, '나'의 논문 쓰기, '나'의 알려지지 않은 소설 쓰기가 실패했음을 알리는데,(세 가지 쓰기는 완성되지만, 무대에 오르지도 읽히지도 발표되지도 않는다.) 아이러니컬하게도 정작 이 실패담의 연속을 통해서 소설이 완성된다. ② 소설은 각 이야기의 주체들을 동일한 쓰기의 지평에 놓는다. '나'와 이모는 20년의 시차를 두고 쓰기를 실천하며, 이모가 이모부를 잃듯 '나'는 대학원을 잃는다.(나와 이모의 동맹) '나'와 최 교수는 주변 사람들의 손가락질을 받으며 어렵게 제 뜻을 관철해 나간다.('나'와 최 교수의 동맹) '나'와 이모부는 세계의 분열(동서독과 남북한의 분열, 학교의 분열, 성차의 분열, 대학원/사회의 분열)이라는 과도기를 겪는다. 그러면서 끝내 세계의 일부(대학원, 동독, 아내, 논문)를 잃는다.('나'와 이모부의 동맹) 이모와 최 교수가 유학 동기생으로 시간의 격차를 겪고 있다면, 이모와 이모부는 부부로서 실종/결별이라는 공간의 격차를 겪는다. 이 둘을 각각 이어 주는 것도 '나'의 글쓰기다. 결국 소설을 쓰는 '나'는 여럿으로 증식하거나, 분열되는 것이다. ③ 따라서 소설가 소설이라는 이 소설의 형식은 '나를 내가 보고 나에 대해 적는다'라는 재귀적 특성을 갖지 않는다. '나'는 '나는 여럿이다', '나는 말할 권리를 갖지 못했다', '나는 나의 말에서 추방되었다', '나는 분열하거나 증식한다'와 같은 쓰기의 운동 속에서 자기의 자기성을 잃고, 하나 이하거나 하나 이상이 된다.

여기에는 동일성의 형식, 일자의 포획에서 빠져나가는 새로운 쓰기의 주체가 있다. '나'가 쓰기에 자리를 내주지 않는 유일한 인물이 장 교수다.

장 교수는 '나'의 논문 발표회를 엉망으로 만들었을 뿐 아니라 "도대체 뭘 믿고 방종한 것인지 모르겠다, 최 교수가 책임질 일이다."(46쪽)라며, '나' 와 최 교수의 관계를 은연중에 의심하는 말까지 떠벌린 함량 미달인 인물 이다. 게다가 장 교수는 학내 성범죄와 관련된 일로 징계를 받기까지 했 다.(85쪽) 정직 후 돌아온 장 교수는 자신에 관한 일이 "진보 교수들을 몰 아내기 위한 재단의 계략에 불과하다."(101쪽)라고 강변한다. 장 교수는 자신의 분열을 부인하고 끝까지 도덕적 동일자를 자처한다. 장 교수는 체 제의 동일성을 의심하지 않는 일자의 권력을 가진 자다. 그는 아버지, 남 편, 아들, 군주로서의 '자기'를 소유했다. '나'는 장 교수의 주장에 동의하 지 않지만, '나'를 위로하는 최 교수의 말("장 교수의 악담 때문에 그러는 거 라면 봐라, 지금 그 인간의 실상이 드러났잖니", 101쪽)에도 동의하지 않는다. "나는 그날의 악담과 지금의 고발은 서로 다른 차원의 일이라고 대꾸하려 다가 그만두었다."(102쪽) 장 교수를 동일한 지평에 두는 일도 일자의 작 용임을, '나'는 쓰기의 타원/생략을 통해 파악하고 있었을 것이다. 어머 니, 아내, 딸, 다중의 범주에 속하는 여성, 학생, 제자의 '하나 이상/하나 이하'의 분열과 증식과 소멸을 통해서 말이다.

3 타원의/생략된 기억: 최정화의 『메모리 익스체인지』[5]

쓰기에 '나'가 추가되면 기록은 기억으로 변한다. '나'는 운동에 시간 성을 부여하는 가상의 장치이기 때문이다. '나'가 자리를 잡아야 운동은 하나의 '지속'으로 체험되는 것이다. '나'는 모든 운동을 불러일으키는 작 인으로 간주되며 운동에 힘을 가하는 실체로, 운동의 궤적을 고정하는 의

---

5   최정화, 『메모리 익스체인지』(현대문학, 2020). 이하 본문에 인용할 때는 쪽수만 밝힌다.

지로 여겨진다. '나'의 이름 아래 모인 운동의 단위를 그 지속의 견지에서 기억이라고 불러도 좋을 것이다. 기억은 가상의 '나'를 부여할 수 있는 운동이자 지속의 다른 이름이다. 쓰기의 운동이 바뀌면 그 운동들의 작인도, '운동하다'라는 동사의 앞에 놓이는 가상의 주어도 바뀐다. 최정화의 『메모리 익스체인지』에서, 그 교체는 세 번 일어난다. 각 단위가 이 소설의 각 부(部)를 이룬다.

1부. '나'는 지구인 '니키'다.
2부. '나'는 지구인 '니키'지만 실은 기억이 교체된 화성인 '반다'다.
3부. '도라'는 화성인이지만 실은 기억이 교체된 지구인 '니키'다.

1부 「기억을 사는 회사」에서 '나'는 화성에 도착한 지구인 '니키'다. 니키와 가족들이 지구를 떠나온 것은 지구가 "이미 생명체가 살기에 적합한 곳이 아니"었기 때문이다.(10쪽) 그들은 화성행 "비행선 티켓을 사는 데 전 재산을 다 써 버렸다."(12쪽) 화성에 도착한 이들은 글자 그대로 난민이 된다. 수용소에서 "방장은 지구인에, 여성에, 미성년은 이곳 화성에서 범죄를 당하기 가장 쉬운 대상이니 조심해야 한다고 단단히 일렀다."(13쪽) 빈부 격차, 난민, 젠더 차별의 문제는 미래 사회에서도 해결되지 못한 문제다. 이들에게 '메모린'에 지원하라는 제안이 온다. "우리 가족들처럼 갈 곳이 없어져 버린 이민자들에게 경제 사정이 어려운 화성의 파산자들이 아이디얼 카드를 팔았다. 아이디얼 메모리를 판매한 이들은 자신의 정보를 완전히 넘기고 기억을 말소시켰다. 그 일은 '제로화'라고 불렸다."(17쪽) 제로화된 화성인들을 '제로화인'이라 부르며, 지구인의 기억을 넘기고 화성인의 새로운 기억을 넘겨받은 이들을 '메모린'이라 부른다. 이런 기억의 상호 교환이 '메모리 익스체인지'다. '니키'는 결국 메모린에 지원한다.

2부 「내 이름은 니키」의 주인공 역시 지구인 '니키'지만, 실은 기억이 교체된 화성인 '반다'다. 니키는 수용소에 수감되고, 자신이 "지구인 출신으로, 메모리얼 체인지를 거부했다는 이유로 이곳에 감금되어 있다."(48쪽)고 믿는다. 수감자들은 각성파와 수면파 같은 전파를 통해 동일하게 이식된 감정과 상태 아래 놓인다. 이들은 "같은 것을 느끼고 있었고, 같은 반응을 보였다. 다른 반응을 보이는 것은 오류였고, 감시와 치료의 대상이었다."(70쪽) 그러나 '니키'(가 된 '반다')는 불수의적인 기억과 꿈을 통해, 자신에게 차단된 특별한 기억이 있다는 것을 느낀다. 게다가 니키는 일흔 살이지만, 25년 동안의 기억밖에는 없다. "어린 시절 나는 여성이었는데 지금 이곳에서 나는 남성이다."(56쪽) "태어나서 열다섯 살까지 어린 시절 지구에서의 기억, 그리고 예순에서 일흔 살까지의 수용소에서의 기억. 어린 시절과 노년기. 어느 날 눈을 뜨니 45년이 지나갔다는 이야기다. 마흔다섯 해의 기억이 말소된 것이다."(55쪽) 니키는 이를 되찾기 위해 필사의 탈출을 감행한다.

3부의 「도라처럼」의 주인공은 화성인 '도라'지만, 실은 기억이 교체된 지구인 '니키'다. 도라는 메모리 익스체인지사의 직원으로, 사람들의 기억을 바꿔 주는 바로 그 일을 하고 있다. 그런 도라에게 수용소를 탈출한 '반다'가 찾아온다. 반다 역시 도라가 기억을 바꿔 준 바 있다. 여기서 『메모리 익스체인지』는 (박민정의 소설가 소설이 소설을 쓰는 자가 겪는 소설 속 소설가의 이야기인 것처럼) 기억을 바꾸는 자가 겪는 이식된 기억 이야기가 된다. 도라는 자신이 메모린(기억이 교체된 지구인)이면서도 자신의 기억이 교체된 것을 모른 채 다른 이의 기억을 교체해 주는 일을 한다. 그런 니키에게 반다가 찾아와 기억을 돌려준다. "내 기억을, 그러니까 내 기억을 가져간 다른 이에게 그가 내게 넘겨주었던 기억을 돌려주고 싶어요. 그걸 그에게 주고 싶습니다."(105쪽) 그렇게 두 사람은 타인의 입을 통해서 자신의 이야기를 듣는다.

기억이 한 사람의 정체성을 보증하는 것이라면,『메모리 익스체인지』
는 기억(정체성)의 상실→타자로 살아가기(자신을 타자로 체험하기)→기
억(정체성)의 회복이라는 서사를 따라가는, 완전하게 마름질된 이야기로
읽힐 수도 있을 것이다. 그러나 그 기억(정체성)이 참임을 보증하는 것은
무엇인가? 통상적으로 그것은 몸이거나,(실체로서의 몸이 우리의 확실성이
다.) 영혼이다.(영혼이 몸에 스며든 것이 기억이다.) 그러나 몸은 이미 타자
가 접수했고 기억은 이미 교체되었다. 어떤 것도 '나'의 확실성을 보증할
수는 없다. 실은 그 '나'가 이식된 것, 교체된 것이면서 그 몸의 움직임 혹
은 쓰기의 과정에서 산출된 것이기 때문이다. 우리는 이를 뒤집어서 생
각해야 한다. 기억의 주인인 '나'도, '나'를 구성하는 내용인 '기억'도, 그
리고 그것들이 거주하는 '몸'도 참된 것이 아니라면? 참된 것은 쓰기의
운동 그 자체뿐이다. '나'는 그 운동의 지속이 낳은 환영의 효과이며, '기
억'은 '나'를 주어로 삼아 써 내려간 운동의 기록이고 '몸'은 그 운동의 흔
적 ― 이를테면 글자의 운동이 낳은 궤적이다.『메모리 익스체인지』에서
끊임없이 발생하는 '나'의 혼돈, 기억의 오류, 세계의 파열은 쓰기의 운동
이 낳은 환상이 완벽하지 않은 것임을 폭로한다. 그 예를 들어 보자.

1부에서. 화성에 도착하자마자 수용소에 수감된 니키의 가족들이 모
두 메모린에 지원한 것은 아니었다. 니키는 "네가 존중받아야 할 인간이
라는 걸 잊지 말아라."(22쪽)라는 삼촌의 말을 기억하며,(이 기억은 니키
의 기억을 이식받은 화성인 반다에게도 남아 있다.) 니키의 오빠는 "자유 의
지. 그게 인간을 인간으로 만들어 주는 거다."(30쪽)라고 말하며 기지 밖
으로 뛰어내려서 삶을 스스로 마감한다. 삼촌과 오빠의 말은 기억과 정체
성을 통째로 상실한 메모린과 제로화인들의 각성을 촉구하는 말처럼 들
린다. 너에게는 인권이 있고 메모리 익스체인지를 거부할 의지도 있다. 인
간은 수동적으로 기억과 정체성을 이식 받는 존재가 아니라 스스로 행동
하는 의지적 존재다. 그런데 사실 이 말들은 공소하다. 삼촌이 한 "존중받

아야 할 인간"이라는 말은 존중을 '받는' 이, 즉 수동적인 입장에 처한 이에게 건넬 말이 아니라, 존중을 '주는' 이, 다시 말해 권력을 가진 이에게 건네야 할 말인지도 모른다. 난민이 된 처지의 니키 가족이 그 말을 지킨다고 해서 존중이 생겨난다고 낙관할 수 없다. 오빠가 말한 "자유 의지"도 마찬가지다. 자유 의지는 복수의 선택지가 주어져 있을 때 발휘될 수 있는 것이다. 겉으로는 니키 가족에게 메모린이 되는 것과 그것을 거부하는 것, 두 개의 선택지가 있는 것처럼 보인다. 실제로는 메모린이 되지 않으면 저 수용소에서 죽을 때까지 갇혀 지내야 한다. 이것은 잘 알려진 '이상한 양자택일'과도 같다. 강도가 총을 겨누고 "죽거나, 뺏기거나"라고 물을 때 이것은 양자택일이 아니다. 죽으면 돈마저 뺏기기 때문이고 돈을 낸다고 해서 죽음의 가능성에서 완전히 놓여나는 것도 아니기 때문이다. 니키 일가에게도 메모린이 될 때까지 즉 하나를 선택할 때까지 다른 선택은 무한히 유예된다. 그들은 하나의 선택을 무한한 시간 동안(죽을 때까지) 강요받고 있는 것이다. 오빠의 선택은 따라서 자유 의지에 의한 선택이 아니라, '메모린에 지원하라.'라는 강요된 선택을 중지시킨 데 지나지 않는다. 스스로의 존재 가능성을 말소시켰기 때문이다. 그렇다면 삼촌이나 오빠의 말은 기억의 내용(인권이나 자유 의지)이 아니라 그 형식(니키에게서 반다에게로, 다시 니키에게로 건네지는 기억의 순환)을 상기시키는 것이 아닐까?

2부에서. 니키이면서 반다인 '나'는 수용소에서 이상한 꿈을 꾼다. 벽 위에 커다란 직사각형 구멍이 나 있으며, 그곳에 손을 넣었더니 수용소를 채우는 전파와는 완전히 다른 매질이 느껴졌다. "부드럽고 느슨하고 따뜻한 무엇"(50쪽)이 거기 있었다. 이 꿈은 수용소의 인원들을 재우고 깨우는 전파의 교란으로 인한 것인데(이로 인해 동료 시시가 사고를 당하고, 끝내 목숨을 잃는다.) '나'는 이런 설명에 만족하지 않고 실제로 수용소 천장 너머에 가 보기로 결심한다. 수용소 바깥에 뭐가 있느냐는 '나'의 물음에, 같이 일하던 동료 가가는 이렇게 대답한다. "그걸 몰라서 물어요? 저 바깥엔 연무가 있어요."(64쪽) 연무는 바깥에 있는 것이 '무엇인지 모르겠다'는 말과도 같다. 물질적인 실체를 지칭하는 말이 아니라, 그 너머에 있는 실체를 가리고 있는 것의 이름이기 때문이다. '나'(반다)는 연무가 있는 그곳으로 나아가고 마침내 수용소를 탈출한다. 니키의 기억에 떠오르는 잠음은 메모리 익스체인지의 오류(이런 상태를 '무타'라고 부른다, 88쪽) 때문인데, 이 오류는 곧장 정체성의 오류를 불러온다. '나'는 니키인가, 반다인가? '나'의 기억이 '나'를 구성한다면, 이 불수의적인 기억은 '나'를 니키로 만드는가, 반다로 만드는가? 천장의 구멍은 이 기억 구성하기(기억을 쓰기)가 완전하지 않음을, 거기에 수많은 오류가 있음을 암시한다. 책으로 비유하자면, 이 책은 오자와 탈자와 낙서를 포함하고 있으며 지워지거나 찢겨져 나갔거나 삽입된 페이지들로 가득 차 있다. 상징(쓰기를 구성하는 기호들의 연쇄)이 다 덮지 못한 연무의 세계는 무의식과 혼종된 기억과 타자의 흔적으로 가득 찬 세계다.

3부에서. 도라(사실은 지구인 니키)는 메모리 익스체인지 일을 하며 살고 있는 일중독자다. 그녀에게도 (반다가 보았던) 수용소 천장의 구멍 같은 결락이 있다. 저녁에 만나자고 전화를 건 그녀에게 애인은 이렇게 말한다. "우리가 마지막으로 만난 게 언제인지 알아? (중략) 2년 전이야, 도라. (중략) 네가 왜 아직까지도 내게 연락하는지, 어째서 내 새로운 삶을 존중하지 않는지 이제는 의문이 들어. 이봐, 난 가정을 꾸렸어. 아내가 임신했고, 이제 아이 아빠가 될 거라고."(96쪽) 도라가 일중독자가 된 것은 일 이외에 다른 생활을 제대로 영위할 수 없었기 때문이다. 『메모리 익스체인지』에서 니키나 반다가 '쓰기-기억하기'를 통해서 '나'가 된다면, 도라는 바꿔 쓰기-다른 것을 기억하기를 통해서 도라-니키라는 이중적인 '나'가 된다. 따라서 도라는 수용소를 탈출하여 도라를 찾아온 니키-반다와 정확히 동일한 자리에 있다. 다만 전자가 (『서독 이모』의 '나'처럼) 쓰기-기억하기의 '작가'(창조자)이자 '작중 인물'(피조물)이라는 이중적인 위치에 있다는 것이 후자와 다를 뿐이다.

　이 소설은 그 설정에서부터 어떤 비대칭을 숨기고 있다. 이를테면 기억의 상호 교환에서 화성인에게는 아무 이득이 없고 난민이었던 지구인만이 화성인으로 '신분 상승'을 하게 된다. 화성인은 자신의 기억을 지구인에게 제공하고는, 지구인이 되어 폐기된다. 등가 교환이 아니라 부등가 교환인 것이다. 하나가 다른 하나가 된다면, 다른 하나는 하나가 되지 않고 하나 이하(수면파와 각성파를 쬐며 똑같이 잠들고 깨는 수용소의 지구인들)가 되는 것이다. 게다가 지구인 니키는 화성인 도라가 되고 화성인 반다는 지구인 니키가 된다. 니키는 여전히 니키지만 반다는 도라가 아니다. 반다가 예전 니키의 기억을 도라에게 돌려준다고 해도, 도라가 돌려줄 수 있는 반다의 기억은 "대부분의 화성인들이 경험하는 아주 평범한 이야기"(107쪽)에 불과하다. 그 기억은 사실일까? 혹 그것도 이식된 기억이 아닐까? 다른 기억과 구별되지 않는 기억은 그의 정체성을 보장할 수 없기 때문이다. 게다가 젊은 여성인 도라와 일흔다섯 노인인 반다가 기억하는 것이 같은 것일까? 지구인과 화성인은 기억의 교환을 통해 하나와 하나가 된 것이 아니라, 하나와 하나 이상(반다와 도라)이 되었다. 이것을 쓰기의 분열이 아니라고 말할 수는 없을 것이다. 반다와 도라의 이름에는 이미 서로를 향한 돌이킴이 암시되어 있을지도 모른다. 반다는 돌이키다(反)와 다수(多數)라는 뜻을 포함하고 있다. 도라 역시 '돌아'(反)로 읽힌다는 점에서 그렇다. 이것은 쓰기에 내재한 분열이자 증식이 기억에서도 동일하게 생겨난다는 것을 암시하는 것이 아닐까? 난민, 여성, 미성년인 '니키'는 이렇게 쓰기/기억하기를 실천해 나간다.

불가능한 사랑의 그림자

김숨, 『당신의 신』[1]에 부치는 49개의 주석

1

자, 이 아픈 이야기들을 읽기 전에 바디우의 말을 덧붙여 두자. "1) 사랑은 융합적인 것이라는 관념에 대한 거부. 사랑은 구조 속에서 주어진 것으로 갖게 되는 둘이 황홀한 하나를 만드는 것이 아니다. 이러한 거부는 죽음을-향한-존재를 축출하는 거부와 근본적으로 동일하다. 황홀한 하나란 단지 다수를 제거함으로써 둘 너머에 설정될 수 있는 것이기 때문이다. (중략) 2) 사랑은 희생적이라는 관념에 대한 거부. 사랑은 동일자를 타자의 제단에 올려놓는 것이 아니다. (중략) 오히려 사랑은, 둘이 있다는 후(後) 사건적인 조건 아래 이루어지는, 세계의 경험 또는 상황의 경험이다. (중략) 3) 사랑은 '상부 구조적' 또는 환상적인 것이라는 관념에 대한 거부. (중략) 사랑은 관계가 아니다. 사랑은 진리의 생산이다." 바디우는

1　김숨, 『당신의 신』(문학동네, 2017). 본문에 인용할 때는 쪽수만 밝힌다.

사랑이 "둘에 관한 진리"라고 선언한다.[2] 사랑은 절대적인 둘에 대한 경험이다. 사랑은 있는 그대로의 차이에 대한 수긍이다. 절대적으로 다른 둘을 하나로 세기. 그 둘을 '우리'라는 집합 명사로서 세기. 그럼에도 불구하고 하나가 다른 하나를 융합하거나 지우는 것이 아닌 방식으로. 엑스터시〔忘我〕는 사랑이 아니다. 하나가 다른 하나 속에서 녹아 버리기 때문이다. "사랑은 그 자체로 비-관계, 탈-유대의 요소 속에 있는 역설적 둘의 현실성이다. 사랑이란 그 자체로서의 둘의 '접근'이다."[3] 사랑하는 둘은 동일자의 지평 속에서 사라지지 않는다. 둘은 결합된 것(to be jointed)이 아니라 탈결합(탈구, out of joint)되어 있다. 그 비-관계 속에서 관계가 작동한다. 사랑은 그 '다름'의 자기 전개다. 다름이 내부로 들어와 자리를 잡는 것, 그 다름이 알려지지 않은 지평을 자기 안에 포함하는 것이자 그 공백을 사건으로 선언하는 것이다.

2

결혼은 사랑을 '선언'하는 예식이다. 사랑에는 선언의 단계가 있다. 사건이 선언을 통해서 일어나기 때문이고 그 우연이 그것을 통해서 고정되어야 하기 때문이다.[4] 만남이라는 사건이 진리를 구축하는 자리로 이행하고 우연이 운명으로 이행하는 것은 선언을 통해서다. 그렇다면 선언의 주체는 사랑에 빠진 두 사람이어야 한다. 그것은 제삼자에 의해 언표될 수

---

2   알랭 바디우, 조재룡 옮김, 『사랑 예찬』(길, 2010), 51쪽.

3   알랭 바디우, 서용순 옮김, 『철학을 위한 선언』(길, 2010), 122~123쪽.

4   알랭 바디우, 『사랑 예찬』, 53쪽.

없다. 예컨대 주례의 이런 선언은 어딘가 이상하다. "이에 주례는 이 혼인이 원만하게 이루어진 것을 여러분 앞에 엄숙하게 선언합니다." '원만하다'는 말 속에는 이미 불화가 잠재되어 있지 않은가? 저 선언 속에 어떤 갈등이, 내분이, 소화되지 않은 잔여가 있지 않은가? 그 모든 불길의 기미가 성급하게 덮인 느낌은 없는가?

3

이혼은 이 선언의 불가역성에 대한 부정이다. 그 선언은 충분치 않았다. 둘은 처음부터 하나로 세어지지 않은 둘이었으며 마침내 비-결합된 상태로,(무관, to be unconnected) 말하자면 이전 자리로 돌아갔다는 것. 그러나 모든 선언은 일종의 경계다. 그것은 변신담이나 통과의례와도 같다. 때문에 한 선언을 지나오면서 그 둘은 존재 변환을 겪는다. 일종의 한계 상황을 넘어가는 것이다. 그것을 취소한다고 해서 그/그녀가 최초의 자리로 돌아갈 수 있는 것은 아니다. 그들은 처녀 총각에서 (기혼 남녀가 되었다가) 이혼 남녀가 된다.

4

이 작품집에 실린 세 편의 작품들은 '이혼'의 형식을 구현하듯 이접(분리 접속, disjunction)되어 있다. 서로 다른 이야기면서도 그 다름 속에서 서로 접속되어 있다.

5

「이혼」은 이런 문장으로 시작한다. "오래전 그녀는 이혼하는 꿈을 꾸었었다. 그녀가 아직 고등학생일 때였다."(9쪽) 결혼은커녕, 남자를 만나기도 전의 꿈이다. 그것은 미래의 그녀(민정)에게 당도할 운명에 대한 예기나 예언 같은 것이 아니다. 차라리 우리는 그 꿈이 꿈의 형식으로 과거에 포함된 어떤 '분열'이라고 읽어야 한다. 이른바 예지몽은 앞으로 '일어날 일'이 아니라 미리 당겨서 '일어난 일'이기 때문이다. 그것이 예지몽이 되기 위해서는 후속하는 사건(실제의 이혼)이 반드시 일어나야 한다. 그렇게 되었을 때 예지몽은 이미 예언이 아니라 선행하는 사건이 된다.

6

그녀(민정)의 꿈은 그 자신의 분리, 분열, 나뉨을, 즉 이혼(divorce)을 미리 앞당겨 구현했다. 그녀는 그녀가 아직 혼자였을 때도 자신을 둘로 세웠던 셈.

7

게다가 꿈에서 이혼한 그 남자는 "자신의 아버지였다."(11쪽) 아버지가 분리된 기원이라면 어머니는 결합된 기원이다. 자식은 아버지와 분리되면서(아버지의 몸에서 떨어져 나와서) 그리고 어머니와 결합되면서(어머니와 한 몸이 되면서) 세상에 태어난다. 따라서 아버지는 분리의 기표이며 어머니는 결합의 기표이다. 그녀의 폭력적인 아버지는 겉으로는 가정을 유지했으나(아버지는 끝내 이혼을 허락하지 않았다.) 이미 그 가정은 훼손될 대로 훼손된 가정이었다. 순종적인 그녀의 어머니는 끝내 아버지를 버리지 않았으나 속으로는 그를 버린 지 오래였다.(어머니는 실제로도 탈출을 결행했다.)

8

지금 그녀(민정)와 남편(철식)은 이혼 법정 대기실에 와 있다. 남편이 사후 이혼에 대한 얘기를 꺼낸다. "일본에서는 사후 이혼이 유행이라는군. 정말이지, 극성이지 않아?"(13쪽) 현실적인 논리는 이렇다. 사후 이혼이란 "죽은 배우자와의 이혼이 아니라 배우자 가족과의 이혼"이다.(14쪽) 남은 가족과의 인척 관계를 종료해야 경제적, 문화적, 제도적인 문제를 해결할 수 있기 때문일 것이다. 그러나 실재(real)의 논리는 이럴 것이다. 죽은 자와는 헤어질 수가 없다. 이미 죽음이 헤어짐을 가로막고 있기 때문이다. 따라서 그 관계를 청산하기 위해서는 죽은 자의 모든 흔적을 청산해야 한다. 남편(철식)은 되묻는다. "죽으면 끝인데 그렇게까지 해야 하나?"(14쪽) 물론이다. 죽은 자의 말을 들어서는 안 되는 법이다. 그는 시간이 지나 죽은 자(헤어진 자)가 될 것이므로. 여기에는 성혼 선언문의 메아리가 남아 있다. "죽음이 둘을 갈라놓을 때까지……." 사후 이혼은 그 갈라놓음에 대한 재인증 절차다. 너는 죽었다. 죽음이 우리를 갈라놓았으며 우리는 이혼을 통해서도 분리될 것이다. 그러므로 (재선언에 의해서 선언된) 분리된 존재는 살아 있는 자들과 정확히 반대되는 존재로서 죽은 존재를 의미한다.

9

대기실에 앉아 있던 경상도 사투리를 쓰는 남자가 투덜댄다. "우리는 도대체 언제 부르는 거야?"(16쪽) 이혼을 앞에 두고도 사내는 여전히 '우리'라는 말을 쓰고 있다. 그 말이 "낯설다 못해 폭력적으로 들려 그녀는 자신도 모르게 고개를 가로젓는다."(16쪽) 저 사내가 입에 매단 '우리'는 서로 다른 둘을 하나로 세는 단위가 아니다. 이미 내용상으로는 갈라선 두 사람이 형식상으로도 둘이 될 준비를 하고 있기 때문이다. 이때의 '우리'라는 집단적 명명은 타자를 동일자로 가두는 폭력의 형태다. 둘은 서로를 존중하는 명명("당신")을 비칭(卑稱)으로 쓰기 시작할 것이다, 이런 식으로. "당신 종신 보험금은 어떻게 할 거야? 이혼까지 한 마당에 내가 계속 내 줄 수는 없잖아."(16쪽)

10

'우리'가 피해자의 연대라 해도 사정은 변하지 않는다. 그녀(민정)가 남편(철식)의 선배인 다큐멘터리 사진작가 최를 만났을 때, 최의 아내는 이렇게 말했다. "우리가 이해해 줘야지 어쩌겠어요." 그녀(민정)가 의아한 눈빛을 보내자 최의 아내는 이렇게 말한다. "우리 아내들 말이에요. 우리 둘 다 힘든 남자를 남편으로 골랐으니 어쩌겠어요. 고리타분한 말이지만 팔자라고 해야 하나…… 남편이 아니라 아들이라고 생각하면 너그러워져요. 이해 못할 일도, 용서 못할 일도 없고요. 아들이 살인을 저질러도 끝까지 감싸고도는 게 어머니잖아요.."(19~20쪽) 최의 아내가 그녀(민정)에게 건넨 '우리'라는 말은 어떤 식으로든 '하나로 세어진 둘'이 될 수 없다. 이때의 우리는 분열된 개별자들의 집적이고 상처 입은 자들의 단순한 집합에 지나지 않기 때문이다. 이때의 '우리'는 이해가 아니라 분열을, 아량이 아니라 포기를, 관대가 아니라 외면을 함축하고 있다. 우리가 하나가 아니라는, 너는 우리가 아니라는 한탄이다. 거기에 더하여 최의 아내는 그녀(민정)에게 넌지시 폭로한다. 당신의 남편도 내 남편과 같은 족속이라고. 내가 겪는 이 팔자는 너에게도 이미 배당되어 있다고.

11

최의 사진 속에는 "의수를 붙인 나신의 여자"가 찍혀 있다. "사진은 거부감이 들 만큼 작위적이었"(20쪽)고 끔찍했다. 이 사진은 그 자체로 이혼(divorce)을 드러낸다. 저 몸은 단순한 불구(不具)가 아니라 이물(異物)을 자기 것으로 받아들인 몸이면서 자기 안에 분리와 분열을 품은 나(우리)의 상징이다. 최가 찍은 사진의 피사체는 자신의 아내였던 셈이며 최 자신은 저 가짜 다리였던 것. "남편이 아니라 아들이라고 생각하면 너그러워져요." 남편이 아니라, 그저 내가 안은, 혹은 안았던 지체일 뿐인 몸, 고장 난 몸, 이제는 나의 것이 아닌 몸. 만일 그가 여전히 남편이었다면 그와 그녀는 부부로서의 이인삼각(二人三脚)을 가시화했을 것이다. "사랑은 이질적인 둘이 무대 위에 오르는 절룩거림이다."[5] 사랑은 불안전한 고단함의 연속이다. 절룩거리는 다리로서의, 그 다리에 대한 사랑. 다리가 절룩거리면서 몸을 저편으로 옮겨 주는 사랑. '다리 절기'로서의 사랑. 그러나 그녀가 안은 것은 남편이 아니다. 그저 의수였을 뿐.

5　서용순, 「비-관계의 관계로서의 사랑 — 라깡과 바디우」, 《라깡과 현대 정신 분석》, 2008, 98쪽.

12

최의 작품 제목은 '릴리트'다. 그녀는 "최초의 여자이자 아담의 첫 아내"로, 아담을 "주인이자 남편으로 섬기기를 거부"(21쪽)해 낙원에서 쫓겨나 사탄이 된 여자다. 그런데 그 이유가 뜻밖이다. 정상위(正常位)라 불리는, 남성이 위에서 깔아뭉개는 체위를 거부했다는 이유가 다였다. 한마디로 그녀는 (후에 태어난) 이브처럼 고분고분하지 않았고 바로 그 이유로 남자에게 버림받고 악마라 손가락질을 당했다. 그녀를 노여워한 하나님은 이번에는 "흙이 아니라 아담의 갈비뼈로 여자를 만들었다." 이브가 아담의 신체 일부에서 창조되었다면 릴리트는 아담과 마찬가지로 흙에서 창조되었다. 이브가 아담에게 동일자로서의 두 번째, 즉 아담에게 종속된 둘이었다면 릴리트는 아담에게 타자로서의 둘, 다시 말해 아담과 대등하게 창조된 동일한 첫 번째였다. 따라서 릴리트는 그 자신의 근원으로부터 분리되면서 그 자신을 구성해 낸다. 그녀는 신의 창조를 증명하지 않으며 아담의 흡족함을 위해 존재하지도 않는다. 릴리트의 몸은 영광을 계시하는 몸과는 정반대에 위치한다. 출발로서의 자기 분리, 자기 절단으로서의 드러냄이다. 사진은 작위적이었고 "끔찍"(20쪽)했다.

13

다시 대기실 앞이다. 통화 중인 한 여자의 목소리가 들린다. "어지간하면 참고 살라니! 웃으면서 한 말이 내가 들은 말 중에 가장 최악이라는 걸, 석구 선배는 알기나 할까? 어지간하지 않으니까 내가 이혼하려는 거 아니야? 달력 바꾸듯 일 년을 주기로 애인 갈아치우는 남편하고 백년해로라도 하라는 거야? (중략) 석구 선배는 그럼 지금까지 페미니스트인 척한 거라니?"(22쪽) 페미니스트인 척하는 석구라는 남자는 지금 자신의 몸과 머리 사이에서 분리(divorce)를 경험하고 있다. 그녀(민정) 역시 그렇다. 그녀가 시인으로 등단한 것은 "아버지가 지어 준 이름"을 버리기 위해서였다.(24쪽) 전자의 경우에는 사내가 내세우는 이념(나는 페미니스트인 남자다.)과 본성(나는 가부장적인 남자다.)이 일치하지 않아서였다. 그러나 후자의 경우에는 아버지의 욕망(가족은 나의 소유다.)과 딸의 욕망(나는 당신에게서 분리될 것이다.)이 일치하지 않아서였다. 필명 쓰기, 새로운 이름 짓기는 새로 태어나기의 은유다. 등단은 그녀에게 상징적인 탄생이자 아버지로부터의 분리를 상징하는 것이다. 태초에 결합이 아니라 분리가 있었다. 우리는 아버지 몸에서 분리되어야 새롭게 태어날 수 있다.

14

그녀(민정)에게는 영미라는 직장 선배가 있었다. 그녀(민정)의 첫 직장이었던 P 복지 재단에서 만난 영미 선배는 그녀의 사수이기도 했다. 영미 선배에게는 두 가지 소문이 있었다. 직장 상사와 내연 관계라는 소문(26쪽)이 하나라면 이혼 소식이 다른 하나였다. "경우 바르고 단정한 영미 선배의 이미지는 이혼으로 한 차례, 추문으로 또 한 차례 길바닥에 내팽개쳐졌다."(26쪽) 놀라운 것은 두 경우 모두 남자 쪽에는 어떤 타격도 없었다는 것. 전남편은 합리적이고 예의 바른 사람이라는 인상을 주었고 직장 상사는 해외 파견을 다녀온 후에 승진했다. 영미 선배의 삶만 나락으로 떨어졌다. 이 시대, 이 사회가 가진 비대칭의 표출이다. 사회는 여전히 이혼의 책임을 여자에게 유독 더 묻는다. 그녀는 드센 여자, 남자를 홀리는 여자, 참을성이 없는 여자, 여자로서의 매력을 잃은 여자, 성격에 결함이 있는 여자 등이 된다. 영미 선배는 아이를 갖지 않는 조건으로 남편과 결혼했다. 그녀가 아이를 요구하자 남자는 혼자 병원을 찾아가 불임 수술을 받고 온다. 그런데 둘이 이혼한 후에 우연히 만난 남자는 아기를 품에 안고 있었다. 그녀(민정)가 자신의 아버지와 이혼하는 꿈을 꾼 것과, 영미 선배의 전남편이 아이를 갖지 않겠다는 생각을 한 것은 상동적이다. 그녀(민정)가 실패한 어머니의 이혼을 꿈의 형식으로 앞당겨 실천한 것처럼, 전남편은 영미 선배와는 아이를 갖지 않겠다는 소망(영미 선배와 분리되겠다는 소망)을 불임 수술의 방식으로 앞질러 시연했기 때문이다. 그러므로 아기를 안고 있는 전남편의 모습은 영미 선배에게는 불가능한 그림이고 그녀에게 허락되지 않은 '비실재적인 것'의 드러남이었던 셈이다.

15

그녀(민정)의 가족은 때리는 아버지와 매 맞는 어머니로 구성되어 있었다.(그러므로 「새의 장례식」에서 '그녀'가 다 자란 민정이라고 상상하는 것은 이상한 일이 아니다.) 폭력은 다름을 동일한 것으로 간주하려는 모든 강제(enforce)의 다른 이름이다. 다름에 입장하기가 아니라 다름을 부인하고 억압하고 말살하고 가압하기. "아버지가 쥐약 먹은 개처럼 눈에 파란 불을 켜고 발광할 때마다 어머니는 잘못했다고 빌고 빌었다."(35~36쪽) 그러나 어머니는 이혼을 권하는 딸에게 힘없이 대답한다. "모르겠다……." 초점을 놓친 어머니의 눈을 보며 딸은 깨닫는다. "스스로가 이혼을 원하는지 원하지 않는지 판단할 수 없는 지경까지 어머니가 가 버렸다는 걸. 자신의 기분과 감정이 어떤지조차 모르는 지경까지 어머니가 가 버렸다는 걸."(37쪽) 사유의 무능력으로서의 죽음이 거기에 있다. 아무것도 판단할 수 없는 정신은 하나와 둘을 세지(판별하지) 못한다. 역으로 말하면 둘을 하나로 혹은 하나를 둘로 세지 못하는 마음은 사랑하는 자의 마음이 아니다. 사유의 무능력은 관계 맺기의 무능력이자 사랑의 불가능성이다. 그래서 그것은 죽음이다. 철식(민정의 남편)이 장모의 일흔 번째 생일날 기념사진을 찍어 주었다. "사진 속 어머니의 얼굴이 자신이 생각했던 것보다 훨씬 슬픈 얼굴이어서, 슬픔이 깊어지면 감탄을 자아낸다는 걸, 어머니의 얼굴이 그녀에게 알려 주었다."(44쪽) 이것은 잠시 뒤에 (영미 선배의 이야기에) 등장할 치매 여자의 표정이기도 하다. 어머니의 표정은 "모르겠다……."라는 말의 실천이다. 어머니는 판단 자체를 놓아 버렸다. 그로써 어머니는 헤어지는 것을 용납하지 않는 남편에게서 놓여났다. 아버지가 움켜잡고 있었던 것은 어머니의 껍데기였을 뿐이다.

16

"신도가 이천 명이 넘는 교회의 목사"의 아내가 있었다. 남편은 아내가 마음에 들지 않을 때마다 목사실에서 문을 걸어 잠그고 그녀를 구타했다. 그녀가 "유방암에 걸렸다고 얘기하자 남편은 대뜸 믿음과 기도가 부족해서 벌을 받는 거라고 비난했다."(39쪽) 그녀는 이혼을 간절히 바랐으나, 그녀에게 이혼은 신과의 이혼이자 신도들과의 이혼이기도 했다. 그녀가 이혼을 결행하지 못하는 사이에 암은 척추로 전이되었다. 암의 전이는 이혼하지 못하는 그녀 자신에 대한 은유이기도 하다. 암은 죽음의 세포다. 따라서 암의 발병은 죽음과의 동거 생활의 시작이다. 그녀(민정) 역시 유방암으로 절제 수술을 받고 항암 치료 중이다. 목사의 아내와 그녀(민정)가 분리와 분열, 다시 말해 이혼(divorce)을 자기 몸에 구현하고 있다면, 그녀(민정)의 어머니는 그 죽음과의 동거를 자신의 정신에서 구현하고 있다. 그녀들 모두가 의수를 지닌 여성, 릴리트'들'이다.

17

다르게 말하면 이혼을 원하는 이에겐 떨어지지 않고 여전히 동거하고 있는 자가 암이고 죽음이다. 이혼 법정 대기실 복도에서는 또 다른 여자의 악에 받친 소리가 들린다. "약속했잖아. 순순히 이혼해 주겠다고 애들 보는 데서 각서까지 썼잖아! 평생 미친개처럼 내 치맛자락 물고 안 놔줄 작정이야?"(40쪽) 죽음은 이번에는 미친개의 모습을 하고 나타난다. 영미 선배가 꾸었다는 꿈, "팔이 없는 남자가 모는 버스였어. 버스 표지판도 없는 곳에 버스가 섰고, 민정 씨가 버스에 올랐어⋯⋯."(42쪽) 그 꿈의 남자 역시 죽음을 자기 몸에 구현한 남자였을 것이다. 이 소설에서의 불구란 죽음과의 동거 혹은 비존재와의 함께 있음, 다시 말해 이혼(divorce)에 대한 은유다.

18

영미 선배는 그녀(민정)에게 치매에 걸린 한 여자의 이야기를 해 준다. "자기 자신조차 잊어버릴 만큼 악화된 여자를 여자의 남편이 극진히 돌보았고. 그런데 기억을 잃어 가던 여자가 과거의 남편을 찾아갔대. 사십여 년 동안 자신과 함께 산 현재의 남편을 망각하고, 사십 년도 더 전에 이혼한 과거의 남편을⋯⋯."(42쪽) 이것은 지금 남편을 버리고 옛 남편을 찾아간 이야기가 아니다. 태초에 만남이 아니라 결별이 있었다는 우화다. 우화 속 그녀의 최초 기억에는 첫 남편이 아니라 지금 남편과의 헤어짐(divorce)이 있었을 것이다. 전 남편을 찾아간 것은 이전의 기억을 찾아간 행동이 아니라 지금 남편과의 헤어짐을 시초에서 반복하고 있는 행동인 것이다.

19

실로 아버지는 "세상 모든 폭력의 근원" 같았다.(46쪽) 아버지는 시초부터 존재하는 분리와 분열(divorce)이었으며 그러면서도 폭력으로 타자가 분리되는 것(탄생)을 억압하는 존재였다. 성혼 선언문의 저 상투적인 문구("비가 오나 눈이 오나 서로를 사랑하며 일생 동안 고락을 같이할 것을 맹세합니다.")는 초월적인 완성이 존재한다는 전제하에서만 가능하다. 삶은 결혼식 초대장처럼 외부에서 배달된 일종의 통지서와 같다. 그러나 그것의 기원, 그것의 발신지에서는 분열과 폭력과 동일시가 이처럼 뒤엉켜 있었다. 이를테면 횟집에서 살을 다 발린 채 숨을 쉬는 "광어 대가리"와 심야의 로드킬 뒤에 남겨진 "푸른 야광의 눈동자"를 향해, 그 죽음을 애도하는 어머니를 향해 아버지는 이렇게 소리친다. "쌍년, 재수 없게 울고 지랄이야!"(45쪽)

20

법원에 이혼 서류를 제출하던 날, 남편(철식)이 묻는다. "나는 고아가 되는 건가?"(46쪽) 저 발화는 이혼을 앞둔 남편의 못난 투정에 지나지 않지만 여기에 일말의 진실이 없다고 할 수는 없다. 사실 모든 남자는 처음부터 고아다. 어머니에게서 떨어져 나와서 다시는 어머니와 한 몸이 되지 못하기 때문이다. 남편(철식)은 계속 묻는다. 당신은 "인간의 영혼을 구원하기 위해 시를 쓰는 것 아니었어?" 그런데 어떻게 자신을 버릴 수가 있냐고. 애원의 형식을 하고 있지만 저 청원은 실은 저주다. "네가 날 버리는 건 한 인간의 영혼을 버리는 것이나 마찬가지야. 그러므로 앞으로 네가 쓰는 시는 거짓이고, 쓰레기야."(59쪽) 보라. 이것은 이질성의 거부이자 동일성의 폭력이다. 자신밖에 모르는 동일자에게는 어떤 간청도 있을 수가 없다. 그녀(민정)가 말한다. "나는 당신의 신이 아니야. 당신의 영혼을 구원하기 위해 찾아온 신이 아니지. 당신의 신이 되기 위해 당신과 결혼한 게 아니야."(64쪽) 소설집의 표제가 바로 이 선언에서 나왔다.

21

남편(철식)은 강인구라는 노동자의 사진을 찍어 왔다. 그는 조선소 비정규직 노동자로, 한때는 남부럽지 않은 회사원이었다. 자신의 손으로 정리 해고를 한 노동자가 자살한 사건으로 인해 그는 충격을 받고 자신의 일에 대해 회의를 토로했다. 사업에 실패해 기러기 아빠 노릇도 할 수 없게 되자, 그는 가족과 이혼하고 노동판을 전전하게 되었다. "육백 컷쯤 찍었을 거야, 그의 얼굴을…… (중략) 어느 순간 그의 얼굴을 삼키는 것 같은 기분이 들었어…… 카메라 셔터를 누르는 순간 그의 얼굴을 삼키는 것 같은…… 못이 마흔 개쯤 박힌 것 같은 얼굴을."(51~53쪽) 이혼 전부터 이미 강인구와 그의 아내에게는 '같음'이 없었다. 저 부부는 이미 이혼을 앞당겨 살고 있었던 셈이다. "못이 마흔 개쯤 박힌 것 같은" 강인구의 얼굴이란 모든 희로애락을 삭제한 얼굴이다. 그것은 그 모든 일을 겪고 나서 판단 중지 상태 — 아무것도 판단할 수 없거나, 판단할 필요가 없는 — 에 들어간 자의 얼굴이다. "모르겠다……."라고 중얼거리던 그녀(민정)의 어머니 표정도 바로 그러했을 것이다.

22

그녀(민정)의 외할머니는 그녀에게 다리 없는 여자와 늙은 홀아비 부부의 얘기를 해 주었다. 가난하지만 부지런한 부부에게 육이오가 닥쳤다. 군인들이 마을 남자들을 끌고 산으로 올라가 죄다 죽였다. 마을 여자들이 통곡을 하며 남편의 시신을 찾아왔다. "속만 태우던 여자는 두 팔로 기어서 산에 올라갔단다. 시신들 속에서 피범벅인 남편의 시신을 찾아내 한 팔로 남편의 목을 끌어안고 다른 한 팔로 기어서, 기어서 산을 내려왔단다……."(60쪽) 외할머니는 부부의 사랑을 강조하기 위해 혹은 부부의 연이 중하다는 것을 강조하기 위해 저 말을 한 것이겠지만, 이 소설의 논리에서는 다르게 읽힌다. 그녀는 두 다리가 없었음에도 불구하고(불구가 자기 몸에 구현한 'divorce'의 형상이라는 것을 이미 말했다.) 기어이 남편을 데려와 장례 지냈다. 이것은 불구를 극복한 사랑의 힘에 대한 예찬인가? 아니면 그렇게 해서라도 죽은 자를 장례 지내겠다는, 다시 말해서 그 죽음을 불가역적인 것으로 만들겠다는 의지인가? 실종은 살지도 죽지도 않은 상태다. 죽음이 둘을 갈라놓을 때까지,만 둘은 부부다.

23

그녀(민정)의 어머니는 남편에게서 두 번 달아난 적이 있다. 한 번은 친정으로 갔다가 소식을 듣고 찾아온 남편에게 인계되었다. 다른 한 번은 "무작정 고속버스 터미널로 갔다. (중략) 되는대로 고속버스 표를 끊었는데 그게 전라도 광주행 표였다. (중략) 터미널 근처를 배회하다 백반 전문 식당에 들어가 일 좀 하게 해 달라고 했더니, 주인 할머니가 그러라고 하더라."(48~49쪽) 그러니 이것은 가출(이혼) 이후의 전락(falling)에 대한 이야기이기도 하다. 일류 대학을 나온 영미 선배도 이혼 후에는 일자리를 찾지 못해 식당에서 일했다. 어쨌든 이 두 번째 탈출은 "다섯 달이 조금 못" 되어서 끝났다. "네 아버지가 식당으로 쑥 들어오지 뭐냐…… 놀라서 손에 들고 있던 쟁반을 떨어뜨렸지."(63쪽) 그녀는 이렇게 말한다. "귀신이 곡할 노릇이지. 은미식당을 네 아버지가 어떻게 알고 찾아왔을까?" 그녀는 운명이라고 생각했겠지만 어쩌면 그것은 세상을 촘촘하게 덮고 있는 동일성의 폭력에 대한 맞닥뜨림이 아니었을까. 우리 모두가 폭력적인 그 같음의 가혹한 손아귀에 붙잡혀 있다는 것을 깨달았을 때의, 그 공포와의 대면 말이다.

24

"이혼이 나는 통과 의례 같아. 나도, 당신도 피할 수 없는 통과 의례. 시속 백이십 킬로로 고속도로 위를 달리다 만난 터널처럼……."
"그래……."
"나는 이혼이라는 통과 의례가 내게 불행이 아니기를 바라……."(64쪽)

바로 이것이 '읍산요금소'에 대한 은유다. 매번 거듭해서 다시 찾아오는 자동차처럼, 이혼의 기억과 그것의 후과(後果)는, 나아가 헤어진 이에 대한 후일담은 거듭해서 그녀를 찾아올 것이다.

25

이게 끝인가? "우리가 마지막인가?" 남편이 묻자 그녀가 대답한다.

"아니, 저쪽에 한 쌍이 더 있어."(65쪽) 닥친 이에게 이 이별은 개인적인 불행으로 보이겠지만, 늘 "저쪽에 한 쌍이 더" 있을 것이다. 그것은 보편적인 것이 되어 있을 것이다. 그것은 기원의 문제이며, 우리가 서둘러 선언했던 '원만함'의 빈틈이자 분리와 분열에 관한 문제이기 때문이다. 이제 보편적인 것은 성혼의 약속이 아니다. 바로 그 분리와 분열을 거쳐서 또 다른 단독자들이 된 "쌍"들이다.

*

26

「읍산요금소」는 통과 의례의 상징이다. 통과 의례는 분리와 단절을 통해 새로운 국면으로 전환, 전이되는 삶의 과정 자체이기도 하다. 요금소란 통과할 때마다 요금을 지불하는 곳, 무엇인가를 지불해야 하는 공간이다. 이 소설의 주인공인 '그녀'도 이혼을 겪었다. 그런데 차들이 요금소를 지나친다고 해서 통과 의례를 겪는 이들이 운전자라고 생각해서는 안 된다. 통과 의례를 겪는 이는 부스 속에 앉은 그녀다. 「이혼」의 영미 선배와 마찬가지로 이혼했다는 사실이 알려질 때마다 그녀는 저 문턱, 기혼 여성과 이혼 여성을 가르는 문턱에 선다. 보라, "그녀는 자신이 갑각류의 껍질처럼 뒤집어쓰고 있는 부스가 폭발하듯 흔들리는 것을 느끼고 눈을 질끈 감았다 뜬다. 하이패스 구간 어딘가에 통점(痛點) 같은 것이 있어서, 차가 그 지점을 지나가는 순간 읍산요금소 전체가 경기하듯 떠는 것 같다."(71쪽)

27

그녀는 경제적 능력이 없어서 친권을 포기할 수밖에 없었다. 그녀는 부스 안, 폐쇄된 공간에서 가족도 연인도 없이 혼자 지낸다. 3년째 정산원으로 일하고 있는 이곳은 "생긴 지 햇수로 오 년밖에 안 되었다. 도시에는 수십 년 된 요금소가 있었다." 이 요금소가 생기면서 구요금소는 폐쇄되었다. 그러니까 동일한 통과 의례가 수십 년 전부터 반복되어 온 것이다. 「이혼」의 그녀(민정)의 목소리가 여기서도 들린다. "저쪽에 한 쌍이 더 있어." 구요금소에도 그녀와 같은 표정을 한 다른 그녀가 앉아 있었다. "새빨간 립스틱을 칠해 입술이 닭벼슬 같던 여자는 인간이 느낄 수 있는 감정을 일절 거세당한 듯 무표정"했다.(72쪽) 저 무표정은 "모르겠다⋯⋯."는 그녀(민정) 어머니의 고백, 못을 마흔 개쯤 삼킨 것 같던 노동자 강인구의 얼굴에서도 발견되었을 것이다.(「이혼」) 물론 지금 요금소를 지키고 있는 그녀 얼굴에서도.

28

읍산요금소를 지나면 바로 햇빛요양원이고 바로 다음에는 화장터와 납골당이 있다. "요양원에 입소하면 침대에서 장례식장으로, 화장터로, 납골당으로, 사방 일 킬로미터 범위 안에서 풀코스처럼 이어지는 것이다."(69쪽) 읍산요금소는 바로 그 죽음의 풀코스 입구에 서 있다. 삶에서 분리되어 죽음으로 가는 문턱에.

29

읍산요금소가 운전자가 아니라 정산원에게 통과 제의의 장소임을 보여 주는 것은 20분 간격으로 이곳을 지나치는 검은 그랜저다. "우성실업 찾아가려면 어떻게 가야 합니까?"(81쪽) 그는 20분 전에도 이렇게 물었고 20분 후에도 다시 돌아와 이렇게 물을 것이다. 얼마 전 정산소 동료인 '은영'에게도 검은 그랜저가 다섯 번이나 반복해서 다가와서 "삼한실업" 가는 길을 물었다. 그렇다면 저 차는 정산원인 그녀(들)를 그 자리에 앉혀 두는(그 자리에 그녀들이 앉아 있다는 것을 확인하는) 그리하여 그녀(들)이야말로 삶의 문턱에서 이쪽으로도, 저쪽으로도 나아가지 못하는 분리의 분기점이라는 것을 통보하는 '비실재적인 것'의 표출일 것이다. 이를테면 이혼의 기억이거나 자신들에게는 허락되지 않은 행복한 전남편의 모습 같은.

30

"뫼비우스의 띠라고 했던가. 차들이 부메랑처럼 되돌아와 부스 밑에 설 때마다 그녀는, 자신이 들어앉아 있는 부스가 뫼비우스의 띠의 시작이자 끝인 지점에 자리하고 있는 것 같다."(84~85쪽) 아무리 나아가도 그녀(들)는 부스 안의 그 자리로 돌아온다. 그리고 최초의 문턱에서 똑같은 차에 의해 똑같은 통과(의례)를 겪는다. 우성실업 가는 길을 일러 주는 그녀에게 검은 그랜저의 사내가 묻는다.

"가 봤어요?"
(중략)

"네?"

"폴란드모텔."

"아, 아니요."

그녀는 화끈거리는 얼굴을 완강히 흔든다. 도시 외곽 도로에는 모텔들이 심심치 않게 자리하고 있다.

"바뀌었던데. 폴란드모텔에서 드림모텔로. (중략) 가 본 지 한참 되나 봐요."(91~92쪽)

저 사내의 질문("우성실업 가는 길이 어디에요?")이 실은 질문이 아니라 취조("가 봤어요?")라는 것이 폭로되는 순간이다. 그녀가 문덕요금소(이 도시에 진입하는 다른 요금소다.)에서 아르바이트를 할 때 요금소 소장이 회식 자리를 마련했다. 2차로 들른 노래방에서 나와 소장의 차를 타고 돌아가던 그녀가 깜빡 졸다가 깨어났을 때 차는 폴란드모텔로 들어가고 있었다. "읍산요금소라고, 새로 요금소가 생겼는데 직원을 구한다는군. 원하면 내가 소개해 줄 수도 있는데."(96쪽)

31

돌아올 수 없는 것이 자꾸 돌아오고 있는 것이다. 그것은 무작위적인 기억 같은 것이다. 요양보호사인 한 여자가 자신의 치매 환자에 대해 이렇게 말한다. "말도 마요. 그제는 마흔두 살이라더니 어제는 스물여섯 살이라지 뭐예요? (중략) 똥오줌 받아 내는 나보고 누구냐고 물어서, 지나가는 행인이라고 했어요."(93쪽) 기억은 검은 그랜저처럼 불수의적으로 돌아온다. 마흔두 살의 기억과 스물여섯 살의 기억과 서른한 살의 기억이 그렇게 부스에 앉은 그녀를 덮친다. 검은 그랜저를 탄 저자는 누구일까?

그에게 누구냐고 묻는다면 그는 이렇게 대답할 것이다. 그저 지나가는 행인입니다.

32

요금소 너머 햇빛요양원 정원에는 거대한 물레방아가 허공에 떠 있다. 개원 무렵에는 잘 돌았으나 "어느 순간 멈추어 버렸다. 꿈쩍도 않는 물레방아 대신에 노인들이 원을 그리면서 돌고, 돈다."(98쪽) 거대한 원환. 돌고 돌아서 요양원의 정원에 도착하기. 수많은 검은 그랜저를 보내고 나서, 부스에 앉아서 그 차를 맞이하는 그녀처럼. "부스 안에서 태어나고, 자라고, 늙어 가는"(99쪽) 그녀처럼.

33

부스에 앉아 그녀는 립스틱을 꺼내 바른다. 구요금소에 앉아 있던 "입술이 닭벼슬 같던" 여자의 초상에 그녀의 모습이 겹친다. 옛 요금소 이름도 읍산요금소였다.

34

김숨이 보여 주는 숨 막히는 강박성은 우리를 압도한다. 건조한 문장 속에 감춰진 충동과 정념은 폭발하기 직전이다. 이 광물적 삶 속에서 나가기, 다시는 검은 그랜저를 맞이하지 않기, 서로 다른 둘을 하나로 세지 않고 둘로 세기. 그것이 「이혼」으로 제시되었던 셈이다. 그러나 아직 하나가 남았다. 둘이 된 사연을 그녀의 목소리로 들었으니 이제 그의 시선으로, 이를테면 그녀(민정)의 남편이나 아버지의 시선으로 이 사건을 다시 보아야 한다.

*

35

「새의 장례식」이 「이혼」과 공명하고 있다는 것은 첫 장면에서부터 확연하다. 처음 본 남자가 '나'에게 이렇게 말한다. "우리는 전에 한번 만난 적이 있습니다."(103쪽) '나'가 되묻자 그는 이렇게 대답한다. "이상하게 들릴지 모르겠지만, 그녀의 꿈에서요." '나'는 그녀의 전남편이며, '그'는 지금 남편이다. "꿈에 그녀와 나, 그리고 그쪽…… 그렇게 세 사람이 나란히 누워 있었다고 했습니다. (중략) 그녀는 잠들어 있었고, 나는 이야기를 하고 있었다고 했습니다. 그쪽은 내 이야기를 듣고 있었고요."(106쪽) 소설의 말미에서 밝혀지듯 '나'는 아버지에게서 폭력적인 성향을 물려받았고 거리낌 없이 아내를 구타했다. 「이혼」의 '그녀'(민정)에게 폭력적인 아버지와 이혼에 이른 남편이 있었다면, 「새의 장례식」의 '그녀'에게는 이 둘을 합친 전남편이 있었던 셈이다. 「이혼」의 그녀(민정)가 아버지와 헤어지는 꿈을 꾸었다면 「새의 장례식」의 그녀는 남편(들)과 함께 있는 꿈을 꾸었다. 「이혼」의 그녀(민정)가 자신의 입으로 이혼의 내력을 말하고 있지만(「이혼」은 민정에게 초점화된 삼인칭으로 쓰였다.) 실은 그녀(민정)의 독백이라는 것을 어렵지 않게 알 수 있다. 모든 에피소드들이 그녀(민정)의 시선을 통해서, 그녀(민정)와의 관계를 거쳐서 유출되기 때문이다. 그녀는 삼인칭이지만 '나'라고 바꿔 부를 수 있는 삼인칭이다. 「새의 장례식」의 그녀는 남편(들)에게 발언권을 넘겨준다. 그녀는 꿈속에서도 잠만 잔다. 이 이중의 잠은 이후의 불면증과 겹치면서 소설 전체를 악몽으로 만든다. 그녀는 자면서도 잠을 자고 깨어서도 환청을 듣는다.

36

세 사람이 나란히 누워 있었다고 해도 이것은 삼자 관계에 대한 이야기가 아니다. 시간성에 의해 '나'와 '그'가 분리되어 있기 때문이다. 차라리 이것을 이자 관계라고 하는 것이 옳을지도 모른다. 시간의 개입, 그것은 폐허의 증거다. 모든 것은 시간의 경과에 따라 폐허로 변하니까 말이다. 그렇다면 이것은 또 다른 분리와 분열에 관한 이야기가 아닐까? 그녀는 하나지만 그는 '나'/'그'로 분리되어 있다. 소설적 시간으로는 이혼 전의 그('나')와 이혼 후의 그이지만, 내면적 시간으로는 결별하기 전의 그와 결별 후의 그('나')일 것이다. 이 둘은 서로가 서로의 대당이다. 둘은 서로의 알터 에고(alter ego)이자 그림자다. 그를 만나고 난 후, '나'는 문득 "그가 나를 찾아온 것이 아니라 내가 그를 찾아온 것이 아닌가 하는 생각"(153쪽)이 든다. 그는 '나'가 아니었지만 '나' 자신이었기 때문이다. 또한 그는 '나' 자신이었지만 여전히 '나'는 아니었다.

37

"그녀가 나와 이혼한 지 구 년, 그와 재혼한 지는 오 년"이 되었다.(110쪽) 상식적으로 생각해 보자면 "그녀와 나는 구 년 전에 이미 끝난 사이였다."(116쪽) 물론 4년 전에 한 번 그녀가 '나'를 찾아온 적이 있었지만 우리는 차 한잔을 마시고 헤어졌을 뿐이다. 그러다가 열 달 전 그녀가 가벼운 교통사고를 겪었다고 한다. 그런데 "외상 후 스트레스 장애"가 생긴 후에 그녀는 "불면증과 불안 증상에 시달리기 시작"했다.(118쪽) 그가 '나'를 찾아온 이유다. '나'가 그녀에게 가했던 폭력의 사후적 증상이 시작된 셈이다. 부부 사이의 폭행이란 것도 예상치 못한 폭력이라는 점에서 삶에 느닷없이 개입한 교통사고 같은 것이 아니겠는가?

38

그가 말한다. "그녀가 그쪽을 만나고 싶어 합니다."(118쪽) 물론 '나'와 그녀의 만남은 이루어지지 않는다. 이미 그가 그녀를 만나고 있으므로. '나'와 그는 스크루지를 찾아온 과거와 현재의 유령처럼 상상 속에서 이미 등장했으므로. 그리하여 「옵산요금소」의 검은 그랜저처럼 '나'는 그에게(결국은 그녀에게) 끊임없이 질문을 던진다. 둘의 대화에서 '나'의 부분만 조금 옮기면 이렇다. "궁금하면 그녀에게 물어보지 그랬습니까?"(110쪽) "당장이라도 집에 돌아가 물어보지 그래요?" "뭐가 알고 싶은 겁니까?" "언제 말입니까?"(111쪽) "그녀도 알고 있습니까?" "평일 저녁 아무렇지도 않은 척 마주앉아 커피를 마시기에는 기이한 관계 아닙니까? 그쪽과 나, 말입니다."(114쪽) "도대체 어떤 점이요?"(115쪽) "혹시 그녀가 보냈나요?"(116쪽) 대부분이 질문으로 되어 있다. 물론 이 의문문도 실은 질문이 아니라 취조다.

39

그녀의 사고에 대해 '나'는 아무 책임이 없다. "그녀가 택시를 타고 가다가 당한 사고도, 사고 후유증도 나와는 무관한 일이었다."(119쪽) 그렇다고 해서 '나'에게 면책 특권 같은 게 있을 리 없다. 그가 보기에 이혼 무렵의 그녀는 "수박만 한 구멍 같은 것을 끌어안고 있는 것"(123쪽)으로 보였다. 이것은 이혼 후의 공허함이나 상실감이 아니다. 이혼 전에도 이 부부는 '하나로 세어진 둘'이 아니었기 때문이다. '그'는 그 자리에 없었다. 그녀는 '그'와 '그녀', 이렇게 둘을 센 것이 아니라 '그녀'와 공집합, 이렇게 둘을 세었다. '그'의 빈자리의 또 다른 이름이 "구멍"인 셈이다.

40

"무슨 일이 있었던 겁니까?"(122쪽) 그가 은밀하고도 나직하게 '나'에게 물어왔다. 사정은 맨 나중에 밝혀진다. 이 소설이 시간을 역행하고 있다는 사실에 주목하자. '나'가 가했던 폭력은 맨 나중에 폭로된다. 「이혼」에서도 말했듯 그것이 기원의 문제이기 때문이다.

41

그녀가 그와 재혼해서 "염창동 아파트"에 살던 시절 일이다. 오후 5시가 되면 환풍구를 통해 윗집 여자가 아이에게 욕을 하고 때리는 소리, 아이가 겁에 질려 우는 소리가 들려왔다고 한다. 그녀가 경찰에 신고했으나 "남의 집 일에 신경 쓰지 말라고 그녀에게 쏘아붙이는 여자의 살기 어린 눈빛"을 돌려받았을 뿐이다.(127쪽) 소리가 안 들리면 나을까 싶어 그가 테이프로 환풍구를 봉하고 있는데, 그녀가 말렸다. "살려 달라는 소리를 못 들으면 어떻게 하느냐고요."(127쪽) 그녀가 듣지 못했으나 들을 것이라고 확신하는 저 소리, "살려 달라"는 말은 실은 그녀가 발설하지 못했으나 마음속으로 부르짖던 소리였으리라. 매 맞는 아이는 매 맞는 그녀이기도 했던 것이다. 그 말을 그에게서 전해 들으며 '나'는 "자신도 모르게 테이블로 손을 뻗어 물컵을 움켜쥐었다. (중략) 물이 물컵 밖으로 토해지려는 순간에 물컵을 바로" 세웠다.(189쪽) '나'의 폭력은 이렇게 시시때때로 발현된다.

42

그녀와 그가 염창동 아파트를 이사 나오기 전, 윗집 아이를 집으로 데려온 적이 있었다. 아이가 다녀간 다음 날, 기르던 십자매가 갑자기 죽어 버렸다. 십자매를 향해 중얼거리던 아이가 생각나서 그녀가 물었다. 십자매에게 무슨 소리를 했냐고. 아이의 대답은 이랬다. "죽어!"(133쪽) 차라리 죽어 버려. 그렇게 갇혀 살 바에야 죽는 게 나아. 여기에 한 가지 에피소드가 겹친다. 이번에는 그녀가 '나'와 "부암동 빌라"에 살 때 일이다. 베란다 창에 서 있던 그녀에게 '나'가 다가가자 그녀가 말했다. "새가 날아갈 때까지 자신을 내버려 둬 달라고."(135쪽)

43

이제 「새의 장례식」에서 새의 죽음의 의미가 드러난다. 먼저 첫 번째 도식이다.

A. 그녀＝새 vs 아이＝'나'

'나'는 그녀에게 폭력을 행사했다. 아이는 새에게 "죽어!"라고 명령했다. 그녀는 '나'의 지배하에서 사육되었고 그녀(새)는 마침내 놓여났다.(이혼했다.) 이렇게 보면 아이는 '나'의 분신이기도 하다. "그 아이가 집에 다녀가고 십자매가 죽은 뒤로…… 샴쌍둥이처럼 그쪽과 아이가 함께 떠오른다고요."(138쪽)

B. 그녀＝새＝아이 vs '나'

그런데 아이 역시 새장 속의 새처럼 피억압과 부자유의 처지에 놓여 있다. 아이가 십자매에게 건 저주(혹은 욕설)는, 그 자신의 처지에 대한 한탄이기도 하다. 결국 아이는 매 맞는 아내이자 때리는 남편이기도 하다. 지금의 남편이 그녀의 불안과 불면을 치료할 수 없는 것은 이 때문이다. 전 남편이나 지금 남편이나 모두 그녀(새)를 가둔 새장이었던 것이다.

C. 그녀＝새＝아이＝'나' vs 아버지(들)

그런데 이 도식은 끝내 '나'마저 포섭해 들인다. 저 아이가 매 맞는 아내(그녀)이자 때리는 남편('나')이었다면, 전 남편인 '나' 역시 매 맞는 아내와 다를 바 없는 '교통사고'를 겪었을 것이다. 과연 '나'는 아버지의 폭력을 대물림했다. '나'는 중얼거린다. "유치원에 다니던 아이는 초등학생이 되었겠지요. 어느 날 중학생이 되고, 고등학생이 되고, 그 어느 날 어른이……."(139쪽) '나'가 그에게 해 준 꿈 이야기는 소설의 초반에 나오는 그녀의 꿈과 맞물린다. "내 최초의 기억. 그것은 아버지가 어머니를 도축한 개나 돼지처럼 질질 끌며 마루에서 방으로 넘어가던 장면이었다."(140쪽) '나'는 아버지가 어머니를 때려 죽일까 봐 겁이 났으나 결코 그러지 않으리라는 것을 안 이후로는 차라리 그렇게 하기를 바랐다. 현실은 정반대였다. 어머니의 임종을 지킨 사람이 아버지였던 것이다. "내 아버지가 죽었을 때, 아무것도 모르는 그녀는 아버지를 위해 눈물을 흘렸다."(143쪽) '나'는 이 모든 것을 용서할 수 없었다. 그래서 그녀를 때렸다.

당연히 불합리하고 무의미한 변명이다. 요는 '나' 역시 아버지의 폭력을 이어받았을 뿐 '다름'을 셀 수 없는 사유의 무능력자, 둘을 하나로 셀 수 없는 불쌍한 공집합에 불과했다는 데 있었다. '나'와 그녀 사이에는 아이가 없었다. 결국 '나'는 여전히 때리는 아버지가 아니라 매 맞는 자식에 불과했다. 「이혼」의 남편(철식)처럼 이혼 법정에서 나오면서 '나'는 물었을지도 모른다. 이제 나는 고아가 되는 건가?

44

'나'와 그녀가 이혼한 이유가 밝혀졌다. 그 기원에 최초의 폭력이 있었음도 밝혀졌다. "내 아버지의 비석에는 아직도 그녀의 이름이 새겨져 있습니다."(143쪽) 그것은 원-흔적 같은 것이다. 원-흔적이란 처음부터 거기에 있는 흔적이다. 즉 어떤 것의 흔적이 아니라 흔적으로서의 어떤 것이다. 동일성의 손가락으로 새긴 흔적, 그러나 영원히 하나일 수 없는 둘의 흔적.

45

요양원에 갔을 때 그녀는 내 아버지의 손톱을 깎아 주고 있었다. 돌아오면서 '나'는 무섭게 화를 냈다. "내가 화를 내는 이유를 그녀는 알지 못했다. 내가 그 이유를 끝끝내 말해 주지 않았으므로."(144쪽) '나' 역시 자신이 화를 내는 진정한 이유를 알지는 못했으리라. 폭력을 행사하던 아버지의 손, 그 완강한 동일성의 손을 붙잡는다는 것의 의미까지는 말이다.

46

'새의 장례식'은 그녀의 그림일기에 등장한다. 아이와 남자와 여자로 이루어진 세 사람이 죽은 십자매를 장례 지내는 그림이다. 셋은 일반적인 가족의 도식이지만 실은 남남이다. 윗집 아이와 전 남편과 이미 다른 사람의 아내가 한자리에 섰기 때문이다. 폭력으로 묶인 분열된 가족이다. 앞에서 말했듯 이 상징적 제의는 그녀의 죽음, 분리, 개별자가 됨, 하나로 세어짐의 표식이다. 성혼 선언문은 이렇게 다시 울린다. 죽음이 세 사람을 갈라놓을 때까지…… 없는 아이와 이미 갈라진 두 사람을 다시는 하나로 세지 않을 때까지. 죽음이 셋 혹은 둘을 불가역적인 것으로 결정지을 때까지. '이혼'이 '해혼(解婚)'이기도 한 이유가 여기 있다.

47

이 장례식과 죽은 개를 산에 묻은 아버지의 추억은 같으면서도 다르다. 그녀는 새의 장례식을 지내 준 후에도 새가 살아 있을 것 같다며 중얼거렸다. 아버지 역시 산으로 올라가 죽은 개의 무덤을 다시 파서는 "심장 부분을 손으로 더듬"으며 말했다. "틀림없이 죽었어!"(148쪽) 그녀에게 새의 죽음은 상징적 제의(이제 아이와 그와 그녀는 다른 하나로 세어질 것이다.) 였다. 그러나 아버지의 행위는 확인 사살과 같은 것이었다. 그녀는 불면과 불안 속에서 여전히 하나로 세어질 테지만 아버지는 죽어서도 동일자의 손가락질을 멈추지 않을 것이다. 틀림없이 죽었어! 이를테면 "얼굴을 본 적도 없는 그 아이가 나는 낯설지 않았다."(149쪽) 그러나 아버지는 「이혼」의 그 아버지처럼 욕설을 내뱉을 것이다. "재수 없게 울고 지랄이야."

48

그런데 실은, 「새의 장례식」에 다른 제목을 붙여도 좋았을 것이다. 이를테면 마지막의 이런 장면.

> 단추를 다 채우고, 그와 나는 약속이나 한 듯 서로 눈빛을 나누었다. 허공의 한 지점에서 서로의 눈빛이 교차하던 찰나, 작고 흰 덩어리 같은 것이 새처럼 우리를 가르며 지나갔다. 나는 그것을 잡기 위해 얼떨결에 손을 내밀었고, 그것을 악수를 청하는 것으로 오해한 그가 손을 뻗어 왔다.(152~153쪽)

두 사람의 손끝을 스쳐 간 저 "흰 덩어리"를 새라고 불러도 좋을 것이다. 그렇다면 이 장면은 '새의 부활'이라 불러야 하지 않을까? 둘로 세어진 하나(이혼)가 아니라 하나로 세어진 둘(악수)에 대한 이야기가 아닌가? 물론 둘은 악수를 나누지 않고 헤어진다. 그가 바로 '나'이기 때문이다. '나'가 나와 화해하는 것은 동일자의 완력에 지나지 않는다. 그러나 손

끝을 스쳐 간 저 새는 다르다. 그녀는 이런 방식으로 다시 등장한다. 둘의 사이를 가로지르며.

49

헤어지는 길에 '나'는 마지막으로 묻는다. 왜 그녀의 그림에는 아이와 그녀와 '나'만 있었던 것인가?

> "그녀가 어째서 그쪽은 십자매의 장례식에 초대하지 않은 걸까요?"
> "나는 기다리고 있겠지요."
> "누굴……."
> "십자매의 장례식을 치르고 돌아올 그녀를요."(153~154쪽)

이 아픈 이야기는 이렇게 분리와 분열 이후에 '다르게 세어진 하나'를 제시하면서 끝난다. 파국의 형식으로 가시화된 불가능한 사랑은 이렇게 사랑의 긴 그림자로, 불가능한 사랑의 가능한 흔적으로 다시 드러나면서 끝을 맺는다. 이렇게 말해도 좋겠다. 불가능한 사랑의 그림자는 가능한 그림자의 사랑이다. 작가는 이렇게 죽은 새를, 당신을, 어쩌면 작가 자신을 하얀 손으로 어루만진다. 나도 손을 내밀고 싶다. 그 손을 맞잡고 싶다.

여성과 토폴로지

오정희 소설 다시 읽기

1 들어가며: 신체와 장소에 관하여

오정희의 「옛우물」(1994), 「저녁의 게임」(1979), 「유년의 뜰」(1980)의
세계를 '장소'를 중심으로 살펴보고자 한다. 장소란 물리적인 좌표인 '공
간'이나 정보의 표면인 '지도'와 달리 그곳에 사는 사람을 표시하고 있는,
그래서 그 사람의 생활과 감정과 가계(家系)와 기억과 현재가 기록되어
있는 곳이다. 장소는 그 사람의 물리적인 현존과 뗄 수 없이 연루되어 있
다. 더 정확히 말해 그 사람의 현존 혹은 신체가 장소를 생성한다.

본질적으로 세계-내-존재에 의해서 구성되고 있는 존재자는 그 자체
가 그때마다 각기 자신의 "거기에"로서 존재한다. 친숙한 낱말의 뜻을 따를
것 같으면 "거기에"는 "여기에"와 "저기에"를 의미한다. "나 여기에"의 "여기
에"는 언제나 손안에 있는 "저기에"에 대해서 거리 없애며 방향 잡으며 배
려하며 존재한다는 의미에서 어떤 그러한 손안에 있는 "저기에"에서부터
이해되고 있다. 이렇게 현존재('거기에-있음')에게 그러한 식으로 그의 "자
리"를 규정해 주는 현존재의 실존론적 공간성은 그 자체 세계-내-존재에

근거하고 있다. "여기에"와 "저기에"는 오직 하나의 "거기에" 안에서만 가능하다. 다시 말해서 "거기에"의 존재로서 공간성을 열어 밝힌 그런 어떤 존재자가 존재해야만 가능하다.[1]

인간이 현존한다는 것은 어떤 장소를 부여받는다는 것이다. 현존재(Dasein) 자체가 '거기에-있음' 다시 말해 어떤 장소성으로 표시되기 때문이다. 현존재가 세계-내에 존재함으로서, 즉 '거기에' 위치함으로써 '여기에'와 '저기에'가 가능하다는 것은, 세계 내의 모든 원근과 방위(이것은 다시 말해 세계에 대한 친소(親疏)와 지향성이기도 한데)가 현존재의 장소성에 의해 개시된다는 뜻이다.

신체와 장소의 엮임, 그 이음매는 매우 두터운 고르디우스(Gordius)의 매듭과 같아 어느 한 지점에서도 깨끗이 절단할 수 없을 정도다. 메를로퐁티가 우리에게 가르쳐 주는 것은 단지 인간 신체는 장소 없이 결코 존재하지 않는다거나, 혹은 장소는 (그 자신의 현실적인, 혹은 잠재적인) 신체 없이 결코 존재하지 않는다는 것에 그치지 않는다. 그는 또한 체험된 신체 자체가 하나의 장소임을 보여 준다. 신체의 운동이야말로 단순한 위치 변화를 가져오는 게 아니라 장소를 구성하고, 장소를 존재에 이르게 해 준다. 그러한 장소를 창조하라는 명령을 받아야 하는 데미우르고스 따위는 필요 없으며, 장소를 산출하기 위해 공간에 부과해야 할 어떠한 형식적인 기하학도 필요 없다. 신체 자체가 장소-생산적이다. 즉 신체가 그 표현적이고 방향 부여적인 운동으로부터, 즉 문자 그대로 운동적인 역동성으로부터 장소를 낳는다.[2]

1   마르틴 하이데거, 이기상 옮김, 『존재와 시간』(까치, 1998), 184~185쪽.

2   에드워드 케이시, 박성관 옮김, 『장소의 운명』(에코리브르, 2016), 465쪽.(강조는 인용자)

현존재의 장소성을 '신체'로 바꿔 부를 수도 있을 것이다. 신체란 세계-내에 장소로서 존재하는 내재성의 다른 이름이기 때문이다.(무장소성 혹은 세계-내에 있지 않음이 초월성이다.) 신체와 장소가 뗄 수 없이 연결돼 있다는 말로는 충분하지 않다. 신체가 바로 장소를 발생시키기 때문에, 신체(혹은 현존재)는 장소의 생산자다. 신체가 이동하면 장소가 교체되고 신체가 거주하면 무의미한 공간이 장소로 발생한다. "신체 자체가 장소-생산적"이라는 말은 이를 뜻한다.

이를 텍스트 분석에도 적용할 수 있을 것이다. 소설에서 특정 인물이 특정 장소와 결부되어 있을 때, 인물들의 관계는 그 장소들의 관계로 지표화되어 나타날 수 있으며, 인물의 동선(動線)은 장소의 교체 혹은 의미의 이합집산으로 나타날 수 있다. 주의해야 할 것은 장소가 어떤 인물 혹은 인물군의 직접적인 표상으로 나타나지는 않는다는 것이다. 인물은 장소-생산적인 존재이지, 장소에 결박되거나 장소로 전환되는 즉 장소와 동일시되는 존재가 아니다. 흔히 공간 표상 연구가 빠지기 쉬운 함정이 이것이 아닐까 한다. 공간을 정태적이고 고정적인 의미로 고정시키는 것은 지양해야 한다. 장소는 인물의 전변에 따라서 함께 변화하고 유동하기 때문이다.

2 오정희 소설과 장소의 양가성

오정희 소설의 토폴로지는 끝없이 분기해 나가는 장소들의 분산 또는 수렴으로 이해될 수 있다. 그런데 이렇게 말하고 나면 그 장소가, 마치 명료한 의미의 영토 위에 구축된 왕국인 것처럼, 그리하여 말의 입법권과 행정권과 사법권이 일체화된 의미의 전제(專制)가 가능한 것처럼 오해될 소지가 있다. 거듭 말하지만 장소는 인물을 중심으로 좌표화되지만 그 좌표가 일방적으로 의미화되지는 않는다.

오정희의 소설은 "모성적 생명의 순환성"의 지표이자, "여성 정체성 구성적 장소", "여성 신화적 공간" 등으로 명명되어 왔다.[3] 특히 "옛우물"은 "탄생의 이미지와 관련된 최초의 비의의 체험으로부터 인간 삶의 근원적인 존재론적 비의로 이어지는, 현세의 삶 속에서 도달할 수 없는 생명성의 어떤 심연"[4]을 드러내는 궁극의 모성=장소 표상으로 논의되어 왔다. 그러나 최근 기존 연구들이 오정희 소설의 해석적 다양성을 '모성적 생명의 순환성'이라는 일면적인 가치로 가둔다는 점에서 "'옛우물'을 옛우물에 빠"뜨리는 것이 아닌가라는 질문이 제출된 바 있다.[5] 이 글은 오정희 소설 속에 내포되어 있는 모호성과 애매성,[6] 불확실성[7]과 해석적 다양성을 염두에 두고, 소설 속에서 분기하는 여성과 토폴로지의 문제를 살펴보고자 한다.

　　「옛우물」(『불꽃놀이』, 문학과지성사, 2017)[8]을 먼저 생각해 보자. "어릴

3　오정희·우찬제, 「한없이 내성적인, 한없이 다성적인」, 『오정희 깊이 읽기』(문학과지성사, 2007); 김혜순, 「여성적 정체성을 가꾸다는 것」, 『오정희 깊이 읽기』(문학과지성사, 2007); 김화영, 「개와 늑대 사이의 시간」, 『오정희 깊이 읽기』(문학과지성사, 2007); 박혜경, 「불모의 삶을 감싸안는 비의적 문체의 힘 ── 바람의 넋 이후의 오정희의 소설들」, 《작가세계》, 1995. 여름; 허만욱, 「여성 소설에 나타난 내면 의식의 형상화 연구: 오정희의 「옛우물」을 중심으로」, 한국비평문학회, 《비평문학》 23호, 2006; 황종연, 「여성 소설과 전설의 우물」, 『비루한 것의 카니발』(문학동네, 2001); 곽승숙, 「강신재, 오정희, 최윤 소설에 나타난 여성성 연구」, 고려대 박사 학위 논문, 2012; 김영애, 「오정희 소설의 여성 인물 연구」, 《한국학 연구》, 2004. 6; 김미정, 「'몸의 공간성'에 대한 고찰 ── 오정희 소설 「옛우물」을 중심으로」, 《현대소설연구》 25권, 2005.

4　김혜순, 앞의 글.

5　심진경, 「오정희의 「옛우물」 다시 읽기」, 《시학과 언어학》 29호, 시학과언어학회, 2015.

6　문혜윤, 「오정희 소설의 애매성 연구」, 고려대 석사 논문, 2000.

7　박진영, 「한국 현대 소설의 비극성에 관한 수사학적 연구: 김승옥, 조세희, 오정희를 중심으로」, 고려대 박사 논문, 2010.

8　이하 본문에 인용할 때 오정희, 『불꽃놀이』(문학과지성사, 2017)에 실린 작품명과 쪽수를 밝힌다.

때 살던 동네 가운데에 큰 우물이 있었다."(45쪽) '나'의 회고를 따라가던 우리는 즉각적으로 이 우물이 현재의 삶과 대비되는 장소임을 알게 된다. '유년/중년' '추억함/살아감' '물이 깊고 물맛이 좋으며 금빛 잉어가 살던 꿈의 삶/중년의 안정되었으나 권태로운 삶' '기원/현재' 등으로 분화해 가는 의미론적 분할이 바로 이 장소의 등장과 관련되어 있다. 그런데 문 제는 그렇게 간단하지 않다. '옛우물'이 정말로 그런 장소라면 이쪽 세계 와의 대비나 대조로서만 자리해선 안 된다. '옛우물'은 이 세계의 내부에 서 끊임없이 새롭게 출몰해야 한다. 그것이 기원이 가진 성격이다. 푸코는 기원이 원뿔의 꼭짓점과 같다고 상상했다.[9] 꼭짓점 자리에 놓인 기원은 그 자신 모습을 드러내지 않으면서도 현재의 평면(원뿔의 바닥면)을 초래 한 보이지 않는(비가시적인) 원인이다. 따라서 기원은 현재라는 표면 위 에, 그 가시적인 표식(mark)을 끊임없이 아로새기고 있다. '옛우물'이 지 금 '나'의 삶에 수많은 중첩된 흔적을 남겨 놓는다는 뜻이다.

그가 죽고 내 안의 무엇인가가 죽었다. 그것이 무엇인지 나는 알지 못한 다. (중략) 저녁쌀을 씻다가 문득 눈을 들어 어두워지는 숲이나 낙조를 바라 보는 시선 속에, 물에 떨어진 한 방울 피의 사소한 풀림처럼 습관 속에 은은 히 녹아 있는 그의 존재와 부재. 원근법이 모범적으로 구사된 그림의, 점점 멀어져 가는 풍경의 끝, 시야 밖으로 사라진 까마득한 소실점으로 그는 존 재한다. 지금의 나는 지나간 나날들이 그러했던 것처럼 가끔 행복하고 가 끔 불행감을 느낀다. 나는 그렇게 늙어 갈 것이다. 다른 사람들과 다르지 않 은, 공평하게 공인된 늙음의 모습으로.(「옛우물」, 44쪽)

9 "기원은 모든 차이, 모든 분산, 모든 불연속이 빠짐없이 모여들어 동일성의 단일한 지점이자 동 일자의 만져지지 않는 형상만을 형성할 뿐이지만 스스로 폭발하여 타자가 될 힘을 지니고 있는 원뿔의 가상 꼭짓점 같은 것이다."(미셸 푸코, 이규현 옮김, 『말과 사물』(민음사, 2012), 452쪽)

원근법의 중심인 소실점은 사라진 것, 부재하는 것으로서만 존재한다. 옛 연인인 '그'도 시간성의 밖에서, 부재하는 것으로 존재한다. 시간의 마모와 상관없이 추억의 형식으로서만 존재한다는 점에서 '그'도 '옛우물'이다. 그뿐인가. "깔끔한 성격의 남편"이 "그답지 않게 자주 변기의 물을 내리는 일을 잊"을 때, 남편의 똥을 담은 변기는 어린 시절의 남편을 보여 주는 '옛우물'이다.

나는 사타구니에 손을 넣고 모로 누워 웅크리고 자는 그의 모습을 볼 때, 채 물 내리는 것을 잊은 변기 속의, 천진하게 제 모양을 지니고 물에 잠겨 있는 똥을 볼 때 커다란, 늙어 가는 그의 속에 변치 않는 모습으로 씨앗처럼 깊이 들어 있는 작은 그를, 똥을 누고 나서 자신이 눈 똥을 신기하고 이상해하는 눈길로 물끄러미 바라보는 어린아이, 유년기의 가난의 흔적을 본다.(「옛우물」, 15쪽)

본래의 '옛우물'은 회상 속에서만 존재하는 비가시적인 것이었으나 현재의 평면에 중첩되고 이행하며 가시적인 것으로 다시 등장한다. 어린 시절의 남편을 증거하는 저 똥을 품은 변기도 마찬가지다. '옛우물'도 한 번은 저렇게 속을 드러낸 적이 있다. "물맛이 뒤집혔기 때문이었다."(47쪽) 바닥을 드러낸 우물 속에는 "바닥의 흙이며, 녹슨 두레박과 두레박 건지는 갈쿠리, 삭아 버린 고무신 한 짝, 썩은 나무토막, 사금파리 따위들"만 있었다.(48쪽) 따라서 그것은 황폐한 내면, 이를테면 죽음을 안고 있는 기원이기도 하다. 어린 시절의 친구 정옥이는 그 우물에 빠져 죽었다. '옛우물'은 그처럼 '죽음'을 감추고 있기도 하다. 염쟁이인 정옥의 아버지는 밤마다 "관 속에 들어가 잔다고 했다."(25쪽) 우물 속의 우물인 셈이다. 정옥의 죽음 이후 "우물은 메워졌다."(50쪽) 그러니까 우물은 추억 속에서도 이미 자취를 감춘 것이다. 부고로 존재하는 '그'나, 태아처럼 웅크리고 자는 남편이 남긴 가난의 표식처럼.

마흔다섯 살의 '나'에게도 찾아갈 수 있는 혹은 볼 수 있는 두 개의 장소, 즉 가시화된 '옛우물'이 있다. 하나는 "우리 가족이 편의상 '작은집'이라 부르는 예성 아파트"다.(32~33쪽) 이곳은 새로 분양받아 이사 오기 전에 잠깐 살았던 "열한 평짜리 서민 아파트"(36쪽)로 '나'가 혼자 찾아가 쉬곤 하는(때로는 죽은 듯이 잠이 들기도 하는) "빈집"(55쪽)이다. 그곳에 가기 위해서는 출입 금지 푯말을 무시한 채 개구멍으로 드나들어야 한다.(33쪽) 예성 아파트는 일상에서 벗어나(탈세계화), 무시로 죽은 듯이 잠이 드는 곳이며(무시간성), 현재의 시간을 멈추고 추억 속에 잠겨 드는 곳이다. 이 집 안엔 벽에 액자를 떼어 낸 자리가 있다. "사라진 뒤에야 비로소 드러나는 존재의 흔적"(38쪽)이다. 흔적의 흔적이므로 이 역시 우물 속의 우물이다. 또 하나는 연당집이라는 곳이다. 나무 울타리로 둘러싸인 200년도 넘은 크고 낡은 기와집으로 여름이면 앞마당의 수련이 장관을 이룬다.(38쪽) 이곳은 후손의 재산 다툼에 퇴락하고 무너져 가면서 옛 영화를 흔적처럼 간직하고 있다. 연당집은 흔적으로 옛 세계의 흥성거림을 형상화하고 쇠락함으로 그 세계의 소멸을 보여 준다는 점에서 또 하나의 '옛우물'이다. 이런 장소들의 거듭된 출몰은 정확히 '나'의 동선과 유관하다. '나'가 삶에서, 이 삶의 대타적 장소로 구성해 내는 과거의 장소들이기 때문이다.

「저녁의 게임」[10]으로 가 보자. 여기에도 두 개의 장소가 있지만 그 의미는 사뭇 다르다. 하나는 아버지와 저녁마다 무의미한 게임을 벌이는 딸('나')의 집이다. 중증 당뇨 환자인 아버지는 하릴없이 딸과 화투를 치며 소일하고 있다. 소설 전반부는 지루하고 무의미한 이 과정에 대한 길고 세밀한 묘사로 이루어져 있으며 그 과정에서 집을 나간 '오빠'(아버지와의 "더러운 게임"을 그만두고 가출한 오빠)와 정신병을 앓다 집에서 쫓겨나서

---

10   이하 본문에 인용할 때 오정희, 『유년의 뜰』(문학과지성사, 2017)에 실린 작품명과 쪽수를 밝힌다.

죽은 '어머니'에 대한 회상이 불수의적으로(이것은 기억의 속성을 서술에 반영한 것이기도 하다.) 끼어든다. 이 게임에는 승자가 정해져 있다. 화투패가 낡아서 뒷면만 보고도 무슨 패인지 알 수 있는 데다가, 아버지가 '나'의 패를 몰래 훔쳐보기 때문이다. '나'는 일부러 지는 게임을 한다.

다른 하나는 '나'가 저녁마다 집을 나가서 공사장의 인부와 몸을 섞는 완성되지 않은 가건물이다. 더럽고 혐오스러운 인부와 성관계를 맺는 이 기행은 섬뜩하고 충격적이다. 그런데 평자들이 지적하듯 '나'의 야행(夜行)이 아버지에 대한 드러나지 않은 저항으로 의미화되는 것일까?[11] 그렇다면 이 두 장소는 '아버지가 지배하는 장소'/'아버지의 지배에서 벗어난 장소'로 의미화될 것이다. 그런데 그렇게 보기 어렵다.

> "추운 건 싫어."
> 나는 킥킥 웃었다.
> "다른 건 좋고? 당신 바람난 과부 아냐?"
> 그도 키들키들 웃었다.(「저녁의 게임」, 175쪽)

어떤 교감이나 호의가 없었음에도 불구하고 둘은 이런 대화를 나눈다. 관계가 끝난 뒤 '나'는 이런 생각을 한다. "그래 꽃을 꽂기에는 너무 늙었어. 미친 여자나 창부 아니면 머리에 꽃을 꽂지 않지."(같은 쪽) 저 대화를 나누고 나서 '나'는 그에게 돈을 요구한다.

---

11   김경수는 「가부장제와 여성의 섹슈얼리티 ─ 오정희의 「저녁의 게임」론」(《현대소설연구》 2집, 2004)에서 「저녁의 게임」에 나오는 여성의 성적 일탈과 결말 장면을 강조하면서 이 소설의 저항적 측면을 강조한 바 있다. 한편 김미현은 「오정희 소설의 우울증적 여성 언어 ─ 「저녁의 게임」을 중심으로」(《우리말글학회》, 49권, 2010)에서 김경수가 강조한 대항 담론적 성격의 시사점을 언급하면서, 거부나 비판 자체가 저항일 수 없다고 설명한다. 김미현은 '나'의 웃음이 자조적 성격을 띠고 있다고 보았다.

"돈이 있으면 좀 줘."

그가 멈칫했다. 나는 내처 말했다.

"몸이 좋지 않아서 약을 먹어야 돼. 많이 달라곤 안 해."

그가 이 사이로 찌익 침을 뱉으며 낮게, 빌어먹을이라고 중얼거렸다.

"첨부터 순순히 굴더라니, 세금 안 내는 장사니 좀 싸겠지."

그가 부시럭대며 담배를 꺼내 입에 물고 불을 붙이는 시늉으로 성냥을 그어 길게 오른 불꽃을 내 얼굴 가까이 대었다. 나는 불꽃을 보며 길게 입을 벌려 웃어 보였다.

"제기랄, 철 지난 장사로군. 오늘은 없어. 모레가 간조니 생각 있으면 그때 와."

그는 몹시 기분이 상한 듯 함부로 침을 뱉었다.(「저녁의 게임」, 176쪽)

돈을 요구하는 행동은 "미친 여자 아니면 창부"(소설에서 '나'는 이 말을 두 번 되뇐다.)라는 혼잣말의 주인공이 되는 실천적 행동이다. '나'는 무력한 아버지가 지배하는 한 장소를 나와서, 욕정을 연애로 착각하는 인부가 지배하는(저 장소는 공사장이다.) 다른 장소로 간 것이다. 두 공간의 위상적 차이는 거의 없다고 보아야 할 것이다. 인부가 기대한 것과 달리, '나'의 행동은 연애 감정에서 비롯된 것도 아니다. '나'는 스스로를 창부로 만들었다. 왜인가? 첫 번째 장소에서 추방된 어머니가 "미친 여자"였기 때문이다. '나'는 어머니와 하나로 묶임으로써,[12] 아버지의 장소 자체를 내부에서 무너뜨린다. 아버지는 이제 자신의 장소에서 추방했던 "미친 여자 아니면 창부"를 다시 들이게 되었다.

12　김미현 역시 '나'가 어머니를 우울증적으로 동일시한다고 설명한다.(김미현, 앞의 논문, 17쪽)

3   장소와 여성

통상적으로 장소는 작가 및 소설 속 주인공의 생물학적 성별과 관련하여, 흔히 여성적 장소로 명명되어 왔다.[13] 흔히 여성을 장소로 비유하는 사고방식이 일반화되어 있다. '처녀(處女)'라는 명명이 그런 예다. 개척자 남성과 미답지 여성, 동선(動線)을 그리는 남성과 지도로 표시되는 여성, 이러한 관습적 이분법을 따른다면 '옛우물'은 여성적인 것의 표상으로 간주될 법하다. 자궁(기원으로서의 장소), 생산(생명의 물이 솟는 장소), 죽음(무로서의 장소), 유년(부재하는 유토피아로서의 장소), 유폐(가두어 버린 장소) 등의 의미가 거기에 내려앉는다.

그런데 '옛우물'은 앞에서 보았듯 이러한 의미 부여를 거부하는 장소이며, 나아가 「저녁의 게임」의 두 '방'은 남성적인 것으로 가시화된 장소다. '옛우물'이 부재하는 것으로서 '나'의 현재에 저토록 자주 나타난다면, '옛우물'이야말로 비가시적인 것의 가시성으로서 혹은 비의미론적인 것의 의미론으로서 간주되어야 하지 않을까? 가시성과 의미, 둘은 교환될 수 있는 말이다. 비가시적인 것이 가시화된다는 것은 의미화되지 않는 것이 (의미의 잉여로서건, 의미의 교란으로서건) 의미로서 실존한다는 뜻이다. 장소는 생성되면서 의미를 생산하지만, 동시에 그 의미를 교란하기도 한다.

　　예성 아파트로 가기 위해 연당집 앞을 지나다가 나는 문득 눈을 치떴다. 대문 옆 울타리에 눈에 익은 내 스카프가 매어져 있었던 것이다. 벌써 여러

---

13   린다 맥도웰(여성과 공간 연구회, 『젠더, 정체성, 장소』(한울, 2010))의 말처럼, 장소가 유동적이고 가변적이며 관계들의 집합이라고 말할 때, 장소와 젠더 역시 고정된 실체일 수 없다. 그럼에도 불구하고 소설 속에서 관습적으로 그려지는 젠더화된 장소들은 무수히 많다. 대표적으로 '집'을 특정한 여성적 속성으로 치환하는 이데올로기적 재현 방식을 들 수 있다.

날 전 내가 바보의 다리 상처에 묶어 주었던 것으로 나는 그동안 스카프 따위는 까맣게 잊고 있었다. 오래된 물건으로 색깔이 낡고 올이 해져, 버리려고 내놓았다가 그날 목에 두르고 나갔던 것이다. 엉뚱한 장소에 놓인, 붉은 무늬가 요란한 낡은 스카프는 이물스럽고 부끄러웠다. 내게 익숙하고 내 몸에 걸쳤던 것이기 때문일 것이다.(「옛우물」, 33~34쪽)

연당집을 지키는 좀 모자란 남자가 있다. 아이들도 '바보'라고 놀려 대는 이 집을 지키는 "아들"이자 "허드렛일꾼"이다. 며칠 전 그가 울타리를 묶은 쇠줄을 톱으로 자르려다가 동강 난 톱에 무릎을 다쳤다. 지나가던 '나'가 그것을 보고 매고 있던 낡은 스카프로 지혈을 해 주었다. 그 스카프가 울타리에 매어져 있는 것이다. "바보는 아마 내게 돌려주기 위해 스카프를 울타리에 묶어 놓는 기교를 부렸는지도 몰랐다. 나는 엷은 수치심 비슷한 느낌에 스카프에서 눈을 돌리고 예성 아파트로 향했다."(35쪽) 저 이물스러움과 수치심은 실은 "내게 익숙하고 내 몸에 걸쳤던 것이기 때문"에 생긴 것이 아니다. 이물감과 수치심은 그것이 통상의 가시적인 자리에 놓여 있지 않았기 때문에 생긴 일이다. '나'가 누군가에게 '선물'하거나/받거나 '나'를 '치장'하는 데 그것을 사용했다면, 그래서 그것이 '나'의 '여성임'을 강화하는 데 썼다면, 그것은 이물스럽거나 부끄러운 것이 되지 않았을 것이다. 그런데 스카프는 한 '바보'의 상처를 동여매는 데 썼으며 그것도 원래는 버리려고 매고 갔던 것이었다. 그것이 그가 지키는 집 "대문 옆 울타리"에 매여 바람에 날리고 있었던 것이다. 마치 한 남자의 전리품인 것처럼.

'바보'는 무엇을 하고 있었던가? 연당집을 지키고 있었다. 그는 열심히 연당집의 나무 울타리들을 뽑고, 주변의 나무들을 베고 있었다. 그것이 집을 허무는 일이라는 것도 모르면서 말이다. 집은 "어느 부자가 이 집 재목을 그대로 옮겨 써서 산속에 근사한 한식 별장을 짓기로 했기에"(52쪽)

헐려 나가고 있었고, 그는 바로 그 일을 했던 것이다. 자신이 무슨 일을 하는지 모르면서 그 일을 열심히 하고 있었으니 바보는 바보였으나, 그것은 '옛우물'로 표상되는 모든 장소의 운명이기도 하다. 어떤 장소를 보존하는 것은 그것의 '퇴락'을, 나아가 '폐허가-되기'를 지키는 것이다. 당연히 그것의 완성은 그 장소의 '사라짐(멸실)'이다. '옛우물'이 메워짐으로써 '나'의 기억 속에 장소화되었듯이. 만일 '옛우물'이 여성을 의미화한다면 바로 이러한 역설로서만 의미화될 수 있을 것이다. 자기가 무엇을 지키는지도 모르고 지키고 있는 바보(이 바보는 신화적으로 말해서 성소를 지키는 괴물에 해당한다.)에 의해서, 특정한 '의미' 혹은 '가시성'이라고 일컬어질 만한 의미나 모습을 지우면서. 이 소설에는 이 바보의 여성형이 등장한다.

차들이 꼼짝 않고 늘어서 있었다. 다리가 끝나는 곳에 시가지로 진입하는 세 갈랫길이 부챗살처럼 뻗어 있어 병목 현상을 일으켜 평소 교통 체증이 심한 곳이긴 해도 이처럼 끝 간 데 없이 차들이 뒤엉켜 움직이지 않는 것은 드문 일이었다.

파마머리를 봉두난발로 불불이 세우고 두터운 겨울 코트를 입은 한 여자가 입에 불붙이지 않은 담배를 서너 개비 한꺼번에 물고 길 가운데 서서 두 팔을 내두르며 교통정리를 하고 있었다. 길 가던 사람들이 피식피식 웃어 대고 자동차들은 신경질적으로 경적을 울려 대었다. 나는 그때 늘어선 차 중에서 낯익은 감청색 승용차를 보았다. 남편의 차였다. 뒷좌석과 옆에 동승한 남자들이 있었다. 다리 건너 횟집에서 점심 식사를 하고 오는 길이리라 짐작되었다. 은행의 부장직에 있는 남편으로서는 고객과의 식사 자리도 중요한 업무일 것이었다. 핸들에 손을 얹고 있는 남편의 그의 동승자들에게는 보이지 않을 얼굴은 피곤하고 권태로운 표정을 담고 있었다. 뒷자리의 남자들은 창을 내리고 고개를 빼어 그 여자를 보며 웃고 있었다.(「옛우

물」, 18쪽)

"미친 여자"의 이상한 복장과 교통정리하는 솜씨를 보라. 그녀의 복장과 동작은 '비가시적인 것이자 무의미한 것'이지만, 그녀는 바로 그 복장과 동작으로써만 차들의 흐름을 교란할 수 있었고, 그로써 '옛우물'의 도래를 예비할 수 있었다. 정상적으로 보이는 남편의 얼굴에서 "피곤하고 권태로운 표정"이, 다시 말해 남편의 낯설고도[14] 솔직한 심정이 드러난 것은 전적으로 그녀 덕분이다.

이 "미친 여자"가 「저녁의 게임」의 "창부"('나')와 같은 장소를 생산한다는 것은 분명해 보인다. 아버지의 지배가 관철되는 방에 아버지가 용납하지 않는 교란을 도입함으로써, 이 집에서 추방된 '어머니'라는 장소를 재생산했기 때문이다.

4 장소와 언어: 오빠의 말과 부네의 말

「유년의 뜰」[15]로 가 보자. 여기서도 '뜰'은 '옛우물'과 같은 장소에 있다. 생계를 위해 밤마다 술집에 나가는 어머니와, 돌아오지 않는 아버지, 어머니를 증오하면서 영어 교과서의 문장들을 읊어 대는 오빠, 언니와 '나'(노랑눈이)로 이루어진 가계가 있다. 오빠는 늘 다니다 만 중학교의 영

---

14 강지희는 이 장면을 일상 속에서 출몰하는 낯선 이물감으로 설명한다. 오정희 소설에서, 낯익은 것 속에서 나타나는 낯섦의 순간은 왜 반복적으로 나타나는가? "그것은 친숙한 것들 안에 감추어진 것을 폭로함으로서 낯익은 것을 교란시켜 변형하는 효과를 지닌다."(강지희, 「오정희 소설에 나타는 여성 숭고 연구」, 이화여대 석사 논문, 2011, 111~114쪽)

15 이하 본문에 인용할 때는 오정희, 「유년의 뜰」, 『유년의 뜰』(문학과지성사, 2017)에 실린 작품명과 쪽수를 밝힌다.

어 교과서를 읽는다. "홧 아 유 두잉? 아임 리딩 어 북."(12쪽) 그러다가 오빠는 미국인 집에서 가정부로 일하는 서분의 충고에 따라, 미국에 가리라는 희망을 안고 이런 영어를 배운다. "아임 낫 라이어. 아임 어니스트 보이."(61쪽) 이 말은 의미를 실어 나르는, 말하자면 가시적인 언어다. 오빠의 미국행은 실패로 끝났으나 오빠(들)는 자라서 "은행의 부장직에 있는" 「옛우물」의 "남편"이나 그의 동승자들 가운데 하나가 되었을 것이다. 저 말들은 의미에 포획된 법의 언어, 욕망을 가시화하는 질서의 언어이기 때문이다.

속물로 보이는 서분의 언니가 '부네'다. 부네는 아비에 의해 방 안에 갇혀 지낸다.

> 사람들은 그녀, 부네의 아비, 그 늙고 말없는 외눈박이 목수가 어떻게 그의 바람난 딸을 벌건 대낮에 읍내 차부에서부터 끌고 와 어떻게 단숨에 머리칼을 불밤송이처럼 잘라 댓바람에 골방에 처넣고, 마치 그럴 때를 위해 준비해 놓은 듯 쇠불알통 같은 자물쇠를 철커덕 물렸는지에 대해 오랫동안 이야기했다. 또 그녀가 들창을 열고 야반도주를 하려 하자 발가벗기고 들창에 아예 굵은 대못을 쳐 버렸다고, 그 통에 안집 여자는 어찌나 혼이 나갔던지 목수가 벗겨 던진 딸의 옷이 창 앞 석류나무에 사흘씩이나 걸려 있었는데도 모르더라는 얘기를 했다. 더욱이 얘깃거리가 된 것은 읍에서부터 개처럼 끌려오는 과정이 부네 편에서도, 아비 쪽에서도 있을 법한, 아이고 아버지 용서해 주오, 한마디 말도, 분노의 씨근거림도 없이 시종 침묵으로 일관되었다는 것이었다.(「유년의 뜰」, 22쪽)

그녀가 갇힌 방은 "바로 눈앞에 있으면서도 실제의 것이 아닌 듯 아득히 여겨지는"(24쪽) 방이다. 우물 속의 우물이 여기에도 있다. 우리는 "늙고 말없는 외눈박이 목수"가 오디세우스와 일행을 동굴에 가둔 키클롭스의 형상을 하고 있다는 것, 그처럼 결국 딸이 살아서는 영영 그 방을 나오지 못하게 되었다는 것, 방을 지키는 것으로 그 방을 폐허로 만들었다는 것, 딸을 지키는 일이 딸을 죽인 일이 되고 말았다는 것, 마지막으로 딸의 관을 짜는 일을 해서 딸의 유폐를 완성하고 말았다는 것을 안다. 외눈박이 목수는 '연당집'을 지키던 그 바보이기도 하다. '외눈박이 목수'를 폭력으로 여성을 억압하고 지배하는 모든 남성적 권력 혹은 지배자의 표상으로 보는 독법[16]에 결핍된 의미(혹은 의미의 교란)가 바로 이 점이다. 바보는 열심히 집을 돌보았으나, 그것은 울타리의 나무들을 뽑고 끝내는 연당집을 헐어 버려서 목재만을 옮겨 가는 일에 손을 보태는 일이기도 했다. 부네의 아비 역시 딸을 외간 남자들에게서 열심히 지켰으나, 그 결과는 딸을 죽음으로 내모는 일이었다. 결국 외눈박이 목수는 성소를 지킴으로써 그곳을 파괴하는 신화적 파수꾼의 역할을 한 셈이며, 그것도 자신이 하는 일의 진정한 의미를 모르는 바보의 지위를 부여받은 셈이다. 그가 벗겨서 던진 딸의 옷이 "창 앞 석류나무에 사흘씩이나 걸려" 있었다. 그 옷이 「옛우물」의 '나'가 바보에게 건넨 바로 그 스카프와 동일한 의미를 표시한다는 것은 분명해 보인다.

한밤중에 이렇게 나와 앉아 부네의 방을 바라보면, 너무 조용하기 때문일까. 나는 낮의 일들이 꼭 꿈속의 일처럼 아주 몽롱하고 멀게 느껴지는 것이었다. 밤마다 술 취해 오는 어머니, 더러운 이불 속에서 쥐처럼 손가락을 빨아 대는 일 따위가 한바탕의 긴 꿈만 같이 여겨졌다.(「유년의 뜰」, 52~53쪽)

---

16 김지혜, 「오정희 소설에 나타난 '여성' 정체성의 체화와 수행 ─ 「유년의 뜰」, 「중국인 거리」, 「저녁의 게임」을 중심으로」, 《페미니즘 연구》 17권, 2호, 2017, 102쪽. 많은 연구들에서 오정희 소설 속 '아버지'의 존재는, 여성을 때리거나 가두는 존재, "여성의 자율성과 섹슈얼리티를 통제할 지배자의 등장"(102쪽)이라는 점에서 동일시된다.

이 아련한 묘사는 부네의 방이 탈일상화되고 무시간성 속에서 유지되는 장소라는 사실을 분명하게 보여 준다.[17] 부네가 갇힌 방이 '죽음'으로 닫히고 마는 '옛우물'이라면, 어머니가 보던 거울은 어머니의 젊었던 시절을 되살려 내는 '옛우물'이다.

어머니가 시집올 때 해 왔다는 등신대(等身大)의 거울은 이 방에서 유일하게 흠 없이 온전하고 훌륭한 물건이었다. 눈에 보이게 또는 보이지 않게 남루해져 가는 우리들의 가운데서 거울은, 어머니가 매일 닦는 탓도 있지만, 나날이 새롭게 번쩍이며 한구석에 버티고 있었다. 그 이물감 때문에 우리의 눈에는 실체보다 훨씬 더 커 보이는 건지도 몰랐다.

거울 속에는 언제나 좁은 방 안이 가득 담겨 있었다.(「유년의 뜰」, 11쪽)

'나'는 거울 앞에서 화장한 엄마가 "점차 나팔꽃처럼 보얗게 피어나는" 것을 바라본다. 후에 이 거울은, 이 시절이 돌이킬 수 없는 폐허 위에 축조되었음이 폭로되자 오빠에 의해 파괴된다. 어머니가 술집에 나가 몸을 판다고 비난하던 오빠가 여동생('나'의 언니)를 때리자, 여동생이 이렇게 부르짖었다. "그 바람둥이년, 거짓말을 한 거야. 난 오빠가 그 계집애하

---

17 이 인용문 바로 앞에는 진짜 우물에 대한 묘사가 나온다. 하나가 다른 하나를 비추는 수면(水面)이자 거울인 셈이다. "우물은 깊었다. 둥그렇게 내려앉은 어두운 하늘은 두레박 줄을 한없이 한없이 빨아들이고 방심하고 있던 어느 순간 마침내 철버덕 수천 조각으로 깨어져 흐트러졌다./ 이슬이 잘디잔 유리 파편처럼 반짝이며 축축이 내리고 있었다. 한차례 물을 길어 마시고 발등에 쏟아붓고 나는 다시 끝없이 두레박 줄을 풀어내며 우물 속을 들여다보았다. 우물 속은 고요하고 알 수 없는 소리로 가득 차 있었다. 그 속에는 어쩌면 탄식과도 같은 누군가의 숨소리가 섞여 들리는 듯도 했다."(「유년의 뜰」, 52쪽) 우물이 "수천 조각으로 깨어"진다는 것은, 뒤에 나오는 어머니의 거울이 깨어진다는 것과 유관하며, 우물 속에서 들리는 "누군가의 숨소리"는 역시 뒤에 나오는 부네의 (의미화되지 않는) 탄식 소리와 유관하다. 부네의 '방'과 어머니의 '거울'이 둘 다 '옛우물'이라는 것을 보여 주는 또 다른 증거다.

고 무슨 짓을 했는지 알아. 그 더러운 짓을 안단 말야."(65쪽) 결국 어머니의 '옛우물'은 허상에 불과했으며 그것을 비난하던 오빠의 꿈도 위선적인 것이었다. "삽시간에 방은 발 디딜 자리도 없이 자디잔 거울 조각으로, 잔인하게 번득이며 튀어오르는 빛으로 가득 찼다. 저녁마다 화장을 하던 어머니의 얼굴이 천 조각 만 조각으로 깨어졌다."(65쪽) 그렇다면 이 집에서 아버지의 부재를 대신하는 작은 폭군인 오빠 역시 '옛우물'(거울)을 파괴함으로써 그것을 '지키기=파괴하기'라는 모순된 행동을 수행한 바보였다고 할 수 있다.

부네는 아무 말도 하지 않은 채 아비의 손에 끌려와 유폐되었다. 방에 갇혀 아무 소리도 내지 않던 부네의 저 어마어마한 묵언이야말로, 오빠의 영어("아임 낫 라이어. 아임 어니스트 보이.")와는 반대의 자리에서, 말하지 않음으로 말을 건네는, 의미화되지 않음으로 전달되는 의미였던 것이다.[18]

> 가을 해는 짧았다. 어느새 부네의 방문은 엷은 햇빛에 눅눅히 잠겨 들고 있었다. 나는 물에 잠기듯 잦아드는 부네의 방을 보면서 이유를 알 수 없는 서러움이 가슴에 차오르는 것을 느꼈다.
> 불현듯 닫힌 방문의 안쪽에서 노랫소리가 들리는 듯했다. 어쩌면 약한 탄식 같기도, 소리 죽인 신음 같기도 했다.
> 아아아아아아 —
> 아아아아아아 —
> 어느 순간 방문의 누렇게 찌든 창호지가 부풀어 오르고 그 안쪽에서 어른대는 그림자를 얼핏 본 것도 같았다.

---

18 '부네'의 언어에 대한 여성주의적 분석은 신수정에 의해 이미 제출된 바 있다. 이 글은 신수정의 분석에 동의하면서, 여성의 언어가 보여 주는 토폴로지를 논구하고자 했다. 신수정의 글은 다음을 참조. 신수정, 「부네에게」, 문학 웹진 《비유》 1호. 2018. 1.

아아아아아아 —

그 소리는 다시 들리지 않았다. 분가루처럼 엷게 떨어져 내리는 햇빛뿐
이었다. 내가 들은 것은 환청인지도 몰랐다. 그러나 입 안쪽의 살처럼 따뜻하
고 축축한 느낌이 내 몸을 둘러싸고 있음을, 내 몸 가득 따뜻한 서러움이 차
올라 해면처럼 부드러워지고 있음을 느낄 수 있었다.(「유년의 뜰」, 55~56쪽)

부네의 저 말은 어떤 음절로도 분해되지 않으며, 어떤 형태소도 갖고
있지 않다. 그것은 아무 의미도 갖고 있지 않으나 바로 그 의미 없음(비가
시성)으로써 노래와 탄식과 신음을 모두 가진 소리가 되었다. 그것은 결
코 무의미의 소리가 아니다. 다만 통상의 언어("아임 낫 라이어, 아임 어니
스트……")가 아닐 뿐이다. 그것은 "입 안쪽의 살처럼 따뜻하고 축축한 느
낌"을 전달하는 말 아닌 말이고 "내 몸 가득 따뜻한 서러움"과 "부드러움"
을 전해 주는 말 밖의 말이다. 이 여성성이야말로 대립물의 토포스 위에
축조되지 않고, 이 이분법을 논파하고 넘어서고 새롭게 구축하는 자리에
있는 것이다. 의사소통에 전제된 모든 언어는 남근적이다. 그것의 상징적
작용을 인정하든, 그것의 부재를 주장하든 우리가 그것의 가시성 혹은 의
미화에만 몰두한다면 우리는 거기에 포획된 것이다. 말을 하면서도 그 말
의 포착에서 빠져나가는 말, 부네의 말은 바로 그런 말이며, 이것은 '옛우
물'이 그 가시성으로 의미화하고 있는 것이기도 하다.

「저녁의 게임」의 마지막 장면에서도 부네의 말이 울려 나온다.

나는 찬 방바닥에 몸을 뉘었다. 아버지가 아직 방에 들어가는 기적이 없
다는 걸 떠올리며 나는 빈집에서처럼 스커트를 끌어 올리고 스웨터도 겨
드랑이까지 걷어 올렸다. 자박자박 여전히 아이를 재우는 여자의 발소리가
머리 위에서 들려왔다. 금자둥아 은자둥아 세상에서 귀한 아기. 나는 누운
채 손을 뻗어 스위치를 내렸다. 방은 조용한 어둠 속에 가라앉기 시작했다.

이윽고 집 전체가 수렁 같은 어둠 속으로 삐그덕거리며 서서히 잠겨 들었다. 여자는 침몰하는 배의 마스트에 꽂힌, 구조를 청하는 낡은 헝겊 쪼가리처럼 밤새 헛되고 헛되이 펄럭일 것이다. 나는 내리누르는 수압으로 자신이 산산이 해체되어 가는 절박감에 입을 벌리고 가쁜 숨을 내쉬며 문득 사내의 성냥 불빛에서처럼 입을 길게 벌리고 희미하게 웃어 보였다.(「저녁의 게임」, 177~178쪽)

아버지의 공간에서 '나'는 사내와 벌였던 일을 흉내 낸다. 그 일과 부네의 가출은 다르지 않은 것이다. 이제 '나'는 '집안'에, 가출로 도달했던 장소를 '생산'해 낸다. 문득 위층에서 아이를 재우는 여자의 목소리가 흘러나온다. 아버지가 추방해 버렸던, 그래서 이 집에서는 들을 수 없었던 자장가 소리다. "구조를 청하는 낡은 헝겊 쪼가리"가 「옛우물」의 "낡은 스카프"이자 「유년의 뜰」에서의 부네의 속옷이라는 점도 분명하다. 그것은 "헛되고 헛되이 펄럭일 것"이지만, 이 공간을 교란하는 펄럭임이라는 점에서 헛된 것만은 아니다.

5   나가며

오정희의 「옛우물」, 「저녁의 게임」, 「유년의 뜰」의 세계를 '장소'를 중심으로 살펴보았다. 한 사람의 현존 혹은 신체가 장소를 생성한다. 신체가 이동하면 장소가 교체되고 신체가 거주하면 무의미한 공간이 장소로 발생하는 것이다. 장소를 고정화된, 정태적인 것으로 이해하면, 이 신체와의 관계가 설명되지 않으며, 여성성의 생산성 역시 오해될 위험이 있다.

「옛우물」의 '옛우물'은 회상 속에서만 존재하는, 여성의 표식이 아니다. 그것은 현존하는 세계의 내부에서 끊임없이 새롭게 출몰하기 때문이다. 본래의 '옛우물'은 회상 속에서만 존재하는 비가시적인 것이었으나 현재의 평면으로 중첩되고 이행하며 가시적인 것으로 다시 등장한다. 반면 「저녁의 게임」을 분할하는 두 개의 장소는 아버지와 인부로 대표되는 폭력적이고 지배적인 질서에 속해 있다. '나'는 밤마다 집을 나가서 '창부'의 역할을 하고 돌아옴으로써 아버지의 장소에서 추방된 '미친 여자'인 어머니와 하나로 묶이며, 이로써 아버지의 장소 자체를 내부에서 무너뜨린다. 아버지는 이제 자신의 장소에서 추방했던 "미친 여자 아니면 창부"를 다시 들이게 된다.

「유년의 뜰」의 '부네'는 아비의 손에 끌려와서 유폐되었다. 오빠의 말이 의미화, 가시화된 것과 달리 부네의 저 말은 어떤 음절로도 분해되지 않으며, 어떤 형태소도 가지고 있지 않다. 그것은 아무 의미도 갖고 있지 않으나 바로 그 의미 없음(비가시성)으로써 노래와 탄식과 신음을 모두 가진 소리가 되었다. 이 여성성이야말로 대립물의 토포스 위에 축조되지 않고, 이 이분법을 논파하고 넘어서고 새롭게 구축하는 자리에 있는 것이다. 말을 하면서도 그 말의 포착에서 빠져나가는 말, 부네의 말은 바로 그런 말이며, 이는 '옛우물'이 그 가시성으로 의미화하고 있는 것이기도 하다.

세 소설에서는 공히 주인공인 여성의 신체를 대표하는 옷이 깃발처럼 펄럭이는 장면이 나온다. "구조를 청하는 낡은 헝겊 쪼가리"는 「옛우물」의 "낡은 스카프"이자 「유년의 뜰」에서의 부네의 속옷이다. 그것은 "헛되고 헛되이 펄럭일 것"이지만, 이 공간을 교란하는 펄럭임이라는 점에서 헛되지 많은 않다. 절박감에 입을 벌린 채 가쁜 숨을 쉬며 웃는 저 웃음이 부네의 입에서도 머물렀을 것이라는 점 역시 짐작하기 어렵지 않다.

삼중 은유
은희경의 쌍둥이들

1

은유(metaphor)는 한곳에서 다른 곳으로(meta-) 실어 나르는(-phor) 것을 말한다. 손수레, 자전거, 트럭, 비행기, 우주선. 모든 운송 수단은 메타포다. '쓰기, 말하기, 읽기/보기'도 실어 나른다는 점에서 메타포에 속한다. '쓰기, 말하기, 보기/읽기'는 작가의 몫이다. '읽기, 듣기, 읽기/보기'는 독자의 몫이다. 읽기/보기를 양쪽이 공유한다. 그래서 유령 — 작가가 보여 주는 가상의 이미지 — 이 늘 작품 속을 배회하는 것이고 동시에 독자의 눈에 발견되는 것이다.

2

"지구로부터 수만 킬로미터 떨어진 곳의 암흑 한가운데에 홀로 떠 있는 가가린은 이미 자신이라고 하는 존재로부터 이탈해 있었다. 모든 것이 어둡고 가벼워서 거의 허무에 가까웠다. 불안하고 고독했다. 그때에 유리가가린의 눈앞에 빛을 머금은 행성이 나타났다. 검은 허공으로 가득 찬 우주 한가운데 신비롭게 떠 있는 아름다운 별. 가가린은 전율했다. 나는 저 별을 보기 위해서 우주를 뚫고 그렇게 먼 거리를 가로질러 왔던 것일까." 은희경은 단편 소설「유리 가가린의 푸른 별」에서 소설 속 소설의 형식을 빌려 이렇게 썼다. 유리 가가린은 1961년 보스토크 1호를 타고 최초로 지구를 돈 다음 귀환했다. 유리 가가린은 우주에서 최초로 둥근 지구를 목격한 인간이 되었다. 지상의 인간들에게 지구는 본래 모습을, 즉 자신의 윤곽을 보여 준 적이 없다. 지구를 보기 위해서는 "우주를 뚫고 그렇게 먼 거리를 가로질러"야 한다. 이른바 '우주적 관점'이 '보다'의 차원이 이렇게 드러난다. 보는 것은 불가능한 것을 보는 것이다. 보기 위해서는 불가능한 지점에 이르러야 한다. 요컨대 '보다'는 인간이 가닿을 수 없는 어떤 지점에서의 응시다. '보다'의 주체는 불가능한 주체, 이집트 신화의 라(Ra) 신처럼 하나의 눈으로만 그려진 주체, 순수한 불가능성으로서의 신(神)이다. 다르게 말해 유령이거나 작가다.

3

유리 가가린 이전에도 우주로 나아간 인간들이 있었다. 이들은 지구로 귀환하지 못했고 그리하여 그대로 우주를 떠도는 유령이 되었다. "가가린이 우주 비행에 성공하기 1년 전 이탈리아 무선 통신사들이 우주로부터 들려오는 사람의 목소리를 수신한 적이 있었다. ""전 세계는 들으라. S.O.S.!" "이봐, 소용없어. 우리가 여기 온 건 아무도 모르는데 누가 구하

---

1   은희경, 「유리 가가린의 푸른 별」, 「아름다움이 나를 멸시한다」(창비, 2007), 208~209쪽.

러 오겠어?""² 유리 가가린 이전에 우주여행에 나섰다가 귀환하지 못한 옛 소련의 우주 비행사들의 목소리다. 코스모나츠는 옛 소련의 우주 비행사들을 가리키는 말이다. 1991년 이후에 귀환하는 코스모나츠가 있다면? 1991년은 소련이, 한 세계가 붕괴된 해다. 코스모나츠에게 미지의 우주와 혼돈 속 러시아 둘 중 어느 쪽이 더 두려운 세계가 될까. 소설 속 우주는 유령적 목소리의 다성성으로 가득하다.

4

「유리 가가린의 푸른 별」속에 배치된 소설 원고에는 「1991년의 코스모나츠」라는 제목이 달려 있다. 이 소설의 주인공은 출판사 사장('나')이다. 그는 언론사에 소속된 출판사업부 사원에서 출발해 출판사 사장 자리에 올랐다. 사장은 '검토 요망'이라는 메모가 붙은 한 편의 투고 소설을 읽는다. 「1991년의 코스모나츠」 6장은 유리 가가린이 지구를 목격한 장면에 대한 서술이 담겨 있다. 여기에는 "잘 가라, 내 청춘"이라는 소제목이 붙어 있다. 사장은 15년 전에 이 소설 원고를 가지고 다니다가 잃어버렸다. 그때 사장은 한때 사랑했던 '은숙'의 결혼식에 갔다가 엉망으로 취해서 이 소설 원고가 든 검은색 비닐 가방을 버렸다. 그것은 사장이 떠나보낸 청춘의 한 시절을 이루고 있었다. 이때 유실된 원고는 기묘한 위치에 놓인다. 나는 원고를 분실했다. 그리고 그 원고는 지금 나의 손 안에 있다. 이 이중성 덕분에 원고는 다음과 같은 사실을 증언하게 된다. 1) 저 원고는 6장 소제목이 말하는 바와 같이 청춘의 한 시절을 '보존'한다. 2) 그와 동시에 저 원고는 그 시절이 영원히 '분실'되었음을 말한다. 3) 저 원고는

2   위의 책, 204쪽.

가가린의 위치처럼, 볼 수 없는 지점(신의 응시의 지점)에서 지금을 '본다'. 4) 소설의 말미에서 사장은 강물에 던져 버린 그 원고에 다음과 같은 메모를 남긴다. "1992년 봄밤. 우리의 귀환 지점 리버 쎄느에서 쓴다."[3] 원고는 '사라졌으나' 자신의 한 시절을 봉인한 채 그렇게 '있다.'

5

소설 속 소설이라는 장치는『빛의 과거』[4]에서도 중요한 기능을 수행한다.『빛의 과거』의 서술자는 '김유경'('나')이다. 김유경은 1977년과 2017년을 오가며 다양한 에피소드들을 실어 나른다. 1977년에 김유경은 서울 소재 여대에 입학하여 기숙사 생활을 시작했다. 거기서 만난 신입생 중에 '김희진'이 있었다. 김유경의 시선에 그다지 자주 포착되지 않던 김희진은 훗날 소설가가 되어, 1977년의 인연을 — 김유경과 시공간 및 주요 인물들을 공유하던 시절의 체험을 — 소설로 쓴다. 소설 속의 소설『지금은 없는 공주들을 위하여』(이하『공주들을 위하여』)가 그것이다. 이것이 『빛의 과거』에 불가능한 응시의 지점을 만들어 낸다. 1)『공주들을 위하여』의 서술자는 '나'이며 작가는 김희진이다. 2)『빛의 과거』의 서술자는 '나'(김유경)이며 작가는 은희경이다. '은희경'의 이름이 '김희진'과 '김유경'이라는 두 인물의 이름에 나뉘어 들어갔다. 따라서 이 둘을 은희경의 이중적인 분신으로 보아도 좋을 것이다. 3)『빛의 과거』는 이 두 개의 겹구조를 연동시킴으로써 불가능한 응시를 성취한다. '나'는 그때 거기에

---

3   위의 책, 211쪽.

4   은희경,『빛의 과거』(문학과지성사, 2019). 이하 본문에 인용할 때는 쪽수만 밝힌다.

없던 '나'를 기억하고, '나'가 기억할 수 없는 것을 서술하며, '나'가 몰랐던 인물들의 행동을 분석한다. 유리 가가린처럼 김유경 역시 불가능한 자리—김유경('나')이 기억하거나 주목하지 않은 김희진('나')의 자리— 에 있기 때문이다.『공주들을 위하여』에서 김희진은 김유경을 '세 번째 공주'라고 명명한다. 김유경에게 김희진도 언제나 제3자에 불과했다. 그런데 바로 그 세 번째 자리가 있어야 비로소 모든 이자 관계의 비밀이 밝혀진다. 제3자는 초점화되지 않는 자리, 이자 관계 바깥에 있는 이들을 일컫는 이름이다. 그것은 유령의 자리이자 불가능한 응시의 자리다. 김희진과 김유경은 서로에게 제3자의 자리에 처함으로써 불가능한 응시를 선취한다. 둘은 서로를 거쳐서 이중화된다. 김유경은 소설을 쓰지 않았으나『빛의 과거』의 전체 서사를 이끌어 간다. 김희진은 소설가지만 김희진의 소설『공주들을 위하여』는 김유경의 전체 서사의 알리바이일 뿐이다.(김희진이 김유경을 '증인'으로 소환했으나, 곧 김유경은 김희진에게서 자신의 "또 다른 생의 긴 알리바이"를 '본다.', 13쪽) 그런데 바로 이렇게 서로를 '볼 수 없음', 즉 '볼 수 없는 것을 응시함'이야말로『빛의 과거』의 삼중의 은유(두 번 옮아감)를 구성한다.

6

은유(metaphor)는 둘 사이에서 한 번 옮겨 간다.『빛의 과거』가『공주들을 위하여』속으로 이행된다. 삼중 은유(triphor: triplemetaphor, 이 단어는 은희경 소설의 구조를 설명하기 위한 조어다.)는 두 번 옮겨 간다. 이때 연동된 두 개의 텍스트는 서로 공명하면서 재생산된다. 은유가 번역하기라면 삼중 은유는 고쳐 쓰기다.

7

국문과생인 김유경은 대학 시절 시를 써서 교내 문예 공모에서도 당선된 이력이 있으나 나중에 번역가가 된다. 김유경은 은유의 경로를 따라간다. 김유경은 말을 더듬는 증상 때문에 고통을 겪는다. 그녀는 두 번 세 번 말을 더듬거나 지연해야만 문장(발화)을 완성할 수 있다. 반면 불문과생인 김희진은 김유경이 당선된 교내 문예 공모뿐 아니라 수많은 공모전에 작품을 투고했으나 낙선했고, 훗날 소설가가 된다. 여러 번의 낙선은 김희진이 소설가로서 발언하기 위해서 겪어야 했던 말더듬 증상의 은유다. 김희진은 (김유경이 기억하는) 모든 체험을 고쳐 쓴다. 김희진의 말은 삼중의 은유다. 김희진의 말(『공주들을 위하여』)은 김유경의 말(『빛의 과거』)을 경유해서만 독자에게 닿기 때문이다.

8

『빛의 과거』에서의 시간은 거리로 환산된다. 우주적인 차원에서 거리는 시간과 통합된다. 광년(光年)은 빛이 1년 동안 이동한 거리를 말하는데 광속이 일정하므로 이 거리에는 시간이 포함되어 있기도 하다. 『빛의 과거』에서는 1977년 김유경과 김희진을 포함한 이들이 기숙사에서 만났고 그 후로 띄엄띄엄 만남이 이어졌으며 그로부터 40년이 지난 2017년이 회상이 기록되었다. 그동안 우주로 떠난 탐사 우주선은 더 멀리 나아갔다. "인간에게서 떠나 가장 멀리까지 간 것은 무엇일까. 그것은 1977년 우주로 떠난 쌍둥이 탐사선 보이저호다. 긴 시간 동안 그것들은 목성, 토성, 천왕성, 해왕성의 곁을 차례로 지나가며 그 별들의 사진을 지구로 전송했다. 지금은 태양계를 벗어나 200억 킬로미터 넘게 떨어진 인터스텔

라를 비행하고 있다. 보이저호에는 '지구의 목소리'라는 디스크가 실려 있다. 혹시나 만날지도 모르는 외계 생명체를 위한 지구의 자기 소개서다. 외계 생명체가 디스크를 작동할 수 있도록 축음기 바늘과 이진법으로 작성한 사용 설명서도 갖춰 놓았다. 그리고 그때의 외계인이 만나는 것은 1977년에 지구를 떠난 인류다. 올해 초 NASA는 보이저호 발사 40주년을 기념하기 위해 포스터를 제작했다. 거기에는 이런 제목이 붙었다. 'The Farthest.' 가장 먼 곳."(『빛의 과거』, 161쪽) 보이저호는 1977년 지구를 떠나 가장 먼 곳으로 갔다. 김유경과 김희진은 1977년의 기숙사, 청춘이 머물던 빛나는 그곳을 떠나 지금까지 흘러왔다. 『빛의 과거』는 그 시절을 기록한 이른바 골든 레코드이기도 하다.

9

보이저 1호가 태양계를 벗어나기 전, 칼 세이건은 보이저 1호의 카메라 방향을 뒤로 돌려 지구를 찍어 보자고 제안한다.[5] 해왕성 탐사 임무를 마친 보이저 1호는 이 제안에 따라 카메라를 지구 방향으로 돌린다. 1990년 2월 14일의 일이었다. 보이저 1호가 찍어서 전송한 사진 속에는 지구가 작고 푸른 점으로 찍혀 있었다. 이후 지구는 "창백한 푸른 점"이라고 불리게 된다. 이전과는 다른 관점에서 볼 수 있는 시각적 조망점을 획득한 것이다.[6] 가가린이 대면했던 크고 둥근 지구는 이제 먼 시간과 공간의 저편에서 하나의 푸른 점으로 변했다. 1977년 저 기숙사에 봉인되어

---

5   칼 세이건, 현정준 옮김, 『창백한 푸른 점』(민음사, 1996), 22~27쪽 참조.

6   카를로 로벨리, 김현주 옮김, 『모든 순간의 물리학』(쌤앤파커스, 2016), 133쪽.

1부 여성, 타원과 잠재적인 것   129

있던 시간도 그와 같았을 것이다. 가장 먼 '이쪽'에서만 볼 수 있는, 창백한 푸른 점으로 빛나던 청춘의 한 지점 말이다.

10

김유경과 김희진, 둘은 모든 동시성의 불가능성을 증명한다. "그때 나는 어느 정도의 거리만 있었을 뿐 우리가 같은 공간과 시간대를 공유하며 나란히 서서 같은 방향을 보고 있다고 생각했다. 그러나 그녀가 본 나와 내가 본 그녀가 마치 자석의 두 극처럼 서로를 밀어 내고 있었으므로 실제의 간격은 훨씬 더 벌어져 있었다."(『빛의 과거』, 22쪽) 이후 둘은 2017년까지 만남과 헤어짐을 반복하는데, 이것은 느리고 완만한 하강 곡선을 그린다. "우리의 인생 포물선은 둘 다 큰 굴곡 없이 느린 속도로 하향하고 있었다고 할 수 있다."(『빛의 과거』, 323쪽) 그럼에도 불구하고 둘은 끊임없이 마주 선다. "크고 작은 시간의 구비를 돌 때마다 김희진은 마치 키를 재듯이 우리 둘의 인생을 나란히 세워 보기를 좋아했다."(같은 쪽) 동시적인 것의 불가능한 맞댐으로. 서로 다른 시간의 착란, 동질적인 시공간을 좌초시키는 시간 착오로써만 비교 가능한 어떤 방식으로.

11

왜냐하면 『빛의 과거』에서나 『공주들을 위하여』에서나 김유경과 김희진은 마주 선 적이 없기 때문이다. 둘은 언제나 제3자로서만, 세 번째 공주로서만 서로를 호명해 왔다. 김유경은 "가장 오래된 친구"(『빛의 과거』, 9쪽) 김희진을 '희진'이 아닌 '김희진/그녀'로 즉 3인칭으로 호명한다. 김희진 역시 마찬가지다. 호명(呼名)은 정체성을 부여하기, 비명(碑銘)을 세우기, 죽음을 기념하기에 해당한다. 이름이 없으면 한 사람의 일생은 요약되지 않는다. 또한 한 사람의 동선과 다른 사람의 동선이 구별되지도 않는다.(그것이 설혹 작가의 실제 이름의 분할이라고 해도 그렇다.) 『빛의 과거』와 『공주들을 위하여』의 일인칭 서술자 '나'는 전환사(Shifter)로써 기능한다. '나'는 김희진의 이름을 부를 때에만 김유경이 될 수 있고, 김유경의 이름을 부를 때에만 김희진이 될 수 있다. (아니, 은희경이 김유진의 이름을 부르고 있는 것인가?) 게다가 이름은 한 사람의 일생을 요약하므로, 그를 죽음으로 밀어 넣는 일이기도 하다. 빛나던 한 시절을 회상하는 이들은 모두 추억의 좀비들인 것이다. 따라서 이름은 한 사람을 그 자신에게서 빠져나오지 못하게 만든다. 이름의 주인은 이름의 감옥에서 종신형에 처해진다.

12

그렇게 이름은 분리하고 분열시키고 분산시킨다. 이름은 개별자들의 감옥이다. 그러나 놀랍게도 그 교통 불가능한 모나드들이 특정한 방식으로 배치되고 이동하기 시작한다. 그것을 관계라고 부르며, 관계의 능동성/수동성을 욕망의 벡터라고 부른다. 드디어 크기와 방향성을 갖는 힘, 즉 벡터를 갖는 '서사'가 모습을 드러내는 것이다. 불가능한 응시가 생겨나는 지점도 바로 여기다.

13

1977년에 김유경과 김희진이 연루된 연애 사건을 살펴보자. 1) 김유경은 처음에 한승우, 오지은과 원치 않는 삼각관계에 휘말린다. 김유경이 몸담고 있는 학보사의 선배인 오지은이 자신을 좋아하던 한승우를 김유경에게 소개한다. 그런데 오지은은 김유경과 한승우가 친밀해지자 다시 한승우의 마음을 잡으려고 들었다. 다방에서 오지은이 한승우의 얼굴을 쓰다듬는 장면을 목격한 김유경은 아무 말도 하지 못한 채 충격에 사로잡혀 그 자리를 뛰쳐나간다. 이 장면은『공주들을 위하여』에 구체적으로 묘사된다. 김희진은『공주들을 위하여』에서 불가능한 응시를 통해서 이 장면의 희비극을 세 번째 공주의 에피소드로 소개한다. 김희진은 김유경, 한승우, 오지은 이들 셋과는 무관한 제3자로서 우연히 그들 옆자리에 앉아 있었다. 우연은 필연을 무시한다는 점에서 불가능성의 도래다. 김희진은 볼 수 없는 장면을 보았다. 나중에 한승우는 김유경에게 기숙사로 여러 차례 연락했으나 그 시도는 교환수 일을 보던 김희진에 의해 차단된다. 2) 김희진이 한승우의 연락을 차단한 것은 이동휘 때문이다. 이동휘는 첫 단체 미팅 때 김희진의 파트너였으나 나중에 김유경과 연인 사이가 된다. 여기에는 약간의 트릭이 있다. 미팅 때 이들은 외국 소설 속 주인공들의 이름을 가명으로 선택하여 파트너를 정하도록 했다. 안나(김희진)는 브론스키(이동휘)와, 알룃사(김유경)는 제롬과 파트너가 되었다. 가명을 벗자 둘의 관계는 깨어진다. 이름의 속박에서 풀려난 것이다. 김희진은 여기에 상처를 받았다.

14

ⓐ 김유경-ⓑ 한승우-ⓒ 오지은의 삼각형은 ⓐ 김희진-ⓑ 이동휘-
ⓒ 김유경의 삼각형과 겹친다. 이 구도는 두 번 반복된다. 다시 말해서 두
삼각형은 은유(한 번 옮겨 가기)다. 이렇게 정리될 수 있다. ⓐ(김유경, 김
희진)는 ⓒ(오지은, 김유경) 때문에 ⓑ(한승우, 이동휘)를 잃었다. 김희진도
김유경도 어떤 상실을 겪었다는 점에서는, 그래서 이자 관계에서 밀려나
제3자가 되었다는 점에서는 공통적이다.

15

그런데 김유경의 연애사에 비춰 볼 때 김유경이 겪은 상실에는 오지은
뿐 아니라 김희진에게도 책임이 있다. 오지은이 한승우를 소개한 다음에
석연치 않은 방식으로 둘의 관계를 위기에 빠뜨렸다면, 김희진은 한승우
의 연락을 원천적으로 차단함으로써 둘의 재결합 혹은 화해를 봉쇄했다.
결국 김유경의 입장에서 오지은의 자리와 김희진의 자리는 겹친다. 이것
이 삼중 은유(두 번 옮겨 가기)다.

16

그것은 김희진의 입장에서도 마찬가지다. 김희진은 두 번째 삼각형에
서 자신을 두고 김유경을 찾아간 이동휘와 자신을 무시하고 이동휘를 만
난 김유경 모두를 용서할 수 없다. 또한 첫 번째 삼각형에서도 김유경이
비련의 주인공이 되는 것을 용서할 수 없다. 오지은이 한승우의 얼굴을
어루만지는 것을 보고 김유경('세 번째 공주')이 현장에서 뛰쳐나가자, 김
희진은 (『공주들을 위하여』 속의 서술자 '나'의 입을 빌려) 이렇게 논평한다.

"어쨌든 피해자인 주제에 제 쪽에서 자리를 피해 주는 것만 봐도 그녀가 얼마나 자기도취적이며 위선에 익숙한지 알 수 있다. 회피야말로 가장 비겁한 악이다. 애매함과 유보와 방관은 전 세계의 소통에 폐를 끼친다. 게다가 그녀는 적에게조차 좋은 점수를 받으려고 한다. 모두에게 맞춰 주면서 우월감을 확인하는 것이다. 공주 중에서도 내가 제일 싫어하는 세 번째 공주 타입이다."(『빛의 과거』, 171쪽) 자기도취, 위선, 회피, 애매함, 유보, 방관, 우월감 같은 진단은 무의미한 진단이다. 자의식의 관점에서는, 즉 관찰의 대상이 자기 자신인 의식의 관점에서는 공격과 칭찬이 같은 것이기 때문이다. 자의식은 자신을 목적으로 삼기에 자의식 내에서는 스스로를 높이는 일과 낮추는 일이 동일한 일이다. 주체와 대상이 같기 때문이다. 다시 말해 자기 연민이 자기도취이고 자기비판이 위선이다. 방관이나 회피가 참여다. 이러한 김희진의 공격적인 논평은 자기 자신에게도 그대로 들어맞는다. "그러므로 그날 〈라이프 다방〉에서 내가 목격자가 된 것은 단순한 우연이라 할 수 없었다. 그것은 세 번째 공주와 그리고 B와 관련된 청춘 멜로물의 필연적인 속편이었다. 멜로물의 속편은 대개 복수를 다룬다. 방학이 되자 나는 기숙사 사무실에서 아르바이트를 시작했다. 그리고 내가 교환수 노릇을 하는 동안 세 번째 공주에게로 걸려온 전화는 절대 그녀에게 전달될 수가 없었다."(『빛의 과거』, 176쪽) 김희진은 지금 자신이 '복수'를 하고 있다는 사실을, 그 자신의 이름을 슬쩍 지운 채로 진술하는 것이다.(김희진이 자신을 노출한다면 "그녀에게 전달될 수가 없었다."라는 문장은 '나는 전달하지 않았다.'로 적혔을 것이다.) 몇 문장 뒤에서 김희진은 다시 이렇게 적는다. "또한 멜로물의 결말은 개인의 복수가 아닌 권선징악의 성격을 띤다. 그런 점에서 복수의 표적은 그녀가 아니라 스스로 자리를 박차고 나간 뒤 간절히 전화가 오기를 기다리는 공주들의 이중성인 것이다."(『빛의 과거』, 177쪽) 이 이중성은 위선이 아니라 삼중 은유(두 번 옮기기)의 불가피한 특성이다.

17

독자의 입장에서는 김유경과 김희진 어느 쪽도 손가락질할 수 없다. 김유경은 위선자나 자기도취에 빠진 공주가 아니다. 김희진은 복수나 권선징악을 몸소 실천하는 속물적인 협잡꾼이 아니다. 저 구도가 갈등이나 모순으로 보인다면, 그 갈등은 삼중 은유(두 번 옮기기)에서 오는 것일 뿐이다. 누군가는 그것을 해야 했다. 어느 누구도 거기에 책임을 질 필요는 없다.

18

따라서 김희진이 호명하는 '공주'를 풍자나 냉소의 근거라고 단정할 수 없다. 김희진은 『공주들을 위하여』에서 짐짓 1977년 기숙사에 있던 동료들을 비웃고 비판하고 단죄하는 포즈를 취하고 있으나, 실제로는 빛나던 한 시절을 '다른' 시점에서 다른 방식으로 조명하고 있을 뿐이다. 『빛의 과거』에 소개되는 기숙사는 억압적이지만 다정하며 그곳에서 생활하는 사람들은 생기 넘치고 아름답다. 선배인 최성옥은 정의파이면서 순정파이고, 최성옥의 절친한 동료인 송선미는 "사자 갈기 같은 긴 파마머리"를 한 사투리가 심한 미녀로 후배들을 살뜰히 챙긴다. 오현수는 김유경과 김희진 모두가 인정한 매력적인 동기다. 오현수는 친구와 선배를 배려하면서도 자기 취향과 취미를 포기한 적 없다. 같은 학년인 이재숙은 엉뚱발랄한 행동파다. 선배 양애란은 멋 내기 좋아하는 청춘이고 양애란과 동기인 곽주아는 충고하기 좋아하는 선배다. 명문가 영애인 오지은과 "일부러 뻐딱하게 구는"(47쪽) 김희진을 빼면(이들은 김유경의 시선에서는 부러움 혹은 무심함의 대상이며 앞에서 말한 대로 연애의 훼방꾼으로 얽힌다.) 모두가 — 그들이 진지하건 가볍건 상관없이 — 호의를 나눌 만한 대상들, 호감을 받을 만한 대상들이다. 『공주들을 위하여』 속 '공주'라는 별칭은 어리석음이라는 성에 갇힌 자기도취적인 "내숭덩어리"들을 이르는 반어적이고 풍자적인 멸칭의 용법으로 쓰였다. 그러나 실상 이들의 관계를 살펴보면 서로가 서로에게 '공주'라는 애칭을 받을 만한 자격이 있다.

19

'냉소'는 거리 두기의 결과다. 어떤 경우에도 함께할 수 없는, 거리를 없앨 수 없는 이들만이 냉소의 대상이 된다. 그러나 1977년 기숙사 322호와 417호에서는 그럴 수가 없다. 이들이 서로에게 느끼는 감정은 냉소가 아니라 '공감'이다. 이들의 소소한 취미, 사소한 습관, 자잘한 버릇들이 고개를 끄덕이게 하거나 웃음을 짓게 만든다. 1995년에 출간된 『새의 선물』에서부터 지금까지 은희경 소설의 인물들에게 부여된 냉소라는 평가에 대해 전면적인 검토가 이뤄져야 하는 시점은 아닐까. 『새의 선물』 속 어린 진희를, 장군이를, 「먼지 속 나비」의 자유주의 섹스 칼럼리스트 최선희[7]를, 322호와 417호의 대학생들을 냉소나 위악이라는 태도로 설명하는 것은 온당하지 않다. 인물들이 냉소의 전략으로 발언해야 했던 시대가 있었으나, 그 엄혹한 시대에도 저 인물들은 서로를 냉소하지 않는다. 왜냐하면 이들이 서로의 삶을 사소하거나 비루하거나, 무가치하거나 무의미하다고 여기지 않기 때문이다. 이러한 삶 바깥에 현실의 가치가 존재한다고 말한다면, 그 시선이야말로 가부장적인 이념의 시선이라고 말해야 할 것이다. 여전히 저 기숙사의 방을 규방(閨房)이라고 믿는 그런 시선 말이다.

---

7   은희경, 「타인에게 말걸기」(문학동네, 1996).

20

이 시선이 실제로 이 공동체를 파괴한다. 1977년 가을 기숙사에서 오픈하우스가 열렸다. 행사는 무사히 끝났으나 점호가 끝난 뒤 106호의 기숙사생 이경혜가 놀란 얼굴로 322호를 찾아온다. 자기 방에 한 남학생이 잠입해 있다는 것이었다. 범인은 이경혜의 남자 친구가 속한 운동권 서클의 복학생 선배였다. 낮술을 한 채 후배들을 따라 기숙사에 들어온 선배는 혼자 106호에서 잠이 들었고, 기숙사 문이 닫히고 나서야 잠에서 깨어났다. 처음에는 사감에게 신고하려 했으나 복학생이 수배 중인 상태라는 사실을 알고는 의논 끝에 그를 몰래 탈출시켰다. 하지만 김희진의 밀고로 사건이 모두 들통이 났다. 이 일로 최성옥은 퇴학, 이경혜(와 담장 넘는 것을 도운 약대생)는 퇴사 조치되었다. 최성옥의 퇴학에는 "학기 초 총장 퇴출 운동과 스터디 그룹 활동, 그 이전 학도호국단 반대 시위"(297쪽)와 같은 전력(前歷)이 따라붙었다. 그 일 이후 송선미는 자퇴했고 훗날 미국의 셸터에서 생을 마감했다.(같은 해 겨울 곽주아도 임신 때문에 자퇴했다.) 기숙사에 침입했던 그 침입자는 20년이 지나 국회의원 보좌관이 되어 있었다.

"김유경 씨, 나 몰라요? 우리 만난 적이 있을 텐데."
"네?"
나는 남자를 똑바로 바라보았다.
"기억 안 나나?"
남자의 말투는 자연스럽게 반말로 바뀌어 있었다.
"이거 서운하네. 나한테는 운명적인 날이었는데."(『빛의 과거』, 285쪽)

『빛의 과거』를 통틀어 거의 유일하게 모습을 드러낸 악인이라 할 만한

"환멸스러운 남자"(300쪽)다. 자신을 지켜 주기 위해 뒤에 남은 이들이 사냥감이 되어 퇴학, 퇴사, 자퇴, 정신병이라는 고초를 겪는 동안, 그는 권력을 추구한 변절자의 길을 걸었으며 "첫 대면에서부터 노골적으로 천박함을 풍기는"(『빛의 과거』, 284쪽) 속물이 되어 있었다. 1977년의 청춘들에게, 악은 밖에서 온다.

21

이를 원(circle)의 위상학으로 표기할 수 있을 것이다. 가장 안쪽의 원에는 기숙사에 있던 기숙사생들이 있다. 이곳은 '공감' — 그리고 그에 따르는 유머 — 이 제1원칙인 곳이다. 엉뚱 발랄 이재숙의 '해수욕장 놀러가기' 모험담, 오현수의 믹스 커피, 송선미의 "한 번도 본 적 없는 미모"와 "걸걸한 목소리의 거친 언어"가 만들어 내는 "인지 부조화"(31쪽), 양애란의 "PDT, 즉 파트너, 드레스, 티켓"에 대한 관심(94쪽) 등이 그 유머 속에서 서술된다. 바로 다음 원에는 성선설의 인물들에게 잘 어울리는 선한 파트너가 있다. 앞서 소개한 한승우나 이동휘가 그런 인물들이다. 심지어 이동휘는 김유경이나 김희진이 생의 굴곡을 겪으며 하강하는 동안에도 "남자가 노부모와 함께 교외의 포 베드룸에 살고 있으며 독신이고 1년에 두세 번은 한국에 출장"(307쪽)을 오는 국제 변호사로서 살고 있다. 이동휘는 세월의 침식에 묵묵히 버티며 여전히 그 자리에 있는 셈이다. 그 바깥 원에는 비민주적인 권력과 가부장적인 의식에 찌든 남자들이 있다. 최성옥에게 현모양처를 강요하는 고시생 남자 친구, 민주주의를 부르짖지만 정작 자신은 후배들 위에 군림하는 운동권 선배, 빽빽한 만원 기차 안에서 이재숙 일행의 가슴과 엉덩이를 더듬는 낯선 남자들(222쪽)이 가장 바깥에 있다. 이들은 사회의 권력과 한통속이라는 점에서, 권력의 표현들이다. 은희경의 소설이 가진 페미니즘적 면모는 이처럼 미시 권력과 거시 권력을 통합한다. 이 역시 삼중 은유의 힘이다.

22

송선미의 부고는 송선미와 최성옥이 만난 '은파여관'에서의 첫 기억을 소환한다. 이들이 기숙사에 들어가기 전 우연히 함께 묵었던 은파여관에서의 일이다. 송선미가 여관 마당에 세수를 하러 나갔는데 한 중년 남자가 수작을 걸다가 뜻대로 되지 않자 시비로 바꾼다. 그 상황을 목격한 한 여학생이 "마당으로 내려서서 외까풀 눈을 부릅뜨고 허리에 손을 얹은 채 남자를 가로막고 있었다. 그렇게 해서 처음 최성옥을 만났다."(311쪽) 이 일로 송선미와 최성옥은 각별한 친구 사이가 된다. 여자의 보호자는 남자가 아니다. (수배 중인 남편을 뒷바라지하는 것으로 보이는) '교양국사' 담당 강사의 에피소드가 말해 주듯, 오히려 남자의 보호자가 여자다. "잡혔다는 뉴스 안 나오면 그게 희소식이지."(241쪽) "집이라기보다 수용소 같은 느낌"(37쪽)을 주는 기숙사는 극단적 '다름'과 '섞임'을 경험하는 곳이다. 타인을 만나는 섞임과 공감의 공동체를 보여 주기 위해서 작가는 기숙사라는 공간을 소환했다고 할 수 있다.

23

방금 언급한 '은파여관'의 장면은 김유경이 직접 겪은 일이 아니다. 송선미에게 전해 들은 최성옥과의 첫 만남이자, 김유경이 상상에 기반하여 재구성한 기원적 장면이기도 하다. 송선미와 최성옥이 서로를 알기 전의 이야기다. 이 장면은 다시 한번 살펴볼 가치가 있다. 마당에 서 있는 송선미에게 중년 남자가 다가와 수작을 걸다가 뜻대로 되지 않자 시비를 걸기 시작한다. 바로 그때, "이방 저방에서 문이 열리고 여학생들의 항의하는 사투리가 터져 나왔다. 한 여학생은 이미 마당으로 내려서서 외까풀 눈을 부릅뜨고 허리에 손을 얹은 채 남자를 가로막고 있었다. 그렇게 해서 처음 최성옥을 만났다."(311쪽) 은파여관의 이방 저방에서 예비 동료인 여성 동지들의 목소리가 터져 나온다. 저 통쾌한 장면은 연대하는 여성들의 목소리를 들려주는 장면이다. 뿐만 아니라 마당을 채우는 저 목소리들은 온갖 로컬리티의 목소리들의 집합이라는 점에서 만국 공용어라고 말할 수 있다. 모든 언어가 힘을 모아 폭력적인 외부를 향해 비판적 목소리를 내는 장면. 이는 '섞임'의 가능성, 연대의 가능성을 보여 주는 '기원'으로서의 상상적 장면이다.

24

『빛의 과거』의 마지막이자,『공주들을 위하여』의 마지막 장면에는 아름다운 환상 하나가 등장한다. 은파여관 에피소드가 기원으로서의 상상이라면, 마지막 장면은 결과로서의 환상이다. 김유경의 기억에서는 사라진 장면이며『공주들을 위하여』만이 이 장면을 기록하고 있다. 이 장면은『공주들을 위하여』의 마지막 장면이면서 동시에『빛의 과거』를 구성하는 마지막 퍼즐이기도 하다.『공주들을 위하여』는 공주들을 향한 야유와 냉소를 전면에 내세우고 있으나, 마지막 장면만큼은 밝고 유쾌하고 아름답다. 곽주아의 결혼식 장면이다. 거기엔 (지금은 만날 수 없는) "사자 머리 공주"와 기숙사를 떠난 후 한동안 만날 수 없었던 한 공주도 함께 있다. 식장에서 있을 법한 야단법석과 환대와 축하를 소개한 후에 김희진은 이렇게 쓴다. "웨딩 마치를 연주하는 피아노 소리가 들려왔다. 5월의 무성한 신록, 변덕스러운 바람에 실려 온 꽃향기, 박수갈채, 그리고 아무도 믿지 않는 사랑의 맹세와 그 곁을 무심히 가로지르는 젊은 웃음소리들. 나에게 그날은 그런 것들로 기억된다. 기울고 스러져 갈 청춘이 한순간 머물렀던 날카로운 환한 빛으로 나는 그 빛을 향해 손을 뻗었다. 손끝 가까이에서 닿을락 말락 흔들리고 있지만 끝내는 만져 보지 못한 빛이었다."(『빛의 과거』, 339쪽) 이 마지막 장면을 묘사하면서 김희진은 『공주들을 위하여』를 써 내려간 작가의 자의식을 내려놓고, 환멸과 냉소의 가면을 벗고, 공감의 자리를 바라본다. 그리하여 김희진은 그 자리에 없는 김유경이 된다. 삼중 은유를 통해서 김희진과 김유경은, 은희경이 된다. 이 글의 마지막 문장을 쓰는 나도 함께 웃는다.

배니싱 트윈

은희경의 또 다른 쌍둥이들

1

『새의 선물』[1]을 『빛의 과거』의 전사(前史)로 볼 수도 있을 것이다. 여기에도 쌍둥이 모티프가 숨어 있기 때문이다. 『새의 선물』에 관한 단상을 보유(補遺)로 여기에 붙여 둔다.

2

임신 중 자궁 속에서 쌍둥이 가운데 하나가 사라지는 현상을 의학 용어로 배니싱 트윈(vanishing twin)이라 부른다. 다른 말로 쌍둥이 소실(쌍생아 소실), 태아 흡수(fetal resorption)라고도 한다. 통상적인 쌍둥이는 공시적(共時的)이다. 함께 태어나 같은 시간대를 살면서 서로가 서로의 짝패가 된다. 그런데 배니싱 트윈의 경우에는 하나가 태어나고 하나가 소멸되어 둘이 '존재/부재' 혹은 '현실적인 것/잠재적인 것'이라는 짝을 이룬다. 비유적으로 말해서 나의 공시적인 짝이 아니지만, 시간적인 간격을 두고 등장하는 모든 알터 에고(alter ego)들을 우리는 배니싱 트윈이라 부를

---

1   은희경, 『새의 선물』(문학동네, 2010). 이하 본문에 인용할 때는 쪽수만 밝힌다.

수 있다. 『새의 선물』에서도 이런 인물이 등장한다.

3

이 소설의 주인공 '진희'는 "열두 살 이후 나는 성장할 필요가 없었다."(13쪽)라고 말한다. 진희의 전략은 이렇다. "내가 내 삶과의 거리를 유지하는 것은 나 자신을 '보여지는 나'와 '바라보는 나'로 분리시키는 데서부터 시작된다. 나는 언제나 나를 본다. '보여지는 나'에게 내 삶을 이끌어 가게 하면서 '바라보는 나'가 그것을 보도록 만든다. (중략) 나는 언제나 내 삶을 거리 밖에서 지켜보기를 원했다."(12쪽) 그 결과, '바라보는 나'는 열두 살에 성장을 멈추고 그 '바라봄'만으로 존재하기 시작했고, '보여지는 나'는 "삼십 대 중반을 넘긴 나"(11쪽)로 나이를 먹는다. 물론 '바라보는 나'가 나이를 먹지 않는 것은 아니다. 프롤로그와 에필로그에서 독백을 하는 '나'는 여전히 '바라보는 나'이지만, 열두 살 아이가 아니기 때문이다. 실제로는 본문을 이끌고 가는 '열두 살' 진희의 목소리 역시 어린 여자아이의 목소리가 아니다. 이것이 이 소설의 목소리를 이중으로 물들인다. 이 소설은 열두 살 진희('보여지는 나')의 몸을 하고 있는 삼십 대 중반 여성의 목소리('바라보는 나')로 적혔다. 진희는 실제로는 조로한 애늙은이가 아니라 늙은-아이였던 셈이다. 이것이 첫 번째 배니싱 트윈이다. 성장을 멈춘 건 열두 살 때의 진희가 아니다. 진희는 이미 충분히 나이를 먹었다. 한 번에 늙어 버렸던 것이다.

4

소소한 사건이 없었던 것은 아니지만 열두 살 진희는 대체로 '바라보는 나'의 역할에 충실하다. 이후에 벌어지는 여러 사건(그중 핵심은 당연히 연애 사건이다.)의 주인공은 진희가 아니라 이모다. 따라서 이 소설의 짝은 '바라보는' 진희/'보여지는' 진희라기보다는 진희('바라보는 나')/이모('보여지는 나' 혹은 '겪는 나')라고 하는 게 온당할 듯하다. 이것이 두 번째 배니싱 트윈이다. 어린 '나'/늙은 '나'(이모), 혹은 사건이 벌어지기 전부터 모든 것을 개괄하는 '나'/사건을 겪고 나서야 사건에서 놓여나는 '나'(이모)라는 쌍둥이. 이것이 두 번째 배니싱 트윈이다.

5

진희는 어머니가 자살하고 아버지는 새엄마를 찾아 떠나서 할머니 손에서 자란다. 이것이 성장을 멈추게 된 배경이다. 어려서 너무 큰 상처를 받아서, 세상이 진희에게 호의적이지 않다는 것을 알아 버려서 성장을 멈췄다는 거다. 그런데 정작 실제로 상처를 받는 건 이모다. 이모와 펜팔을 시작했던 연인(이형렬)은 친구(경자 이모)와 바람이 나고, 그 친구는 자기 대신 공장에 취직했다가 목숨을 잃는다. 이모는 배 속의 아이를 지운다. 이렇게 본다면 열두 살 진희가 작성했던 '절대 믿어서는 안 되는 것들'의 목록(13쪽)은 이후의 진희가 부정해 버리는 목록이 아니라 겪어 나가야 할 목록이다. 왜냐하면 진희는 열두 살 아이의 몸으로, 주변인들이 저 목록들을 체험하면서 겪는 몰락/성장을 목도하기 때문이다. 흔히 어떤 입사(트라우마에 해당하는 체험) 의식(儀式)을 겪고 의식(意識)의 변화를 겪는 것이 성장 소설이라고 하지만, 이 소설은 성장 소설의 구조를 선결정하고 있다. 말하자면 이렇다. 1) 진희는 성장하지 않는다. 자신이 '겪는' 일이 아니라 '보는' 일을 서술하기 때문이다. 2) 진희가 겪지 않는다는 것은 진희에게 상처가 선재적(先在的)인 것이었기 때문이다. 엄마는 전쟁 통에 정신이 나가서 세상을 떠났으나 진희의 기억에 없다. 아빠는 진희를 버리고 떠났다가 소설의 끝에 가서야(서사의 바깥에서) 돌아온다. 엄마의 죽음이나 아빠의 부재는 상처의 원인이 아니다.

6

실제로 상처를 겪는 이들은 진희의 눈을 거쳐 간 수많은 인물들이다. 이들은 모두 '바라보는 나'의 눈에 '보여지는' 이들이라는 점에서 또 다른 배니싱 트윈들이다. 몇몇 예를 들어 보자. 1) 장군이와 진희. 미련하고 순박해서 늘 진희에게 당하는 장군과 지혜롭고 영악해서 늘 장군을 골리는 진희는 피동적 체험자/능동적 행위자라는 점에서 쌍둥이다. 2) 영옥(진희의 이모)과 경자. 친구 사이였으나 영옥은 경자에게 애인과 일자리를 빼앗긴다. 둘은 피해/가해라는 짝을 이루었으나 후에 경자는 사고로 죽는다. 둘은 죽음에 이르게 한 자(영옥)/죽음에 이른 자(경자)라는 짝으로 전환된다. 3) 에필로그에 등장하는 '그'는 "나의 하나뿐인 열세 살 아래 여동생의 지도 교수이자 첫사랑"이고 "스무 살 무렵의 그에게는 내가 첫사랑이었다."(385쪽) 그러니까 그에게 진희와 '여동생'은 그가 '첫사랑'을 했던 친구와 '첫사랑'의 대상이 되었던 제자였다. 진희(이자 이모)의 자리가 파트너의 시선을 통해서 다시 결합된다는 사실에 주의할 필요가 있다. 어린 진희에게 이모는 엄마(이자) 언니였다. 그러니까 이 경우는 둘이 아니라 세 쌍둥이다. 어린 진희(동생), 언니, 엄마. '그'의 눈에 비친 진희와 여동생도 셋이다. '사랑받는 나'(언니), '사랑하는 나'(동생), 제자. 이 소설에서 구조적 동형성을 빈번하게 발견할 수 있다는 이야기다. 이것이 세 번째이자 수많은 배니싱 트윈이다.

7

이들이 사는 집의 구조도 대칭을 이룬다. 우물을 중심으로 왼쪽 집, 오른쪽 집이 있고, 앞뒤로 북적대는 가겟집과 빈 방이 있다. 집의 평면도는 인물들 간의 관계도이기도 하다. 이 집 역시 트윈이다.

8

따라서 '바라보는 나'와 '보여지는 나'라는 분리는 사실은 서술자(그는 소설 속 인물이지만 실제로는 내포 작가이기도 하다.)와 체험자(서술자가 직접 겪고 있다는 인상을 주기 위한 허구적인 장치)를 동시에 구현하고 있다는 말이며, 다시 말해 이 소설이 1인칭 주인공 시점으로 쓰였다는 사실에 대한 설명에 불과하다. 시점이란 그다지 유효하지 않은 정보만을 제공하는 허구적 구성물이다. 실제로 은희경의 소설이 1990년대식 냉소, 비(非)참여, 사소한 일상에 대한 탐닉을 보여 준다는 평가가 있었다. 그 평가는 온전한 진실에 적중한 것으로 보이지 않는다. 은희경의 소설이 냉소적인가? 은희경 소설이 폭로하듯, 생존 회로(survival circuits)[2] 속에서 무너져 가는 여성들의 삶이 어떻게 사소한 디테일에 불과하다는 말인가? 이 지점에서 우리는 은희경이라는 작가가 최초로 자신의 목소리를 갖게 된 여성적 주체를 소개한 작가라고 말해도 좋을 것이다. 그것도 통시적(通時的)인 쌍둥이, 즉 배니싱 트윈을 통해서 여성의 안팎을, 존재와 부재를, 현실성과 잠재성을 동시에 보여 준 작가라고 말이다.

---

2   여성문화이론연구소, 『페미니즘의 개념들』(동녘, 2015), 141쪽.

2부

시대,
시차와
다수인 것

시차로서의 서사

2000년대 문학의 풍경들

시차의 발생. 2000년대 문학과 시차

2000년대 문학을 시차(視差)를 통해서 살펴보고자 한다. 지젝은 『시차적 관점』의 서두에서 두 개의 일화를 들려준다. 하나는 무정부주의자 알퐁스 로젠치치가 만든 "색깔 있는 감옥"이다. 수형자를 미치게 만들기 위해 그는 부뉴엘, 달리, 칸딘스키, 클레의 그림을 감방 벽에 그려 넣었다. 다른 하나는 벤야민의 죽음에 담긴 일화다. 그는 스페인 국경 마을에서 자살한 게 아니라 『역사의 개념에 대하여』를 쓴 데 대한 보복으로 스탈린의 스파이들에 의해 살해되었다는 것이다.

두 일화 모두가 공유하는 바는 극복할 수 없는 시차적 간극의 발생이며, 우리는 여기에서 어떠한 중립적 공동 기반도 가능하지 않지만 그럼에도 불구하고 밀접하게 연결되어 있는 두 관점들에 대면하게 된다. (중략) 시차(視差, parallax)란 두 층위 사이에 어떠한 공통 언어나 공유된 기반도 존재하지 않기 때문에 결코 고차원적인 종합을 향해 변증법적으로 "매개/지양"될 수 없는 근본적인 이율배반(antinomy)을 뜻하는 것이 아닌가?[1]

두 이야기는 "그것들이 구축하는 관계가 구조적인 이유들로 인해 조우할 수 없는 불가능한 단락의 층위들"이다. 정치학과 현대 미술은 이런 식으로는 결코 조우할 수 없다. 또한 스탈린은 『역사의 개념에 대하여』의 심오한 통찰을 비판은커녕 이해조차 할 수 없었다. 따라서 저 두 일화는 서로 만날 수 없는 두 차원의 이야기를 동일한 수준에 놓고 전개하고 있는 셈이다. 두 이야기 사이의 간극은 중립 지대를 갖지 않으며 변증법적으로 종합될 수도 없다. 그럼에도 불구하고 이 간극은 어떤 '이율배반적인 종합'을 생산한다. 실제로 시차가 모순되어 있으나 특별한 형상을 생산하기 때문이다.

시차가 상을 만드는 순서를 생각해 보자. 먼저 서로 다른 지점에 자리 잡은 두 개의 시선이 있다. 이 둘은 서로 모순된 상을 제공한다. 이 모순은 지양되지도 않고 해소되거나 결합되지도 않으나, 그럼에도 불구하고 모순된 그 상태 그대로 다른 두 시선과 구별되는 어떠한 종합을 생산한다. 이때 생산된 종합은 두 시선의 어떤 쪽에서도 단독적으로는 제공하지 않은 세 번째 상으로서, 일종의 환(幻)이다. 3D 화면을 생각하면 될 것이다. 특수한 안경을 끼면 대상은 두 개의 눈이 제공하는 상과는 다른 입체적인 (다른 대상과 양옆만이 아니라 앞뒤로도 구별되는) 대상을 제공한다. 이때 이 대상은 환이다. 안경을 벗고 보면 이 대상은 흐릿하게 번진 얼룩진 윤곽에 지나지 않는다.

그런데 이 환이 나타나고 나면 최초의 두 시점(두 눈이 있던 자리)은 멸실하고, 이 환을 볼 수 있게 해 주는 가상의 지점이 태어난다. "이 두 이야기가 기조로 삼고 있는 허상, 즉 두 개의 양립 불가능한 현상을 동일한 차

---

1   슬라보예 지젝, 김서영 옮김, 『시차적 관점』(마티, 2009), 14쪽.

원에 배치하는 허상은 칸트가 '초월론적 가상(transcendental illusion)'이라고 부른 것, 상호 번역이 불가능하며, 어떠한 종합이나 매개도 불가능한 두 지점 사이에서 끊임없이 동요하는, 일종의 시차적 관점으로만 포착할 수 있는 현상들에 대해 동일한 언어를 사용할 수 있다고 믿는 가상과 유사하다."[2] 어떤 방식으로도 통약 불가능한 두 개의 차원을 하나의 지평에서 사고하는 것이다. 이를테면 사물을 파악하는 오성의 방식으로 이성이 신을 파악하는 것. 이러한 방식으로 초월론적 가상이 생겨난다.

그렇다면 통약 불가능한 두 개의 차원 사이에서 창조된 문학적 형상물은 어떤가? 2000년대 문학이 바로 그러한 대상들을 세공했다. 이렇게 정리해 보자. 1900년대까지 문학에는 두 개의 시점(양쪽 눈)과 하나의 초점화된 대상이 있었다고. 반면 2000년대에는 두 개의 시점을 대신하는 시차적 간극이 있다고. 이 간극이 제공하는 '불가능한 대상'이 있으며, 나아가 이 대상이 역으로 제공하는 두 개의 가상이 있다고.

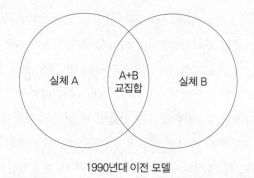

실체 A   A+B 교집합   실체 B

1990년대 이전 모델

1900년대의 모델을 그림으로 표현하면 위와 같다. A와 B, 저 두 개의 눈은 '관점'을 생산하는 두 개의 실체 혹은 광원(光源)이다. 그 교차점에

2 위의 책, 13쪽.

서 어떤 중복(X)이 일어난다. 이 중복은 두 개의 실체에 기반한 교집합이다. 이를테면 황석영은 노동과 이농을 결합했고 은희경은 여성과 일상을 결합했으며 성석제는 민중과 유머를 결합했다. 두 실체는 분리할 수 없는 한 몸이어서 이들의 세계는 두 실체 모두에 속해 있었다. 그런데 2000년대의 모델은 이와는 조금 다르다.

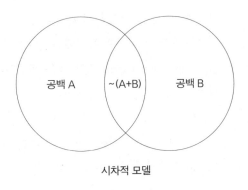

시차적 모델

이 모델에서 A와 B, 둘은 시차를 생산하는 텅 빈 자리, 즉 X가 나타난 이후에만 재기입될 공백이다. 서로 통약될 수 없으므로 A와 B는 부분집합을 공유하는 실체로서의 원이 아니라 서로 빈 곳을 향해 있는 (초승달 혹은 그믐달 모양의) 공백이다. 이 시차적 간극에서 미지의 X가 등장한다. X는 양립 불가능한 두 개의 차원이 만들어 낸 일종의 환(幻)으로 (칸트식으로 말해서) 초월론적 가상의 지위를 갖는다. 그리고 이 X가 나타난 이후에 비로소 A와 B는 별개의 두 가지 차원으로 분화, 재정립된다.

이 도식은 정신 분석의 환상 공식을 원용한 것이다. 정신 분석에서 저 두 원은 주체($)와 대상(O)을 표시하며 교집합은 대상 a를 말한다. 두 개의 원에서 타자의 원이 배제되면 강박증자의 도식이 된다. 강박증자는 타자의 욕망 자체를 인정하지 않는다. 따라서 자기 의식적인 생각 속에서만 자신이 살아 있다는 것을 느낀다. 이것이 무서운 의례와 생각과 충동의 원인이다. 그는 의무의 감옥에 갇혀 있다. 욕망의 대상인 타자가 없기 때문에(그는 이 없는 자리를 대상 a로 채운다.) 그의 욕망은 불가능한 욕망이다. 이와 반대로, 두 개의 원에서 주체의 원이 상실되면 히스테리증자의 도식이 된다. 그녀는 끊임없이 자기 자신을 타자의 욕망의 대상으로 제공하려고 한다. 그녀 자신이 대상 a가 되려고 하는 것이다. 이것이 그녀가 자신의 욕망을 불만족스러운 것으로 유지하려는 이유다.[3] 시차적 도식에서는 이 이중의 공백이 새로운 환상의 기원이 된다. 시차에 의해 나타난 대상이 그 대상을 낳은 가상의 지점으로서 두 개의 공백에 "새로운 눈"을 요구하기 때문이다. 이제 두 지점은 통합되지 않은 채로 특별한 대상을 낳는 새로운 영역으로 자리매김할 것이다.

지젝은 시차가 낳은 미지수 X 역시 대상 a의 위상을 갖는다고 말한다. "대상 a는 바로 영원히 상징적 통제를 회피하는 시차적 간극, 저 미지의 X의 원인이며, 그러므로 상징적 관점들의 다양성을 초래한다. (중략) 순수한 차이가 나타나는 바로 그 지점에서 — 이 차이는 더 이상 두 개의 실증적으로 존재하는 대상들 사이의 차이가 아니며 동일한 대상을 그 자체로부터 분리시키는 극소 차이이다 — 그러한 차이가 즉시 미지의 대상과 일치된다: 대상들 사이의 단순한 차이와 반대로 순수한 차이는 그 자체가 대상이다."[4] 이 순수한 차이를 사유하는 것은 2000년대 문학의 형상을 중재, 화해, 통합시키지 않은 채로, 다르게 표현하자면 차이를 무화하려는 무익한 시도를 중지시키고 차이 자체를 형상으로 사유하는 것이다.

시차 도식의 핵심은 둘이 겹쳐 있는 교집합의 영역, 이른바 대상 a의 자리가 비어 있다는 것이다. 집합 A와 B가 결합 중첩(filing up)된 것이 아

---

3 브루스 핑크, 맹정현 옮김, 『라캉과 정신의학』(민음사, 2002), 207~212쪽 참조.

4 슬라보예 지젝, 앞의 책, 41쪽.

니다. 두 개의 구멍이 겹쳐 있는 형국이다. 그런데 이 이중의 결여 속에서만, 비어 있음 속에서만 보이는 것이 있다. 그 결락의 지점에서 등장하는 것이 바로 '동물'(박민규), '괴물'(편혜영), '사물'(황정은)이다. 이것은 왜상(anamorphosis)[5]이 아니라 정상(正像)이다. 지젝이 언급하곤 하는 '루빈의 술잔'을 떠올려 보자. 루빈의 술잔에서 키스하는 옆얼굴을 먼저 보느냐, 술잔의 윤곽을 먼저 보느냐하는 문제에는 정답이 없다. 이것은 불완전한 시선이 야기하는 착시의 문제가 아니다. 보는 이에 따라 다르게 보이는 오리-토끼도 마찬가지다. 이 역시 여러 가지 정체를 혼종적으로 가지고 있는 이미지가 아니다. 그것은 그러한 형상(외양)을 입은 미지의 무엇이다. 동물, 괴물, 사물의 형상 들은 A의 자리인 자아의 시선과 B의 자리인 대상의 시선이 합쳐진 자리에서만 드러나는 (정)상이다. 동시에 자아의 자리도 비어 있고 대상의 자리도 비어 있음을 지시할 뿐인 미지의 X다. 이것은 이중의 비어 있음을 통해서만 드러날 수 있는 무엇이다. 이것이 시차의 핵심이다. 한쪽 눈으로 보는 것이 실체를 보는 것이라면 한쪽 눈과 다른 쪽 눈의 시차가 결합하여 나타나는 것이 이러한 대상이다.

5   "평면도에 대한 두 개의 지각들은 단지 이 외상적 대립에 대처하고 균형적인 상징적 구조를 부여함으로써 상처를 치유하기 위한, 두 개의 상호 배타적인 노력들이다. 우리는 여기에서 실재계가 왜상을 통해 개입한다는 것이 의미하는 바를 정확히 이해할 수 있다. (중략) 그러므로 실재계는 부인된 X이며 이 때문에 현실에 대한 우리의 시각이 왜곡된 형상으로 일그러진다. 그것은 동시에 직접적 접근이 가능하지 않은 사물이며, 우리로 하여금 사물을 놓치게 만드는 왜곡된 영상이다."(위의 책, 57쪽)

시차 1. 박민규의 '동물'

뿌연 사우나 수증기 사이로 벌거벗은 청년의 몸이 보인다. 그의 등 뒤로 그를 위로하는, 그의 등을 향해 때수건을 들고 가는 자가 있다. 가만 보니, 거대한 너구리다. 너구리는 어떻게 나타났는가? 박민규의 소설집 『카스테라』[6]에는 수많은 동물들이 등장한다. 제목에서만 해도 '너구리, 기린, 개복치, 펠리컨, 대왕오징어'가 이름을 올렸다. 이것은 2000년대식 『금수회의록』인가? 동물들이 인간과 인생사를 대신 논하는 알레고리 소설인가? 아니면 외계인의 등장으로 대표되는 음모론/편집증적 서사인가? 그것도 아니라면 거대 담론의 소멸 이후 서사가 불가능해진 시대의 새로운 서사인가? 아마도 그 모든 독법이 진실을 내포하고 있을 것이다. 그런데 문제는 이 각각의 독법을 관철하기에는 박민규식 서사에 구멍이 너무 많다는 것이다.

다시 '너구리'를 살펴보자. 「고마워, 과연 너구리야」의 주인공 '나'는 대학에서 록 그룹의 보컬이었으나(그렇다고 대단한 저항 의식이 있는 건 아니었다. 오리엔테이션의 장황한 설명에 짜증이 난 '나'가 "닥쳐 개새끼야!"를 외쳤고 그 후에 그는 저항의 상징이 되어 버렸다.) 지금은 한 회사의 인턴 사원이다. 8명 중에 하나만 정직원이 되는 곳에서 인턴 모두가 적자생존의 경쟁에 내몰려 있다. 이때부터 '나'는 수많은 너구리들을 만났다. ① 먼저 손 팀장. 그는 너구리 전자오락에 몰두하다가 점점 너구리처럼 변해 간다. 부장은 그가 너구리광견병에 걸렸다고 말한다. 이 병은 "모든 기업들의 적, 인간의 적"이다. 너구리는 추억의 전자오락이다. 손 팀장 세대의 수많은 아이들이 오락에 열중했다. 여기까지 읽으면 '너구리는 추억, 유년, 인간다움을 대표하는 것이로군. 기업, 자본, 효율의 적인 것이 당연해.'라고 수긍

---

6   박민규, 『카스테라』(문학동네, 2005). 이하 본문에 인용할 때는 쪽수만 밝힌다.

할 수 있을 것이다. 너구리 혹은 너구리광견병은 추억의 현현이다. ② 그런데 어느 회식 자리에서 필름이 끊긴 '나'가 깨어 보니 지하철역이었다. 너구리가 다 된 손 팀장이 '나'를 데려온 후에 터널 속으로 사라졌다고 한다. 노숙자들이 아는 척을 했다. 이때가 되면 너구리는 모든 정처를 잃은 채 익명화된 민중의 상징이 된다. ③ 나는 친구 B와 함께 너구리에 대한 얘기를 나눈다. B는 너구리가 '즐거움'의 표상이었고 그래서 노동 효율을 중시하는 현대 사회의 적이 되었다고 말한다. 너구리 게임에서 넘을 수 없는 벽이었던 "스테이지 23"은 실제의 너구리로 변신하는 문턱이었다. 대학 시절 록 그룹의 동료였던 B는 자신도 너구리가 될 작정이라고 말한다. 이때의 너구리는 인간다운 삶의 권리를 주장하는 저항자다. ④ 바로 그때 UFO가 등장한다. 빛 속에서 나타난 외계인은 너구리였다. 이 모든 게 외계인의 음모였다는 말인가? 이제 너구리는 편집증적 망상의 기표이자 음모론의 기표다. ⑤ '나'는 동물점을 보러 갔다. '나'의 수호 동물은 너구리다. "당신은 교제 범위가 넓습니다, 너구리인 당신은 경험과 실적을 중요하게 여깁니다, 당신은 변화에 잘 대처합니다, 당신은 역할 분담에 능숙합니다, 당신은 근거 없는 자신감의 소유자입니다, 너구리는 윗사람의 귀여움을 듬뿍 받습니다."(56~58쪽)라는 점괘 설명을 통해, 너구리는 정식 발령을 받기 위해 간도 쓸개도 포기한 '나', 나아가 속물형 소시민의 우화적 표현이 된다.

　각각의 장면에서 나타난 너구리를 위와 같이 정리할 수 있을 것이다. 문제는 이 모든 것들을 하나의 공유 지반으로 통일할 수 있는 관점이 불가능하다는 데 있다. 저항적 민중으로서의 너구리는 음모론의 실체인 너구리와는 전혀 다르다. 소시민의 표상으로서의 너구리는 추억을 상기하는 너구리와는 전혀 다르다. 첫 번째 등장한 너구리가 그다음 등장한 너구리에 의해 부정되며, 두 번째 너구리도 세 번째 너구리에 의해 부정된다. 이렇게 계속 가다가 마침내 '실재'의 표상인 너구리가, 말하자면 어떤 기표로도 포획되지 않는 상징의 잉여로서의 너구리가 나타난다. ⑥ 남색가인 부장이 정식 사원 임용을 미끼로 '나'를 성적으로 농락한다. 혼자 비참하게 남은 사우나실에서 "여태껏 본 적 없는 크고 거대한 너구리가 이태리타올을 들고 서 있었다."(63쪽) 이 너구리는 변신담의 너구리도 아니고, 가면을 쓴 너구리도 아니다. 혹은 박해자도 저항자도 아니다. '나'의 앞에서 등을 밀어 주려고, '나'를 위로하려고 서 있는 너구리다. 마침내 '나'는 말한다. 고마워, 과연 너구리야. 이상한 말이지만, 소설의 이 마지막 장면에 이르면 오래된 라면 광고 하나가 떠오른다. 너구리 한 마리 몰고 가세요. 장난 같지만, 너구리는 그 말을 들으면 이렇게 되물을 것이다. 장난이 어때서요?

따라서 이 소설을 현대인에 대한 우화라고, 환상 소설이라고, 편집증적 서사라고, 유쾌한 망상이라고, 현실의 중력을 돌파하는 무중력의 상상력이라고, 거대 서사를 대체하는 유희적 서사라고 규정하는 것은 절반만 진실이다. 하나의 독법이 다른 독법을 부정하기 때문이다. 그 독법이 또 다른 독법에 의해 부정되는 이율배반적 상황에 처하는 것이다.

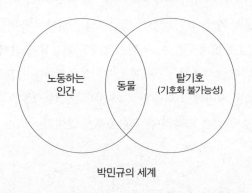

박민규의 세계

박민규 소설의 진화 과정에서도 확인되는 사실이지만, 이 작가는 사실의 세계(A) ─ 그것도 자신이 속해 있는 세대의 역사적, 문화적, 상징적 코드를 놓친 적이 단 한 번도 없다. 이것이 그의 소설에 '너구리 게임'이, '메릴린 먼로'가, 《소년중앙》이, 'KS 마크'가 쉼 없이 호출되는 이유다. 이런 인물들에게서 현실성의 지표는 노동과 관련되어 있다. 박민규 소설의 인물들은 대개 노동하는 인간이거나 노동에서 퇴출된 인간(샐러리맨, 은퇴한 노인, 비정규직 노동자, 환자)인데 이들은 엉뚱하게도 이상한 '환상'에 연루된다. 이것이 그와 그의 소설이 다른 작가들 혹은 장르 소설의 문법과 변별되는 지점이다. 그런데 정확히 말하자면, 박민규의 B는 환상이 아니라 비-사실 다시 말해서 사실화를 가능하게 하는 규약의 불가능성에 가깝다. 그리고 바로 이 공백(사실적 코드의 부재 혹은 사실적 세계를 구성하는 기호들의 부재)이 박민규의 소설에서 사실성을 강화하는 요소다. 시끄러운 이웃과 가족과 중국인 전부를 냉장고에 넣어서 카스테라를 만드는 일(「카스테라」)에서 골치 아픈 회사 일에 얽매여 있다가 문득 쳐다본 하늘에서 (두통약인) 거대한 아스피린이 떠 있는 것을 발견하는 일(「아스피린」)까지. 어떠한 매개도 종합도 불가능한 모순된 차원이 미지수 X(「카스테라」에서 그것은 주로 동물이었다가 이후 다른 작품들에서는 여러 사물이나 기호로 확장된다.)에서 조우한다. 박민규의 '동물'은 이러한 이율배반적 종합이자 초월론적 가상이다. 이것이 박민규의 소설에서 유머를, 풍자를, 페이소스를, 정념을 발생시킨다. 저 탈기호화된 환상들은 실체론적인 것이 아니다.(그랬다면 그의 소설은 장르 소설이 되었을 것이다.) 그것들은 노동하는 자 혹은 노동 시장에서 퇴출된 자의 삶의 조건들을 지시한다. 동일한 지평에 포함될 수 없는 시차적 간극을 통해서 말이다.

시차 2. 편혜영의 '괴물'

지젝의 유머에서 시작해 보자. "죽은 이웃(시체)은 학대를 피하고자 하

는 관용적인 주체에서 이상적인 성적 파트너다. 정의상 시체는 학대될 수
없다. 동시에 죽은 신체는 즐기지 않으며, 그러므로 시체를 가지고 노는
주체에게 가해질 수 있는 잉여적 쾌락의 불편한 위협 역시 제거된다.[7] 이
때문에 시체(라는 이웃)는 가장 안전한 파트너다. 같은 이유는 아니지만,
『아오이 가든』[8]에서도 시체는 가장 안전한 이웃이다. 살아 있는 사람들이
전염병을 퍼뜨리는 오염원으로 지목받았기 때문이다. 『아오이 가든』에
등장하는 수많은 종말론적 이미지들은 심판의 날을 연상시킨다. 모세의
경고에 따라 이집트에 내려졌던 열 가지 재앙의 현대적 판본이다. 피로
변한 강물, 개구리 비, 먼지들, 파리 떼, 가축 및 사람에게 돈 전염병, 우박,
메뚜기 떼, 암흑 그리고 장자를 죽이는 피의 심판, 이 열 가지 재앙이 『아
오이 가든』에도 내린다. 누이의 다리 사이에서 쏟아져 내리는 개구리와
역병으로 폐쇄된 도시, 고양이의 자궁 적출과 새끼들의 죽음에서 장자인
나와 누이 아기의 죽음에 이르기까지. 아오이 가든에도 온갖 죽음과 질병
과 저주가 빼곡하다. 사람들은 문을 닫아걸고 이웃들을 살기 띤 눈으로
바라본다. 오직 죽은 자만이 이 저주와 증오의 대상에서 면제된다. 그들은
전염병을 퍼뜨리는 근원이 아니기 때문이다. 아오이 가든에서는 살아 있
는 자만이 죽음을 실어 나른다. 이 역설을 이렇게 표현할 수 있다. 죽음은
오직 생명에만 깃든다.

칸트는 부정(否定, negative) 판단과 부정(不定, indefinite) 판단 사이에
결정적인 구분을 도입한다. "영혼은 죽는다.(mortal)"라는 긍정 판단은 두
가지 방식으로 부정될 수 있다. 술어부가 주어에 대해 부정될 때("영혼은 죽
지 않는다.") 그리고 비술어부가 긍정될 때("영혼은 비죽음(non-mortal)이다.")

7   슬라보예 지젝, 앞의 책, 607쪽.

8   편혜영, 『아오이 가든』(문학과지성사, 2005). 이하 본문에 인용할 때는 쪽수만 밝힌다.

가 있으며, 이 차이는 스티븐 킹의 독자라면 모두 알고 있듯이, 정확히 "그가 죽지 않았다."와 "그는 죽지 않은 것(un-dead)" 사이의 차이와 동일하다. 부정(不定) 판단은 기초적인 구분을 해치는 세 번째 영역을 열어 놓는다. "죽지 않은 것"은 살아 있지도 죽지도 않은 것으로서 그들은 정확히 괴물 같은 "살아 있는 망자(living-dead)"이다. 그리고 "인간 아닌 것"에서도 마찬가지이다.[9]

부정(不定) 판단을 통해 삶과 죽음이라는 이항의 영역을 벗어난 새로운 비규정, 비제한의 영역이 열린다. 죽지 않았으나 살아 있다고 볼 수도 없는 영역. 즉 삶에도 죽음에도 속하지 않은 이율배반적인 영역, 시차적 간극에 의해 열린 초월적 가상의 영역이다. 여기에서는 삶의 모든 기율이 부정된다. 그럼에도 불구하고 그들은 살아 있으며 동시에 죽은 자 취급을 받는다. 엄마와 '나'는 아오이 가든을 떠난 적이 없고 외부 사람들과 접촉한 적도 없다. 그들은 살아 있으나 이미 죽은 자들이다. '나'는 "열일곱 소년이었다가, 스물세 살의 어른이 되기도 했다가, 때로는 열두 살 꼬마"가 되었으며, "서른일곱 살"이 되기도 했다.(54~55쪽) 늙은 엄마는 다시 월경을 시작해서 여기저기 피를 묻히고 다녔는데(59쪽) 그것은 생명을 낳기 위한 준비가 아니었다. "죽기 전에는 누구나 다 피를 흘려."(55쪽) '나'는 고양이를 임신하고 내장을 쏟았고, 누이는 가출했다가 만삭의 몸으로 돌아와 개구리를 낳는다. '나' 역시 개구리와 구별되지 않게 생겼다. "누이의 아이들은 실로 나를 닮아 있었다."(60쪽) 따라서 아오이 가든은 모든 구별이 불가능한 카오스의 세계 혹은 구별 자체가 개시되기 이전의 세계다. 삶과 죽음이 분화되기 이전의 세계 혹은 그 사이의 시차적 간극이 낳은 불합리, 부조리의 세계다. 이 세계에서는 삶/죽음이라는 의미 부여가 불가능하다.

9   슬라보예 지젝, 앞의 책, 48~49쪽.

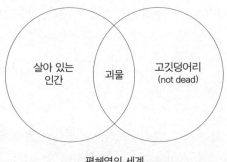

편혜영의 세계

『아오이 가든』을 악몽의 세계라고, 고어물의 문법으로 그린 지옥도라고, 반인간주의라고, 죽음의 편재성(遍在性)에 대한 보고서라고 부르는 것은 틀린 말이 아니다. 그런데 우리를 그 분별의 이전으로, 미분화의 세계로 되돌리면 우리 역시 고깃덩어리와 구별되지 않는다. 고깃덩어리는 살아 있는 상태가 아닌 것(not live)과 마찬가지로 죽은 상태도 아니다(not dead). 고깃덩어리는 여전히 싱싱하고 피를 흘리고 다른 고깃덩어리를 낳는다. 살아 있으나 더는 인간이라고 부를 수 없는 생명의 이름이 바로 괴물이다. 생명의 어떤 규정성에도 속해 있지 않으나 여전히 무생물에서 벗어난 완강한 비-죽음이라는 차집합 말이다. 작가는 세계의 끝에서 마주하는 재난과 재앙의 세계를 그리고 있는 것일까? 그런데 여기에서는 시간이 뒤죽박죽이다. 엄마가 시체로 변해 가면서도 월경을 다시 시작하고, '나'가 누이의 동생이었다가 오빠였다가 꼬마로 변하고, 누이는 남자를 받아들인 적도 없이 출산을 한다. 이 무시간성이란 한편으로는 시간이 정지한 세계(종말)이지만, 다른 한편으로는 시간이 도입되기 전의 세계(시초 이전)이기도 하다. 따라서 시차적 간극에서 나타난 이 괴물에게는 죽음과 뒤섞인 인간의 신체라는 종말론적 운명과 더불어, 모든 생명을 배태하게 될 가능성이 동시에 깃들어 있다.『재와 빨강』(2010)에서의 폐허가 신생의 장소가 되는 것도,『저녁의 구애』(2011)에서 영원히 파견의 운명에 처한 이들이 시간의 바깥에서 구원의 가능성을 보는 것도 바로 이 때문이다.

시차 3. 황정은의 '사물'

우리 주변에 있는 사물, 하이데거식으로 말해서 '손안에 있는 것'은 우리의 소용에 닿는 것, 우리가 소유하는 것이다. 흔히 소유물로 소유자를 표시하는 수사법을 환유라고 부른다. 이를테면 '모자'로 모자를 쓴 아버지를 대신하는 것이 환유다. 모자가 저 혼자서 존재할 수는 없고, 이 방에서 저 방으로 건너갈 수도 없다. 모자는 반드시 그 모자를 쓴 인간을 지시한다. 그런데 황정은의 세계에서는 아버지가 쓴 모자가 아버지를 지시하는 것이 아니라, 아버지의 모자가 글자 그대로 아버지가 된다.『일곱시 삼십이분 코끼리열차』[10]에 실린「모자」이야기다. 환유는 보통 인간을 어떤 기능이나 도구로 환원한다. 모자로 아버지를 지칭했다면 저 모자는 그 성격에 따라서 아버지의 권위나 신분, 가난이나 역마살 같은 것을 보여 주었을 것이다. 그런데 아버지는 자신의 소유물로 대표되는 것이 아니다. 그냥 모자가 되어 버린다. "세 남매의 아버지는 자주 모자가 되었다."(39쪽) 소유물로 소유자를 나타내는 것이 아니라 소유물이 소유하는 소유자인 셈. 이 역전을 어떻게 보아야 할까?

> 「정치경제학 비판」에서 마르크스가 "고전적" 정치경제학(리카도와 그의 노동 가치 이론 — 이는 철학적 합리론의 맞짝이다.)과, 가치를 순수하게 관계적인, 실체 없는 존재로 환원하는 신고전주의(베일리 — 철학적 경험론의 대응물)의 대립을 다룰 때 그는 "시차적" 관점으로 이율배반을 돌파하는 칸트적

10   황정은,『일곱시 삼십이분 코끼리열차』(문학동네, 2014). 이하 본문에 인용할 때는 쪽수만 밝힌다.

혁신을 반복함으로써 이 대립을 해결한다. 그는 이를 칸트의 이율배반과 같이 다루는데, 즉 가치는 자본의 순환 밖에서, 생산 속에서 발생하면서 동시에 순환 속에서 발생한다.[11]

마르크스는 가치를 실체적인 것, 생산의 영역에 속한 것으로 보는 고전적 경제학과, 가치를 관계론적인 것, 순환의 영역에서 발생하는 것으로 보는 신고전주의의 이율배반을 시차적으로 돌파한다. 가치는 화폐의 순환 속에서 발생해야 한다. 동시에 생산 속에서 발생해야 한다. 여기에서 '잉여 가치'라는 모순적 종합이 발견된다.(혹은 초월적 가상이 발견된다.)

자신의 소유물로 전환된 아버지에게도 이 같은 시차적 간극을 말할 수 있을 것 같다. 아버지는 소유물(모자)을 소유한 게 아니라 그 소유물에 결박되어 있다. 모자가 아버지를 소유하면서 아버지는 소유물(모자)로 '표현'되었다. 자본주의 세계에서 인간은 사물을 소유한다고 여긴다. 하지만 실제로 인간은 그 사물에 의해 소유된다. 자신의 소유물(모자)에 소유된 소유자(아버지)는 그 소유물(모자) 자체가 된다. 이 이중적인/이율배반적인 소유의 결과로 소유자는 소유물 속으로 실종된다.

식구들은 아버지가 처음 모자가 된 사건을 서로 다르게 기억한다. ① 첫째: 친구들과 길을 가는데 실업자인 아버지가 후줄근한 옷차림으로 서 있었다. 창피해서 모르는 척하고 지나갔다가 되돌아와 보니 아버지는 모자가 되어 있었다. ② 둘째: 어머니가 투병 중일 때 고장 난 라디오 때문에 울었더니 아버지가 뺨을 때렸다. 억울해서 "고치지도 못하고 사다 주지도 않을 거잖아."(51쪽)라고 소리 질렀더니 아버지가 모자가 되었다. ③ 셋째: 학부모 참관일이었는데, 아버지가 사물함 위에 모자가 되어서 얹혀 있었다. ④ 어머니: 시어머니와 크게 다투는 걸 본 남편이 집을 나가겠다

---

11 슬라보예 지젝, 앞의 책, 106쪽.

며 이불장을 업고 마당을 나섰다가, 대문 앞에서 모자가 되었다. ⑤ 할머니: 밥을 흘렸다고 아버지에게 맞은 둘째 아들이 우물가에서 모자가 되어 있었다. 이렇게 정리할 수 있겠다. 아버지는 자신의 존재 가치를 상실했을 때, 자식이 자신을 창피하게 여기거나 자식에게서 가난과 무능을 지적받거나 다른 학부모와 비교될 때, 혹은 가정의 분란을 해결하지 못하거나 불우했을 때 모자가 된다. 한마디로 그는 가치 있는 인간이 되지 못했을 때, 마르크스식으로 말하자면 가치를 생산하지 못했을 때, 모자가 된다.

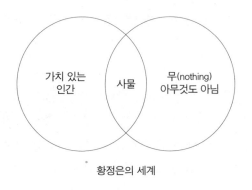

황정은의 세계

황정은의 변신담을 명랑한 환상이라고, 세계의 폭력에 대한 폭력적 대응이라고, 병든 세계의 기원에 대한 탐색이라고 부를 수도 있을 것이다. 그런데 황정은의 인물들은 자꾸 사물이 되어 간다. 다시 말해 인간으로서의 '가치'를 잃어 간다. 황정은의 세계에서 '가난'은 삶의 조건이 아니다. 소유물들의 많고 적음으로 삶의 높낮이가 달라지는 것은 아니다. 차라리 가난은 삶의 근원적인 지반이자 근거다. 가난한 사람은 숨을 쉬듯 가난을 마시고 뱉고, 밥을 먹듯 가난을 먹고 배설한다. 가난을 삶과 떼어 놓을 수 없다는 뜻이다. 그들은 삶을 살 듯 가난을 산다. 가난은 인간에게서 가치를 깎아서 인간을 무에 가깝게 만든다. 그러나 인간은 끝내 무(nothing)가, 아무것도 아닌 것이 될 수는 없다. 이 시차적 간극에서 황정은의 '사물'이 태어난다. 무로 평가되는 인간, 무가치한 인간, 하지만 그럼에도 불구하고 '무'는 아닌 인간, 아무것도 아니지만 아무것도 아닌 것은 아닌 인간.

이웃 사람이 말했다.
댁의 아버님이 마당에서 모자가 되어 있는 것을 그 애가 본 모양이에요. 우리 부부가 그 문제에 굉장히 신경을 쓰고 있다는 걸 말씀드리고 싶었어요.
그냥 모자가 됐을 뿐인데요.
하지만 애들이 보잖아요.
전혀 해롭지 않아요. 머리 하나 정도의 공간을 차지하고 있을 뿐인걸요.
애가 자꾸 물어봐서요. 뭐라고 대답해야 할지도 모르겠고.(41~42쪽)

이웃 사람이 보기에 무가치한 인간은 뭐라고 '대답'할 수 없는 인간이다. 그는 해롭지 않다. 하지만 무(아무것도 아닌 것)도 해롭지는 않다. 바로 이 무가치하지만 무는 아닌, 해롭지는 않으나 유익하지도 않은 이율배반적인 종합의 결과가 '모자'고 '오뚝이'고(「오뚝이와 지빠귀」) '유령'(「대니드 비토」)이고 '파도'(「파씨의 입문」)다. 황정은의 사물은 겨우 존재하는 이들, 가치의 망실 속에서도 무가 아니라고 말하는 자들의 존재 형식이다.

4 나오며

'시차'를 통해서 2000년대 문학의 특질을 살펴보았다. 대체로 2000년 대를 전통적인 서사적 동력이 약화되고 혼성적인 글쓰기 실험이 시작된 시기라고 말한다. 그런데 이를 두 실체의 겹침이라는 전통적인 독법으로 읽으면 수많은 결여가, 구멍이 보인다. 기법의 약화, 서사의 부재, 장편화 역량의 소진, 무분별한 환상, 장르 소설과의 이종 교배, 무중력 공간의 글쓰기 등의 걱정스러운 진단이 따라 나온다. 시차는 그러한 모순이나 이율배반을 사유할 수 있게 해 준다. 시차적 간극을 통해 2000년대 문학의 형상들(동물, 괴물, 사물 들)을 온전히 사유하고 즐길 수 있기를 바란다. 그 형상들은 2010년대를 관통하는 동시대 우리의 형상들이기도 하다.

한국 문학과 페티시즘

한국 문학에 대한 비판적 성찰

1 '최초의 책'이라는 환영

식민지 시절에 출간된 초판본 시집인 윤동주의『하늘과 바람과 별과 시』, 김소월의『진달래꽃』, 백석의『사슴』이 베스트셀러가 되었다는 기사를 읽었다.[1] 그 이유로 기사에서는 "감성을 자극한 패키지와 초판본을 그대로 재현한 디자인 콘셉트"를 들었다. 아련한 시절에 대한 향수를 지녔다는 점에서 팝 아이콘 상품의 일종이라고 할 수도 있겠지만, 저 초판본 시집에는 대량 생산되는 도서의 이미지와는 다른 모종의 아우라가 서려 있는 듯하다. 실제로 이 책들의 이미지는 SNS를 타고 수많은 유저들에게 인증 혹은 재인증되고 있다. "초판본을 그대로 재현"한 시각 이미지 속에서 고인이 된 시인의 삶이 그 책을 통해서 현현한다고, 긴 시간을 거쳐 손에 쥔 저 책의 즉물적인 감각이 특별한 소유욕을 낳는다고 말해도 좋을 것이다.

---

1 「시집 3권이 10만 부 팔렸다. 지금 '초판본 시집' 열풍이 불고 있다」, 《허핑턴 포스트 코리아》, 2016년 03월 03일.(http://www.huffingtonpost.kr/2016/03/03/story_n_9371166.html)

그런데 이 열풍은 벤야민이 말한 예술 작품의 아우라와는 질적으로 다르다. 그것은 육필 원고도 희귀본도 아니다. 그것은 문학을 희귀한 '레어템'(한정판)의 형태로 소유한다고 느끼게 만드는 대체 상품일 뿐이다. 우리는 모두 그 사실을 알고 있고, 그런 한에서 이 책을 소장한다. 작가의 친필 사인이 인쇄되어 있는 책을 '단 한 권의 책'으로 상상하기, 대량 생산된 책을 '단 하나의 책'으로 간주하기. 이것은 단순한 키치가 아니다. 키치는 '대량 생산'된 예술 작품으로 처음부터 원본성이 거세되어 있다. 하지만 저 초판본 시집은 대량 생산되었음에도 불구하고 처음부터 자신이 원본이라고 주장한다. 따라서 이 책을 페티시(fetish)라고 불러도 좋을 것이다. 초판본의 "디자인 콘셉트"로 소비되고 있는 저 시집들은 고유명 윤동주, 김소월, 백석과 무관한 환유적인 사물일 뿐이다. 이 책은 진짜 초판본이 아니면서도, 최초의 시절을 상기하는 유력한 사물이 되었다. 바로 페티시가 되었다.

2 문명과 페티시즘

페티시즘(fetishism)은 물신주의, 물신 숭배, 주물 숭배, 절편음란증 등 다양한 용어로 번역된다. 페티시즘이라는 용어는 포르투갈어로 '마법', '부적'을 뜻하는 '페티소(fetisso)'에서 왔다. 15세기 포르투갈이 서아프리카 지역에 식민지를 건설하면서 이 지역의 부족들이 평소 숭배 대상으로 삼고 있던 신적 자연물을 이 이름으로 불렀으며, 18세기 프랑스의 비교종교학자 샤를 드 브로스(Charles de Brosse)가 세계 각지에서 페티소를 숭배 대상으로 하는 원초적 신앙을 페티시즘이라고 명명했다.[2] 개별적인 생

2　마토바 아키히로 외, 오석철·이신철 옮김, 「페티시즘」, 『맑스 사전』(도서출판b, 2011), 480쪽.

물이나 무생물이 페티시가 될 때, 그 사물은 신적인 것의 현현으로 간주된다. 그것이 일반적인 징표(상징)와 다른 것은 페티시 너머에 또 다른 신적 존재를 상정하지 않는다는 데 있다. 페티시는 사물화, 개별화된 신이면서도 여전히 물질인 것, 다시 말해 파괴할 수도 버릴 수도 있는 소유물이다.

페티시즘은 미학과 쌍둥이다. 이 둘 모두 물질에 대한 감각과 이를 지각하는 정신 사이의 관련성에 주목하여, 객관에 깃든 주관 혹은 주관을 표현하는 객관을 이론화하는 과정에서 산출되었다. 미학이 예술과 미적 감정을 종교의 신성성, 사물의 실용적인 사용, 경제의 논리와 분리된 특별한 경험으로 정립하는 동안, 페티시즘은 유사-종교적 경험을 설명하는 용어로 정착된다. 계몽주의의 정의에 따르면 "원시적인 페티시란 가장 계몽되지 못한 영혼과 가장 문명화되지 못한 사회가 갖고 있는 전형적인 문화적 인공물이며 진정한 종교적인 이해와 자기-의식적인 미적 판단이 시작되기 이전의 역사가 없는 정지 상태에서 얼어붙은 채 남아 있는 것이었다."[3] 토테미즘이 원시 종교의 일반 이론이라면, 페티시즘은 계몽되지 못한 물신 숭배자가 자신의 욕망을 물질세계에 투영한 미성숙한 이론에 지나지 않았다.

그러나 20세기 들어서, 문명화된 사회에서도 페티시즘이 맹위를 떨치고 있다는 것이 드러났다. 이를 폭로한 이는 둘이다. 마르크스와 프로이트가 그들이다. 마르크스는 『자본론』에서 상품 세계의 물신적(物神的) 성격에 관해 설명한 바 있다. 잘 알려져 있듯이, 마르크스가 말하는 물신 숭배는 자본주의적인 생산 체제와 밀접한 연관성이 있다.

---

3 윌리엄 피에츠, 정연심 외 옮김, 「페티시」, 도널드 프레지오시 편, 『꼭 읽어야 할 예술 이론과 비평 40선』(미진사, 2013), 158쪽.

상품 형태의 신비성은, 상품 형태가 인간 자신의 노동의 사회적 성격을 노동 생산물 자체의 물적 성격으로 보이게 하며, 따라서 총 노동에 대한 생산자들의 사회적 관계를 그들의 외부에 존재하는 관계(즉, 물건들의 사회적 관계)로 보이게 한다는 사실에 있을 뿐이다. 이와 같은 치환(置換: substitution)에 의해 노동 생산물은 상품으로 되며, 감각적임과 동시에 초감각적(사회적) 물건으로 된다. (중략) 이것을 나는 물신 숭배(物神崇拜: fetishism)라고 부르는데, 이것은 노동 생산물이 상품으로 생산되자마자 거기에 부착되며, 따라서 상품 생산과 분리될 수 없다. 상품 세계의 이와 같은 물신 숭배는, 앞의 분석이 보여 준 바와 같이, 상품을 생산하는 노동 특유의 사회적 성격으로부터 발생한다.[4]

자본주의 시스템 아래에서는 사람과 사람 사이의 직접적 관계가 물건들의 관계로 나타난다. 사회적 관계가 물화(物化)되는 것이다. 상품은 인간이 노동을 통해 만들어 내는 생산물에 지나지 않으나 고유의 힘을 지니고 있는 것처럼 인지된다. 배후에 있는 사람과 사람 사이의 관계와는 무관하게 독자적으로 움직이는 것처럼 여겨지는 것이다. 노동의 생산물이 숭배의 대상으로 여겨지는 전도가 발생하는 것, 마르크스는 이 같은 사태를 물신성의 비밀이자 '물신 숭배'라고 명명한다. 바로 그것이 자본주의 사회에서 일상적인 종교가 되는 것이다. 게다가 이런 전도는 이중적이다. "상품이 자신의 가치를 표현하기 위해 선택한 화폐가 가치 척도의 자리를 차지하게 되면서, 모든 상품이 자신의 '가치 있음'을 증명하기 위해선 그것과의 교환 가능성을 입증해야 하는 역설적 전도"가 다시 일어났다. 이제 "상품 세계에서 화폐는 모든 상품의 신이고, 모든 상품 소유자의 신이

---

4   카를 마르크스, 김수행 옮김, 『자본론』 1/상(비봉출판사, 1991), 93쪽.

다."[5] 화폐는 그 너머에 또 다른 신적 존재를 상정하지 않으면서도, 물질적으로 현현한 신(이자 소유물)이라는 점에서 페티시다.

절편 음란물(페티시)은 단순한 남근의 대체물이 아니라, 절편 음란증(페티시즘) 환자의 어린 시절에 극히 중요한 역할을 수행했다가 나중에 상실되어 버린 아주 특별하고 구체적인 남근의 대체물이라는 것이다. 다시 말하면 정상적인 삶의 과정 속에서 상실되어 버린 남근을 절편 음란물을 통해 부활시키고 보존하려는 욕구가 절편 음란증을 유발시킨다는 것이다. 좀 더 분명하게 설명하면, 절편 음란물이란 남자아이가 한때 그 존재를 믿었던 여성의 남근, 혹은 어머니의 남근의 대체물이다.[6]

프로이트가 보기에, 어머니와의 합일의 불가능성 때문에 불안감을 가지게 된 아이는 성인이 된 후에도 팔루스를 얻지 못한 상흔을 그대로 간직한다. 어머니에게서 거세되어 사라진 음경을 환유적인 대체물로 되살리려는 욕망이 페티시즘의 원인이다. 왜 되살리고자 하는가? 음경의 부재야말로 거세를 상기시키기 때문이다. 때문에 그는 어머니에게 음경이 없음을 알면서도 이를 부인(verleugnung, disavowal)하기 위해 대체물(페티시)을 여성의 음경으로 간주한다는 것이다. 남성 환자가 집착하는 페티시는 대개 거세 불안을 회피하기 위한 여성 성기의 대체물이다. 반면 여성 환자의 경우에는 성교 혹은 남성 성기에 대한 관심을 보이지 않으며, 따라서 이들의 페티시즘은 무성적(無性的)이다.

결국 페티시즘은 비문명과 문명을 관통하면서, 경제(사람들 사이에서

---

5   이진경, 『불온한 것들의 존재론』(휴머니스트, 2011), 291~292쪽.

6   지그문트 프로이트, 김정일 옮김, 『성욕에 관한 세 편의 에세이』(열린책들, 2003), 312쪽.(단, 괄호 속 설명은 인용자의 것)

군림하는 화폐라는 신)와 무의식(개인의 내밀한 욕망 속에서 드러나는 사물화된 신)을 관통하는 키워드인 셈이다.

3 한국 문학의 페티시즘

한국 문학에서 페티시라 할 수 있는 것들을 유형화해 보자. 페티시즘이 자본주의의 핵심(돈과 성)을 관통하는 주요한 테마라는 사실을 먼저 적어 두기로 하자. 오해 없길 바란다. 문학에서 페티시즘을 읽는 것은 병리적인 보고서를 작성하기 위한 것이 아니다. 우리의 무의식과 삶의 원형이 거기에 있기 때문이다. 욕망과 돈은 병약하거나 특별한 주체가 아니라 모든 주체에게 내걸린 화두다. 이 글이 한국 문학에 대한 네거티브 리포트가 아니라, 한국 문학을 읽는 징후적인 독법이 되기를 바란다. 결론을 당겨 말하자면, 자본주의 사회에서는 문학 자체가 페티시즘이라고 말해도 좋을 것이다. 문학은 이미 하나의 상품이며, 그래서 스스로를 페티시로 설정하고 있는지도 모른다. 문학의 위의를 말하는 담론에 스며든 신성성을 생각해 보자. 문학가를 문사로 여기는 오래된 전통을 떠올려 보자. 내 손안에 든 물성(物性)이 스스로 신성(神性)으로 탈바꿈하는 순간, 그것은 페티시가 되는 것이 아니겠는가.

상품-페티시와 교환의 신(神)

가장 명료한 페티시는 문학이 자신의 정체성을 상표에 기탁할 때 드러난다. 상표는 욕망의 위계질서를 보여 주는 이정표다. 여기에 전제된 전도의 논리는 이해하기 어렵지 않다. 고품격, 고품질이 표상하는 정신적 가치(패션에 대한 안목)가 일단 상품으로 표현되면, 그 상품의 소유만으로도 정신적 가치가 보장된다. 고객 입장에서는 '프라다'나 '루이뷔통'의 미적 가치를 논할 필요가 없다. 그것을 소유한 것만으로도 고객은 이미 어떤 정신적 가치를 선택한 것이기 때문이다. 그 소유권이 이미 화폐 페티시에 의해 매개되어 있다는 것은 별도의 문제다. 따라서 이렇게 드러난 욕망에는 욕망의 원인과 결과가 은폐되어 있다. '왜 욕망하는가? 무엇을 욕망하는가?' 등의 질문이 화폐 페티시에 의해 이미 선-결정되어 있기 때문이다. 다시 말해, 이 욕망은 세계의 결핍을 은폐한다. 이것은 이데올로기적인 환상이 작동하는 원리와도 같다. 지젝이 공식화했듯이, "우리는 그것이 상품에 불과하다는 것을 잘 알고 있어. 하지만……"의 방식으로 작동하는 물신적인 부인(否認)[7]이 그것이다. 우리는 그것이 상품에 지나지 않는다는 것을 안다. 그러나, 그럼에도 불구하고, 내 손에 들려 있는 프라다 핸드백은 나의 가치를 틀림없이 높여 줄 것이다. 여기에는 프로이트가 말한 거세 불안이 잠재되어 있다.

정이현이 처음 소개한 발랄한 언니들의 세계를 생각해 보자. "서울 남산 중앙의 특급 호텔인 하얏트 호텔"[8], "모노그램 캔버스 라인의 진짜 루이뷔통 백"(34쪽)으로 대변되는 계급적 소도구는, 거기에 의탁해 자신의 계급을 현시하는 자들의 텅 빈 욕망을 보여 준다. 그 욕망이 텅 빈 것은, 그것이 상품을 매개로 드러나는 게 아니라 화폐가 그 욕망을 매개로 자신을 표현하는 것이기 때문이다. 이른바 칙릿 소설이 고급 상품들을 나열함으로써 거기에 담긴 속물적인 태도를 비판한다면,(그러나 그 비판 속에서 고급 상품들의 위계는 '폭로'되는 게 아니라 '전시'된다.) 정이현의 소설은 그들의 몸까지 페티시로 소비된다는 사실을 폭로한다는 점에 주목할 필요가 있다.

7   슬라보예 지젝, 이수련 옮김, 『이데올로기라는 숭고한 대상』(인간사랑, 2003), 44쪽.

8   정이현, 『낭만적 사랑과 사회』(문학과지성사, 2003), 14쪽. 이하 본문에 인용할 때는 쪽수만 밝힌다. 다른 작가들의 경우에도 같다.

그는 창가의 일인용 소파에 앉아 말없이 밖을 내다보고 있다. 기가 막힌다는 표정이다. 나는 어떻게 해야 좋을지 모르겠다. 십계명의 마지막 계율은 순결의 흔적을 함께 확인하는 것이다. 그러나 내가 먼저 그를 부를 수는 없다. 나는 가만히 자리에서 일어난다. 움직일 때마다 골반 전체가 뻐근하게 쑤셔 온다. 그에게 왠지 미안하다. 그렇지만, 이제 곧 나의 흔적을 확인한다면 틀림없이 그도 기뻐할 것이다. 나는 조심스레 이불을 들친다. 그런데.

아무것도 없다!(33쪽)

「낭만적 사랑과 사회」의 주인공 '유리'는 수많은 남자들과 사귀면서도 결정적인 순간을 위해 섹스만큼은 한사코 피해 왔다. 그녀가 남성들의 순결 이데올로기의 희생자라고 말할 수는 없다. 그녀 자신이 그 이데올로기에 올라탔기 때문이다. 그런데 정작 첫 섹스에서 혈흔이 남지 않았다. 그녀에게 신분 상승을 안겨 줄 트레이드마크가 사라진 것이다. 결국 그녀는 '결함이 있는 상품'으로 간주되고, 남자는 비싼 것이 아니라면서 그녀에게 "진짜 루이뷔통 백"을 던져 준다. 저것은 일종의 몸값이 아닌가. 이 무시무시한 환유는, 그녀의 몸이 "명품 가방"과 구별되지 않는 페티시라는 것을 '폭로'한다. 그래서 이 소설의 마지막 장면은 섬뜩하다. "조용히 운전에 몰두하고 있는 그의 옆얼굴이 어쩐지 낯설게 느껴져서, 나는 마음속으로 황급히 고개를 저었다. 아니다. 아니다. 누가 뭐래도 그는 내가 사랑하는 사람이다. 우리는 서로, 사랑하는 사이이다."(34~35쪽) 안간힘이 담긴 저 마지막 선언은, 그녀의 말이 아니라, 페티시였던 상품이 하는 말일 것이다. 그는 자신을 아끼고 사랑했다. 내가 그의 소유물이 되었으니, 우리는 사랑하는 사이이다. 그러나 페티시는 결함이 발견되는 순간, 다시 말해서 매력을 잃는 순간 바로 파괴된다.

사물-페티시와 성화의 몸짓

김중혁의 초기 소설에서는 교환 가치로서는 쓸모없는 사물들이 특정한 개인에게는 소중한 것이 되는 예가 흔하다. 「무용지물 박물관」(『펭귄뉴스』)에서 「악기들의 도서관」(『악기들의 도서관』)에 이르기까지, 상품으로서는 무용하지만 개인에게는 유용한 사물들이 소설에 가득하다. 김중혁의 서사는 저 '단 하나의 사물'을 발견하는 데서 시작해서 그것의 의미를 발견하는 순간 완결된다. 이를 수집가적 페티시라고 불러도 좋을 것이다. 기원적으로 볼 때 박물관은 제국주의의 현시 욕망이 만들어 낸 페티시들의 전시장이다. 박물관의 전시품들은 전 세계를 사물화한 환유적인 표식이면서 세계를 소유했다는 자부심의 상징이다. 그런데 김중혁의 인물들에게서 수집품은 경제적인 것도, 아니고 권력과도 무관한 것이다. 그것은 무용하거나 무력한 것이기 때문이다.

「유리방패」를 보자. 이 소설의 주인공은 서른 번째 면접에서 떨어진 두 젊은이다. "두 시간 전 면접관들의 웃음소리를 생각하자 얼굴이 화끈거렸다. M과 나는 언제나 입사 시험을 함께 치렀다. (중략) 우리는 서른 번의 입사 시험을 함께 치렀다. 백전백패, 승률은 제로였지만 혼자서 시험을 쳐야겠다는 생각은 한 번도 들지 않았다."[9] 김중혁의 아이들이 처한 사회 경제적 지위는 어떤가. 매번 취업 문턱에서 좌절하는 산업 예비군이다. '면접'(面接)이란 성인과 청소년 시기의 '접면'(接面)이다. 이들은 학생 시절을 이미 졸업했으나 아직 사회인이 되지 못했다. 이들에게 '입사'(入社)란 회사에 들어가는 것이면서 성인이 되는 예식이었던 셈이다. 그런데 이들에게는 도무지 진지함이란 게 없다. 이들은 반드시 입사하겠다는 의지를 보이기보다는, 면접장에서 어떻게 퍼포먼스를 할 것인가를 궁리하

---

9 김중혁, 「유리방패」, 『악기들의 도서관』(문학동네, 2008), 144쪽.

느라 시간을 보낸다. 지금도 둘은 면접관에게 인내심을 보여 주려고 실뭉치를 푸는 이벤트를 선보였다가 엉클어진 뭉치를 풀지 못해서 실패한 참이다. 그런데 지하철에서 실타래를 풀다가 오해를 받아 곤욕을 치른다. 엉킨 실을 다 푼 후에 실의 길이를 재 보겠다고 칸을 질러 가다가 테러범으로 오해를 받은 것이다. 역무원이 이유를 추궁하자 둘은 행위 예술을 한 것이라고 우긴다.

> "조각나 있는 현대인의 마음을 하나의 실로 이어 주고 싶다는 메시지가 담긴 이벤트라고 할 수 있지요. 현대인의 삶을 가장 잘 반영해 주는 공간이 지하철이잖습니까."(154쪽)

누군가 이 장면을 동영상으로 찍어 올린 덕분에 이들은 유명인이 된다. 그런데 저 실타래에 부여된 의미는 조변석개하는 것이었다. 처음에는 인내심을 보여 주기 위한 소도구였다가, 길이를 재 보기 위한 호기심의 도구가 된다. 다시 그것은 폭발물의 도화선으로 의심을 받았다가, 끝내는 현대인의 마음을 하나로 이어 주기 위한 상징이 된다. 그렇다면 저 의미들은 사물 그 자체와는 필연적인 관계가 없고 어떤 방식으로든 교환 가능하다는 점에서 무의미의 의미라고 할 수도 있겠다. 그들에게 실뭉치는 전시(퍼포먼스) → 호기심 → 놀이 → 성화의 과정을 거치는 것이다.

성화(聖化)의 몸짓이 실은 놀이였을 뿐이라고 말해도 좋고, 모든 진지한 몸짓을 놀이의 차원으로 승화하고 있다고 말해도 무방하다. 저들의 수집품이 상품-페티시와 다른 것은, 저 몸짓에 어떤 계급성도, 경제 원칙도 담기지 않는다는 점에 있다. 그러면서도 수집품이 페티시가 되는 것은 저 몸짓이 수집품에 부여한 신성함이, 틀림없는 신성함 그 자체라는 사실이다.

우리는 칼을 부딪쳤다. 췌췌엥, 하는 소리가 객실에 울렸다. 생각했던 것보다 훨씬 소리가 컸다. 예술 전문 기자는 지하철 의자에 앉아서 입을 벌린 채 우리를 바라보았다. 재미있어서라기보다 너무 유치해서 못 봐주겠다는 듯한 표정이었다. 그래도 우리는 상대방을 정말 죽이기라도 할 것처럼 온 힘을 다해 칼싸움을 했다.(171쪽)

지하철 실뭉치 사건을 계기로 이들에게 인터뷰 요청이 들어온다. 이제 이들은 예술 전문 기자 앞에서 플라스틱 칼과 유리 방패로 '유치한' 싸움을 시작한다. 그런데 이들은 "정말 죽이기라도 할 것처럼 온 힘을 다해" 퍼포먼스를 벌인다. 그러자 주변에 있던 사람들이 그들을 구경하러 몰려든다. 이제 성화의 몸짓(포즈)은 실제의 성스러움과 구별되지 않는다. 바로 이때, 김중혁의 사물들은 페티시로 전환된다. 무용지물이 성물이 되는 순간이다. 물론 이 연관에 필연성이 없다는 점을 상기해 둘 필요는 있을 것이다. 이것은 이들이 그토록 신성시했던 유리 방패와 플라스틱 칼을 지하철에 두고 나오는 데서도(아이들에게 선물로 준 것이다.) 알 수 있는 대목이다. 페티시는 숭배자가 거기에 부여한 신성함을 철회하는 바로 그 순간, 무용한 사물로 떨어진다.

몸-페티시와 분할된 육체

정이현의 소설이 폭로하듯, 몸 역시 하나의 상품-페티시로 기능할 수 있다. 그런데 거기에 성스러움이 부여되는 순간, 몸은 상품-페티시가 아니라 일종의 우상이 된다. 우상은 페티시와는 다르다. 그것은 숭배자의 소유물이 아니라 경배물이다. 그 자체로 살아 움직이는 신이다. 그런데 여성의 몸이 남성의 시선에 포획될 때 그것은 경배의 대상(우상)이 아니라, 시선이 소유한 소유물(페티시)로 다시 전락한다. 여성의 몸은 생략되고 분할되며 부분화된다. 이를테면 이런 문제적인 묘사에서 확인할 수 있다.

내가 왜 네게 빠지게 됐는가를 종일 생각하다가 먼저 떠오른 것은, 너의 손이다.

내가 처음 보았던 너의 손은,

우리 집 데크의 내 흔들의자 팔걸이에 자연스럽게 놓여져 있었다. 네가 산책하던 중 내 집에 들어왔다가 무심히 그 의자에 앉아 잠든 날 보았던 손이다. '놓여져' 있었다는 내 표현에 주목해 다오. 그것은 네 의지로 네가 내려놓은 손이 아니었다. 우연히, 그곳에 놓여져 있었다. 소나무 잔가지 휜 그늘이 정물 같은 너의 손등 위에서 고요히 그네를 타고 있었지. 상앗빛 손가락들은 아주 가늘었고 손등에 수맥처럼 연푸른 핏줄이 가로질러 흘렀다. 너의 팔목은 겨우 손가락보다 조금 굵은 것 같았어. 나는 한참이나 그것을 세세히 내려다보고 있었다. 팔목으로부터 장지(長指)와 약손가락 사이로 흘러가는 핏줄은 도드라져 보였지. 지금이라도 네 손등 위의 그 핏줄을 살펴보렴. 그 핏줄 가운데쯤, 작은 매듭 같은 부분이 있을 게야. 마치 어린 새싹처럼 살짝 솟아오른 피돌기 부분. 내 가슴이 갑자기 두근거리기 시작한 것은 핏줄의 그 매듭이 뛰고 있다고 알아차렸을 때였다.[10]

박범신의 『은교』 속 한 장면이다. 노년의 시인 이적요와 그가 사랑한 소녀 은교. 그는 그녀('너')가 "순결하고 착하고 깊고 빛난다고" 늘 생각해 왔지만, 그가 사랑에 빠진 것은 그렇게 모호한 인상 때문은 아니다. 그가 빠져든 것은 우연히 거기에 놓여 있었던 그녀의 '손' 때문이었다. 저 집요한 묘사에서 우리가 확인할 수 있는 것은 탐욕스러운 시선의 권력이다. 그리고 마침내 손등 위의 핏줄에서 "작은 매듭"처럼 돋은 부분이, 마치 그

10 박범신, 『은교』(문학동네, 2010), 92~93쪽.

자체로 독립적인 하나의 생물인 것처럼 뛰는 것을 보았을 때, 저 폭력적 시선의 포획은 '완성'된다. 은교는 전체로서 한 인간이 아니라, 손등 위에서 뛰는 작은 생물이, 이적요('나')의 시선이 소유한 부분 대상이, 젠더화된 몸-페티시가 된다. "내가 평생 갈망했으나 이루지 못했던 로망이 거기 있었고, 머물러 있으나 우주를 드나드는 숨결의 영원성이 거기 있었다. 네가 '소녀'의 이미지에서 '처녀'의 이미지로 둔갑하는 순간이었다."(93쪽) 거듭 강조하거니와 은교 전체가 여신이 아니다. 그랬다면 그녀는 그의 우상(즉 열렬한 경배와 찬탄의 대상)이 되는 데 그쳤을 것이다. 그러나 손등에 돋은 저 작은 생물은 이적요의 시선에 의해서만 생명을 부여받은 작은 소유물이다. 그리고 손에서 시작된 시선의 지배는 부분 대상에서 부분 대상으로, 쇄골로 허리선으로 그 영역을 넓혀 간다.

이 절대적인 시선의 탐닉 건너편에 늙은 이적요 본인의 몸이 있다. "성긴 머리칼 밑의, 주름진 이마, 번질거리는 광대뼈, 합죽한 듯한 볼, 긴 턱을 골고루 둘러싼 고랑들"을 가진 늙은 얼굴과 "근육들이 빠져나가면서 쭈글쭈글해지기 시작한 몸"(101~102쪽)이 있었다. "오, 육체는 풀과 같은 것."이라고 탄식하거나, "이건 나, 이적요가 아냐!"(103쪽)라고 부정하는 정신이 있었다.

4 페티시즘과 실재

페티시즘은 우리와 페티시를 환유적으로 연결한다. 페티시는 우리 몸의 연장이거나 소유물이거나 가치를 표상하는 상품이다. 페티시는 우리 곁에 부가된 것(to be attributed)이다. 그러나 그것은 곧바로 우리 자신의 속성(attribute)이 된다. 페티시는 본질과 속성을 별개의 것으로 간주하는 철학 전통에 속해 있다. 예컨대 본질(사람)에 사물(술)이 더해져서 어떤 속성을 가진 사람(술 취한 사람)이 되었다고 가정하자. 페티시의 전통에서라면, 그 사람의 본질은 멀쩡한(술 취하지 않은) 사람이다. 그런데 과연 그럴까?

"참 장한 커플이다, 우리."
"맞아. 당신 참 장해. 오래 버텼어. 다녀와라."
영경의 젖은 눈에 퍼뜩 생기가 돌았다.
"정말 괜찮겠어?"
"난 괜찮아."
영경이 더는 묻지 않고 단호한 어조로 말했다.
"다행이다."
"다행이지. 우리 빵경이, 걱정 말고 다녀와."
영경이 눈물을 뚝뚝 흘렸다.
"나 정말 안 나가겠다는 말은 못하겠어, 환아."
"그래, 다녀오라니까. 너무 오래 있지만 말고."[11]

권여선의 「봄밤」 속 연인의 대화를 보자. 수환은 치료받을 시기를 놓친 악성 류머티즘 환자이며, 영경은 중증 알콜 중독자다. 둘은 인생의 막다른 길에서 만나 또 다른 막다른 길인 요양원에 함께 들어왔다. 이곳에서 이들은 일명 "알류 커플"(알콜 중독, 류머티즘)로 불린다. 수환은 영경이 술을 마시면 안 되는 환자임을 알고 있으나, 그녀가 술을 끊고 나서 금단 증상으로 고생하는 것을 차마 보지 못한다. 그녀의 외출은 인사불성이 된 그녀가 병원으로 실려 오는 것으로 끝나고, 그는 그녀를 기다리다 병세가 악화되어 숨을 거둔다. 진통제를 맞아 가며 아픈 것을 감추고 술 마시러

11 권여선, 「봄밤」, 『안녕 주정뱅이』(창비, 2016), 21쪽.

나가는 그녀를 배웅한 수환은 그녀를 깊이 사랑했다. 영경도 마찬가지. 남은 이들은 "영경의 온전치 못한 정신이 수환을 보낼 때까지 죽을힘을 다해 견뎠다는 것을, 그리고 수환이 떠난 후에야 비로소 안심하고 죽어 버렸다는 것을"(39쪽) 나중에야 알아챈다.

이 사랑에는 본질과 부가된 속성 사이의 격벽이 없다. 수환은 팔다리가 심하게 뒤틀린 환자인 "환"이고, 영경은 술을 마시지 않고는 견딜 수 없는 중독자인 "빵경"이다. 그리고 둘은 그 상태 그대로 서로를 사랑한다. 페티시와 달리, 이들 커플에게는 질병과 술이 그들의 본질을 가리거나 그들의 본질에 부가된 어떤 것이 아니다. 어쩌면 이를 '실재'라고 불러도 좋을 것이다. 권여선이 소개한 '주정뱅이'는 이처럼 단순히 술에 취한 사람이 아니라, 취한 상태로밖에 존재할 수 없는 어떤 실존의 양태에 놓인 사람이다. 그러니 나의 마지막 질문은 이것이다. 페티시 너머에 있는 것이 바로 그 실존 혹은 실재가 아닐까?

물(物)+신(神)+인(人)
박상영과 박민정의 물신

1 물(物)+신(神), 자본주의 시대의 사물−신

자본주의는 환유가 범람하는 사회다. '모든 것은 상품이다'가 자본주의의 모토인데 상품이란 교환 가치를 가진 것, 다시 말해 내재적인 가치를 지닌 것이 아니라 교환의 과정에서 가치가 부여되는 것이다. 교환에서 생겨나는 비유가 환유라면 자본주의 아래서 모든 상품은 환유물로 기능한다. 특정한 상품으로 그 상품의 소유자나 소비자를 대표하는 비유가 바로 환유다. 환유가 발생하는 것은 상품의 교환 혹은 유통 과정에서 보았을 때에는 그 상품과 상품의 소유자(혹은 소비자)를 구별할 필요가 없기 때문이다. 고객의 입장에서 매장 점원이 상품을 자신에게 건네주는 '손'에 불과하듯이 점원의 입장에서 고객 역시 상품에 대응하는 숫자/수치에 불과하다. 당사자가 상품의 소유자(혹은 소비자)에서 상품으로의 이 이행을 받아들일 때, 즉각적으로 페티시즘이 생겨난다. 물신이란 사물의 인격화이자 신비화로 정의된다. 따라서 자본주의 아래서는 상품이 그 스스로 살아 움직이는 것처럼 보인다.

그레이버의 설명에 따르면, 물신이라는 관념은 유럽인이 아프리카인의 "기이하고 원시적이고 다소 난잡한 관습들로 여겨지는 것들을 묘사하기 위해"[1] 고안된 관념이다.

따라서 아프리카인은 분명 어린아이와 같았다. 그들은 기이하거나 괴이하거나 색깔이 화려하기 때문에 주워 든 작은 물건들에 애착을 느끼고, 마치 인격을 지닌 것처럼 취급하고, 숭배하며, 이름을 붙인다. 시장에서 임의의 대상에 가치를 부여하는 그들의 태도가 임의의 대상을 신들로 여기게 만들었다.[2]

그러나 유럽인들은 그들 자신이 물신주의가 사회의 보편적 원리로 통용되는 사회를 창출했으며 그런 사회에서 살고 있다는 사실을, 나아가 자신들의 신대륙 개척(실은 침략)이 실은 이 물신주의의 강압에 동원된 것이라는 사실은 꿈에도 몰랐을 것이다.

우리는 물신주의를 환상으로 여기는 데 익숙하다. 우리는 사물을 창조한다. 그리고 어떻게 우리가 이를 창조했는지 이해하지 못하고 있기 때문에, 결국 우리 자신의 창조물이 마치 우리에 대해 지배력을 갖고 있는 것처럼 취급하게 된다. 우리는 우리 스스로가 만들어 낸 것 앞에 무릎 꿇고 그것을 경배한다. 그러나 이 논리에 따르면, 아프리카를 찾은 유럽인이 처음 '물신'이라고 불렀던 대상들은, 최소한 아프리카인의 관점에서 보면, 거의 물신이라 할 수 없었다. 사실 그것들은 분명히 인간에 의해 창조된 것으로 간주되었다. 사람들은 새로운 사회적 책임감을 만들어 내는 수단으로, 계약

---

1   데이비드 그레이버, 조원광·황희선·최순영 옮김, 『가능성들: 위계, 반란, 욕망에 관한 에세이』(그린비, 2016), 181쪽.

2   위의 책, 187쪽.

과 협정을 맺거나 새로운 연합 관계를 형성하기 위한 수단으로, 어떤 물신을 '만들어 낸다'.[3]

그레이버에 따르면 물신은 종교적 신비 따위와는 무관한 현상이다. 이것은 오히려 유럽인과 아프리카인들이 만났을 때, 서로 간에 발견되는 유사성 혹은 근친성을 회피하기 위해 고안된 개념이었다. 아프리카인의 관습과 유럽인의 관습 간의 '다름' 때문이 아니라는 점에 주목하자. 오히려 "유사성의 위협"(188쪽)이 가장 극단적인 거부를 불러온 것이다. 유럽인은 아프리카인을 무가치한 사물에 집착하는 유아적인 인종으로 보았지만 실제로 이런 시선은 사물에서 사회적 관계를 제거하려는 강박증적 물질주의자(유럽인)의 시선이 투영된 것이었다. 조금만 더 인용해 보자.

그러나 보통의 목표는 작은 시장 체계를 창조하는 것이었다. 지속적인 거래의 기초가 될 수 있는 교환 항목과 비율, 신용과 재산의 관리에 대한 규칙을 규정하는 것. 심지어 물신이 명시적으로 계약을 확립하는 것에 관련되는 것이 아닐 때조차, 그것들은 거의 변함없이 새로운 무언가(새로운 시도, 새로운 사회적 관계, 새로운 공동체들)를 창조하는 기초가 되었다. 따라서 최소한 처음에 모든 '총체성'은 잠재적이고 상상적이며 관점에 의존하는 것이었다.[4]

물신이 생겨난 진정한 이유는 이것이다: 교환 관계가 성립되기 위해서는 교환을 이루는 단위가 필요하다. 르메르가 아프리카인들을 일러,

---

3   위의 책, 183쪽.

4   위의 책, 228쪽.

"그들은 아침에 마주치는 첫 번째 것을 숭배한다."[5]라고 말할 때, 이 '첫 번째 것'은 모든 교환을 가능하게 하는 단위, 즉 나날의 일과를 시작하는 '기초적인 단위'로서 기능하며 따라서 절대적인 것(으로 간주되는 것)이다. 괄호 속이 중요한데, 물신이란 절대적인 것으로 '숭배'되는 것('우상')이 아니라 그런 것으로 '간주'되는 것이기 때문이다. '마치 ~처럼' ── 이것이 페티시즘의 원리다. 정신 분석에서는 이것을 부인(否認)이라고 부른다.

도착증자는 '엄마가 욕망한다고 추정되는 상상적인 대상과 자신을 동일시한다.' 엄마의 상상적인 대상은 남근이다. 이러한 남근은 엄마가 욕망하는 사회적 지위라든가, 가치화된 대상들, 또는 사회적으로 용인된 '진짜 남자'라는 이미지를 닮은 남편이라든가 '남근의 소유자' 등과 같은 대체 가능한 상징과는 무관하다. 오히려 그것은 상징화되지 않았고, 따라서 대체 불가능한 대상이다. 아이는 바로 그러한 엄마의 상상적인 남근이 되려 한다. 아이는 엄마의 작은 귀중품이, 다시 말해서 (중략) 그녀를 보충할 만한 작은 고추가 되려고 한다.[6]

페티시즘은 도착증의 일종이다. 도착증에서 부인(否認)이란, "나는 이것이 ~이라는 것을 알아. 그럼에도 불구하고"라는 논리를 따른다. "나는 엄마의 남근이 될 수 없다는 것을 알아. 하지만 그럼에도 불구하고 나는 엄마가 좋아하는 '조그만 것'이 될 거야."라고 도착증자는 말한다. 그는 스스로 (엄마로 대표되는) 상상적인 세계에서 요구하는 사물(대상 a)이 되려고 한다. 대상 a가 된 주체, 다시 말해 인격화된 사물에 자신의 전체 존재

5   위의 책, 187쪽.

6   브루스 핑크, 맹정현 옮김, 『라캉과 정신의학』(민음사, 2002), 303~304쪽.

를 걸어 둔 주체가 도착증자다. 자본주의 아래에서의 상품이 그 자신의 교환 가치를 넘어서서 그것의 소유자(소비자)의 전 존재를 대신할 때 물신이 등장한다. 이것은 이전 단계의 인류에게는 알려지지 않았던 존재 방식이다.

2 물신(物神)+인(人), 페티시안(fetishian)의 도래

박상영의 「부산국제영화제」는 등단작 「패리스 힐튼을 찾습니다」의 속편이다. 두 소설은 속물적인 남녀 커플 각각을 서술자로 삼고 있다. 둘은 겉으로는 연인 관계를 유지하지만 속으로는 이미 곪아 터진 상태다. 서로를 비웃고 속이고 경멸하고 있으며 서로에게 사랑한다고 말하면서도 끊임없이 또 다른 파트너를 찾고 있다. 그 가운데서도 압권은, 잃어버린 개를 둘러싼 사소한 말다툼 끝에 남자('김')가 여자('박소라')에게 족발 뼈로 얻어맞는 장면이다. 이 커플은 이 사건으로 경찰서로 끌려가는데 둘이 어떤 관계냐고 묻는 경찰에게 소라가 이렇게 대답한다.

한때는 사랑하는 사이였지만, 이젠 아니예요!
소라가 벌떡 일어나며 소리쳤다. 기개 넘치는 목소리와는 달리 벌겋게 상기된 두 눈에서는 눈물이 떨어지고 있었다. 소라는 울 때 제일 예쁘다. 소라가 예뻐 보일 때마다 나는 비로소 그녀의 나쁜 점들을 견뎌 왔던 이유를 깨닫고는 했다. 소라를 꽉 안았다. 어깨 너머로 경찰들이 웃음을 참고 있는 게 보였다. 그녀가 안긴 채 주먹으로 내 가슴팍을 때렸다. 나는 소라를 더욱 세게 안았고 소라가 울먹이며 말했다. 오빠는 나를 왜 만나. 나는 내가 낼 수 있는 가장 사랑스러운 목소리로 사랑하니까, 라고 대답했고 소라는 고개를 저었다. 오빠는 날 사랑하지 않고, 나는 내가 왜 오빠를 만나는지 모르겠어. 정말 지겨워. 나는 소라의 귀에 대고 정말 사랑한다고 거듭 말했다.(「패리스 힐튼을 찾습니다」, 68~69쪽)[7]

족발 뼈로 얻어맞은 김은 소라에게 사랑한다고 고백하고 김을 때린 소라는 울면서 사랑의 권태를 이야기하고 둘러싼 경찰들은 이들을 비웃는다. 경찰서에서 나와 엉망이 된 소라는 취중에 이런 일기를 쓴다. "개가 되어 개를 패네."(77쪽) 김과 소라는 왜 이 관계를 정리하지 않는 것일까? 겉과 속이 다른 이 관계를? 이들에게 중요한 것은 '겉'뿐이기 때문이다. 이들에게 겉은 속의 표현이 아니다. 겉이 본질이고 실체다. 속은 아무래도 좋다. 「부산국제영화제」는 이른바 해시태그인(人)을 소개한다. 전편에 나온 '박소라'가 시선의 주인이다.

스폰서 업체의 텀블러에 녹차라테를 담아 놓고 블루베리 치즈케이크를 곁들여 셀카를 찍었다. 내 창백한 피부 톤과 투명한 텀블러에 담긴 녹차라테의 초록빛이 썩 잘 어울렸다. 테이블 옆에 세워 둔 은색 리모와 캐리어에 새로 산 보스턴백을 올려 두고 찍은 사진도 함께 업로드했다. 부산, 여행과 스타벅스, 부산국제영화제, 데일리, 같은 의미 없는 단어를 해시태그로 달아 두었다. 치솟는 하트 수가 꼭 내 맥박처럼 느껴지던 때가 있었다.(「부산국제영화제」, 87쪽)

소라는 다니는 곳마다 사진을 찍고 보정하고 해시태그를 붙여 인스타그램에 올린다. 그녀의 인스타그램 아이디는 "@artist_ssora_park"이다.(92쪽) 그녀는 인스타그램 프로필에 '모델이자 영화감독, 에세이스트,

---

7   박상영, 『알려지지 않은 예술가의 눈물과 자이툰 파스타』(문학동네, 2018). 이하 본문에 인용할 때는 제목과 쪽수만 밝힌다.

소설가, 여행 작가'라고 자신을 소개했다. "틀린 말은 하나도 없었다. 실제로 소라는 몇몇 소규모 인터넷 쇼핑몰에서 피팅 모델 일을 한 경험이 있었고 그것은 소라의 인생에서 거의 유일한 경제 활동이었다. 또한 동남아나 유럽 등지로 여행을 떠나 그곳의 풍경을 추상적인 구절과 함께 올렸고, 감상에 젖은 글을 쓴 뒤 울기도 했으며, 종종 누구도 보지 않을 짧은 영화도 만들었다."(58쪽) 그녀의 자기소개는 틀린 말은 아니지만 실상에 부합한다고 보기도 어려운 말이다. 그녀에게 저 직업들은 실제의 경제 활동을 영위하기 위한 것이 아니고 다만 익명의 유저들에게 자신을 광고하고 전시하기 위한 것이었기 때문이다. 그녀가 다니는 곳마다 올려 두는 음식, 풍경, 행사, 셀카, 소품 들은 '좋아요'의 대상이 되는데 한때 그녀는 '좋아요'를 표시하는 이 하트가 자신의 심장 박동인 것처럼 느끼기도 했다. 그녀는 온라인 속의 이미지들, 보정된 사진들의 소유자이지만 이내 그 이미지들 자신이 되었다. 그녀는 소유물에 자신을 이전했다. 심지어 몰래 만나는 남자와 섹스를 하면서도 머릿속에서는 해시태그를 떠올린다. "#프로즌요구르트 #만족스러운섹스 #군인 #휴가."(91쪽)

페티시에 자신의 전 존재를 건 인간을 페티시 인간(fetishian)이라고 불러도 좋을 것이다. 그녀에게 인스타 속의 이미지는 '허위', '과장', '조작'된 이미지가 아니다.

인스타 속 사람들은 그냥 누나 껍데기만 보는 거잖아요. 여기 이렇게 진짜 누나가 같이 있는데 다른 게 무슨 상관이에요. 저는 그거면 돼요.

애는 어디서 연애를 배워 왔길래 이런 말을 표정 하나 안 변하고 하는 걸까. 미안하지만, 지금 네 옆에 누워 있는 게 껍데기야. 진짜 나는 인스타그램 속에 있단다. 흥청망청 부모 돈을 쓰며 매일 웃고 떠들고 피부 관리를 받고 술을 마시는 그런 여자가, 식욕 억제제와 술, 온갖 시술에 의지해 사는 것이 전부인 여자가, 나를 좋아해 주는 남자라면 누구와도 만날 수 있는 그

런 여자가 나야.(「부산국제영화제」, 124~125쪽)

인스타그램 속 이미지는 "껍데기"에 불과하며 자신은 "실제"의 누나를 만나고 있다는 '태혁'의 말에, 그녀는 속으로 대답한다. 네가 보고 있는, 여기 누워 있는 내가 껍데기라고. 인스타그램 속 이미지가 진짜 나라고. 이 전도는 페티시에 고유한 전도다. 소유자가 사물에 소유권을 이전하면 사물이 나를 소유하므로 나는 사물에 속한 사물인이 된다. 나는 껍데기고 껍데기가 나다. 그러므로 나와 사물은 이중의 껍데기가 된다. 다음은 소라가 연하의 남자 태혁을 만나는 장면이다.

백탁이 심한 선크림을 발랐는지 얼굴이 허옇게 떠 있는 게 귀엽게 느껴졌다. 미어캣처럼 사방을 두리번대는 태혁의 이름을 불렀다. 태혁이 내 쪽으로 다가와 나를 꽉 안았다. (중략) 나는 태혁의 뒤를 종종걸음으로 쫓았다. 그렇게 몇 걸음 걷다 보니 주인을 뒤따라 걷는 다리 짧은 포메라니안이 된 것 같은 기분이었다.(「부산국제영화제」, 89~90쪽)

그녀에게는 애완동물도 페티시의 일종이다. 반려동물을 식구처럼 사랑하는 게 아니라 개를 사랑하는 자신의 이미지가 필요했을 뿐이다. 자신의 믿음과 다르게(사실 그녀에게 이런 믿음은 애초부터 없었다.) 애견 센터에서 개를 사 온 것도 그 때문이었다. 같은 방식으로 보면 태혁도 그녀에게는 페티시다. '김'과의 속고 속이는 동거 생활에서 승자가 되기 위해서,(그녀는 김을 속이고 연하 애인 태혁을 만나러 왔다.) 자신을 애완동물처럼 믿고 따르는 애인이 필요했기 때문이다. "가끔 태혁을 만나고 있으면 반려견을 훈련시키는 것 같은 기분이 들 때가 있었다."(92쪽) 과연 태혁은 미어캣처럼 소라만을 바라보고 기다리고 있다. 그런데 그와 동행하게 되자, 정작 키 작은 그녀가 그의 뒤를 졸졸 쫓아다니는 "포메라니안이 된 것 같은 기분"이 된다. 소유물(사진, 애완동물, 태혁이라는 애인)에 자신을 이전하자 자신이 그 소유물의 소유가 되어 버린 것이다.

동거인인 '김'은 그 인스타그램으로 다른 섹스 파트너를 만나고 다닌다. "언제 찍은 것인지도 모를 복근 사진을 올려놓고는, 인스타의 온갖 여자들에게 찝쩍대고 있었다. 그중 몇몇과는 집주소까지 주고받았다. 집에 끌어들여 섹스를 한 게 틀림없었다."(96쪽) 김도 소라도 껍데기로서의, 소유물에 소유된 페티시안(물신인)으로서의 삶을 자신의 본질로 하고 있다. 이들은 껍데기 삶을 유지하기 위해 속내는 아무렇게나 되도 좋은 무미건조한 연애 관계를 유지하고 있었던 것이다. 인스타그램 속의 삶이 속내고 사랑한다고 문자와 전화를 주고받는 실제 삶이 껍데기가 되어 버렸다고 말해도 사정은 달라지지 않을 것이다. 그래서 김의 이런 뒤틀린 변명이 가능해진다. "나는 소라를 계속 사랑하기 위해 소라의 계정을 차단했다. 인스타그램 속에서 소라와 내가 만날 일은 영원히 없을 것이다."(59쪽)

그런데 이 껍데기 삶, 인스타그램에 실리는 이미지들의 삶에는 누락된 게 있다. 이런 삶을 유지하기 위해 식욕 억제제를 먹고 원치도 않는 와인을 고르고 사진 보정앱을 쓰는 것 말고도, 실제 삶에서 누락되어야 하는 것이 있다.

김은 두툼한 배를 만지며, 야근이 많아 운동할 짬이 나지 않는다고 말했다. 그리고 한숨을 쉬며 덧붙였다. 너처럼 시간이 많으면 얼마나 좋을까. 매일 죽어 가는 사람의 똥오줌과 감정 수발까지 드느라 밥 먹을 시간조차 없다, 는 말이 목구멍까지 올라왔지만 그냥 입을 꽉 다물었다. 편모 가정에서 자라나 암에 걸린 엄마의 수발까지 드는 불쌍한 여자가 될 바엔 차라리 부모 돈을 흥청망청 쓰며 생각 없이 사는 여자로 여겨지는 편이 나았다.(「부산국제영화제」, 88쪽)

인스타그램 속 그녀의 삶에는 엄마의 암 투병, 가난한 가계, 실업, 알코올 중독, "남자에 죽고 못 살잖아."(91쪽)라는 소문, "고작 스물두 살짜리 군인"인 애인 등은 기재될 수 없다. 문제는 그것들을 삭제하고 나면 인스타그램 속의 그녀마저 기재할 공간이 없어진다는 것이다. 소설은 이렇게 끝난다.

> 나 #박소라
> 전직 #피팅모델이자 #사회운동가, 그리고 #영화감독.
> 이제는 #서른둘의 #파혼녀.
> 네 시간 전까지 있던 곳은 #부산국제영화제.
> 몸이 좋고 커야 할 것이 적당히 큰 군인의 #물주이자 #자살 연습생. 말기 암에 걸린 엄마를 돌보는 #암 수발녀 조만간 #상주가 될 예정. 한때는 충실한 #약혼녀이자 #패리스 힐튼의 #반려인이었으나 지금은,(「부산국제영화제」, 135쪽)

바로 지금, 그녀에게는 기록할 것이 남지 않았다. 모든 것이 사라져 버린 것이다. 그녀가 구축한 이미지들의 세계는 그녀의 기억 중간중간이 구멍 나 있듯이 그렇게 백지 상태다. 사물이 주인이 되자 그 사물과 유관했던 사람은 이미지의 구멍 속으로 빨려 들어가 버린다.

3   물(物)+신인(神人), 패션(fashion)과 패션(passion)

박민정의 소설 「아내들의 학교」는 동성 결혼이 합법화된 근미래의 풍경을 그린다. '선'과 '설혜'는 학생 때부터 알고 지내던 레즈비언 커플이다. 이들은 지금 아이를 입양해서 키우고 있다. 이들이 처음 만났을 때 선은 타는 듯한 머리카락을 가진 키 크고 아름다운 아이였다.

  십오 년 전 선을 처음 봤을 때 설혜는 기겁했다. 짧게 친 머리를 레드 컬러로 염색한 데다가 눈에 뜨일 만큼 키가 컸다. 촌스러운 꽁지머리와 단발머리들 사이에서 선은 누구라도 주목할 수밖에 없는 아이였다. (중략) 선은 커도 너무 컸다. 설혜의 눈에는 어지간한 남자 어른만큼 커 보였다. 그렇게 큰 아이가 창턱에 걸터앉아 있으니 껄렁해 보였다. 짧은 교복 치마 밑으로 드러난 다리가 가늘었다. 설혜는 흘끔거리며 선을 관찰했다. 머리카락을 빨갛게 물들인 꺽다리의 얼굴은 가만 보니 무척 예뻤다.(「아내들의 학교」, 217쪽)[8]

  누구나 기억할 만한 첫사랑의 바로 그 장면이다. 그런데 이 장면은 바로 폭력으로 이어진다. "독사마녀라는 별명을 가진 학생주임"이 선을 양호실로 끌고 가서 머리카락을 까맣게 염색해 버린 것이다. 알고 보니 선의 머리는 염색한 것이 아니라 원래부터 붉은색이었다. 이 염색 때문에 선의 머리카락은 페티시가 된다. 선의 머리 색이 본래의 그녀를 나타내는 표지였다면 그것은 제유의 일종이다. 한 사람의 일부분으로 그 사람을 대표하는 비유가 제유이기 때문이다. 선은(염색이 아닌) 붉은 머리카락을 한 키가 크고 예쁜 아이였다. 그런데 학생주임이 그 머리카락을 염색한 것으로 간주하자 선의 머리카락은 환유가 되어 버린다. 본래의 그녀의 것이 아니라고 선언되었기 때문이다. 학생주임에게 그것은 선의 일탈, 반항, 사춘기를 표시하는 환유가 되었다. 그녀 자신을 대표하는 이미지로서의 페티시인 머리카락. 이 사건은 나중에 반복된다.

---

8   박민정, 「아내들의 학교」(문학동네, 2017). 이하 본문에 인용할 때는 제목과 쪽수만 밝힌다.

엄마. 엄마 운다.

(중략)

선이라면 우는 연기도 가능할까. 선은 십 대 이후 결코 울지 않았다. 저따
위 콘셉트를 위해 눈물을 흘리는 것도 가능한 걸까. 선이는 잠시 의아했다.
그것이 연기가 아니라는 걸 깨닫는 데는 오래 걸리지 않았다. 머리카락을 질
끈 묶은 양아치 같은 남자가 선의 머리카락을 떡 주무르듯 주물렀다. (중략)
남자는 선의 머리카락에 염색약을 처덕처덕 바르고 있었다. 어? 엄마? 아이
는 뭔가 잘못되어 가는 중임을 느끼는 듯했다. 설혜는 고개를 떨궜다.

언니, 장난해요? 모델이 염색도 못해요?

주근깨 계집애가 퉁을 준다. 선을 둘러싼 모델들 셋이 너 나 할 것 없이
전부 선을 노려보며 한숨짓고 있다.(「아내들의 학교」, 233~234쪽)

선은 모델이 되어, 「톱 모델 서바이벌 코리아」에 출연한다. 모델은 자
신의 몸 전체를 이미지-사물로 전시하는 직업이다. 모델의 몸 전체가 페
티시인 셈이다. 모델 자신이 그 사실을 의식한다면, 다시 말해 그녀가 자
신의 몸을 그런 사물로 사용한다면 그녀는 여전히 몸-사물의 주인일 수
있을 것이다. 그러나 그가 몸-사물에 자신을 내어주게 되면 이제는 몸-사
물이 자신을 소유하게 된다. 그녀의 붉은 머리카락이 학생주임에 의해 훼
손되었을 때 그녀가 흘린 눈물은 트라우마의 표현일 수 있지만, 두 번째
훼손은 의미가 다르다. 이제 모델인 그녀를 다른 모델과 구별하게 해 주
는 특징이 훼손되고 있으며 바로 그 머리카락-사물의 훼손 때문에 그녀
의 몸 전체가 다른 몸-사물과 뒤섞여 버리기 때문이다. 이제 그녀는 다른
것으로 자신의 몸-사물(패션모델로서의 그녀의 정체성)을 전시해야 한다.

오늘 안에 결정해야 해, 그러니까 빨리 결정해 줘. 이왕이면 지금 대답
해 줬으면 좋겠어.

설혜는 눈으로 아이를 좇았다. 레고 블록을 조립하며 혼자 잘 노는 아이. 과일을 집어 먹는 아이. 설혜는 자기도 모르게 그 모습을 사각 프레임 안에 담는다.

그러니까, 아이도 함께 나가야 한다고?

그래. 그래야 드라마가 되겠지.

드라마라니? 아이에게 너무한 거 아니야?

설혜는 버럭 소리를 질렀다.

나는 그렇다 치고, 아이가 왜 얼굴을 팔아야 하는데?

선은 한참 동안 말이 없었다.

그게 사람들이 바라는 드라마라고. 이거 안 하면 나 우승 못해.(「아내들의 학교」, 239~240쪽)

이제 패션(fashion)은 수난담(passion)으로 바뀐다. 엄마-엄마-아이로 이루어진 가족이 사람들의 시선 앞에 전시된다. 여기에는 페티시-도착증적인 부인이 있지 않은가? 난 사람들의 질시와 비웃음이 있을 거라는 걸 알아. 그럼에도 불구하고 나는 이것을 전시할 거야. 바로 그게 사람들이 바라는 드라마라고. 선은 그 자신의 머리카락과 몸만이 아니라 가족 전체를 몸-사물로 제공함으로써 사물 사회의 신인(神人)이 된다. 새로운 미래를 여는, 새로운 가족의 '모델'을 제시하는 그런 신인 말이다. 그러나 페티시의 주인은 언제나 사물이지 소유자(소비자)가 아니다. 선이 가족들을 드라마의 소재로 제공하는 순간 이들은 모두 사물의, 대중적인 시선의 소유물이 된다.

설혜는 아이의 옷매무새를 만져 준다. 문득 오래전 엄마가 공들여 자신을 꾸며 주던 게 생각나 왈칵 눈물이 치민다. 초등학교에 입학하는 날이었다. 아버지가 미국 출장길에 사 온 양장을 차려입고 빵모자를 쓴 설혜를 보고 엄마는 뿌듯해하며 말했다. 꼬마 숙녀 같구나. 설혜는 아이의 머리카락에 헤어젤을 바르며 말한다. 꼬마 신사 같다. 아이의 눈이 휘둥그레진다. 그게 무슨 말이야, 엄마?(「아내들의 학교」, 241쪽)

저 '헤어젤'이 선의 머리카락을 검게 칠하던 염색약의 변형임을 눈치챌 수 있으리라. 엄마-엄마-아이로 이루어진 이 가정에서 '아이'에게는 성별이 부여되지 않았다. '이성 부모'가 없었으므로 아이 역시 '이성으로 이루어진 가족'을 알지 못한다. 그런데 학생주임이 염색약을 발라 선의 붉은 머리카락을 평범한, 다른 이의 머리색과 구별되지 않는 검은색으로 바꾸듯, 설혜도 헤어젤을 발라 아이를 '꼬마 신사'로 바꾸어 버렸다. 아이가 놀라서 이 교란에 대해 묻는다. "그게 무슨 말이야, 엄마?" 소설은 설혜의 혼잣말로 끝난다.

ENG 카메라를 본 아이가 겁을 먹으며 설혜의 뒤로 숨는다. 선은 무릎을 꿇고 앉아 아이에게 손짓한다. 이리로 와. 아저씨가 예쁘게 찍어 주실 거야. 아이가 쭈뼛거리며 발걸음을 옮긴다. 설혜는 그 모습을 지켜보며 생각한다. 잊지 마. 이것이 내가 원한 유토피아였다는 걸.(「아내들의 학교」, 241쪽)

이 '유토피아'는 (박상영 소설의) 인스타그램 속 '박소라'의 이미지와도 겹친다. 사물 세계의 신인(神人)인 '선'이 자신의 가족을 사물신에게 바치는 희생 제의의 대상으로 삼았기 때문이다. 전시된 가족이 구현하는 것은 진정한 유토피아가 아니라 유토피아의 이미지일 뿐이다. 이들의 비극은 새로운 대안 가족의 가능성이 내부에서 붕괴되었기 때문이 아니라,(대안 가족 내부에도 권력과 욕망과 자본의 논리가 흐른다는 말이 아니라) 그 가능성이 충분히 실현되지 못했기 때문이다.(선은 자본에 가족을 희생물로 바쳐서는 안 되었다!) 사물 세계의 신인은 이렇게 구원의 사역에 실패하고 자신

대신 가족들을 희생시켰다.

4 실(失)과 실(實)로 보충하기

자본의 흐름은 전 지구적이다. 우리는 이 유통망을 벗어날 수 없다. 우리는 페티시와 구별되지 않는 존재가 되어 버렸다. 이 유통망 바깥은 없다. 그렇다면 이제 무엇을, 어떻게 해야 하는가?

사람들이 각자의 노동 생산물을 가치를 통해서 서로 관련지을 경우 그것은 그들이 이들 생산물을 똑같은 인간 노동의 단순한 물적 외피로 간주하기 때문이 아니다. 오히려 그 반대이다. 즉 사람들은 교환을 수행하는 과정에서 먼저 각기 다른 생산물을 가치로 등치시키는데, 바로 이런 행위를 통해서 그들은 결과적으로 자신들의 서로 다른 노동을 인간 노동으로 서로 등치시키는 것이다. 그들은 그것을 알지 못한 채 행하고 있다.[9]

마르크스의 이 말은 페티시즘(물신주의)적인 부인의 전도다. "나는 잘 알아. 하지만~"을 뒤집어서 "나는 알지 못해, 하지만~"으로 바꾸는 것이다. 이 '알지 못함', 즉 무지를 물신에 대치시켜야 한다. 인스타그램에 올라올 수 없었던 소라의 구멍, 카메라에 잡히지 않는 '엄마-엄마-아이' 가족의 비(반)유토피아적 풍경이 있음을 인정해야 하는 것이다. 그것을 우리는 이런 공식으로 말할 수 있겠다. 사물이 대표하지 못하는 것으로 사물을 보충하게 하라. 실패와 실재를 결합하라. 물신이 현시하지 못하는 (실패하는) 바로 그것으로 사물의 빈곳을 채워라.

9   카를 마르크스, 강신준 옮김, 『자본 I-1』(길, 2008), 137쪽. 강조는 인용자.

문학의 동시대성에 대하여

이기호, 한강, 권여선의 시대착오

1 동시대성이란?

최근 소설의 특징 가운데 하나로 중견의 반열에 오른 작가들(이 말로 내가 의도하는 것은 30대 후반에서 50대 초반의 나이에 이른 작가들이다.)이 각기 다른 방식으로 과거를 호출했다는 점을 들 수 있을 것이다. 작가들이 자신이 속한 세대의 역사에 관심을 갖고, 그 시대를 동시대와 견주어 재기술하는 것은 '성숙'을 표시하는 자연스러운 징후다. 이기호의 『차남들의 세계사』, 한강의 『소년이 온다』, 권여선의 『토우의 집』 등을 그런 예로 들 수 있겠다. 이것은 복고 취향이나 좋던 한 시절에 대한 노스탤지어와는 거리가 멀다. 개인 신화로 치면 낙원에 해당하는 유년을 호명한 것이 아니기 때문이다. 이들의 관심은 개별 시대의 첨점에 놓인 상처의 역사, 그로써 각 시대의 모순과 폭력을 상징화하는 역사에 놓여 있다. 누구나 견뎌 냈지만, 사실은 누구도 견딜 수 없었던 시대가 있었다. 선량하고 평범한 소시민이 저 끔찍한 시대를 어떻게 살아 낼 수 있었을까?

이 착란을 묘파하기 위해 작가들은 '어긋난 시간으로서의 동시대성'

을 호명한다. 아감벤은 「동시대인이란 무엇인가?」[1]라는 글에서 동시대성(contemporariness)에 대해 다음과 같이 설명한다.

> 동시대성은 한 사람이 그의 시대와 갖는 독특한(singular) 관계이다. 동시대성은 시대에 들러붙어 있지만 동시에 시대와 거리를 둔다. 더 정확히 말해 동시대성이란 우리가 이접(disjunction)과 시대착오를 통해 맺는 시대와의 특수한 관계이다.[2]

첫째 동시대성이란 시대와 거리를 두면서도 거기에 들러붙음으로써, 자신의 시대와 맺는 "독특한(singular) 관계"다. 우리는 '지금'이 제공하는 시간적 가능성의 일부분만을 스치듯이 살아간다. 이때 우리와 우리 자신의 시대 사이에는 어떤 간격, 즉 위상차가 발생한다. 그런데 이것은 시간과 인간의 새로운 접촉 가능성을 열어 주는 것이기도 하다. 이 낙차가 바로 시대착오(anachronism)다. 따라서 진정한 동시대성은 (같은 시간 속에 있다는 축자적 의미의) 동시대성의 불가능 위에 구축된다. 동시대성이 시대착오, 즉 시간의 분리와 밀접하게 연관되어 있다는 것이다.[3] 따라서 시대와 완전히 일치하는 사람들, 모든 점에서 시대와 완벽히 어울리는 자들은 역설적으로 "동시대인이 아닌" 것이 된다. 저들은 시대를 확고하게 응시하지 못하고, 시대의 어둠을 보지 못한다.

동시대성의 두 번째 정의는 이 어둠과 관련되어 있다. 동시대인이란 시대의 어둠을 보는 자들이다. "동시대인은 시대의 빛이 아니라 어둠을

---

1   조르조 아감벤, 김영훈 옮김, 「벌거벗음(Nudità)」(인간사랑, 2014).

2   위의 책, 23~24쪽.

3   김홍중, 「이미-아직의 시간과 동시대성」, 《F》, 2012. 4, 13쪽 참조.

인식하기 위해, 그곳에 시선을 고정시키는 존재다. 동시대성을 경험하는 자들에게 모든 시대는 어둡다. 동시대인은 정확히 이 어둠을 볼 줄 아는 사람"이다.[4] 아감벤은 어둠을 지각한다는 것이 소극적이거나 무기력한 행위가 아니라 적극적인 행위라고 강조한다. 시대의 빛에 눈멀지 않고 그 속에서 그림자의 몫을 식별하는 데 이르는 자만이 동시대인이다. 이 식별 가능성은 동시대성의 윤리적 성격이기도 하다. 동시대인은 자기 시대의 어둠을 자신과 관계 있는 어떤 것, 자신을 끊임없이 호명하는 어떤 것, 모든 빛보다도 더 직접적이고 독특하게 자신을 향해 오는 것으로 지각한다.[5]

자기 시대에서 다양한 시간적 계기들의 공존을 보고자 한다면, 동시대성의 세 번째 정의로 나아가야 한다. 그것은 근원적인 것(the archaic)과 관련된다. 아감벤은 기원 혹은 근원으로 돌아가는 행위, 현재 속에서 여전히 작동하는 근원적인 것을 주목하는 행위를 동시대성과 연결한다. 여기서 기원은 연대기적 과거에만 있지 않다. 기원은 역사의 생성과 동시대적이며, 역사의 생성에서 항상 작동한다.[6] 이렇듯 동시대성은 철저한 역설 속에서 탄생한다. 자기 시대를 벗어날 수 없다는 자각과 동시에 자기 시대에서 다른 길을 모색하려는 행위가 바로 동시대성의 개념을 구성한다.

---

4   조르조 아감벤, 앞의 책, 27쪽.

5   이윤영, 「조르조 아감벤의 동시대성과 영화」, 《F》, 앞의 책, 23~24쪽.

6   조르조 아감벤, 앞의 책, 32쪽.

2 차남들의 시대착오적 역사 ──이기호, 『차남들의 세계사』

『차남들의 세계사』[7]는 평범한 택시 운전사 나복만(羅福滿)이 수배자의 삶을 살게 된 과정을 추적한다. 나복만은 1982년에 일어난 부산 미문화원 방화 사건에 우연하게 연루되어 온갖 고문을 당한다. 1부에 해당하는 사건의 전말을 정리하면 이렇다. 나복만은 문맹이었으나 연인 김순희의 도움으로(그녀도 나중에야 그가 문맹이라는 사실을 알게 된다.) 택시 기사가 된다. 운행 중 사소한 사고를 낸 그는 원주경찰서를 찾아갔다가 국가보안법을 어긴 "좌경분자"(127쪽)로 몰린다. 그 과정에서 수많은 우연이 개입한다. 나복만은 원주경찰서 교통과가 아니라 정보과에 잘못 들어갔으며,(물론 문맹이었기 때문이다.) 그곳에서 "착오이자 오타"(43쪽)와 같은 우연의 연쇄를 통해 단순한 "사고"가 "사건으로 변하기 시작"(40쪽)했다. 그리하여 "자신의 의지와는 무관하게 사건에 휘말리게"(127쪽) 되었다. 무고한 시민이 정치범으로 몰리게 된 것이다.

이것을 우연의 세계사라 부를 수도 있을 것이다. 우연이란 무엇일까? 필연을 믿는 자들은 현재의 결과에 비추어 과거의 사실들을 원인으로 재조합하는 경향이 있다. 네가 빨갱이로 단죄되었다면 그것은 네가 빨갱이였기 때문이다. 이 어이없는 동어 반복을 필연의 시대착오라 불러도 좋을 것이다. 고문과 협박으로 죄 없는 시민이 빨갱이로 둔갑했어도, 그것은 필연이다. 그는 빨갱이로 새로이 '발견'되었고, 그것은 네 안에 내재되어 있었던 것의 표현이다. 이 점에서 고문 기술자들은 이상한 조각가들이다. 그들은 무연(無緣)한 사람을 깎고 부수고 조합하여 "빨갱이"라는 형상을 '드러낸다.' 우연의 세계사는 바로 이 점에 반대한다. 그가 빨갱이가 된 것은

---

7   이기호, 『차남들의 세계사』(민음사, 2014). 이 작품은 2009년 가을에서 2010년 가을까지 「수배의 힘」이라는 제목으로 《세계의 문학》에 연재되었다.

우연히 폭력의 손아귀에 걸려들었기 때문이다. 그는 재수가 없었지만, 문제는 그 불운이 당대의 어느 누구에게든 적용될 수 있었던 것이라는 데 있다. 결국 이 소설에는 두 개의 시대착오가 있다. 권력을 가진 자들, 장남이 만들어 내는 필연의 착오(내가 너를 간첩으로 지목하면 너는 간첩'이었던 것이 될 것'이다.)와 힘없는 민중, 차남이 겪는 우연의 착오 즉 동시대성.(저 무차별한 폭력 앞에서 불운은 모두가 '만나게 될, 만났던 것이 될' 보편성의 형식을 띠게 될 것이다.)

작가는 저 시대의 폭력성이 발생한 것이 1980년대가 "누아르의 시대"였기 때문이라고 말한다. 폭행과 협박, 협잡과 배신이 통용되는 무법의 사회, 큰형님이 세계를 접수하는 누아르 문법의 시대가 1980년대였다. 폭력배들의 세상에서, 의리란 큰형님으로 서열화된 조직에 충성하는 도리를 말한다. 정의란 제 손가락을 잘라서라도 의리를 실천하는 일이고, 진리란 '큰형님'의 판단을 추호도 의심하지 않는 일이다. 그러니까 누아르 세계는 필연으로 가시화된 폭력적 위계 그 자체다. 거기에서는 아무것도 볼 수 있는 게 없다. 작가는 이 세계를 다른 독법 자체가 불가능한 상태, 다시 말해 "눈먼 상태"라고 부른다.

그러니까 아무것도 읽지 못하고, 아무것도 읽을 수도 없는 세계. 눈앞에 있는 것도 외면하고 다른 것을 말해 버리는 세계, 그것을 조장하는 세계,(전문 용어로 '눈먼 상태' 되시겠다.) 그것이 어쩌면 '차남들의 세계'라고 말해 버릴지도 모를 일이다. 물론…… 그것 또한 틀린 말은 아니겠지만, 우리 이야기에는 한 가지 진실이 더 숨어 있다. 이미 눈치챈 사람들도 있겠지만…… 후에 나복만이 모든 희망을 잃고 어떤 죄를 짓게 된 것 또한 바로 그 진실을 목도했기 때문이었다. 그리고 그 진실을 깨닫게 도와준 사람이 바로 그날 자재 창고 안으로 들어온 친절한 안기부 요원이었다. '중앙정보부법 개정법률안'에 의해 한직으로 밀려났지만, 여전히 '감'만은 살아 있던 요원, 정과장……정남운(鄭男運)……. 물론 잘못은 그에게도 있었다. 그 또한 우리의 전두환 장군처럼 자신도 모르게 누아르의 세계에 깊숙이 빠져 버린 친구였으니……. 그래, 그랬으니 모든 일이 다 지나고 난 후, 병원 중환자실에 누워 사경을 헤맬 때에도 자신이 누구인지, 무엇이 자신을 이 지경까지 만들었는지 알지 못했던 것이다. 후회도 한번 해 보지 못한 채…….(179쪽)

"눈먼 상태"를 대표하는 인물이 바로 중앙정보부 요원인 정남운이다. 나복만의 이름이 우연의 아이러니인 것과 다르게,(그는 '복'을 '가득' 타고 태어났다.) 정남운의 이름은 누아르적 필연이다.(그는 '남자'답고 누아르적 '운명'의 부름을 받았다.) 정남운은 어린 시절 『데미안』을 100번도 넘게 읽고 각성과 계몽의 시기를 보냈다. 그는 한때 운동권이었으나 재빨리 변절, "'배신의 아브락사스'라는 별명"(183쪽)을 얻고 극악한 고문 기술자가 되었다. 그는 "전두환 장군처럼 자신도 모르게 누아르의 세계에 깊숙이 빠져 버린" 정신적 문맹자다. 소설의 2부에서 핵심적인 장면은 정남운이 나복만에게 허위 자백을 강요하며 가하는 잔인한 고문 장면이다. 취조실에서 진술서를 쓰는 것을 거부하던 나복만은 결국 2부의 말미에서 자신의 비밀을 털어놓고 만다.

정남운은 나복만을 향해 씨익, 한번 웃어 보였다. 그러면서 그는 마음속으로 이제 거의 다 됐네. 알에 금이 가기 시작했네, 라고 생각했다.

그리고…… 실제로 정남운의 생각보다 더 빨리, 알은 금세 '뽀삭' 소리를 내며 깨져 버리고 말았다.

뒤돌아 문 쪽으로 몇 걸음 걸어 나가던 정남운을 나복만이 또다시 불러 세웠다.

"저기요……."

나복만의 어깨는 그때부터 이미 일정하게 들썩거리기 시작했다. 그는 베개 옆에 있던『데미안』을 집어 정남운 쪽으로 내밀었다.

"이거…… 갖고 가세요……."

정남운은 나복만과『데미안』을 번갈아 바라보았다.『데미안』은 나복만의 손 위에서 부들부들 떨리고 있었다.

"이거…… 갖고 가시라고요……."

나복만의 손에 들려 있던『데미안』이 툭, 힘없이 침대 아래로 떨어졌다.

"저는…… 글을 읽을 줄도…… 쓸 줄도 몰라요……."

나복만은 붕대가 감긴 팔뚝으로 눈물을 한번 훔치고, 또 코도 한번 닦아내면서 더듬더듬 그렇게 말했다.

"저는 글을 읽을 줄도…… 쓸 줄도 모른다고요……. 그러니까 이거……
이거 제발 갖고 가시라고요……."(274쪽)

나복만이 모진 고문을 견뎌 낸 진짜 이유가 밝혀지는 순간이다. 문맹. 진작 말했다면 고문이 덜했을 텐데, 라고 안타까워해서는 안 된다. 그의 무지가 극악한 고문을 불러왔다고 말하는 것은 시대착오적 필연의 문법, 누아르의 문법이다. 자신이 문맹이어서 진술서를 쓰지 않았다는 것이야말로, 모든 필연을 거부하는 우연의 문법이기 때문이다. 이것은 다른 대립항을 만들어 낸다. 정남운이라는 권력자의 무지와 나복만이라는 희생자의 무지가 대립한다. 끝까지 자신의 '눈먼' 상태를 인지하지 못한 채 죽어 가는 정남운과 달리, 나복만은 자기 비밀을 평생토록 지켜 내며 혼자만의 영웅적인 투쟁을 지속한다. 우리는 두 번 놀라게 될 것이다. 나복만이 자신의 비밀을 극적 상황에서도 고수한다는 점에서 한 번, 그 비밀을 문맥과 어긋난 곳에서 누설하는 것으로 진정한 자기 각성을 이룰 때에 또 한 번.

나복만의 비밀은 정남운이 기획한 '나복만 서사'에 큰 구멍을 만든다. 나복만과 그의 아버지 나성국과의 커넥션(월북 작가 나성국은 현재 우즈베키스탄에서 작가 활동을 하고 있다.)을 통해, 나복만을 간첩으로 엮어 냈던 이야기 전체가 무의미해지는 순간이다. 정남운은 이 무의미에 저항한다. 고백 이후에도 나복만은 정남운이 건네준 진술서와 편지를 수없이 베껴 적어야 했다. "'카인의 날'은 이제 얼마 남지 않았습니다."(280쪽)와 같은 결의에 찬 문장과 "악귀 같은 '카인'의 모략"(279쪽)과 같은 확신에 찬 명명 들을, 가짜로 꾸민 혁명과 선동의 문장을 나복만은 베끼고 또 베낀다. 그러던 어느 순간, 나복만은 과거의 자신과는 다른, "알을 깨고 나온" 자신을 만나게 된다.

정 과장은 그렇게 흐뭇해했지만…… 어쩌면 그때부터 이미 나복만의 마음속에선 모종의 결단이 선 것인지도 모른다. 우리가 알 수 없는 어떤 변화가 그의 손끝에서부터 시작되었고, 두 눈을 감을 때마다 위태위태한 나무다리 하나가 그의 시야에 펼쳐진 것인지도 모른다. 그는 몇 번이고 주저하다가 그 다리를 건넜고, 그러곤 모조리 불태워 버리는 상상을 수도 없이 반복한 것인지도 모른다. 사람 마음은 알 수 없는 일이나, 그러나 분명한 건 그는 이미 예전의 나복만은 아니라는 사실이었다. 그것이 우리가 후에 벌어진 그의 선택에 대해서 할 수 있는 유일한 말이다. 전쟁이 나고, 살인이 나고, 세상 모든 것에 종말이 온다고 해도, 뒤돌아보지 않고 제 갈 길을 걸어가는 것. 누군가 툭, 그의 충동을 건드린 것이었다.(282쪽)

나복만이 의도하지 않게 정치적 사건에 휘말렸다면, 정남운은 뜻하지 않게 나복만의 자각을 돕는다. 나복만은 소설의 말미에서 진짜 죄를 짓는다. 정남운은 원동성당 주교 보좌신부에게 죄를 덮어씌우기 위해(이것이 그 위조된 편지의 목적이다.) 나복만을 데리고 취조실 문을 나섰다. 택시를 운전하던 나복만은 어느 순간 정남운을 향해 "넌, 개새끼야……"(290쪽)라고 외치고는 전봇대로 돌진했다. 이 사고로 정남운은 식물인간이 되고 자취를 감춘 나복만은 평생 수배자의 삶을 살게 된다. 그는 범죄자로 남게 될 것이고 한 개인으로서는 불행한 삶을 살았다고 요약될 것이다. 그러나 나복만은 역사의 바깥에서, 제도 너머의 어둠 속에서 자기만의 역사로 존재하는 인물이기도 하다. 그것이야말로 차남들의 세계사를 구현하는 길이다. 공식 문자의 역사, 승자의 연대기, 대문자의 세계사에서 벗어나겠다는 결의를 담고 있다고 할 수 있지 않겠는가. 나복만은 시대의 정신을 대변하거나 사회적 사건의 중심에 선 인물이 아니다. 오히려 공식 기록에서 배제된 자에 불과하다. 그는 그렇게 야담을 만들고 시대의 어둠 속으로 사라진다. 그렇다면 나복만은 자기 삶과 자기 시대 사이의 어긋남을 보여 준다고 할 수 있을 것이다. 그것은 역사 바깥에서 또 다른 자기 역사로 존재하는 것이고, 차남의 역사를 구현하는 길이다. 이것이 차남들의 역사가 시대착오일 수밖에 없는 이유이기도 하다.

3   소년, 어둠을 응시하다 — 한강, 『소년이 온다』

원주에서 광주로 자리를 옮겨 보자. 한강의 『소년이 온다』[8]는 1980년 5월 18일부터 열흘간 있었던 광주 민주화 운동 당시의 상황과 그 이후 남겨진 사람들의 이야기를 들려주는 작품이다. 특이한 것은 제목에서 말하듯 어른이 아니라 소년에 초점이 맞추어져 있다는 점이다. 소설은 계엄군에 맞서 싸우다 죽음을 맞은 소년 동호를 제시한 후, 살아남은 어른들의

---

8   한강, 『소년이 온다』(창비, 2014). 이 작품은 2013년 11월부터 2014년 1월까지 창비 문학 블로그 〈창문〉에 연재되었다.

고통받는 내면으로 옮겨 간다. 중학교 3학년이던 동호는 친구 정대의 죽음을 목격한 이후 도청 상무관에서 시신들을 수습하는 일을 돕는다. 합동 분향소가 있는 상무관으로 들어오는 시신들을 수습하며 주검들의 말 없는 혼을 위로하기 위해 초를 밝히던 동호는 친구의 죽음을 방관했다는 죄책감에 시달린다. 마침내 계엄군의 진압이 예고된 그날, 집으로 돌아오라는 엄마와 돌아가라는 형, 누나 들의 말을 듣지 않고 동호는 도청에 남는다.

도청이 진압된 이후, 끌려간 형과 누나들은 끔찍한 고문을 받으며 살아 있음의 치욕을 경험한다. 그들의 이름은 김은숙, 임선주, 김진수다. 우리가 알고 있듯, 민주화 운동에 참여한 시민군들은 "폭도"(40쪽)가 아니라 평범한 직장인, 여공, 대학생들이었다. 그러나 이들은 "우리는 고귀해"(155쪽)라고 선언할 수 있는 어른들이다. "우리들을 희생자라고 부르도록 놔둬선 안 돼."(175쪽) 적어도 이들은 자신들의 역사를 기록할 수 있는 시선과 권리가 있다. 살아남은 자의 역사를. 그런데 죽은 자에게는, 그것도 어른이 되지 못하고 죽은 소년들에게는 그 가능성 자체가 봉인되어 있다.

한강이 주목하는 인물은 살아남은 어른들의 기억 속에서 사라지지 않는 영혼, 즉 죽은 소년(들)이다. 도청에 남은 어른들은, 그것이 비극이라고는 해도 주체적으로 자신의 역사에 마침표를 찍을 수 있었다는 점에서는, 적어도 행복했다고 말할 수 있을 것이다. 그들에게는 비극적 영웅의 면모가 있다. 그들은 자신들의 운명을 회피하지 않았고, 죽음으로써 그것을 완성했다. 하지만 소년은 다르다. 소년이란 선택의 가능성으로 존재하는 인물이다. 그들에게 자신의 삶을 완성하는 일은, 다시 말해 현재성으로 자신을 실현하는 일은 연기되어 있으며, 그 연기 자체가 그들의 가능성이다. 소년 동호는 어른들과 같은 선택을 함으로써 영웅적인 죽음을 선택했으나, 그것은 소년으로서의 가능성을 봉인하는 일이었다. 그는 어떤 현재도 갖지 못한 채 1980년 5월의 현장에 봉인되었다. 그런 소년이 죽었다. 이것은 이중의 애도다. 애도란 살아남은 자가 수행하는 죽은 자에 대한 상징적 복권이다. 소년이 역사 안에서 순결한 선택을 했을 때, 그것은 가능성으로서 끝났기 때문에 역사 안에서 끊임없이 호명될 수밖에 없다. 죽은 소년은 완수될 수 없는 애도라는 점에서 애도를 끊임없이 발생시키는 자리가 된다. 어른들을 애도하는 일은 (어렵지만) 불가능하지 않다. 그들의 영웅적 행위와 고결한 죽음은 애도의 실체를 이루기에 충분하다. 하지만 소년들을 애도하는 일은 이중으로 힘이 든다. 그들의 (현실화되지 못한 채로 실현된) 행위와 죽음을 추모해야 하고, 그들의 (가능성이 가능화되지 못한 채로, 즉 가능성의 가능성이라는) 미완의 삶을 추모해야 한다. 이 소설은 그런 소년이 '온다'고, 다시 말해서 미완으로서의 완성이, 실현되지 않음의 실현이 우리의 몫으로 주어져 있다고 말한다.

살아남은 김은숙, 임선주, 김진수는 붕괴된 삶을 고통스럽게 이어 간다. 은숙은 끝내 대학을 졸업하지 못하고 작은 출판사에서 편집일을 보면서 검열로 고초를 겪는다. 여공이었던 선주는 지독한 고문으로 인해 몸이 망가졌다. 지금은 온건한 단체에 몸담고 있다. 대학 신입생이었던 진수는 고문을 당했고 감옥에 갇혔다. 그는 7년간의 형기를 마치고 세상에 나왔지만, 힘든 기억을 감당하지 못하고 끝내 목숨을 끊었다.

우리는 살아남은 자의 참혹과 고통이 소년과 이어져 있음을 기억할 필요가 있다. 은숙은 20여 년 전에 떠나보낸 열여섯 살 동호를 잊지 못한다. 죽은 친구 정대를 찾기 위해 상무관에 왔다가 끝까지 자리를 지킨 동호. 진수는 감옥에서 만난 조카뻘 영재를 기억한다. 영재는 고문을 받고 풀려났으나 결국 정신병원으로 실려 갔다. 훗날 진수 역시 사진 한 장을 남기고 스스로 목숨을 끊는다. 그 사진 속에는 네 명의 고등학생과 한 명의 중학생이 죽은 채 바닥에 나란히 누워 있다. 누군가 그들을 일렬로 정리해 준 것이 아니라 "한 줄로 아이들이 걸어오고 있었던 것".(133쪽) 저 어린 몸들은 "도륙된 고깃덩어리"(173쪽)처럼 버려져 있다. 그 사진은, 살아남은 자의 삶을 망가뜨리기도 하고,(진수는 사진을 두고 생을 마감했다.) 견뎌 내게도 한다.(선주는 죽으려고 그 도시에 돌아갔다가 분노와 결의로 살아남기로 결심한다. "그 순간 네가 날 살렸어."(173쪽))

사진으로 남은 소년들을 '응시'하기. 응시는 정의상 응시하는 대상의 시선에 노출되는 것이기도 하다. 저 소년들은 차가운 시체로, 시대의 어둠을 증언하는 자들로 남았다. 소년들을 본다는 것은 그 시대의 어둠을 응시하는 일이다. 그런데 다른 한편으로는 그 소년들의 사진이 지금의 나를 본다. 그래서 살아남은 어른들은 고통스러운 현재에 잠식되기도 하고, 그 현재를 극복할 힘을 얻기도 하는 것이다.

당신이 죽은 뒤 장례식을 치르지 못해,
내 삶이 장례식이 되었습니다.

여자가 등을 보이며 뒤돌아선다.
(중략)
눈부신 조명이 다시 객석 사이로 쏟아져 내려온다. 앞쪽 좌석에서 그녀가 고개를 돌리자, 열한두 살로 보이는 어린 소년이 어느새 통로 가운데 서 있다. 하얀 반소매 체육복 상하의에 흰 운동화를 신고, 조그마한 해골의 머리를 추운 듯 가슴에 끌어안고 있다. 소년이 무대를 향해 걷기 시작하자, 네발짐승들처럼 허리를 구십 도로 구부린 배우들의 무리가 어두운 통로 뒤편에서 나타나 뒤를 따른다. 남녀가 섞인 여남 명의 그 무리는 검은 머리칼을 괴기스럽게 아래로 늘어뜨린 채 행진한다. 쉴 새 없이 입술을 달싹거리며, 끼이익, 끄으윽, 신음을 내며 체머리를 떤다. 소리가 커질 때마다 자꾸 뒤돌아보며 멈칫거리는 소년을 앞질러, 그들이 먼저 무대 앞 계단에 다다른다.
고개를 뒤로 꺾은 채 그 모습을 지켜보던 그녀의 입술이 자신도 모르게 달싹인다. 배우들을 흉내 내듯 목구멍을 쓰지 않고 부른다.

동호야.(99~101쪽)

    은숙이 편집한 희곡집이 검열을 견디고 힘겹게 출간되었다. 그 속에 수록된 희곡이 무대 위에서 상연된다. 어둠을 뚫고 한 소년이 관객을 향해 걸어온다. 무대 위의 배우들은 입을 벌리고 있을 뿐 소년의 이름을 발설하지 못한다. 익명의 소년을 바라본다. 은숙은 20여 년 전 그곳에서 데리고 나오지 못한, 차가운 주검으로 돌아온 그 소년의 이름을 부른다. "동호야."(101쪽) 저 소년의 응시, 그 응시를 직시하는 응시의 응시. 그런 점에서 응시는 증언이기도 하다. 선주는 "김진수의 죽음을 심리적으로 부검하고 있다."(108쪽)라는 연구자 윤의 메일을 받는다. 윤은 10년 전 논문에서 인터뷰했던 열 명의 시민군 중에서 두 명이 자살했으며 여덟 명만이 남았다고 했다. 선주에게 마지막 증언자가 되어 달라는 것이다. 선주의 고통스러운 회상을 담은 소설의 5장은 녹취록의 형식으로 서술된다. 누군가의 녹취록이 발췌되기도 한다. 19:00부터 5:00까지 불규칙한 간격으로 현재와 과거가 단속적으로 기록되었다.

    이기호 소설의 나복만이 '차남의 세계사'라는 소문자(개인의) 역사를 구축했다면, 한강 소설의 어른들은 '소년'을 응시하면서, 소년의 자리를 통해 자신들의 자리를 증언해 나가면서 현재의 역사를 구축한다. "처음부터 살아남으려고 했던 건 아니었다."(87쪽) 살아남았음 자체가 고통일 수밖에 없는 참혹의 시간, 미완의 시간이 어둠 속에 봉인되어 있었던 것이다. 살아남은 자들은 이 어둠을 응시해야 한다.

4 기원으로서의 폭력 ― 권여선, 『토우의 집』

    한강의 소년을 지나왔으니, 이제 권여선의 소녀를 만날 차례다. 『토우의 집』[9]에서는 삼악산의 삼벌레고개라는 가상의 동네로 새댁과 남편 안덕규, 두 딸이 이사를 온다. 우물집 안주인 김순분과 남편 박만춘, 두 아들 금철과 은철 형제는 새댁네 식구와 친해진다. 또래인 원과 은철은 어른들의 대화를 엿들으면서 마을의 비밀을 캐내는 비밀 결사체를 만든다. 일종의 소꿉놀이다. "그럼 이제 우리 목숨을 바치는 스파이가 되기로 하자."(27쪽) 그런데 이 꼬마 스파이들에게 어른들의 비밀은 도무지 이해하기가 어렵다. 스파이 놀이를 하는 아이(원)의 시선은 세계를 살짝 굴절시킨다. '장독 뒤에 숨어서' 바라보는 프레임은 (언어) 유희와 오해, 의혹과 맹신을 발생시킨다. 예컨대 난쟁이 식모의 말을 곧이곧대로 믿고 원이 자기 아버지를 "도둑깽이"라고 오해한다거나,(비밀 회동을 하는 안덕규와 그의 일행을 난쟁이 식모는 "도둑깽이" 같다고 말했다.) '안원'이라는 자기 이름을 운명으로 받아들이는(부모가 자신을 "안 원했던 모양"(55쪽)이라고 해석한다.) 식의 순진함이 그렇다. 전반부까지 소설은 유쾌하고 씁쓸한 성장담의 경로를 따라간다.

그런데 사태는 전혀 다른 방향으로 흘러간다. 원의 아버지 덕규가 인혁당 사건(으로 짐작되는)에 휘말려 간첩으로 몰리게 된 것이다. 소설에서는 이 사건이 우회적으로 반영될 뿐 구체적으로 언급되지는 않는다.(작가가 인터뷰에서 밝힌 내용이다.) 그것은 이 소설이 기본적으로는 소녀(안원)의 시선을 중심으로 축조되었기 때문이다. 여기가 아이들의 스파이 놀이가 간첩 사건으로 확대되는 지점이다. 우리는 인혁당 사건이 조작된 간첩 사건이라는 것을 안다. 선량한 시민이 간첩으로 몰려 참혹한 고문 끝에 시체로 돌아오고, 가족들은 빨갱이라는 손가락질을 받으며 몰락해 간다. 새댁은 정신 이상이 되고 원이는 자폐아가 되었다. 그런데 문제는 이토록

---

9   권여선, 『토우의 집』(자음과 모음, 2014). 이 작품은 2014년 봄부터 가을까지 《자음과 모음》에 「장독 뒤에 숨어서」라는 제목으로 연재되었다.

무서운 외부의 폭력만이 아니다.

"원아!"

원은 숨도 쉬지 않고 눈을 크게 떴다.

"왜 거기에 있어. 이리 와."

새댁이 손짓을 했다. 원은 주춤주춤 다가갔다. 새댁은 눈물이 글썽한 작은딸의 눈 속에서 짙은 공포와 의혹의 빛을 발견하고 놀란 표정을 지었다.

"왜 그래, 원아? 무슨 일 있니?"

원이 고개를 저었다.

"원아. 괜찮아. 말해. 무슨 일이야?"

"어머니……어머니……."

"말해."

"어머니……제가 잘못했어요."

"뭘 잘못했는데?"

"잘못했어요……잘못했어요……용서해 주세요……."

이름도 효경인 데다 효자 효녀 얘기를 그토록 좋아하는 어머니에게 차마 아버지를 저주했다고는 말할 수 없었다.

"괜찮다, 원아. 지금 말하기 힘들면 나중에 해도 된다."

"어머니는…… 이제…… 괜찮으세요?"

"그럼, 난 괜찮지. 걱정 마라, 원아."

새댁이 원의 어깨를 끌어당겼다. 원은 새댁이 이끄는 대로 끌려갔다. 새댁은 자기 내부에서 맹렬히 빠져나가려는 무엇인가를 필사적으로 붙들려는 듯 두 팔로 원을 꼭 끌어안았다.

"아버지가 오시면 내가 잘 말해 주마."

원이 고개를 들었다.

"아버지가 오세요?"

"아버지가 오시지. 아무 걱정 마라, 원아…… 아무 걱정 마…….."

새댁은 원을 안고 몸을 천천히 흔들었다. 그러나 얼마 지나지 않아 자신이 끌어안고 있는 작고 따뜻한 것이 무엇인지 까맣게 잊어버렸다.(309~311쪽)

총명하고 분별 있고 지적이던 어머니가 영혼 없는 인형처럼 전혀 다른 사람이 되었다. 일곱 살 원은 저 상황을 제대로 이해하지 못한다. 세상은 "도무지 알아들을 수 없는 대화들"(160쪽)로 가득 차 있다. 아버지의 갑작스러운 죽음도, 그 죽음의 원인도 제대로 알 수 없다. 원은 자신이 아버지를 원망하고 저주했기 때문에 그 벌을 받는 것이라고 생각한다. 부모가 "안 원했던" 출생, 우물가에서 퍼부은 저주로 인한 재앙.("안덕규 도둑깽이……그놈에게 독약을 먹일 테다……", 242쪽) 새댁이 불가해한 삶의 고통을 감당하는 데 실패했다면, 원은 원대로 자기 고통을 이해 가능한 서사로 재구성했다고 말할 수 있다. 그럼에도 불구하고 원의 서사가 원을 죄책감의 우물에서 구제해 주지는 못한다. 새댁이 정신 병원에 실려 가고 두 자매(영과 원)는 큰아버지의 집으로 들어가게 된다. 그때부터 원은 말을 잃는다. 이름의 비밀과 말의 주술이 살아 있는 비극의 세계로 스스로 침잠한 것이다. 아니, 어쩌면 비극적 존엄성으로 승화될 수 없는 세계의 끔찍함을 목격한 것이리라.[10]

저 소녀는 불행의 운명에서 벗어날 수 없다는 자각 속에서 자기 삶을 진흙으로 덮어 버렸다. 그것이 '토우(土偶)의 집'이다. 소녀는 그 자신이 토우가 되어 버렸다. 이것은 자폐의 세계로 자신을 봉인해 버린 소녀의 육신을 형상화한다. 이것은 주술사의 인형으로서 아버지의 죽음에 대한

10 슬라보예 지젝, 한보희 옮김, 『전체주의가 어쨌다구?』(새물결, 2008), 159쪽. 순진무구한 '원의 서사'에는 일종의 희극성이 있다. 그런데 바로 그 희극적인 지점 속에, 비극적인 존엄성으로 승화될 수조차 없는 공포가 담겨 있다.

책임을 스스로 떠맡은 소녀의 정신이기도 하다. 선량한 사람을 간첩으로 몰아 고문하고 죽이고 그 가족까지 망가뜨린 동시대의 폭력은, 저 어린 소녀의 내면에까지 끔찍한 상흔을 남긴다. 소녀는 그것을 자신의 기원에서 유래한 원죄라고 인식한다. 이것은 시대착오이기도 하고 어둠에 대한 응시이기도 하지만, 무엇보다도 폭력의 동시대성이란 그것의 기원이기도 하다는 것을 보여 주는 일이기도 하다. '장독 뒤에 숨어서' 어른들의 세계를 바라본 아이들의 시선, "비밀을 알아내는 사람"(49쪽)의 것인 저 시선은 세계를 비밀이 가득한 주술적 공간으로 만든다. 여기서 역사적 사건이나 정치적 상황은 선형적인 지표가 아니라 세계의 근원으로서 '참조'된다. 그 폭력은 원문자(the archaic)로서의 폭력이다. 그 폭력이 현재 안에서 원문자로 기입되어 있다.

5 동시대인으로 산다는 것

동시대성이 윤리적인 태도를 담고 있다면 그것은 일종의 요청이기 때문일 것이다. 현재의 시간에 파열이 생기고 그 사이로 전혀 다른 시간이 열릴 것이다. 동시대성의 요구는 저 가능성을 알아보라는 요구, 어긋난 시간을 바라보라는 요구다. 그것은 또한 시대의 어둠이 갖고 있는 특별한 상을 응시하라는 촉구이기도 하다. 애도는 현재의 절박한 요청에 의해 지금-여기에 다시 접목된 시간, 우리가 결코 있어 보지 못한 현재[11]를 질문하는 시간이다.

동시대성은 '아직'과 '이미' 사이에 있다.[12] 그것은 아직 오지 않았거나

---

11 이윤영, 앞의 글, 29쪽.

12 조르조 아감벤, 앞의 책, 29쪽.

이미 지나갔다. 현재는 그런 것이다. 우리가 앞서 살펴본 세 편의 소설이 형상화하고 있는 역사적 시간들은 이미 지나갔지만, 우리가 그 시간들을 지금 이 시간에 호명하기 전까지는 아직 도래하지 않은 시간들이다. 마찬가지로 우리의 현재란 우리가 현재라고 명명하는 순간 이미 지나간 시간이지만, 저 역사들을 포함한 채로 어긋나고 응시되고 기원이 되지 않는 한, 아직 오지 않은 시간이다.

잠시 이기호의 소설로 돌아가 보자. 『차남들의 세계사』에서, 글씨를 읽고 쓸 수 있게 된 나복만은 옛 연인 김순희에게 여러 차례 사과와 그리움을 담은 편지를 보낸다. 김순희는 나복만 때문에 경찰에 연행되어 보름 만에 풀려난 이후 취조실에서의 공포와 두려움의 기억 속에서 살았다. 그녀는 뒤늦게 도착한 나복만의 편지가 자신을 "과거로, 과거로 돌아가"(『차남들의 세계사』, 130쪽)게 했으며, 그것이 퍽 두려운 일이라고 진술한다. 그녀는 새로운 남자(그녀를 돌봐주던 부목사)를 만나 가족을 꾸리고 옛 연인 나복만을 잊는다. 그러나 그 이후에도 '뒤늦게' 도착한 나복만의 편지들은 계속 '당도한다.' (김순희가 아닌) 우편배달부의 손에, 그리고 얼마 후 우편배달부의 아들의 손에. 그 아들이 훗날 소설가가 되어 『차남들의 세계사』를 집필한 셈이다. 이렇게 본다면, 동시대에 대한 모든 증언들은 끝끝내 그것이 당도할 곳에 당도할 것이다. 그러니까 그것이 기원으로서의 동시대성을 이룰 것이라고, 증언할 수 있다.

PB+SF+FS

Posthuman Body + Science Fiction + Feminism Story

1   타이프라이터, 컴퓨터 그리고 AI

타이프라이터(typewriter)는 타자기와 타자수 둘 다를 말한다. 미국에서 타자기가 상용화된 1880년대 이래로 타자수는 여성이 도맡은 직업이었다. 주디 와이즈먼에 따르면 기계(타자기), 타자수라는 직업, 타자 치는 행위(숙련)는 모두 여성적인 것을 의미한다. 마저리 데이비스는 이 시기에서 1930년까지 여성 사무직의 역사를 서술한 책의 제목을 다음과 같이 지었다. "여성의 자리는 타이프라이터 앞이다.(Women's place is at the type-writer.)"[1] 이 문장은 다시 환유적으로 미끄러져, "여성 타자수(타이프라이터)가 바로 타자기(타이프라이터)이다."로 변용된다. 타자기 앞의 여성+인간은 그 타자기와 구별되지 않는다. 따라서 타자기+여성+인간이 된다. 이 타자기+여성+인간의 역사적 의미는 무엇인가? 여기에서 길은 세 갈래로 나뉜다.

---

[1]   김애령, 「글쓰기 기계와 젠더: 키틀러의 '어록 체계' 다시 읽기」, 《한국여성철학》 23권, 2015, 34쪽에서 재인용.

첫째, 타자기 자체를 여성화함으로써 여성 타자수를 당대의 젠더적 지위에 묶어 두기. 타자기(기계 타이프라이터)의 설계도는 재봉틀을 참조해서 만들어졌다. 타자를 치는 기술은 바느질과 비슷한 것으로 간주되었다. 남성의 상징체계는 '마차 → 자동차'를 남성적 전쟁 기계로, '재봉틀 → 타자기'는 여성적 가사(家+事) 기계로 고정화했다.[2]

둘째, 타자기를 여성 인간 신체의 확장으로 재전유함으로써 여성 인간 타이프라이터의 해방적 역량을 발견하기. 타이프라이터의 보급은 여성들의 사무직 취업을 확장하는 계기가 된 것은 물론, 여성들로 하여금 '타이프 치기'를 통해 새로운 글쓰기의 영역에 접속하게 하는 계기가 되었다.[3] '글쓰기'는 여성에게도 남성에게도 전쟁 기계가 될 수 있었을 것이다.

셋째, 타자기는 당대적 관점에서 보면 정보 사회의 도래를 예견하는 첨단의 사물이다. 여기에 여성만이 속한다는 것은 여성을 통해서만 기존의 이데올로기와 제도를 넘어서는 새로운 전망이 생겨나리라는 것을 뜻한다. 기계 타이프라이터는 여성 타이프라이터라는 형상을 통해 모든 개척자적 전위의 은유가 된다. 이를 통해 타자기는 미래 완료 시제의 존재론("타이프라이터는 ~한 것이 되어 있었을 것이다.")이 된다.

---

2 "1870년대에 미국에서 최초로 상품화되는 순간부터 타자기는 젠더화되었다. 첫 타자기 모델은 레밍턴 재봉틀 기계 작업장에서 우연히 생산되었다. 이 사실은 타자기의 외형과 설계에 영향을 주었다. 최초의 모델은 재봉틀처럼 페달을 밟아 캐리지 리턴이 작동하도록 되어 있었고 철제 주물 책상 위에 얹혀 있었다."(주디 와츠맨, 박진희·이현숙 옮김, 『테크노페미니즘』(2009, 궁리), 83쪽)

3 "키틀러는 원래 시각 장애인을 위해서 고안되었던 타자기의 혁신적인 특징은 빨라진 속도가 아니라 〈공간이 정해지고 따로따로 떨어진 부호〉라고, 따라서 흐르는 이미지로서의 말이 〈문자 키의 공간적 배치에 의해서 만들어진 기하학적 모양〉으로서의 말로 변화한 것이라고 규정한다. (중략) 타자기 키와 그것이 생성하는 문자 사이에 일대일 관계가 존재하기 때문에 이러한 시스템은 기표와 기의를 직접적인 대응으로 연결하는 의미 작용 모델을 뒷받침한다."(캐서린 헤일스, 허진 옮김, 『우리는 어떻게 포스트 휴먼이 되었는가 — 사이버네틱스와 문학, 정보 과학의 신체들』(열린책들, 2013), 64~65쪽)

동일한 과정이 컴퓨터(computer)라는 용어의 역사에서도 일어난다. 1890년대에서 1920년대까지 하버드 대학교 천문대에서는 '컴퓨터'라는 이름으로 불린 여성들이 있었다. 컴퓨터는 연구실 한구석에서 남성 천문학자들의 관측 기록들을 종이와 펜으로 계산하던 여성들을 일컫는 경멸적/자기 비하적인 용어였다. 당시 천문학 분야의 연구가 금지되어 있던 여성이 이 분야에서 일할 수 있는 유일한 방법은 남성 연구자들의 보조 연구원으로 방대한 데이터를 수집하고 계산하는 것뿐이었다. 이 가운데서도 케페이드 변광성을 표준 광원으로 처음 사용하여 별과 은하들의 거리를 측정하는 길을 연 헨리에타 레빗에서, 태양의 스펙트럼 자료를 분석하여 태양이 철이 아니라 수소와 헬륨으로 이루어져 있다는 사실을 발견한 세실리아 페인에 이르기까지, 뛰어난 '컴퓨터'들이 등장했다.[4] 이들을 '계산기＋인간＋여성'에서 '계산기＋기계'로의 미래적 전망을 선취한 이들이라고 불러도 좋을 것이다. 당시에는 우리가 아는 컴퓨터가 개발되기 이전이었으니 말이다.

그리고 지금 우리는 새로이 도래할 과학 기술 혁명의 시대를 살고 있다. 예컨대 AI를 둘러싼 다양한 논의는 섹스와 젠더에 관한 기존의 논의들을 영도(零度)에서 재구성하도록 강제하고 있다. AI/안드로이드는 인간의 영혼/몸과 유비되면서도, 성차(그것이 생물학적인 것이든 수행적인 것이든)의 표지가 없다. AI의 '코기토'에는 애초부터 (본질의 형이상학이 전제하는) '나'-인간-'남성'이라는 기본값이 설정되어 있지 않기 때문이다. 사이보그, 인공 지능, 로봇에게서 영혼/몸이라는 이분법(이 이분법에도 능동적 영혼(남성)/수동적 몸(여성)이라는 성차가 작동하고 있다.)은 어떻게 작동하는가? 유물론적인 몸은 영혼의 압제에서 자유로운 몸이다. 포스트휴먼의 몸(Post-human Body) 담론은 바로 여기에서 시작한다. 몸이 페미니즘 서사와 만나는 지점도 바로 여기다.

---

4 이강환, 『우주의 끝을 찾아서』(현암사, 2014), 76~136쪽 참조.

한편 과학의 기술적 가능성은 만개하지 않았으나 일찍이 그것의 해방적 역량에 주목한 이들이 적지 않았다. 과학이 글쓰기-문학과 접속된 것이 SF(Science Fiction)라면, 페미니즘이 글쓰기-문학과 접속된 것을 페미니즘 이야기(Feminism Story)라 부를 수 있을 것이다. SF는 FS의 반영이다. 앞의 F는 뒤의 F와, 앞의 S는 뒤의 S와 짝을 이룬다. 페미니즘이 자신의 해방적 가능성을 구현하는 것은 아직 미실현된/허구의 상상계(fiction)에서만 가능한 일이다. 실재에서는 계급, 인종, 종족, 젠더, 섹슈얼리티라는 낡은 분리선이 여전히 유지되고 있으며 억압과 착취, 폭력과 수탈이 이어지고 있기 때문이다. 그러나 페미니즘이 산출하는 '스토리'는 '과학'과 접속되었거나 접속될 것이다. 이것은 미래에 우리가 가닿을 기술과 과학의 세계 혹은 그 사회의 특성일 과학성(la scienticité)이 페미니즘의 내러티브와 동조할 것임을 암시한다. 전미래적 사건으로서, 합리성과 진보가 일치하는 진리의 도래로서 말이다.

2 동물, 기계, 기관 없는 신체: 포스트휴먼의 '몸'들

포스트휴먼의 몸 담론에서 이야기를 시작해 보자. 페미니즘 이론가들은 '자유주의 휴머니즘 주체' 즉 '인간' 담론이 처음부터 젠더적 표식을 가지고 있다고 지적한다. 더 정확히 말하자면, 젠더적 '분열'이야말로 '인간'의 '몸'을 구성하는 전제 조건이다. 서구 형이상학에서 모든 명사는 남성 명사와 여성 명사로 구성되며, —혹은 그 둘로 나뉠 수조차 없는 대상을 이르는 중성 명사를 포함한다— 이것은 성차가 '인간/휴먼'의 구성에 필수적임을 암시한다.[5] 반면 사이버네틱스와 정보과학이 선도하는 '포스트

---

5 그 한 예로 "불어는 인칭을 제외한 모든 종류의 명사에 젠더를 부여"한다.(버틀러, 조현준 옮김,

휴먼'의 '몸'은 유물론적 네트워크의 산물이고 성차를 기입해 두고 있지 않다. 물론 과학 기술의 역사는 가치 중립적이고 객관적인 과학이라는 생각은 신화에 불과하며 과학이 성차에 기반한 편향성과 주관성에 물들어 있음을 보여 준다.[6] 그러므로 포스트휴먼의 '몸'에 대해서 말할 때도 길은 두 가지로 나뉜다. 하나는 포스트휴먼의 '몸'을 젠더적 시선에 포획함으로써 성차와 불평등을 재도입하는 경우이다. 나머지 하나는, 포스트휴먼의 '몸'이 가진 해방적인 힘을 극대화하는 경우이다. 전자의 현실성을 비판하고, 후자의 가능성을 탐색하는 것, 이것이 페미니즘 비평의 역할일 것이다.[7]

차미령의 「고양이, 사이보그 그리고 눈물 — 2010년 여성 소설과 포스트휴먼 '몸'의 징후들」(《문학동네》, 2019년 가을)은 해러웨이를 인용하면서 시작한다. 첫째가 앙코마우스(OncoMouse)인데, 이것은 "앙코진(oncogene, 암 유전자)이 이식된 실험실 생쥐"이다. "'발명된 동물'로서 앙코마우스는 해러웨이에 따르면, 인간의 고통을 대신 겪고 견디는 희생자이자 대체물이다. (중략) 앙코마우스는 "모더니티의 자궁"에서 성장하였지만, 그/녀의 앞에서 자연과 사회, 동물과 인간, 기계와 유기체의 경계선은 와해된다."(535쪽)[8] 두 번째가 사이보그다. "「사이보그 선언」(1985)에

「젠더 트러블」(문학동네, 2008), 124쪽)

6   Judy Wajcman, "Reflection on gender and Technology studies", *Social studies of science* vol. 30, no. 3, 2000, p. 454.

7   포스트휴먼 담론과 페미니즘을 연결한 최근의 논의로는 다음 글들을 참고할 수 있다. 백지은, 「신을 창조한 인간이 인공 지능을 만들었다」, 《크릿터》 창간호, 민음사, 2019; 정은경, 「포스트휴먼 시대의 여성의 노동」, 《크릿터》 창간호, 민음사, 2019; 김미정, 「회로 속의 인간, 회로를 만드는 인간」, 「움직이는 별자리들 — 잠재성, 운동, 사건, 삶으로서의 문학에 대한 시론」(갈무리, 2019).

8   본문에 인용하는 쪽수는 차미령의 글이 실린 계간지의 쪽수다. 다음 절에서 다루는 정은경, 인아영의 텍스트에서도 같은 방식으로 해당 계간지의 쪽수를 표기하기로 한다.

서 해러웨이는 "기계와 유기체의 잡종"인 사이보그를 "포스트젠더 세계의 피조물"이라 말하며, 차이들을 섞어 버리는 경계 위반과 융합의 잠재력을 읽어 낸다."(같은 쪽) 사이보그는 유기체와 로봇, 뇌와 AI의 잡종이자 혼종, 융합이자 경계 지우기다. 전자가 동물과 인간의 경계에서 동물의 인간-되기, 인간의 동물-되기를 실천함으로써 "인간과 동물의 공진화"(543쪽)를 암시한다면, 후자는 자본화된 세상에서 인간성을 지시하는 지표로 여겨졌던 '나는 누구인가?' — 이것은 인간 편의 질문이며, 로봇 편에서 이 질문을 고쳐 쓴다면 '나는 어디에 있는가?'가 될 것이다 — 를 묻는다.(549쪽) 차미령은 여기에 '몸'에 관한 질문을 덧붙여 놓는다. "자신의 신체의 일부분에 대해 가지는 자기결정의 권리"(550쪽)를 포스트휴먼의 '몸'에 대한 세 번째 담론이라 말할 수 있을 것이다.

차미령 역시 (브라이도티의 언급을 빌려) "인간(human)이 보편성·정상성·규범성의 기준이 될 때 '인간성/휴머니티(humanity)'란 모더니티의 구조적 타자들을 성차화·인종화·자연화하며 인간 이하의 지위로 격하시키는 교리의 다른 이름이 된다."(536쪽)라고 지적한다. 포스트휴먼은 바로 이런 인간/휴먼의 '몸'에 대한 문제 제기, "'휴먼'의 '예외주의'와의 전면전"(537쪽)이다. 차미령은 이러한 전제 아래서 "2010년대 황정은, 윤이형, 김애란, 박솔뫼, 박민정, 임솔아의 작업들을 '휴먼-아닌' 몸의 이야기 혹은 '포스트휴먼 조건' 아래의 몸 이야기로 읽으면서 포스트휴먼 내러티브의 지형도를 징후적으로"(538쪽) 읽고자 한다.

포스트휴먼의 '몸'을 구성하는 첫 번째 테마는 '동물-되기'(동물의 인간-되기와 인간의 동물-되기)다. 해러웨이는 「사이보그 선언」에 이은 「반려종 선언」(2003)에서 "개와 사람이 서로에게 소중한 타자가 되면서 함께 살아가는, 역사적으로 한결같이 특수한 삶"을, "다양한 존재자들"과의 공생과 공진화를 역설했다.[9] 개나 고양이와 같은 반려 종들은 인간에 종속된 연민이나 착취의 대상이 아니다. 주인과 소유 동물이라는 관계는 신과 인간, 영혼과 몸, 문화와 자연, 주인과 노예, 남성과 여성 등등 같은 종차/성차에 담긴 위계를 고스란히 반복할 뿐이기 때문이다.

차미령은 동물-되기/인간-되기의 예를 황정은과 박솔뫼의 소설에서 찾는다. "「묘씨생」을 읽는 특유한 체험은 읽는 이 자신이 길고양이로 세상을 살아가야 한다는 가정 속에서 빚어진다. (중략) 「묘씨생」은 시선의 주체를 인간에게서 고양이에게로 옮겨 놓음으로써, 인간이 벌거벗은 존재가 되는 순간을 포착한다."(540쪽) 이 소설에서 고양이(이름이 '몸'이며 자기 자신을 '이 몸'이라고 지칭하는데, 이는 우연이 아니다.)와 노인('곡씨'라 불리며, 이름에 걸맞게 슬픈 인생이다.)은 존재자에서 비존재자로 전락하는 수많은 '몸'들을 제유한다. 둘 사이에는 주인과 소유물이라는 관계가 없다. 둘의 비극적인 죽음은 여러 차례 거듭되는데, 이것은 죽음에서조차 그들의 고유성이 식별되지 않기 때문이다. 역설적으로 바로 그런 비식별역(非識別域)에 거함으로써 둘은 '공생 발생적'[10] 유대를 맺게 된다. 한편 "박솔뫼 소설에서 인물들은 동물과 함께 거리를 거닐거나 집을 옮기고, 같은 침대에 들며, 나아가 동물처럼 행하거나, 동물이 되어 나타난다. (중략) 박솔뫼 소설은 동반종으로서의 일상적 교감에서 출발하여 인간과 동물의 경계를 흐리는 환상적 스타일을 지속적으로 실험해가는 듯 보인다."(543쪽) 박솔뫼 소설의 특징인 "재현 불가능성"(542쪽)은 인간과 동물 사이의 차별 불가능성이기도 하다. 인간과 동물 사이의 "친밀성의 구조는 성별의 차원을 넘어서 종의 차원을 횡단하며 변화하고 있다."(543쪽)

---

9   도나 해러웨이, 황희선 옮김, 『해러웨이 선언문』(책세상, 2019), 136쪽.

10   위의 책, 같은 쪽.

차미령의 글과 약간 결이 다른 논의가 되겠지만, 황정은의 「묘씨생」과 박솔뫼의 「어두운 밤을 향해 흔들흔들」 두 작품으로 한정하여 논의할 경우, 인간과 동물이 여전히 '구별'된다는 사실을 언급할 수 있을 것이다. '동물-되기'의 역량이 드러나는 것은 되기(생성, becoming)의 차원에 있는데, 이 소설들에서 인간은 여전히 인간이며 동물은 끝끝내 동물이다. 둘은 위계화되어 있지 않으나 분리되어 있다. 다시 말해서 둘은 차별되지 않으나 구별되어 있다. 포스트휴먼의 '몸'이 실천하는 동물-되기는 둘 사이의 '횡단'(trans)[11](해러웨이가 강조하는 개념이며, 앙코마우스처럼 유전자가 이식된 유기체들이 여기 속한다.)을 야기하는데, 이 두 작품에서 그러한 전이나 변신담은 목격되지 않는다. 그럼에도 불구하고 두 소설 속에는 페미니즘 이야기(FS)적 요소가 있다. 가짜 중성화 수술(자궁 적출 수술)을 당하고 버려지는 고양이 '몸'에(황정은), 그리고 "부산타워"였다가 "고양이의 형태"였다가, "전혀 고양이 같지 않"은 "사자" 같기도 한, "갈기가 달린 수사자가 아니라 암사자"[12]인 몸에(박솔뫼), 여성과 동물의 자리가 중합적(重合的)이라는 점이 암시되어 있는 것이다.

차미령이 사이보그 이야기의 예로 든 것은 박민정과 윤이형의 소설이다. 박민정의 소설은 "몸은 없고 얼굴만 있는" "기계-여성들"(545쪽)에 초점을 맞춘다. 「바비의 분위기」에서, 주인공 유미의 사촌 오빠는 짝사랑했

---

11 도나 해러웨이, 민경숙 옮김, 『겸손한_목격자@제2의_천년.여성인간©_앙코마우스™를_만나다』 (갈무리, 2007), 15쪽.

12 "부산타워는 고양이의 형태로 바뀌어 어슬렁어슬렁 전혀 고양이 같지 않게 마치 동물원의 사자나 호랑이의 걸음으로 어떨 때는 정말로 사자가 되어 나보다 약간 낮은 눈높이에서 골목을 걷고는 했는데 이게 뭘까 하는 생각이 들었지만 그저 같이 걷기만 했다. (중략) 그건 그렇고 아무튼 그 사자는 갈기가 달린 수사자가 아니라 암사자였는데 집에 들어갈 때에 보니 나보다 두어 걸음 뒤에서 내가 대문을 열고 잘 들어가는지를 지켜봐 주고 있었다."(박솔뫼, 「어두운 밤을 향해 흔들흔들」, 『겨울의 눈빛』(문학과지성사), 20~21쪽)

던 여성(그 얼굴도 '이미' 성형한 얼굴이었다.)의 얼굴을 닮은 로봇을 만든다. 그것은 도서관에서 특정한 여자의 신체 부위만 구글링하던 한 남자의 수집벽과도 같은 것이었다. 로봇마저도 남자의 욕망에 의한 '컬렉션'의 범주를 벗어날 수 없었던 것이다. 윤이형의 「굿바이」는 사이보그를 본격적으로 등장시킨다. 화성에 정착하기 위해 스파이디는 팔 넷에 다리 넷인 기계 몸으로 바꾸었으나 끝내 정착에 실패한다. "개별적인 몸의 감각을 중심으로 하는 사소한 기억-경험들과, "나라는 존재"에 대한 의문"(547쪽)이 그들의 뇌를 교란시켰던 것이다. 전자가 포스트휴먼의 몸에 차별화된 젠더의 표식을 심는 이야기라면, 후자는 그 몸에도 스며들 수밖에 없는 인간/휴먼의 몸에 대한 기억의 이야기다. 소설은 스파이디의 다음과 같은 말로 끝을 맺는다. "안녕. 이것이 나의 마지막 기억이다. 나는 이제 다른 곳으로 간다."[13] 유물론적인 '몸'은 정체성에 대한 질문('나는 누구인가')을 장소에 대한 질문('나는 어느 곳인가')으로 바꾼다. 이에 따라, 휴먼의 정체성을 대표하는 질문에 따라붙은 의식, 향수, 기억 등의 문제는 두고 와야 하는 것("이것이 나의 마지막 기억이다.")으로 바뀐다.

박민정, 윤이형 두 작가의 소설에서 포스트휴먼의 '몸'은 창발적인 몸, 기원으로서의 몸이 되지는 못한다. 그 몸은 기억과 제도, 젠더와 자본의 틈입에 의해 이미 오염되어 있다. 그럼에도 불구하고 그 너머에 대한 질문, 다시 말해 포스트휴먼의 '몸'이 가닿을 지점에 대한 질문은 여전히 유효하다. 차미령이 적절하게 지적했듯이 ""다른 곳"이라는 좌표"(549쪽)는 모종의 '다른' 가능성을 예측하게 한다. 즉, '다른 곳'은 과거의 형이상으로는 사유할 수 없는 가능성의 이름이다. 이 말에 담긴 장소성은 '휴먼의 몸과 (그 몸을 그릇으로 삼는) 영혼'이라는 이원론을 '포스트휴먼의 몸과 (그 몸에 속한, 자기 조절체로서의) 의식'이라는 일원론으로 대체한다. 예컨

13　윤이형, 「굿바이」, 『러브 레플리카』(문학동네, 2016), 81쪽.

대 인공 생명은 의식의 독자성을 생명의 전제 조건으로 요구하지 않는다. "인공 생명(Artificial Life, A-Life)은 시늉 내기(simulation)와 종합 (synthesis)을 통해 생명 과정이나 생명과 유사한 과정을 연구하는 광범위 한 통합 학문이다. 인공 생명은 임의의 환경에서 있을 수 있는 생명의 형 태를 주로 컴퓨터 시늉 내기(시뮬레이션 또는 에뮬레이션)를 통해 탐구하 는 것을 가리킨다."[14] 존재자를 등장시킨 후 스스로 망각 혹은 무(nothing) 에 처하는 존재가 형이상학의 '영혼'이라면, 존재자와 존재자의 네트워크 에서 자기 조절과 복제의 가능성으로 나타나는 존재가 포스트휴먼의 '의 식'이다.

차미령이 든 세 번째 카테고리는 "인간 신체의 산물들"이며, 그것의 예 는 "발가락"(임솔아)과 "눈물"(김애란)이다.(549쪽)[15] 임솔아의 소설 속 "발 가락"은 사고로 잘려 나간 신체의 일부다. 소설 속 인물들은 이것을 소유 하려 한다. 차미령의 질문은 이런 것이다. "그것은 여전히 몸인가? 나아가 인간의 일부인가? 자매들도 실은 그 질문에 대한 답을 이미 알고 있다. '기념품'이라는 동생과 '전리품'이라는 언니 사이에 오가는 말들은, 발가 락을 '품(品)'으로 규정한다."(551쪽) 결국 이 '신체 적출물'은 "생명 관리 정치의 대상으로", 나아가 "의미와 실체 사이의 균열"(552쪽)의 표지로 이 야기 속에 통합되지 않은 채 떠돌게 된다.

신체의 일부가 포스트휴먼의 '몸' 담론에 포획되는 것은 그것이 영혼, 자아, 의식, 기억 등과 같은 형이상학적 통합체에 속하지 않기 때문이다.

---

14 김재영, 「몸과 기계의 경계: 사이버네틱스, 인공 생명, 온 생명」, 《탈경계 인문학》 2권 2호, 2009, 155쪽.

15 김애란 소설의 경우 비평의 초점은 인공 지능 초기 단계라 할 수 있는 '시리(Siri)'와 인간 사이의 "새로운 관계성"의 문제에 놓여 있다. 관점에 따라서는 이 소설에 대한 분석을 두 번째 항목에 포함할 수도 있을 것이다. 따라서 이 글에서는 글의 맥락을 고려하여 임솔아의 소설만을 다루기 로 한다.

그것은 유기체의 일부가 아니다. 따라서 유기체의 보존과 전달이라는 위계적인 목적에 봉사하지 않는다. 그것은 잘려 나가면 사물이 되며 신체에 붙어 있다고 해도 분열증자의 몸이 될 뿐이다.

물론 차미령이 임솔아의 소설에서 주목한 것은 기술 생명 권력의 시대의 인간/휴먼의 몸이자, '비인간 행위자'로서 발견된 몸(의 일부)일 것이다. 요컨대, 임솔아의 소설은 "자연-기술-사회가 함께 직조하는 것으로서의 신체"(556쪽)와 그 몸이 처한 아이러니를 보여 준다. 차미령의 논의와는 방향성의 차이가 있으나, 저 절단된 '몸'은 '기관 없는 신체'이기도 하다. "기관 없는 몸체는 기관들에 대립한다기보다는 유기체를 이루는 기관들의 조직화에 대립한다. 기관 없는 몸체는 죽은 몸체가 아니라 살아 있는 몸체이며, 유기체와 조직화를 제거했다는 점에서 더욱더 생동하고 북적댄다."[16] 기관이란 유기체에 종속된 채 특정한 기능만을 수행하는 하위 구조를 말한다. 인간의 '몸'이 지체(肢體)를 통합하는 방식이 바로 이것이다. 반면 '기관 없는 신체'는 통합적 유기체에 속하지 않는다. 매번 다른 기계들('생산'하는 모든 몸과 사물은 기계다.)과 접속되고 욕망의 흐름을 전달하면서 강렬함의 장(場)으로 표기된다. 그것은 포스트휴먼의 '몸' 위에서 펼쳐지는 수많은 생산의 지대이자 욕망의 횡단을 가능하게 하는 접속의 지점이다. 임솔아의 소설로 돌아가 보자. 몸에서 잘려 나간 발가락은 유리병 속에서 기괴하게 커져 가고, 그 발가락에서 떨어져 나온 작은 살점들이 유리병 속을 부유한다. 그것들은 오염되고 부패하여, 결국에는 "순대 속 당면처럼 혈관이 너줄너줄 튀어나"온 물질이 된다.[17] 이 장면에서 '되기'가 선사하는 생성의 힘을 읽는다면 지나친 것일까. 물론 이 소설

16 들뢰즈·가타리, 김재인 옮김, 『천 개의 고원』(새물결, 2001), 67쪽.

17 임솔아, 「신체 적출물」, 《문학과 사회》, 2017, 봄, 209~211쪽.

에서 그 가능성이 만개했다고 보기는 어려울 것이다.

　고양이(동물), 사이보그(기계), 신체 적출물(기관 없는 신체)의 양상은, 차미령의 말대로 포스트휴먼 '몸'의 징후를 보여 주는 것이지, 그 가능성의 성취를 보여 주는 것이 아니다. 그것은 우리 시대가 여전히 겪고 있는 질곡들과 관련된다. 휴먼의 몸을 지배해 오던 문법이 여전히 우리를 강제하고 있기 때문이다. 제도, 기억, 자본, 권력, 생명 정치, 계급, 인종주의 그리고 성차를 자명한 것으로 받아들이고 있는 남근 중심주의까지, 이처럼 강력한 힘이 몸의 오염원이다. 결국 포스트휴먼의 '몸'이 가진 가능성은 가정법의 형식으로만, 즉 SF적 상상력의 힘에 기대서야 비로소 기술될 수 있는 것인지도 모른다.

　그 접점에, 즉 인간/휴먼의 '몸'과 포스트휴먼의 '몸' 사이에 페미니즘 담론이 있다. 다른 모든 차별에 더하여 여성에 대한 차별이 가해진다는 것은 엄연한 사실이다. 그렇기에 이 차별은 이중 구속을 낳는다. 이중 구속이야말로 차별하는 것의 아포리아를 폭로한다. 차미령의 글은 바로 그 점을, 예컨대 페미니즘 이슈와 무관해 보일지라도 페미니즘에 기초하지 않은 객관성이란 처음부터 불가능하다는 것을, 나아가 포스트휴먼의 '몸'이 인간/휴먼의 '몸'과 여성의 '몸'을 동시에 사유하는 접점이라는 사실을 시사한다.

3 디스토피아, 유토피아, 헤테로토피아: SF와 젠더적 글쓰기-기계

　《자음과 모음》(2019년 가을)은 "SF 비평의 서막"이라는 특집 제목 아래 한국 SF의 현재를 점검하는 글들을 싣고 있다. 이중에서도 정은경의 「SF와 젠더 유토피아」, 인아영의 「젠더로 SF하기」는 SF와 페미니즘 이야기의 결합 양상을 추적한다는 점에서 흥미롭다. 정은경은 SF에 대한 주에르바움의 정의를 인용하면서 논의를 시작한다. "과학 소설이란 장르는 현재의 상황하에서는 있을 수 없는, 따라서 믿을 수 없는 상태나 줄거리가 묘사되는, 가상적으로 만들어진 이야기 전체를 말한다. 여기에서 그 상태나 줄거리는 학문과 기술, 정치·사회적 구조나 심지어 인간 자체의 변화와 발전을 전제로 한다."(23~24쪽) 정은경은 SF가 "'부정적 현실'과 '소망하는 미래'의 대립"을 드러내며, "현실의 어떤 '필연성' 위에 발생하는 일종의 자유의 비전"(24쪽)이라고 정의한다. 한마디로 SF는 미래에 투사된 '다른 이곳'에 관한 필연적 투시도다. SF가 판타지 장르와 다른 점도 여기에 있을 것이다. 판타지 장르가 신화적 세계가 스며든 과거적 상상계(물론 그 '과거'에는 소망이라는 미래적 성격이 포함되어 있다.)라면, SF는 과학 담론의 도움을 받은 미래적 상상계(물론 이 '미래'에는 디스토피아적 전망을 강제하는 과거적 성격도 포함되어 있다.)라고 할 것이다.

그렇다면 SF에는 세 가지 판본이 있을 것이다. 첫째, 현재의 계급, 제도, 이데올로기, 성차, 인종주의, 제국주의가 우주적·생물학적 규모로 확장된 디스토피아 이야기. 둘째, 현재의 온갖 모순이 철폐된 소망스러운, 하지만 그것의 실행 가능성은 요원한 유토피아 이야기. 셋째, 존재자들의 개별적 상상을 수렴함으로써 특정한 상상을 실현했으나, 그 옆에 현실의 상징계를 놓아둘 수밖에 없는 헤테로토피아 이야기. 정은경은 "거칠게 말해, 남성의 SF가 대체로 '보편 인간'이라는 남성 중심적 관점을 통해 포스트휴먼과 외계 탐험으로 나아가고 있다면, 하위 주체로서의 '여성'에서 출발하고 있는 여성 SF는 페미니즘과 밀접하게 연관될 수밖에 없다."(같은 쪽)라고 지적한다. 앞에서 말한 이중 구속의 논리를 생각해 보자. 남성의 SF가 보편 인간('Man'으로 인간을 대표하던 시절의 인간을 말한다.)을 기저에 둔다면, 아무리 소망스러운 미래를 그리고 있다고 해도 절반의 인간(여성)에게는 디스토피아일 수밖에 없다. 현재의 모순이 온존할 것이기 때문이다. 반면 여성의 SF는 그 특수성으로 인해 보편성을 획득한다. 여성의 '해방'은 여성만의 해방이 아니라 인간 전체의 해방이 될 것이기 때문이다. 따라서 페미니즘 서사와 SF의 접속은 필연적인 것이 될 수밖에 없는 것이다.

두 명의 평론가, 정은경과 인아영이 분석하고 있는 SF 중 몇 편을 뽑아 앞에서 말한 세 가지 스펙트럼에 따라 재배치해 보자. 먼저 디스토피아 이야기. 김보영의 「얼마나 닮았는가」는 태양계 행성을 오가는 원양 우주선의 선장 및 선원들과 항해용 AI인 '훈'을 등장시킨다. 정은경에 따르면, 훈의 행동 양식에는 "한 가지 결정적인 맹점"이 있다. 그것은 "선장 이진서와 다른 선원들 사이의 알력"이 생겨나는 진정한 원인을 인지하지 못한다는 사실이다. "인지의 구멍은 바로 성차에 대한 지식이다. 모든 순간에 존재하는 것, 비합리적이지만 강력하게 작동하는 성차별에 대한 의식을 '그런 건 존재하지 않는다'고 믿는 공무원이 지워 버린 것이다."(25쪽) 사라지지 않은 채 의식 속을 부유하는 지식은 젠더 몰이해(Gender-Blind)로부터 멀리 있지 않다. 그것은 손쉽게 미래 사회를 오염시킨다. 1) AI에게는 성차가 '없을 수 있다.' 2) 소설 속의 '훈'은 여성형 의체임이 밝혀진다. 3) '성차는 없다'고 믿는 공무원에 의해 '있어야 할 성차'에 대한 의식이 삭제되었다. 1)이 AI가 제시하는 이상적인 포스트휴먼의 '몸'이라면, 2)는 AI마저 성차에 포섭해 버린 현실의 원칙이고, 3)은 1)에서 말한 이상적인 조건이 아니라 현실의 억압을 강화하는 강제적인 무지에 해당한다. 성차가 없다는 공무원의 믿음은 단순한 무지가 아니라, 성차의 존재를 상징계에 등록하지 않으려는 남성적 무의식의 표현이기 때문이다. 김보영의 소설에서, 시간과 장소는 연장되고 확대되었으나, 성차는 포스트휴먼 세계를 갈라놓는 근본적인 분절로 여전히 기능하고 있었던 셈이다.

다음으로 유토피아 이야기가 있다. 성차가 강제하는 이분법을 넘어선 SF적 상상의 세계. 박애진의 「완전한 결합」에는 세 가지 성이 존재한다.

"정자를 가진 주트, 난자를 가진 샤하 그리고 자궁을 가진 아메인데, 임신은 이 셋의 조합을 통해서만 가능하다."(27쪽) '남성'과 '여성'에 '모성'을 추가한 셈이다. 이것은 여성의 범주를 모성 내부로 제한하려는 현존하는 남성 권력의 상상력에 대한 문제 제기일 수 있다. 이종산의 『커스터머』에는 여러 유형의 인간이 등장한다. 남성, 여성뿐 아니라 남성과 여성을 모두 보유한 중성, 둘 모두를 삭제한 무성, 신체를 변형하는 기술(커스텀)을 통해 자신의 신체를 자유롭게 변형한 커스터머, 태어나면서부터 이형(異形)의 몸을 가진 돌연변이 등이 그것이다. 정은경에 따르면 "이 작품은 중성인과 커스터머의 사랑을 통해 이들이 어떻게 커스터비아라는 적대 세력에 맞서 정체성과 신체 결정권을 지켜 나가는지, 그리고 자신의 특성을 '열등'이 아닌 특별한 아름다움으로 인식해 가는지를 심미적인 필체로 그려 보인다."(29쪽) 요컨대 이 소설의 SF적 상상의 밑바탕에는, 남성과 여성이라는 두 성이 인간에게 부여된 본질적인 존재 조건이 아니며, 무성(無性)과 양성(兩性), 선천적인 변형(돌연변이)과 후천적인 변형(커스터머) 모두가 인간의 정체성을 구성한다는 생각이 깔려 있다. 성이 둘이 아니라 여섯이라면? 이 가정법의 세계는 현실을 뒤집은 유토피아적 상상력의 세계가 가진 잠재력을 보여 준다. 인아영 역시 이 소설이 "이성애 규범성과 '정상적'인 젠더 배치를 교란하는 퀴어적인 상상력, 그리고 유전자 변형을 통한 신체 개조라는 SF의 미학적 기획 간의 해방적인 만남"(54쪽)을 보여 준다고 평가한다.

디스토피아가 파국의 서사라면 유토피아는 승리의 서사다. 그러나 장소로서의 유토피아('Utopia'는 '없는 곳'이란 뜻이다.)는 실존적 가능성을 갖고 있지 못하다. 유토피아 이야기는 기존의 물적 토대와 상상적 구조 전체를 허물고 재구성해야만 가능한 서사다. 그러나 바로 그 서사적 가능성이야말로 그것의 실존적 가능성을 추동하는 힘이다. 거기에 과학(성)의 예측 가능성이 동력을 제공한다.

마지막으로 헤테로토피아 이야기를 살펴보자. 구병모의 「미러리즘」
은 인아영에 따르면 "동시대 한국 사회의 젠더에 대한 사고 실험을 가능
케"(48쪽) 하는 소설이다. 소설의 주인공인 남성 '나'는 병원에서 테러리
스트에 의해 호르몬 주사를 맞고 여성이 된다. '나'는 이후로 여성으로 살
아가게 된다. '나'의 경험은 지금의 한국 사회가 겪는 온갖 차별과 혐오를
보여 준다. "한국 사회에서 여성의 몸으로 살아간다는 것이 말 그대로 '테
러리즘'이자 '생물학적 응징'"(같은 쪽)이라는 것이다. 인아영은 그와 같
은 상상력을 보여 주는 여러 소설을 소개한 후에, "이렇듯 단지 생물학적
인 성차를 도치했을 뿐인데도 이러한 서사적인 효과를 발생시킨다는 것
은, 그만큼 지금 우리 사회에 내재된 젠더 격차가 확연하다는 사실을 의
미"(49쪽)한다고 평가한다.

박문영의 『지상의 여자들』이 그려 보이는 세계는 현실 세계에 가깝
다. '구주'라는 도시에서 남자들이 하나둘씩 사라진다. 가정 폭력, 성폭력
을 저지른 남자들이 폭력을 저지르는 순간 현실에서 흔적도 없이 소거되
고 마는 것이다. 정은경에 따르면, "남자들을 데려가는 것이 미스터리한
'외계의 빛무리'라는 것을 제외하고는, (중략) 리얼리즘 소설에 가까운 작
품이다."(31쪽) 그 결과는? "여성이 우대받고 존중되는 여성 친화적인 사
회로 바뀐다. (중략) 구주에는 여성적인 것이라 말해지는 '배려와 존중'과
같은 평화적인 것들만 허용된다. (중략) 남아는 비통 속에서, 여아는 기쁨
의 탄성 속에서 태어나는, 후천 개벽이 일어난다."(32쪽) 전자(폭력이 일상
적으로 일어나는 도시)에서 후자(배려와 존중이 가득한 도시)로 이행하기 위
해서는 하나의 상상(폭력적인 남성들의 즉각적인 소거)이 도입되어야 한다.
이 사잇길이 헤테로토피아로 가는 길이다.

미러링 서사는 차별과 불평등의 구조를 거울상처럼 뒤집어 보여 준다.
그것이 가진 패러디적 성격은 원본(남성 중심의 서사)이 가진 폭력성과 부
조리를 폭로하는 동시에, 그 폭력성과 부조리의 세계가 선재하고 있음을

고발한다. 유토피아가 장소의 불가능성에 기초한 미래 서사라고 말한다면, 헤테로토피아는 현재의 필연성에 기초한 미래 서사다. '다른 장소'를 뜻하는 헤테로토피아 옆에는 언제나 디스토피아가 있다. 후자가 전자의 존재 조건이다.

SF의 세계를 세 가지 장소로 분류한 것은 장소에는 위계가 없기 때문이다. 포스트휴먼의 세계가 모든 종류의 이분법(신과 인간, 영혼과 육체, 문명과 자연, 주인과 노예, 남자와 여자 등)을 중지시키고 다른 상상계를 도입하기 위해 필요한 것은 바로 그 위계의 철파다. '이곳'의 지속(디스토피아), '이곳'의 부정('없는 곳'으로서의 유토피아), '이곳' 아닌 '저곳'('다른 곳'으로서의 헤테로토피아)에 대한 미래적 상상이 과학과 결합한 곳에 SF가 있다. 그리고 자신의 윤리적 가능성을 위해서 SF는 페미니즘 이야기(FS)와 결합해야 한다.

SF는 미래에 대한 객관적 예측 가능성에 기초하고 있다고 간주되는 서사물이다.[18] SF가 페미니즘과 결합한다는 것은, 이것이야말로 반드시 개선되어야 하는/개선될 수밖에 없는 미래를 준비하는 방법 중 하나이기 때문이다. 우리는 지금 자연을 대상화하는 시선이 거두어지고, 새로운 '몸'의 의미와 가치가 재발견되는 시대를 살고 있다. 그럼에도 불구하고 여전히 남은 불평등은 위계화된 성차이므로, 이 점에서도 SF와 페미니즘은 만날 수밖에 없다.

처음 이야기로 돌아가자. 타이프라이터를 독일어로 '글쓰기 기계'(Schreibmaschine)라고 부른다. 젠더화된 그 기계는 처음부터 여성과 글쓰기를 접속하는 전쟁 기계였으며 앞으로도 그럴 것이다. 이때 여성은 보편적 개별자로서, 전체성에 복무하는 '기관'이 아닌 생산하는 기계로서

---

18 '공상(空想)'은 판타지와 사이언스 픽션(Fantasy Science Fiction)을 묶어 소개할 때 도입된 용어다. 이때 장르로서의 '판타지'를 뜻하는 번역어와 SF를 구분할 필요가 있다.

의 '신체'다. 여성＋기계＋글쓰기가 결합된, 그래서 글 쓰는 기계로서 포스트휴먼의 '몸'이 되는, 나아가 글쓰기라는 실천을 통해 미래와 접속된 주체가 여성이다. 픽션(fiction)은 한편으로는 실재와 만나고 다른 한편으로는 페미니즘과 만난다. 그로써 앎의 체계와 지식의 담론이 위장하고 은폐하는 지점들을 가시화한다.

차미령과 인아영 두 명의 평론가가 주목한, 김초엽의 「우리가 빛의 속도로 갈 수 없다면」을 살펴보면서, 이 글을 마치기로 하자. 이 소설은 우주개척 시대에 '시대에 뒤처진' 한 노인의 이야기다. '안나'는 신체 냉동 기술(딥프리징)을 연구하는 과학자인데, 연구가 완성되기 직전 슬렌포니아 행성으로 가는 항로가 폐쇄된다는 소식을 듣는다. 그곳은 남편과 아들이 행성 개척을 위해 거주 이민을 떠난 곳이다. 워프 항법 대신에 웜홀을 이용한 항법이 개발되면서 경제성이 맞지 않는다 하여 버려진 행성이다. 안나는 이렇게 반문한다. "우리가 빛의 속도로 갈 수조차 없다면, 같은 우주라는 개념이 대체 무슨 의미가 있나? 우리가 아무리 우주를 개척하고 인류의 외연을 확장하더라도, 그곳에 매번, 그렇게 남겨지는 사람들이 생겨난다면······."[19] 안나는 자신을 냉동했다가 해동하기를 반복하면서 백일흔 살이 될 때까지 '기다리는 사람들을 위한 우주 정거장'에서 (결코 오지 않을) 슬렌포니아행 우주선을 기다린다. 정거장을 폐쇄하기 위해 지구에서 직원이 오자, 마침내 안나는 자신의 작은 우주선(지구와 우주 정거장만을 오갈 수 있는 셔틀이다.)을 타고 슬렌포니아로 출발한다. 도착하는 데 수만 년이 걸릴 거리인 데다가 가족들은 이미 죽었을 것이다. 그럼에도 불구하고 안나는 "빙긋 웃었다. (중략) 남자는 그녀가 했던 말을 떠올렸다. '나는 내가 가야 할 곳을 정확히 알고 있어.'"(187쪽)

SF가 전망하는 해방적인 미래가 실제로 펼쳐진다 해도 여전히 버려지

---

19 김초엽, 「우리가 빛이 속도로 갈 수 없다면」(허블, 2019), 181쪽.

는 이들이 생겨난다면, 그것은 소망스러운 미래가 아닐 것이다. 실현 가능성이 아무리 적다고 해도(도달하는 데 수만 년이 걸린다 해도) 소망 충족이 불가능하다고 해도(살아남은 가족들이 없다고 해도) 안나는 기다렸고 마침내 출발했다. 안나는 자신이 가야 할 곳을 정확하게 알고 있기 때문이다. 여성＋글쓰기＋기계의 작업도 그와 같을 것이라는 사실은 확신해도 좋겠다. 그리고 '그곳'이 우리 문학이 보여 주는 전위의 최전방이라는 사실은 두말할 필요도 없다.

다수는 어떻게 출현하는가

김금희, 최진영, 박민정의 다수

　인간의 역사는 '나'에 대한 탐구의 역사다. 인간은 누구인가? 우리는 어떤 존재인가? 그리고 '나'는 무엇인가? '나'란 존재는 그 정체가 그리 확실한 것이 아니다. 자기 존재의 근거를 자신에게서 찾는 모든 철학이 '불멸의 영혼 대 썩는 육체'라는 이분법을 수락할 수밖에 없었던 것도 그 때문이다. 저 해체되어 가는 육신이 '나'라는 것을 도저히 인정할 수 없다면? 불멸성을 주장하는 '나'란 '불완전한 불멸 대 완전한 불멸'이라는 이분법으로 이행한다. 여기에서 신학이 등장한다. 신학이란 내 존재의 근거를 ('나'가 아닌) '너'에게서 찾는 철학이다. 불멸, 초월자, 전지자로 표현되는 신은 '나'의 모든 '있음'(존재함, 생각함, 느낌)의 범위를 넘어서 있는 절대적인 이인칭이다. 대문자 이인칭이다. 알다시피, 근대는 이 너머에 아무것도 존재하지 않을지도 모른다는 의혹과 함께 시작되었다. 과학의 체계란 '너머'에 관해서 사유할 수 없다는 사실을 사유하는 체계다. 또한 우리가 너머에 관해서 아무것도 모른다는 것을 아는 체계다. 우리가 아는 것은 '너'가 아니라 차가운 사물들이다. 신이 존재하던(신의 존재를 믿던) 시절, 세계는 섭리(이때 필연이란 신의 자유 의지다.) 아래 있었다. 그런데 사물들은 '어쩌다 그렇게 되었을 뿐'인 물리 법칙(이때 필연이란 무의미하지만 절대적인 약속이다.) 아래 있다. 그렇다면 이렇게 말할 수 있겠다. 과학의 시대란 '나'의 모든 존재 근거를 사물들이라는 삼인칭에서 찾는 시대라고.

바로 이 지점에서 다수가 등장한다. 이러한 맥락에서, 진정한 의미의 삼인칭은 단수가 아니다. 우리가 고유 명사로 이름을 붙이는 삼인칭은 실은 이인칭이다. 이름을 통해 그를 내 앞의 영역 내부로 끌고 들어오기 때문이다. 다수는 섭리의 지배를 받지 않으며, 보편 법칙으로 설명할 수 없고, 따라서 고유 명사를 붙일 수 없는 삼인칭을 말한다. 그것은 셀 수 없다는 점에서 다수다. 그것을 하나로 셀 수 없으며,(그것은 단수가 아니다.) 여럿으로 셀 수도 없다.(그것은 복수 즉 서른일곱이나 백스물둘이 아니다.) 다수는 민주주의의 운영 원리인 '수에 의한 결정권'을 행사하는 기본 단위가 아니다. 다수는 합리성의 지평 너머에서 '겨우 존재하는 것들'의 형식으로만 출현한다. 따라서 그것은 무엇인가를 폭로하거나 공포로 현상한다. 소설의 시점은 오랫동안 '나, 너, 그/그녀들'로 분류되어 왔다. 그런데 이때의 일인칭, 이인칭, 삼인칭이란 사실은 일인칭의 지배권(일인칭 시선에 의한 소유권)을 용인하는 것에 지나지 않는다. 이것만으로는 다수의 출현을 설명하지 못한다. 다수란 차라리 알지 못하는 것의 등장이며, 본질을 특정할 수 없는 어떤 것(들)의 드러남이기 때문이다. 그렇다면 이것을 사인칭이라 부를 수 있을까? (절대적인) 이인칭의 시대(신학의 시대), 삼인칭의 시대(사물들의 시대)에 이어, 사인칭의 시대(다수의 시대)가 도래했다는 증거들이 바로 여기에 있다.

1 포즈(pose)와 오포즈(opose)
— 김금희, 「고양이는 어떻게 단련되는가」(《문학동네》, 2015년 겨울)

언젠가부터 고양이들이 무리 지어 등장하고 있다. "도시 고양이들은 자기들끼리 군집해서 산다던데요. 죽는 건 아니라고, 집을 나가서 그냥 그렇게 새 삶을 시작하는 거라고."(221쪽) 집 잃은 고양이는 이렇게 단련된다.「고양이는 어떻게 단련되는가」는 일명 고양이 소설이다. 고양이를 소재로 삼고 있기 때문만이 아니다. 고양이의 행동 유형이나 고양이의 습성이 문장 속에서 비유적으로 활용되고 있다는 점 때문도 아니다. 고양이를 찾아다니는 중년 사내의 이중적인 삶을 통해 그 자신이 한 마리 고양이가 된, 고양이의 존재에 기탁하게 된, 그런 무리들을 발견하게 되기 때문이다. 집을 나간 고양이들은 "부적응" 같기도 하고 "비정상" 같기도 하다. 때로는 반항적으로 보이기도 하고 때로는 순응하는 존재로 보이기도 한다. 도무지 예측할 수 없는 다수에 자신을 맡긴 자의 운명이 그러할 것이다. 고양이스러움, 고양이 같은 무엇이란 은밀한 기척, 자명하지 않은 흔적, 무언가 있으나 설명할 수는 없는 낌새다. 그것은 일반적인 범주에서는 포착되지 않는 요소들이다. 이 소설은 그런 고양이에 대한 이야기면서, 동시에 일상적이고 평균적인 수위에서 포획되지 않는 "비정상적인 분"(224쪽)으로 분류되는 사람들의 이야기다.

주인공은 모 과장이다. 이 이름에서도 고양이 냄새가 난다. 그는 아무개〔某〕 과장일까, 고양이〔猫〕 과장일까? 전자라면 그는 삼인칭 내에서 자신의 자리를 지정받지 못한(고유 명사로 지칭되지 못하는) 사람일 것이다. 후자라면 자신이 잡으러 다녔던 수많은 고양이들과 구별되지 않는 또 다른 고양이일 것이다. 그는 부엌 가구 회사를 다녔다. 1980년대 공원으로 입사해 설계 전문가가 되기까지 수십 년을 한 직장에서 보냈다. 부엌 가구 설계자로서 그는 "표준의 삶에 대해 생각"(222쪽)해 왔지만, 정작 그의 삶은 표준과는 거리가 멀다. 그는 집에서 고양이를 돌보는 게 유일한 낙이다. 퇴근 후 아르바이트로 도망간 고양이를 잡아 주는 "고양이 탐정" 노릇도 하고 있다. 그가 고양이를 찾는 부업을 하게 된 것은 고양들과의 특별한 인연 때문이다.

평생을 혼자 산 그는 시시때때로 우울감과 알코올에 젖어 자살을 시도하곤 했는데 그때마다 우연찮은 어떤 것들, 이 도시가 운영되면서 필연적으로 일어나는 작은 기척들, 예들 들어 취객이 그의 집 대문을 두드린다든가, 신문배달원이 신문값을 받으러 온다든가, 교회를 다니라며 늙은 여자들이 초인종을 누른다든가 하는 일들 때문에 죽지 못하곤 했다. 십오 년 전 어느 날에 그것은 길고양이였다. 그가 죽기로 결심한 날에 길고양이가 무슨 영문인지 마당의 쓰지 않는 고무 '다라이'에 새끼를 낳았던 것이다. (중략)

그 뒤로 또 자살하려고 할 때마다 예를 들어 벽의 못에 노끈을 걸고 목을 매려 할 때마다 그것, '다라이'에 있는 그것들이 그의 죽음을 간섭했다. 어떻게 한단 말이냐, 저것들을. 그 간섭에 대해 생각하느라 그는 며칠을 더 살았고 나중에는 그냥 자기 자신을 고양이에 기탁했다. 어떻게 보면 살아난 것은 아니었다. 죽을 수 있는 주체에서 간섭받는 객체로 물러선 것에 가까웠다. 하지만 고양이는 이 괴괴한 단독 주택에서 움직이고 먹고 눕고 싸고 울고 할퀴는 유일한 생명체였으므로 고양이에 집중하는 것은 삶에 집중하는 것이었다. 바로 그 사실이 그를 죽음에서 건져 냈다.(223쪽)

그의 생을 구원한 저 수많은 기척들이야말로 다수가 그의 삶에 간섭한 순간이다. 그가 세상과의 인연을 끊으려 할 때마다 어떤 작은 우연이나 낌새가 그를 지상에 연결하는 끈이 되어 주었다. 그리고 어느 날 그 기척은 고무 다라이 안에 놓인 새끼 고양이들로 현현했다. 중요한 점은 바로 이것이다. 그가 "죽을 수 있는 주체에서 간섭받는 객체로 물러선 것." 이것은 무의미 안에서 무의미만을 선택할 수 있었던 일인칭이 다수의 '간섭'을 통해 의미화된 일인칭이 되었음을 알려 주는 말이다. 자살에 특별한 의미를 부여할 수 있는 이를 제외한다면, 모든 '죽을 수 있는'이란 표현은 '죽을 수밖에 없는'과 거의 동일한 표현이다. 그는 자살할 수 있는 주체가 아니라 자살할 수밖에 없는 일인칭에 불과했다. 그런 그가 다수의 개입을 통해서, 출몰한 다수에 "기탁"함으로써 살 수 있는 객체, 혹은 죽지 않을 수 있는 주체가 되었던 것이다. 이 점에서 보면 취객, 신문배달원, 늙은 여자들 역시 길고양이들과 마찬가지로 다수라는 사실이 드러난다.

그런데 그 역시 다수에 불과하다는 사실이 고양이 에피소드 밖에서 드러난다. 그가 입사한 1980년대만 해도 회사는 활황기였다. 그러나 최근 회사의 사세는 기울 대로 기울어 대기업에 흡수 합병될 운명에 놓였다. 회사는 그를 비롯한 마흔세 명의 직원을 직능계발부로 발령 내기 위해 생산직 교육을 시키고 있다. 잘리지 않고 살아남기 위해 적성화 교육을 받으며 연명해야 하는 처지가 된 이들은 단체 행동을 벌이기도 하고 사장실을 점거하기도 하지만, "비극적인 활기에 사로잡혀 있는 건 강당과 옥상, 굴뚝뿐이었다."(216쪽) 모 과장은 강당에서조차 단체 행동을 거부하는 개인주의자(로 보인)다. 그러나 실제로 그가 그렇게 행동한 이유는 "망치질을 하고 싶어"(207쪽)서였을 뿐이다. 그렇다면 그의 동기 역시 의미화되지 않은 몸짓, 무의미한 기척이라는 점에서 고양이와 구별되지 않는 것 아닌가? 그의 자살 시도가 다라이 속의 새끼 고양이에게 좌절된 것처럼, "그렇게 틈틈이 망치를 두드리지 않으면, 머릿속이 텅텅 울리도록 충격을 가하지 않으면 온종일 무언가가 쇳물처럼 끓어올랐다. 삶의 활력 같기도 하고 분노 같기도 하고 무기력해서 너무 무기력해서 도리어 어떤 형태의 에너지로 변해 버린 것 같기도 했다."(207쪽) 바로 이 에너지가 의도나 해석, 의지라고 말할 수 없는 모종의 에너지, 정념이다. 다수가 대표하는 첫 번째 특성이 바로 이것이다. 이름 붙일 수 없는 모호하고 미묘하고 불순하고 순수한 에너지 말이다.

지내 온 세월 동안 그는 단지 살아남았다. 회사에서도 집에서도. 회사에서는 "회사나 노조위원장이나 동료를 믿은 것이 아니라 고양이로 치자면 네 발을 모두 몸체 안에 말아 넣고 그냥 있음으로써 견뎌야 살아남을 수 있다는 것을."(209쪽) 알고 있었다. 그는 고양이였으며, 고양이로서 살아남았다. 그러니 그가 고양이 탐정이 된 것은 자연스러운 일이다. 그야말로 동족의 생태와 습성을 파악하는 데 최적화된 존재였기 때문이다. 다음을 보자.

> 그는 부엌 가구 설계자로서 언제나 표준의 삶에 대해 생각하고 그에 따른 동선과 공간들에 대해 계산했지만 정작 그의 생활은 그런 것과 거리가 멀었다. 이 집의 모든 가구들을 고양이들에게 양보하고 매트리스와 작은 협탁 하나만 사용했다. 그는 이 집에서 그저 고양이 옆에 있는 '무언가'였고 그 삶에 만족했다.(222쪽)

고양이가 다수의 표상이라면, 그는 고양이의 고양이(다수의 다수)다. 사람 주변을 배회하며 출몰하는 저 기척과 낌새를 고양이라고 부른다면, 그 역시 고양이들의 주변을 배회하며 나타나는 인기척과 낌새이기 때문이다. 그러니 그를 고양이 탐정이라 부를 수밖에. 탐정이야말로 주인공의 주변을 배회하며, 자신의 존재를 기척이나 낌새로밖에는 표현하지 못하는 고양이니까. 이름을 받지 못한 "무언가"란 점에서 그는 다수(이름을 받지 못한 고양이들)의 다수(그 고양이들 사이에서도 이름을 받지 못함)다. 고양이들이 포획을 거부하고 명명이나 생활의 울타리 밖으로 달아나듯, 그 역시 울타리 밖으로 끊임없이 탈주를 시도한다. 결말은 그의 탈주가 다수의 탈주와 맥락을 같이하고 있음을 보여 준다.

> 그는 대체 거기에 뭐라고 쓰여 있나 읽어 보려고 애썼다. 현수막이 이리저리 펄럭일 때마다 그의 머리도 함께 따라가며 붉고 누군가 아주 힘 있게 쓴 그 글씨를 읽기 위해 애썼다. 능……이라는 한 글자만 겨우 보였다. 능력, 능욕, 능률, 그가 아는 글자를 다 맞춰 봐도 맞아떨어지는 것이 없었다.
> 여보세요?

그는 그것을 읽고 싶어서, 그 글자가 뭐 그리 중요할 것 같지는 않지만 지금 이 순간에는 다른 건 중요하지 않고 그냥 그것을 꼭 읽어야 할 것 같아 전화를 끊었다. (중략) 여기 올라와 있는 걸 아무도 몰라 구해 주지 않으면 큰일이 아닌가, 생각했다. 고양이들이 그를 찾으러 올 수가 없고 그의 안부가 궁금할 사람이란 그 뚱뚱이, 순태가 유일할 텐데 그 녀석이 정말 찾아올까? 아무튼 지금은 저게 꼭 약 올리듯 보여 줄락 말락 하고 있으니까 오르는 수밖에 없었다. 무언가, 어떤 것을 향한 애타는 마음이 쇳물처럼 끓어올랐으니까. 그가 긴장해서 가만가만 오르는 동안에도 그의 배낭에서는 고양이를 잃어버린 누군가가 자꾸 전화를 걸어왔다. 하지만 굴뚝으로 오르고 있는 그는 도저히 그것을 받을 수 없어 하아 한숨을 내쉴 뿐이었다. 오르고 있지만 굴뚝으로 오르고는 있지만 그는 정말이지 우는 여자들은 질색이었다. 그런 것에는 아무리 해도 단련되지가 않았다.(227~228쪽)

모 과장은 회사 옥상의 굴뚝에서 무언가 그를 놀리듯 흔들리는 현수막을 발견한다. 그것은 해고자들이 옥상의 굴뚝에 설치하려다가 끌려 내려오느라 미처 다 달지 못한 현수막이다. 현수막에는 무슨 글씨가 적혀 있었던 걸까. 보일 듯 말 듯 흔들리는 저 현수막을 향해 모 과장은 무작정 기어 올라간다. 일견 무의미해 보이지만, 그의 행동은 저 현수막이 알리려고 했던 전언을 완성하는 행동이다. 다시 말해 저 문장을 읽는 행위는 무의미한 포즈(행위)에 불과하지만, 그로써 모든 전체(구조 조정을 강제하는 회사)에 대항하는 강력한 오포즈(반대 행위)가 된다. 정치란 이처럼 포즈에 대한 오(誤)작동(오-포즈)을 불러일으키는 행위다. 게다가 굴뚝이나 부뚜막을 무작정 기어 올라가는 것, 그것은 고양이들이 가장 잘하는 포즈가 아닌가? 야옹.

2 바디(body)와 임바디(embody)
—— 최진영, 「하룻밤」(《창작과 비평》, 2015년 겨울)

최진영의 「하룻밤」은 '하룻밤'을 구제받기 위한 이야기다. 단순하게
소설을 정리하면 이런 얘기다. 여자와 하룻밤 자려다가 성공하거나 실패
하는 이십 대 청춘들의 이야기. 물론 '원나잇'이 목적이거나 문턱이 되는
이야기는 아니다. 여자와의 하룻밤이 성공했든 실패했든 그것은 그리 중
요하지 않다. 어쨌든 날은 밝아 올 것이고 어제와 똑같은 하루가 다시 시
작될 것이다. 그렇다면 그 하룻밤은 무엇이었을까? 먼저 전체 서사를 따
라가 보자.

'나'는 불면증에 시달리는 청년이다. 소설은 "여자와 자고 싶다."(240쪽)
라는 다소 노골적인 고백으로 시작한다. '나'는 은지와 연애를 하고 있
지만 그 연애가 제대로 진행되는 것 같지 않다. 은지의 요구를 이해하기
도 어렵고 은지에게 이해받고 있지도 못하다. '나'는 오늘도 중학생 때
친구인 K, S, O와 함께 나이트클럽에 간다. 여자를 만나기 위해서다. 그
러나 나이트클럽에서 '나'는 본래의 "목적을 잃"고 춤추는 데 몰두한다.
"춤을 추는 동안에는 여자와 자고 싶다거나 밤이 무섭다거나 머릿속에
서 급브레이크 소리가 들리거나 앞으로 어떻게 살지 따위의 생각이 들지
않"(243쪽)기 때문에.

결국 여자와 잠자리를 갖는 데에는 실패했다. 새벽길을 무작정 걷는
'나'의 뒤에는 클럽에서부터 따라 나온 여자애 G가 있다. G는 나에게 오
늘 자기는 죽을 거라고 말한다. 또한 G는 자신이 간호사로 일하고 있다
고도 말한다. 어느 쪽이 진짜인지, 무엇이 정답인지는 알 수 없다. 다만 이
청춘들은 새벽길을 걸을 뿐이다. 여관을 잡겠다는 욕망도 없이. 그러던 중
엄마에게 전화가 걸려온다. 가출한 동생 N을 찾아 데려오라는 전화다. 엄
마는 "하루하루가 징그럽고 겁"(248쪽)난다고 말한다. 엄마는 약에 취해

산다. '나' 역시 술 없이는 잠을 못 이룬다. '나'는 끔찍한 악몽에 시달리는데 그것은 "내가 감당할 수밖에 없는 기억"(248쪽)에 관한 것이다. "열여덟 살 때는 사람을 죽였다."(260쪽) 누군가를 죽였다는 죄책감 때문이다. 열일곱 살 때 '나'는 P를 만났다. P는 성적도 외모도 권력도 가장 강했다. '나'는 그에게 심한 괴롭힘을 당했다. P가 "식물처럼 선하고 순한 아이"인 J에게 관심을 돌린 덕분에, '나'는 살아남았다. '나'는 P의 도구가 되어 J를 괴롭히는 일을 방조했다. 열여덟 살이 되던 해 P가 형의 차를 끌고 나왔다. P는 J에게 운전을 시키고 나를 조수석에 앉혔다. P는 뒷자리에서 여자애와 섹스를 하면서 나에게 그 광경을 빠짐없이 촬영하도록 강요했다. 강변북로는 지옥이었다. 고성과 비명이 터져 나오는 차 안에서, 그 모든 것을 그만두고 싶어서 '나'는 J의 손을 잡고 핸들을 틀어 버렸다. 그 사건 이후, J는 6개월이 넘도록 혼수상태로 있었다. '나'는 두 달 만에 퇴원했고 다니던 학교를 자퇴했다. 이 모든 일의 원인 제공자인 P는 아무 문제없이 잘 먹고 잘 산다는 후문이다.

　　결국 '나'에게 하룻밤은 끔찍한 악몽(사랑도 환상도 없는 외설적인 섹스를 직면해야 하는 트라우마적 체험)이었다. 그날 이후 '나'는 차를 타면 혼절을 한다. '나'의 불면증도 그 트라우마로 인한 것이리라. 그럼에도 불구하고 '나'는 하룻밤을 같이 지낼 여자를 찾는 친구들을 따라나선다. 왜 그런 것일까? 바로 그것이 다수의 현현, 즉 몸(바디)들의 구체화(임바디)를 상징하는 것이기 때문이다. 하룻밤을 위해 분투하는 저 청춘들에게는 이름이 없다. K, S, O, G와 같은 이니셜로 불릴 뿐이다. 이 이니셜이 바로 다수의 징표다. 어떤 이름으로도 포획되지 않으면서도 막연한 기척이나 낌새로 등장하는 다수 말이다. 나이트클럽은 어떤 정신성도 어떤 자아도 허락하지 않는 공간이다. 서로가 구별되지 않는 몸만 있다. 그 몸(바디)이 현현된 몸(임바디)이 되려면 서로 간에 개별성을 부여해야 한다. 몸들이 이니셜을 벗고 현현되는 것, 비록 그것이 하룻밤의 쾌락을 위해 소진되는 몸이라 할지라도.

물론 진정한 현현이 고작 '원나잇' 성공담에 달려 있는 것은 아니다. 각각의 무의미한 행동들을 잡아 주는 어떤 행동들이 개입할 때, 몸들은 현현한다. '나'의 동생 N의 경우를 보자. 열여덟 살 N은 본래 착한 아이였으나 지금은 1년에 두어 번씩 가출을 일삼는 비행 청소년이 되었다. 가출 청소년이라는 말이 주는 어감과 달리, N이 가출을 일삼는 것은 일상이 괴롭기 때문이 아니다. 사실은 집 역시 바깥과 다르지 않기 때문이다. 아이들이 이니셜을 벗고 고유명을 부여받는 순간이 있다. 그것을 주체성의 순간이라고 말할 수 있을 것이다. 이른바 임바디의 순간이다. G가 스물세 살의 지은이 되고 가출 청소년 N이 '나'의 동생 남수가 되는 순간. 소설의 말미에서 '나'는 지은과 남수가 서로 자기소개를 하고 오순도순 이야기를 나누는 장면을 목격한다.

문득 공기가 청명해진 느낌이었다. 오늘밤은 이제 지난밤이 되었다. 지난밤 길바닥에서 일어난 이러저러한 일들을 차근차근 떠올려 보니 불면증에 시달리며 이따금 꾸는 복잡한 꿈 같았다. 하지만 저기 앞에 승희와 기태와 남수와 또 이름이 뭐랬더라, 지은이랬던가, 지은이 오순도순 걸어가고 있지 않나. 꿈은 아니었던 거다. 해장국 먹고 헤어질 때 지은의 전화번호를 꼭 받아야겠다고 생각했다. 지은이랑 자는 사이가 되겠다는 건 아니다. 해장국값을 갚고 싶어서다. 죽지 않고 살아 있는지 가끔 확인도 해 봐야 할 것 같고. 그렇게 확인을 하다 보면 나도 죽지 않을 수 있을 것 같고…… 해장국을 먹고 각자의 집으로 돌아가 한숨 자고 나면 오늘이 다 지나가 있겠지. 그렇게 오늘을 흘려보내면 되는 거겠지. 하루쯤은 그래도 되는 거겠지.(263쪽)

무의미한 행동으로 하루를 탕진하는 청(소)년들, 거리를 배회하며 무의미하게·시간을 죽이는 개인들. 저들은 자본주의 사회를 구성하는 이름 없는 신체다. 그러나 저 순간만큼은, 이들이 주체적인 개인으로 설 수 있는 가능성을 보여 준다. S와 K, N과 G가 승희와 기태, 남수와 지은이 되는 순간, 임바디(embody)의 순간이다. 그리하여 "닿기 전에 짓눌려 죽어 버리는"(244쪽) 암흑의 늪에 빠져 죽지 않고, 이 생을 유지할 수 있는 '가능성'이 열리게 된다. 그 가능성은 봉인된 육체(바디)가 개방된 주체(임바디)로 현현하는 순간이다. 두 개의 문장에서 봉인은 해제된다. "지은이랑 자는 사이가 되겠다는 건 아니다." 원나잇은 무명끼리의 우연한 접촉에 지나지 않는다. 지은(나이트클럽에서 만난 G의 이름)이 은지(내가 만나고 있는 여자 이름)를 뒤집은 이름이라는 데 주목하라. 이 둘은 내게 이름과 모습을 바꾸어 현현한 한 몸이다. "하루쯤은 그래도 되는 거겠지." 이 하루는 하룻밤의 하루와 다르다. 그저 무명의 몸을 탐하던 하루와 달리, 서로 해장국을 나눠 먹고 각자의 집으로 돌아가 자고, 그다음 해장국값을 갚기 위해 만나고, 서로 살아 있는지 가끔 확인하고, 이것이 통상적인 만남이 아니라면 무엇이겠는가? 그러나 이 가능성은 강력한 무명의 출현으로 다시 닫히고 만다.

해장국집으로 가기 위해서는 4차선을 가로지르는 횡단보도를 건너야 했다. 횡단보도 앞에 선 채 신호가 바뀌길 기다리며 나는 몸에 힘을 주었다. 갑자기 영혼이나 정신 같은 거, 아니 기력이라고 할까, 그런 것이 빠져나가는 것만 같았다. (중략) 반대편 차선에서 승용차가 멈췄다. (중략) 운전석 문이 열리고 사람이 내렸다. 나는 걸음을 멈추고 눈을 감았다가 다시 떴다. P였다. (중략) P가 나를 보고 있었다. 나를 똑바로 쳐다보다가, 가죽 시트에 편히 머리를 기댔다. P는 웃었다. 분명 웃고 있었다. (중략) 움직일 수 없었다. 몸이 굳어 버렸다. 그날의 강변북로는 아직 끝나지 않았다. 아니, 지옥은 그날의 강변북로만이 아니다. 모든 길이 지옥이다. 나는 계속 그 길을 달리고 있다. 브레이크도 핸들도 없이. (중략) P가 탄 차는 멀지 않은 곳에서 유턴을 했다. 검고 커다랗고 단단한 차가 나를 향해 서서히 다가오고 있었다.(263~264쪽)

다수의 두 번째 특성이 바로 이것이다. 다수는 공포를 유발한다는 것. 아이들로 대표되는 저 길 위의 다수는 선하지도 악하지도 않다. 복합적이며 동시에 무규정적이다. 아이들로 대표되는 다수는 권위적이지도 않고 특권적인 장소를 점하지도 않는다. 그들은 장소를 점거하지 않고 그저 길 위를 걸어갈 뿐이다. 길 위의 다수는 언제든 암흑 속으로 빨려 들어갈 수 있지만, 동시에 암흑 바깥으로 벗어날 수도 있다. 문제는 저들 앞에서 압도적으로 현상하는 공포다. 트라우마란 과도하게 의미화된 무의미다. P는 다수에서 벗어난 압도적인 하나다. 저 이니셜이 상징하듯 여전히 무의미하면서도 다른 모든 무의미를 뒤덮는 강력한 의미(Power)다. 그러니 그에게서 벗어날 수 없는 것이다. P는 '나'의 앞에 정말로 등장한 것일까? 아니면 그의 내면에서 현상한 공포의 표현일까? 저 마지막 구절을 읽어도 우리는 진실을 알 수 없다. 진실은 오히려 다른 곳에 있을지도 모른다. 압도적인 공포는 사실과 상상과 환상을 구별하지 않는다는 바로 그 사실 말이다.

3 파일(file)과 프로파일(profile)
— 박민정, 「청순한 마음」(《문장 웹진》, 2015년 10월)

'너'로 인해 발생하는 환상도 있다. 이인칭 화법이 주는 환상인 셈이다. '너'가 발화에서 등장했을 때, 그것은 동시에 '나'의 존재를 명시하는 것이기도 하다. 나와 네가 대면하고 있다는 것, 둘이 무대 위에 있다는 현장성의 환상이 작동하게 된다. 그러나 발화 주체와 발화 행위 주체는 같지 않아서, 너를 부르는 모든 발화가 실제의 너를 갖고 있는 것은 아니다. '너' 역시 서술된 대상에 지나지 않는 것이다. 이때 '너'는 이인칭의 자리를 박탈당하고 ('너'로 포장되었을 뿐인) 사물의 자리로 소환된다. 이렇게 보면 모든 '너'는 '너'들을 함축하고 있다. 이것이 이인칭의 환상이며, 너 안에 내장된 다수다.

박민정의 「청순한 마음」은 거울 구조 위에서 서술된다. 서로 마주 놓인 두 개의 거울 속에는 두 명의 '수지'가 있다. 윤수지와 이수지. 소설에서 '너'로 지칭되는 이수지는 고3 때 만난 입시 상담 전문가 윤수지를 롤모델로 삼는다. 윤수지 선생은 심리학 박사 과정을 마치고 프로파일러가 되어 유명세를 타고 있다. 이수지는 선생과의 상담을 통해 진로를 정한다. 이수지는 심리학과를 졸업하고 모교의 상담 실장이 되었다. 이수지(이하 수지)는 윤수지(이하 선생)를 만나기 전까지 부적응자에 불과했다. 수지는 경제적인으로는 부유했으나 정서적으로는 궁핍했다. 미국에서 중학교를 마치고 한국의 국제고등학교에 진학한 수지는 자기주도형 학습 방식에 적응하지 못했다. 과외나 학원에서의 주입식 교육에서 벗어나 자율적으로 공부하는 방식을 훈련받지 못했기 때문이다. 수지는 우울증에 시달려 자살을 생각할 정도로 피폐해졌다. 그런데 고3이 되어 입시 컨설팅 아카데미에서 윤수지 선생을 만난 후에 새로운 사람이 되었다. 꿈이 생기고 '마음이 생겼기' 때문이다. 말 그대로 그때 마음이 만들어졌다.("너는 항상 선생이 너의 마음을 만들어 주었다고 생각한다.") 그것이 선생에 의해서 만들어진, 깨지기 쉬운 허상에 불과하다는 것을 뒤늦게 깨닫지만.

수지 눈에 비친 선생은 자신감에 가득 찬 성공한 커리어우먼이었다. 그러나 사실 선생은 생활고에 허덕이는 대학원생이었으며 "학벌 좋은 가난뱅이"였을 뿐이다. 그녀는 가난했고, 병들었으며, 고통받고 있었다. 수지는 선생과 마음을, 진심을 주고받았다고 믿어 왔다. 그러나 수지 역시 선생의 고된 아르바이트 대상 중 한 명일 뿐이라는 사실이 아프게 드러난다. 수지 자신 역시 차트화된 존재들 중 하나일 뿐임이 드러나는 것이다. "두서없이 쏟아내는 선생의 회한에서 너는 너에 대한 경멸을 읽었다." 그녀는 자신이 이인칭의 자리에서 절대적인 대면의 특권을 누리고 있다고 생각했으나, 실제로는 어떤 기록이나 흔적으로 남을 뿐인 다수에 불과했다.

선생의 이면, 그러니까 상담 교사의 자리에 담겨 있는 이면은 수지가 성인이 되어 상담 교사가 되어 겪는 일들을 통해, 또다시 반복된다. 상담이란 상담자와 대면해 피드백을 주고받는 것이지만, 근본적으로는 그 이야기를 통해 자신을 보는 것이다. 따라서 상담 역시 반영성을 전제하고 있다. 그런데 이렇게 서로를 참조하고 서로가 근거가 되는 주체 찾기란, 맞대어 놓은 두 개의 반사경처럼 종국에는 나 자신이 미로 속으로 사라져 버리는 것이다. 선생을 통해 자신의 모습을 발견한 순간, 수지는 선생의 이면(가난하고 소외되고 아프고 피곤한)이 자신의 이면이라는 것을 발견한다. 이것이 수지가 처한 딜레마다. 선생의 딜레마는 어떤가? 상담은 기본적으로 일대일 상황을 전제하지만, 수많은 학생들을 상대해야 하는 직업의 특성상 그것은 곧장 형식적인 관계로 변질되어 버린다. 1:1이 아니라 1:다(多)가 상정되는 것이다. 선생이 상대하는 이들은 개별성을 갖지 못한 다수가 된다.

상담 선생이란 대면한 이들의 이야기를 3인칭 '화'하는 자다. 실제로 윤수지 선생은 학생들의 미래를 "손수 설계했"고 "관리"해 왔다. 소망은 현재 진행형으로 기록된다.("결코 일어나지 않을 일을 현재 진행형으로 대답하던 그때") 그러므로 상담 선생은 필연적으로 이야기 바깥에 존재한다. 그런 점에서 상담 선생은 작가나 탐정, 프로파일러와 같은 위상을 갖는다. 상담자는 내담자의 상황을 미리 정돈하고 차트화하여 파일링하는 [pro-file] 역할을 하기 때문이다. 학생들은 선생과의 관계가 대면적인 일대일 관계라고 생각하지만, (수지 역시 학생들을 대하는 자신의 태도가 늘

"진심이었다"고 강조하지만) 그 '순수한 마음'과는 달리, 구조적으로 일대일 관계는 불가능하다. 내담자의 트라우마나 상처가 차트화된다는 점에서, 즉 기록물로서 정렬되고 정리된다는 점에서 그러하다. 그런 점에서 상담 선생은 철저히 이야기 바깥의 존재라고 할 수 있다. 모든 상대방들은 다수가 되어 버린다.

윤수지 선생은 지도 교수의 논문 표절을 폭로했다가 학계에서 퇴출당했다. 지도 교수는 선생에게도 상담자였을 것이다. 상담자가 선한 스승이 아니라 부정한 초자아였다는 것이 폭로된 것이다. 수지 역시 선생과 진정한 관계였다고 착각하지만, 결국 그 자신도 차트 속의 한 항목에 불과했다는 것을 알게 된다. 이후 수지는 선생과 동일한 상황에 처한다. 학생을 성추행해 온 교수(표절 교수처럼 도덕적 자질에 결함이 있는) P와의 문제가 그것이다. 수지는 수지 선생에게 묻고 싶다. "선생님, 대체 어떻게 하면 오해받지 않을 수 있죠?" 그러나 반드시 오해라고 할 수만은 없다. 왜?

너는 상담실로 찾아온 기자의 질문에 성실하게 대답했다. 2014년 1분기부터 4분기까지 내내 상담을 받아 온 J 학생이 털어놓은 학내 성폭력 사건에 대해 알고 있다. 학생은 내게 상세하게 사건의 전말을 털어놓았다. 당연히 신고를 권유했으나, 학생의 자유에 맡기는 것이 최선이라고 생각했다. P 교수와는 물론 선후배 관계지만, 비밀을 털어놓을 만큼 친분이 있는 것도 아니며 더욱이 상담 내용을 유출할 만큼의 관계는 결코 아니다. 그러나 내게도 책임이 있다. 학생이 말한 가해자가 바로 그라는 것, 아니 교수라는 것을 눈치채지 못한 것이다. 나는 학생이 말하는 끔찍한 인간과 선배인 P 교수를 연결시킬 생각은 추호도 하지 못했다. 만약 그가 P라는 것을 알았다면…….

너는 스스로에게 다시 묻는다. "만약 그가 P라는 것을 알았다면?" 기자에게는 얼버무렸지만 자신에게는 답할 수 있다. 그와 친분이 없다는 것을 증명하기 위해 노력했겠지. 네 이름으로 학보에 자유 원고를 투고해서, 에둘러 P 교수의 각성을 촉구했을 것이다. 너는 거짓 소문의 주인공이 되어 본 적도, 이런 소문 때문에 인생을 걸고 노력한 것을 한순간에 잃어 본 적도 없다. 지금 너는 거짓 소문 앞에 서 있다. 자기 삶이 결코 불행해지지 않으리라는 확신과 뒤늦게 세간의 오해를 뒤집어쓰고 삶에서 쫓겨날지도 모른다는 불안 사이에 있다. 이 확신과 저 불안이 모두 명료해서 너는 당황스럽다.

수지가 놓인 상담자의 자리가 모든 차트화를 가능하게 하는 초자아의 자리라는 것이 드러난다. 그것이 폭로된다는 것은 수지의 자리가 노출된다는 뜻이다. 수지는 자신이 악의적인 소문 때문에 학생들에게 오해를 받고 있다고 여긴다. 수지에게 상담을 받은 성폭력 피해 학생의 상담 내역을 외부로 유출했다는 오해다. 소문에 따르면 그녀는 "최소한 허술하게 관리해서, 그중 한 학생의 신경정신과 병력을 P 교수가 입수하는 데 도움을 줬다." 그녀의 자리 역시 한순간에 무너질 수밖에 없는 불완전한 자리였다. 만일 가해자가 P 교수라는 사실을 미리 알았더라면 어땠을까? 그렇더라도 나는 확고하게 정의의 편에 설 수 있었을까? 망설이는 수지의 모습을 통해 존재의 불안은 더욱 극명하게 드러난다.

온실 속의 화초로 자라야 하지만, 자라 왔지만, 자랄 줄 알았겠지만, 담배꽁초에 더럽혀지고 곰팡이에 뒤덮인 죽은 화분 같은 삶. 그렇게 쉽게, 함부로 수지는 죽었다.

너는 재떨이로 사용한 화분을 일별한다. 없던 것이 보인다. 담배꽁초가 섞인 배양토를 뚫고 허연 버섯들이 자라 있다. 세면대 밑에 함부로 두었더니 습기가 찬 모양이었다. 어젯밤에는 발견하지 못했던 것이다. 가장 잘 자라 둥근 머리를 내민 버섯을 들여다본다. 표면의 결이 촘촘하다. 화분을 받친 손의 미세한 떨림 때문에 버섯 줄기가 파르르 흔들리는 것 같다. 더러운 것이 증식하고 있다는 기분이 들어 몹시 역겨워진다. 동시에 문득 강낭콩이 자라나 떡잎 사이로 본잎을 틔우던 모양이 생각난다. 출근할 때마다 오늘은 얼마나 자랐을까 기대하며 화분을 들여다보곤 했다. 내 손에서 뭔가 자라나고 있다는 생각에 들떴고 뿌듯했던 그때를 떠올린다. 그것과 이것이 다르지 않다는 생각이 너의 머릿속을 스친다. 너는 곧 생각하기를 그만둔다.

소설은 이 장면으로 끝을 맺는다. 수지는 "차분하게 생각을 정리한다." 그리고 "생각하기를 그만둔다." 스스로를 단속하는 삶. 앞으로 실을 던져 실루엣을 미리 만드는 행위(프로파일의 어원이다.)다. 어쩌면 이것은 선생에게 배운 마지막 비결인지도 모른다. 제 스스로를 객체화하는 것. 스스로를 파일(의 일부)로 만드는 것. 그렇게 그녀는 다수로 돌아가고, 모든 생각은 멈춘다. 파일의 인덱스로 대상화된 이름들, 알파벳들. 함부로 버려 둔 화분에서 자라난 군집 식물 같은 다수들. 저 많음은 과잉으로써 대타자의 균열을 폭로하고, 관리 대상에서 벗어나며, 공포와 불안 사이에서 현상한다. 이 소설은 '너'(수지는 '나'가 아니라 '너'라고 불린다.)라는 절대적인 이인칭으로 시작했으나, 이 이인칭이 반복되면서,(이'수지'는 윤'수지'를 반복하고, 학생인 '너'는 상담 선생인 '너'와 대면한다.) 다수가 등장할 틈을 벌린다. 바로 여기에 다수의 세 번째 특징이 있다. 다수는 모든 인칭의 배경이라는 것. 모든 인칭은 다수에서 몸을 일으켜 인칭이 되었다가, 뭉개지고 부서져 다수로 돌아간다. 고로 다수는 인칭의 질료다.

종말과 종말 이후

박형서, 황정은, 이기호의 묵시록

1

세월호가 없었다 해도 이 시대가 묵시록의 시대라는 것은 충분히 알려졌을 것이다. 국가 기관의 민간인 사찰과 같은 거시적인 지표만을 말하는 게 아니다. 일상에서도 우리는 최루액과 물대포, 대로에서의 불심 검문, 청년들의 해외 수출, 국기 게양식의 부활, 새마을 운동의 재도입에 이르기까지, 사라진 것들의 부활을 목도하고 있다. 바로 이것이 묵시록의 첫 번째 특징이다. 죽은 자들의 부활. 단 생명으로의 부활이 아니라 죽은 상태 그대로의 부활. 삶의 좀비화. 그 최종판은 친일 역사 교과서 편찬일 것이다. 죽은 자들이, 이미 죽어서 오래전에 파묻힌 자들이, 자신들이 죽지 않았다고 주장하며 역사의 주인을 자처하고 나섰다. 그 말대로라면 지금 살아 있는 자들은 오직 해골들일 것이다. 그렇다면 이 땅의 역사는 망자들의 역사다.

세월호는 그러한 묵시록의 시간을 실시간으로 중계한 다큐멘터리였다. 살아 있는 희망이 무더기로 수장될 동안 해골들은 아무것도 하지 말라고 명령했고 구조하려는 모든 움직임을 봉쇄했다. 단 하나, 배가 가라앉는 장면만을 실시간으로 중계했다. 그것은 묵시록적인 비극이었다. 묵시록의 두 번째 특징은 그것이 종말을 현시한다는 점이다. 아직 완료되지 않은 종말을 앞당겨 표현하기 때문에(재현의 대상이 아직 등장하지 않았기 때문에) 그것은 재현이 아니다. 파국은 묵시록의 전망 속에서만 그것이 파국임이 입증된다. 따라서 묵시록을 다루는 모든 서사는 임박한 파국을 현실화하는 현동화의 서사다.

그러나 묵시록은 파국을 묘사함으로써 파국의 파국이 된다. 또한 그로써 새로운 시작을 알린다. 묵시록이 들여온 시간은 파국의 시간이지만(여기서 묵시록의 파국은 '현실적인 것'이 된다.) 그로써 실제적인 파국이 도래하는 것을 지연시킨다. 두 개의 파국이 하나로 겹치면서 두 번째 파국에 새로운 시간의 가능성, 즉 전망을 마련하는 것이다.(여기서 실제의 파국은 '잠재적인 것'이 된다.) 이것이 묵시록의 세 번째 특징이다. 종말을 앞당겨 재현함으로써 새로운 시작의 가능성을 들여온다는 것. 폐허가 에덴이라는 것. 많은 묵시록 계열의 작품이 종말이 아니라 종말 '이후'를 그리는 것은 이런 이유에서다. 살아남은 극소수의 사람에게 종말은 새로운 시작이기도 하다. 묵시록은 절망을 이야기하지만 그 절망은 예기의 형식으로 다가온 희망이다. 이렇게 본다면 묵시록의 시간은 직선적인 시간(즉 생성에서 종말까지 불가역적인 시간)이 아니라 순환적인 시간(즉 새로운 시작을 준비하는 리부팅의 시간)이다.

두말할 여지없는 퇴락의 시대다. 생산성과 성장률은 급격히 감소하고, 정규직은 소수화되고 있다. 장수가 젊음을 대체하고 있고, 실용이라는 이름 아래 삶을 성찰하게 해 주는 학문이 말살되고 있다. 적의에 기반한 통치 수단인 지역 감정이, 기회주의의 매카시즘이, 소수자에게 모든 책임을 돌리는 '공정 경쟁'(?)이 만연하고 있다. 그런데 퇴락은 끊임없이 영(zero)으로 수렴되는 지속의 방법론이다. 기아를 못 이겨 제 몸을 먹는 신화 속의 인물처럼. 퇴락은 무한히 작아지면서도 종결되지 않는다. 제 몸을 먹는 입은 끝내 입만 남을 것이다. 이때의 입이란 탐식이 끝나지 않을 것을 명시하는 알레고리다. 영으로 수렴되지만 영이 되지는 않기에, 퇴락은 반전을 모른다. 묵시록의 시간은 그렇지 않다. 파국이란 시간을 단절함으로써 새로운 시작을 가능하게 해 주기 때문에. 우리에게 묵시록의 시간이 소중한 것은 바로 이 때문이기도 하다.

2

묵시록에도 여러 층위가 있다. 첫째 한 개인의 파국이 있고, 둘째로 공동체의 파국이 있으며, 마지막으로 세계의 파국이 있다. 이를 각각 개인의 종말, 시대의 종말, 세계의 종말이라고 부르자. 한 개인의 파국이 사회의 구조적 모순 때문이라면 개인의 종말은 시대의 종말이 된다. 한 사회의 파국이 삶 전체의 절멸을 예표한다면 시대의 종말은 세계의 종말이기도 하다. 각 종말은 서로 겹치는 여러 크기의 물결과도 같다. 개인의 종말은 작은 파문을 만들 뿐이지만, 세계의 종말은 모든 것을 쓸어 가는 대홍수를 불러일으킨다. 박형서의 「시간의 입장에서」(《한국문학》, 2015년 봄호)가 제기하는 문제는 세계의 종말과 개인의 종말이 '우연성'이라는 계기를 두고 서로 결합한다는 사실이다. 두 종말이 우연히 겹친다는 말이 아니다. 그것은 모든 파국이 '우연'의 형식으로써만 당도한다는 것을 의미한다. 이를 파국의 평행 이론이라고 불러도 좋을 것이다.

존스홉킨스 대학 진화생물학 연구팀에서 발표한 논문 한 편이 지나치게 많은 관심을 끌었다. 요약하자면 닭이 멸종 위기에 처했다는 것이다. 뭐? 뭐라고?

많은 사람들이 머리를 갸우뚱거렸다. 닭은 지금 이 순간에도 지구상에

300억 마리 넘게 살고 있는 동물이어서, 단순히 산술적으로 계산하더라도 멸종할 확률이 인간보다 다섯 배는 낮다.

하지만 연구팀의 지적에 의하면 그건 닭이 아니라 '닭고기 맛이 나는 유전공학적 농산물'(Genetically engineered farm products flavored with chicken)에 불과하다. 지난 백 년 동안 급격한 종 개량과 유전자 조작을 거치며 그들의 직계 조상인 적색야계와 모든 면에서 완전히 분화되었기 때문이다. (중략) 짝짓기를 해 봤자 수정이 되지 않거나 수정체 내에서 심각한 결함이 발생하는 아종 수준의 분화는 가축화(Domesticated)가 시작된 약 4천 년 전의 일이지만, 현대에 와서는 성행위 자체가 불가능한 기계적 장벽(Mechanism barrier)처럼 수정 전 격리 장벽(Prezygotic barrier)까지 구축되어 분화의 가장 마지막 단계가 완성되었다는 것이다. 말하자면 영판 다른 생물로 보아야 할 만큼 격리가 진행된 것인데, 야계와 오늘날의 닭의 생물학적 격리 수준은 곰과 미꾸라지 정도로 추정되었다. 곰과 미꾸라지가 만나 가정을 이룬다고 생각해 보라. 픽이나 단란하겠다.(26~27쪽)

가짜 권위를 발생시키는 의사-인용문들과 과장과 유머는 (박형서의 특징이기도 하지만) 묵시록의 전략이기도 하다. 품종 개량의 결과로 종 분화가 이루어질 수 있다는 가정은 틀림없는 과학적 사실이고, 이 사실을 가정법의 형식으로 단언함으로써 종(種)의 멸망이라는 묵시록적 비전을 얻어 낸 것이기 때문이다. 이러한 가정법은 극단화된 예측을 통해 얻어 낸 미래 완료 시제를 취한다. 전 세계에서 바글거리는 닭이 실은 유전적 더미(dummy)에 지나지 않는다는 선언은 가까운 미래에 확인될 멸종의 예고편이다. 닭고기와 '닭고기 맛' 고기의 차이란 진짜와 가짜의 차이, 혹은 "곰과 미꾸라지의 차이"다. 둘 사이에 화해나 교배는 불가능하고, 그 결과는 파국적이다. 이 비대칭은 무한과 무, 다시 말해 "삼백억 마리"와 영 마리(멸종) 사이의 비대칭이기도 하다.

여기에 대응하는 것이 개인의 불행이다. 어느 날 생물 다양성 과학 기구(IPBES)로부터 멸종된 것으로 알려진 적색야계의 알 하나가 배달되어 왔다. 직원 성범수가 이 임무를 맡은 것은 "귀싸대기를 한 대 맞았기 때문"이다.

    곤하게 자던 중이었다. 머리에 가해진 충격이 어찌나 심했던지 매트리스 스프링의 탄성에 의해 몸이 똑바로 일으켜질 정도였다. 자고 있던 방향과 타격이 가해진 위치, 그리고 오른손바닥을 열심히 주무르는 모습 등으로 미루어 보아 아내가 제자리에서 몸을 일으켜 왼손으로 매트리스를 짚은 뒤 오른손으로 사력을 다해 내리찍은 모양이었다.
    아내는 낮게 으르렁거렸다. 대략 남편을 비하하고 결혼 생활을 후회하는 것 같았는데, 여러 맥락을 종합해 볼 때 그렇다는 것이지 실제로는 한마디도 알아들을 수가 없었다. 그건 진짜 '으르렁'이었다. (중략)
    짐은 모두 싸 둔 상태였다. 있는지도 몰랐던 커다란 이민 가방이 현관 앞에 다섯 개나 줄지어 있었다. 집에 가겠다고 했다. 이혼 서류는 우편으로 보낸다나 어쩐다나. (중략) 같이 살았던 지난 팔 년에 걸쳐 끝없이 리허설을 해 둔 게 아닐까? 세 시간 남았으니 이제는 출발할 시간이네, 남편의 귀싸대기를 내리찍어 깨워야겠어, 뭐 그런 건가? 제발 이유만이라도 알려 달라고 사정했다.
    "때가 된 거지."
    아내가 쌀쌀맞게 대꾸했다.
    "때가 되었다고?"
    "당신도 잘 알고 있잖아."(25~26쪽)

성범수는 아닌 밤중에 홍두깨 대신 귀싸대기를 맞고는 이혼을 통보 받았다. 나름대로 잘 꾸려 온 결혼처럼 보였으나 파국은 하루아침에 다가왔다. 이것이 묵시록임을 알리는 두 가지 증거가 있다. 하나는 성범수가 아내의 으르렁거림을 알아들을 수 없었다는 것. 파국에 부가된 설명은 그저 우연을 필연으로 가리는 위장술에 불과하다. 묵시록을 겪는 자에게 종말이란 예고되지 않은 재난이다. 성범수는 이해할 수 없는 우연을 필연으로 바꾸기 위해 할 수 있는 생각을 다 짜낸다. 지난 팔 년은 이 파국을 위한 "리허설" 기간이 아닐까? 이 파국은 오래전부터 예비되어 온 필연적 귀결이 아닐까? 파국을 맞은 이들이 자신들에게 닥친 횡액을 이해하기 위해 만들어 낸 헛된 가설이다. 다른 하나는 '때가 되었다'는 아내의 선언. 묵시록의 순간은 도둑처럼 임한다. 때문에 거기에 어떤 대비도 할 수 없다. 그것은 선언될 뿐이다. 때가 되었다(The time comes)는 선언은, 일종의 도끼질과도 같다. 이전의 시간과 지금의 시간을 둘로 가르는 시간의 도끼질이다. 그것은 인정할 수밖에 없는 선언이다. "당신도 잘 알고 있잖아." 성범수는 뭘 아는지도 모르면서 "고개를 끄덕이며 알아들은 척을 했다." 이미 그 시간이 도래했기 때문에.

　이야기가 전개되면서 두 개의 파국이 만난다. 지구상의 모든 도계장에서 "적색야계의 유전자"가 사라졌다. 살아 있는 닭을 찾기 위한 모든 노력은 수포로 돌아갔다. 그러던 중 야생 닭의 유정란 하나가 도착한 것이다. 달걀을 보낸 이는 '응우 예'란 이름을 가진 한 '뜨라'(선생)였다. 그는 범수를 카렌족이 사는 산속 마을로 데려간다. 거기에는 온갖 새들과 사람들이 경계를 이루며 살고 있었다. 잘 알려진 새만이 아니라 "어디에서도 본 적 없는 희한한 새들"도 있었다. 동시에 "겨드랑이에 날개가 난 아이"나 "부리가 튀어나온 청년"처럼 새와 인간의 경계에 놓인 이들도 있었다.(38쪽) 이것이 파국이 제공하는 비현실의 이미지, 유토피아(Utopia)의 이미지다. 지상의 어디에도 없는 곳, 모든 경계가 지워진 곳. 어디에도 없기에 이곳에는 없는 존재가 다 있다. 지구상에서 멸종한 적색야계에서 이름을 부여받지 못한 모든 새들과 새-인간까지. 따라서 이곳을 찾는 모든 여정은 낙원 상실의 서사를 따른다. 성범수는 이곳을 찾아가는 동안 큰 부상을 당해 집으로 돌아가지 못하게 되었고,(유토피아에 들어서면 현실로 다시 귀환하지 못한다.) 하나 남은 야생 닭을 먹고서야 기운을 차릴 수 있게 되었다.(현실로 돌아오기 위해서는 유토피아의 모든 증거를 버려야 한다.) 그는 "그제야 아내와 완전히 헤어졌음을 깨달았다. 닭이 방금 전에 멸종했다는 것도, 그리고 뜨라가 동굴을 떠났다는 것도."(43쪽)

3

황정은의 「복경」(《한국문학》, 2015년 봄)이 가시화하는 것은 한 개인에게 밀어닥친 파국이지만, 그 파국을 만들어 낸 비가시적인 힘은 시대의 파국이다. 이 소설의 인물들에게는 두 개의 신체, 더 정확히 말하자면 두 개의 표면(표정)이 있다. 주인공이자 서술자인 '나'는 "웃는 사람"이다. "너는 누구입니까, 어떤 사람입니까. 그러므로 그런 질문을 받으면 나는 이렇게 대답합니다. 매일 웃는 사람입니다."(65쪽) '나'가 웃는 사람이 된 것은 백화점의 침구 판매원이기 때문이다. '나'는 좋건 나쁘건 웃음으로 고객을 응대해야 했고, 그래서 늘 얼굴에 웃음을 띠고 있어야 했다. 마침내 웃음은 '나'에게서 분리되어, '나'와 무관한 표면이 되었다.

나는 사과했습니다. 웃으면서요. 이상한 일은 아니었습니다. 나는 항상 웃고는 했으니까. 아니면 뭘 할까요? 어떻게 할까? 울까? 그냥 울어? 곤란하고 불편하니까 울어? 웃는 수밖에 없잖아. 웃으면서, 죄송하다고 할 수밖에. 그러니까 죄송하다고, 웃으면서 죄송하다고 말하자 그들은 지금 웃냐고 묻기 시작했습니다. 웃어? 왜 웃어? 너 왜 웃어 웃기냐? 우습냐 우리가? 우스워 이 상황이? 웃겨?

아니요, 아니요 라고 대답하면서도 나는 웃고 있었습니다. 웃는 것을 내가 멈출 수 없었습니다. 진정으로 당혹스럽게도 내가 웃는 것을 내가 멈출 수 없었습니다. 웃고 있었습니다. 죄송합니다, 웃지 않겠습니다, 라고 하면서도 계속, 이상한 가면이라도 쓴 것처럼 웃은 얼굴이었습니다.(78~79쪽)

육 개월 전에 구입한 이불을 환불하겠다고 온 얌체 고객들이 있었다. 사용한 티가 역력했지만 그들은 막무가내. 이불을 포장하던 주인공이 손을 놓쳐 이불이 그중 한 여자의 정강이를 치자 시비가 붙었다. '나'의 사과는 웃음 때문에 전달되지 않았다. 웃음은 통상적으로 기쁨, 환대, 친절, 다정함 같은 감정을 얼굴에 드러내는 기호다. '웃음'이란 기호는 저와 같은 감정의 자연스러운 표현이다. 이렇게 본다면 웃음은 내면의 현시라 할 수 있다. 이때 감정과 표정은 일치한다. 만일 웃음이 내면의 기쁨, 환대, 친절, 다정함을 외부에서 반복하는 것이라면, 웃음은 감정을 재현한다. 이때 표정은 감정과 등가적인 반복이다. 그런데 '나'의 웃음은 현시도 재현도 아니다. 웃음이 내 내면의 상태와는 완벽하게 무관한, "이상한 가면"과도 같은 게 되었기 때문이다. 웃음은 '나'에게서 떨어져 나와 독립적인 표면이 되었다. 즉 '나'와는 무관한 별개의 신체가 되었다. 자본주의가 강제하는 감정 노동의 실체를 예리하게 묘파하고 있는 대목이다.

웃는 '나'란 '나' 자신의 표면을 은닉한 '나'다. 본래의 '나'를 완벽하게 덮어 버렸기 때문에 본래의 '나'는 분실되고 만다. "내 얼굴, 웃는 그것, 흡착된 것처럼, 이 웃는 얼굴에서 달아날 수가 없었습니다."(79쪽) 따라서 '나'에게서 분리된 두 번째 표면, 두 번째 신체는 본래 '나', '나' 자신의 파국을 예고한다.

이따금 매니저는 립스틱을 새로 바르고 백화점 근처 지하상가로 내려갑니다. 거기로 내려가서 그녀가 무엇을 하느냐면…… 구매합니다. 저렴한

스커트와 블라우스와 양말 같은 것을 손에 잡히는 대로 계산대에 쌓아 두고 그 매장에서 일하는 사람을 갈굽니다. 최고, 라고 할 수 있을 정도로 매력 있게 웃을 줄 아는 그녀가 조금의 미소도 없이 매장 직원을 세워 두고 질문이나 트집으로 몰아붙이고 까다롭게 굴면서, 그들이 애먹는 모습을 관찰하는 것입니다. (중략) 왜 그렇게 하느냐고 물은 적이 있습니다. 왜 그 사람들처럼 해요, 그게 어떤지 언니도 알면서. 그러자 그녀는 내게 반문했습니다. 도게자라고 알아 자기?

도게자(土下座).

이렇게, 인간이 인간의 발 앞에 무릎을 꿇고 머리를 숙이는 자세를 도게자라고 해. 사람들은 이걸 사과하는 자세라고 알고 있지만 이것은 사과하는 자세가 아니야. 본래 사과하는 자세가 아니다. 이게 뭐냐 하면 자기야, 그 자체야. 이 자세가 보여 주는 그 자체. 우리 매장에서 난리 치는 사람들, 그 사람들? 사과를 바라는 게 아니야. 사과가 필요하다면 죄송합니다, 고객님, 으로 충분하잖아? 괜찮잖아 고개를 숙이는 정도로. 그런데 그렇게 해도 만족하지 않지. 더 난리지. 실은 이거니까. 이게 필요하니까. 필요하고 바라는 것은 이 자세 자체. 어디나 그래 자기야. 모두 이것을 바란다. 꿇으라면 꿇는 존재가 있는 세계. 압도적인 우위로 인간을 내려다볼 수 있는 인간으로서의 경험. 모두가 이것을 바라니까 이것은 필요해 모두에게. 그러니까 나한테도 그게 필요해. 그게 왜 나빠?(74~75쪽)

이 사회에 가장 잘 적응한 사람에게서도 두 개의 신체는 나타난다. '나'가 일하는 곳의 매니저는 얼굴도 차림새도 매너도 세련된 이 분야의 판매왕이다. 그녀는 그야말로 완벽한 판매원이어서, 그녀와 그녀 얼굴 사이에 어떤 간격도 없는 듯했다. 그런데 그녀가 그런 웃음을 유지할 수 있는 것은 그녀가 때로 진상을 떠는 고객의 역할을 했기 때문이다. 고객이 왕이라는 표어는 점원들이 내면화할 수 있는 것이지 고객 자신이 주장할 수 있는 것이 아니다. 판매왕에게 고객은 시쳇말로 '호갱'이었다. "고객이 매장으로 들어서서 매니저의 질문에 한 번이라도 대답을 하게 되면 그걸로 끝입니다. 아들이 덮을 싱글 사이즈 담요를 보러 들른 고객이 결국엔 더블 사이즈 담요에 자기가 덮을 이불과 거위털로 속을 채운 베개까지 들고 가는 등의 패턴인데 만족도가 높고 반품으로 되돌아올 확률도 낮습니다. (중략) 이런 경우엔 흔하게 구매는 재구매로 이어지고 방문은 재방문으로 이어져……"(74쪽) 이렇게 본다면 고객들도 둘로 분리되기는 마찬가지다. 필요한 물품을 사러 온 고객과 과잉, 충동 구매하는 고객의 둘로. 혹은 통상의 고객과 제 자신이 왕인 줄 아는 고객으로. 나아가 제 자신이 왕이라고 주장하는 고객과 왕 대접에 속아 호갱으로 전락한 고객으로. 자본주의가 제기하는 감정 노동은 이 감정과 얼굴의 밀착 여부에 따라 무수한 가면들을 생산해 낸다.

매니저는 점원의 신체에서 고객의 신체로 변신했다. 그럴 때 그녀의 친절한 웃음은 싸늘한 비웃음으로 변한다. 그녀는 자신이 감내해야 할 공격성을 다른 자리에서 발산함으로써 두 개의 신체로 분열한다. 공격받은 자가 공격하는 자다. 그리고 이런 이중성을 지탱하는 이데올로기가 '도게자'다. 무릎 꿇는 자세는 사과의 표현이나 사과하는 마음의 현시이거나 재현이 아니다. 그 자세는 그 자세 '그대로'를 의미한다. 그러니까 굴복하기, 패배를 자인하기, 열등한 자의 자리에 있기, 그리고 그것을 인정하기. 매니저는 이것이 세상을 보는 '관점'이 아니라 세상의 '실체'라고 생각한다. 따라서 그녀가 보기에 열등한 자의 신체에서 우월한 자의 신체로 변신하는 것은 당연한 일이다.

물론 우리의 주인공은 이런 이데올로기를 부정한다. "스스로 귀하다는 것은…… 자존, 존귀, 귀하다는 것은, 존, 그것은 존, 존나 귀하다는 의미입니까."(76쪽) 매니저는 능동(고객)과 수동(점원)이라는 두 실체로 증식함으로써 자존감을 획득했다. 그러나 그러한 존귀는 "존나 귀하다는 의미"에 지나지 않는다. 존귀(尊貴)에 비천함, 비열함, 천박함이 섞여 있다는 뜻이다. 그러나 웃는 얼굴 뒤에 제 자신을 표현하거나 저장해 둘 자신을 갖지 못한 '나' 역시 비천하고 천박하기는 마찬가지다. "맞은편 매장의 그녀가 막내야, 하고 나를 불렀습니다. 나더러 그만 좀 웃으라고 그녀는 말했습니다. 손님에게 응대할 때 너무 웃는다며 전부터 말하고 싶었는데 그렇게 웃는 거, 싸구려로 보인다고 그녀는 말했습니다. 보고 있으면 보고 있는 자기가 다 창피할 때도 있는데 대체 왜 그렇게까지 웃냐고 그거 좀 비굴하게 보이게, 매장에서 일하는 사람들 전체 이미지도 안 좋아질 수 있으니까 적당히 웃으라는 이야기였습니다."(81쪽) "싸구려, 창피, 비굴"로 요약되는 '나'의 웃는 얼굴도 비천하고 비열하고 천박했다는 말이다. 자신을 표현할 방법을 찾지 못한 '나'에게, 파국은 이제 피할 수 없는 것이 되었다.

나도 보고 있어요. 상당히 좋지 않은 화질이네요. (중략) 그러나 저것은 내가 맞습니다. (중략) 걷다 보니 피곤해 그 소파에 앉았고요. 그게 저기 찍혀 있네요. 소파에 앉는 내가⋯⋯그러나 나는 저기 잠깐 앉았다가 바로 일어났는데요. 앉았다가 일어났을 뿐. 소파를 한 번 쓰다듬었죠, 손으로. 그 장면이 저기 찍혀 있네요. 저렇게 짧게 앉았다가 일어났고 단 한 번 쓰다듬었을 뿐인데, 그 정도로 소파를 난도질할 수 있을 것 같습니까. 소파가⋯⋯완전히 너덜너덜할 정도로 찢어졌다면서요. 난도질, 되어 있었다면서요. (중략) 어떻게 그 찰나에 그 정도로 난도질할 수 있었겠습니까. 인간으로서, 그게 가능한가요?(82쪽)

그날, '나'는 늦게 퇴근했고, 백화점을 거닐어 보다가 소파에 잠깐 앉아서 쉬었고, 그리고 웃었다. "웃고 있네요. 화면 속에 내가 웃고 있어." 사람들이 나를 소파를 찢은 범인으로 지목한 것은 그 웃는 표정 때문이었다. 저 웃음은 복수심에 가득 찬 자의 웃음, 비열하고 천박한 웃음으로 해석되었다. 잠깐 동안에 가죽 소파를 어떻게 난도질할 수 있느냐는 '나'의 항변은, 그 웃음 때문에 부정되었다. 아니, 항변하는 동안에도 '나'의 웃음은 '나'와 무관하게 얼굴에 떠올라 있었을 것이다. 점원으로서의 '나'의 세계는 이렇게 파국을 맞는다.

그런데 마지막 의문이 남는다. 그렇다면 저 소파는 누가 난도질한 것일까? '나'가 범인이 아니라면 "그 찰나에 그 정도로 난도질"할 수 있는 게 아니라면, 대체 누가? 이 마지막 의문은 소설이 끝날 때까지 해소되지 않는다. 따라서 백화점을 출입했던 '모두'를 용의자로 지목하게 만든다. 범인은 '나'나 매니저 혹은 다른 점원일 수도 있고 백화점을 출입한 고객일 수도 있다. 모든 자가 잠재적 범인의 선상에 오른다. 모두가 범인으로 의심받는 공동체란 이미 파국을 맞은 공동체다. CCTV에 찍힌 한 개인의 파국 너머에는 '나'를 범인으로 몰아가면서 은닉된 수많은 이들이 있다. 이른바, 시대의 파국이다.

4

이기호의 「권순찬과 착한 사람들」(《문학동네》, 2015년 봄)에서도 개인의 파국은 시대의 파국과 동시적이지만, 황정은의 소설에서와 달리 그 파국의 원인이 가시화된다는 점에서 차이가 난다. 작가이자 지방대 교수인 '나'는 지리멸렬한 일상에 지친 나머지 소심하고 "애꿎은 사람들에게 화를 내"(204쪽)곤 했다. '나'의 유일한 낙은 혼자 사는 변두리 아파트 상가에 있는 호프집에서 소주 탄 생맥주를 마시는 일이었다. 어느 날 '나'는 낯선 남자가 건너 테이블에 앉아 있는 것을 발견한다. 아무 특징도 없는 사내다. "남자는 그냥 좀 흐릿해 보였다. (중략) 남자를 보며 당시 내 머릿속에 떠오른 이미지는 '먼지 뭉치'였다."(205쪽) 남자에게 아무 존재감이 없었다는 뜻이다. 그런데 이튿날부터 그 남자가 자신을 어필하는 일이 시작된다. 출근길에, '나'는 출입문 건너편 "야산이 시작되는 철조망 부근"에서 예의 그 사내를 발견한다.

나무들을 기둥 삼아 파란 천막이 지붕처럼 펼쳐져 있었다. 그리고 그 아래 한 남자가 돗자리를 편 채 가만히 앉아 있었다. 남자는 대자보 두 장을 합판에 붙여 들고 있었는데, 한 장은 글씨가 너무 작아 잘 보이지 않았지만, 나머지 한 장은 똑똑히 읽을 수가 있었다.

103동 502호 김석만 씨는 내가 입금한 돈 칠백만 원을 돌려주시오!(206쪽)

"먼지 뭉치"로 표상되는 사람이란 대체 어떤 사람일까? 그는 그냥 거기에 '윤곽'으로 존재할 뿐인 사람이고 그 윤곽마저도 흐릿한 그런 사람이다. 그런데 그가 저 변두리 아파트의 배경에 올올하게 새겨진다. 아파트와 야산의 경계에, 다시 말해 삶과 황무지의 경계에 텐트를 치고 먹고 자며 시위를 시작한 것이다. 그는 이 아파트의 삶에는 포함되지 않는다. 아파트의 주민이 아니기 때문이다. 하지만 그는 이 아파트와 무관한 것도 아니다. 아파트 주민들이 들고나는 바로 그 풍경 속에서 터전을 구축했기 때문이다. 이것은 무슨 의미인가?

'나'를 포함해서 변두리 아파트 주민들의 공간을 '삶'(생활)의 무대라고 하자. 여기에는 세 개의 대립항이 있다. 첫 번째가 '죽음'. 살아 있었으나 지금은 죽은 자. 그(권순찬)를 여기로 초대한 어머니가 그랬다. "저 사람 어머니라는 분이 몇 달 전에 갑자기 찾아와서는 자기가 빚을 졌으니 조금 도와달라고 하면서 계좌 번호를 놓고 간 모양이에요. 알고 봤더니 이 사람 어머니라는 분이 사채를 쓴 모양인데……."(207쪽) 몇 달 후에 사내가 계좌로 돈을 보냈는데 그사이 어머니 역시 돈을 갚고 스스로 목숨을 끊었다. "결과적으로 사채업자에게 돈이 두 번 들어간 거죠. 저 사람, 얼마 전 어머니 장례를 뒤늦게 치르고 곧장 여기로 내려온 모양이에요."(208쪽) 그의 어머니는 죽어 있으나 그를 이곳에 초대하고 행동하게 만들었다는 점에서는 일종의 동인(動因)으로, 살아 있다. 두 번째는 '죽지 않음'. 어머니를 죽음으로 몬 사채업자가 바로 그 사람이다.(여기에 관해서는 조금 뒤에 다시 얘기하기로 하자.) 세 번째는 '살지 않음'. '죽음'이 한때는 살아 있었으나 지금은 죽은 사람이고, '죽지 않음'이 '죽음'이라는 대립항을 모르는 삶이라면, '살지 않음'은 비활성화된 삶, 삶에는 포함되지 못했으나 죽은 것도 아닌 삶이다. 예컨대 활인화(活人畫, living picture) 속의 사람이 그렇다. 그는 살아 있으나 그저 풍경의 일부일 뿐이다. 아파트 건너편 야산 초입에 텐트를 쳐 놓고 노숙 생활을 시작한 사내가 그렇다. 혹은 "먼지 뭉치"로 표현되는 사람이 그렇다. 얼핏 보면 생명 없는 (inanimated) 존재지만 잠시 뒤에 보면 꿈틀하고 움직이는 이 사내가 그렇다.

그는 아파트 주민들의 관점에서 보면 살지도 죽지도 않는 자다. 죽은 자(그의 어머니)나 죽지 않는 자(잠시 뒤 말할 사채업자)는 삶과는 무관한 자다. 아파트 주민들은 그들에 관해서는 신경 쓰지 않는다. 심지어 사채업자의 어머니마저 그렇다. 그녀는 103동 502호에 사는 할머니인데, "유모차에 의지해 공장 단지로 폐지를 주우러" 다닌다.(208쪽) 아들마저도 아파트 주민들의 삶에는 포함되지 않는 것이다. 그런데 권순찬은 그 경계에 있다. 그는 아파트 사람들과 무관하지도 않지만 아파트 주민인 것도 아니다. 그 경계의 존재를 사람들은 견디지 못한다. 502호 할머니마저 그렇다. "이 할머니가 저 남자 저러고 있는 뒤부터는 밖으로 나오지도 않아요. 폐지 안 주우면 제대로 살 수도 없는 할머니가……."(209쪽) 사람들은 "김석만이라는 사람이 나타나면 꼭 연락"(211쪽)할 테니 자리를 걷으라고 설득하기도 하고, 불우이웃돕기 성금으로 700만 원을 모금하여 사내에게 전달하기도 한다. 하지만 어느 것도 그를 설득시키지 못했다. 사내는 연락을 주겠다는 제안도, 모아 온 성금도 거절하고 그 자리를 지킨다. 마침내 '나'가 폭발한다. 이렇게.

G시에 첫눈이 내리던 날, 나는 호프집에서 술을 마시다가 충동적으로 문을 열고 나가 도로를 건넜다. (중략) 나는 그것들을 밟고 그의 앞으로 다가갔다. 초록색 패딩 점퍼에 달린 모자를 둘러쓰고, 면장갑 낀 두 손으로 대자보 판을 들고 있는 남자. (중략)

남자는 어깨를 잔뜩 옹송그리고 있다가 힐끔 나를 쳐다보았다.

어머니 때문에 그래요?

나는 점퍼 주머니에 손을 넣은 채 말했다.

어머니가 당신 때문에 죽은 거 같아서 그러냐고요?

남자는 나를 쳐다보던 눈길을 거두고 다시 고개를 숙였다.

아닌데요…… 어머니가 왜 나 때문에 죽어…….

남자가 거기까지 말했을 때, 나는 점퍼 주머니에서 손을 빼 그의 멱살을 잡았다.

아니긴 뭐가 아니야! 그런 거잖아! 당신이 늦어서 어머니가 그렇게 됐다고 생각하는 거잖아!

멱살을 잡힌 남자는 엉거주춤 자리에서 일어났고, 그 바람에 휴대용 낚시 의자는 뒤로 나뒹굴었다.

아닌데요…… 돈이 육백만 원밖에 없어서…… 두 달을 더 일해야 돼서…… 그렇게 된 건데요…….

남자가 거기까지 말했을 때, 나는 그의 멱살을 잡았던 손을 풀었다. 나는 남자의 말을 제대로 듣지도 않았다.

애꿎은 사람들 좀 괴롭히지 마요! 애꿎은 사람들 좀 괴롭히지 말라

고!(221쪽)

이 엉뚱한 장면은 살아 있지 않은 삶, 비활성화된 삶이 공동체의 삶에 가하는 참을 수 없는 고통을 드러낸다. 사내는 아파트 주민들이 무시할 수도 인정할 수도 없는 경계에서, 아파트 주민들 전체의 삶을 극단적으로 일그러뜨린다. 사내 자신이 그 삶에 포함되지 않은 얼룩이기 때문이다. 사람들은 대신 연락하겠다거나 돈을 주겠다는 식의 호의로도, 어머니가 당신 때문에 죽었다고 생각해서 그러느냐는 꾸지람으로도 그를 설득하지 못한다.[1] 그런데, 사내는 의외로 쉽게 치워진다. 누군가 신고를 했고, 노숙인 쉼터 소속의 청년들이 와서 그를 끌고 갔다. "이를 덜덜덜 떨면서 끌려가더라구요, 아무 저항 없이."(221쪽) 그는 간단히 치워진다. 비활성화된 삶이 아니라 비활성화된 사물인 듯이. 쓰레기처럼. 이로써 한 개인의 파국이(혹은 한 가정의 파국이라고 해도 좋겠다.) 완성되었다.

소설은 누가 그를 신고했는지에 관해서는 말을 아낀다. 다만 서술자의 입을 통해 이렇게 말할 뿐이다. "나는 그들을 누가 불렀는지 대강 짐작이 갔다. 그러나 그런 짐작에 대해선 한마디도 하지 않았다."(221~222쪽) 누가 그들을 불렀을까? 그리고 '나'는 그 사실을 알면서도 왜 독자에게 밝히지 않았을까? 누가 불렀든 그것은 크게 다르지 않다. 그를 얼룩이라고, 이 삶에 포함되지 못하는 침입자라고 생각한 아파트 주민이라면 누구나 잠

---

1 지나는 길에 말하자면, 작중 인물 '나'가 이기호 자신임을 짐작하기는 어렵지 않다. 이런 사소설적 장치는 이 소설의 사실성을 보증하는 것이 아니다. 이 소설이 실화인지 아닌지는 당연히 중요하지 않다. 이 장치가 목표로 하는 것은, 글의 서술자마저도 '우리'(아파트 주민)의 일부이며, 그런 '삶'의 지점에서만 저 얼룩이 가시화된다는 사실이다. 삶의 시선을 가질 때에만 얼룩이 가시화되기 때문이다. 서술자는 이 풍경 속에 구성적으로 엮여 있다. 서술자의 저 특수한 위치가 확보되어야 저 괴로움("애꿎은 사람들 좀 괴롭히지 마요!")이 죄의식에서 비롯된 것이라는 점이 폭로된다.

재적인 범인이다. 황정은의 소파를 누더기로 만든 범인처럼. 이것이 공동체의 파국, 시대의 파국이다. 여기까지는 「복경」의 동선과 다르지 않다.

그런데 다시 추신이 붙는다. 작가이자 서술자인 '나'는 그의 이야기를 쓰려고 하지 않았다. 그런데 "지지난주 금요일" '나'는 한 사람을 만난다. 앞서 말했던 그 사채업자다.

> 차에서 나온 사람은 내 또래의 남자였는데, 꽉 끼는 청바지에 검은색 가죽재킷을 입고 있었다. 가죽재킷의 칼라 부분엔 흰색 털이 달려 있었다. 가죽재킷 안에는 빨간색 줄무늬 티셔츠를 입고 있었는데, 복부 비만인 듯 배가 고스란히 드러나 보였다. 손에는 쇼핑백을 들고 있었다. 남자는 가만히 서 있는 나를 힐끔 한 번 바라보더니 그대로 103동 출입구 쪽으로 걸어갔다. 나는 그의 뒷모습을 보며 누굴 찾아왔구나, 우리 아파트에 저런 차를 모는 사람도 찾아오는구나, 생각하며 102동 쪽으로 걸어갔다. 그렇게 몇 걸음 걸어가다가 말고 나는 다시 몸을 돌려 그가 들어간 103동 쪽을 바라보았다. 그였구나! 그 사람이었구나!(222쪽)

사채업자를 만나지 않았다면 권순찬은 비활성화된 삶으로 혹은 살아 있지 않은 얼룩으로 잊혔을 것이다. 그런데 죽지 않는 자, 다시 말해 삶에 포함되지 않으면서도 그 삶 전체를 부정하는 자가 등장한다. 그는 권순찬의 어머니를 죽음으로 내몰고 권순찬을 얼룩으로 만든 진정한 원인이었고 같은 방식으로 우리 모두를 "애꿎은 사람"으로 만든 원인이었다. 우리는 권순찬이 "애꿎은" 우리에게 화를 내고 있다고 생각했다. 그래서 권순찬을 쓰레기처럼 치웠다. 그러나 실은 저 사채업자가 범인인 것이다.

죽지 않은 자의 원형은 좀비다. 좀비는 불사의 몸이지만 사실은 삶을 부정한 죽음이다. 삶은 죽음을 내장하고 있다. 삶은 한시적일 때에만 비로소 삶이다. 반면 죽지 않음은 어떤 삶도 내부에 지니지 않는다. 그것은 삶을 흉내 낸 죽음일 뿐이고 그래서 실은 영원한 죽음이다. 모든 삶을 부정하는 죽지 않음, 삶을 떼어 내서 혹은 죽음에(권순찬의 어머니에게처럼) 혹은 살아 있지 않음에(권순찬에게처럼) 배당하는 죽지 않음이란 죽음의 권능이며 죽음의 외화다. 소설은 이렇게 끝난다.

> 그리고 지금 여기에, 그 이야기를 쓰기 시작했다. 우리는 왜 애꿎은 사람들에게 화를 내는지에 대해서.(223쪽)

이 문장은 앞의 문장과 같지 않다. 이제 화를 내는 주체는 권순찬이 아니라 우리다. "애꿎은 사람들" 속에는 우리만이 아니라 권순찬 씨도 포함된다. 대립항이 다르게 설정되었기 때문이다. 이것이야말로 묵시록 시대의 소설이 우리에게 건네는 마지막 전언 가운데 하나가 아닐까.

3부

세상,
폐허와
악몽 사이에서

이 실패를 어떻게 풀까?

하성란의 실패들

1   삶이라는 실패(失敗/reel) 앞에서

세상이란 그것의 한 구성 요소로 참여하고 있는 사람에게는 거대한 미스터리다. 세상을 개괄할 수 있는 지점이 허락되지 않는 한, 그에게 세상의 모든 요소들은 양자 우주 속 입자들처럼 불확실하고 불분명하게 나타난다. 세상 바깥으로 나가지 않는 한 그는 자신도 세상도 온전히 볼 수 없다. 그 자신이 세상이라는 복잡한 실타래의 한 매듭에 지나지 않기 때문에. 혹은 그 실을 삶이라고 말할 수도 있을 것이다. 세상이 난장(亂場)이라면 난장 속에서 살아가는 이들의 동선(動線)이란 얽히고설킨 것일 수밖에 없을 터, 그것은 엉터리 신이 엉망으로 감아 놓은 실타래와 같지 않을까. 여기서 하나의 실이 끊어지면 저기서 다른 실이 나타나고, 왼쪽에서 두 번 풀리면 오른쪽에서 세 번 꼬이는 것과 같은 우연과 무작위의 삶이 바로 그것.

이것은 어쩌면 서사를 적어 나가는 작가에게도 해당되는 일인지 모른다. 고전극의 삼일치 법칙과 같은 서사란 이 세상을 기술하는 서사가 아니다. 필연과 섭리를 통찰하는 시선이란 세상 바깥에 자리 잡은 신의 시선에 지나지 않을 터이므로. 이 난마와도 같은 세상의 통속극을 기술하기 위해, 우리에게 기계신이 필요한 것은 아니다. 우연과 폭력과 양면성이야 말로 이 실타래를 엮어 나가는 로직일 것이다. 「1968년의 만우절」이 우리에게 이야기하는 것도 바로 이런 양면성이다. 의도적(비유가 아닌 즉자적 의미로) 중언부언의 서사가 보여 주는 것이 바로 저 양면성이다.

① 아버지는 평소와 다르게 가뿐히 혼자 일어나 앉았다, 라기보다는 스르르 머리 쪽으로 천천히 빠져나왔다. 몸이, 아닌 영혼이 깃털처럼 가벼웠다. 아버지는 침대에 널브러져 누운 늙은 육신을 내려다보았다. 말라 비틀어진 볼품없는 육신이 바로 자신이라는 것을 깨닫자 절망했다. (중략) 헬리콥터처럼 아버지는 천천히 떠올랐다. 침대에 둘러선 가족들의 머리통이 저 아래로 멀어졌다. 아버지의 영혼은 병원 건물 천장을 뚫고 올라가면서 하늘로 비상했다. 거리를 걸어가는 사람들의 머리가 콤마로 보이고 자동차들이 개미만 해졌다. 아버지는 더 높이 올라갔다. 아버지는 멀찍이 멀어지는 남산을 보았고(서울타워 때문에 남산이라는 것을 알았다.) 환하게 불을 밝힌 월드컵 상암 경기장(그건 딸애가 늘 용변을 처리해 주던 스뎅 배변통 같았다.)이 멀어졌다. 관중석이 붉은 셔츠를 입은 사람들로 꽉 차 있었다. 아버지는 더 높이 부상했다. 달에서도 보인다는 만리장성은 지구의 커다란 생채기 아니 어찌 보면 거대한 틈, 불과 얼음이 흘러들어 최초의 두 존재를 만들어 낸 그 틈 같아 보였다. 아버지는 조금 더 높이 올라 반도인 우리나라를 온전히 한눈에 내려다보았는데 과연 토끼 비스무리했다. 아버지는 하늘 높은 줄 모르고 더 높이 더 높이높이높이 올라 드디어 저만치 앞에서 움직이는 듯 마는 듯 돌고 있는 지구를 보았다.

---

1   하성란, 「1968년의 만우절」, 『여름의 맛』(문학과지성사, 2013). 이하 본문에 인용할 때는 쪽수만 밝힌다.

지구는 초록 별이었다.(286~287쪽)

② 그는 2년째 자신이 쓴 시나리오를 들고 제작자를 물색하는 중이었다. (중략) 그가 쓴 시나리오는 컬링을 하는 네 명의 여자에 관한 이야기였다. (중략) 누군가 컬링인가 뭔가보다는 핸드볼이 어떻겠느냐고 거들었다. 그다음 날로 그의 시나리오 주인공은 넷에서 다섯이 되었다. 그의 시나리오는 완성되지 않은 채 매일 조금씩 바뀌었다.(281쪽)

아버지는 두 번 죽었다. 바꾸어 말하면 아버지는 죽었다가 되살아났다. 한일월드컵이 열리던 2002년이었다. "16강이었는지 8강이었는지"(283쪽) 분명치는 않았으나 전반전이 끝날 무렵 숨이 멎었다. "의사가 사망 시간을 선고하려는 순간" "심장 박동계의 횡선이 탄력을 받아 투웅, 튕겨 올랐다."(285쪽) ①은 아버지가 다시 살아나, 죽었을 때를 회상하는 임사 체험 이야기다. 살아 있는 자가 초월적인 시점을 가질 수는 없다. 아니 도대체 인간이 지구를 개괄한다는 것 자체가 말이 되지 않는다. 저 "초록 별"은 세상 바깥에 속해 있는 자, 그러니까 신의 시점에서만 볼 수 있는 모습이다. 아버지는 처음부터 수많은 거짓말들로 삶을 치장하고 살았다. 나이도 (엄마에게 아빠가 말했듯) 1945년생인지 (아버지의 사촌이 계산한 것처럼) 1931년생인지 불분명했다. 엄마를 만난 것도 딸인 '나'가 태어난 것도 "1968년 만우절의 거짓말" 덕분이었다. "그해 겨울 엄마는 나를 배 속에 넣고 제2한강교를 건넜다. (중략) 아버지의 말랑말랑한 거짓말에 눈 감으면 코 베 간다는 서울살이에 의심만 늘 대로 는 엄마도 속아 넘어갔다. 그날 마신 커피 탓도 있었다. 카페인 성분에 심장이 벌렁벌렁 뛰었는데 엄마는 그걸 그만 아버지를 사랑하는 거라고 믿어 버리고 말았다."(297쪽) 농담과 거짓말과 엉터리 인과 관계 덕분에 어머니와 아버지, '나'의 가족 관계가 형성된 셈이다. 죽은 줄 알았던 아버지가 다시 살아나

자 어머니는 울면서 말했다. "하여간 죽는 순간까지도 공갈이야, 이 인간은……."(285쪽) 그렇다면 '공갈'에 능통한 저 아버지는 이 세상을 농담과 거짓말과 우연으로 통치하는 엉터리 신이 아니었을까? 신이 인간들의 운명을 저렇게 엉망으로 얽어서 던져 놓은 실타래, 그게 바로 초록 별 지구가 아닐까?

② 무능한 남편도 아버지의 닮은꼴이다. 남편은 시나리오를 쓰지만 실제로는 백수다. 귀가 얇아 남의 말을 듣고 자꾸 손을 대는 바람에 원고는 세상도 보지 못한 채 누더기가 되어 가는 중이다. 끝내 그는 자기 원고를 다른 이에게 뺏기고 만다. "자신이 이 년 동안 공들였던 시나리오가 어이없게도 다른 제작사를 통해 다른 작가, 감독의 이름으로 발표"(289쪽)되는 꼴을 당했던 것. 저 누더기(시나리오 원고) 역시 초록 별 지구와 닮은 엉망진창의 실타래다.

여기, 두 조물주가 등장한다. 아버지의 형상을 한 신과 남편의 형상을 한 작가. 그러나 그들은 섭리로 지구를 통치하지도 않고 필연으로 서사를 구성하지도 않는다. 그런데 이 무능한 조물주야말로 이 세상을 가장 잘 설명하는 조물주 아닐까. 지금, 우리 앞에 던져진 세상이 바로 이런 실타래이기 때문이다. 무능과 실패(失敗)를 통해서만 실타래를 감는 실패(reel)가, 그리고 참된 사실의 세계(the real)가 출현할 수 있기 때문이다. 하성란만큼 이 난장의 삶을 정확히 직시하고 있는 작가는 드물다. 실타래 위상학 혹은 매듭 위상학(knot-topology)의 도움을 받아 하성란 소설의 세계를 여행하기로 하자. 이 실패(失敗, reel)의 끝에서 우리는 어쩌면 이런 감탄을 발하게 될지도 모른다. 무능한 조물주가 펼친 실패한 창세기는 어째서 이토록 아름다운가. 이 초록 별 지구는!

2 보로메오의 매듭: '신체'라는 실패(reel)

보로메오 매듭(Borromean knot)에서 이야기의 실마리를 찾아보자. 라캉이 정신의 위상학을 설명하기 위해 보로메오 가문의 문장에서 따온 이 매듭은, 서로 얽힌 삼륜(三輪) 형상이고 각각의 원은 I(상상계), R(실재계), S(상징계)에 배당된다. 보로메오 매듭은 각각의 단계가 서로 뒤엉킨 위상학적 관계를 보여 준다. 여기서 상상계에 배당되었으나 상징계와 실재계에 배당되지 않은 영역이 신체(body)의 영역이다. 상상계가 상징계와 뒤얽힌 자리가 의미의 영역이라면, 신체의 영역은 의미화, 상징화되지 않는 비상징의 영역이라 할 수 있다. 이것은 신체가 상징적인 것(언어) 너머에서, 의미화되지 않은 것으로 존속한다는 것을 뜻한다. 상징이 인간을 포획할 때 의미가 생겨난다. 하지만 그 의미 너머에는, 상징화할 수 없는 인간의 잉여인 신체가 남아 있다.

하성란의 소설에서 신체에 달라붙은 어떤 느낌은 형용할 수 없는 무언가를 남긴다. 그것은 과거가 남긴 잔향이나 현재가 육박해 오는 압력과도 다른 '모종의' 느낌이다. 취향이나 입맛이라고 단정할 수 없는 어떤 독특하고 유니크한 '맛'. 그 '맛'은 작은 실수와 혼동, 오해와 오인을 경유하여 나의 몸에 들어온다. "잘못 온 거죠?"(「여름의 맛」, 44쪽) 잘못 들어선 골목, 실수로 넘어 버린 경계선에 매듭이 있다. 즉, 눈치채지 못한 사이에 한 세계에서 다른 세계로 전환되었다는 것을 보여 주는 표식이다.

택시 기사가 금각사를 은각사로 잘못 알아듣고 은각사에 내려 주지 않았다면 그녀는 그를 만나지 못했을 것이다. 나중에야 금과 은이 '킨'과 '긴'으로 비슷한 발음을 가지고 있다는 것을 알게 되었다. 그 미묘한 발음의 차이로 외국인 관광객들이 가끔 금각사인 줄 알고 은각사에 와서 서성댄다고 알려 준 것도 그 남자였다. 그는 몇 번이고 금각사와 은각사의 일본어 발음을 되풀이했다. 킨가쿠지. 긴가쿠지. 일본인에게는 명확히 들릴 그 발음이 당시 그녀에게는 변별력 없이 엇비슷하게 들렸다.(43~44쪽)

언어가 표상하는 상징의 세계가 최초의 자리인 상상적인 것과 만나 의미화될 때, 오해와 오인이 발생난다. 그것은 한국인인 그녀('최')의 육체가 일본인의 육체와 달라서 미묘한 차이를 식별하지 못했기 때문이다. 그녀는 금각사 대신에 은각사에 와 버렸다. 그리고 그곳에서 한 남자를 만난다. "사진을 공부하러 온 유학생"(45쪽)인 남자는 그녀에게 복숭아 하나를 건넨다. 어찌나 단지 "흘러내리는 과즙을 쪽쪽 소리 나게"(48쪽) 빨아 먹을 만큼 게걸스럽게 복숭아를 먹어 치운 그녀에게 남자가 헤어지며 소리친다. "당신은 이제부터 복숭아를 정말 좋아하게 됩니다!"(49쪽) 이 이상한 시제를 가진 문장("이제부터"는 현재를 가리키지만 "좋아하다"는 미래를 가리킨다.)은 의미의 바깥에서 혀를 넘실대며 그녀를 지배하게 된다. 그녀는 남자에게 웃기지 말라고 소리쳤지만, 아마도 그 말을 건네는 그 순간에도 그녀는 웃고 있지 않았을 것이다. 기껏 복숭아 정도에 휘둘릴 내가 아니라고 그녀는 호언장담했지만, 숭례문이 불에 탔던 사건이 일어난 해 6월 어느 날 그녀는 불타는 금각사 대신 은각사의 복숭아를 떠올린다. 남자의 말이 생생한 울림으로 되살아난다. 그녀는 다들 꺼려하는 지방 출장을 자원하면서까지 그 복숭아 맛을 찾아다니게 된다.

과즙이 줄줄 흐르는 다디단 복숭아의 맛이 최를 사로잡은 맛이라면, 요리 연구가 '김'에게는 차갑게 목구멍을 넘어가는 콩국의 맛이 있다. 김 선생은 잡지 기자인 최에게 맛이란 음식이나 재료의 맛이 아니라 추억의 맛이라고 알려 준 요리 연구가다. 최가 잡지의 연재물로 의뢰한 '여름의 맛'으로 김 선생이 꼽은 음식은 어머니의 장례식이 끝나고 아버지가 사 준 콩국이다. 김은 어머니를 땅에 묻고 돌아오는 길에 촌 여자들이 파는 콩국을 마시다가 차갑고 미끄러운 무언가가 목구멍을 타고 넘어가는 것을 느낀다. 어린 김은 그것이 작은 물고기일 것이라고 생각한다. "그해 여름, 계집아이의 목구멍을 타고 넘어가면서 계집아이를 웃게 했던 작은 물고기는 무엇일까."(66쪽) 우뭇가사리로 짐작되지만, 사실 그것의 정체는 중요하지 않다. 금붕어처럼 미끈거리던 그것은 언어로 의미화할 수 없는 신체의 느낌, 그 자체이기 때문이다. 그렇게 본다면 최가 찾아다닌 (은각사에서 복숭아를 소개해 준 그 남자가 자신의 고향에서만 맛볼 수 있다고 말했던) 복숭아와 어머니의 죽음 이후에 어린 김의 목구멍 속으로 영원히 넘어가 버린 차고 미끄러운 무언가는 우리 삶이 얼마나 자주 의미화에 실패하는지, 그리하여 그 실패가 역설적으로 신체의 느낌을 어떻게 보존하는지를 보여 주는 사례다.

「카레 온더 보더」가 보여 주는 것도 신체가 구현하는 비의미(非意味)로서의 향기다. '그녀'가 스무 살 무렵 잠시 알고 지냈던 '영은'을 떠올린 것은 카레 향 때문이다. 함부로 마감된 싸구려 시접처럼 자꾸자꾸 올이 풀리고 자꾸자꾸 맥이 풀리던 시절의 이야기다. 열아홉 살 그녀는 대학 진학을 대신해 에어로빅 강사가 되기 위해 자격증 속성 학원을 다녔는데 그곳에서 영은을 처음 만났다. 그녀가 에어로빅 강사로 일을 하다 그만두고 영화판에 뛰어들어 막내 역할을 하는 동안, 영은은 대기업 계열사 놀이공원의 무용수로 일했다. 영은은 대기업 직장인들과 어울리는 술자리에서 갑작스럽게 상대해야 할 남자들이 늘었을 때, 친구들(에어로빅 학원에서 만난 동기들)을 술자리에 부르곤 했다. 그녀도 그중 하나였다. 어느 날 영은의 호출을 받고 그녀는 고급 클럽의 노래방으로 가게 된다. 그날 밤 그녀가 영은의 집을 따라가게 된 것도 순전히 우연이다. 아침이 되자 영은은 정성껏 아침상을 차렸다. 그런데 영은의 밥상을 기다리는 사람은 그녀 말고도 더 있었다. 몇 명인지 정확히 알 수 없는 노인들이 어두운 방에서 영은의 밥상을 기다렸던 것이다. 그녀는 큼큼한 노인 냄새에 비위가 상했지만, 영은이 만든 카레의 맛만큼은 일품이었다. 영은은 그녀의 말처럼 "늙음과 죽음 그리고 가난의 냄새"(166쪽)를 그 카레향으로 덮고 싶었던 걸까. "카레라는 향신료가 가지고 있는 강한 살균력"(167쪽) 덕분에 그녀는 밥그릇을 깨끗하게 비웠다.

만일 이것뿐이라면 그 카레의 맛은 가난과 늙음과 죽음의 반대편에 있는 것으로 쉽게 의미화되었을 것이다. 그런데 그 카레의 맛은 상징에 완전하게 포획되지 않는다. 열아홉 살에 만난 영은의 팔뚝에는 언제나 일회용밴드가 붙어 있었다. 그 밴드가 스물두 살 때, 그 냄새 나는 방에서 슬쩍 떨어져 나왔다. 그때 그녀는 '一心'이라는 문신이 새겨진 영은의 속살을 보았다. 영은은 "다 철 없을 때"(165쪽) 일이었다고 얼버무렸지만, 철없던 열아홉 살의 영은과 스물두 살의 영은 사이에는 의미화하기 어려운 심연이 있다. 즉, 신체의 '맛'으로서만 관통할 수 있는 비의미로서의 의미가 동시에 놓여 있는 것이다. 에어로빅복을 단체로 입고 시내를 활보하던 시절, 남자들의 추파에 "눈 깔엇!"(170쪽)이라고 소리치며 침을 뱉던 "一心"의 시절이야말로 독한 "카레 온 더 보더"의 시절이었을 테니 말이다.

현재의 그녀가 대학 선배이자 동갑내기인 '김'과의 끔찍한 식사를 참아 내는 것도 그 음식점의 메뉴 가운데 하나인 카레의 향기 덕분이다. 김은 언어 순화 연구소의 내정자인데, 그 속사정을 그녀가 모를 거라고 생각하고는 그녀에게 지원서를 내 보라고 부추겼다. 카레 향이 그녀에게 '一心'의 정신을 되살려 낸 것이었을까. 산책 중에 그녀가 실수로 넘어지자 김은 그녀의 손을 잡아주기는커녕 조심성 없는 그녀의 태도를 힐난하는 눈빛을 보낸다. 그러자 그녀는 김을 향해 침을 뱉듯이 "그녀가 아는 가장 모욕적인 욕을 날려 주었다."(170쪽) 김은 얼굴이 일그러지고 배신감에 깜짝 놀란 표정이 된다. 그녀와 김이 10여 년 질질 끌고 온 그 모호한 관계가 깨끗하게 박살이 나는 순간이다. 그녀는 스물두 살 영은(노인들을 봉양하는 성숙한 영은)에서 열아홉 살 영은(몸에 '일심'을 새긴 철없던 영은)으로 건너뛴 셈이다. 영은처럼 저 카레 향 덕분에! 비약적인 삶의 변신을 지탱해 준 것은 보로메오 매듭을 타고 넘어온 '맛'과 '향기'라는 신체의 비의(미의 의미)다.

3 마리오네트의 실타래: '도플갱어'를 만나다

실타래 속에서 얽혀 있는 실을 한 인물의 동선이라고 한다면, 매듭은 서로 다른 시간의 겹침이나 서로 다른 공간의 겹침을 지시하게 된다. 전자가 수많은 플래시백을 가능하게 하는 이시공존(二時共存)의 방법론이라면 후자는 한 인물의 분열과 분할을 가능하게 하는 이처소재의 가능성이다. "이처소재(二處所在)…… 동시에 두 곳에 존재한다…….(26쪽) 후자의 경우, 인물은 자신과 동일한 인물로 분열되거나 자신이 선택하지 않은 다른 삶에 놓이게 된다. 도플갱어 혹은 더블(double) 모티프가 등장하는 순간이다. 이것을 마리오네트의 실타래라고 불러도 좋을 듯하다. 매듭은 얽힘과 풀림의 마디다. 얽는 자, 푸는 자가 인형술사라면 얽히는 자, 풀리는 자가 인형일 것이다. 하나가 다른 하나의 도플갱어가 된다. 때문에 「두 여자 이야기」에서는 끝내 한 여자만 등장한다.

> 그녀가 그제야 말문을 떼려는데 사내가 다 안다는 듯 고개를 끄덕였다. "아, 알아요, 알아. 할 말이 많겠지. 하지만 지금은 보시다시피 다른 일정들이 밀려 있고 가까운 시일 내에 한번 봅시다. 오은…….." 뒤에 선 남자가 재빨리 사내의 말을 받았다. "오은영입니다." "그래, 오은영 씨."(25쪽)

「두 여자 이야기」는 도시 이미지를 바꾸는 프로젝트를 진행하는 팀이 그 도시의 시외버스 터미널 신축 사업 행사에 참여하면서 벌어지는 에피소드를 담고 있다. '최', '김', '그녀' 셋은 도시 브랜드를 만드는 작업을 하고 있다. 셋은 20년 지기 대학 동창이면서 회사 동료이기도 하다. 도시 이미지를 쇄신하는 이들의 프로젝트와 신축된 시외버스 터미널의 명칭(세계화에 발맞추려는 의지가 드러나는 'D-city'라는 명칭이 그것이다.) 문제가 충돌할 여지가 있다는 점 때문에 D시를 찾았다. 행사장에서 그녀는 한 번도 본 적 없는 오은영이란 여자로 오인된다. 우리는 이미 오해와 오인이 다른 자리로 넘어가는 결절점이라는 사실을 보로메오의 매듭을 통해 확인했다. 그녀로 지각되지만 실제로는 그녀가 아닌 어떤 다른 존재,(여기서는 오은영) 그녀의 도플갱어가 부상하는 순간이다.

오해는 그들이 프로젝트를 진행하는 데 도움이 될 수도 있었다. "그녀로 오인되고 있는 오은영이란 여자가 누군지 모르지만 결과적으로 그들에게 나쁠 건 없다는 게 김의 결론이었다."(26쪽) 그런데 나쁘지 않으리라 생각한 그 오해가 그녀에게 치명적인 결과를 가져온다. 식당에서 한 무리의 여자들에게 오은영으로 오인된 그녀는 주차장으로 끌려가 횡액을 당한다. 그녀가 오은영과 대칭을 이루듯, 그녀가 들어야 했던 모진 말들은 프로젝트를 추진하는 데 도움이 되었을 칭찬의 말과 대칭을 이룬다. 그리고 그 둘 모두가 오해와 오인의 산물이다.

사실, 그녀 자신도 이미 분열을 경험했다. 그녀는 30년 전 이 도시에서 부모를 따라 산에 올라갔다가 실종되었던 경험이 있다. 어린 그녀는 사흘 동안이나 숲속을 헤맨 끝에 낯선 도시로 내려왔다. 그 사건 이후로 무언가가 달라졌다. 그녀는 "마치 자신의 반쪽을 그곳에 두고 온 듯했다."(34쪽) 이쯤에서 D시에 대해서 이야기할 필요가 있겠다. 김이 D시에 가면 홍어애탕을 먹어야 한다고 떠든 말을 떠올린다면, 그리고 이들이 D에 대해서 가지고 있는 죄의식을 감안한다면, 그리하여 수십 년 전에 '그일'을 겪은 D시를 애도해야 한다고 생각한다면, 이 도시가 광주를 암시하고 있음을 알게 된다. 참혹한 그때의 사건을 (사건 대신) 홍어애탕 맛으로 기억하는 자들에게 D시는 전혀 다른 도시일 것이다.

30여 년 전 그날, 어린 그녀가 그곳에 남겨 두고 온 것이 혹시나 또 다른 그녀였다면, 이를테면 그녀의 반쪽이었다면, 그래서 집으로 돌아온 그녀와는 달리 남은 반쪽이 훨씬 나중에야 산을 내려왔다면 그녀는 그곳에서 무엇을 보았을까. 과연 그 도시가 평화롭다고 말할 수 있었을까.(37~38쪽)

결국 그녀가 분열하면서 등장한 두 여자(사흘 만에 집으로 돌아온 어린 그녀와 산에 남아 돌아오지 않은 그녀)는 이 도시를 방문한 그녀와 이 도시에서 살았던 그녀(오은영)가 된 셈이다. 그 도시 바깥에서 살았던 그녀는 도시에서 횡액을 겪은 다른 그녀의 도플갱어인 셈이다. 라캉이 보로메오의 매듭을 인용한 것은 가시적으로 드러나지 않은 실재의 차원을 위상학으로 설명하기 위해서이기도 했다. 이 실재적인 것(R)의 등장을 도플갱어라고 말할 수 있다. 그녀는 끝내 오은영을 만나지 못하는데, 사실은 만날 수 없었다고 해야 옳지 않을까. 이처소재(二處所在)가 가능하기 위해서는 둘이 같은 장소에 있어서는 안 된다. 그렇게 된다면 한 명의 동일자로 환원되고 말 것이기 때문이다. 도플갱어를 맞닥뜨린 자는 죽음을 맞게 된다는 이야기가 뜻하는바 둘은 다른 장소에서 나타난 같은 사람이다. 보이지 않았지만 나를 이곳으로 다시 불러 세운 나의 반쪽, 내 다른 삶의 가능성이 도플갱어였던 셈이다. 보이지 않는 실로 묶인 마리오네트처럼 말이다.

「순천엔 왜 간 걸까, 그녀는」에서도 마리오네트의 실타래를 찾을 수 있다. 한 여자가 지방 대학의 축제에 참여하기 위해 매니저 박이 운전하는 승합차에 타고 있다. 그녀의 파트너인 홍은 먼저 행사장에 도착해 있다. 팔중 연쇄 추돌 사고의 여파로 축제의 시작이 미뤄지고 있는 참이다. 홍과 여자는 15년째 함께해 온 콤비다. 이들은 요리 프로그램을 패러디한 코너 '어젯밤 내가 먹은 것'에서 함께 연기하면서 큰 인기를 얻었다. 홍이 정신없는 요리사 역할을, 여자는 홍을 요리에 집중하도록 돕는 보조이자 프로그램 진행자 역할을 맡았다. 예전에 둘은 '위기 남녀'라는 코너로 대학 개그제에서 인기상을 받기도 했다. 둘이 만나게 된 것은 순전히 우연이었다. 대학 개그제 예심 때 홍의 파트너가 펑크를 냈고 그 때문에 홍과 여자가 '홍장미'(여자의 이름은 '장미'다.)라는 이름의 콤비를 급히 결성했다. 우연이 둘 사이에 개입했고 그 우연이 필연이라도 되는 듯이 13년째 커플로 유지된 것이다.

그런데 그녀의 삶은 마리오네트와 같다. 그녀가 그녀와 다른 그녀로 나뉜 것은 봉고 차 때문이다. "여자는 지금껏 떠오를 듯 떠오를 듯 떠오르지 않은 채 자신을 괴롭히고 있던 것이 바로 그 차, '봉고' 때문이었다는 것을 깨닫는다."(308쪽) 16년 전, 봉고 차 한 대가 야간 자습을 마치고 집으로 돌아가는 그녀의 앞에 섰고 보조석에서 양복 차림의 중년 사내가 내렸다. 성경처럼 보이는 두툼한 책을 들고 길을 물어보는 그 사내를 여자는 시골 교회 전도사쯤으로 생각했다. 역까지 가는 길을 알려 주면 다시이 장소에 데려다준다는 전도사(로 보이는 남자)의 말에, 별 의심 없이 봉고에 타려는데, 그때 행인들이 나타나자 그는 말을 바꿨다. 여자를 골목에 그대로 놓아두고 봉고는 뒷문을 채 닫기도 전에 급히 출발했다. 여자가 탈 뻔한 그 차는 당시 유행하던 인신매매범의 봉고였다. 그때를 생각하며 여자는 가슴을 쓸어내린다. 그런데 또 다른 그녀, 도플갱어인 그녀에게는 행운이 주어지지 않았다.

16년 전 봉고를 타지 않았다는 것은 여자애가 만들어 낸 환상이었다. 난 괜찮아, 여자애가 가슴을 쓸어내린 것과는 달리 여자애는 16년 전 그날 밤 봉고에 올라탔다. 그리고 다시는 집에 돌아오지 못했다. 시절이 하 수상하던 그 몇 년 전, 사람들 입에 오르내리던 험악한 소문들을 여자애는 언니들 틈에 끼어 앉아 들었다. (중략) 여자애는 되바라지지는 않았지만 어리숙하지도 않았다. 다만 자신에게 그런 일이 닥칠 확률은 비행기 사고 확률보다 낮다고 생각했다. 그날 밤 여자애가 믿었던 것은 사람들 사이의 신뢰라

기보다는 과학적인 확률이었다.(319~320쪽)

삶은 행운으로만 주어지지 않는다. 이쪽의 내가 요행을 잡았다면 저쪽의 다른 나는 불운과 맞닥뜨린다. 확률을 여지없이 깨고 삶에 끼어든 우연이 그녀를 사과처럼 쪼개어 둘로 분할했다. 인신매매단에 팔려 간 그녀가 몸을 망치며 인생 유전을 겪다가 흘러든 곳이 바로 순천이었다. 그녀가 몰던 차가 순천의 나이키 사거리에서 정지 신호를 받는 순간, 누군가 카메라의 셔터를 누른다.

사진을 보는 순간 여자는 "이 여잔 누구야?"라고 되물을 뻔했다. 사진 속의 여자는 본인조차 생경스러울 만큼 낯선 모습이었다. (중략) 정지선에 멈춰 선 차 안의 여자를 마침 옆 차선의 운전자가 우연히 발견하고 카메라를 들이댄 듯했다. (중략) '누구일까요?'라는 제목 밑에 '순천 시내 나이키 사거리에서 딱 마주친 장미 님, 실물은 화면발보다 아름다웠어요'라는 설명글을 읽지 않았으면 그 여자가 바로 자신이라는 것을 믿지 못했을 것이다.(304~305쪽)

누구일까. (봉고에 끌려간) 다른 그녀의 사진을 보면서 (그날 봉고에 타지 않았던) 지금의 그녀가 묻는다. "그 표정에 놀라면서도 여자는 의문을 달았었다. '순천엔 왜 간 걸까, 나는?'"(305쪽) 내가 내 삶을 장악하고 지배하고 있다고 믿을 때(내 삶을 의심하지 않을 때) 나는 마리오네트를 조종하는 인형술사가 된다. 하지만 이처(二處)에 나타난 나에게 놀랄 때 나는 인형술사에게 조종되는 마리오네트가 된다. 어쨌든 둘은 서로가 서로의 또 다른 가능성인 셈이다. 도플갱어를 만나지 않았다고 해서 이 삶이 필연의 고속도로 위를 달리고 있는 것은 아니다. 교통사고 때문에 제시간에 행사장에 도착하지 못한 그녀와 매니저 박은 실제로 교통사고의 희생자가 되어 있다. 여기에도 마리오네트의 실타래가 있다. "박의 상체가 의자와 핸들 사이에 끼어 있었다. 죽은 닭처럼 눈을 반쯤 감았다. 벌린 입가로 계란의 알끈 같은 침이 끈적끈적하게 달라붙었다. (중략) 백미러에 자신의 모습이 비쳤다. 안전벨트에 고정되지 않은 다리와 팔이 밴 천장을 향해 대롱거렸다. 다리 한쪽과 팔이 부러진 모양이었다."(327쪽) 앞에서 일어난 사고 때문에 행사장에 도착하지 못한 그녀와 사고의 당사자가 된 탓에 행사장에 도착하지 못한 그녀(끈 없는 마리오네트의 형상을 하고 있다.) 역시 시간의 줄에 의해 조종되는 도플갱어이자 마리오네트가 아닐까. 엉터리 성대모사로 행사를 대체한 후에, 그녀를 기다리다가 홍은 생각한다. 그런데 그때, '대체 순천엔 왜 간 걸까, 그녀는?'(333쪽) 어쩌면 홍은 마리오네트 너머에서 그 줄을 조종하는 다른 손을 슬쩍 엿보았던 것이 아닐까?

「순천엔 왜 간 걸까, 그녀는」이 둘로 쪼개진 시간과 사건에 관한 우화라면, 「제비꽃, 제비꽃이여」는 분기된 시간이 한 사건 안에서 어떻게 만나는가를 보여 주는 우화다. 전자가 봉고 차 사건의 두 가지 가능성을 따라간다면, 후자는 여러 차례의 반복을 낙상이라는 단 하나의 사건을 통해 꿰어 준다. 그 반복은 다르게 말하면 영원 회귀다. 저토록 많은 반복이야말로 마리오네트의 행동 양식이 아닐 수 없다. 마흔 살인 '나'는 계단에서 넘어져 크게 다칠 뻔했다. 스무 살 때에도 이런 일이 있었다. 두 번 모두 대형 사고는 모면했지만 예순이 되어서 겪게 될 동일한 사건에서는 운이 따라 주지 않을 것이다. "앙상하게 마른 내 몸은 계단에서 굴러떨어졌다. 어깨뼈가 탈골되고 정강이뼈가 부서졌다. 계단에 덧댄 쇠붙이에 머리를 찧었다. 구르고 굴러 맨 마지막 계단을 손으로 짚었을 때 손가락 세 개가 부러졌다."(196쪽) 저 끔찍한 미래 예측이 과거형으로 서술되었다는 데에서, 우리는 영원 회귀의 강한 악력을 느낀다. 우리는 영원히 이 팽팽한 실을 벗어날 수 없게 될 것이다.

3   고르디우스의 매듭: 무언가 우리를 '가로지른다'

얽히고설킨 실타래는 우리에게 삶이 해결되기 어려운 난제라는 사실을 알려 준다. 사실 아포리아는 우리 자신이 그 매듭들이라는 데서 생겨난다. 우리야말로 어떤 의미도 부여받지 못한 채 꼬이고 얽힌 일종의 결승 문자 같은 존재들일 것이므로. 실타래가 풀리면 우리도 완전히 분해되어 사라질 것이므로, 우리는 결국 그것을 풀지 못할 것이다.

알렉산더가 페르시아 원정길에 프리기아에 도착했을 때 일이다. 수도 고르디움에 복잡하게 단단하게 묶인 매듭이 있었다. 거기에는 이 매듭을 푸는 자가 세계를 지배할 것이라는 신탁이 함께 있었다. 알렉산더는 칼을 들어 단칼에 매듭을 잘라 버렸다고 한다. (쾌도난마가 남긴 교훈처럼) 그래서 그가 세계를 정복했구나, 라고 감탄하기 전에, 우리는 재빨리 질문해야 한다. 알렉산더는 매듭을 푼 것일까, 아니면 매듭 자체를 없애 버린 것일까?

「오후, 가로지르다」에서 관찰되는 큐비클들도 안으로 엉켜 실마리를 내보이지 않는 매듭의 일종이다. "삼면이 칸막이로 막힌 '큐비클' 구조는 입사 3년 차가 될 무렵부터 도입되기 시작해 금방 정착되었다. 상하 지시 체계가 아닌 각자 맡은 일들을 독립적으로 처리하기에 가능했을 것이다. 그리고 그게 눈에 띄게 능률이 오르기 시작했다는 것이다."(110쪽) 그런데 다른 시각에서 보면 큐비클은 개인용 방패막이가 아니라 일인용 감옥이다. 게다가 큐비클이 놓인 위치에 따라 연차와 위계가 설정된다는 점에서 보면 감옥에도 위계가 있다.

그런데 이 개별자들의 감옥을 가로지른 것이 있다. 어떻게도 풀 수 없던 매듭을 단칼에 잘라 버린 날카로움. 첫 번째는 여자에게 깊은 내상을 남겼다. "그날 아침 한 남자가 여자의 뺨을 때렸다. 눈앞에서 번쩍 불똥이 튀고 획 얼굴이 모로 꺾였다. 덩달아 상체도 틀어졌다. 눈물이 쏙 빠질 만큼 아팠다."(113쪽) 그것은 여자의 자리가 출입문 근처에 있었을 때, 그러니까 그녀의 포지션이 "가장 낮은 직급"에 있을 때 겪은 일이었다. 여자의 뺨을 때린 남자는 몸을 돌려 "사무실을 뛰쳐"(115쪽)나갔다. 큐비클 속에 갇혀 있던 사람들이 웅성거렸다. 10년 전 기억이지만 지금도 가끔 떠오르는 걸 보면 그 상처의 깊이를 짐작할 수 있다. 여자는 마침내 진상을 알게 된다. 지금은 췌장암으로 고인이 된 그 남자는 여자를 좋아했고 그게 돌발 행동으로 나타났던 것이다. 저 돌발은 지루하고 무료한 닭장 같은 큐비클을 한순간에 가로지른 행동이기도 하다.

두 번째는 누군가 기르다가 놓친 뱀이다. "순간 차디차고 긴 것이 여자의 발목을 휘감고 지나갔다. 본능적으로 알았다. 뱀이다. 여자는 단숨에 도약해서 책상 위에 고양이처럼 민첩하게 올라앉았다. (중략) 여자는 보았다. 시선 아래로 펼쳐진 무수한 큐비클들을. 그 안에 고정된 듯 모니터를 향해 있는 머리통들을."(135쪽) 발목을 지나간 게 뱀이라고 생각한 여자는 책상 위에 올라가고, 덕분에 각각의 큐비클'들'을 조망하는 시선을 갖게 된다. 밖으로 알려지지 않은 개별자들의 사연이 꼭꼭 봉인되어 있는 칸막이를 넘어서는 것. 그렇다면 저 뱀 역시 개별자들의 사연을 단숨에 가로지르는 봉인 해제의 몸짓이라고 부를 수 있을 터. 아니, 정말로 그것이 뱀이기는 했을까? 뱀이 떠오른 그 순간이란 구획과 경계를 무장 해제시킨 저 "신의 눈"(137쪽)을 얻기 위한 계시의 순간이었을 것이다.

「알파의 시간」에도 사랑과 상처가 일치하는 어떤 가로지름의 순간이 있다. 교직을 그만둔 아버지가 사업을 한다는 명목으로 처자식을 버리자 엄마는 4남매의 생계를 책임져야 했다. 엄마는 옥탑방에 아이들의 거처를 마련하고 시장통 순대 장사를 시작했다. 순대골목의 맨 끝자리에서 엄마는 점차 장사꾼의 말투를 익혀 갔다. 엄마가 얼음 대 주는 사내의 도움을 받아 순대와 족발의 맛을 완성해 나갈 즈음, (큰딸인) '나'는 엄마를 찾아갔다가 고통스러운 장면을 목격한다.

엄마는 서너 명의 여자들에게 둘러싸여 있었다. 키 작은 여자가 엄마를 떼밀었다. 엄마의 몸은 꿈쩍도 하지 않았다. 약 오른 여자가 펄쩍펄쩍 뛰어올랐다. "이런 뚱뚱한 걸 대체⋯⋯." 이해할 수 없다는 듯 여자가 웃었다. "내 이 연놈들을 당장⋯⋯." 한 여자가 달려들어 엄마의 다리에 발을 걸었다. 한참 용을 쓴 뒤에야 수령 많은 나무가 쓰러지듯 엄마가 우지끈 넘어졌다. 여자들이 우르르 달려들었다. 엄마는 여자들에게 뭇매를 맞았다. 주먹이 쏟아질 때마다 큰 덩치가 움찔움찔했다. 누가 '얼음집' 여자인지 알 수 없었다. 한 여자가 엄마의 머리카락을 휘어잡아 흔들었다. 엄마의 눈이 내 눈과 마주쳤다. 엄마는 휙 고개를 돌려 버렸다.(98~99쪽)

엄마는 얼음 파는 사내와 눈이 맞았고 그 일로 여자들에게 폭행을 당했다. 그러나 어린 '나'에게 그것의 의미는 명확히 들어오지 않았을 것이다.(혹은 완전히 이해되지 않았을 것이다.) 나이가 들어 몸과 기억이 더불어 무너졌을 때, 엄마는 호객할 때 냈던 소리를 낸다. "쉬었다 가세요⋯⋯." 저 말이 단순히 술과 음식을 팔기 위한 용어가 아니라는 것은 상식에 속한다. 엄마의 중얼거림이 기대고 있는 원장면이 위의 인용문이다. 사랑의 과업으로 시작했으나 '나'의 상처로 귀결된 어떤 오후의 가로지름, 그것은 난마와도 같은 매듭을 단칼에 잘라 버린 한순간 아니었을까.

한편 아버지는 야립 간판 사업에 뛰어들었다. 아버지는 '나'에게 "전국 주요 도로, 야립 간판에 너만 알아볼 수 있는 표시를 해 둘 거"(86쪽)라고 호언장담했다. 세월이 흐른 뒤에, 막내 동생이 아버지의 간판을 찾았다고 연락을 해 왔다. 1톤 트럭으로 게 상자를 떼다 팔던 막내 동생이 산속에서 길을 잃었을 때 홀연 그 간판을 보았다고 했다. "막내의 말과는 달리 그 계집아이는 내가 아니었다."(102쪽) 하지만 중요한 것은 그게 아니다. 그러나 이제 간판의 계집아이가 '나'든 아니든 별 상관이 없어졌다. "나의 간판이 나를 보고 있었"으므로.(103쪽) 아버지의 간판을 찾아 나선 이들의 짧은 주행은 뱀처럼 굽이치는 과거로 되돌아가 평생 외면해 온 상처를 바라보는 데 필요한 여로였을 터. 알파의 시간이란 그렇게 내 자신이 풍경의 일부가 되는 데 걸리는 시간인지도 모른다. 모든 삶의 매듭들을 단번에 관통하는 응시의 시간, 차가운 손찌검과 뱀의 시간, 그리고 "얼굴이 통통하고 머리를 양갈래로 땋아 내린"(102쪽) 수많은 계집아이의 얼굴에서 내 얼굴을 발견하는 데 걸리는 시간.

4 아리아드네의 실타래: 우리는 끝내 그곳에 '이르러야 한다'

마지막으로 살펴볼 실타래는 아리아드네의 것이다. 미노스 왕의 딸 아리아드네는 영웅 테세우스가 괴물 미노타우로스를 해치우러 미궁에 들어가자 그에게 마법의 칼과 실타래를 건넨다. 이야기의 주인공은 테세우스지만 이야기를 가능하게 한 인물은 아리아드네다. 다른 실타래가 얽히고 설킨 미궁 자체라면, 아리아드네가 건넨 실타래는 그 미궁에서 길을 잃지 않고 목적지를 찾을 수 있도록 도와주는 기능을 한다. 「그 여름의 수사(修辭)」를 보자.

> 그 뒤로도 몇 번 나는 아버지에게 전보를 쳤다. 어느 날 엄마가 말한 내용을 찢어 버리고 '당신이너무보고싶어요'라고 보냈다. 마치 그 말을 기다리느라 수년을 떠돈 사람처럼 아버지가 돌아왔다. 사명감과 함께 내 속의 열 박자 리듬감도 다른 박자로 옮겨 탔다. 상급생이 되면서 배운 수사법에 빠져든 탓도 있었다. 내 속의 문장은 만연체로 화려한 수식어를 달고 길고 또 길어졌다.(265쪽)

「알파의 시간」이나 「1968년의 만우절」에서도 그렇지만, 소설 속 남편들은 대개 가장으로서의 역할을 수행하는 데 실패하는, 그러니까 무능하고 책임감 없는 남자들이다. 「그 여름의 수사」의 남편 역시 그렇다. 교직을 그만둔 뒤로 아버지는 손대는 일마다 실패를 거듭했다. 가족을 버리고 떠난 아버지에게 어머니의 메시지를 전달하는 것이 열한 살 '한나'의 임무다. 한나는 어머니의 시끄러운 심정을 단 열 글자로 줄여 전보로 보내지만 아버지는 끝내 상경하지 않는다. 그 대신 장문의 편지를 보내 알 수 없는 변죽만 울릴 뿐이다.(대체로 돈을 부쳐 달라는 용무를 담고 있다.) 아버지는 할머니가 세상을 떴다는 전보까지도 어머니가 보낸 회유의 수사라고 생각했는지 (부산항에서 만나자고 했던) 어머니와의 약속을 무시했다. 참다못한 어머니는 아이 셋을 데리고 아버지가 있다는 D시를 찾아갔다. 아버지는 '빠리 의상실'이라는 텅 빈 점방에 앉아 감자를 찌고 있었다. 무의미한 변죽의 세월 속에서 하염없이 감자를 찌는 남자는 영웅 테세우스가 아니라 괴물 미노타우로스에 가깝다. 그가 세상의 미궁을 헤치고 집으로 돌아올 수 있었던 것도 스스로의 힘에 의한 것이 아니라, 열 글자로 된 한나의 실타래 덕분이었다.

할머니가 돌아가신 후 집을 팔고 서울로 온 할아비지는 "뒷방 노인네"(265쪽)가 되었다. 또 다른 미노타우로스가 되었던 셈이다. 한나의 수사만 점차로 화려해졌다. 열 글자로 갇혀 있던 언어가 화려한 만연체로 바뀐 것이다. 바야흐로 아리아드네의 시대가 온 것이다. 그녀가 풀어낸 실은 하염없이 "길고 또 길어졌다." 무한 증식하는 돼지에게 출구를 가르쳐 준 것도 역시 그녀다.

H의 전화 목소리는 예전과 달랐다. 전화할 사람이 너밖에 없었다면서 H가 울먹였다. 살이 찌면서 목소리도 변했다. "믿기지 않겠지만 엉덩이에 뭔가 돋는 것 같아. 며칠 전부터 계속 근질근질해." H가 공포스럽다는 듯이 외쳤다. "……꼬리가 나려나 봐! 믿어지니?" (중략) 내게 엉덩이를 보여 주

려 H가 팬티를 내렸다. (중략) 그의 발기하지 않은 성기는 더욱 왜소해 보였다. 거무죽죽한 음낭을 보는 순간 엄마가 숱한 수퇘지들에게 했듯 불을 까고 싶어졌다. (중략) 엉덩이의 갈라진 틈새에서 뭔가가 반짝 빛을 냈다. 나는 작은 쇠붙이를 톡톡 건드렸다. 압정은 단단했다. 대체 H의 엉덩이에는 어떤 메모가 붙어 있었던 걸까. (중략) 나는 냅다 H의 엉덩이를 걷어찼다. "왜 이래애?" 살에 눌린 성대에서는 가늘고 쉰 목소리가 났다. 나는 엉거주춤 선 H를 돼지 몰 듯 떼밀면서 소리 질렀다. "피둥피둥 살이 쪘으니 이제 출하다, 출하!"(「돼지는 말할 것도 없고」, 226~228쪽)

어머니는 돼지를 키워 떼돈을 벌 생각에 들떴다. "이제 반년 뒷면 암퇘지가 열 마리의 새끼를 낳을 거야. 고놈들 중에서 암컷이 다섯 마리라고 쳐. 고것들이 자라 다시 다섯 마리씩의 암컷을 낳는 거야. 6×5, 30······."(203쪽) 상상 속에서 돼지는 무한 증식했다. 그런데 정작 돼지는 아버지가 아니었을까? "말귀를 알아듣지 못하는 돼지들보다 아버지를 구슬려 이곳까지 몰고 오는 게 더 힘들었다고 엄마는 30년이나 다 된 일을 어제 일처럼 말했다."(204쪽)

H도 그랬다. 삼겹살을 먹는 온라인 카페 '돈방석'의 카페지기인 그는 방에 틀어박혀 살다가 스스로 돼지가 된다. "나는 새끼 돼지가 단 6개월 만에 200킬로가 넘는 성돈으로 자라는 것을 쭉 보아 왔다. H의 체중은 6개월 만에 고작 40킬로가 불었다. 돼지의 세계에서는 그렇게 요란 떨 만한 일도 아니었다."(221~222쪽) H가 돼지로 변한 것은 그쪽 세계에서는 별거 아닌 일이다. 그러니까 당연하고 자연스러운 일이다. '나'는 H의 엉덩이에 박힌 압정을 빼 주고는 외친다. 살을 다 찌웠으니, "이제 출하다, 출하!"(228쪽) 제 삶의 미궁에 갇혀 피둥피둥 살이나 찌운 H는 소-인간(미노타우로스)에 맞먹는 돼지-인간임에 분명하다. '나'는 그에게 미궁에서 빠져나올 수 있도록 길을 내 준 것이다.

미궁이란 길을 잃기 위해 만들어진 구조물이 아니다. 미궁은 온갖 곳을 거쳐 결국 미궁의 핵심에 이르게 만든다. 그곳에 우리가 이해할 수 없는 삶의 심연이 있을 것이다. 아리아드네의 실타래는 두 가지 역할을 한다. 그 심연과 대면하게 하는 것, 그리고 거기서 나올 출구를 가리켜 주는 것.「그 여름의 수사」에서의 한나가 보낸 열 글자의 전보('당신이너무보고싶어요')가 그러하고,「돼지는 말할 것도 없고」에서의 출하가 그렇다. 전자 덕분에 아버지는 끝없는 가출의 운명을 벗어나 집으로 돌아왔고, 후자 덕분에 H는 돼지우리에서 벗어날 힘을 얻었다. 하성란의 소설 속에는 아리아드네의 실타래를 들고 이렇게 중얼거리는 인물들이 있다. 우리는 끝내 그곳에 이르러야 한다, 라고. 이 실타래 덕분에 되돌아 나올 길을 알고 있으니.

5   꼬인 실패: 실패는 '반복되어야' 한다

시작과 끝이 맞물린 복도를 따라 걷고 있자면 뭐랄까 인생은 돌고 돈다는 만고의 진리를 새삼스레 실감한다고나 할까, 잠깐 걷다 멈춘 사이에도 사람들이 부지런히 걷고 있어 늘 복도가 레코드판처럼 돌고 있다는 느낌이었다. 레퍼토리는 똑같았다. 쾌차해 두 발로 걸어 퇴원하는 사람들이 생각지도 못한 중병 선고를 받고 입원하는 사람들과 엇갈렸다.(271쪽)

실패는 반복되어야 한다. 하나가 실을 감으면 다른 하나는 풀어야 한다. 하나가 전진하면 다른 하나는 물러나야 한다. 아버지가 가출을 결행한다면 어머니(혹은 딸)는 끝내 집을 지켜 그가 돌아올 홈그라운드를 만들어야 한다. 여기 담긴 소설들 속에 등장하는 인물들의 수많은 반복(익명의 반복, 이름의 반복, 행동의 반복)도 이와 같다. 가령 소설 속에서 반복되는 '김', '최', '홍', '그녀' 등의 지시어가 보여 주듯이, 이들의 정체성은 견고한 어떤 것이라 규정할 수 없다. 누군가의 정체성은 관계에 의해 잠정적으로 규정될 뿐이거나("언제 끊어질지 알 수 없는 팽팽한 실", 「두 여자 이야기」) 구별할 수 없이 증식하고 있으며("턱선은 사라졌다. 눈과 코가 살에 파묻혔다.", 「돼지는 말할 것도 없고」) 형체도 남기지 않고 뭉개지고 사라진다.(「여름의 맛」) 그리고 김, 최, 홍, 그녀 등등은 김'들'과 최'들' 홍'들'로 증식한다. 저 익명의 개인들은 각기 다른 성별을 가진 개별자들로 보이면서도, 한편으로는 동일한 인물이 겪는 파란만장 같기도 하다. 때문에 열 편의 소설은 느슨한 연작처럼 어떤 끈을 붙잡고 이어지는 줄다리기 같기도 하면서, 동시에 서로 독립된 낱낱이 어지럽게 엮인 엉성한 털뭉치처럼 여겨지기도 할 것이다.

우리는 앞서 저 반복과 출몰이 꼬이고 풀리는 실패 운동을 한다는 것을 살펴보았다. 상징 너머에서 신체가 건네는 비의(미의 의미)가 있고(보로메오 매듭) 또 다른 나와 대면하는 도플갱어와의 공방전이 있으며(마리오네트의 실타래) 덤불처럼 엉킨 삶을 순식간에 가로지르는 섬광이 있고(고르디우스의 매듭) 그 실타래를 들고 끝내 이르러야 할 곳이 있다.(아리아드네의 실타래) 그리고 우리는 이렇게 말해야 한다. 이 모든 것은 다시 반복되어야 한다고.

소설은 인물의 선택과 행동으로 얽혀 나가는 장르다. 이 얽힘과 풀림은 진행을 막는 장애물이 아니라 그 자체가 플롯이다. 마찬가지로 이런 관계의 얽힘이 캐릭터이자 정체성이 된다. 하성란 소설의 매혹도 바로 여기에 있다. 얽힌 것을 풀어내는 탐정의 서사만이 아니라, 그 풀림 너머에는 또 다른 실타래가 있음을 지시하는 역탐정의 서사가 있다. 병을 고쳐 나간 사람의 수만큼 병에 걸린 사람이 들어오는 병원의 회전문처럼, 실패는 반복되어야 한다. 따라서 열 글자로 이루어진 전보문이 만연체의 수사로 바뀌는 것(「그 여름의 수사」)은 미궁의 무한 증식이자 동시에 탈출로의 무한 증식이기도 하다. 모든 매듭과 마디들을 지나오면서, 우리는 어쩌면 저 벽면을 타고 넘는 복잡한 실타래가 푸른빛을 띠고 있다는 것을 알게 될 것이다. 우리 모두가 저마다의 리듬감으로 좌우로 흔들면서(twist) 함께 참여하는, 초록 별 지구라는 저 푸른 실타래 말이다.

반쪽으로 살아가기

황정은의 애너그램

1

> 뭐 해?
>
> d는 dd를 향해 손짓했다.
>
> 이리 와 봐.
>
> dd가 그리로 왔다.
>
> 이거 봐.
>
> d는 바닥을 가리켜 보였다.
>
> 번개가 떨어졌어. 조금 전에.
>
> d가 먼저 손가락으로 그 자국을 만져 보았고 dd도 만져 보았다.
>
> 여기만 뜨거워.(8~9쪽)[1]

연작 소설집 『디디의 우산』의 첫 장면이자 「d」의 첫 장면이다. 어느 날 교실에 번개가 쳤다. d와 dd는 그 낙뢰 자국을 만져 보았다. 사랑은 그렇

---

1   황정은, 『디디의 우산』(창비, 2019). 이하 본문에 인용할 때는 쪽수만 밝힌다.

게 찾아온다. 벼락같이 갑작스럽게, 뜨겁게, 오로지 둘에게만. 둘은 동창회에서 다시 만났다. dd는 예전에 d가 자신에게 우산을 빌려 주었듯이 d에게 자신의 우산을 빌려 준다. 그 우산은 d에게 "우산이라는 사물이 아니고 작은 dd인 것처럼, dd의 일부를 빌려다 거기 둔 것"(17쪽)처럼 느껴졌다. 마음을 대신하는 이 작은 징표로 인해 둘은 이미 마음을 주고받았음을 깨닫는다. 그리하여 둘은 서로 사랑하게 된다. "dd를 만난 이후로는 dd가 d의 신성한 것이 되었다. dd는 d에게 계속되어야 하는 말, 처음 만난 상태 그대로, 온전해야 하는 몸이었다. (중략) 행복해지자고 d는 생각했다."(18쪽) 사랑하는 자의 내면을 묘사하는 다정하고 아름다운 문장들이 한 페이지 조금 모자라게 적힌다. 동화처럼 비현실적이고 무시간적인 곳. 모든 소음이 소거된 그런 곳이다. 그러고는,

모든 것이 끝났다. 교통사고로 dd가 죽었다. d는 글자 그대로 반쪽이 된다. d를 떠났던 모든 소음이 돌아오고 현실이 돌아오고 시간이 돌아온다. 사고란 서사의 폭력적 중단이다. 사고에는 원인이 없고 결과만 있다. 인과의 선이 난폭하게 잘려져 나가는 것이다. 그런데 dd의 사고사(事故死)는 의미의 중단을 드러내지 않는다. 이 소설이 사실은 dd의 상실, dd의 부재와 함께 시작하기 때문이다. 황정은은 사랑하는 이가 폭력적으로 절단되어 나간 '이후'의 시간을 어떻게 살아야 하는가를 묻고 있다.

여기 묶인 두 편의 중편 소설 「d」, 「아무것도 말할 필요가 없다」는 이 상실의 공간, 부재의 시간을 가득 채우는 세계의 소음들을 기록하고 있다. 두 경우 모두 사회적 트라우마가 소설을 쓰게 만들었다는 점에서 연작으로 간주될 수 있을 것이다. 전자에서 그것이 dd의 사고사와 잊힌 자들의 연대로 표현됐다면, 후자에서는 그들의 연대가 부패한 권력자의 탄핵을 이뤄 낸 장면으로 끝을 맺는다. 「d」의 경우, 꿈속에 등장하는 어린 dd를 구하지 못하고 "매번 그 꿈에서 깨어날 때 d는 자신이 듣곤 하는 소리, 세계의 잡음이 거센 물살처럼 그 뒷모습들을 쓸어 버리는 광경을 목

격했다."(45쪽) 세계의 소음은 '물살'로 표현되어 어린 dd를 삼키고, 그 속 수무책의 광경은 d에게 끊임없이 반복된다. dd가 떠나고 d가 슬픔에 잠겨 죽은 듯 지내던 공간은 우리에게 충격적인 기시감을 일으킨다. "미묘한 경사에 자리를 잡고 있어"(19쪽) 반쯤은 지상에 반쯤은 지하에 속하며 완만하게 기울어져 있는, 거실과 부엌과 욕실과 방이 "순서대로 모든 공간이 열차처럼 일렬로 이어져 있"(19쪽)는 일자형 반지하 방. d가 dd를 잃고 먹지도 마시지도 않으며 머문 상실의 공간은 죽음의 선실이 아닌가. 두 편의 소설에 모두 등장하는 (d가 나중에 취직하는 곳인) '세운'상가는 "여기가 내 저승이로구나."(111쪽)라는 독백이 암시하듯 망자가 거하는 곳이 된다. 두 편의 소설에는 (직접 그 이야기가 등장하는 것과는 별개로) '세월'호의 기억이 각인되어 있다. '세운'은 '세월'의 애너그램이다.

2

이 세계의 소음을 이루는 것, 소음의 진원이 되는 것은 매우 많다. d(「d」)와 '나'('김소영', 「아무것도 말할 필요가 없다」)에게서 가까운 관계부터 하나씩 간추려 보자. 먼저 가족. 결핍된 가족의 기원에는 무능하지만 권위적인 아버지가 있다. d의 경우. "이승근은 솜씨가 별로 없는 목수였다. 고객들이 목공소로 찾아와 항의하는 일이 적지 않았다. 결과물에 만족하지 못하는 고객이 많았으므로 고객을 대하는 그의 태도에는 친절과 불안과 비굴함이 섞여 있었다. (중략) 이승근은 d를 때리지 않았고 아내가 만든 음식을 불평하지 않고 남김없이 먹었으며 술이나 경마에 관심을 보이지도 않았지만 자기 목공으로 세 사람이 먹고산다는 말을 끊임없이 했다. 그것이 얼마나 신성한 일인가도. 마끼다, 히차티, 렉슨, 보쉬의 전동 기구들, 끌과 망치와 대패, 접는 톱과 실톱. 이승근이 그것들을 사용해 목재를 절삭하고 구멍을 내고 깎아 내고 문지르는 소리는 d에겐 세계의 배음(背音)이었다."(13~14쪽) 남들 보기에 아버지는 나쁘지 않았을 것이다. 폭력적이지도 않으며 옹졸하지도 않고 술이나 경마에 빠지지도 않았으니. 하지만 그것 역시 결핍이다. 타인의 눈에 정상적이라고 해서 그에게 없는 것이 갖춰질 리 없으니.

'나'의 아버지는 어떤가. '나'의 아버지는 무능했고 자신의 무능을 고결한 희생으로 포장해서 가족에게 강요했다. 그리고 거기에는 결정적으로 가족이 없었다. "1992년 김소리와 나의 정신세계를 크게 뒤흔든 집행관 사건을 그는 기회가 있을 때마다 자기 경험으로 말한다. (중략) 집달리들이 집으로 들이닥쳤을 때 자기가 어떤 일을 겪었는지, 집이 바로 보이는 공중전화 박스 속에서 내가 줄담배를 태우며 말이야, 그때 본인의 심정이 얼마나 고통스러웠는지를 말하기 위해서."(214쪽) 아버지에게 그 횡액을 직접 겪은 두 딸의 고통은 기억되지 않았다. 이것은 두 편의 소설에서 공히 확인되는바, 이 시대 가장의 통속화다. "아버지의 말에서 나는 아렌트가 묘사한 아이히만식의 상투성을 본다. 즉 말하기, 생각하기, 공감하기의 무능성을."(220쪽)

둘째로는 동료들. '나'와 관계 맺는 동료란 외부에 대해 배타적인 내부이거나 내부에 대해 무차별적인 외부를 이르는 이름이다. 당국의 탄압에 함께 맞서 학생 운동에 참여했던 대학 동료들이 전자라면, 사회인이 되어 만난 직장 동료들이 후자일 것이다. '나'는 이들에게서 배타성, 공격성을 느낀다. 1997년 여름 농활 때, 귀걸이를 한 '나'에게 "나와 동갑이자 동아리 선배인 B"는 이렇게 말한다. "너 그거 당장 안 빼? 그는 그 장신구들이 '가난한' 농부들에게 얼마나 좋지 않은 인상을 줄지, 말하자면 얼마나 사치스럽고 허영 있어 보일지를 물으면서 그 모습이 지난해 연세대 사태로 가뜩이나 악화된 대학생들의 인상을 더 나쁘게 만들 것이라고 경고했다."(190~191쪽) 저 선배의 요구는 이중으로 공격적이다. 자신이 봉사하는 농민들을 '가난'으로 규정하고 그 규정으로 인해 이들이 무지와 적의로만 무장했을 것이라는 편견이 하나라면, 1996년 연세대에서 있었던 대학생들의 투쟁을 강경하게 진압했던 경찰과 정부와 언론의 시각으로 내면화한 것이 다른 하나다. 후자의 경우, 젠더 권력의 불평등에 놓인 여학생들을 또다시 이중의 곤경에 처하게 했다. 당시 경찰의 강권 진압 과정에서 여학생들에게 자행된 끔찍한 성추행과 성희롱, 성차별적 발언이 다시 운동권 내부로 파고들어 내면화되었기 때문이다.

'나'는 그 여름 포도밭 농활을 끝으로 대학을 그만두었고 현재 소설을 쓰고 있다. '나'는 대학을 떠난 후, 한때 저렴한 여성화를 만드는 구두 회사 사무실의 관리실에서 일한 적이 있다. 그곳에서 '나'는 직장 상사인 'K'의 집요한 구애와 성희롱에 노출된다. "K의 작업녀. 나는 내가 언제부터 사무실에서 그렇게 정의되고 있었는지 모른다."(197쪽) '나'가 K의 구애를 거절하고 성적인 접촉을 멈출 것을 요구하자, K는 이후 집요하게 '나'를 괴롭히기 시작한다. 그 모든 것이 직장 동료라는 이름으로 자행되었다.

셋째로 자본화된 관계들. 예컨대 집세를 달라고 요구하는 집주인 김귀자 할머니(「d」)의 경우. "그러니까 이런 식으로 자기가 문을 두드리면…… 문을 열고 손만 내밀어서 이 할미한테…… 주기만 하면 돼,라고 말하며 손바닥을 위로 해 손을 내밀어 보였다. 작고 흰 손이었다. d는 자신의 얼굴 앞으로 불쑥 다가온 그것을 보고 놀랐다."(20쪽) 얼굴이 대면(對面)의 방법론이라면 손은 거래(去來)의 기술이다. 손은 얼굴의 주인이 누구인지에 대해서는 신경 쓰지 않는다. 손은 '얼굴 없음'의 표식이다. (김귀자 할머니의 '손'은 곧 몸 전체로 확장되면서, 거래하는 '손'에서 대화를 청하는, 화해를 청하는 '손'으로 전환된다. 그러나 소설 곳곳에서 거래하는 '손'의 이미지는 빈번하게 등장한다.) 이 손은 자본주의의 손이고 얼굴이 없는 유령이거나 귀신이다. 세운상가의 집하장을 오가는 수많은 화물의 구매자들이 그러했다. "그들이 매일 밤 집하장에 엄청난 규모로 쌓이는 화물들의

구매자였고 여소녀에게는 이들이 귀신들이었다. 발소리도 없고, 얼굴도 없는."(59쪽)

넷째로 모든 개별자를 부수고 망가뜨리는 거시 권력들. 1950년 6·25 때 한강을 건너다 폭사(爆死)한 김귀자 할머니의 남편과 아이(「d」)에서부터, 2009년 1월 20일 용산 참사와 2014년 4월 16일에 수장(水葬)된 세월호의 아이들과 탑승자들(「아무것도 말할 필요가 없다」)에 이르기까지. 그 수많은 죽음을 초래한 거시 권력은 최루탄으로 차벽으로 물대포로 미시 현장에 서도 끊임없이 가시화된다.

3

『디디의 우산』이 인물들의 상호 관계나 사건의 인과를 따라 진행되지 않는 것은, 바로 이런 토막 난 관계들의 반영이다. 특히 「아무것도 말할 필요가 없다」에서 적극적으로 호명되는 사건(사회·역사적인 사건들)과 일화('나'의 가족사)의 병치는 이 맥락에서 읽힐 필요가 있다. 가족사와 정치사, 학생 운동과 직장 생활과 운동부에서 겪었던 삽화 등은 끊임없이 병렬된다. 이 병렬은 저 모든 이야기 사이의 위계에 구별을 없앤다. 어쩌면 폭력을 가하는 자는 외부의 권력자만이 아니라 가족과 동료들 사이에도 있었으며 '나'의 삶은 결핍과 상실을 초래한 이런 관계들을 관통해 오면서 그 모든 체험을 가시화한다. 한 개인의 이력이 바로 역사다. 역사적 사건과 개인적 사건이 병치되며 사적 사연과 공적 담론이 수평적으로 나열된다. 이 사이사이, 순간순간이 만들어 내는 리듬이 있다. 그것은 공적/사적, 과거/현재로 구분할 수 없는 순간의 장면들이다.

「d」의 처음에 dd의 죽음으로 표시되는 상실의 체험이 있었다. d가 행복하다고 생각했던, 행복해도 좋았을, 행복해야 한다고 되뇌게 한 그 한 시절의 '없음'과 함께 이 소설집은 시작된다. d는 반지하 방에 틀어박혀 오랜 시간을 죽은 자처럼 앉아 있다가 겨우 일어나 일을 시작한다. d가 이사한 고시원이나 그가 일하는 세운상가는 모두가 있으나 단절되어 있는, 혹은 모두가 떠났으나 귀신이나 유령의 형식으로 살아가는, 이를테면 "존재감도 무게도 없어 무해"하지만, "사악한 이웃의 벽을 두들기는"(91쪽) '손'으로만 제 존재를 증명하는 자들의 터전이다. 그러니까 이곳은 침몰하는 배 안이며, 급격히 회전하여 dd를 창밖으로 팽개쳐 버린 버스 안이다. 차 벽으로 둘러쳐 들어가지도 나가지도 못하는 광화문 거리의 한구석이다. 우리 모두는 죽은 자들이거나 죽음의 형식으로 사는 자들이다. 새로 일하게 된 곳에서 d는 누구와도 말을 섞지 않고 대면하지 않는다. 작가의 비관주의는 그러나 의외의 곳에서 출구를 발견한다.

> 아저씨는 나 알아요?
> 그가 뭔가를 씹으며 d를 보고 있다가 말했다.
> 알지.
> 어떻게 알아요.
> 봤지.
> 언제요.
> 매일?
> 이름은 알아요?
> 대체 궁금한 게 뭐야.
> 아느냐고요 내 이름이요…….(70쪽)

일하고 있는 d에게 다가와 d의 등에 대고 말을 건 사람이 있었다. "이봐. 나 알지?"(60쪽)라고. 모르는 사람이었다. 아니 상가 한구석에서 일하는 그를 본 적 있으니 아는 사람이었다. 하지만 이름도 모르는 그를 어떻게 안다고 할 것인가? 예컨대 d의 이름은 "로젠"(75쪽)일 뿐이다. 그가 대행하는 택배 회사다. 자본주의가 가르치는 것에서 모든 이의 이름은 저렇게 특정한 기능으로 환원될 뿐이다.

d가 이 점을 따지러 여소녀를 찾아가자, 그(여소녀)는 '새끼 진짜 버릇 없네……'라고 생각하면서도 뜻밖의 행동을 보인다.

　　이봐.
　　여소녀는 식사할 때 식탁으로 사용하는 JBL 스피커를 가리켜 보였다.
　　이거나 먹고 가.
　　허벅지 높이의 스피커에 울퉁불퉁한 알루미늄 쟁반이 놓여 있었고 d가 나타나기 직전에 배달된 짜장 그릇이 그 위에 있었다. 여소녀는 수화기를 들고 동해루로 전화를 걸었다. 나 짜장 하나 더 갖다줘.(73~74쪽)

d는 예전에도 비슷하게 행동한 적이 있다. 난폭 운전을 하는 버스 기사에게 항의하자, 기사가 못 들은 척 "뭐라고요?"를 반복했다. "똑바로 운전하라고 씹새끼야. 아 손님 뒤로 가 계세요, 위험하니까 뒤로 가 계시라고요."(46쪽) 이 불통(不通)은 "자신을 역겨워하고 경계하며 쳐다보는 탑승객들의 얼굴"(46쪽)만을 낳았을 뿐이다. 그러한 외면과 불통 사이에 자신을 안다고 나선 이에게 적의로 응답한 것은 어찌 보면 당연한 일일 터. 그런데 여소녀는 이런 d의 적의에 환대로 응답한다. 나 안다고? 뭘 알아요? 내 이름이나 알아요? 이봐. 밥이나 먹고 가.

환대란 손님을 선의로 맞이하는 것, 나아가 그에게 자신의 주인 된 자리를 내주는 것이다. 후에 여소녀는 d가 음악에 관심을 보이자 오디오를 구해 주고, d에게 음악 들을 장소가 마땅치 않다는 사실을 알고는 자신의 작업실 한구석을 내어준다. 모르는 이를 아는 이가 되게 하려면 무조건적으로 그를 받아들여야 한다. 그에게 자신의 자리를 내주고 자신이 그의 손님(손님의 손님)이 되어야 한다. 여소녀는 바로 이런 일을 했다. 윤선오 노인의 에피소드도 같은 방식을 보여 준다. 남 부러울 것 없이 사는 윤 노인이 어느 날 물건을 훔친다. 윤 노인이 "형님은 좋겠소. 하고 싶은 걸 다 하고 사니 말이오."(104쪽)라는 말을 들은 직후의 일이다. 이 도둑질은 세운상가의 질서와 관념(형님은 우리와 다른 사람이다.)을 교란시킨다. 윤 노인의 도벽은 세운상가 사람들과 자신을 분리시켰던 격벽을 철폐하고 노인을 그곳의 사람들과 재통합한다.

d는 여소녀가 만들어 준 오디오로 노래 「러브 미 텐더」를 듣곤 했다. 생전의 dd가, 듣고 나면 "어처구니가 없는데도, 매번 행복해진다."(76쪽)라고 말했던 그 노래다. 나를 부드럽게 사랑해 줘. 이 노래를 듣기 위해 d는 봉인했던 dd의 이삿짐을 되찾아오기도 했다. 「d」의 첫 장면을 상기하자. d와 dd가 낙뢰 자국을 보면서 나눈 대화 말이다. "여기만 뜨거워."(9쪽) 바로 다음 장면에서 d는 사물들에게 온기가 느껴진다고 놀란다. 사물에 온기가 있을 리 없으니, 그것은 "내가 차가워졌다."(12쪽)는 증거라고 d는 생각한다. dd가 죽은 후 사물들에 깃든 기억을 감당할 수 없었던 시절의 얘기다. 이제 이 소설(「d」)의 마지막 장면으로 가 보자.

거무스름하게 그을린 유리 벌브 속에 불빛이 있었다. d는 무심코 손을 내밀어 그 투명한 구(球)를 잡아보았다. 섬뜩한 열을 느끼고 손을 뗐다.

쓰라렸다.

d는 놀라 진공관을 바라보았다. 이미 손을 뗐는데도 그 얇고 뜨거운 유리막이 달라붙어 있는 듯했다. 통증은 피부를 뚫고 들어온 가시처럼 집요하게 남아 있었다. 우습게 보지 말라고 여소녀가 말했다. 그것이 무척 뜨거우니, 조심을 하라고.(145쪽)

피부를 찢는 듯한 작열감. 진공관은 이제 지나간 사랑의 순간을 노래하는 기계의 일부에서, 임재(臨在)한 사랑의 현장을 재현하는 기계로 변한다. 이것이 환대를 통해서 온다. 나를 아느냐는 울음 섞인 질문에, 작은 식탁을 내주며 밥 먹고 가라고 응답하는, 그런 동문서답을 통해서 온다.(이 소설집은 고요한 식탁을 비추며 끝을 맺는다.) 동성 커플인 '나'와 서수경에게 "둘이 무슨 관계/사이"(「아무것도 말할 필요가 없다」, 260쪽)냐고 묻는 세상 앞에서, 부정한 권력자를 굳이 "惡女 OUT"(304쪽)이라고 표기하는 세상 앞에서, "네가 먼저 죽으면" "나한테 뼈 한 조각을 줘."(258쪽)라고 고백하는 오불관언을 통해서 온다. 바로 여기에 황정은이 찾아낸 사랑의 형식이 있다. 그 모든 비통과 비극과 비관을 넘어서는, 그 비약의 순간이 있다.

도도와 두두의 세계에서

안보윤이 소개한 두 개의 무한

도도두두 놀이를 하자.

그게 뭔데

도도두두. 술래잡기 놀이.

소년의 누나가 재빨리 덧붙였다.

도망치는 사람이 도도, 따라잡는 사람이 두두야.

놀이의 규칙은 간단했다. 도망치는 사람은 도도도도,

앞꿈치만으로 땅을 디뎌 도망친다.

뒤쫓는 사람은 두두두두, 뒤꿈치만으로 땅을 디뎌 쫓아간다.

이건 사실 무시무시한 놀이야. 저주받았거든.[1]

1   '오감도'의 아이들

여기, 이상한 놀이를 하는 아이들이 있다. 오래전부터 유행했던 놀이이자 "저주받은 놀이"다. 이 놀이를 계속하면 발이 부러지거나 인대가 끊어진다. 그럴 수밖에. 이 놀이는 발꿈치를 잘라 내는 고대의 형벌인 월형(刖刑)을 흉내 낸 놀이다. 두 아이는 "서로를 위협하고 쫓고 도망쳤다. 그러다 문득 멈춰 서서 이마를 맞대고는, 곧 저주받게 될 거야, 은밀하게 서로에게 속삭였다."(「여진」, 150쪽) 이 놀이는 서로를 저주하는 놀이, 서로에게 저주가 임하기를 빌어 주는 놀이다. 두 아이의 놀이를 지켜보던 조

---

1   안보윤, 『소년 7의 고백』(문학동네, 2018), 148쪽. 이하 수록된 작품을 본문에 인용할 때는 작품과 쪽수를 밝힌다.

모가 아이들의 엄마에게 말한다. "애들이 너를 닮았다. (중략) 구김살 하나 없이 밝고 건강하고 활기차고."(같은 쪽) 얼마 지나지 않아 이 집안 전체에, 공평하고 밝고 활기차게, 무시무시한 저주가 임한다. 층간 소음에 신경이 날카로워진 아랫집 남자가 올라와 조모와 조부를 잔혹하게 살해한 것이다. 재앙은 언제나 바깥에서 온다. 예측할 수도 없고 대비할 수도 없다. 확실한 것은 한 가지뿐, 그것이 빠르든 늦든 반드시 온다는 것이다.

'도도'와 '두두'는 부르주아의 가치를 혐오하고 반전을 주창한 운동의 이름인 '다다'(dada)를 닮았다. 다다이스트들이 이 이름을 자신들의 운동을 가리키는 용어로 선택한 데에도 우연성, 무목적성이 개재해 있다. '다다'는 아이들이 갖고 노는 말 머리가 달린 장난감을 뜻하는데, 사전에 끼워 둔 종이칼이 우연히 이 항목을 가리키는 것을 보고 이 용어를 골랐다고 한다. 도도와 두두 역시 쿵쾅거리며 머리 위에서 여진(餘震)을 만들어내는 소리일 뿐 그 자체로는 무의미한 단어다. 그러나 그것은 삶을 내파하고 세계에 균열을 도입하는 무의미이면서 삶 자체를 파괴하고 세계를 (폭력의 원인인) 적의와 (적의의 결과인) 폭력으로 물들이는 무목적이다.

도도와 두두, 집안에서 쫓고 쫓기는 이 놀이는 늘 막다른 골목을 염두에 두고 있으나,(집안은 폐쇄되어 있으니) 설령 집안이 뚫린 골목이라고 해도 사정은 다르지 않았을 것이다.(현관 앞에는 살인자가 기다리고 있으니) 쫓는 자나 쫓기는 자나 모두가 무섭다고 말할 것이다. 둘 다 발이 부러지거나 인대가 끊어져 밖에서 온 칼 든 자에게 난자당할 운명에 처해 있기 때문이다. 오감도의 아이들처럼 이 아이들에게도 무서운 것과 무서워하는 것은 동전의 양면이다. (잠시 후 살펴보겠지만) 재난은 밖에서만 오는 것도 아니다.

안보윤 소설의 인물들은 모두가 도도두두 놀이에 사로잡혀 있다. 쫓기는가 하면 어느새 쫓는 자가 되어 있고 무섭구나 싶다가도 어느새 무서워하고 있다. 취조실에서 내보내 달라고 애원하던 소년은 어느새 "구제 불능의, 파렴치한 성폭행범"이 되어 있고,(「소년 7의 고백」) 한 친구는 어느 순간 가난과 비참을 공유하던 다른 친구에게 "너랑 만나면 나는 늘 불행해져."라고 선언한다.(「불행한 사람들」) 엄마가 입양과 파양을 반복하는 것을 불안해하던 친딸은 마지막으로 입양된 동생이 오래 버티자 동생에게 도벽이 있다는 거짓 소문을 낸다.(「이형의 계절」) 지하철 방화범의 방화 시도를 막아 낸 지하철 의인은 자살하면서 자기 자식을 물속으로 끌고 들어가려 한다.(「일그러진 남자」) 잔혹하게 살해당한 여학생을 모독했다는 오해를 받아 사회적으로 매장당한 남자에게는 실제로 그 죽음을 구하지 못한 책임이 있었다.(「포스트 잇」) 한 극작가는 친구인 배우가 대본의 등장인물 그 자체가 된다는 것을 알고 그가 자신의 연극 「사라지는 남자」에 출연하는 것을 거절하지만, 또 다른 연극인 「나쁜 유산」에 출연시킴으로써 결과적으로 그의 사라짐에 기여한다.(「어느 연극배우의 고백」) 친구 때문에 다단계에 들어가 큰 손해를 본 여대생은 졸업 후 취업과 퇴직을 반복하다 그 친구의 돈을 다시 훔쳐 도망침으로써 제 불행을 되갚아 준다.(「순환의 법칙」) 이 물고 물리는 불행의 추격전, 악운의 꼬리 잇기는 그 자체로 악무한의 세계에 대한 알레고리다.

2 "너는 어디에 있느냐?"

목소리가 들린다. 누구의 말인지 특정할 수 없는 목소리, 다시 말해서 발화자 없이 곧바로 내게 들리는 목소리다. 목소리가 들린다는 것은 그것이 바깥에서 내게 부과된다는 뜻이다. 그럼에도 불구하고 발화자가 없다는 것은 그것이 실은 나의 내면의 소리라는 뜻이다. 내 안에서 기원했으되 나와는 분리된 소리는 금지하고 질책하는 초자아의 목소리다. 「때로는 아무것도」를 읽어 보자. 등장인물 가운데 하나인 '도영'에게는 시도 때도 없이 속삭이는 목소리가 들린다. 그 목소리는 늘 이렇게 말한다. "중요한 건 그런 게 아니지."

처음 목소리가 들린 건 중학교 3학년 때였다. 기말고사 기간이었고, 아침 자습이 끝난 뒤 국사 시험을 볼 예정이었다. 도영은 주관식에 나올 만한 단어들을 골라 외우고 있었다. 아관파천, 고종 대한 제국 선포, 광무 개혁을 통해 자주 국가의 면모를, 기술 교육 기관과 사립 학교 설립. 검은 동그라미가 한참 늘어 갈 무렵이었다. 중요한 건 그런 게 아니지. 걸걸하고 낮은 남자 목소리가 귓속을 파고들었다. 비아냥대는 것처럼 말끝이 끌려 올라간, 기분 나쁜 어투였다. (중략) 이후 남자의 목소리는 수시로 도영의 귓속을 파고 들었다. (중략) 목소리의 판단은 냉정하고 정확했다. 도영은 수능 공부를 할 때, 대학 원서를 넣을 때, 하다못해 십자 퀴즈를 풀 때조차 목소리의 도움을 받았다. 보다 더 중요한 것을 선택하는 일. 도영은 올바른 선택에 대해 그렇게 정의해 왔다.(「때로는 아무것도」, 203~204쪽)

도영이 학업에 열중하거나 주어진 일에 고분고분할 때 저 목소리는 침묵을 지킨다. 반면에 학업과 무관한 일을 하거나 자신의 일에 의문을 가질 때면, 예의 목소리가 나타나 도영의 선택을 비웃는다. 도영은 목소리의 도움을 받아 크고 작은 일에서 "보다 더 중요한 것을 선택"해 왔다. 그런데 과연 그랬을까? 도서관에서 아르바이트를 하던 도영은 다른 학생이 도난 방지 안테나를 뜯어내는 것을 목격한다. 그때 예의 목소리가 들린다. 범법을 적발하는 것은 중요한 게 아니라고. "수없이 긴 목록에 한 칸이 더해진다고 크게 달라질 일은 없을 터였다. 사서들은 또 다음 방학에서야 사라진 책들의 존재를 깨닫게 될 것이고, 도난 도서 목록과 신청 도서 목록을 새로이 작성할 것이었다. (중략) 쓸데없는 생각은 그 정도로 충분했다. 이곳에서는 이곳에 맞는 일을 하면 그만이었다."(219쪽) 그러니까 금지/질책하는 저 목소리는 도영과 무관한 일에는 나서지 말라고, 철저하게 이기적이고 실리적인 목적을 위해서만 행동하라고 강요하는 목소리다. 그런데 그 비리를 못 본 척한 후, 도영은 오히려 사서와 근로 학생들에게서 따돌림을 당한다. 그것은 죄수의 딜레마와도 같다. 잘못을 바로잡지 않고 용인하면 그 잘못은 일반화되어 외면한 당사자에게도 적용된다.

　　—저 빨랫줄들은 다 웬 거예요? 공터에 빨랫줄 감아 놓은 걸 뉴스에서 왜 보여 줘요.
　　오묘한 색깔로 변한 마요네즈를 찍어 먹던 세쌍둥이가 마요네즈만큼이나 오묘해진 낯빛으로 대꾸했다.
　　—리본이잖아. 광화문 광장에, 리본 묶어 둔 거.
　　—무슨 리본요? 빈 빨랫줄만 몇 겹씩 휘감겨 있는데.
　　—너 안과 가 보라니까. 저 리본이 벌써 몇 년째 묶여 있는 건데 저걸 못 보냐.
　　—안과 가 봤다니까요. 몽골리안의 시력이라고.
　　—지랄한다.(「때로는 아무것도」, 224쪽)

시력이 아무리 좋아도 도영은 광화문 광장에 펄럭이는 리본을 보지 못한다. 목소리가 그건 중요한 게 아니라고 말하기 때문이다. 목소리는 타인의 고통에 공감하고 타인의 처지를 이해하는 일 따위는 가르치지 않는다. 목소리는 질책하고 금지하지만 정작 잘못의 내용이나 금지의 기준에 관해서는 아무것도 말하지 않는다.
　　선악과를 먹고 나서 인간은 자신이 벌거벗은 것을 알고 두려워 나무 그늘 아래 숨었다. 신이 인간에게 물었다. "너는 어디에 있느냐?" 인간이 대답했다. "제가 동산에서 당신의 음성을 듣고 벌거벗었으므로 무서워 숨었습니다." 신은 처음에 자신의 모습을 본떠 인간을 지었으나 정작 자신은 인간의 형체에 들지 않았다. 신의 속성은 '무한'에 있으므로 유한한 형체 안에 담기지 않기 때문이다. 신은 목소리로만 존재한다. 반면에 인간은 신의 형체를 구현하고 있으나 거기에 신성이 깃들지 않았으므로(벌거벗었으므로) 한없이 누추하다. 목소리는 금지하고(저 실과를 먹지 말라.) 질책하고(네가 그것을 먹었느냐?) 징벌하는(너희가 저주를 받아) 작인(作因)으로 나타날 뿐이다. 그렇다면 인간은 어떤가? 금지와 질책과 징벌의 대상이 되어 벌거벗은 채 대기하고 있다.

「때로는 아무것도」가 말해 주듯 외부의 음원을 갖지 않은 목소리는 외화(外化)된 혹은 소외(疏外)된 내면으로서의 초자아의 목소리다. 안보윤의 세계에서는 타인의 목소리에서도 이 초자아의 금지/질책이 묻어난다.

남자가 말했다.
시끄러워서 도무지 견딜 수가 없었다는 게…… 그게, 기억납니다. 그애들이, 쿵쿵대고 뛰어다니고 쇠공 같은 걸 집어던지고, 종일 제 머리통을 밟고 다니는 것처럼 소리가, 도무지 견딜 수가 없어서 아아 정말…… 죽여 버릴까 하고…… 그랬습니다. 그애들만, 그 소리만 아니었어도 저는…….(「여진」, 139쪽)

잔혹한 살인을 저지른 아래층 남자는 재판정에서 온갖 병명을 제출한다. "환청과 환각, 심각한 불안 증세, 공황 장애, 해리성 인격 장애의 징후, 불면, 조현병의 전형적인 증세들, 양극성 장애의 가능성. 피해망상, 과민성 대장 증후군, 선택적 함묵증."(154~155쪽) 그 와중에 그는 살인의 진짜 이유를 누설한다. 애들이 너무 시끄러웠다고. "그 애들만, 그 소리만 아니었어도 저는……." 소음이 잔혹한 살인 행위를 정당화할 수는 없으므로 이 경우 잘잘못은 분명해 보인다. 그런데 사내의 목소리는 아이들의 목소리로 반복된다. "소년은 재판정에 있는 남자와 마주친 뒤, 정확히는 남자의 손에 감긴 붕대를 발견한 뒤 반창고를 죄다 풀어 버렸다. 살점이 떨어져 나간 부위에서 진물이 솟았다. 그애들. 소년이 속삭였다. 그애들, 그애들만 아니었다면."(138쪽) 사내의 말을 되뇌임으로써 그 말은 소년의 내면을 울리는 초자아의 목소리로 변한다. 이제 조부모의 참혹한 죽음은 "그애들"의 책임이 되고 말았다. 보라, 아이들의 고모까지도 그 말을 따라 하고 있지 않은가? "정말로, 너희들 때문이었니?"(161쪽)

이제 그 목소리는 끝없이 울려 나온다. 목소리는 꾸짖는 친구의 음성이 되었다가(「불행한 사람들」) 자백을 강요하는 형사의 들리지 않는 협박이 된다.(「소년 7의 고백」) 라디오에서 흘러나오는 고백이 되기도 하고(「순환의 법칙」) 파양을 선고하는 잔인한 양부모의 육성이 되기도 한다.(「이형의 계절」) 목소리는 여전히 바깥에서 들려오지만 신의 목소리처럼 사방에서 울린다. 그것이 자신의 목소리와 구별되지 않는다는 증거다. 심지어 타인의 목소리로 드러날 때마저도 그 목소리는 '나'의 목소리였다.

　　―그때는, 도와주지 못해 미안했어요.
　　―그때?
　　―장례식장 옆 술집에서요. 맨홀에 다리가 빠진 걸 봤는데, 그게 그냥 앉아 있는 건지 다친 건지 분간이 안 가서.
　　―무슨 소립니까. 맨홀에 빠진 건 당신이에요. 나는 골목 끝에서 당신을 지켜봤습니다. 허우적거리고 있는 당신을 보고는 취했구나 생각했습니다.
　　―그건 내 얘기예요. 당신을 구경한 사람도, 취했구나 생각한 사람도,
　　―납니다.
　　―나예요.(「포스트 잇」, 61쪽)

「포스트 잇」의 '주원'은 끔찍한 오해에 연루되어 사회적으로 매장당한 처지다. 가정폭력에 희생되어 죽임을 당한 여학생을 추모하는 현장에서

그 여학생을 모독하는 쪽지를 붙였다는 오해를 받아 모르는 사람들뿐 아니라 직장 동료들과 가족들에게까지 손가락질을 받았다. 아버지의 장례식장에서도 가족의 사나운 눈길을 피해 술집을 전전하던 주원은 한 사내를 만난다. 사내의 한쪽 다리가 맨홀에 빠진 것을 보고도 그는 긴가민가 하다가(사내가 처한 상황이 정확하게 서술되지는 않는다.) 여학생을 구할 기회를 놓쳤듯, 그를 구할 기회도 놓친다. 아버지의 집에서 다시 만난 사내는 자신이 쓰던 소설을 소개한다. 그 소설의 세계는 모두가 이어진 세계, 아니 모두가 단 한 사람의 '나'인 세계다.

　─나와나와나의 세계는 말입니다, 단 한 명의 인간으로만 채워진 세계를 뜻합니다.
　─그게 어디에 있는 세계인데요?
　─내 소설 속에. (중략) 지구상에 존재하는 인간은 한 명뿐인데 그의 전생과 현생과 미래가 전부 뒤엉켜 지표면 위로 쏟아져 나와 있는 상태인 겁니다. 그가 삼천 번쯤 죽고 환생하길 거듭했다면 삼천 명이 동시에 튀어나와 제각각 살아가는 거죠. 세계에 깔려 있는 모든 사람이 근본적으로는 나인 셈입니다. 나는 나에게 영향을 받고 또 다른 나에게 영향을 주고 그게 얽히고설켜 점점 더 엉망인 세상을 만들어 갑니다. 세계 어느 곳에서 나는 나를 돕거나 위로하고 반대편에서 나는 나를 괴롭히거나 죽입니다.(「포스트잇」, 59~60쪽)

이것은 극단적인 유아론(唯我論)인가, 아니면 우리 모두가 연결되어 있다는 것을 보여 주는 연기론(緣起論)인가? 둘 다 아닐 것이다. 이 세계는 나와 나와 '나'들이 모여서 하나의 '큰 나'로 통일되는 것도 아니고, 나와 나와 내가 상호 작용하면서 조화를 이루는 것도 아니다. 이들은 그저 서로 영향을 주고받으며 "얽히고설켜 점점 더 엉망인 세계"를 만들어 간다. 큰 자아도 없으며 예정 조화도 없다. 사내는 주원의 아버지 집을 제집처럼 드나들며 계단에 숨겨 둔 아버지의 술을 꺼내 마신다. 사내가 아버지와 구별되지 않는다는 소리다. 주원은 사실 여학생이 폭행을 당하던 그때 그녀와 마주쳤었다. 여학생의 아버지가 주원에게 으르렁댔다. "냅두쇼! 딸년 단속 잘못한 건 내 알아서 할 테니까."(65쪽) 여학생이 맞을 짓을 했다고 생각했는지 주원은 몸을 사렸고 피를 쏟는 여학생에게 다가갔다가도 술에 취해 오줌을 지렸다고 생각해서 돌아섰다. 죽은 여학생을 모욕했다고 오해받은 주원과 실제의 주원이 구별되지 않는다는 소리다. 사내와 아버지와 사람들이 아는 주원과 실제의 주원 등등이 모두 '나'였다. 그러니 맨홀에 빠진 사내는 그 사내를 보는 주원이기도 했고, 맨홀에 빠진 주원이기도 했으며, 주원을 보는 그 사내이기도 했다. 목소리는 내면에서 나와서 바깥을 울리고 다시 자신에게로 돌아온다. "나와나와나의 세계"는 바로 이 출구 없는 악무한의 세계다. 금지하는 자가 금지되고 질책하는 자가 질책받으며 징벌하는 자가 그 대가를 치르는 세계다.

3 "어이쿠, 이 시체랑 딱 마주칠 수밖에 없다 이겁니다"

도도와 두두와 목소리의 세계. 쫓기는 자와 쫓는 자와 (둘의 바깥/안에서 울려오는) 금지/질책하는 목소리가 뒤섞여 만들어 내는 악몽의 세계. 그런데 이 세계에 포함되지 않는 것으로 보이는 이상한 형상들이 출몰한다. 쫓는 것도, 쫓기는 것도 아닌 채로 거기에 놓여/던져져 있는 이상한 사물들, 즉 생물도 무생물도 아닌 존재 ─ 이를테면 '시체'나 '유령'들이다.

— 할아버지, 보세요. 자아, 그 사람은요, 무려 서른두 시간 동안 똑같

은 자리에 앉아 있었어요. 이렇게 쪼그려 앉은 시체가 골목에요, 네? 그런데 할아버지가 오후 일곱 시에 한 번, 새벽 다섯 시에 또 한 번 거길 지나갔어요. 그럼 할아버지가 말씀하신 대로 폐지를 줍다가, 자 보세요, 줍습니다, 이렇게 폐지를 줍다가요, 허리를 펴거나 고개를 들면 어이쿠, 이 시체랑 딱 마주칠 수밖에 없다 이겁니다. 근데 본 적이 없다니 그 말을 어떻게 믿어 드려요. 할아버지, 일부러 신고 안 한 이유가 있는 거죠? 아니면 할아버지가 수레에 시체를 싣고 와서 저기다 유기한 거예요.

　—못 보지.

　—네? 뭘요.

　—시체는 못 보지. 내 눈엔 폐지밖에 안 보이니까, 못 봐, 그건.(「때로는 아무것도」, 212~213쪽)

도영이 그 좋은 시력을 갖고도 광화문의 노란 리본들을 못 보는 것처럼, 폐지를 줍는 영광빌라 B02호 노인은 눈앞에 있는 201호 남자의 시체를 보지 못한다. 죽은 남자는 도영에게 속삭이던 목소리의 원주인이다. 죽은 남자는 도영이 세 살이던 해, 영광빌라 주민들 사이에서 벌어진 난투극의 주인공 가운데 하나였으며, 그때 301호 아이들이 쿵쾅거리며 내는 소음을 지적하면서 이렇게 말했다. "중요한 건 그런 게 아니지."(197쪽) 목소리가 초자아의 속삭임이 되려면 형체를 벗어나야 하므로, 지금 그 목소리의 주인공이었던 201호 남자는 사물이 되었다. 아무 쓸모가 없으므로 폐지보다도 못한 사물이 되었다. 그는 도도와 두두의 세계를 교란하는 얼룩이다.

　—주은 씨, 헬멧한테 주의 줬지. 너 미쳤니?

　—아, 저기, 주의를 준 건 아니고요…… 다른 애들이 놀리길래 중재를 좀…….

── 중재? 누가 주은 씨더러 중재해 달래? 니가 뭔데? 애들이 패싸움을
하든 머리에 용수철을 끼고 다니든 참견 말라고 몇 번을 말해. 내가 지금 헬
멧 엄마한테 얼마나 깨지고 왔는지 알아? 안내, 목격, 그것 말고는 아무것
도 하지 말라고 했잖아. 판단하지 마! 생각도 하지 마! (중략) 주은 씨, 똑바
로 좀 하자, 응? 어려운 일 시키는 것도 아니잖아. 자기가 우리처럼 머리 터
지게 수업을 해, 허리 부러지게 접대를 해. 말뚝처럼 서서 지켜보기만 하라
는데 그걸 왜 못하니.(『불행한 사람들』, 76~77쪽)

'주은'의 직업은 학원 도우미, 더 정확히는 안전 보조 요원이다. 복도
에 서서 화장실 가는 아이들을 안내해 주거나 아이들 사이에 벌어진 일을
목격하는 게 주된 업무다. 원장이나 원감은 '오주은 씨'라고 부르지만 선
생들은 '복도'라고 부르고 아이들은 내키는 대로 '복도쌤', '안전쌤', '복
도', '도우미', '화장실쌤' 심지어는 '씨발년'이라고 부른다. 주은이 학원
학생('헬멧')에게 말을 건네자, 원감이 (예의 그 목소리로) 꾸짖는다. "안내,
목격, 그것 말고는 아무것도 하지 말라고 했잖아. 판단하지 마! 생각도 하
지 마!" 그녀가 "똑바로" 제 일을 하는 방법은 "말뚝처럼 서서 지켜보기만"
하는 것, 즉 유령이 되는 것이다. 거기에 있으나 존재하지 않는 것과 다를
바 없는 유령, 화장실에 갈 때만 따라붙는 유령, 누가 무슨 일을 했는지 지
켜보기만 할 뿐인 유령, 복도에 우두커니 서 있어서 복도라 불리는 유령.
같은 일을 하는 도우미가 이 처지를 정확히 요약해 준다. "난 일하는 내내
존엄이라든가 긍지라든가 그런 게 사라져 버리는 기분이었거든요. 인간
의 영역에서 매일 일 미터씩 꾸준히 밀려나는 기분이요. (중략) 말뚝처럼
서 있으라니 그게 사람이 할 일인가요."(89쪽)
　그런데 이 세계에 존재하지 않으나 이 세계의 질서를 교란하는 이 얼
룩들이야말로 실제로는 이 세계의 원주민들이다. 폐지보다도 눈에 띄지
않으나 실제로는 빌라의 주민이며, 인간의 영역에서 밀려나고 있으나 그

누구보다도 인간이다. 「이형의 계절」을 보자.

　　　— 어쩔 수 없는 애로구나.
　　　— 넌 정말 어쩔 방법이 없네.
　　　그것은 파양 선고이자 아이의 존재 자체를 지워 버리는 섬뜩한 주문이
　　었다.(「이형의 계절」, 170~171쪽)

　　'이형'의 첫째인 '너'는 각양각색의 이유로 파양당하는 동생들을 보면
서 자신도 언제 '돌려보내질지' 몰라 불안과 절망과 공포의 나날을 보낸
다. 이형이 '너'는 친딸이니 보내지 않을 거라고 말했지만 근거 없이 마구
잡이로 자행되는 파양 앞에서 불안하기는 마찬가지다. 어떤 동생은 뜨거
운 걸 잘 먹지 못해서, 어떤 동생은 헤어스타일이 잘 나오지 않아서,("애가
왜 이렇게 멍청해 보이지? 이렇게 바보같이 생겨서야 어쩔 수 없네.", 179쪽) 어
떤 동생은 치열이 고르지 않아서("들개도 아니고 이가 이게 뭐야, 정말", "어
쩔 수 없는 애네.", 187쪽) 파양당한다. 결국 아이들이 내쳐진 원인은 이형
의 변덕 혹은 변심에 있을 뿐이다. 불행은 세계의 무목적, 무의미에서 비
롯된 것일 뿐 아이들에게 귀책되는 것이 아니다. '어쩔 수 없다'는 이형
의 선언은 자신의 변심마저 자신에게 귀속되는 것이 아니라는 것을, 그
녀 역시 변덕스러운 운명에 휘둘리는 무의미의 자식에 불과하다는 것을
말해주는 것이다. 그렇다면 가족에게서 내쳐진 저 아이들이야말로 '쫓겨
남'의 형식으로 도도와 두두의 세계에 포함되는, 이 세계의 거주자들이
아닌가?[2]

2　　이 소설은 '너'가 '육'을 다시 만나는 장면으로 끝난다. "너는 너의 그림자가 너보다 먼저 육에게
　　다가서는 걸 바라본다."(190쪽) 파양당한 아이들은 '시체'나 '복도'처럼 세계의 사물이거나 배경
　　이 되었다. 따라서 '너'가 '그림자'로 육을 만나는 것은 육의 존재 형식을 취했음을 뜻한다. 둘은

화면을 보고 있는데 뭔가 이상한 기분이 들었어요. 그애가 우리를 지켜보고 있는 것 같은 기분. 그래요, 그애가 아주 가까이에서 우릴 마주 보고 있다는 느낌이 들었죠. 경찰 수사에 아무런 진전이 없어 단순 가출로 사건이 정리되려면 시점이었어요. 그런데 그 기시감이라니. 아주 오래전 책상이 되어 버렸던 그애가, 코끼리가 되어 버렸던 그애가 나를 바라보며 슬그머니 웃던 때와 똑같은 기분이었어요. 저는 화면을 조금씩 잘라 내기 시작했어요. 오른쪽 끝에서부터 왼쪽으로 일 센티미터씩, 아무 소리도 듣지 않고 어떤 장면에도 몰입하지 않은 채 그저 시선을 옮겨 화면 분할에만 몰두했죠. 그리고, 보았어요. 그애가 거기 있는 걸.(「어느 연극배우의 고백」, 277~278쪽)

연극배우였던 '그애'는 천재로 불렸다. 비결은 '그애'가 사람이나 사물을 연기를 하는 게 아니라 사람이나 사물 그 자체가 되는 데 있었다. '그애'는 무대 위에서만이 아니라 무대 밖에서도 '코끼리'나 '시체', '연쇄살인마'나 '스토커'가 된다. 그는 모든 것을 의심하는 남자의 이야기인 「나쁜 유산」이라는 연극에 출연하게 되고, 마지막 무대에서 모습을 감추고 만다. 대역을 구해 어렵게 마지막 공연을 마친 '나'(진술자)는 그 공연 CD를 돌려 보다가 이상한 걸 발견한다. 모습을 감추었던 그가 실제로는 그 무대 위에 있었던 것이다.

거대한 꽃병이라도 된 양, 뽑을 수 없는 기둥이라도 된 양 그애는 거기서 있었어요. 단원들은 몰랐을까요? 누군가가 손수레 밀고 그애를 지나쳤어요. 누군가는 왼다리를 털며 그애 앞에서 방뇨하는 시늉을 했죠. 누군

일그러진 닮은꼴로서, 처음으로 만날 수 있게 되었다. 그리고 그것이 진정한 만남이다. 실제로는 이형이 '異形' 즉 세계의 일그러진 형식이기 때문이다.

가는 그애와 이마를 맞대고 서서 마르탱에 대해 수군거렸어요. 그런데 그 중 누구도, 그애를 눈치채지 못했어요. 거기 있는 건 그냥 서랍장이고 담벼락이고 행인 3이었으니까요. 저는 화면을 정지시키고, 손가락으로 그애를 짚어 줬어요. 그때 단원들 얼굴이라니. CD를 열 번도 넘게 본 것 같아요. 그애는 처음부터 마지막까지 무대 위에 있었어요. 마르탱이 바닥을 뒹굴며 다닐 땐 몸을 수그려 그에게 손을 뻗기도 했죠. 덜떨어진 관객처럼 그애는 무대 위를 누비면서 단원들을 구경했어요. 그러다 내키는 대로 다른 배역과 소품에 섞여 들어갔죠.(「어느 연극배우의 고백」, 275~276쪽)

따라서 이 소설은 배역과 실제를 구분하지 못한 어느 배우의 기행(奇行)에 대한 이야기가 아니다. 모든 것이 가상인, 그래서 거짓된 존재들로 득실거리는 이 연극 같은 세계에 실제로 존재하는 유령으로서의 인간, 바로 근처에 서서 숨을 쉬고 움직이는 얼룩으로서의 인간에 대한 이야기다.[3] 작가는 바로 이 자리에 선 인간을 보라고 권하고 있다.

4 악무한 너머

표면적으로 보면 안보윤이 구축한 세계는 적의와 폭력이 서로의 원인이자 결과가 되어 무한히 진행하는 부정적인 무한(악무한)의 세계로 보인다. 악무한의 세계에서는 사물의 표면적인 현상이 원인으로 간주된다. 가

---

3   친구인 '나'는 이렇게 말한다. "무엇이든 될 수 있었던 그애는 반대로 그 무엇도 될 수 없었던 게 아닐까."(278쪽) 그것은 맞는 말이기도 하고 틀린 말이기도 하다. 무엇이든 될 수 있었다는 것은, 그가 다른 것과 구별되는 형식을 취할 수 없었다는 말이므로 이 말은 맞는 말이다. 하지만 그는 그럼으로써 그 무엇도 아닌 것, 이를테면 유령도 될 수 있었다. 바로 그것이 그의 존재 형식이었다. 그렇게 본다면 이 말은 틀린 말이다.

령 파양의 사유는 아이들이 못생겼기 때문이고(「이형의 계절」) 주은이 복
도 노릇을 그만둔 것은 인내심이 없어서다.("고작 그걸 못 견디고 그만둬?
남의 돈 벌어먹기가 쉽니?", 「불행한 사람들」, 92쪽) 조부모가 살해당한 것은
아이들이 너무 시끄럽게 굴어서고(「여진」) 아이가 죽은 것은 '나'(아버지)
가 플러스 순환에 들자, 그에 맞춰 아이가 마이너스 순환에 들었기 때문
(「순환의 법칙」)이다. 이 세계에서는 우연한 사건이 거듭된다. 한 사건이
다른 사건과 구별되는 표식을 갖지 못하기 때문이다. 이 사건들은 끝없는
직선 운동을 이어 가는 무한 반복의 세계를 구성한다. 죽어 가는 아이는
교통을 방해하는 운전자 때문에 응급실에 이르지 못하고 도로 위에서 반
복해서 죽어 가고(「일그러진 남자」, 「순환의 법칙」) 아래층 사내는 층간 소
음 문제로 거듭해 폭력을 휘두른다.(「여진」, 「때로는 아무것도」) 계속 모습
과 장소를 바꾸는 "705호" 객실(「순환의 법칙」)은 이런 악무한의 세계에
대한 알레고리다. 그 방을 무료 숙박권으로 얻은 주인공 '미주'는 그곳의
진정한 주인이나 소유자가 아니기 때문이다.

그런데 바로 이런 세계에도 시체나 유령으로서의 삶이 있다. 이 삶이
세계에 특별한 표식을 남겨 놓는다. 이를테면 피 흘리는 '시곗줄 자국' 같
은 것.

　　—난, 싫어요, 그런 시계. 수심 천삼십칠 미터에서 혼자 째깍째깍 움직
이는 시계라니 그건 너무 쓸쓸하잖아요.
　　—당신은 너무 감상적이야.
　　—나도 알아요. 하지만 나한텐 그 시계가 꼭 소금 맷돌 같은걸요.
　　—소금 맷돌? 그게 뭐야.
　　—소금이 나오는 맷돌 얘기 몰라요? 틀림없이 들어 봤을 텐데. 그러게
어릴 때 동화책을 좀 읽지 그랬어요. 어처구니를 돌리면 끊임없이 소금이
나오는 맷돌에 대한 얘기예요. (중략) 소금이 산만큼 쌓이고, 결국 배는 무

게를 이기지 못해 그대로 가라앉아 버리죠. 바닷속에 가라앉은 맷돌은 혼자 계속 돌아가면서 소금을 만들어 내요. 그래서 지금 바닷물이 저렇게 짜졌다는 이야기예요.

　　—난 또 뭐라고. 그냥 전래동화잖아. 그래서 그 얘기의 어디가 쓸쓸하다는 건데.

　　—맷돌이 돌아가는 게요. 깊은 바닷속에 혼자 가라앉아 자기가 거기 있다고, 자기를 잊지 말아 달라고 계속계속 돌아가는 맷돌이 가엾고 쓸쓸해서 견딜 수가 없어요.(「일그러진 남자」, 120~122쪽)

한 남자가 손목의 시곗줄 흔적을 내려다보며 아내와의 대화를 떠올린다. 그는 얼마 전 아내를 잃었다. 그가 수심 천삼십칠 미터까지 방수가 되는 시계를 갖고 싶어하자 아내는 깊은 바닷속에서 혼자 째깍거리는 시계가 "너무 쓸쓸"해서 싫다고 말한다. 아내가 떠올린 "소금 맷돌" 이야기는 여전히 깊은 바닷속에서 홀로 "계속계속 돌아가는 맷돌"의 외로움과 쓸쓸함에 초점이 맞춰 있다. 맷돌과 초침은 여전히 원을 그리며 돈다. 지금 아내의 시간은 그처럼 "수심 천삼십칠미터에서 혼자 째깍째깍 움직이고"(128쪽) 있다. 세월호의 비극을 '일그러진' 이미지로 그려 낸 이 이야기에서 손목의 흔적은 혼자서 심해의 시간을 견디고 있을 아내의 시간과 공명하는 무한한 시간의 표상이다. 이 형상이야말로 끊임없이 현재로 돌아오는 긍정적인 무한, 즉 진무한의 시간, 원환(圓環)을 지닌 무한의 시간을 증거한다. 이 표식, '피 흘리는' 시곗줄의 표식 덕분에 이 세계는 무한한 반복에서 구제되어 불가역적인 것으로, 바로 우리의 것으로 재-표지된다. 지금-여기로 돌아오는 저 원환은 고통 속에 깃든 사랑의 증표이기도 하다. 이 표식이 이 책의 곳곳에 숨어 있다.

만개한 죽음, 무성한 삶

이청준의 『축제』를 읽기 위한 15개의 키워드

1   개화

우선 하나의 이미지에서 출발해 보자. 활짝 핀 꽃의 이미지. 이것은 왜 죽음이 삶의 끝이 아니라 새로운 삶의 시작인지를, 왜 장례가 비극이 아니라 한바탕 축제가 될 수 있는지를 설명해 줄 것이다. 장례 절차가 모두 끝난 후에 가족들은 마당에 모여 기념사진을 찍는다. 그동안 가족으로 받아들여지지 않았던 인물(용순)을 중심에 두고. 이 사진이야말로 어머니의 죽음이 건네준 마지막 선물이다. 가족들을 한자리에 모으고 불화와 미움과 설움을 치유하는 것. 그건 토막 난 인정을 하나로 이어 붙이는 죽음의 힘이다.

개화는 식물에게는 가장 화려한 시기지만 언제나 낙화(落花)가 잇따르는 순간이기도 하다. 화양연화(花樣年華), 즉 죽음을 자기 속에 포함하고 있는 삶이다. 저 사진을 찍은 후에 가족들은 각자가 살고 있는 곳으로 뿔뿔이 흩어질 테지만(그것은 삶이 죽음을 모방하는 과정이기도 하다.) 다른 죽음을 계기로 다시 한곳에 모일 것이다.(죽음이 삶을 초대하는 절차가 바로 장례이기 때문이다.) 따라서 이러한 이합집산은 죽음과 삶이 교대하는 현

장이다. 또한 죽음은 이산(離散)이 아니라 집합(集合)이라는 점에서 축제
의 성격을 지닌다.

2 양식들의 축제

『축제』[1]는 어머니의 장례식을 다룬 작품이다. 서울에 사는 소설가 이
준섭(그는 이청준 자신이기도 하다.)이 어머니의 부음을 듣고 고향으로 돌
아가 장례를 치르는 과정을 소상히 기록한 작품이다. 이 과정에서 서로
다른 성격을 가진 다양한 인물들이 등장한다. 그들의 대화를 통해 어머니
의 생애가 회고되며 그동안의 갈등과 설움이 폭발하고 전개되고 치유된
다. 더구나 이 이야기는 처음부터 영화화를 염두에 두고 쓰였다. 그래서
한 편의 소설 안에서 다양한 양식들이 혼종된 독특한 텍스트가 완성된다.
그 양식들을 간추려 보자.

1) 소설: 먼저 죽음 — 임종 — 장례를 시간순으로 따라가는 소설의 층
위가 있다. 『축제』의 몸체가 되는 부분이다. 이 층위에서는 허구적인 요소
가 가능한 한 억제되고 작가 자신의 자전적인 요소를 중심으로 서술된다.
더 정확히 말하자면 그렇게 '사실적으로 서술되고 있다'고 간주된다. 실
제의 소설을 분석해 보면 여러 인물들과 사건들이 정교하게 배치되고 전
개되고 있음을 확인할 수 있기 때문이다. 뒤에서 밝히겠지만 기자 장혜림
의 기이한 등장과 행적, 또 그녀에 대한 작가의 까닭 모를 불친절이야말
로 소설적으로 고안된 장치다.

---

1   이청준, 『축제』(열림원 1996). 이하 본문에 인용할 때는 쪽수만 밝힌다.

2) 영화: 소설 『축제』는 영화 「축제」(임권택 감독)와 한 짝이다. 영화에서는 소설에서 다룬 수많은 요소들이 이미지로, 서사로, 대화로, 상징으로 재등장한다. 이 번역, 전사, 재생의 과정을 추적하는 일도 흥미로운 작업이 될 것이다.

3) 편지: 소설은 전체 7개의 장으로 구성된다. 소설의 중간중간, 하나의 장을 매듭지을 때마다 작가(이청준)가 감독에게 보내는 편지글이 제시된다. 이것은 소설을 하나의 텍스트로 보는 것을 끊임없이 방해한다. "이런 글에서 굳이 제3자 시점의 화자를 내세운 것은 1인칭 시점이 당시의 제 감정과 실제 정황에 더 충실할 수는 있겠지만, 그보다 자식으로서 제 어머니의 일을 직접 말하기가 매우 어색하고 송구스러울 뿐 아니라, 심정적으로 훨씬 노인의 일을 미화하고 과장할 가능성이 클 것 같아섭니다."(29쪽)와 같은 언급을 대할 때마다, 독자들은 일종의 소격 효과를 맛보게 된다. 이것은 소설화 과정에서 실패한 부산물에 불과한 것일까? 소설이 영화에서 최종적인 완성을 보게 될 진정한 '축제'를 위한 준비물에 지나지 않는다는 토로일까? 그렇지 않다. 이 편지들이야말로 소설 『축제』가 양식들 자체의 축제라는 점을 가장 극적으로 보여 주는 장치다. 인물들과 사건들만이 축제를 구현하는 것이 아니다. 저 각각의 양식들도 서로 부대끼고 길항한다. 그리하여 축제의 자리에 참여하는 것이다. 다음과 같은 언급은 이 소격 효과가 계산된 것임을 암시한다. "한 가지 부탁 말씀 드릴 점은, 감독님께 대한 저의 이 뒷글들이 소설에선 좀 별스런 구실을 할 수 있을 듯싶어 함께 끼워 넣고 싶으니, 그냥 버리지 마시고 모아 두셨으면 합니다."(287쪽)

4) (다른) 소설, 동화, 잡문, 콩트, 지은이의 말, 시: 『축제』에는 몇몇 이질적인 텍스트들도 있다. 작가 이준섭이 어머니를 그리워하며 쓴 글들로

소개되는데 실제로도 이청준의 작품이다. 순서대로 소개하면 다음과 같다. 어머니의 부고를 받기 전에, 소설가 이준섭이 쓰고 있었던 짤막한 수상문이자 이청준이 발표한 이전의 산문(「기억 여행」), 콩트(「빗새 이야기」), 동화(『할미꽃은 봄을 세는 술래란다』), 지은이의 말(동화책 지은이의 말), 소설(「눈길」), 다른 문인이 쓴 시(정진규의 「눈물」) 등이 그것이다. 이 글들 대부분은 작가가 이미 이전에 완성했던 원고들이다. 그 짧은 형식 속에서 어머니에 대한 아들의 마음을 때로는 연민 어린 시선으로 때로는 회한 어린 감정으로 전달한다. 소설이나 영화가 감당할 수 없는 비현실적인 세계를 다른 양식이 감당하고 있는 셈이다. 저 잡문들은 소설이나 영화 양식으로 담을 수 없는 복합적인 감정과 사연을 효과적으로 전달하는 장치로 기능하고 있는 것이다.[2]

이것은 여러 양식이 중층적으로 참여하여 『축제』를 완성하고 있음을 보여 주는 것이다. 이러한 중층성은 이 작품의 다른 차원에서도 관찰된다. 서술 주체부터가 그렇다.

3   두 번째 작가: 장혜림

소설은 작가 이준섭이 어머니에 대한 글을 쓰는 장면에서 시작한다. 《문학시대》의 장혜림 기자의 독촉을 받고 있는 글이기도 하다. 장혜림은 준섭에게 어머니에 대한 동화가 아닌 "실제 어머니의 노년살이 모

---

2   김동식은 장혜림과의 대화가 일종의 인터뷰이며 영화에서의 세세한 장례 절차는 다큐멘터리에 해당한다는 점을 추가적으로 설명했다. 김동식, 「삶과 죽음을 가로지르며, 소설과 영화를 넘나드는 축제의 발생학」(해설), 『축제』(열림원, 2003), 264~265쪽. 이 인터뷰 형식에 관해서는 3절을 참조.

습"(10쪽)을 써 달라고 졸라 왔다. 그 수상문을 적다가 준섭은 어머니의 부음을 듣는다. (이유가 명시되지 않지만) 장혜림은 소설 속에서 끊임없이 등장하면서 준섭을 채근하고 달래기도 하고, 대변하기도 하고 독촉하기도 한다. 장혜림의 가장 큰 역할은 준섭의 가족 가운데 누구도 해내지 못한 일들을 도맡아 수행한다는 것이다. 그것은 이 소설의 가장 큰 갈등 요소인 용순을 만나고 용순과의 화해를 주선하는 일이다. 준섭이 장혜림에게 유독 차갑게 대하는 것은 그녀를 고깝게 여겨서가 아니다. 사실은 그러한 거리 두기만이 장혜림의 자리를 확보해 줄 수 있어서가 아닐까. 장혜림은 결국 준섭이 하지 못한, 그러나 마음으로는 하고 싶어 했던 일들을 대신 발설하거나 행동에 옮기는 인물이다. 그리하여 준섭에게 마음속의 진심을 토로할 수 있도록 계기를 제공해 주는 핵심 인물이다. 이들의 대화는 소설의 핵심적인 의미를 전달하고 있어서 길게 인용할 가치가 있다.

(가) 준섭은 한동안 다시 할 말을 잃고 말았다. 그것은 준섭에 대한 용순의 추궁이었고, 그 용순을 대신한 장혜림 자신의 은근한 추궁이었다. 그런만큼 장혜림이 그 몇 마디 귀띔 투 속에는 그에 대한 수많은 질책의 화살들도 함께 담고 있었다. 당신은 그 시절 어째서 그토록 간절했던 용순의 소망을 들어줄 수가 없었느냐. 그 용순의 소망이 얼마나 크고 깊은 것인 줄을 몰랐느냐. 그리고 끝내 그 성 영감의 술회처럼 노인을 그토록 혹심한 맘고생 속에 살다 가게 하였느냐. 당신의 사전이 그토록 절핍했느냐…… 그의 부끄러운 이기심에 대한 뼈아픈 추궁이었다.(200~201쪽)

(나) "「빗새 이야기」라고, 원고지 여남은 장짜리 콩트가 한 편 있는데 그거 본 적 있어요?"
준섭은 이윽고 긴 침묵을 깨고 돌아보며 혜림에게 물었다.
"그래요. 읽은 적 있어요. 제가 선생님 소설 안 읽은 거 있는 줄 아세요?"

예상치 않았던 준섭의 물음에 장혜림은 처음 좀 어리둥절한 표정으로 방심스런 대꾸였다. 그녀를 깨우치듯 준섭이 계속 그「빗새 이야기」의 줄거리를 상기시켜 나갔다.

"줄거리가 어떤 것이었는지도 기억하고 있어요?"

"기억하지요. 비가 오는 저녁이면 비비이 어둠 속을 울고 다니는 빗새라는 새를 한 노인네가 제 둥지도 하나 없는 몹쓸 팔자를 지닌 새라고 딱해하는 이야기였지요?"

"그러면서 노인네는 집 옆 텃밭에 나무 한 그루를 심어 놓고 아침저녁 새들에게 모이를 뿌려 주었지요."

"그건 그 노인네가 어렸을 적 집을 나가 낯선 객지를 떠돌고 있을 아들을 생각해서였지요, 아마."

"그렇다면 혜림 씨는…… 그렇게 둥지 없는 빗새를 저주하고 모이를 뿌려 주면서 집 떠나간 아들을 기다리는 노인이 누구였다고 생각하세요. 그리고 그 아들은 누구고……."

장혜림이 비로소 꽃장난질에 몰두하던 손길을 멈추며 준섭을 쳐다보았다.

"그래요. 이제 보니 그게 바로 할머니와 용순 언니 이야기였군요. 할머님이 용순 언닐 애타게 기다리시는…… 할머님은 물론 그렇게 언니를 기다리셨을 게 당연한 일이지만요."

"그래요. 할머닌 그렇게 용순일 기다리셨어요. 년은 끝끝내 그 할머니에게로 돌아오지 않았지만 말예요…… 그런데 장 기자는 그「빗새 이야기」에서 아들을 기다린 것이 노인네뿐이라고 생각하세요? 눈에 보이지 않는 또 한 사람이 없어요?"

준섭은 이제 그 이야기를 꺼낸 본심을 드러냈다. 그는 묻고 나서 혜림의 대답을 기다리지도 않고 자신이 계속 말을 이어 갔다.

"장 기자도 물론 짐작하고 있겠지만, 그 이야기를 쓴 사람, 그에게 그런

기다림이 없었다면 노인네의 기다림을 알 수가 있었겠어요? 그리고 그것을 대신해 쓸 수가 있었겠어요?"(221~222쪽)

(다) "그러잖아도 떠나기 전에 선생님을 한번 뵙고 가려고 기다리고 있던 참이에요. 어머님을 떠나보내시고 난 선생님의 감상을 좀 들어 보고 싶어서요."

"(중략) 나도 인제는 진짜 고아가 된 것 같다, 장 기자가 내게 듣고 싶은 게 그런 소리 아니오? 하지만 그런 말도 시일이 좀 지난 다음에나 입에 담을 소리지 집 안에 곡소리도 가시지 않은 오늘 당장에야 어디……."

(중략)

"노인과 함께한 세월이 형수님도 길었지만, 나는 물론 그 형수보다도 더 길었던 셈이지요. 그러니 나는 이제 첫 출생서부터 나를 가장 오래고 깊이 알고 있던 내 생의 증인을 통째로 잃고 만 셈이지요. 내 지난날과 함께 앞날에 대한 가장 소중스런 삶의 근거까지 말이오. 고아가 된 것 같은 느낌은 아마 그런 상실감이나 외로움 때문일게요. (후략)"(278~281쪽)

(가)는 준섭이 차마 설명하지 못했던 용순의 존재에 대해 추궁하는 장혜림의 직설적인 질문이다. 이 질문과 더불어 용순이 목에 걸린 가시처럼 준섭의 양심에 걸려 있는 아픈 존재라는 것이 드러난다. (나)는 이 추궁에 대한 준섭의 답변이다. 더불어 「빗새 이야기」라는 콩트의 진정한 의미를 설명하는 부분이다. 답변은 두 가지다. 하나는 준섭의 소설에 어째서 용순이 등장하지 않았는가라는 질문. 용순은 「빗새 이야기」에서 노인의 기다림의 대상으로 이미 등장했다. 다른 하나는 용순이 등장하지 않은 것은 작가의 의도적인 혹은 무의식적인 망각이 아니냐는 질문. 이에 대해 준섭은 그 글을 쓴 작가가 용순을 기다리지 않았다면 어떻게 노인의 기다림을 이해할 수 있었겠느냐는 반문으로 답변한다. (다)는 모든 장례 절차를 마

친 준섭에게 장혜림이 던진 질문이다. 이 질문 덕에 장례의 모든 절차를 대과(大過) 없이 주관한 준섭의 내면이 토로될 기회가 부여된다.

소설의 결론에서 용순이 준섭을 이해하게 되는 것도 장혜림의 공이다. 용순과 준섭을 연결하는 유일한 메신저로 자처한 것이다. 요컨대 장혜림은 준섭의 또 다른 자아인 셈이다. 준섭이 냉담하게 굴 수밖에 없는 이유는 그 자아가 가장 긍정적인 자아이기 때문이다. 이것은 가책의 표현인 셈이다. 준섭은 혜림에게 어머니가 돌아가셨는데 지금 글을 쓰라고 하느냐며 힐난하지만, 그 힐난까지를 포함해서 글을 쓰고 있다. 따라서 작가는 준섭이자 혜림이다.

4   지연

장혜림의 독촉으로 시작된 어머니에 대한 글은 실제 어머니의 죽음으로 중단된다. 그런데 이것은 어머니에 대한 회상이 중단되고 어머니에 대한 체험이 시작된다는 뜻이기도 하다. 소설은 다른 글의 삽입으로, 편지로 무수히 중단되는데, 이러한 지연이야말로 이 소설이 진행되는 유일한 방식이기도 하다. 중단됨으로써 소설은 자꾸 지연되지만 바로 그렇게 지연됨으로써만 소설은 완성된다. 그리고 끝내 소설은 완성된 그 자리에서 최종적인 완성을 영화에게로 넘김으로써 그 자신은 미완이 된다.

이러한 동시성의 방식으로 죽음이 축제가 된다. 실제로 죽음이 그러한 것이 아닌가? 어머니가 돌아가시는 것은 애통한 일이지만 누구나 그 사건이 당도할 것이라는 것을 안다. 삶이 도착하면 죽음이 출발한다. 이 이중성이 죽음이 애통이 아니라 축제가 되어야 하는 이유다. 우리는 누구나 우리 자신이 죽는다는 사실을 안다. 그러나 지금 당장은 아니다. 요컨대 죽음은 타인의 경우를 빌려 우리에게 이미 도착했지만, 내 자신에게는 아직 도착하지 않은 방식으로 임재해 있다. 이미(already)와 아직 아닌(not yet)의 사이. 지연은 바로 이 사이의 운동이다. 지연 가운데 가장 눈에 띄는 것이 두 번의 죽음이다.

5 두 번의 죽음

소설에서 어머니는 두 번 죽는다. 어머니의 부음을 듣고 준섭과 가족은 귀향하는 도중에 어머니가 회생했다는 기별을 다시 받는다. 어머니는 그날 밤 다시 운명한다. 소설에서 가장 중요한 사건인 어머니의 죽음에서도 지연과 도착('아직 죽지 않았음'과 '이미 죽었음')이라는 단락이 도입되어 있는 셈이다.

어머니는 실제로는 세 번 죽었다. 어머니가 5~6년 전에 치매에 걸렸기 때문이다. "기억이 자꾸 옛날로 거슬러 올라가고 있는 노인에겐 현재라는 것이 없었다. 오직 기억 속의 과거사뿐이었다. 노인은 늘상 그 기억 속의 과거만을 살고 있었다. 노인이 찾는 사람이나 찾아가는 곳들도 물론 옛 기억 속의 일들일 뿐 실재하는 것들이 아니었다."(8쪽) 치매는 현재의 삶을 구부려 과거 쪽으로 역행된 삶을 살게 하는 죽음이다. 치매에 걸린 어머니에게 현재는 죽었다. 그녀는 기억의 삶만을 살아간다. 기억 속으로 퇴행하는 어머니의 이야기와 그녀가 죽은 후 가족들의 회상 속에서 등장하는 어머니의 이야기 사이에는 무슨 차이가 있는가? 실제로는 어떤 차이도 없다. 따라서 그녀에게는 세 번의 죽음이 있었던 셈이다. 첫 번째 죽음(치매)은 그녀의 현재를 절단하여 공백으로 만든다. 두 번째 죽음(가사)은 가족들의 이산(흩어져 삶)을 중단시켜 모이게 만든다. 세 번째 죽음은 모든 이들을 모아 축제의 장을 꾸린다. 치매에 걸린 어머니가 자꾸 실종되고 사라지는 것은 죽음의 예행연습이었던 셈이다. 아직 도착하지 않았으나 이미 도착해 있는 죽음 말이다. 첫 번째 죽음을 통해 그녀가 이미 젊었던 시절로 돌아갔다면, 세 번째 죽음을 통해 가족들이 그 시절의 어머니에게로 돌아갔던 것이다. 결국 여러 번의 죽음은 산 자와 죽은 자를 만나게 한다. 삶과 죽음을 교통하게 해 주는 것은 글 자체이기도 하다.

6 망자에 속한 사람들

그 전에 작가가 끊임없이 이전의 인물임을 강조하는 장면부터 살펴보자. "감독님이 오해를 하신 듯싶어 바로잡아 드리고 싶은 일로, '회진 구면장'과 '장터거리 이 교장 어른'은 두 분 다 이미 현직을 은퇴한 전직 호칭들입니다."(33쪽) 죽음의 공간에 초대된 사람들은 삶 쪽("현직")이 아니라 죽음 쪽(전직)에 속해 있기 때문이다.

계산과 우록 역시 마찬가지다. "광주의 무등산곡 서화가 계산(谿山)에게는 노인의 명정(銘旌)과 제축문들을 부탁하고, 해남의 덕인 우록(友鹿) 선생에게는 노인의 묏자리를 정하는 일에서부터 하관, 성분(成墳)까지 산일의 일체를 살펴주십사 청탁했다."(118쪽) 명정과 제축문은 망자를 이승에서 표현하는 글이므로 부적의 일종이다. 묏자리를 살피는 것은 자연이라는 큰 책에서 망자의 터를 표시하는 일일 것이니, 상형 문자로 쓴 부적이라 말할 수 있다. 참견하기 좋아하는 어르신들도 마찬가지다.

— 관이 문지방을 넘으면서 바가지를 깨고 나가야 당신 혼령이 편히 떠나신다는 게다. 절차마다 그럴 만한 이유가 있을 터인즉 정해진 일은 될수록 치르고 넘어가야 한다.

— 안어른이 돌아가셨는디 대지팽이는 무슨 대지팽이! 상제 지팽이가 편한 몸 의지 삼으라고 들리는 것인 줄 아느냐. 부모 보낸 죄인 하늘 부끄러

운 줄 알고 허리 구부리고 얼굴 숙이고 다니라는 형구의 일종인 게여. 매디
가 굵직한 오동나무 지팡이로 짤막하게 준비해라.(188~189쪽)

"마루방 노장들"은 끊임없이 장례의 절차에 참견을 한다. 어머니 다음
으로 저승길을 떠날 사람들이다. 저 꼼꼼한 참견 역시 죽은 자와 산 자를
잇는 장례 절차의 하나다. 이런 훈수로 인해 축제는 산 자들이 죽은 자를
전송하는 축제가 아니라, 산 자와 죽은 자가 함께 참여하는 축제로 전환
된다. 구 면장과 이 교장, 계산과 우록, 노장들의 비현실성(이들은 축제에
참여하고는 있으나 삶의 흥성거림과 실감을 보여 주고 있지는 않다.)은 여기에
기인한다.

7 글쓰기 혹은 부적

글은 유일하게 죽음과 삶을 연결해 주는 영통이다. 계산과 우록의 사
례에서 볼 수 있듯, 글은 부적으로서 직접적인 기능을 하기도 하지만, 넓
게 보면 모든 글이 부적이다. 저승의 효험이 이승에서 발휘될 수 있게끔
작성된 글이 부적이라면, 소설 『축제』야말로 이 점에서 삶과 죽음을 한자
리에 모으는 부적인 셈이다. 이 소설이 이토록 다양한 양식의 글쓰기를
선보이고 있는 것도 어쩌면 이 때문이 아닐까? 망자와 교통하는 글이란
이해 가능한, 합리적인, 장르적인, 단일한 글이 아니다. 그것은 (방언과도
같은) 수많은 다른 형식의 말들 가운데서 파편적으로 뜻을 보존한다.[3]

3   부적은 이 소설에서는 본격적으로 다루어지지 않지만, 영화에서 인상적인 장면으로 다루어진다.
    산사(山寺)에서 얻어 온 부적을 모으면 자손이 잘될 것이라는 말을 듣고 어머니가 수십 년 동안
    (치매에 걸린 이후에도!) 절을 다니며 부적을 얻어 왔다. 그 부적 뭉치가 어머니의 관에 비녀와 함

8 모계도

어머니는 사남매를 혼자 힘으로 키웠다. 광주에 사는 큰딸, 함평의 둘째 딸, 준섭의 형(원일의 아버지) 그리고 준섭이 그들이다. 준섭 형의 사업 실패, 주색잡기와 노름빚, 자살로 인한 일련의 비극으로 가산이 기울자, 어머니는 딸네 집을 떠돌다가 말년에 준섭의 도움으로 외동댁과 함께 새 집을 꾸린다. 외동댁으로 불리는 준섭의 형수가 치매 어머니를 모시고 살았다. 외동댁은 슬하에 원일, 청일, 형자 세 아이를 두고 있으며, 강인한 생활력을 지닌 여인이다. 그리고 용순이 있다. 용순은 자살한 형의 오두막에서 발견된 사생아였다. "노인의 뒷날 표현 그대로 '제 애비의 주검 곁에 혼자 버려져 남은 겁먹은 짐승 새끼 같은 아이'였다."(152쪽) 용순은 준섭의 형이 밖에서 낳아 온 서녀다. 천덕꾸러기 신세로 불우한 유년 시절을 보내다가 (형자의 중학교 입학금으로 마련해 둔 3만 원을 들고) 끝내 집을 나간 준섭의 서질녀다. 그녀는 몇 년 후 준섭을 찾아와 사업 자금을 빌려 달라고 떼를 쓰기도 하고, 그 제안이 거절당하자 할머니(준섭의 어머니)나 자기 얘기를 팔아서 소설을 쓰지 말라며 준섭을 향해 저주를 퍼붓기도 했다.

모계도는 둘로 나뉜다. 외동댁과 용순으로 이어지는 계보가 어머니의 첫 번째 계보다. 외동댁은 어머니와 함께 이 소설에서 가장 생생하게 그려지는 여인이다. 가정을 돌보지 않고 떠돌다 끝내 자살하고야 마는 남편과 그로 인한 가난을 억척스런 노력으로 이겨 내는 이 땅의 여성("40대의 드센 여인", 165쪽)이다. 일제와 동란을 거치며 풍비박산났던 이 땅의 가족사가 어머니에게서 외동댁으로 이어진다고도 할 수 있을 것이다. 그런 점

께 넣어졌다는 사연이다. 준섭은 편지글에서 "감독님께서 말씀하신 부적 뭉치 이야기도 감동적인 건 사실입니다만, 비녀의 사연과 겹치면 이야기가 너무 장황해져 효과가 감소될 염려"(223쪽)가 있어서 뺐다고 말한다. 이 소설 전체가 그런 부적의 기능을 하고 있어서이기도 했을 것이다.

에서 외동댁은 어머니의 지연이자 분신이라고 할 수도 있겠다.

외동댁의 구성진 곡소리는 노인의 영구가 한 바퀴 집안을 돌고 나서 사립을 나설 때까지 끈질기게 이어져 나갔다.

"엄니 엄니, 우리 엄니, 엄니하고 우리 둘이 참고 살자 잊고 살자, 고생살이 서로 쓸어 주고 의지해 온 세월이 얼마길래, 내가 네 속 모르겠냐 네가 내 속 모르겠냐 좋은 시절 돌아오면 그 말 이르고 살아 보자. 그 다짐 어디 두고 혼자 이리 떠나시오. 말도 없이 떠나시오. 무정하고 허망하요, 원통하고 절통하요⋯⋯." (중략)

그 낭자한 외동댁의 곡소리가 그친 것은 운구가 사립 밖 텃밭에 마련된 노제 마당에 이르러서였다. 거기서부터는 영구가 상여로 옮겨지고, 상여꾼과 동네 사람들에게 새 음식 대접이 있어야 했기 때문에 외동댁은 호곡보다 다시 일손이 바빠지게 된 것이다.(272~273쪽)

외동댁은 어머니를 위해 가장 애통하게 곡을 하는 한편으로는 상여꾼과 동네 사람들을 위해 가장 열심히 음식을 준비했다. 한편으로는 망자와의 친분을 보이고 다른 한편으로는 망자가 살아생전에 보였던 부지런을 보였던 것이다. 젊어서 과부가 된 사연도, 혼자서 자식들을 억척으로 키워 냈던 내력도 같다.

용순의 삶 역시 순탄치 못하기는 마찬가지였다. 돈을 훔쳐 집을 나갔던 용순은 신문에서 부고를 보고 장례식장에 나타나 이런저런 말썽을 피운다. 준섭의 서울 친구들과 어울려 노래방까지 가서 취해 돌아오고, 제사상 예법에 안 맞는 양주를 올리겠다고 고집을 피우고, 혼자서 화사한 외출복을 닮은 상복을 입어서 가족들과 말싸움을 벌이기도 했다. 상여 나가는 날 곡하기로 되어 있던 노인에게 술을 지나치게 권해서 차질을 빚게도 했다. 무엇보다 외동댁의 입장에서, 용순은 남편이 바람을 피워 얻은 자식이니 둘 사이가 평화롭지 못할 것은 당연한 일이다. 그러나 시어머니(할머니)가 떠나는 마지막 날, 둘은 극적으로 화해한다. 가족사진에 끼어들면서 용순이 가족의 일원으로 받아들여진 것이다.

> "그래라. 그렇게 한쪽 가상으로 빼꼼히 붙어 서지 말고 그 한가운데, 니 자애롭고 인정 많은 큰엄니 곁으로. 너는 속이 어쩔랑가 모르겠다만, 너를 빼놓고 이런 사진을 찍었다간 돌아가신 할머님이 다시 벌떡 일어나 쫓아 내려오실지도 모른께……!"(286쪽)

어머니에게서 외동댁에게로, 다시 외동댁에게서 용순에게로 가족의 중심이 옮겨 왔음을 보여 주는 장면이다.

두 번째는 어머니(할머니)에게서 준섭의 딸 은지(손녀)로 이어지는 계보다. 첫 번째 계보가 생생한 실제의 삶이라면 두 번째 계보는 어린 시절로 돌아가는 상징적인 삶이다. 이것은 동화담의 형식을 빌려 나타나는 데서 알 수 있듯이 환상적이고 이상적인 삶이다. 어머니가 치매로 인해 어린아이가 되어 갔다는 것을 상기하자. 비록 할머니의 육신은 텅 비어 지상을 떠돌아다닐지라도 할머니의 정신만은 어린 시절을 노닌다. 어린 은지처럼. 할머니의 영전에 바친 동화 「할미꽃은 봄을 세는 술래란다」는 일종의 진혼곡이다.

> 할머니가 자꾸만 키가 작아지시는 것은 할머니가 그 나이를 은지에게 나눠 주고 계시기 때문이란다. 그리고 은지는 할머니에게서 그 나이와 함께 지혜와 사랑을 나눠 받고 어른으로 자라가는 대신, 할머니는 그 줄어든 나이만큼 키와 몸집이 자꾸 작아져서, 끝내 더 나눠 주실 나이나 작아질 몸집이 다하게 되시면, 마지막으로 그 눈에 보이는 육신의 옷을 벗고 보태지 않는 영혼만 저세상으로 떠나가시게 된단다 ─ 사람의 태어남과 성장, 죽

음들에 대한 비의를 담을 그 동화의 내용은 준섭이 그것을 쓰기 전부터도 딸아이에게 여러 번 되풀이해 준 이야기였다.(54쪽)

할머니는 이날도 몸을 조그맣게 오므리고 어린 아기처럼 쌔근쌔근 깊은 낮잠을 주무시다 일어나셨습니다. 그리고 모처럼 맑은 정신이 드신 목소리로 엄마에게 갑자기 새 옷을 졸라 대셨습니다. (중략) 은지는 그 할머니의 영혼이 조용한 숨결을 타고 슬며시 은지네를 떠나시며, 옷을 벗어 개켜 놓듯 곱게 벗어 놓고 가신 하얗고 조그만 옛날 모습 앞에 혼자 다짐하였습니다.

'할머니 안심하고 떠나세요. 그리고 이 세상에서 제일 착한 새 아기로 태어나세요. 할머니께서 저한테 나눠 주신 나이는 제가 잘 맡아서 간직하고 있을게요…….'

준섭의 감은 눈 속에서도 그날 은지가 보았다는 하얀배추꽃나비들이 팔랑팔랑 끝없이 푸른 하늘로 날아오르고 있었다.(263~264쪽)

9 부계도

반면 부계에 관해서는 희미하게 언급되었을 뿐이다. 준섭의 아버지는 어머니가 젊어서 죽었다. 그는 이름도 직업도 언급되지 않는다.("참나무골 마을에서 X주 이씨 (중략) 고단한 처지의 늙은 총각", 195쪽) 준섭의 형 역시 "원일 부"(원일의 아버지)로만 지칭될 뿐 이름이 밝혀져 있지 않다. 원일 부는 이 집안을 무너뜨린 책임이 있는 사람이다. 그는 제대 후에 트럭을 사서 일을 시작했으나 실패했고, 친구와 어선을 사서 사업을 시작했으나 동업자의 배신으로 또다시 좌절을 맛보았다. 그 후에 그는 술과 노름, 여자 문제로 가산을 탕진했으며 늙어서 "불편스런 핏줄"(178쪽) 용순을 데리고 돌아와 역시 술로 세월을 보내다 결국 자살하고 말았다.

따라서 이 가족의 부계는 모두 망자들이고 이 때문에 이름이 부여되지 않았을 것이라 짐작할 수 있다. 이름은 이승에서만 소용되는 것이기 때문이다. 준섭만이 실존하고 있지만 실은 이 이름 역시 실제 작가의 이름이 아니다. 모든 글이 부적이라고 말할 수 있다면, 모든 작가는 유령 작가라고 말해도 좋을 것이다. 자신이 아니면서도 자신의 이야기를 전하고, 글이 지어낸 환상이면서도 실제의 인물을 대신하기 때문이다. 작가 역시 이승과 저승을 영통하는 자다.

10 살아서 행하는 제의 ①: 어머니의 손 빗질과 손사랫짓

소설에서는 죽은 어머니가 자손들의 회상 속에서 생생하게 되살아난다. 당신의 삶, 당신의 성격, 당신의 고통이 형체를 얻는 장면들을 꼽아 보자. 먼저 머리카락이 잘려 나간 후에도 뒷머리를 가다듬으려는 어머니의 빈 헛손질이 있다.

비녀는 노인에게 한마디로 자존심의 표상물이었다. 다른 사람에게는 여자다운 쪽머리를 가꾸는 치장물인 그것이 노인에게는 자신의 부끄러움을 가두고 그것을 참아 넘기려는 강파른 자기 빗장, 혹은 자기 금도의 굴레, 나아가 당신의 삶을 큰 흔들림 없이 지탱해 온 숨은 자존심의 상징이라 할 수 있었다. 그러니 그 비녀가 뒤쪽머리와 함께 잘려 나간 것은 바로 노인의 자존심이 잘려 나간 것일 뿐만 아니라, 그 부끄러움을 가두고 견디려는 마음의 빗장까지 통째로 뽑혀 나가 버린 격이었다. 노인의 부끄러움은 이제 안으로 담아 가둘 빗장을 잃어버린 채 더 이상 당신이 감당할 수 없는 것이 되어 종내는 당신이 그토록 두려워했던 깜깜한 망각과 침묵, 그 자기 해제

의 허망스런 치매증까지 부르고 만 것이다.(217~218쪽)

머리카락을 손질하기 어렵게 되자 며느리가 쪽머리를 짧게 잘라 주었다. 더 이상 쪽을 질 뒷머리가 남지 않았음에도 불구하고 어머니는 비녀를 소중하게 간직했다. 비녀는 어머니의 화사했던 한때를 대표하는 상징이다. 그 시절이 사라졌음(죽었음)을 확인하게 하면서, 동시에 그 시절에 대한 증거가 되는 그러한 상징이다. 어머니의 손 빗질은 그 잘려 나가고 없는 머리를 가다듬으려는 무의미한 노력이다. 그러나 그것이 그저 무의미한 노력에 불과했던 것일까? 어쩌면 그 손짓은 이미 가고 없는 시절을 여전히 임재한 것으로 간주하는 생전의 제의가 아니었을까? 이미 도착한 죽음을 아직 오지 않은 것으로 간주하는 그런 제의, 이를테면 "손사랫짓" 같은 것.

> 노인은 일테면 허약한 아들 앞에 당신의 비정한 손사랫짓을 한 번 더 의연스레 내저어 보인 것이었다. (중략) 모든 일을 당신의 팔자소관으로 돌리며 그것을 의연히 감수해 온 결연스런 자기 몸짓, 그 모질고 비정한 손사랫짓 ─, 그 책임과 허물의 일부는 당신의 그런 손사랫짓이 당신의 아들에게 큰 구실을 마련해 주었던 셈이니까.(43~44쪽)

눈길을 걸어 아들과 어머니가 버스 정류장으로 갔다. 지금 이별하면 한동안 둘은 만나지 못할 것이었다. "어두운 찻길가의 당신의 매정스런 손사랫짓."(42쪽) 어서 가라는 뜻의 저 손사랫짓은 아들과의 이별을 고정시키는(죽음이 이미 도래한 것으로 선언하는) 제의의 일종이다. 하지만 동일한 동작이 이별을 부정하고 아들과의 동행을 잠시라도 연장하려는 노력이 될 수도 있다. 가지 말라고 부르는 손짓도 그와 같기 때문이다. 이렇게 본다면 이 동작은 이별을 부정하는(죽음이 아직 오지 않은 것으로 유예되는) 제의의 일종이다.

헛손빗질. 치매가 온 뒤에 지키려고 했던 것. 그것은 여성성이라기보다는 '눈길'의 손사랫짓과 같은 것이다. 이미 아들은 눈길을 지나 떠날 수밖에 없고 떠나야만 한다. 이때 '어여 가라'는 말은 '어서 오라'는 말과 같다. 요컨대 손사랫짓은 이미 이별을 의미한다. 상실과 이별과 헤어짐을 안타까워하는 것이다. 이미 잘려져 나간, 상실해 버린 대상을 상실하지 않는 방식으로. 이별하는 것을 이별하지 않게 함(이별을 완성함)의 동작들인 셈이다. 그런 점에서 손사랫짓은 이별의 동작이며 동시에 이별을 저지하는 동작이기도 하다.

11 살아서 행하는 제의 ②: 옷 보퉁이

준섭이 새 집을 지어 주겠노라고 어머니에게 제안했으나, 어머니는 한사코 옛집을 고쳐서 살겠다고 우겼다. 준섭의 설득이 통해 아내가 옛집을 정리하러 갔다가 어머니의 옷 보퉁이를 발견하게 된다.

> 숨겨 놓듯 노인이 꽁꽁 묶어 따로 간직해 온 보자기에서 나온 것이 다름 아닌 옛 용순의 집을 나갈 적 옷가지들이었다.
> "그 옷가지들은 거기 그냥 놔두거라. 인자 이 집을 버리고 이사를 가고 말믄 그것이 찾아올 곳도 없어지고 말 것인디, 그것으로 내가 지 흔적이라도 지니고 가 있어야 안 쓰겠냐……."(168쪽)

어머니가 옛 집을 고집했던 이유는 집을 나간 용순이 다시 찾아올 수 있게 하기 위해서였다. 그런데 저 옷가지들은 어린 용순의 것이므로, 용순이 돌아온다고 해도 입을 수 없는 것이다. 따라서 이 옷가지 역시 어린 용순의 집 나감을 확인하는 것(죽음이 이미 도래했음)이면서 그 용순이 다른 방식으로 재래할 것(두 번째 죽음은 아직 오지 않았음)임을 희망하는 일종의 부적이었다.

이 옷가지가 준섭의 군대 시절 옷에서도 반복된다. "훈련소 막사에서 군대 피복을 갈아입고 바깥에서 입고 온 옷들을 각자가 소포 뭉치를 만들어"(209쪽) 고향으로 보냈던 옷 보퉁이. 어머니는 준섭의 헌옷가지를 긴 세월 간직했다. 그 옷 보퉁이 역시 아들의 귀향을 고대하는 부적이다.

12 살아서 행하는 제의 ③: 지하실

가족들이 어머니의 강인한 정신을 이야기하면서 든 예화가 있다. 동란 때 반동 지주로 몰린 "준섭의 숙항(叔行)"(96쪽)이 처형될 위기에 처하자, 노인이 어머니의 집으로 피신을 왔다. 어머니는 그를 부엌 나무청 밑에 위치한 지하실에 숨겨 주었다. 사람들이 그를 찾으러 오자, 어머니는 태연히 맷돌질을 하며, 마음대로 집을 뒤져 보라고 큰소리를 쳤다.

> "아부지 생전시부터 늘 우리 집하고 가까이 지내 온 처지라 동네 이웃 간에서도 꼭 혼자 동팔이네 아베 성 영감 그 어른이 그 부엌 및 지하실을 알고 있었는디, 저 노인은 그날 밤 그 양반까지 뒤따라와 두 눈 멀거니 뜨고 지켜보고 있는 앞에서 그러고 나섰으니, 그 배짱에 놀란 것은 외혜 그 동팔이네 아베 쪽이었제……."(98쪽)

찾아온 이들 가운데 지하실이 있음을 알고도 태연하게 대처한 어머니의 의연함이 돋보이는 장면이다. 이 지하실은 상징적으로는 묘실(墓室)이다. 어머니는 숙항을 죽은 자의 자리에 둠으로써(이미 죽었다고 선언함으로써) 그를 죽음에서 구해 내었던 것(실제의 죽음이 아직 도착하지 않았음을 확인한 것)이다. 이 역시 '축제'의 일종이었음은 두말할 나위가 없다.

13 살아서 행하는 제의 ④: 게 자루

어머니는 중학교에 입학하게 된 어린 준섭을 광주의 친척 집으로 유학 보냈다. 가난했던 어머니는 게를 모아 선물로 보내기로 마음을 먹었다. "게 자루를 짊어지고 왼종일 3백리 버스 길"(36쪽)을 찾아간 어린 준섭의 앞에서 게 자루는 내팽겨쳐졌다.

> 게 자루 따위가 무슨 변변한 선물거리가 될 수도 없는 터에, 덜컹거리는 찻길에 종일 시달리다 보니, 자루 속의 게들은 몽땅 다 부스러지고 깨어져 고약스레 상한 냄새를 풍기고 있었다. 그것이 내 남루한 몰골이나 처지를 대신하고 있기라도 하듯이 그 외사촌네 사람들 앞에서 자신이 그토록 누추하고 무참하게 느껴질 수가 없었다.(37쪽)

게 자루는 가난한 어머니가 해 줄 수 있었던 유일한 정성이다. 그러나 준섭에게는 이미 사용 가치가 없는 것, 썩어서 버려야 할 것이었다. 그것은 어린 용순의 옷이나 젊은 준섭의 옷처럼 시대착오가 된 것, 이미 사용 불가능한 것, 그러니 이미 죽은 것이다. 이 문턱들이 어머니에게 도래했을 때 어머니는 치매에 걸린다. 상한 게 자루는 어머니와 함께했던 한 시절이 이미 부패했음을(죽음이 임재해 있음을) 상징적으로 보여 주는 사물이다. 그것은 어린 준섭에게 깊은 상흔으로 남았다. 이후로 그는 다시는 어머니와 함께 살던 그 시절로 돌아갈 수 없었다.

14   살아서 행하는 제의 ⑤: 빈집

원일 부의 탕진으로 모든 가산을 잃은 어머니가 고등학생이 된 준섭과의 마지막 밤을 위해 빈집을 지킨다. 다음 날이면 집을 비워 주어야 할 처지지만, 어머니는 집을 정성껏 가꾼다. 이 빈집은 치매에 걸린 후에 정신이 떠나갈 어머니의 육신을 은유한 것이기도 하다.

> — 일찍 자자. 일찍 자고 일찍 일어나 아침 날 새는 길로 너는 다시 광주로 올라가거라.
> 모자는 별말 주고받지 않은 채 노인이 지어 들여온 더운 저녁 밥을 먹고 나서 일찍 잠자리부터 서둘렀다. 저녁상 설거지를 끝내고 들어온 노인은 한참 방을 꼼꼼히 훔치고 나서 이윽고 잠자리를 펴기 시작한 것이다.(69쪽)

내일이면 완전히 떠나갈 육신을 두고 여러 해를 추억 속에서 떠돌던 어머니. 마지막 임종의 자리에서 아들을 대면하기 위해 죽음을 다시 연기했던 어머니가 아닌가. 이 어머니의 육체가 빈집이 아니었다고 어찌 말할 수 있을 것인가? 마침내 숨을 놓고 떠나갔을 때, 어머니가 혼자 걸어야 했던 저승의 그 막막한 길이 아들을 버스에 태워 보내고 혼자 걸어야 했던 저 막막한 눈길이 아니라고 어떻게 말할 수 있을 것인가?

15   축제

처음으로 돌아가서 끝을 맺도록 하자. 활짝 핀 꽃의 이미지를 떠올려 보자. 이것은 왜 이 소설이 죽음을 다루면서도 그토록 삶에 대한 욕망으로 환한지를 말해 준다. 우리 신화에서는 사람을 살리고 죽이는 여러 꽃들이 등장한다. 죽은 사람 뼈를 살리는 뼈살이꽃, 죽은 사람 살을 살리는 살살이꽃, 죽은 사람의 피가 돌게 하는 피살이꽃, 죽은 사람의 숨이 돌아오게 하는 숨살이꽃, 죽은 사람 혼을 살리는 혼살이꽃이 있다.[4] 그런가 하면 원한과 복수의 꽃들도 있다. 땅을 치고 통곡하게 만드는 울음꽃, 눈에 살기가 돌면서 서로 죽고 죽이게 만드는 수레멸망악심꽃도 있다.[5] 『축제』에서의 꽃은 죽음의 꽃이지만 그 죽음을 경유해서 모든 이들을 살게(살아나게) 만드는 생명의 꽃이기도 하다. 가족사진 속 가족들은 저 삶(/죽음)의 꽃을 피워 낸 한 장 한 장의 꽃잎이다. 그런 점에서 "고아들의 사진"(281쪽)은 어머니가 남긴 유산이자 선물이다. 한 죽음이 저토록 많은 삶을, 그 삶들이 모여 만들어 내는 삶의 축제를 가능하게 했다. 이를 우리는 작가에게도 되돌려줄 수 있을 것이다. 작가는 갔지만, 우리에게 이 꽃을 선물했다. 소설을 덮으며 독자는 카메라 앞에 선 각자를 발견하게 될 것이다. 가족사진 속에서 낱낱의 꽃잎이 될 각자를.

---

4   서정오, 『우리가 정말 알아야 할 우리 신화』(현암사, 2003), 101쪽.

5   신동흔, 『살아 있는 우리 신화』(한겨레신문사, 2004), 134쪽.

회의주의자의 사전

박찬순의 기호들

1 이상한 색인

세계는 기호들의 네트워크다. 의미의 중층과 지시의 교차가 만든 촘촘한 모눈종이가 세계의 바탕이다. 그 근원에는 방향과 원근과 간격을 조율하는 시선이 내재해 있다. 씨줄과 날줄로 엮인 그물을 통해 세계를 낚아채려는 자의 시선이 있다는 뜻이다. 기호론은 세계를 읽으려는 시선이 세계에 부여한 세계-산출자다. 누군가 이 기호들의 체계를 정리한 일람표를 갖고 있다면 그 자는 세계를 소유한 것이다. 이 기호들의 일람표가 바로 사전인데, 이것이야말로 세계를 한 권의 책으로 번역한 결과물이다.

이 기획은 사회가 설정한 위계와 대결하려는 개별자들의 게임이기도 하다. 퍼스에 따르면 기호를 세우려는 노력은 사고와 상징들에 대해 끊임없이 사법권을 세우려고 하는 철학자들과 교육자들의 시도이기도 하다. 이들의 첫 번째 의무는 합리적이면서도 지배적인 합의를 끌어내는 데 있다. 그런 점에서 상징들의 사전 목록을 만들어 가는 과정은 표상의 윤리학을 세우기 위한 필수 조건이다. 사전을 만드는 자에게 요구되는 자질을 이렇게 말한다. 화가의 관찰 정신, 철학자의 분석과 식별 능력, 그리고 수

학자의 일반화 능력. 말을 바꾸면 사물을 바로 보고, 실상을 분해하고, 분해한 것을 유별하고, 다시 그것들을 재조립하는 능력이 사전 편찬자의 능력일 것이다.

그런데 박찬순은 회의주의자에게서 이 그물을 빌려 왔다. 회의주의자는 자신의 그물이 세계를 온전히 포착할 수 있을 것임을 의심하는 자다. 작가가 소설에서 끊임없이 번역가의 고충을 토로하는 것도 이와 관련되어 있다. 번역가는 이쪽 언어 기호로 저쪽 언어 기호를 변환해 내는 사람이라는 점에서 기호론자에 속한다. 번역가는 세계의 실상을 이 그물이 온전히 담아낼 수 있을까를 염려한다. 하지만 회의주의자는 불가지론자와는 다르다. 불가지론자는 세계를 담아낼 그물이란 처음부터 없는 것이라고, 세계는 어떻게 해서도 잡히지 않는 모비딕 같은 것이라고 여긴다. 그물을 던질 필요를 못 느끼는 자가 불가지론자라면, 그물의 성능을 의심하면서도 바로 그 실패한 그물 던지기를 통해서만 세계가 오지각된 채로 걸려 올라올 것이라고 믿는 자가 회의주의자다. 예견된 실패를 내포한 그물 던지기야말로 현실의 조건만이 아니라 감각의 조건 자체를 재검토하게 만든다. 구멍 뚫린 기호론이야말로 과거와 현재를 이어 주면서 동시에 그 사이의 시차(視差/時差)를 가시화한다. 이해할 수 없는 생의 갈피들, 이상한 시점으로 인도하는 고장 난 색인(索引)을 달고 있는 셈이다. 회의주의자의 그물은 보편적인 준거가 되지 못하지만, 적어도 인간이 그 그물에 걸린 존재라는 충격적인 사실에 직면하게 만든다.

박찬순의 두 번째 소설집 『무당벌레는 꼭대기에서 난다』[1]는 우리를 세계라는 미지의 도상 앞에 데려다놓는다. 작가는 회의주의자로 부활한 예술가이자 철학자이며 과학자인 기호학자다. 이 소설집은 그런 기호들의

---

1 박찬순, 『무당벌레는 꼭대기에서 난다』(문학과지성사, 2013). 이하 본문에 인용할 때는 쪽수를 밝힌다.

채집물로서의 세계 산출 사전이다. 이 사전에 어떤 기호들이 있는지를 살펴보자.

2 문자-기호: 회의주의자의 문자표

박찬순의 첫 번째 카테고리는 문자-기호로 이루어진 체계를 다루는 작품들의 유형이다. 고독한 산책자로 알려진 철학자의 고유명 '루소(Rousseau)', 쿠바 특유의 리듬과 음악을 표시하는 '살사(salsa)', 그리고 사멸한 단어인 '도슭'이 문자-기호에 속한다. 문자(letter) 자체가 기호가 되는 작품들인데, 정작 초점이 맞춰진 지점은 모국어로도 완전하게 번역되지 않는 문자의 외부에 있다.

「루소와의 산책」에 등장하는 고유명 루소에서 시작해 보자. 이 소설은 철학자 루소가 남긴 '인간 불평등의 발견'을 21세기 한국 사회에서 재발견하는 이야기다. 저 유명한 백과전서파의 일원을 초대해 새로운 세기의 백과전서를 만들려는 시도인 터. 흥미로운 점은 그것이 일종의 낙차와 실패를 통해서만 자신의 문자표(文字表)를 만드는 데 성공했다는 사실이다. 가난한 시계공의 아들 루소와 파리 거리를 방황하던 동양인 유학생('나') 그리고 스리랑카에서 온 미성년 노동자 '다마라'('나'는 그를 루소라 부른다.)를 잇는 문자-기호의 사슬이 있다.

"'불평등의 발견'이라는 가장 큰 생각의 선물을 우리에게 안겨 준 철학자 '루소'. 시계 수리공의 아들로 태어나 어린 나이에 부모를 잃고 전전해야 했던 이 불우한 청년은 언제부터인지 나를 자석처럼 끌어당겼다."(56쪽) '나'는 루소를 연구하기 위해 6년 동안 힘겹게 유학 생활을 했지만 논문을 완성하지 못한 채 한국으로 돌아온다. 귀국 후 아버지의 공장에서 일을 돕기 시작한 '나'는 거기서 스리랑카에서 온 열여덟 살 '다마라'를 만난다. '나'는 "'루소'를 찾아 헤매다 돌아와 또 다른 루소를 만나게 되었"(56쪽)다고 생각한다. 이주 노동자가 겪는 불평등과 부조리야말로, 원래의 루소가 말하고자 했던 인간 불평등의 현장이었기 때문이다. 루소라는 문자-기호의 전이를 통해 루소 시대의 불평들이 현대적으로 번역된 것인가? 사태는 그리 간단하지 않다.

다마라는 고향에서 함께 살고 있는 모든 사람들이 가난했기 때문에 가난이 모두에게 공평한 현실이라고 여겼을 것이다. 그런데 예상하지 못한 근원적인 불평등을 바로 이곳, 한국의 고된 열처리 공장에서 체험한다. 그것도 한국에 함께 들어온 고향 친구 '꾸마라'와의 갈등을 통해서. 불평등의 기원에는 소비주의의 화신(化身)으로 보이는 ('나'의) 어머니가 있었다. 모종의 자부심을 가지고 공장을 운영하는 아버지와는 달리, 어머니는 아버지의 수입에 만족하지 못하고 연예 기획 사업을 시작했다. 아들인 '나'가 보기에 어머니의 욕망은 "유행을 좇는 겉멋"이자 "분수에 넘는 사치"(51쪽)이며, 속물적인 과시욕에 불과하다. 그녀는 노래 실력이 좋은 꾸마라를 오디션 출신 가수로 만든다. 박봉과 잔업에 시달리던 공장 노동자가 한순간 화려한 가수로 변신한다. 꾸마라가 부른 노래처럼 그는 "'환생'으로 '한 생'을 다시 얻었다."(65쪽) 백화점 우수 고객을 초청한 행사장 무대에서, 그는 관객들의 동정 어린 시선 속에서 상품으로 소비된다.

경위는 알려지지 않았지만 다마라는 꾸마라를 칼로 찌르고 수감된다. 강철 더미에 깔릴 뻔한 '나'를 민첩하고 용감하게 구해 준 소년이 한순간 범죄자가 되었다. 어쩌면 그것은 동료마저 경쟁으로 몰아가는 오디션 사회가 낳은 궁지가 아닐까. 많이 가진 자와 적게 가진 자를 양산하는 불평등의 시장. 저 어린 소년은 자연에서 태어났으나 범죄자로 전락했다. 어린 루소(다마라)를 바라보는 '나'는 그의 처지와 심정에 공감한다. 유학 시절 송금을 끊고 귀국을 명령하는 아버지를 피해, '나' 역시 파리의 거리 무료 급식소에서 밥을 먹으면서 노숙자 생활을 몇 달간 했기 때문이다. 그렇다고 해서 이 소설이 어린 이방인이 어떤 사건을 저질렀는지 그 경위를 파헤치는 탐색의 소설인 것은 아니다. '환생'을 꿈꾸었으나, '한 생'을 살다가 떠나는 존재들. 환생과 한 생 사이의 유음 이의적 성격이 고유명 루소와 다른 루소들 사이의 동음이의적 낙차에 반영된다.

이 어려움은 글쓰기의 구조와도 관련되어 있다. 만국박람회에서 출발한 백화점의 구조가 백과사전의 구조와 상동적인 것은 이 점에서 시사하는 바가 크다. 자본주의의 전시장인 백화(百貨)와 기호의 전시장인 백과(百科)의 유사성은 모든 상품을 취급하는 장소와 모든 지식을 망라하는 공간의 상동성을 뜻한다. 자본주의라는 시스템은 이미 우리 삶의 감각을 구성하는 무의식적인 구조가 되어 있다. 그러니 자본주의의 낙차가 기호들의 낙차로 현시되는 것을 어찌 이상하다고 말할 것인가.

「살사를 추는 밤」에서 그 기호는 살사(salsa) 자체에 있다. 무역 회사에 다니는 '나'(이미혜)는 유기농 설탕 수입 루트를 마련하기 위해 쿠바에 들어왔다. 낯선 외국 생활에 어려움을 겪던 '나' 앞에 나타난 독일인 유학생 한스 마이어는 구원자와도 같은 존재다. 마피아의 위협으로부터 극적으로 '나'를 구해 준 사건을 계기로, 둘은 급속도로 가까워졌다. '나'에게 사탕수수만큼 달콤한 존재가 바로 한스인 셈이다. '나'는 "쓰린 맛은 달콤함과는 정반대의 맛이어서 내 사전에는 키우고 싶지 않은 말"(84쪽)이라 생각해 왔다. 그러나 달콤함은 자기 편의를 내세운 무심함 혹은 무관심을 거쳐서 온다. '나'의 쿠바행 역시 일종의 도피였다. 그로써 불가피한 선택이 운명이 되지만, 그 운명이 체념으로 변하는 것도 어쩔 수 없는 수순이다.

어쩌면 내게 행복이란 어릴 적 설탕으로 만드는 별 뽑기의 단맛에 가닿아 있는지도 알 수 없다. 뽑기는 내게 별을 안겨 주고, 달콤한 그 별은 다시 가난이 없는 미지의 어떤 세계를 꿈꾸게 했는지도. 그렇다면 나는 언제부터인가 설탕의 나라 쿠바로 오지 않으면 안 될 운명이었는지도 모른

다.(86~87쪽)

어린 시절의 가난과 궁핍이 현재의 쿠바행과 연결되었다는 말이다. 이러한 전변 역시 우연이 만든 매듭이다. '나'는 저 "별 뽑기" 놀이처럼 "진정한 단맛에는 어떤 순수함이 깃들어 있다고"(87쪽) 믿는다. 쿠바에서 만난 한스와의 만남이 '나'에게 그와 같은 의미를 가진다. 그런데 한스는 다른 말로 그 순수의 이면을 일깨운다. "상상이나 돼? 저게 아프리카에서 팔려 온 사탕수수밭의 흑인 노예들이 추던 춤이란 게. 두 발이 쇠사슬에 묶인 채 말이야. 그래서 발을 크게 못 떼고 땅을 쓸면서 추는 거야."(76쪽) 그러니 흥겨운 살사를 즐기면서도 살사의 기원인 노예들의 고통을 잊어서는 안 된다. 한스가 던지는 쓰디쓴 충고다.

온종일 허리가 끊어지도록 일하고 난 뒤 자기도 모르게 토해 낸 신음이 노래가 되고, 통증을 털어 내려던 몸부림이 춤이 된 것은 아닐까. 눈을 부비고 다시 무대 위의 사람들을 바라본다. 순간 어떤 생각이 머리를 스친다. 저들이나 나나 어쩌면 뭔가에 얽매여 노예 같은 삶을 살아가고 있는 것은 아닐까 하는. 우리 모두는 저렇게 격렬하게 흔들어 대어야만 겨우 이겨 낼 수 있는 어떤 현실의 조건들을 갖고 있는 것은 아닌지. 그런데 살사 춤의 어원이 뭐라고 했더라. 나는 아바나의 재즈 클럽에서 들었던 한스의 말을 다시 더듬어 본다.(77쪽)

지금 '나'는 쿠바의 정통 춤과 음악을 즐길 수 있는 재즈 클럽에서 한스를 기다리는 중이다. '나'에게 변화의 기미가 보이는 순간이다. 무대에서 살사를 추면서 신나게 즐기는 사람들의 실루엣 위에, 고된 노역을 견디는 노예들의 이미지가 겹쳐 보인다. "노예 같은 삶"이라는 점에서 '나'의 삶 역시 저들의 것과 별반 다르지 않다는 쓸쓸한 회의에 이르는 장면이다.

「루소와의 산책」에서도 이와 유사한 장면이 있다. 감각과 이성이 교차하는 접합점, 사전의 항목이 추가되는 순간은 멀고 오래전의 루소라는 인명과 지금 이곳의 스리랑카 소년을 잇는 교차점이다. '나'가 두 항목 사이에 주소지를 기입하는 바로 그 순간이다. 「살사를 추는 밤」의 '나'에게도 이 순간이 있다. 삶의 도취와 황홀을 표현하는 화려한 춤 뒤에 어른거리는 노예의 고통스러운 삶이 몸짓, 그 교차점이 선사하는 우연과 운명 사이의 해석적 낙차가 발생하는 지점. 이 낯선 전도와 착란 사이에서 문자-기호가 탄생한다. "'살사'에다 한 다리만 슬쩍 걸치면 '살자'가"(98쪽) 된다. 하나의 문장 안에 '살사'와 '살자'가 수평적으로(동시에) 배치되고 거기서 유음 이의의 유희 혹은 낙차가 생겨난다. 이것은 쿠바의 흑인 노예들이 그랬듯, 삶 자체를 즐거움과 불쾌함의 구분에서 벗어나도록 만드는 삶의 기획이다. 이름에 해당하는 인물, 다시 말해 기표가 감당하는 기의의 고의적인 착란을 통해 두 세계의 교차점을 기록하는 것이 박찬순이 만든 기호-사전의 첫 번째 기술법이라면, '살사'에서 '살자'로 이어지는 말놀이는 박찬순이 제작한 기호-사전의 두 번째 기술법이다.

동음이의 기호론의 가능성을 보여 주는 세 번째 작품은 「아직은 도슭이 필요해」다. '도슭'은 대나무를 엮어 만든 도시락의 옛말이다. 소설이 궁궐의 담벼락이나 낮은 산 어귀를 배경으로 한다는 점은, 이 도슭이 '도시락'과 '기슭'의 합성어라는 점을 강력히 암시한다. 소설은 시간 강사인 '나'와 수배자 신세로 떠도는 제자를 무대에 세운다. 문제의 제자는 '편안한 모퉁이 펼치기' 운동을 펼치고 있다. 혜화동에 있는, 편안한 모퉁이라는 뜻의 '캄포트존'이라는 찻집을 기점으로 인종, 국경, 종교, 이념을 넘어서는 평화의 공간을 만들어 보겠다는 취지다. 제자가 2주째 모습을 드러내지 않자 '나'는 그의 신변을 걱정한다. '나'는 그를 만난 강의실 한 장면을 떠올린다.

"그때는 '벤또'라는 말이 결코 우리 입에서 떨어지지 않을 줄 알았지. '도슭'이라는 옛말을 찾아낸 어느 국어학자 덕분에 '도시락'이라는 우아한 우리말이 탄생한 거야. 해방이 되고도 10여 년이나 지난 때였지. 요즘은 일식집의 메뉴에도 등장했잖아."(중략) 내게는 번역이나 신조어의 탄생 얘기만 나오면 언급하지 않고는 배길 수 없는 말들이 있었다.

"'도시락'이라는 말의 경우는 참으로 다행스런 예라고 할 수 있지. 안타깝게도 우리는 근대로 오는 길목에서 중요한 개념들을 우리말로 번역해 내지 못하고 말았어. '사회학', '인권', '민주주의', '자유', '민권', '저작권'과 같은 개념들을. 우린 그저 일본의 학자들이 수십 년간 고심해 만든 것을 그냥 가져다 썼지. 그래서 의식의 식……."

내가 말을 다 마치기도 전에 그가 끼어들었다.

"그래서 기존의 것은 뭐든 의심해 봐야 하는 거군요."

그의 말이 비약이었는지 어떤지는 나도 모르지만 그때 그의 얼굴에는 어떤 비장함이 어리는 듯했다.(232~234쪽)

현대판 '소요학파'이자 회의주의자의 탄생을 보여 주는 장면이다. 선생은 정의상 회의하지 않는 자다. 그는 확신하는 자이며 기원을 아는 자이고 설명하는 자다. 반면 제자는 회의하는 자다. 그는 의심하는 자이고 기원에서 멀리 벗어나 떠도는 자이며 질문하는 자다. 강의실에서 선생은 도시락의 어원을 설명했을 뿐인데 제자는 그것의 의미를 몸소 실천했다. 그 제자는 도시락을 전달받는 자이며 기슭을 떠도는 자다. 이것이 기호-문자의 세 번째 낙차다.

회의주의자의 문자표에는 성긴 구멍이 많다. 그런데 그 구멍이야말로 오지각된 세계가 작동하는 문자 외부의 동력원이다. 겹친 기표가 생성한 다른 기의(루소), 한 기표가 유음 이의어를 통해 미끄러져 들어가면서 출현시킨 다른 기표(살사), 그리고 기표들의 합성이 최초 자리로 돌아가면서 드러난 기원으로서의 분열(도슭), 이것들이 박찬순이 기호-문자를 통해 구현한 '회의주의자의 사전'의 첫 번째 버전이다.

3　도상(圖上)-기호: 미로 일지

회의주의자는 불가지론자와 구별되어야 하지만 교조주의자와는 반대 자리를 지켜야 한다. 러셀의 설명에 기대자면 회의주의자의 반의어는 교조주의자다. 무엇도 의심하지 않고 자기 신념만을 주장하는 편이 교조주의자라면, 어떤 것도 확신할 수 없기 때문에 냉소적인 태도로 일관하는 편이 회의주의자다. 교조주의자가 자신의 앎을 확신한다면, 회의주의자는 자신의 모름을 확신한다. 때문에 교조주의자는 무가치하고 회의주의자는 해롭다. 그러나 정말 해로운 걸까?

박찬순이 프로그래밍한 기호의 네비게이션은 '미로'를 경로로 삼는다. 길 잃음이란 길을 찾기 위한 일차적인 전제다. 기존의 체계에서 떨어져 나와야 목적지를 설정하고 새 경로를 찾을 수 있다. 네비게이션 화면에 "경로를 이탈하여 재탐색합니다."라는 안내 멘트가 뜰 때마다 회의주의자는 올바른 길에 들었음을 확신한다. 아니, 정확히 말해 그는 길 바깥에서만 자신의 경로가 있음을 안다. 박찬순의 도상-기호는 미로 형상의 반영물들이다. 일본에서 본 '유키즈리'의 삼각 구도(「나폴레옹의 삼각형」-이하 「삼각형」), 북미의 작은 섬에서 얻은 '소라고둥'의 나선(「소라고둥 공화국」-이하 「소라고둥」), 북한과 중국의 국경 지대인 강 한가운데에 토막난 채 서 있는 반쪽짜리 교각의 요철(「압록 교자점」-이하 「압록」)처럼. 저 핵심적인 도상성이 시각적으로 두드러지는 데에는 분명히 심리적인 요소가 작용하고 있다. 시선을 잡아끄는 인력, 마음을 휘어잡는 색인의 연결 작용, 그리고 신화적인 상징에 각인된 집단 기억까지. 도상-기호 속에는 낯선 대상이 주는 매혹과 구체적인 물질성이 있다. 저 미로 속에서 우리도 기꺼이 길을 잃어 보자.

① 나는 그 소리에서 도망치듯 섬을 떠나고 있다. 거기에서 벗어나려 어둠 속에 길을 나섰지만 결코 벗어날 수가 없다. 달아나면 달아날수록 그것은 끈질기게 내 뒤를 바짝 따라 붙는다. (중략) 나는 무엇보다 그 소리를 물리치려 아무 생각도 없이 마구 내달린다. 북미 대륙의 땅끝 마을, 키웨스트에서의 마지막 밤을 몸서리치게 만든 소리.(103쪽)

② 몇 시간째 나는 똑같은 길을 뱅뱅 돌고 있었다. 마치 미로에 빠진 듯했다. 산길을 몇 바퀴나 돌아 나가도 비슷비슷하게 생긴 산모롱이 아니면 산모퉁이를 돌고 있을 뿐이었다. 저절로 푸념이 튀어나왔다. 이 동네는 터널을 뚫을 줄도 모르나, 하는. (중략) 망원 렌즈로 갈아 끼우고 뷰파인더를 보았다. 상록수들 사이에서 나무 모양으로 쑥쑥 솟아나는 것이 있었다. 자세히 보니 흰색의 수증기였다. 온천이 있다는 증거였다. 터널을 뚫지 못한 이유를 알 만도 했다. (중략) 몸만 미로에 갇힌 게 아니었다. 머릿속도 미로를 벗어나지 못하고 있었다.(195~196쪽)

③ 이국땅에서 뭔가에 홀린 것만 같다. 누군가에게 실컷 농락당한 느낌이다. 어디선가 그는 허둥거리는 내 꼴을 보고 웃고 있을지도 모른다. 해 질 녘이 되자 관광객도 뜸해지고 끊어진 다리 위에는 세찬 강바람만 몰아친다. 빨리 사람들이 북적거리는 데로 나가서 몸을 숨기고 싶다. (중략) 으스스한 폭탄 앞을 벗어나자 휴우 한숨이 나온다. 젠장 하필이면 폭탄 앞에서 만나자고 할게 뭐람.(165쪽)

위에 인용된 글은 「소라고둥」, 「삼각형」, 「압록」 세 작품의 각각의 서

두다. 인물들은 미국의 섬마을에서, 일본의 도시에서, 중국의 거리에서 길을 잃는다. 잠시 후 살펴보겠지만 이러한 혼돈은 도상-기호를 세팅하기 위한 첫 번째 절차에 해당한다. 이들은 감각의 토대를 리셋(reset)하기 위해, 제의적이라고 불러도 좋을 어떤 혼돈으로 진입한다.

소라나팔의 고장에서 출발해 보자. 「소라고등」의 동시통역사 '나'는 악령처럼 달라붙은 "제임스의 소라나팔 소리"(105쪽) 때문에 심적 고초를 겪는다. 미국의 한 고등학교 교사인 제임스 리의 소라나팔 연주법 강의를 위한 동시통역사로 '나'가 투입되었다. 그런데 제임스 리가 20년 전 '나'의 첫사랑이자 대학 선배 이희재였다. 대학 시절 '나'는 그에게서 번역의 감각을 익히고 배웠다. "내가 말도 안 되게 옮겨 놓은 어색한 구절도 그의 손이 닿으면 운율이 생기고 혀에 착착 감기는 문장으로 바뀌던 기억"(113쪽)은 둘 사이의 신뢰와 호감을 보여 준다. 그 관계가 완전히 깨져 버린 이유는 그가 '나'에게 건넨 말실수 때문이었다. "우리 촌티 나는 사람끼리"라는 표현을 듣자, 소백산 자락에서 상경한 '나'는 모욕감을 느끼고 결별을 선언했다. 그 후로 20년이 흘렀다. 과거 속 이희재는 물론이고, 현재의 제임스 리에게서 떨어져 있음에도 나팔소리가 귓가를 맴돌았다. '나'는 차를 무작정 몰다가 잘못 들어온 숲길에서 로드 킬을 저지르고 달아난다. 이 "뺑소니 운전자"는 얼마 못 가서 (제임스가 강연 도중 설명한) 칼루사 인디언들에게 포위당한다. 환상인지 실재인지 구분이 가지 않지만, 극단적인 공포에 사로잡힌 후에야 '나'는 20년 전 이희재가 가르쳐 준 이 구절을 이해하게 되었다. "허무 가운데 계신 허무님, 우리에게 일용한 허무를 주옵시고……."(129쪽) '나'는 많은 것을 소유하고 있다. 동시통역사로서 '나'는 돈과 명예를 얻었고 가족을 꾸렸고 남들의 눈을 피해 즐길 수 있는 연인('K')까지도 있다. 그럼에도 불구하고 실상 '나'는 "살점이라고는 하나도 남지 않은 뼈다귀, 해골일 뿐"(129쪽)임을 뒤늦게 깨닫는다. 치열하게 살았다고 믿었던 삶이 실은 그저 '살아지는' 삶에 불과했음이 명백하게 드러난다. 신랄한 반성과 자기 처벌에 가까운 중년 여인의 고백은 길 잃은 자가 발견한 거대한 공허에 대한 경악을 담고 있다.

저 경악은 근원적인 감각이 깨어나는 충격이기도 하다. '나'의 고막을 울리는 저 고둥 소리는 '나'의 삶이 경로를 벗어나 미로 한가운데 빠졌음을 일깨우는 경고음이다. 그것이 소라고둥이 형상화한 바로 그 미로의 도상-기호의 역할이다. 역설적으로 말해서 '나'는 미로에 빠진 후에야 자신의 속물성을 반성하고 진정한 허무와 맞닥뜨린다. 생의 극점에 다다랐을 때에만 만날 수 있는 거대한 공허, 고둥소리는 허무를 관통하는 소리의 물질성이자 도상의 비의미 영역이다. 그것이, "꽉 막혀 버린 내 삶의 다음 장을 열어 줄 무슨 열쇠"(109~110쪽)를 선사해 줄 것이라는 세속적 투어리즘에 대한 거침없는 비판임은 두말할 것도 없다.

「삼각형」에서 사진작가로 활동 중인 '나'를 미로 속으로 끌고 들어가는 이는 일본 센다이의 어느 공원에서 일하는 정원사 '모리 하야시'다. 4년 전 일본에 취재하러 왔다가 만난 하야시는 유키즈리 작업을 하고 있었다. '나'의 카메라에 잡힌 그는 멸종 위기에 이른 재두루미를 떠올리게 했다. 유키즈리는 폭설로부터 나무를 보호하기 위해 우산살 모양의 줄을 묶는 작업이다. 조명을 단 유키즈리는 일본의 대표적인 풍물이 되었다. '나'가 처음 유키즈리를 본 것은 30대 후반의 일이다. 10년 동안 사귄 애인 Y와 헤어진 후, '나'는 직장을 그만두고 도쿄의 우에노 공원으로 여행을 떠났다. 거기에서 마주한 것이 "무언가를 위험에서부터 가뿐히 들어 올려 주는 유키즈리"(204쪽)의 삼각형이다. '나'에게도 '나'만을 감싸 주는 삼각형이 있었으면 했다. 그 후 유키즈리에 관심을 갖게 되었는데, 한 잡지의 특집을 계기로 '나'와 하야시의 두 번째 만남이 성사되었다.

'나'는 하야시에게서 "살가운 길 안내를 해 주는" "반짝이는 하나의 유키즈리"(209쪽)의 이미지를 발견한다. '유키즈리의 삼각형'은 선의(善意)의 도상이다. 하야시는 스스로를 "나무들에게로, 망명"한 자라고 명명한다. 고로 하야시에게는 "나무가, 나의, 유키즈리"(216쪽)다. 나무가 하야시를 들어 올리듯, 하야시가 나무를 들어 올릴 터. '모리 하야시(森林)'의 한자 이름에 숨어 있는 무성한 숲의 상형(象形)이 보여 주듯이 말이다. '나'는 하야시에게서 편안함을 느낀다. 그러나 삼각형의 안정감은 권태이기도 하다. '나'는 그와의 관계가 깊어지지 않는 데 실망했고 때문에 둘 사이는 소원해졌다. 그런데 대지진과 쓰나미 소식이 전해진다. '나'는 해일이 덮친 센다이 해안으로 달려간다. '나'의 세 번째 일본행은 미로를 통한 순례이기도 하다. 거기에서 '나'가 찾는 그 무엇이 있을 것이라고 믿기 때문이다. "언제 어디서 어떤 크기로 그려도 똑같은 삼각형의 진리. 그것이 나폴레옹의 정리였다. 삼각형은 그 안에 뭔가 변치 않는 어떤 것을 품고 있었다. 변치 않는 어떤 것, 지금의 내게 가장 절실한 무엇이었다."(210쪽)

먼 하늘의 희미한 별빛 말고는 어둠 속에 보이는 빛이라고는 아무것도 없었다. 내비도 티브이 모니터도 시디도 모조리 꺼 버렸다. 오로지 나 혼자서 미로와 대결할 요량이었다. 몇 시간째 끝나지 않고 있는 이 구불구불한 산길 대 자동차 안의 한 사람. 돌이켜 보면 나 자신은 언제나 그렇듯 미로에 갇힌 인간이었다. (중략) 불빛은 점차 여러 개의 삼각형 모양으로 변해갔다. (중략) 결국 나는 그것을 다시 만나기 위해 미로를 돌고 돌아 여기까지 왔는지도 알 수 없었다. 그것을 되찾기 위해 나는 내 발길을 가두고 있는 울타리를 부수고 나를 붙잡는 것들을 뿌리치고 뛰쳐나와야만 되는 것일까. 그런 생각이 들자 정수리에서부터 발끝까지 외로움이 내리꽂히는 듯했다. 내가 전에 있던 곳에서는 만날 수 없다는 말일까. 유키즈리를, 나폴레옹의 삼각형을.(219~221쪽)

소라 껍질이 만든 나선형이 미로를 가시화한다면, 나무의 지붕 격인 유키즈리의 삼각형은 안정과 균형을 시각화한다. 어쨌든 미로의 저 건너편에는 각종 훼손과 훼절로부터 우리를 지켜 주는 안정된 무엇이 있을 것이다. 그 믿음이 저 혼돈스러운 미로를 건너가게 한다.

「압록」은 수수께끼(무지)와 두려움의 감각을 부서진 교각의 형상과 연결 짓는다. '나'는 강 한가운데 토막 난 채 서 있는 교각을 보면서 "삼촌의 빠진 송곳니 자리"(169쪽)를 떠올린다. 지금 '나'는 낯선 조선족에게 북한에 있는 삼촌의 메시지가 있다는 정보만 갖고 중국을 찾아온 상태다. 암 투병 중인 아버지를 생각해서 내린 결정이었다. 아버지가 월북한 삼촌을 만난 것은 3년 전 이산가족 상봉을 통해서였다. 60년 만에 재회한 형제는 일흔이 넘은 노인들이 되었다. 이산가족 상봉 당시 찍은 사진을 보면, 유독 삼촌의 송곳니 빠진 자리가 도드라져 보였다. 과거 상주에서 서울로 유학 온 아버지와 삼촌은 서울에서 피난 나올 때 헤어졌다. 삼촌이 '마르크스 독서 모임'에 빠져 월북을 감행한 것이다. 아버지는 동생을 챙기지 못했다는 죄의식 때문에 부모 앞에 나설 수가 없어 상주가 아닌 서천에 정착했다.

'나'는 초조한 기다림 끝에 드디어 삼촌이 보냈다는 조선족 남자 두 명을 만났다. '나'의 불안과 달리 삼촌은 아버지를 위해 약재를 전해 주려고 했다. 질 좋은 "잎차와 열매"를 구해다가 전해 달라는 삼촌의 간곡한 부탁이 있었다는 것. 조선족 남자는 삼촌에게 신세 진 것이 많다면서 '나'에게 자신의 집에서 하루 묵고 가라고 권유한다. 그들을 따라나설 것인가, 그냥 되돌아갈 것인가. 타인의 호의 앞에서 망설이게 되는 '나'는 심한 무력감을 느낀다. 끊어진 다리처럼, 빠진 송곳니처럼 '나'는 무력하다. 이 도상-기호가 드러내는 지점은 외부적인 요인들이 빚어낸 거대한 환영의 효과다. 때로 우리는 세계의 공백을 두려움과 섣부른 상상으로 채우기도 한다.

사전을 요목들을 짚어 가면서 살펴본바, 몸이 받아들인 감각은 이성의 언어로 곧바로 통역할 수 없다. "앞뒤가 잘려 나간 문장"(166쪽)처럼 미완의 문장일 경우는 더욱 그러하다. 녹슨 교각의 요철 단면은 아직 끝나지 않은 문장의 한 구절처럼, 미완인 채로 서 있는 도상-기호다. 어쩌면 그 공동(空洞)의 이미지는 삼촌에게서 온 공허가 아니라 나의 내부에서 풀려 나온, 그러니까 40년간 품어 온 근본 정서로서 '나'의 존재론적 무력감일 지도 모른다. 깨진 교각이 불러낸 폐허라는 도상은 역사성을 가진 기념비에 가깝다. 그러나 박찬순의 도상-기호는 역으로 섣부른 판단과 예측을 중지시킨다. 집대성의 기획에서 출발하되, 전체성의 미혹을 경계할 것. 이 것이 '회의주의자의 사전'이 존재해야 하는 두 번째 이유다.

길을 잃었다는 생각(「소라고둥」)과 그 길의 끝에 안정된 삼각형이 있을 것이라는 믿음(「삼각형」)과 그럼에도 불구하고 근원적인 공동, 공백이 여전할 것이라는 실패의 앎(「압록」)이 미로를 관통해 가는 회의주의자의 근원적인 감정을 만들어 낸다. 저들은 길을 잃음으로써 저들이 목적하는 길에 진입한다. 안정적인 삼각형을 놓치면서 그것을 계속된 목적으로 설정하며, 단절된 다리 앞에서 자신의 공백을 목격한다. 그리고 그것을 도상-기호로 등재한다.

4 이미지-기호: 유비 너머에 있는 것

박찬순이 제작한 기호 사전의 세 번째 기술법은 이미지-기호들이다. 여기서도 중요한 것은 이미지가 얼마나 현실을 적실하게 드러내느냐가 아니라 현실과 이미지 사이의 위반과 낙차가 어떻게 드러나느냐에 있다. 현실과 이상의 상위(相違), 의도와 결과의 도착, 관계의 착란 등이 두드러지는 곳에 이미지-기호가 닻을 내린다. 물론 구체적이고 개별적인 이미지 간의 연계는 유비 함수를 거치면서 생성된다. 가령 표제작인 「무당벌레는 꼭대기에서 난다」(이하 「무당벌레」)의 경우 무당벌레의 생태적 조건과 빌딩숲 외벽에 매달린 아이들의 이미지는 유비 구조 안에 들어 있다.

하지만 그것이 표현하는 술어적인 역량, 이미지와 실제 사이에 드러난 순수한 차이는 그 단순한 유비가 만든 것이 아니다. 그것은 개별적인 존재자가 과거와 현재를 교차하면서 남긴 흔적이다. 요컨대 기호가 갖고 있는 순수의 형이상학이, 개별적인 사물의 차원으로 내려오는 것이다. 이 시점에서 이미지-기호가 탄생한다.

회의주의자가 사전 편찬을 기획하는 세 번째 목표를 여기에서 찾을 수 있겠다. 사전적 지식의 색인을 세목화해 현실에서 실천할 수 있는 계기를 만들기 위해서다. 세 번째 기호의 카테고리는 개별 이미지가 어떤 방식으로 의미 발생의 구조를 만드는가를 보여 준다. 이미지-기호 계열에 속하는 소설에는 구체적인 '이것'(사물, 대상)이 제시되고, 사물들 간의 유연한 연계와 중층적인 교차가 이루어진다. 그로 인해 다양한 개별적 명명들이 술어로 번역된다.

「책 만드는 여자」(이하 「책」)가 만든 이질적인 사물들의 계열화된 이미지를 살펴보자. 책과 총, 책과 옥수수의 이상한(?) 유비 말이다. 한국에서 출판사를 운영하던 '나'는 경영난을 이기지 못하고 아이오와로 피신해 왔다. 출판업에 몰두하느라 남편에게 일방적으로 이혼까지 당했으나 결국 출판사 문을 닫게 된다. 파산과 이혼은 '나'에게 우울증과 대인기피증을 함께 안겨 주었다. 그러니 문학의 도시 아이오와는 궁지에 몰린 40대 '책쟁이'의 최후 선택지였던 셈이다. 이곳에서 '나'는, "아시아 어느 나라"에서 망명한 중년 시인을 만난다. 그는 독재 정권에 저항하는 시를 썼다가 열 번이 넘게 투옥된 작가다. 눈치 빠른 독자라면 알아차렸을 텐데, 저 망명 시인은 다른 소설에서도 자주 모습을 드러내는 생의 의미를 '선사'하는 구원자다. 패배자와 구원자는 이렇게 만난다.

"더 이상 책을 만들지 못한다고 야속해하지 말아요. 지금 만들고 있잖아요. 우리 생의 책. 사람은 누구나 자기 생의 책을 만들어 가고 있다고 믿어

요."(155쪽)

　"생의 책"이라는 시인의 말, 옥수수 밭에서 나누는 그와의 섹스는 '나'의 삶에 생기를 불어넣어 주었다. '미래의 책'이라는 주제로 세미나가 열린 날, 둘은 섹스를 나누고 함께 세미나장으로 이동했다. 그런데 같은 시각 워싱턴에서 베스트셀러 작가가 살해당하는 사건이 발생한다. 망명 시인은 용의자로 지목되어 수감된다. 그가 억울한 누명을 쓴 것인지, '나'를 알리바이로 이용(워싱턴과 아이오와는 한 시간의 시차가 난다.)한 것인지는 알 수 없다. 어쨌든 '나'는 증언대에 서야 한다. 아이오와가 도피행이었다는 것, 불법 영업 행위(하숙집)를 한다는 것, 망명 작가와의 내연 관계를 공개해야 한다는 점, 그런 처지 때문에 이 증언은 대단히 곤혹스럽다. 게다가 증언이란 자기 내면을 직시해야 하는 일이다. 결국 ('나'만의) 법정에서 '나'의 고해성사가 시작된다. '나'는 가족을 위해 밥상을 차린 적이 없으며, 일을 핑계로 남편이 원하던 아이를 낳지 않았다. 거기에 대학 시절에 몰래 낳은 딸아이를 돌본 적도 없다. 책 만드는 일의 고매함이 '나'의 존재적 고매함을 대체해 줄 것이라고 믿었다. 하지만 그 실상은 자기 합리화와 무책임한 방기의 악순환이었음을. "미궁과 같은 세상"에서 "단 한 줄의 문장도 몸으로 옮기지 못한"(160쪽) 죄.

　차가운 권총이 겨냥한 것은 타락한 베스트셀러 작가만이 아니다. 그 총은 '나'를 향해 있었다. '나'의 삶은 갈기갈기 찢겨졌다. "대걸레가 된 브리태니커"(160쪽)처럼. 고매한 지식이 도구에 불과한 것이라면 그것의 존재 의의가 어디에 있겠느냐는 통렬한 비판의 결과다. 저 찢겨짐은 이 시대 종이책의 운명(존재 변환된 책)인 것만이 아니라 낭만적 지식인의 지적 허영이 떠안은 책임이기도 하다. 한 권의 책 속에 담긴 수많은 문장들이 일제히 '나'를 향해 총구를 겨눈다. 번역되지 않은 채 알알이 달려드는, 수많은 문자의 육탄전("글의 육체", 147쪽)이다. 거대한 총성과 함께 발사되는 옥수수 알갱이들. 이때 세계는 한 권의 책이자 한 자루의 거대한 옥수수다. 그 장면은 이렇다.

매서운 바람결에 섬광과 같은 어떤 암시가 머리에 와서 꽂힌다. 가을 평원의 고요를 깨트린 그 한방의 총성은 단지 망명 작가만을 노린 것이 아니라는. 지금 이 순간 내가 알아낼 수 있는 것은 오직 그것뿐이다. 법정에서 공공연히 옥수수 유죄론이 나오고 같은 시각 같은 장소에서 도저히 불가능한 두 가지 사건이 일어나는 이 미궁과 같은 세상에서. 갑자기 대궁에 불쑥 튀어나온 옥수수자루가 눈앞에 클로즈업된다. 무언가를 숨기고 있는 듯한 자루, 자루들.
그때 탕! 소리와 함께 뾰족한 무엇이 내 가슴을 관통하고 지나간다. 그 충격에 나는 몸을 가누지 못하고 휘청거린다. 실제 상황인지 환상인지 분간이 되지 않는다. 그것은 방탄유리도 뚫는다는 콜트45만큼이나 강력하다.
책 만드는 여자는 한동안 비틀거리다 이윽고 밭고랑에 천,천,히 쓰러진다. 가슴에 손을 대 보자 뚫린 구멍으로 끈적거리는 피가 흘러내린다.(160~161쪽)

환상인지 현실인지 구분이 되지 않는 총소리가 들린다. "탕! 소리와 함께 뾰족한 무엇이 내 가슴을 관통하고 지나간다. 그 충격에 나는 몸을 가누지 못하고 휘청거린다."(160쪽) 옥수수 밭 한가운데서 '나'를 향해 총구를 겨눈 거대한 책-권총의 이미지를 목격하고 '나'는 정신을 잃는다. 가슴을 관통하는 충격 속에서 비로소 '나'는 혼자가 된다. 자기가 만들었던 책들이 '나'를 향해 방아쇠를 당긴다는 저 환상적인 장면을 떠받치는 것은 총알과 글자와 옥수수 알들을 관통하는 유비 구조이지만, 그 유비는 불가능한 기호들로 이루어져 있다. '나'는 그것이 실제 상황인지 환상인지 모른다. 어쨌든 그것은 유비의 연계를 타고 어떻게든 '나'에게로 넘어

올 것이다.

「여섯 개의 물방울」(이하 「물방울」)은 진짜 소방관의 탄생에 대해 이야기한다. 한 여인의 목숨을 구한 소방관이 그녀와 가까워지고 결혼에 이른다. 동남소방서 이준영 소방관은 불의 혓바닥과 싸운 대가로 아름다운 아내를 얻었다. 물론 그것이 다는 아니다. 준영이 아내를 처음 본 것은 그녀가 J와 동반 자살을 시도한 현장에서였다. 간호사였던 그녀는 레지던트 4년차인 J와 연인 관계였으나 부모의 극심한 반대를 견디지 못하고 동반 자살하기로 했다. 남자 친구 J를 따라 목숨을 끊으려는 순간, 죽어 가는 J가 그녀에게 애완견('메리')을 어머니에게 부탁하고 오라는 유언을 남긴다. 그 짧은 사이에 어머니의 신고를 받고 출동한 119 대원 준영이 그녀를 구출했다. 준영은 애인에게 죽음을 지연시킬 시간적 여유를 준 J야말로 "여섯 개의 물방울"과 같은 존재일 거라고 생각한다. 그것은 사람에게 가장 이로운 역할을 하는 육각수를 뜻한다. 물방울 개수가 소방관의 직급을 지시하기는 하지만, 준영에게 그것은 급수 이상의 의미를 갖는다. 최고 소방관이 되는 것은 가장 좋은 사람이 되는 일일 것이다. 두어 달 후, 여자의 어머니가 그녀와 준영의 만남을 주선했다. 이들은 빠르게 가까워졌고 결혼에 이른다.

죽은 연인 J에 대한 죄의식을 품은 아내처럼, 준영 역시 어린 시절 첫사랑인 채영에 대한 죄책감을 안고 있다. 어린 시절 쥐불놀이를 하던 준영은 불씨를 더 키워 볼 생각으로 석유를 더 부었는데, 그것이 큰 불로 번져서 옆에 서 있던 채영의 얼굴에 심한 화상을 남기게 되었다. 초등학교 6년간 짝꿍이었던 채영은 준영의 첫사랑이다. 그는 깊은 죄의식을 느꼈다. 준영이 화염을 헤치고 구조 작업을 수행하는 순간에 채영을 떠올리는 이유 역시 어린 시절의 실수를 만회할 의도에서였다. 결혼한 지 50일밖에 지나지 않은 단란한 부부. 그런데 퇴근한 그를 보고 아내가 소리친다. "종민 씨, 종민 씨. 자기야, 나 있지, 벌써 5개월째래. 우리 아기 이름 뭐라고 지을까."(277쪽) '종민'은 바로 죽은 'J'의 이름이다. 저 마지막 반전은 주소지를 잘못 찾은 이름(준영-종민)을 통해, 아내의 사랑이 남편에게 귀속된 것이 아니라는 사실을 보여 준다. 누구도 사랑을 소유할 수 없으며 누구의 상처도 손쉽게 치유되지 않는다. 준영은, J가 그녀에게 했듯이, 아내에게 시간적 여유를 주고 그녀를 기다려야 주어야 한다는 사실을 안다. 그러나 그는 끝내, 자신이 없다.

> 이제야 그는 알게 되었다. 자신이 그토록 믿는 '말미'라는 말에 덜미를 잡혔다는 것을. 그래, J가 그랬듯 나도 아내에게 말미, 말미를 줘야지. 하지만 그는 자신이 그럴 만큼 관대한 인간은 못 된다는 것을 알아차렸다. (중략) 그는 홀연 의문이 일었다. 혹시 결혼하고 나서 동남소방서의 약골 대원이 '허니문 사나이'가 된 것도 바로 이 힘 때문이었을까. 어쨌든 그것은 자신의 힘이 아니었다. 누군가가 와서 그를 휘어잡고 대신 힘을 쓰는 게 분명했다. 그게 자신을 사랑하는 불의 혀인지 아니면 누구인지 그는 도무지 알 길이 없었다.(277~278쪽)

그렇다면 저 물방울은 타자를 구원하는 영웅의 이미지인가, 아니면 오해와 오인 속에서 흘려야 할 눈물의 이미지인가? 아내의 말은 의도하지 않은 방향으로 옮겨 붙은 '불의 혀'와 같다. 유비를 타고 분명 이미지는 건너왔으나 그것의 의미는 오인 속에서만 보존된다.

위험 직업군이라고 말한다면 파이어파이터에 버금가는 직종이 로프공이다. 「무당벌레」는 고층 빌딩의 외벽타기 청소부 김우용이 아슬아슬한 안전판 위에서 두려움을 견디는 장면을 스케치한다. "나무로 된 직사각형"(9쪽)이 스물아홉 살 '나'가 의지해야 할 유일한 안전지대다. 직각의 외벽은, 취업을 오래 준비했으나 불러 주는 데가 없었던 '나'가 유일하게 의지한 장소다. 고층 건물의 외벽에 붙어 두려움과 공포를 느낄 때마다

'나'는 마음을 안심시켜 주는 기억 하나를 불러낸다. 어릴 적 할머니와 살던 시골 숲속 장면이다. 무당벌레를 잡으러 풀숲을 뛰어다니는 '나'의 모습이 보인다. 할머니는 '나'가 잡아 온 무당벌레를 보고 "내 새끼 용이처럼 앙증맞"(11쪽)다고 행복해하셨다.

'나'와 함께 외벽을 타는 동료로는 두 명의 형들이 있다. 경력 6년 차인 건이 형은 자타가 인정한 베스트 로프공이다. 그는 홀로된 어머니의 재혼으로 의붓아버지와 이복동생들과 부대끼며 고달픈 유년 시절을 견뎌야 했다. 그런가 하면, 창이 형은 '나'에게 이렇게 말한다. "옘병, 누군 안 떨리는 줄 알아? 어차피 내팽개쳐진 몸, 해야 된다면 그냥 하는 거야. 우라질 새끼."(14쪽) "인생은 어차피 외줄 타는 기라."(22쪽) 알고 보니 저 안전판이 "저울대의 접시"였던 셈이다. 기어이 "몸값을 달고야 만다."(40쪽) 그리고 내게는 의식을 놓치고 병원 중환자실에 누운 어머니가 있다. "나를 낳고 난 다음부터는 화장품 외판원에서 야쿠르트 아줌마로, 슈퍼마켓 캐셔로, 끝내는 아파트 계단 청소부로 옮겨 오게 된 어느 여인의 삶."(21쪽) 그리고 결국 병실을 지키는 신세. 어머니의 인생 유전은 우용이 이해할 수 있는 대상이 아니다. 어머니가 쓰러진 그날, '나'는 선언했다. 이제부터 새로운 삶을 시작하겠노라고. 과거의 '나'를 포기하고 새롭게 태어나겠노라고.

나는 할머니의 어여쁜 무당벌레. 그 색깔도 무늬도 화려하고 영특한 생명의 존재 양식. (중략) 나는 지금까지 나를 받쳐 주었던 그 지극한 잎새의 존재를 잊고 지냈다. 그리하여 내 삶은 오로지 서러움으로만 가득 찼었다. 하지만 이제 나는 빌딩 꼭대기에 당당하게 올라 줄 타고 날아다니며 나의 일을 한다. 나는 꼭대기에서 날아다니는 무당벌레 과다.(25~26쪽)

서러움을 벗고 당당해지려는 의지가 드러나는 장면이다. 고된 노동이 일종의 제의적인 의미를 갖게 되는 순간이다. '나'는 빌딩의 목욕을 시키고 건물에 세례를 주는 멋진 직업을 가졌다. 물론 힘든 현실을 위무하는 방편일 테지만, 그것은 자존감의 확인이기도 하다. 제 삶의 의미를 다른 것과의 비교를 통해서가 아니라 '나'의 내부와 견주어 확인받겠다는 정립의 의지다. "날개딱지를 활짝 펴고 자랑스럽게 포르르 날아가는 모습"으로. 저 아름다운 등딱지를 가진 벌레의 이름은 무당이기도 하다. "우리나라에서는 화려한 등딱지가 무당의 옷을 연상시킨다고 해서 무당벌레가 되었다."(29쪽) 그렇다면 저 벌레는 가장 화려하면서도 천하고, 가장 높은 곳에서 있으면서도 가장 영락한 신세인 '나'의 처지를 보여 준다.

박찬순의 이미지-기호는 유비를 타고 출현했음에도 이런 오인을 가지고 있다. 「책」이 책, 총, 옥수수가 삼중으로 연결되는 연쇄적인 이미지-기호를 구성한다면, 「물방울」은 서로 다른 물방울들의 교차된 결합을 보여 준다. 여섯 개의 물방울은 커플 관계의 세 가지 변주를 보여 주는 인물 관계도를 상징한다. ① 어린 준영과 첫사랑 채영, ② 종민(J)과 여자 친구, ③ 성인 준영과 그의 아내. 각 커플은 서로에게 불씨를 옮겼으나 결국은 어긋나 버린, 깨진 어긋남의 연쇄들이다. 「무당벌레」는 세 단계의 은유 구조를 거쳐서 기호를 완성한다. 첫 번째 단계는 숲-무당벌레-할머니-우용으로 이어지는 수직적 관계다. 두 번째 단계는 어머니-우용-건이 형-창이 형 계열의 수평적 관계다. 세 번째 단계에서 고층 빌딩의 가장 높은 꼭대기에 오른 로프공은 날개를 펼친 무당벌레와 겹쳐진다.

수평을 이루는 현실적 조건은 개선될 기미가 보이지 않는다. 저 수평선은 끝없이 펼쳐진 끝도 없는 트랙 같다. 그 좁은 구획 안에서도 삶의 기술은 있다. 기타를 잘 치는 건이 형은 기타 줄을 튕기듯이 몸으로 연주를 한다고 생각하라고 말했다. 온몸에 로프를 감고 외벽에 튕기면서 곡조를 완성하는 것. 그 노래는 실은 쿠바의 살사가 오래전에 수행했던 역할과 동일하다. 두 번째 수직적 지평이 있다. 단 한 번의 추락으로 목숨을 내

놓아야 하는 위험한 망루 위에서, 유일하게 안정감과 쾌적함을 느끼게 해 주는 할머니의 안식, 숲속의 초록이 주는 안정감을 가리키는 계열이다. 그 것은 정신적인 초월을 가능하게 하는 종교적이고 정서적인 수직 관계를 설정한다. 세 번째 단계는 서로 상반되는 둘 사이의 교차다. "자연의 아이" 로 태어난 우용은 고층 빌딩의 꼭대기 끝에서 '무당벌레 과'로 화한다. 누 군가가 허락한 길이나 누군가가 알려 준 길로 가는 게 아니다. 스스로의 의지로 내린 결단이다. 그러고 나서 세 번째, 비행이 있다. 좌우로 펼쳤다 가 위에서 아래로 오르내리기. 저 십자형 교차 운동을 통해 이 세계는 거 대한 무덤의 (十자형) 표지를 입는다.

5   회의주의자의 서재

박찬순이 기획한 기호론의 세 가지 층위를 보았다. '회의주의자의 사 전'이라고 이름 붙일 만한 이 책은 세계를 담아내는 데 실패하지만, 그 실 패의 방법만이 세계를 담아낼 수 있다는 역설적인 믿음으로 충만하다. 회 의주의자는 체계화의 기획이 실패할 것을 아는(체계화를 믿지 않는) 자, 그럼에도 불구하고 다른 방법으로는 세상을 포착할 방법이 없다는 사실 을 알고 있는(그 실패를 믿고 있는) 자다. 그런 점에서 회의주의자는 예언 자이되, 실패를 예견한 예언자다. 여기는 낙차와 지연과 어긋남이 구성하 는 우주다. 낙차와 지연과 어긋남이 이 책의 제1 법칙이자, 우주의 제1 원 리다.

박찬순의 기호는 현실 세계를 정확하게 재현하려고 고안된 도구가 아 니다. 그 재현이 기호의 기호만을 재현한다는 것이 밝혀졌다. 그것은 세계 를 재현하는 게 아니라, 기호에 담겨 있다고 믿는 인간의 믿음을 재현한 다. 고층 건물에 매달린 로프공 혹은 무당벌레는 신분 상승의 욕망을 성취하지 못한다.(「무당벌레」) 불길에 뛰어든 파이어파이터가 불나방처럼 사랑으로 불타는 것도 아니다.(「물방울」) 그 점에서 기호들은 하나같이 무력하지만, 적어도 회의주의가 지닐 수 있는 가능성으로 충만하다. 회의주의자의 기호는 '높은 자는 성공한 자다', 혹은 '사랑의 불길로 우리는 자신을 태운다'와 같은 관념에서 벗어나 있다. 요컨대 망가진 기호 외에는 삶을 포착할 방법이 없다. 텅 빈 기호가 삶을 주조하고 나의 현재와 과거를 아슬아슬하게 이어 줄 뿐이다. 그런 점에서 회의주의자는 근본적으로 삶의 '실체'를 믿지 않는다는 점에서는 사실주의자이기도 하다. 존재 안에 거하는 텅 빈 '무(無)'야말로 세계를 구성하는 구성적 실재이기 때문에. 이 서재에서 바로 이 책을 읽는다는 것은, 이 발견들로 이루어진 회의주의자의 사전을 읽는 일이다.

악몽의 몽유록

이유의 악몽 탈출기

1　악몽으로서의 세계

여기, 이런 세계가 있다고 하자. 가족과 친구를 알아볼 수 없는 세계. 나의 클론이 활보하고 다니면서 내 자신의 자리를 대체한 세계. 꿈과 현실이 엉망으로 뒤섞인 세계. 잠시만 길을 잃어도 온몸이 얼어붙는 세계. 소문으로만 듣던 사람, 얼굴을 가린 사람이 내 옆에 서 있는 세계. 서로의 잘린 머리가 발밑을 구르는 세계. 이유가 그리는 소설 속 세계는 이런 악몽/악무한의 세계다. 악몽이란 최악의 가능성들이 실현되는 세계다. 상상할 수 있는, 아니 상상조차 하지 못한 파국이 현실화되는 세계다. 상상 가능한 파국의 외양을 하고 있을 때 악몽은 악몽으로 의인화된 인물(이를테면 나이트메어)을 찾아가는 탐색담이 된다. 상상 불가능한 파국으로 드러나는 악몽은 어떤 서사의 전략도 무효화시키는 파편화된 에피소드의 집적이 된다. 악무한이란 유한에 대립된 무한, '무규정적인 공허'로 드러난다. '원인의 원인의 원인'처럼 중단 없이 소급해 가는 탐색이다. 또한 '유한 너머의 무한 너머의 무한'처럼 제한 없이 확장되어 가는 폐허다.

이유의 소설은 이 악몽이자 악무한에 대한 몽유록(夢遊錄)이다. 몽유록은 언제나 현실/꿈/현실의 삼중 구조를 갖는다. 그런데 저 가운데 놓인 꿈이 악몽이라면? 그리고 그 악몽이 무한히 소급되거나 전개된다면? 결국 저 형식은 꿈/다른 꿈/또 다른 꿈의 삼중 구조로 변환될 것이다. 이 악몽에서 깰 수 없다. 영원히. 저 악몽은 악무한이기 때문이다. 다만 한 악몽에서 다음 악몽으로 전이될 수 있을 뿐이다. 우리는 이 악무한을 벗어날 수 없다. 이 악무한이 악몽을 표상의 형식으로 갖기 때문이다. 다만 우리는 한 악몽에서 탈출하여 다른 악몽으로 포획될 수 있을 뿐이다.

2   거울은 반복하지 않는다: 타자로서 자기 자신

악무한을 만드는 가장 손쉬운 방법은 '거울 마주 세우기'다. 거울은 이차원 평면이지만 마주 세운 거울 속에서는 무한히 뚫린 삼차원 공간이 열린다. 그런데 이 무한은 무엇인가를 반복하는 듯 보인다. 예컨대 마주 놓인 거울은 거울을 보는 주체를 대상화한 이미지와 그 이미지의 이미지와 그 이미지의 이미지의 이미지를 삼차원 공간 속에 가져다 놓는다. 이것은 반복인가? 이 나(주체)는 저 나(거울 이미지로서의 대상)를 바라보고 있는가? 저 나는 나의 표면적인(이차원적인) 반복인가? 아니다. 저 나에게는 좌우만이 아니라(전면의 거울이 제공하는 것이다.) 앞뒤도 있다.(후면의 거울이 제공하는 것이다.) 심지어는 역상의 역상, 다시 말해 거울 밖의 나를 그대로 따라하는 실상(두 거울을 비스듬히 세웠을 때 제공되는 것이다.)까지도 있다. 거울은 같은 것을 반복하는 게 아니라 다른 것을 반복한다. 거울은 모사하지 않고 창출한다. 거울은 동일성의 기제가 아니라 차이의 생산자다. 나는 거울 속에서 내 자신을 보지 않고 타자로서의 내 자신을 본다. 「빨간 눈」을

---

1   이유, 『커트』(문학과지성사, 2017). 이하 본문에 인용할 때 쪽수만 밝힌다.

먼저 보자.

　나는 나를 주문했다. 너는 포장 없이 걸어서 내게 왔다. 주문한 상품에 다리가 달렸으니 어쩌면 당연한 방식이었다. (중략)
　"백업을 해 놓으면 안심이 되지."
　장은 진지하게 말했다. (중략)
　감가상각을 생각해도 10년. 10년이면 원금을 뽑고도 남음이 있었다. 게다가 혹 내가 잘못되더라도 사업체가 공중분해되는 일은 막을 수 있었다. 내 남은 인생에 타인을 끌어들일 생각도 없었고, 혹 생각이 바뀌어 동거인이 생긴다 해도 문제될 건 없었다. 너는 언제든 폐기 처분이 가능했다.(90~92쪽)

　'나'는 '너' 즉 '나'의 "클론"인 복제 인간을 주문했다. 쓰러질 때를 대비해 만들어 둔 "백업"이다. 이때까지만 해도 '너'는 '나'의 업무상 대역에 불과했다. 타인이 아니면서 동거인이 생기면 곧장 폐기 처분할 수 있는 두 번째 '나'였다. '너'는 어디까지나 '나'의 보조물에 불과했다. 그러니 복제 인간은 주인의 결심 여하에 따라 보존 혹은 폐기될 수 있는 또 다른 '손'에 불과했다. 그러나 당연히 상황은 그렇게 흘러가지 않는다. '너'는 '나'보다 모든 면에서 유능하고 우월하며 심지어 공감 능력마저 뛰어나다.

　얼마 뒤 너는 쟁반에 받쳐 온 두 개의 잔을 테이블에 내려놨다. 커피 위 휘핑크림을 한 숟갈 떠서 아이에게 내미는 너의 해맑은 얼굴을 볼 수 있었다. 나는 한동안 무거운 고철덩어리로만 느껴지던 카메라를 들었다. 아이는 네가 내민 크림을 받아먹었다. 너의 몸이 자연스레 아이 쪽으로 움직였다. 주하가 고개를 들어 너를 봤다. 나는 숨을 참고 프레임 속 피사체 덩어리를 끌어당겼다. 아이의 머리 위로 두 입술이 맞닿았다.(107쪽)

'나'는 복제 인간인 '너'에게 일을 맡기면서 점점 자유로운 존재가 되었다고 생각한다. 마침내 '나'는 인간(주인)임을 증명하는 베리칩을 복제해 '너'에게 주고, 이로써 '너'는 인간인 '나'와 동등한 존재가 된다. 사진에 미쳐 출사를 다녀온 뒤 '나'는 더욱 부적응자가 되어 있었고(자유로워졌고) '너'는 더없는 적임자가 되어 있다.('나'보다 더 '나'다워졌다.) 회사도 키웠고 가족과도 재회했다. '나'는 아내(주하)에게 배신당하고 친권도 양육권도 빼앗긴 상태였는데, '너'는 아내와 연애 시절을 회복했음을 보여주는 입맞춤을 한다.

이 모든 일이 카메라를 매개로 일어난다. 카메라는 세상을 거울로 만드는 도구다. 카메라의 눈은 모든 대상을 피사체로 바꾸고 모든 피사체는 이차원 평면에 인화되면서 거울상이 된다. 그런데 카메라에 몰두하면 할수록 '나'는 탈육체화된다. '나'는 거울을 보는 눈에 불과하기 때문이다. 아내와 입을 맞추는 '너'('나'의 클론)를 보는 '나'는 이미 탈육체화된 '나'다. 모든 행동의 주체가 '너'이기 때문이다. '나'는 거울을 보는 눈에 불과하고 '너'는 그 거울 속에서 살아 움직이는 '타자로서의 나'가 된다. '너'는 '나'의 보다 완벽한 판본이다. 또한 '나'는 모든 육체성을 잃은 채 거울을 보는 눈으로서만 존재한다. 결국 '나'는 "너의 손목에 박혀 있던 쌀알 모양의 칩을 싱크대 서랍에서 찾아냈다. 나는 C사 홈페이지에 접속했다. 네 번의 클릭을 마치자 폐기 신청이 완료됐다."(108쪽) 이것은 이중적인 폐기다. '너'를 폐기하면 시선으로서의 '나'는 (내가 스며들) 육체를 잃는다. 따라서 '나'는 '나'를 폐기한 셈이다. '나'를 폐기하면 '너'는 거울 속의 타자로서 자신이 거울상임을 인증해 줄 눈을 잃고 망실된다. 따라서 이 경우에도 '나'는 '나'를 폐기한 셈이다. 따라서 '너'는 끝내 타자로서의 '나'로 남아야 한다.

과속 방지턱에 발이 걸려 넘어진 너를 발견했다. 너를 향해 손을 뻗은 순간 나는 내가 아니었다. 나에게 결코 손을 뻗어 주지 않았던 세상의 모든 타인들이었다. 너는 조금의 망설임도 없이 그 손을 잡았다. 그때 내가 끊어 낸 밤의 한 컷. 플래시가 뿜어내는 빛이 그대로 통과한, 막 도시로 스며든 짐승처럼 두려움에 떠는 형광빛의 새빨간 두 눈동자. 그것은 내 카메라에서 삭제되지 않은 유일한 너였다. 네가 기억하길 바라는 마지막 나였다.(「눈」, 110쪽)

'나'와 '너'의 자리를 교체하면서 타자로서의 '나'인 '너'에게 뻗은 '나'의 손은 세상의 모든 타자들이 내게로 뻗은 손이 된다. 그리고 그때 플래시가 포착한 눈은 적목 현상으로 불타는 빨간 눈이다. 나 자신을 낯설게 만드는, 내 안에 타자가 있음을 드러내는 저 적의의 눈동자는 타자로서의 내 자신을 혹은 내 자신인 타자를 내 앞에 가져다 놓는다.

「낯선 아내」에는 안면 인식 장애에 걸린 형사('나')가 등장한다. 사진에서 얼핏 본 사람도 알아보는 뛰어난 기억력을 가진 형사가 얼굴을 인식하지 못하는 몹쓸 병에 걸렸다. '나'는 의사에게서 "병이 계속 진행되면 거울에 있는 자신도 못 알아보게 될 겁니다."(10쪽)라는 말을 듣는다. '나'는 작업 파트너인 지모와 함께 방배동 살인 사건으로 알려진 마지막 현장 업무를 수행하고 있다. 요약하면 이렇다. 박형석은 45평 아파트 거실에서 시체로 발견됐다. 미국에서 연락을 받은 박형석의 아내는 별다른 감정을 내보이지 않았다. 5년간 박형석이 두 자식의 학비와 생활비를 꼬박꼬박 보냈고 현지에서 집도 장만했다는 사실을 밝혀냈다. 월급만으로는 가능하지 않은 일이다. 얼마 후 살해당한 박형석이 회삿돈을 횡령한 사실이 밝혀지면서 그의 내연녀가 유력한 용의자로 지목되었다. (만약 존재한다면) 내연녀는 박형석에게 이용만 당했을 것이다. 사정을 알고 격분한 내연녀가 "우발적 살인을 자행"(22쪽)했을 것이라는 가상의 시나리오가 제출되었다. 그런데 사건은 의외의 지점에서 풀린다. 박형석의 아파트 비상

계단에서 방문 판매 사원의 지문이 나온 것이다. 방문 판매원은 그의 고등학교 동창생이었다. 그런 이유로 "일급 용의자로 지목되었던"(22쪽) 내연녀는 "끝내 몽타주 밖으로 나오지 않았다."(28쪽) 사건 밖으로 모습을 드러낸 사람은 뜻밖에도 '나'의 아내다.

이런저런 생각을 할 틈이 없었다. 여자는 끊임없이 위치를 바꿔 걸었다. 아파트 담벼락에 바짝 붙어 걷다 상가가 있는 바깥쪽으로 붙어 걸었다. 여자는 꺾인 담벼락을 최대한 넓게 돌았다. 나는 여자가 문을 열고 들어간 아파트 앞에 서서 심호흡을 했다. 벨을 눌렀다. 시간이 약간 지나서야 문이 열렸다.
"일찍 왔네."
이번에 나는 허둥대지 않았다.
"혹시 여기 들어온 사람 없어?"
작은 단발 분통, 즉 내 아내가 분명한 그녀는 고개를 저었다.(25쪽)

잠복 근무 중인 '나'에게 내연녀로 짐작되는 여성이 모습을 드러냈다. 그 여자를 추적해서 집을 찾아갔는데 뜻밖에도 그 집은 내 집이며, 그녀는 내 아내였다. '나'의 아내가 그 내연녀였던 걸까? 그럴 수도 있다. 이렇게 맞닥뜨리기 며칠 전 잠복 근무 중에도 '나'는 아내를 알아보지 못했다. 아내가 이혼하자고 했던 5년 전은 "박형석의 아이들이 미국 유학을 갔던 시점"(26쪽)이었고 아내는 박형석이 살았던 "P 오피스텔"을 알고 있었다. 아니면 이것은 과도한 추론과 공교로운 우연이 만나서 생긴 오해일까? 독자는 끝내 실상을 알 수 없으나 사실 아내는 처음부터 낯선 사람이었다.

"당신은 나를 몰라."
홀리듯 그런 말을 했다.

"걱정 마, 당신도 나를 모르니까."(18쪽)

둘은 처음부터 서로를 잘 모르는 상태로, 아니 잘 모르는 것을 전제로 만났고 결혼했다. 그러니 이 모든 일이 '나'의 안면 인식 장애 때문에 생겼다고 말하기는 어렵다. 거꾸로 '안면 인식 장애'는 가장 가까운 사람(남편/아내)이야말로 타인임을 증명하는 은유인 셈이다. 이 질병을 다시 은유적으로 '일그러진 거울'이라고 부를 수 있다. 가장 가까운 얼굴을 가장 낯설게 비추는 거울 말이다. 뒤집어서 말하면 저 거울이야말로 가장 낯선 내 자신을 드러내는 장치다. 소설의 결말이 뜻하는 것도 이것이다.

가로등이 하나둘 밝혀지더니 어느새 해가 저물었다. 비가 그치지 않았다. 나는 비를 피해 아파트 단지 담벼락 아래 주저앉았다. 이상했다. 아무도 우산을 들고 있지 않았다. 저만치서 아내가, 나를 마중 나온 게 분명한 그녀가 단지 내 주차장 쪽에서 걸어왔다. 너무 반가워 그녀를 향해 한걸음에 달려갔다.

"나라는 걸 어떻게 알았어요?"

아내 역시 기뻐서 펄쩍 뛰었다. 고무공이 시멘트 바닥을 울리는 것처럼 소리 없는 진동이 온몸으로 느껴졌다.

"내가 몰라보면 누가 당신을 알아보겠어."

나는 태연하게 말했다. 가로등 불빛 아래 드러난 아내의 얼굴을 본 순간 나는 멈칫했다. 아내가 아니었다. 나는 두 눈을 질끈 감고 양팔로 그녀를 감싸 안았다. 그녀의 머리 위에 턱을 얹고 고개를 숙였다. 코끝이 그녀 정수리에 닿았다. 아내의 냄새가 맞다. 여보, 하고 부르자 그녀가 왜, 하고 대꾸했다. 아내의 음성이 맞다. 왜 우산을 들고 나오지 않은 거야, 이렇게 비가 오고 있는데. 그녀는 아무런 대답도 하지 않았다. 미안해. 그녀의 침묵이 내게는 그렇게 들려왔다. 아내가 맞아. 나는 되뇌었다. 아무리 낯설어도 내 아내

가 맞아.(32~33쪽)

이제 '나'는 아내가 아닌 여자를 아내라 부르고, 아내는 그 호명에 기뻐서 펄쩍 뛴다. 그런데 이번에는 세상이 이상하다. 비가 내리고 있는데 아무도 우산을 쓰지 않고 있다. 내가 택시 기사에게 비가 온다고 하자, 그는 "별 미친놈 다 보겠다는 듯"(31쪽)이 '나'를 대한다. 거울은 처음에는 '나'를 타인으로 비추더니, '나'와 가장 가까운 이들을 낯선 이들로 바꾸고는, 마침내 세상 전체를 낯선 곳으로 변화시킨다. 이렇게 말할 수 있겠다. 거울은 낯섦을 배가하는 장치다. 거울은 동일성을 반복하지 않는다. 거울은 차이를 반복하고 다름을 반복한다. 나는 거울 앞에서 수많은 다른 내가 된다.

3 가방-내-존재: 가방 안에는 아무것도 없다/무(無)가 있다

그러나 악몽으로 점철된/악무한으로 펼쳐진 세상에서도 견디는 방법은 있다. 인간이 안으로 접힌 유한을 껴안는다면, 다시 말해 바깥과 구별되는 내부가 인간에게 있다면, 인간은 인간 자신을 견딜 수 있을 것이다. 인간에게 안팎의 위상학이 있다면 인간은 내면을 봉인하면서 자신을 지켜 낼 수 있을 것이다. 이를테면 인간은 가방에 비유될 수 있는 존재다.

뻔선생이 내세우는 논리는 이러했다.
아침저녁으로 우리는 가방을 실어 나르느라 바쁘다. 서너 살 때부터 이십대 중반을 넘길 때까지. 그 뒤로는 집에서 직장까지, 직장에서 다시 집까지, 잠깐 마트에 갈 때도 가방을 들고 가지 않으면 안 된다. 왜냐? 우리는 가방의 노예이기 때문이다. 인간은 모두 가방을 실어 나르기 위한 존재들이

다. 그러니 노예들보다 그들이 든 가방 속을 먼저 확인하는 건 지극히 당연한 일이다.(143쪽)

하이데거의 말을 비틀어, 인간을 가방-내-존재라 부를 수 있을 것이다. 하이데거는 인간이 언제나 일정한 세계 내에서 존재하고 그 '내-존재'가 현존재의 존재 체계를 규정한다고 보았다. 그런데 세계가 무한한 폐허라면? '내-존재' 자체가 불가능하다. 내부에 존재하기 위해서는 여기에 안팎의 위상학을 덧붙여야 한다. 이를테면 세계에 던져진 인간은 '가방-내-존재'다. 가방이야말로 인간의 자리를 지정해 주는 '내-존재'다.

"뻔선생"이라고 불리는 자가 있다. 가방을 뒤지는 이상한 버릇이 있는 사람이다. 일종의 가방 페티시즘이랄까. 그는 인간이 가방의 노예이므로 인간을 알기 위해서는 가방을 확인해야 한다고 말한다. 이 '뻔뻔한' 변명에도 일말의 진실은 있다. 한 인간의 본질이 인간 속에 담긴 것이 아니라 그 인간이 메고 있는 가방 안에 들어 있다는 것. 인간에게는 안팎이 없으나 가방에는 안팎이 있다. 따라서 내면을 탐색하기 위해서는 인간이 아니라 가방을 열어 보아야 한다. 아무리 들여다보아도 우리가 인간에게서 볼 수 있는 것은 기껏 목젖에, 아니라면 내시경 사진에 불과하다. 저 발그스레한 고깃덩이가 인간의 내면이라는 말인가? 그럴 리 없다. 그 가방 안에는 무엇이 있는가?

무슨 립스틱이 이렇게 많아…… 그녀는 낮게 읊조렸다. 어, 이거 김연아가 바르고 나온 거 아닌가? 그녀가 립스틱 하나를 빼 드는 동시에 여학생들이 몰려들었다.

마침내 가방 주인이 나타났고 비난의 시선이 쏟아진 뒤에야 뻔선생은 이 사태가 자신으로부터 비롯됐음을 깨달은 얼굴이었다. 그는 바닥에 펼쳐진 내용물들을 쓸어 모으기 시작했다. 여학생은 가방이 토해 놓은 물건들

중 하나를 움켜쥐었다. 여학생의 표정이 심상치 않았다. 그때서야 사람들은 그녀 손에 들린 걸 주목했다. 플라스틱 흰색 반원 통, 거름망이 있던.

"틀니 통이지?"

나지막하게 중얼거리는 노교수의 말을 듣지 못한 귀가 있을까. 침묵이 흘렀다. 그녀가 뛰쳐나가자 노교수는 어리둥절해했다. 자신이 무슨 일을 저질렀는지 모르겠다는 순진한 얼굴이었다.(147쪽)

학과 엠티를 간 곳에서 한 여학생이 일어서자 "뺀선생"이 그녀의 가방을 열었다. 엄청나게 많은 립스틱 사이로 틀니 통이 발견된다. 학생들은 그제야 눈짓을 주고받았다. "그녀에게서 막연하게 느꼈던 거리감의 정체를 그들은 깨닫게 된 것이다. 왜 그녀가 립스틱을 진하게 바르고 다녔는지, 표정이 늘 부자연스러웠는지, 누구와도 밥을 먹지 않았는지, 입을 크게 벌려 웃지 않았는지."(147~148쪽) 그런데 이것을 그녀의 내면이라고 할 수 있을까? 틀니는 여전히 그녀의 외양 아닌가? 그녀의 입술 색깔도, 부자연스러운 표정도, 식사 자리도, 웃음도 그녀의 표면 아닌가? 그들은 모두가 그녀의 내면 혹은 비밀을 알았다고 생각했으나 거기에 있던 것은 여전히 그녀의 외면에 지나지 않는다. 가방이 포함하고 있는 것은 외면의 위장술을 위한 도구들에 지나지 않는다. 그것을 내면이라고 간주하자 그녀는 그 자리를 떠나 "끝내 학교로 돌아오지 않았다."(148쪽)

결국, 이런 것이다. 가방 안에는 아무것도 없다. 그런데 우리는 저 말을 '아무것도 없다'가 있다.'라고, 다시 말해서 거기에 '무(無)가 있다.'라고 번역한다. 틀니 통이 거기에 있으므로 그녀의 표정과 식사와 웃음을 짐작했다고 생각하듯이. 그런데 틀니 통 역시 가방의 일종이다. 그들이 본 것은 가방 속에 든 가방에 지나지 않는다. 그들은 가방을 열고 그 안에 든 가방을 본 셈이다. 이런 일도 있었다. 고교 동창 몇이 야외 주점에서 술을 마시다가 한 동창의 가방이 "뺀선생"의 손에 걸렸다. "색색의 콘돔이 가방의 등쪽 주머니에서 나왔다. 충분히 웃어 넘길 수 있는 일이었다. 누군가 콘돔의 출처가 엄마노래방 옆 과부촌임을 확인시켜 주었다. 그 자리에 있던 여자 친구가 눈물을 뿌리며 사라진 뒤 동창은 한동안 얼이 빠져 있었다."(151쪽) 이번에도 콘돔은 몸에 덧씌우는 것, 즉 위장술의 도구에 지나지 않는다. 거기에 동창생을 증명할 수 있는 아무것도 없었다.

　같은 방식으로 "뻔선생"의 가방이 사라진다. 종강 후 며칠 뒤 "뻔선생"에게 전달해 달라는 메모가 붙은 검은색 짐 가방이 과사무실로 배달된다. 가방을 전달받은 그는 철도 짐칸에 놓고 내린 가방을 되찾았다고 생각하고 그 가방의 이동 경로를 역추적하기로 마음먹는다. 그는 주소도 이름도 없는 가방이 주인을 찾아온 것은 필시 그를 아는 누군가가 그를 모욕 주기 위해 가방을 학교로 보냈을 거라고 생각했기 때문이다. 그는 가방 분실 신고를 한 뒤 철도 경찰의 도움으로 CCTV를 돌려보았다. 그 결과 허무하게도 그 가방 배달 사건에는 그 어떤 미스터리도 음모나 보복도 개입된 바 없다는 사실만이 드러난다. 애초에 그가 자취방에 가방을 두고 갔던 것이다. 집주인의 배려로 그 가방은 옆방 사람에게 전달되었고 그 이웃이 그의 가방을 과사무실에 가져다준 것뿐이다. 그런데 그 가방 사건 덕분에 그는 기행을 멈추고 학교를 그만둘 결심을 한다. 저 해프닝이 어째서 "뻔선생"에게 '사건'이 되었을까.

　　"그 일로 깨닫게 된 게 있어요."
　　뻔선생은 허탈하게 웃었다.
　　"하루에 오백만 명이라는 사람이 지하철을 타거든요. 그중에 자기 물건을 깜빡 놓고 내리는 일이 만분의 일, 아니 십만 분의 일이라 쳐도 오백 건이잖아요. 한 달이면 만오천 건이 돼요. 신고가 들어온 것만 오천 건 정도라니까 지하철을 관리하는 입장에서 보면 유실물은 일상이 되는 거죠. 매년 십만 개가 넘는 가방이 주인을 잃고 미아가 된대요."

"주인이 끝내 안 나타나면?"

"유실물 센터나 관할 경찰서에 보관하다 폐기 처분되는 거죠."

"얼마나?"

"9개월이요."

"짧은 기간은 아니네?"

"이 일을 겪기 전까지는 이런 생각을 한 거죠. 왜 사람들이 가방을 찾아가지 않을까. 근데 그게 아니었던 거예요. 자신이 가방을 잃어버렸다고 생각하는 장소를 마음으로 정해 놓고 한곳에서만 찾으니까 찾지 못하는 거예요. 내 경우만 해도 가방을 기차 짐칸에 두고 내렸다고 생각하는 바람에 그 난리가 났던 거니까요. 가방 주인은 어딘가에서 애타게 가방을 찾고, 또 어디서는 주인 잃은 가방들이 쌓여 가고, 그렇게 되는 거죠."(158~159쪽)

이 에피소드가 뜻하는 것은 무엇일까. 가방 '안'에는 아무것도 없었는데, 실은 가방도 없었다는 것이다. 가방의 내용물이 사라진 게 아니라(가방 안에는 아무것도 없었으므로) 가방 자체가 분실되었다는 것. 나아가 실제로는 가방이 분실된 게 아니라 가방을 잃어버렸다고 생각한 바로 그곳에서부터 가방은 존재하지 않았다는 것이다. 가방-내-존재로서 인간은 밖으로 게워진 내용물들이다.

「밤은 후드를 입는다」에서의 '후드' 역시 일종의 가방이다.

아파트 계단 입구에서 후드를 뒤집어쓴 남자와 마주쳤다. 뒤져 보면 상수의 옷장에도 하나쯤 있는 회색 후드 집업이었다. 둘은 서로를 지나쳐 갔다. 후드는 계단 위로, 상수는 계단 아래로.

이상하게 발길이 떨어지지 않았다. 상수는 뒤를 돌아다봤다. 남자가 보이지 않았다. 좋지 않은 예감이 들었다. 입구에서 가장 가까운 곳에 그의 아파트가 있었다. 현관문은 잠겨 있지 않았다. 안방 문은 반쯤 열려 있었고 거동이 성치 못한 아버지는 무방비 상태로 잠들어 있었다. 상수는 계단을 뛰어 올라갔다. 아니나 다를까. 거실까지 침입한 후드가 열린 방문 틈으로 아버지를 노려보고 있었다. 엄청난 살기를 띤 채.(175~176쪽)

'상수'는 식칼을 들고 후드 쓴 남자를 추격하지만 놓치고 만다. 오히려 이웃이 "식칼을 들고 날뛰는 남자를 봤다는 신고"(177쪽)를 했다. 그 후에도 후드를 쓴 남자는 계속 상수의 집 주변을 배회한다. 창밖에서 아버지를 노려보기도 하고, 단지 앞 공터에서 경찰에게 발견되기도 했다. 그들은 밤처럼 증식하고 있는 것이다. 후드 입은 자들은 얼굴을 보이지 않고, 주변에서 출몰하고, 내게서 달아난다. 이 문장은 사실 다음 문장의 번역이다. 가방 안에는 아무것도 없고, 인간은 가방을 든 존재(가방-내-존재)이고, 가방은 열어 볼 때마다 늘 분실된다. 후드 입은 자가 누구인지, 그가 왜 내 주변에서 위협적으로 나타나는지, 그럼에도 불구하고 실제로 내게 자신을 드러내지 않는지 누구도 알지 못한다. 사실은 인용문부터가 이상하다. 후드를 입고 있어서 얼굴을 볼 수가 없는데 상수는 그가 "엄청난 살기를 띤 채" "아버지를 노려보고" 있다는 것을 어떻게 알았을까?

소설을 읽어 가면서 우리는 결국 '후드 입은 자'(「밤은 후드를 입는다」)가 '낯선 아내'(「낯선 아내」)라는 사실을 알게 된다. '나'는 병든 아버지를 돌보고 있는데 이 봉양이 효심의 표현이 아니라는 점이 점차로 드러난다.

모든 불운으로부터 아버지는 스스로를 잘 지켜 냈다. 상수는 아버지의 손을 잡았다. 피골이 상접한 얼굴을 보며 진심을 다해 말했다.
"오래오래 사셔야 해요."
잠든 줄 알았던 아버지가 그에게 잡힌 손을 뺐다.(180~181쪽)

어렸을 적 아버지는 어린 상수를 데리고 사창가를 지나가면서 자신이 언제든지 아들을 버릴 수 있다는 사실을 상수에게 일깨워 주었다. "언제 아버지가 그의 손을 놓고 가 버릴지 몰랐다. 상수가 겁이 났던 건 아버지도 그걸 원하고 있었다는 것이다."(199쪽) 그리고 지금 상수가 아버지를 모시는 것은 연금 때문이다. "상수를 아는 사람들은 꼭 한마디씩 던졌다. 아버지 잘 모셔. 경찰관 말대로 연금을 승계할 배우자도 없고 미성년인 자식도 없었다. 연금이 끊긴다면 고요한 밤도, 이벤트도 끝장날 판이었다."(185쪽) 결국 상수와 아버지는 가장 가까운 타인('낯선 아내')으로서, 아버지에게 언제든 버려질 수 있다는 것을 깨달은 자로서, 언제든 아버지를 버릴 수 있는 자다.

4 호모 시그니피칸스: 꿈의 건축술에 관하여

세상은 악무한이다. 인간은 텅 빈 존재다. 그럼에도 불구하고 인간은 어떤 방식으로든 의미를 생산한다. 인간의 모든 행위는 기호 작용이다. 설혹 그것이 무의미한 기호라 할지라도 그렇다. 호모 시그니피칸스(homo significans), 즉 기호적 인간. 이것은 인간이 기호를 생산하는 동물이라는 뜻이다. 나아가 그것은 인간이 그 기호화의 작인 자체라는 것, 다시 말해서 인간은 어떤 끼적임이나 서명(sign)으로 환원되는 존재라는 것을 뜻한다. 세상은 그 기호들로 가득 찬 양피지와 같다. 이유의 소설이 의미를 생산하는 방식도 그와 같다. 악몽의 몽유록은 이런 식으로 작성된다.

개가 거기서도 1등을 한대?
내가 물으면 조와 류와 박은 제 일인 양 자랑스럽게 말했다.
당연하지. 1등들만 모인 데서도 1등을 하는 애다, 개가. 날 때부터 1등 자리에다 접착제를 붙여 놓은 애라니까.(64쪽)

"개"는 친구인 "조, 류, 박"의 입을 통해서만 전해지는 '후드를 입은 자' 같은 존재다. 늘 주변을 맴돌지만, 한 번도 모습을 드러낸 적 없는 무인칭이다. 나중에는 시공간마저 초월한 '거울의 눈' 같은 존재가 된다. "개"는 친구들의 주변을 맴도는 '깃털' 같은 존재다. 왜냐하면 친구들의 성을 모으면 '조류'가 거기 있기 때문이다. 이상한 기호라는 생각이 든다면? 다음은 어떤가?

> 필이 묻자 그녀 역시 실감이 안 난다는 표정으로 말했다.
> 꿈이 현실이 된 거지.
> 여름 내내 엉뚱하고 기이한 사건, 사고가 일어났다. 돼지들이 안방으로 몰려드는 꿈을 꾼 중년 여자는 뺨을 핥는 축축한 침 냄새에 잠이 깼다. 그녀는 꿈에서 본 돼지들이 안방을 엉망으로 만들어 놓는 걸 속수무책 지켜봐야 했다. 자기 집 옥상에서 떨어지는 꿈을 꾼 한 소년은 다리를 움직일 수 없었다. 골절상으로 곧장 병원에 입원했다.(115쪽)

'필'과 '여진'은 오래된 연인 사이다. 둘의 이름은 아마도 '진짜처럼(如眞) 느끼다(feel)'를 의미할 것이다. 둘이 사는 세계는 꿈을 꾸면 현실에서 그 꿈이 실현되는 세계다. 이때의 꿈이란 'dream'이면서 'vision'이기도 하다. 이것 역시 기호의 착란(錯亂), 즉 이중적인 기호 작용이 만들어 낸 기호화된 세계다. 다음은 또 어떤가?

> 술에 취해 정신을 놓거나 길을 잘못 들거나 오지 않는 버스를 하염없이 기다리다, 예고 없이 간혹 일어나는 일이라고 했다. (중략) 수은주를 영하 백 도 아래로 뚝 떨어뜨리는 북극 바람을 재빨리 피하지 못하면 순간 냉동된다. 찾아 나선 가족이 온풍기를 뿜어 줘야 두 발을 땅에서 뗄 수 있다는

말을 듣고는 묻지 않을 수 없었다.

아무도 발견하지 못하면요?

그대로 아이스맨이 되는 거죠.(「지구에서 가장 추운 도시」, 140쪽)

그가 찾아간 곳은 지구에서 가장 추운 도시여서 인간을 순식간에 냉동 인간으로 만들어 버린다. 그는 길을 잃었다가 겨우 살아서 돌아왔다. 그런데 귀국한 후에도 비슷한 일이 반복된다. "그는 집으로 돌아오는 전동차 안에서 쓰러졌다. 좌석에 앉아 있던 자세 그대로 바닥에 쿵. 누군가 휘파람을 불며 웃었다. 진탕 드셨네."(52쪽) 타국에 있을 때 추위에 얼었다면 이번에는 술에 얼어붙었다. 집 근처에서 그는 길을 잃는다. 두 번의 미아. 두 번의 "아이스맨"이었던 것이다.

어떤 몸짓도 기호가 될 수 있고 이 기호만이 악몽의 세상에서 의미를 건축하는 방법론이 된다. 그 기호가 설혹 착오나 오독에 기반한 것이라고 해도 그렇다. 무의미보다는 낫다. 오인/오지각된 몸짓이라고 해도 서명임에는 틀림이 없기 때문이다. 저 서명은 호모 시그니피칸스, 즉 인간이 기호화의 작인 그 자체임을 보여 준다. 이 서명만이 인간에게 고유한 의미를, 고유한 얼굴을, 이름을 부여해 주기 때문이다.

여자는 자신의 목을 손등으로 툭 치며 말했다.

"쳐 주세요."

가위질을 하는 동안 나는 냄새의 정체를 알게 됐다. 내 온몸에 뿌리 깊이 박혀 있는 파마약 냄새였다. 여자는 나와 같은 미용사였다. 〈신발보다 싼 타이어〉라는 입간판 옆 작은 미용실에서 여자는 딸아이와 살고 있다. (중략) 그녀는 가위를 쥐고 있는 내 손을 움켜쥐었다.

"이런 엄마는 없는 게 나아."

내가 막아 볼 틈도 없이 가윗날은 자연스레 여자 목을 그었다. 단단

한 목뼈가 가윗날과 함께 분리되는 감각이 내 손 끝에 확실히 새겨졌다.(215~216쪽)

'나'는, 머리(hair)가 아니라 머리(head)를 자르는 미용사다. '나'는 사수였던 '로나 박'과 옆집 미용실 여자의 머리통을 몸에서 분리시켰고 마침내는 딸에 의해서 머리가 떨어져 나온다. 게다가 딸은 무통증 환자여서 가위로 제 손가락을 자르며 논다. 이 무서운 '커트'의 세계 역시 거울 속 세계다. 내가 머리를 잘라 준 이웃집 미용사는 거울 속 '나'이기도 하다. '나'는 "가건물 한 귀퉁이에 〈머리치장〉이라는 간판을 달고 미용실을 하고 있다. 타이어가 신발보다 싸면 그게 타이어야?라고 묻는 영특한 일곱 살 딸아이와 합판을 막아 만든 가게 뒷방에서 산다."(203쪽) 그러니까 나는 내 머리를 커트한 셈이다.

악무한의 세계에서 무(無)를 껴안은 가방-내-존재. 인간은 저 오인/오지각된 몸짓만으로 기호화된다. 인간은 잘못 쓴 서명이고, 세계는 과도하게 중층으로 기록된(over-written) 기록물이다. 그러나 바로 그 오인/오지각된 몸짓만이 인간에게 의미를 부여한다. 인간은 바로 그 흔적이기 때문이다. 인간은 무한한 세계에 좌표를 부여하고 텅 빈 자리에 무언가를 집어넣는 존재이기 때문이다. 악무한의 세계에는 길이 없다. 무한대의 공허만이 주어져 있기 때문이다. 그런데 인간이 어떤 몸짓을 거기에 부여한다면, 아니 인간 자체가 그런 서명이라면? 누구도 길을 잃지 않을 것이다. 추운 도시에서 길을 잃은 '그'는 '아르센'이라는 몽골계 남자에게 구조된다.

간신히 말을 하게 된 그는 아르센에게 내내 묻고 싶었던 걸 물었다.
대체 날 어떻게 찾아낸 겁니까?
아르센은 왜 그런 걸 묻는지 모르겠다는 듯 눈을 깜빡였다. 당신이 거기

있었잖아요.(58~59쪽)

길을 잃었다고 생각한 그곳에 내가, 있다. 내가 있는 그곳에 의해서 나는 '거기-있음'(현존재)이 된다. 나는 처음부터 아무것도 갖고 있지 않았어도 '내-존재'였던 것이다. 아무도 그를 찾지 못한다고 해도 그가 길을 나선 순간부터 그는 길 위에 있다. 이유의 소설이 보여 주었듯, 악몽은 그치지 않을 것이다. 우리도 쉬지 않고 한 악몽에서 다른 악몽으로 이행하는 몽유록을 쓸 것이다. 바로 그 기록이 악몽의 탈출기가 될 것이다. 바로 그 몸짓이 의미의 건축술이 될 것이다.

폐허의 아데콰티오

김개영 소설의 네 가지 불가능성

0   폐허 위에서

잠깐의 위안이나 휴식을 위해 이 책[1]을 집어 든 독자라면 아연실색할지도 모르겠다. 책의 어느 페이지를 펼쳐 봐도 알 수 있는 일이지만 이 소설집을 읽는 체험은 그리 편안한 경험이 아니다. 김개영의 세계는 비명과 탄식으로 가득 차 있다. 세계가 폐허이므로 인간은 아무 희망이나 계획도 없이 폐허 위를 어슬렁거릴 뿐이다. 세계에 대한 지식은 인간에게 차단되어 있고 따라서 인과율, 일직선적인 시간, 합목적성은 토막 나서 시간들은 아무렇게나, 무목적적으로, 세계의 여기저기에 흩어져 있다. 세계는 무한한 무의미(악무한)다. 인간들은 고깃덩이와 구별되지 않는 꿈틀거리는 물질이고 지식은 운명의 이름으로만 그에게 주어진다. 사건은 인간에게 사고(accident)의 형식으로만 주어진다. 그럼에도 불구하고 이 세계의 모든 것은 자신의 터전이 되는 세계의 폐허를 복사하고 반영하고 재생산한다는 점에서 서로의 거울이다.(이것이 이 소설집의 표제가 뜻하는 바다.) 라틴

---

1   김개영, 『거울 사원』(민음사, 2018). 이하 본문에 인용할 때는 작품명과 쪽수를 밝힌다.

어 '아데콰티오(adæquátio)'는 부합, 적합, 합치라는 뜻을 갖고 있다. 다시 말해 폐허로서의 세계는 그 자체로 혹은 주체나 타자나 시간과 서로 부합하거나 경합한다. 요컨대 네 가지 불가능성이 있다. 불가지로서의 지식, 타자와의 불가능한 만남, 불화의 형식으로 주어지는 조화, 우연의 외양을 띤 필연. 첨언해 둘 것은 이 네 가지 불가능성은 '불가능의 형식으로 주어지는 가능성'이지, '가능하지 않은 것으로서의 불가능성'이 아니라는 점이다. 불가지한 지식은 아무 지식도 주어지지 않는다는 게 아니라 무지로서 주어지는 지식이다. 불가능한 만남은 어떤 만남도 없다는 게 아니라 그 만남이 불가능의 형식으로만 가능하다는 뜻이다. 불화들의 조화란 조화의 부재나 결핍이 아니라 글자 그대로 불화들의 예정 조화이고 우연의 필연이란 우연만이 있다는 게 아니라 우연들이 필연적으로 도래한다는 의미다.

1   불가지의 지식

이 소설에서 지식은 언제나 불가지(不可知)의 형태로만 주어진다. 물론 앎의 형태로 주어지는 지식이 없지는 않을 것이다. 그러나 그것은 소설의 주인공들에게는 쓸모없는 지식이거나 자신과는 무관한 지식, 예컨대 "행정법 기출 문제집"(「뷔통」, 157쪽)이나 "9급 공무원 시험 대비 도서"(「거울 사원」, 36쪽) 같은 것에 불과하다. 그런 책은 이미 "펼치지 않은 지 오래"이며, 고물상에서 수집한 종이 더미와 다르지 않은 "죽은 책"(「거울 사원」, 46쪽)이다. 책이란 고작 바퀴벌레를 죽일 때나 유용한 도구다.[2]

2   그런데 바로 거기서 "틈"이 열린다. 불가지의 지식, 예컨대 "죽음이 탄생의 황홀경을 선사"(「틈」, 128쪽)한다는 역설적 지식은 바로 이 틈을 통해 '나'에게 주어진다. 틈이란 그런 지식이 제 몸을

그렇다면 지식은 어디서 주어지는가?

> ─ 그 온다리 년은 너마저 잡아먹을 게다.
>
> 어머니는 아내를 두고 늘 그렇게 말했다. 어머니는 고향에서 이름난 만신이었다. 처음부터 아내와의 결혼을 반대했다. 아내가 '온다리'라는 팔자를 타고 태어났기 때문이라고 했다. 신을 받지 않으면 주위 사람들을 불행하게 만든다는 운명이었다. (중략)
>
> 신기(神氣)가 심해지자 어머니는 백방으로 '신줄을 떼 가게' 하는 방술을 찾아다녔다. 해마다 신줄을 누르는 누름굿을 했고 어미 가까이에 있으면 신기가 발동한다고 아예 고등학교를 서울로 올려 보냈다. 심지어 정신과 치료도 마다하지 않았다. 그러나 신기를 떼는 데에는 별로 효과가 없었다. 하나 남은 방술은 내가 의사나 약사가 되는 길이었다.
>
> ─ 얘야, 망석중이 무당 팔자가 되지 않으려면 너는 꼭 사람 살리는 직업을 가져야 한다.
>
> 누름굿을 받은 이후로 어머니가 입버릇처럼 하던 말이었다. 무당은 사령(死靈)을 대하는 직업이기 때문에 그 기를 누르기 위해서 사람 살리는 직업을 가져야 한다는 것이다.(「개와 늑대의 시간」, 143~145쪽)

인물들을 사로잡는 지식은 '불가지'의 장소에서, 신(神)에게서 온다. 만신인 어머니는 '나'의 신경증/무병을 진단하고 처방했으며 후에 약사가 될 '나'의 미래를 점지(/강요)했다. 어머니는 (훗날의 '나'의) 아내가 '온다리'("주위 사람들을 '잡아먹는' 운명을 타고"난 사람)인 것을 알아보았다. 또한 그녀가 무당이 되지 않으면 "신명의 노여움을 사 아들까지 잃게 되리라"는 것을 예견했다. 이 소설의 도처에 산재한 점집과 신기(神氣)를 가

열어 계시하는 순간을, 불가지의 지식이 바로 그 불가지의 형태로 주어지는 순간을 말한다.

진 인물과 "아는 소리〔占辭〕"(「관흥국」, 17쪽)들은 바로 이 불가지의 지식을 말하고 있다. 이 지식은 무섭다. 죽어 가는 어머니의 저승문을 열어 주어야 한다(저승으로 어서 보내 주어야 한다.)는 만신의 충고를 무시한 아들은 그 대가로 자신의 앞날을 보장해 줄 지도 교수를 사고로 잃는다.(「봄의 왈츠」) 아내 역시 무당의 운명을 거절한 후에, 눈앞에서 사고로 아들을 잃는다.

이 지식의 특징은 무엇인가? 일반적인 지식이 '정보'(공시적인 성격을 가진 앎)라면 이 지식은 '운명'(시간적으로 실현될/결정되어 있는 앎)이라는 데 있다. 그것은 지금 이 시점에서는 정보의 형태로 주어지지 않고 증상의 형태로만 주어진다. '무병'이 바로 그것이다. 따라서 불가지의 지식은 인물의 삶을 예견하는 일종의 징표로 작용한다. 이 지식이 인물들을 '구속'한다고 해서는 안 된다. 인물들은 이 앎에 예외 없이, 반성 없이 순응하기 때문이다. 다른 선택지는 애초부터 없었으므로 자유 의지와 운명과의 대결도 없다. 따라서 갈등도 없고 구속도 없다.

징표는 해석 작용을 필요로 한다. 당연히 그것의 절차는 '굿'이나 '점'일 테지만 그 방법을 안다고 해서 저 지식이 앎에 편입되지는 않을 것이다. 저 지식은 기호가 아니라 실재(the real)이기 때문이다. 기호는 기호화된 대상과의 유비를 통해 성립한다. 그런데 불가지의 지식이란 대상 그 자체의 기호화 불가능성에서 성립한다. 그것은 기호/대상과의 간격을 허락하지 않기 때문에 해석되지 않으면서 단지 주어질 뿐이다. 이 징표가 대개 '어머니'와 결합되어 있는 것도 같은 이유일 것이다. 어머니는 우리에게 알려지지 않은 기원이다. '나'를 낳았으되 자식이 그것을 인지할 무렵 대개의 어머니는 불모의 현실로 쪼그라들어 있을 뿐이다. 생산에서 단절된/소외된 어머니는 가지적(可知的)인 현재일 뿐 기원으로 소급되지 않는다. 우리는 누구도 자신이 태어났을 때의 현장으로 돌아갈 수 없다. 고로 그 실재의 지식을 소유할 수 없다. 그런데 그 어머니가 만신, 다시 말해 불가지의 지식을 소유한 이라면?

「틈」에서 목격할 수 있는, 어쩌면 이 소설집 전체에서 가장 충격적이고 불편한 장면으로 가 보자. 화장대 앞에서 마스터베이션을 하고 있는 엄마를 목격한 바로 그 순간(「틈」, 124쪽) 말이다. 이 불편한 장면이, 외설적인 엄마를 묘사하고 말았다고 할 것이 아니다. '나'는 지금 '나'가 태어나던 때의 불가능한 틈을, "하얀 이빨"과 "헛바닥"을 내장하고 있는 실재의 틈을, "추악"과 "매혹"을 동시에 가진 — 그래서 어떤 일관된 기호로 질서화할 수 없는 틈을 보고 있는 것이다. 해부대 위의 어머니(「개와 늑대의 시간」, 149쪽)에 대한 상세한 묘사 역시 그 금지된(정확히는 금지의 형식으로 제공된) 불가능한 앎에 속한다. 실재는 우리에게 기호와 상징이라는 매개물을 제거한다. 이 소설 속의 인물들이 보이는 무기력 혹은 무의미에는 모종의 이유가 있었던 것이다. 기호는 상징의 문법이다. 문법이 없으니 질서나 원리가 없다. 따라서 이 지식에 대처할 방도가 없다. 매뉴얼도 없고 비상 대처 요령도 없다.

2 불가능한 만남

이 소설집에 실린 작품들은 전부가 위장된 일인칭이다. '그'나 'K' 등이 중심인물이므로 겉으로는 삼인칭이지만 서술자는 '그'의 시선으로만 세계를 보고 그의 내면과만 내통/소통하므로 실제로는 '그'를 '나'라고 바꾸어도 무방하다. 그렇다면 '나'는 타인을 어떻게 만나는가? 소설에서의 타인이란 세계의 표현형이다. 이 소설집에서 타자는 어떻게 나타나는가?

왜 답이 없죠?
K의 휴대폰에 다시 문자메시지가 뜬다.

이런 거 처음인가 보죠?

이러시면 저 바로 이동해요.

　연달아 메시지를 알리는 짧은 수신음이 울린다. 얼마나 지났을까, K의 휴대폰이 울린다. K는 수신음의 수를 센다. 한 번, 두 번, 세 번……, 스무 번 넘게 울리다가 겨우 멎는다.(「뷔통」, 18쪽)

　폐점한 백화점의 야간 경비원인 'K'는 내레이터 모델로 일하던 여자에게 문자를 보내 만나기로 한다. 그녀는 대학생이자 "콜걸"이다. 'K'가 모습을 드러내지 않자 그녀는 다른 전화를 받고 현장을 떠난다. 만남의 불가능성은 이 소설에서 중층적이다. 첫째, 'K'는 그녀에게서 연락처를 받은 것이 아니다. 그는 그녀가 맡긴 가방에서 명함을 훔쳤다. 둘째, 둘은 콜걸과 손님으로 접촉했다. 'K'가 무전취식하는 이전 건물의 경비원인 걸 알았다면 그녀는 나타나지 않았을 것이다. 셋째, 그녀가 나타났으나 'K'는 약속 장소에 나가지도 않았고 그녀의 전화를 받지도 않았다. 넷째, 그가 모습을 보이지 않자 그녀는 "바로 이동"했다.

　이것은 이 소설집의 모든 만남의 성격을 요약한다. 첫째, 타자와 나의 만남은 대개 상호적이지 않다. '나'가 타자를 훔쳐보거나(「뷔통」) 타자가 '나'를 훔쳐본다.(「거울 사원」) 둘째, 둘의 만남에는 비정상성이 개재해 있다. 콜걸과 손님(「뷔통」), 장애인과 비장애인(「관흉국」), 남성 스트리퍼(이지만 게이인지는 확실하지 않은 인물)와 게이(「거울 사원」), "구마비"로 죽어 가는 비교적 젊은 이방인과 죽을 곳을 찾아가는 활달한 80대의 이방인(「라리루레로 파피푸페포」), 사고로 아들을 잃은 약국 주인과 곧 아들을 잃게 될 약국 손님(「개와 늑대 사이의 시간」), 아들과 그 아들을 죽이려는/그 아들에게 죽임을 당하려는 엄마(「틈」) 등등이 모두 그러하다. 셋째, 만남은 무한히 연기되거나 어긋난다. 「관흉국」의 교차된 서술은 이미 죽은 자('나')와 산 자의 대화인 것처럼 읽힌다. 저승으로 어머니를 떠나보내지 않으면 '나'의 미래의 담보(지도 교수)가 대신 저승으로 간다.(「봄의 왈츠」) '나'는 폭행을 당해 지금은 그곳에 없는 외국인(아자즈)의 휴대폰에서 '나'를 스토킹한 흔적/짝사랑한 흔적을 발견한다.(「거울 사원」) 넷째, 둘의 엇갈리는 만남마저 순간적이다. 게다가 모든 순간은 돌이킬 수 없는 시간 이 흐른 후에야 추억된다.

결국 이 소설집의 인물들은 타자를 만나되 불가능한 방식으로만 만 난다. 타자는 거기에 있으나 상호적이지도, 정상적이지도, 올바로 만나 지지도 않고 만남이 지속되지도 않는다. 그 앞에서 '나'는 말을 더듬거나 (「틈」), 겨우 이렇게 말할 뿐이다. "당신은 그만 가 보겠다고 했어. 나는 당 신의 손을 잡았어. 라……아아아……머어언, 나는 짐승 같은 울부짖음 으로 당신에게 라면을 먹고 가라고 했어."(「관홍국」, 8쪽) 섹스 시도가 실 패로 돌아간 후, 뇌성마비 환자인 '나'는 온힘을 다해, "짐승 같은 울부짖 음으로" 저 단어를 발음한다. '라면'을 먹고 가라는, 영화에서도 자주 나오 는 진부하지만 절실한 저 제안은 실패한 만남을 처음부터 다시 시작하고 싶다는, 그러니까 최초의 만남부터 되짚어 내려오면 둘의 잠자리마저 가 능해질 거라는 불가능한 소망의 표현이 아니겠는가? 예정된 파국을 되돌 려, 처음부터 다시 시작하면 둘 사이의 저 육체적/정신적 간극이 봉합될 수 있기라도 하듯. 불가능한 만남(만날 수 없는 자와의 만남)을 보여 주는 대표적인 표상이 마네킹이다.

마네킹 하나가 허공에 시선을 던진 채 서 있다. 공허한 시선이다. 벌거 벗은 마네킹의 몸이 조명 아래 탐스럽게 빛난다. K는 마네킹 앞으로 다가 가 순찰 시계와 휴대용 전등을 내려놓는다. 뱀파이어처럼 입을 크게 벌려 마네킹 목을 무는 시늉을 한다. 마네킹을 끌어안고 한 손으로 엉덩이를 쓰 다듬는다. 마네킹의 유방에 입을 맞춘다. 서늘한 기운이 입술로 전해져 몸 을 훑는다. 아랫도리가 고개를 든다. K는 서둘러 허리띠를 푼다.

이봐 뭐하는 거지?(「뷔통」, 178~179쪽)

한밤의 저 공허한 섹스의 시도는 '나'에게 어떤 만남의 가능성도 봉쇄되어 있다는 것을 암시한다. 심지어는 저 행동을 말리는 말("이봐 뭐하는 거지?")을 하는 이마저 다른 마네킹이다. 그러나 혹은 그럼에도 불구하고 마네킹의 "서늘한 기운"은 'K'에게 전해진다. 마네킹이 특별한 물성(物性)을 갖고 특정한 자리에 있다는 점에서 이 불가능성은 그 자체로 가능성이 된다. 게다가 실제로 저 만남은 뷔통의 주인이었던 그녀에 대한 표징이었다. "K는 경비실 너머로 춤을 추는 여자를 흘끗 훔쳐보곤 했다. 12월의 추운 날씨에도 불구하고 여자는 흰색 부츠와 핫팬츠, 배꼽티를 입었다. 팔등신의 마른 몸과 긴 생머리, 유독 작은 얼굴을 가졌다. 춤을 추고 있지 않았다면 백화점 마네킹과 얼핏 구분이 되지 않을 정도였다."(12쪽) 마네킹은 이제 마네킹 '같은', 마네킹 '처럼'의 형식으로 '나'가 타자와 만나는 형식이 된다.

움직임 없이 항상 같은 자세를 유지하는 상동증(常同症)이라는 증세까지 더해져, 인근 옷가게에서 내다 놓은 마네킹과 곧잘 혼동이 될 정도였다.(「개와 늑대 사이의 시간」, 143쪽)

이미 사후 경직이 진행된 후라서 어머니의 시신은 마네킹처럼 딱딱하게 굳어 있다.(「개와 늑대 사이의 시간」, 149쪽)

미동도 없는 아내, 해부대 위의 어머니란 상호적이지도, 정상적이지도, 올바로 만나지지도 않고, 만남이 지속되지도 않는 타자가 분명하지만, 그럼에도 불구하고 타자의 그 타자성만큼은 분명하다. 바로 거기에 마네킹과 같은 물성을 간직한 채 존재하고 있기 때문이다.

3   불화들의 조화

이 세계가 조화를 결여하고 있다는 것은 분명하다. 소설 곳곳을 가득 채우고 있는 비린내, 구린내, 역겨운 냄새, 악취, 노린내, 술 냄새, 향신료 냄새 등은 이러한 부조화의 표징이다. 이 냄새를 맡을 때마다 인물들은 구역질을 한다. 세계와 불화하고 있음을 보여 주는 몸의 자연스러운 반응이다. 인물들이 몸에 체화하고 있는 증상은 구역질만이 아니다. 몸이 겪는 모든 증상과 부자연스러움, 예컨대 "뇌성마비"(「관흉국」), "원형탈모"와 뇌종양(「뷔통」), 시도 때도 없는 발기(「거울 사원」), "안구 건조증"과 "상동증"(「개와 늑대 사이의 시간」), 말더듬증(「틈」), "소뇌 위축증"과 "구마비"(「라리루레로 파피푸페포」)가 모두 인물과 세계와의 불화(不和), 엇갈림, 착란, 무능력, 도착을 표현한다. 요컨대 그것들은 세계와 조율되지 못한 인물들의 내면이 몸의 울림으로 나타난 것이다.

그렇다면 이 소설의 세계는 한 치 앞도 내다보지 못하는 극도의 혼란만을 가시화한 것인가? 그렇지는 않다. 불화는 그 자체로 어떤 유비도 허락하지 않는 것이지만 모든 인접성을 차단했을 때 드러나는 저 격렬한 반응들만은 서로 닮았다. 사막의 모래가 모래를 닮듯이, 바다의 파도가 파도를 닮듯이, 무질서는 무질서를 닮는다. 주체와 세계는 서로를 유비하지 않지만 주체에게는 주체의 폐허가 있고 세계에는 세계의 폐허가 있다. 둘은 서로 닮지 않은 폐허로서 동형이다. 이것을 불화들의 조화라고 불러도 좋지 않을까.

J는 머리를 거울에 갖다 대고 머리카락을 쓸어 넘긴다. 소주잔 크기의 희고 둥근 모양이 거울에 비친다. 갑작스레 나타난 탈모 증상이었다. J는 머리 한가운데 푹 꺼진, 흰색의 환부가 어쩐지 인터넷상에서 본 적 있는 싱크홀 같다는 생각을 했다. 지상의 것을 일거에 삼켜 버린 채 침묵하는 텅 빈

공간. 한참 후에야 병원에 갔을 때, 의사는 탈모가 중요한 게 아니라며 뇌의 시티 촬영 사진을 보여 줬다. 의사는 조속한 수술 치료가 필요하다는 말을 덧붙였다. 컴퓨터 화면에서는 십 원짜리 동전만 한 흰색 덩어리가 성운처럼 빛나고 있었다.(「뷔통」, 167쪽)

J의 원형 탈모는 그의 뇌 속에서 자라는 종양과 같은 모습을 하고 있다. J의 외면에 드러난 "텅 빈 공간"은 내면에 자리한 "흰색의 환부"와 상동적이다. 단 폐허라는 점에서. 그런데 그가 숙식을 해결하는 문 닫은 백화점도 사정은 다르지 않다.

건물은 신도시 한복판에 위치하고 있다. 백화점은 무분별한 사업 확장으로 자금난을 겪고 있었던 데다, 증축 공사로 인해 균열이 생기면서 치명타를 입었다. 결국 3년 전 최종 부도 처리되었다. 아직 건물 소유를 둘러싼 법적 분쟁이 정리되지 않은 상태다. 건설 브로커들에 의해 숱한 개발 계획이 세워지기는 했다. 그러나 대부분 수익성을 이유로 도중에 계획을 철회했고 일부는 사기 사건에 휘말리기도 했다. 건물의 터가 좋지 않을뿐더러 언제 무너질지 모른다는 흉흉한 소문이 돌았다. 보조 공사가 늦어지면서 건물은 왼쪽으로 조금씩 기울고 있다.(「뷔통」, 168~169쪽)

2층 여성복 매장으로 올라 전등 스위치를 올린다. 순간 선도 면도 느낄 수 없는 흰색 그 자체로 빛나는 거대한 큐브 속에 들어와 있는 듯한 착각에 빠진다. 2층 매장은 바닥과 벽면 내장이 모두 흰색 인조 대리석으로 치장되어 있다. 천장도 표면이 매끄러운 플라스틱 재질의 흰색이다. 어둠이 새어 드는 창문 따위는 없다. 곳곳에 나체의 마네킹이 서 있거나 쓰러져 있다. 옷걸이가 마네킹의 머리와 함께 뒹군다. 한쪽 편에는 미처 팔지 못한 옷들이 아무렇게나 쌓여 있다. 그 위로 하얀 가루가 내려앉았다. 얼마 전에 천장 타

일이 떨어져 내리면서 생긴 거였다.(「뷔통」, 174쪽)

백화점의 내력은 집 없이 떠도는 J의 인생과 다르지 않다. 무너져 가는 건물 외양은 곡기마저 끊고 말라 가는 그의 외양과 유사하고 "흰색 그 자체로 빛나는" 텅 빈 2층 매장은 그의 머릿속에서 자라는 내부의 "흰색 덩어리"와 같다. 말하자면 인물과 세계는 어떤 방식으로도 조화를 이루고 있지 않으나 바로 그 불화의 형식으로서 동일한 운명을 배당받는다.

당신은 저 고양이 같은 존재군요.
아자즈의 손이 가리키는 곳에 고양이 한 마리가 웅크리고 있었다. 오드아이를 가진 고양이였다.(「거울 사원」, 50~51쪽)

'그'는 케밥을 파는 파키스탄인 '아자즈'와 대화를 나눈다. '그'는 한국인 건설 노동자인 아버지와 이란인 어머니 사이에서 태어났다. 그는 지금 게이 바에서 남성 스트리퍼로 일한다. 때문에 '그'는 '그'가 속한 세계에서 (가계(家系)에서도, 성 정체성에서도) 이질적인 대상으로 취급되고 있다. 아자즈가 말한 오드아이 고양이처럼, "오른쪽 눈은 밝은 갈색이고 왼쪽 눈은 사원의 청동 돔처럼 푸르다."(37쪽) 그뿐만이 아니다. 파키스탄인 아자즈는 이슬람이지만 이슬람이 아니다.(정확하게는, 이슬람 문화권 사람이지만 무슬림은 아니다.) "내 안에 알라 없어요. (중략) 나는 게이입니다. 알라는 나를 용납하지 않습니다."(48~49쪽) 그러니까 아자즈 역시 오드아이였던 셈이다. 아자즈는 세 명의 무슬림 사내들(서울에 먼저 들어온 "친형 둘과 사촌 형"으로 보인다.)에게 명예 살인의 대상이 되어 병원에 실려 가고 '그'는 아자즈의 집에서 '오드아이 고양이'의 토막 난 시체를 발견한다. 고양이를 키우던 주인 여자가 '그'에게 관심을 보였다는 이유로 아자즈가 벌인 짓이다. 아자즈 역시 자신이 죽인 오드아이 고양이의 운명을 타고났던 것이다. '그'와 '아자즈'와 오드아이 고양이는 제 몸에 불화를 구현하고 있다는 단 한 가지 이유로, 다시 말해 제 안에서도 이질성을 지니고 있다는 비공통성만으로 서로가 서로의 닮은꼴이 된다.

4 우연들의 필연

이런 세계에서 일어나는 일들, 이런 세계에 사는 인물들의 행동에서 어떤 인과성이나 목적성을 발견할 수는 없을 것이다. 원인과 결과가 짝을 이루고 시작과 끝이 맞물리는 일을 사건이라고 부른다. 원인이 없거나 결과가 잇따르지 않는 무작위, 무목적의 일을 사고라고 부른다. 어떤 행동이 특별한 목적을 가진 것으로 간주될 때 그 목적을 의도라고 부른다. 행동에 특별한 목적이 발견되지 않을 때 그 행동은 무의미한 것으로 간주된다. 실로 이 소설에서 일어나는 일들은 사고이고 이 소설에서 인물들의 행동은 무의미에 가깝다. 우연성은 일반적으로 소설의 플롯을 훼손하면서 이야기를 무의미한 에피소드의 집적으로 만든다. 소설의 모든 에피소드는 일종의 소우주다. 전체의 이야기를 낱낱의 부분에서 때로는 사건으로 때로는 이미지로 때로는 대화로 반영하거나 재반영하기 때문이다. 사고는 어떤 예징도 없이 가시화되는 우연의 얼룩이다. 그것이 필연의 자리로 환원될 수 있을까?

　　—아이고 저놈이, 저러다 큰일 나지.
　　인라인스케이트를 타고 있는 창민이를 발견하자 여자가 서둘러 문을 열고 나가며 말했다. 창민이는 신호를 받고 있는 자동차 사이를 마치 곡예를 하듯 빠져나오고 있다.(「개와 늑대 사이의 시간」, 142쪽)
약국에서 '나'와 대화를 나누던 창민 엄마는 창민을 멈춰 세우기 위해 서둘러 나간다. 이곳은 특별히 위험한 곳이 아님에도 불구하고 사고가 잦은 곳이다. "사람들은 이 거리에 지박령(地縛靈)이 있다고 했다. 먼저 죽은 영혼이 다음 희생자가 나올 때까지 이 거리에 붙박여 있다는 것이다."(121쪽) 앞에서도 말했지만 이 신은 불가지의 지식에 지나지 않는다. 왜 그런 사고가 잦은지 도무지 알 수 없으니 말이다. '지박령'은 '도무지 알 수 없음'의 신이다. 그리고 바로 그날 오후, 바로 그 자리에서 창민이 트럭에 치여 죽는다. 그렇다면 창민 엄마의 혼잣말은 신적인 앎의 누설인가? 다시 말해 도무지 알 수 없는 무작위적인 재앙인가? 아니면 플롯의 진행상 앞서 던져진 복선인가? 그러니까 우연의 이름으로 다가온 예정된 파국인가? 둘 다 아니다. 그저 두 개의 우연이 인접해서 발생했을 뿐이다. 그것은 정확히 말해서 예기나 예언이나 누설이 아니라 반복이다.

내 시선과 마주치자 아내는 얼굴을 일그러뜨린다. 눈알 흰자위가 충혈된다. 동공이 크게 열리며 입에 거품을 문다. 이루 말할 수 없는 고통이 지나가는 듯하다. 아내가 풀썩 주저앉는다. 고개를 숙여 치마폭으로 손을 넣는다. 질퍽한 핏덩이를 꺼내 든다. 아내의 몸이 와르르, 무너진다. (중략) 핏덩이가 꿈틀댄다. 마치 되감기 버튼을 누른 듯 질퍽했던 피가 빨려 들어가고 팔과 다리와 머리가 제자리를 찾아간다. 일그러졌던 얼굴이 바로 펴진다. 눈알이 들어가고 코가 바로 서고 입이 돌아온다. 벌거숭이 아이가 일어선다. 나를 닮은 아이가 까만 눈을 빛내며 웃고 있다.(「개와 늑대 사이의 시간」, 158~159쪽)

동일한 바로 그 자리에서 '나'의 아내와 아들 민호가 동일한 사고를 당해 민호는 죽고 아내는 외상 후 스트레스 장애(후에 정신분열증으로 발전한다.)와 상동증을 얻었다. 미동도 없는 아내는 사고를 겪기 직전에 멈춰 있었다. 그러다 다른 아이가 같은 사고를 당한다. 그러니까 아내에게는 죽은 민호가 거듭해서 죽는 셈이다. 그제야 아내는 자세를 허물고 주저앉고 (아마도 상상적인 장면이겠지만) 유산한 아이를 몸 밖으로 꺼낸다. 우연이 필연으로, 무의미가 의도로, 사고가 사건으로 바뀌는 방법이 여기에 있다. 반복. 모든 일은 한 번 일어나지 않는다는 것. 소우주는 대우주를 반영한다. 사고는 거듭해서 일어난다. 사고는 앞의 사고를 반복함으로써 사건이 된다. 「틈」은 저 아이, 즉 죽은 아이의 시선으로 쓴 반복이다.

  형이 죽었을 즈음, 엄마는 배 속에 내가 자라고 있다는 사실을 알았다. 아빠는 형이 다시 이 세상에 온 것이라 믿었지만 엄마는 형 목숨값으로 내가 대신 온 것이라 했다. 엄마는 갓난아이인 나를 아파트 베란다 밖에 던져 버리려고도 했다. 놀란 아빠가 달려가 허공에 걸려 있던 나를 받아 왔다.(「틈」, 113쪽)

「틈」에서의 형은 수영장 바닥의 배수구에 발이 끼여 죽었다. 그러나 사고의 원인은 그다지 중요한 것이 아니다. 중요한 것은 형이 죽고, 동생인 '나'가 형과 교대하여 이승에 왔다는 것. 이 이상한 지식(동생이 형의 목숨값으로 지상에 도착했다는 앎)을 되돌리기 위해 엄마는 '나'를 죽이려 하고 (그것이 남편에 의해 좌절되자) '나'에 의해 죽임을 당하려 한다. 이 불가지의 앎은 사고의 형식으로 반복된다. 이로써 우연은 필연의 회로 안으로 들어온다. 딸깍.

00 폐허의 아데콰티오

김개영 소설의 네 가지 불가능성을 살펴보았다. 세계에 대한 불가지적인 지식, 타자와의 불가능한 만남, 세계의 원리로서의 불화(不和)들의 예정 조화, 세계 시간인 우연들의 필연적 반복들. 이 네 가지 불가능성은 각각 어머니, 마네킹, 고양이, (교통)사고라는 표징들을 갖고 있다. 이 소설집에서 그토록 자주 만신과 질병과 장애와 목격자 진술이 나오는 것은 그것들이 이런 세계상의 표현형이기 때문이다. 물론 이 소설집에 상징이 없는 것은 아니다. 관흉국, 개와 늑대 사이의 시간, 자궁과 태아, 거울 사원 등등이 그런 예다. 그런데 그 상징은 얇고 투명해서 무지의 앎 속에서 금세 찢기고 만다. 결국 이 상징들도 폐허의 한 구성 요소가 되는 셈이다.

상징들의 폐허란, 상징들의 관할권을 인정하지 않는 영토를 말한다. 상징은 이것과 저것을 잇고, 낮은 곳과 높은 곳을 연결한다. 그러나 상징들의 연통(聯通)은 실제의 세계를 가리는 허구의 스크린과도 같은 것이다. 매끈하게 마름질된 그 장면 위에 이것과 저것이, 낮은 곳과 높은 곳이 질서를 갖춘 채 현시되지만, 그를 통해 설명되는 것은 아무것도 없다. 김개영은 바로 그 허구를 찢고 불가지와 불가능과 불화와 우연을 제시하면서 세계를 세계 자체로 드러내려고 한다. 따라서 이 작가의 다음 세계가 이 상징들의 폐허 위에 건축될 것이라는 점은 자명하다고, 나는 생각한다.

4부

저자,
타자와
노바디들

저자(author)라는 타자(other)

이기호와 이장욱의 저자-독자-타자

작가가 주인공으로 등장하는 두 편의 소설을 읽는다. 통상적으로 우리는 작가가 아니라 작품의 탄생에 관해서만 묻는다. 작가가 작품의 끝에 이르러 마침표를 찍고 펜을 내려놓는 순간, 작품이 '태어난다'고 간주된다. 작가/저자는 그 작품의 후견인이자 배후로서, 창조주이자 신비한 근원으로서, 혹은 인세 수령자이자 경제 활동의 주인으로서만 호명된다. 그런데 정말로 그런가? 두 소설은 작품이 아니라 작가에 대해 질문한다. 또한 저 통상적인 관계(저자는 작품의 원인이고 작품은 저자의 결과다.)를 뒤집고 질문을 바꾸어 낸다. 이제 작품이 아니라 작가의 탄생에 관해 물어야 한다. 작가는 언제 탄생하는가? 하나의 작품이 태어나는 바로 그때에 작가도 태어난다. 『돈키호테』가 탄생했을 때에야 비로소 세르반테스가 그 작품의 작가로서 태어나는 것이다. 작품의 진정한 배후는 시대, 사회, 역사, 관계 들이다. 작가는 이 배후와 작품을 연결해 주는 알리바이에 지나지 않는다. 게다가 작가는 탄생하는 바로 그 순간 죽는다. 완성된 작품은 독자의 손에 넘어가며 그 이후의 과정에 대해서 작가는 아무것도 할 일이 없기 때문이다. 작품이 불후의 명작이 되느냐, 안 되느냐 하는 것은 오로지 독자의 선택에 달려 있다. 쓰는 자(작가)는 읽는 자(독자)와 연동되어 있다. 읽는 행위를 통해 쓰는 행위가 완결된다. 결국 작가의 탄생에 대한 질문은 작가의 죽음에 대한 질문이기도 하다. 작가는 부재를 제 것으로 떠안으면서(죽음) 태어나고, 비어 있는 독자의 자리에 제 자신을 채워 넣으면서(죽음) 완성된다. 작가는 태어날 때부터 유령 작가(ghostwriter)다. 그는 작품에 스며들어 있는 소환되지 않는 그림자다. 그는 작품을 낳았다고 이야기되지만 실제로는 작품에 의해 탄생한 자다. 셰익스피어의 정체를 둘러싼 그 수많은 소동이야말로 작품의 선행성을 증명하는 것이 아니겠는가? 그렇다면 저기 눈앞에 서 있는 작가는 누구인가? 자신을 작가라고 소개하고 있는 저 작자(作者)는 누구인가?

독자(의 독자)로서의 작가

일반적으로 작가(author)는 작품의 보증인이다. 작가는 그 작품이 정본임을 주장할 수 있는 유일한 권한 혹은 권위(authority)를 가진 사람이다. 작가는 작품에 서명을 남기는 것으로 그 자신이 전거(典據, authority)임을 주장한다. 그런데 그 서명의 대상(독자)이 존재하지 않거나 사라졌다면, 그때에도 그는 여전히 작가임을 주장할 수 있을까?

이기호의 소설 「최미진은 어디로」를 보자. 이기호의 근작들이 보여주는 묵직한 윤리 의식이 경쾌한 감각과 결합해 있다. 작품의 주인공 '나'는 '작가 이기호'다. 어느 날 '나'는 인터넷 중고 사이트에서 자신의 책이 혹평을 달고 올라와 있는 것을 발견한다.

49. 이기호/병맛 소설, 갈수록 한심해지는, 꼴에 저자 사인본(4,000원-

---

1   이기호, 「최미진은 어디로」, 《한국문학》, 2016. 가을. 이하 본문에 인용시 쪽수만 밝힌다.

그룹 1, 2에서 5권 구매 시 무료 증정)

나는 허리를 구부정하게 숙인 채 가만히 그 문구들을 바라보았다. 그러다가 다시 스크롤을 올려 내 책의 보관 상태를 찍은 사진을 살펴보았다. 책은, 마치 한 번도 펼쳐 보지 않은 것처럼, 이제 막 서점에서 새로 구입한 것처럼, 겉표지가 깨끗했다. 나는 다시 화면을 내려 내 책 다음에 적힌 목록도 마저 읽어 보았다.(24쪽)

"제임스 셔터 내려"라는 아이디를 쓰는 사람이 운영하는 사이트다. 저 문구는 '나'에게 불쾌감과 모욕감을 선사했다. 자신의 소설을 "병맛 소설, 갈수록 한심해지는"이라고 비하한 것 때문이기도 하겠고, "꼴에 저자 사인본"이라는 모욕적인 언사 때문일 수도 있다. 게다가 4000원 그룹의 다른 책들을 구매하면 무료 증정해 준다(저자 사인본인데도 불구하고!)고까지 하지 않는가? '나'는 자신의 책이 왜 이토록 저평가되는지 궁금해서, 중고책 판매자인 "제임스 셔터 내려"를 직접 만나 보기로 결심한다. 그에게 직거래를 제안하고 KTX를 타고 광주에서 일산으로 온다.

그 전에 두 개의 에피소드가 개입한다. 하나는 아내의 핀잔이다. '나'는 잠자리에서 아내에게 "모욕적인 일을 당했다."라고 말하자, 아내가 대답한다. "그래…… 목욕 좀 하고 자." 동문서답 같지만, 모욕은 정신에 때를 묻히는 일이고 목욕은 몸에 묻은 때를 씻는 일이니, 아내의 저 대답은 운도 의미도 맞는 대답이다. '나'가 계속 궁시렁거리자,

아내는 몇 번인가 한숨 내뱉는 소리를 내다가 어느 순간 휙 등을 돌려 큰소리로 말했다.

"그러니까 인터넷 그만하고 소설이나 쓰라고! 소설을 안 쓰고 있으니까 그런 것만 보이지! 소설가가 소설 못 쓰면 그게 모욕이지, 뭐 다른 게 모욕

이야!"(27쪽)

아내의 삼단논법은 단순하고 명료하다. 소설가는 소설을 쓰는 사람이다. 당신은 소설을 쓰지 않는다. 그러므로 당신은 소설가가 아니다. 이것은 격려(소설가가 소설을 쓰면 그만이지 무슨 비판에 신경 써?)가 아니라 비판이다.(소설을 쓰지 않으면 소설가라 불릴 자격이 없다.) 그것은 정체성에 대한 확인(당신은 소설 쓰는 사람이다.)이 아니라 생활난에 대한 채근이다.(소설을 써서 경제 활동을 시작하라.)

두 번째는 교통사고를 당한 후 만난 보험 회사 직원의 무시다. 병실을 찾아온 직원 앞에서 친구는 사무직 직원임을 내세웠다. '나'는 이렇게 대답했다.

"저는…… 그러니까…… 작가인데요……. 소설을 쓰는…….”
내 말을 들은 보험회사 직원은 들고 있던 서류철에서 시선을 떼 힐끔 나를 한번 내려다보았다. 글쎄, 잘 모르겠다……. 소심한 내 성격 탓인지도 모르겠지만, 나는 그때 보험 회사 직원의 한쪽 입꼬리가 살짝, 아주 살짝, 비스듬히 올라가는 것을 놓치지 않고 보았다. 그는 다시 아무렇지도 않은 표정으로 서류철을 뒤적거렸다.
"작가라, 작가라……. 작가들은 보통 교통사고도 잘 안 난다던데……. 운전하는 사람들도 별로 없어서……. 여기 있네요, 작가. 작가는 일용 잡급에 해당하니까…… 일당 만팔천 원이네요.”(29~30쪽)

아내의 핀잔이 '나'를 소설 쓰는 행위에 묶어 놓는다면, 보험 회사 직원의 평가는 '나'의 소설 쓰는 행위를 '일용 잡급' 수준에 묶어 놓는다. '나'는 글을 쓸 때에만 소설가이며, 그것도 일용 잡급, 즉 특별한 기술 숙련을 필요로 하지 않는 임시적인 일을 하는 자다. 그리고 이제 '나'는 "제

임스 셔터내려"에 의해, 작업의 결과마저 '병맛' 평가를 받고 '무료 증정'
의 대상이 되었다.

"제임스 셔터내려"에게 직거래하기로 한 중고책 꾸러미에서 서비스
로 받은 자신의 책을 펼쳐 들자 그 책의 속표지에는 자신의 서명이 적혀
있다.

— 최미진 님께. 좋은 인연. 2014년 7월 28일 합정에서 이기호.(32쪽)

분명 '나'의 서명이다. '나'는 분명 "최미진 님"이라는 독자를 만났고,
그녀에게 "좋은 인연"이라고 적어 줬으며, 거기에 서명까지 덧붙였다. 그
럼에도 불구하고 저 문장은 주인을 잃었다. '나'는 최미진을 전혀 모르고
그녀를 기억하지 못했기 때문이다. 경과는 이러했다. "제임스 셔터내려"
는 최미진과 사귀었다가 헤어졌다. 그는 그녀의 소식을 알지 못했으며, 그
녀가 남기고 간 많은 책들만이 그에게 남았다. 그도 이사를 가야 해서 책
을 처분하던 참이었는데, 내가 서명한 "좋은 인연"이란 말에 심기가 꼬인
것이다.

"아저씨…… 아저씨는 우리 미진이도 잘 모르잖아요……. 모르면서 그
냥 좋은 인연이라고 쓴 거잖아요……. 그건 그냥 쓴 게 맞잖아요……. 씨
발, 아무것도 모르면서…… 내가 왜 책을 파는지…… 내가 당신이 쓴 글씨
를 얼마나 오랫동안 바라봤는지…… 우리 미진이가 어디서 어떻게 사는
지…… 아무것도 모르잖아요……. 모르면서 그냥 그런 거잖아요……. 그
런데 씨발, 내가 뭘 그렇게 잘못했다고……. 내가 죄송하다는 말을 얼마나
많이 하고 사는데…… 꼭 그 말을 들으려고……꼭 그 말을 들으려고 그렇
게…….(40쪽)

결국 책에 대한 "제임스 셔터내려"의 평가는 사라진 독자(최미진)에 대한 평가였던 셈이다. "제임스 셔터내려"에게 '최미진'은 헤어진 연인이며, 거기 적힌 '좋은 인연'이란 거짓된 기호. 그러니 서명을 한 이기호 작가는 '병맛' 작가에 불과하다. 최미진이 누구인지도 모르면서, 좋은 인연이라고 쓴 작가가 '병맛'이 아니라면 누가 '병맛'이란 말인가. 한편 '나'('이기호')에게 최미진은 어떤가? 그녀는 2014년 7월 28일, 합정의 팬 사인회에서 만난 (기억나지 않는) 한 독자다. 그녀가 있어야, 다시 말해서 그녀가 저 책의 독자이자 주인으로서 존재해야 '좋은 인연'이 유지될 수 있었다. 그녀는 사라졌고, 독자의 독자(그녀를 읽은 또 다른 사람인 '제임스 셔터내려')는 '나'를 병맛이라고 주장하고 있다.

책은 저자의 그림자가 스민 사물이다. 서명이 적힌 책이라면 그것은 특별한 시공간이 깃든 물건이 된다. 대체로 저자가 책의 주인이자 서명의 주인이라고 생각한다. 그런데 그 주인이 그림자에 불과하다면? 저자는 책의 주인, 서명의 주인이 아니라 책의 그림자, 서명을 통해 재매개된 이름에 불과한 것이 된다. 책에 적힌 이름은 분명 저자의 손에서 기입된 흔적이지만, 거기 적힌 의미는 진정한 의미('인연')를 담고 있는 것이 아닌 텅 빈 것이므로, 저자라는 것만으로 저 책표지에 쓰인 서명을 책임질 수 없다. 그 서명은 단지 재매개된 것으로서 이기호라는 고유명의 흔적일 뿐이다. 보라, 저 이름은 주체를 보증하지 않고 오히려 주체의 부재를 증거하고 있지 않은가? 실제로 '최미진'과의 관계에서 최미진만이 아니라 '이기호'도 부재중이었던 것이다.

'나'는 "제임스 셔터내려"를 찾아간다. 그런데 "제임스 셔터내려"는 최미진(또 다른 독자)의 희미한 그림자일 뿐이다. 진정한 독자인 최미진, 즉 특정한 시공간에 연루되어 저자(이기호)와 또 다른 독자(제임스 셔터내려)를 잇는 자는 부재중이다. '나'의 일산행이 의미하는 것이 이것이다. 독자가 사라졌을 때 작가는 자신의 책을 재구매하는 독자의 독자가 된다. 독자의 빈자리(최미진)를 채워야 하는 것이다. 버려진 자신의 책을 재구매함으로써 '나'는 최미진의 빈자리를 채운다. 이제 작가는 "제임스 셔터내려"와 같은 독자의 독자가 된다. "제임스 셔터내려"가 최미진(독자)의 독자이듯, '나' 역시 독자의 독자가 된다. 왜 자신의 소설이 병맛 소설이 되었는지를 추적하는 (이 소설의) 이야기가 다시 하나의 소설이 되었기 때문이다. 결국 '나'는 '나' 자신의 유령이 됨으로써, 독자의 독자가 됨으로써 자신의 작품으로 되돌아온다.

작가(의 작가)로서의 독자

이장욱의 「에이프릴 마치의 사랑」[2] 역시 인터넷 블로그에서 발견한 어떤 글에서 출발한다. 이 글은 "최초의 독자"가 제출한 최초의 독후감이다.

> 독자들이 포스팅한 나의 시가 검색 화면에 뜨는 경우는 거의 없었다. 아직 시집 한 권 낸 적이 없으니 당연한 일이다. 그런데 뜻밖에도 내 시가 게시된 포스트가 눈에 띄었으니, 바로 그녀의 블로그였다. 나는 곧바로 클릭해서 그녀가 옮겨 적은 내 시를 읽었다. 제목은 「리듬은 나의 것」. 리듬을 타고 흘러가는 내 삶의 모든 것. 당신 삶의 모든 것. 우리 모두의 삶에 가까운, 바로 그것. 흐릿하게 피아노가 보이는 사진이 시의 배경에 떠 있었다. 음악은 야나체크의 수풀이 우거진 오솔길. 시 뒤에 그녀는 짧은 감상을 달아 놓았다.

> 맨해튼 미드타운, 내 청춘의 어두운 시절을 보낸 그 좁고 낡은 아파트먼

---

2   이장욱, 「에이프릴 마치의 사랑」, 《릿터》, 2016. 9/10. 이하 본문에 인용할 때는 쪽수만 밝힌다.

트의 이창으로 떨어지는 *낙엽의 궤적을 이해할 수 있는 것만큼이나, 나는 이 시의 어휘 하나하나를 조사 하나하나를 느낄 수 있을 듯한 기분. 마치 이 시가 쓰이기 이전에 이미 이 시를 알고 있던 것처럼, 모든 문장들을 한 올 한 올 이해할 것 같은 느낌. 지금은 그것만이 나의 리듬. 지금은 그것만이 나의 슬픔.*(5쪽, 이탤릭체는 인용자)

'나'(시인 '김강준')는 등단 3년 차 시인이다. 그동안 여남은 곳의 잡지에 시를 발표했지만, "시에 대해 이렇다 할 평을 받아 본 적도 없고 출판사에 투고한 시집 원고는 예외 없이 반려되는 무명"(4쪽)이다. 그리고 여기서 (이기호의 아내가 했던 예의 그 주장인) '쓰는 자가 작가다'라는 주장이 나온다. "시인이 쓰는 것이 아니라 쓰는 자가 시인일 뿐이다. 명망가와 권력자에 대한 혐오야말로 시의 동력이니 차라리 무명(無名)의 무명(無明)을 누릴 것. 그것으로써 시인의 삶을 살아 낼 것. 내가 가진 최소한의 자존심은 그런 것이다."(4쪽) 이기호의 소설에서 이 주장이 생활인으로서의 작가를 강조하는 말이었다면,(이기호의 소설에는 생활난에 대한 긴 부연 설명이 덧붙는다.) 이장욱의 소설에서 이 주장은 작가의 무명성(無名性)에 대한 인증과도 같은 것이다. '나'는 작가(시인)지만 철저히 무명이다. 작가가 그 이름으로 작품의 주인임을 주장한다면, 무명작가는 그것을 주장할 수 없다. 무명작가는 작품에 어떤 권위도 덧붙이지 못한다. 또한 정본성도 주장하지 못한다. 그렇다면 저 무명작가는 작품 바깥에 놓인, 독자들과 동일한 위치에 처한 것이 아닌가?

'나'는 자기 시를 인용한 인터넷 블로그를 발견한다. "나는 군말 없이 감동했다."(5쪽) 그것은 '나'의 무료한 일상을 뒤흔드는 사건이다. 저 블로거는 내가 만난 최초의 독자일 뿐 아니라 최고의 독자였던 셈이다. "에이프릴 마치의 사랑"이라는 이름의 블로그에 올라온 글을 읽으며 '나'는 블로거('그녀')를 상상하고 탐색하고 관찰한다. 그 과정에서 점차 '나'는 그녀와 "평행 우주처럼 서로가 서로를 비추고 있는 것처럼"(6쪽) 느끼고 마침내 그녀와 사랑에 빠지게 된다. 아니, 사랑에 빠졌다고 믿게 된다. 그는 단순한 동질감을 넘어선 존재론적인 동질감을 느끼는 단계에 이른다.

놀랍게도 이탤릭체로 인용한 저 독자("에이프릴 마치의 사랑")의 독후감은 독자의 평이 아니라, 시작 메모와도 같다. 그녀는 또 이렇게도 썼다. "나는 이 시의 어휘 하나하나를 조사 하나하나를" 느끼며, "이 시가 쓰이기 이전에 이미 이 시를 알고 있던 것처럼, 모든 문장들을 한 올 한 올 이해할 것 같은 느낌"(5쪽)이라고. 그리고 나서 그녀는 이 시를 전유(轉有)한다. "지금은 그것만이 나의 리듬. 지금은 그것만이 나의 슬픔."(5쪽) 이제 '나'와 그녀는 서로가 서로의 독자가 된다. '나'는 그녀의 블로그를 살살이 탐색하면서, 그녀의 하루 일과와 동선, 생각과 느낌들을 되살려 놓을 지경이 된다. 그리고 그녀는 점점 더 ('나'의) 시의 저자가 된다.

그녀 역시 나와 비슷한 느낌을 갖고 있다고 확신할 근거는 많았다. 가령 내가 홀로 심야 영화를 본 뒤 격렬한 감정을 느끼며 귀가한 날에는 우연찮게도 그녀가 바로 그 영화에 대해 차분하면서도 날카로운 코멘트를 올리곤 했다. 내가 어느 인디 밴드의 신작 앨범에 매료되어 하루 종일 이어폰을 끼고 있었던 날이면 기묘하게도 그녀의 블로그에는 내가 듣던 곡이 담긴 유튜브 동영상이 링크되곤 했다. 그뿐인가. 그녀가 북촌이나 서촌의 어느 뒷골목을 산책하고 돌아왔노라고 적은 날에는 놀랍게도 북촌이나 서촌의 술집에서 옛 친구가 나를 호출하기까지 했던 것이다. 이 모든 것들은 그녀와 내가 운명적으로 연결되어 있다는 착시를 불러일으켰다.

하지만 그것이 다만 착시였을까. 그녀에 대한 나의 감정이 일방적이지 않다는 명백한 증거는 따로 있다. 그녀는 내가 시를 발표할 때마다 그 시들을 하나하나 블로그에 업로드했던 것이다. 그녀는 자신의 블로그에 내 작품을 소개하면서 예의 그 짧지만 감성적인 코멘트를 덧붙였다. 그때마다

내가 매료되었다는 것을, 그녀에 대한 나의 사랑을 재확인했다는 것을 다시 언급할 필요가 있을까.(8~9쪽)

김강준('나')이 블로그에 올라오는 사소한 일상에 자신의 감정을 이입하고, 둘이 서로 연결되어 있다고 확신하게 될 즈음, 사건이 터진다. 블로그에 올라오는 자신의 시가 조금씩 점차적으로 변해 가는 것을 감지한 것이다. 블로그에 인용된 '나'의 시에 단어와 행갈이의 변화, 문장들의 삽입과 의도적인 누락이 있었던 것이다. "이것은 그녀의 호흡과 감각이 스며들어 있는…… 나의 시"(10쪽)였다가, 종국에는 자신이 쓴 적 없는 시가 자신의 이름으로 업로드되는 것을 발견하게 된다. "놀랍게도 그것은 내가 전혀 발표한 적이 없는 시였다. 제목은 물론 본문도 내가 쓴 적이 없는 것이었다. 출처도 명기되어 있지 않았다. 나는 그녀가 업로드한 시를 꼼꼼히 살펴보았다. 리듬과 몇몇 언어 습관 등에서 어딘지 내 시와 비슷한 점이 있었으나, 내가 쓰지 않는 문장과 표현으로 가득한, 내가 쓰지 않은 작품이 확실했다."(13쪽) '나'는 그녀가 올린 ('나'의 이름으로 된) 시를 문예지에 발표하여 주목을 받는다. 평론가들의 극찬과 호평을 받으면서 시인으로서 '나'는 비로소 조명을 받고, 시 청탁이 밀려들기 시작한다.

이기호의 소설에서 작가가 부재한 독자의 자리를 채웠다면, 이장욱의 소설에서는 독자가 무능한 작가의 자리를 대신하고 있다. 전자의 경우, '이기호'('나')는 중고 사이트에 올라온 자신의 책을 재구매함으로써 사라진 '최미진'의 자리를 메웠다. 후자의 경우, '김강준'('나')은 처음부터 무명작가였는데 독자가 올린 블로그의 시를 발표함으로써 자신의 무명성을 보강했다.

그렇다면 "에이프릴 마치의 사랑"(의 주인인 그녀)은 누구인가. ('나'는 '그녀'라고 부르고 있으며, 그녀에 대한 약간의 정보가 블로그에 제시되어 있으나) 여자인지 남자인지 실루엣으로만 드러난 저 '쓰는 자'는 누구인가. ① 저 기묘한 블로거를 일차적으로 독자에 대한 알레고리로 읽을 수도 있을 것이다. 그러나 단순한 독자라고 하기엔, 사정이 간단치 않다. "에이프릴 마치의 사랑"은 너무 많이 알고 있으며, '나'보다도 더욱 '나'다운 '나'의 언어를 구사하는 사람이다. 바로 이 지점에서 이장욱 소설의 특징 중 하나가 여실히 드러난다. '실루엣 흐려짐'은 '정체성을 잃고 아득해지기'가 아니다. 그것의 의미는 오히려 타자와의 몸을 겹치는 것에 가깝다. 이토록 흐려진 윤곽을 타고 나와 타자가 서로에게 스며들기 때문이다. ② 이제 그녀는 독자를 넘어서 언어 일반의 효과를 지칭하게 된다. 언어는 밖에서 온다. 흔히 마음속에 있는 생각을 말로 표현한다고 여기지만, 실은 정반대다. 언어에 의해 발화되는 순간, 말이 문법을 타고 나오며 형체화되는 바로 그 순간, 생각도 생겨난다. 동시적인 것 같지만 여기에는 약간의 낙차가 있다. 언어가 먼저 발화되고 거기에 맞춰 생각이 자신의 수위를 따라잡는다. 말을 하고 난 뒤에야 비로소 무슨 생각을 했는지를 알게 되는 것이다. 내면, 의식, 정서라고 이름 붙인 것들이 사실은 언어적 효과인 셈이다. "에이프릴 마치의 사랑"은 바로 그런 외면화된 언어, 밖으로 토해진(블로그에 기록된) 언어다.

그녀는 이제 '나'('김강준')가 짓지 않았던 시를 올린다. 여전히 '김강준'이라는 이름으로. 그렇다면 이제 "에이프릴 마치의 사랑"에 게시한 시는 ③ '나'가 쓰고 싶었던 시, ④ '나'의 무의식이 썼던 시, ⑤ '나'가 쓸 수 있는 시이기도 할 것이다. 그녀는 '나'의 기억(③)이거나, '나'의 언어 바깥의 언어(④)이거나, '나'의 미래(⑤)다. 작가는 그 자신의 타자(여기서는 독자의 모습을 하고 나타난)로서만 작가로 완성된다. 그러나 이것은 작가의 죽음이기도 하다. 그의 모든 실정성을 그 기억(③)과 희미한 정체성(④)과 가능성(⑤)으로 환치시켰기 때문이다. 이 모든 것이 구현되기 위해서는 작가로서의 '나'가 독후감을 덧붙인 블로거가 되어야 한다. '나'는 '나' 자신의 죽음을 지불하고서만, 독자의 독후감으로서만, '나'의 작품의 주인이 된다.

그런 점에서 소설의 마지막 장면은 의미심장하다. 그녀가 한국계 외국인인 애인을 만나면서 게시물이 더 이상 올라오지 않자, '나'는 절망에 빠진다. '나'는 본 적 없는 상대를 향한 질투심에 불타다가, 그녀에게 필사적인 메일을 보낸다. '나'는 익명의 그녀에게 애원하고 간구하며 부탁하고 선언했다. 그리고 고백했다. "이 모든 것은 당신의 영혼과 나의 영혼이 희미하고도 명백하게 이어져 있음을 보여 주는 증거들이라고 나는 외쳤다. 결국 나는 당신의 일부이며 당신은 나의 일부이므로 우리는 만나야만 한다고 주장했다. 당신 없이 내 존재는 지속될 수 없다고, 당신을 사랑한다고…… 나는 썼다."(17~18쪽) 답장은 없었다. 그녀가 '나'의 과거이자 무의식이자 미래라면, 저토록 필사적인 편지는 회상이자 자동 기술이자 예측이 된다. 어떤 것도 둘의 간격을 좁힐 수 없다. '나'는 과거도 무의식도 미래도 대면할 수 없다. 그리고 마지막 게시물이 올라왔다. 그녀가 티벳으로 떠난다는 작별 인사 같은 글이.

티벳은 이른바 깨달음의 성지(聖地)다. 깨달음이란 더 이상의 언어가 불필요한 곳, 존립하지 않는 곳이다. 며칠 뒤 마지막 게시물마저 사라지고, "에이프릴 마치의 사랑"의 흔적은 어디서도 발견할 수 없게 된다. "그녀의 흔적은 온라인에서는 더 이상 찾아볼 수 없게 되었다. 내 깊은 곳 어디서 끈이 끊어진 느낌이 들었다. (중략) 며칠이 더 지나자 나는 그녀라는 사람이 존재했었는지조차 확신할 수 없다는 느낌에 사로잡혔다. '에이프릴 마치의 사랑'이라는 블로그가 정말 있었는지도 단정할 수 없다는 기분이었다. 이제 내가 문예지에 발표한 시들만이 그녀의 존재를 증거하는 것은 아닌가. 하지만 내가 증명할 수 없는 그녀의 존재를 나의 시가 어떻게 증명한다는 말인가. 마침내 그녀가 증명해 주지 않는 나 자신의 존재를 나는 어떻게 확신한다는 말인가."(19쪽) '나'는 그녀의 존재를 증명할 수 없다는 생각에 이르자, 자신이 직접 블로그를 개설하기로 결심한다.(실은 이 결심도 희미하다. '나'는 "블로그를 하나 개설할지도 모르겠다."라고 쓴다.)
그 블로그의 이름은 물론, "에이프릴 마치의 사랑."(19쪽)

결국 이런 것이다. 무명의(사라진) 작가를 대신해서 독자가 작품을 썼
다. 그 작품을 작가가 받아 안자(자신의 것으로 삼자) 독자는 언어를 그만
둔다. 그녀의 언어가 작가의 언어가 되었기 때문이다. 새롭게 개설되는 블
로그는 누구의 것일까? 이런 질문은 무의미하다. 독자가 쓸 공간이 없다
면, 모든 언어는 무명의 것에 불과하다고 이미 말했기 때문이다.

작가란 무엇인가

작가란 무엇인가. 여기서 작가가 '누구'인가라고 묻지 않고, 작가가
'무엇'인가라고 질문한다는 점을 기억해 주길 바란다. 작가는 무엇인가.
작가는 자기 자신의 작품 앞에 놓인 타자다. 즉 작가는 그 작품을 거울로
삼아 자신의 독자와 마주한 타자다. 작가는 독자의 빈자리를 자기 자신의
죽음으로 채워 넣거나 자기 자신의 빈자리(무명)를 독자의 언어로 채워
넣는 존재다. 작가는 텅 비어 있다. 그 작가는 어떤 권위도, 정본성도 주장
할 수 없다. 그 작가는 작품의 유령이기 때문이고, 독자의 유령이기 때문
이며, 자기 자신의 유령이기 때문이다.

증여, 이름, 인터내셔널

박솔뫼의 inter-name/nation

1 판도라라는 선물

프로메테우스가 불을 훔쳐 인간들에게 선물하자, 제우스는 프로메테우스와 인간 모두를 벌하기로 결심한다. 프로메테우스를 처벌한 제우스는 헤파이스토스에게 명하여 진흙을 물에 개어 아름다운 여자를 만들었다. 여러 신들이 직분에 따라 이 여자에게 선물을 주었다. 생명과 매력, 감미로운 목소리, 속이고 아첨하고 유혹하는 심성이 여자의 것이 되었다.

판도라는 헤르메스의 손에 이끌려 프로메테우스('먼저 깨달은 자'라는 뜻이다.)의 동생 에피메테우스('뒤늦게 깨달은 자'라는 뜻이다.)에게 인도된다. 에피메테우스는 제우스의 선물을 받지 말라는 형의 경고를 잊어버리고 판도라를 품는다. 판도라는 불행과 재앙이 가득 담긴 상자(항아리라고도 한다.)를 갖고 왔다. 신들은 이 상자를 열지 말라고 경고했으나, 그녀에게는 어리석음과 호기심이라는 선물도 있었다. 그녀가 상자의 뚜껑을 열자, 헤아릴 수 없는 불행과 재앙이 세상에 퍼져 나갔다. 놀란 그녀가 황급히 뚜껑을 닫자, 상자 맨 밑에 있던 희망만이 빠져나오지 못하고 남았다.

'판도라'(Pandora)는 '모든(pan) 선물(don)'이라는 뜻이다. 신들은 인간에게 선물로 그녀를 주었다. 이것은 증여 경제 체계에서의 선물(gift)을 떠올리게 한다. 선물은 '투여된 독'(dose of poison)이나 '투여량'(dose)을 뜻하는 라틴어 'dosis'를 어원으로 삼는다. 증여는 대가 없이 주는 것이다. 대가가 수반되면 증여 행위는 주고받기, 즉 교환으로 변하기 때문이다. 하지만 신들이 준 선물은 독(poison)이기도 했다. 그녀로 인해 인간 세상에 온갖 불행과 재앙이 퍼졌다는 이야기는, 증여 경제 체계에서의 선물에도 언제나 대가가 따른다는 것을 암시한다.

2   증여와 교환

마르셀 모스는 멜라네시아, 폴리네시아, 북아메리카의 원시 사회에 대한 다양한 민족지적 연구를 통해, '증여'를 기초로 한 특별한 경제 체계를 설명한다. 북아메리카의 포틀래치(potlatch), 남태평양의 쿨라(kula), 뉴질랜드의 하우(hau) 등이 그 예다. 이들 사회에서는 재화와 부, 즉 동산과 부동산만이 아니라 모든 것이 증여된다. 이 목록에는 축제, 봉사, 의식, 예의와 같은 무형의 것에서 조개껍데기나 음식과 같은 물건뿐 아니라 여자와 아이와 같은 사람의 순환까지도 포함된다.

이것들은 무상으로 증여되는 선물이다. 모스는 선물을 둘러싼 세 가지 의무가 있다고 말한다. 그것은 '주기, 받기, 답례하기'다. 즉 첫째, 주는 자에게는 주어야 할 의무가 있다. 둘째, 받는 자에게는 받아야 할 의무가 있다. 셋째, 받은 자는 선물을 준 자나 다른 받을 자에게 자기가 받은 것만큼 혹은 그 이상으로 선물을 되돌려 주어야 할 의무가 있다. 이 세 요소의 순환을 통해서 부와 재화가 사회 전체에 걸쳐 순환한다. 선물이므로 이것은 이론상으로는 자발적이지만 실제로는 강제적이고 의무적이다. 이를 이행하지 않을 때에는 싸움이 일어나거나 경멸을 받는다. 이로써 증여는 사회적 관계의 초석이 된다. 증여는 대가를 바라지 않고 주는 것이고 그래서 거기에 즉각적인 응답을 해서는 안 되는 것이지만 반드시 거기에는 시간을 두고 답례가 따라야 한다. 증여는 '주기—받기—답례하기'라는 세 가지 요소로 이루어지며 결국 완만하게 순환적으로 이루어지는 교환의 형식으로 간주될 수 있는 것이다.

가장 중요한 대상은 바이구아(vaygu'a)라는 일종의 화폐이다. 이것에는 두 가지 종류가 있다. 즉 음왈리(mwali)는 예쁘게 세공하고 연마한 조개껍질 팔찌인데, 그 소유주나 친척이 중요한 기회에 착용한다. 또한 술라바(soulava)는 시나케타 지방의 숙련된 세공인(細工人)이 예쁜 붉은국화조개(spondyle)의 자개에 가공한 목걸이이다. (중략) 말리노프스키에 따르면 이 바이구아는 일종의 원운동(圓運動)에 따라 움직인다. 즉 팔찌인 음왈리는 서쪽에서 동쪽으로 일정하게 전해지며, 술라바는 언제나 동쪽에서 서쪽으로 이동한다. (중략) 원칙적으로 이 부의 상징물들의 순환은 끊임없으면서도 정확하게 행해진다. 그것들을 너무 오랫동안 간직해도 안 되며, 그것들을 넘겨주는 데 느려서도 안 되고 인색해서도 안 된다. 또한 그것들을 일정한 방향, 즉 '팔찌 방향' 또는 '목걸이 방향'에서의 특정한 상대방 이외의 다른 사람에게 주어서도 안 된다.[1]

모스는 멜라네시아의 여러 섬들에서 이루어지는 포틀래치인 '쿨라'에 대해 위와 같이 설명한다. 쿨라(kula)는 원(圓)을 뜻한다. 이곳 섬의 원주민들은 두 개의 선물, 즉 음왈리와 술라바를 서로 반대 방향으로 순환시킨다. A에서 E까지 다섯 개의 섬이 있다고 하면 음왈리는 A → B → C → D → E의 방향으로 원을 그리며 증여된다. 술라바는 음왈리의 역순, 즉 A →

1 　마르셀 모스, 이상률 옮김, 『증여론』(한길사, 2002), 100~105쪽.

E→D→C→B의 방향으로 원을 그리며 증여되는 식이다. 이 순환은 이 지역의 섬들 전체를 일주하고 이를 통해 이 증여 경제 체계에 속한 사회 전체에 부와 재화가 순환되는 것이다.

이 세 가지 의무에 '시간'의 요소가 포함된다. 증여에 대한 답례는 즉각적으로 이루어져서는 안 된다. 이 경우, 그것은 증여가 아니라 경제적 교환이 되고 말 것이다. 그렇다고 답례가 무한정 지연되어서도 안 된다. 이 경우에는 답례 자체가 무의미해진다. 모스는 이러한 증여 속에 들어 있는 '자유', 즉 선물은 자발적으로 주는 것이라는 점과 '의무', 즉 선물에는 답례해야 한다는 것과 호혜의 원리 같은 것이 현대 사회에서도 사회를 유지하는 원리로 기능한다고 생각했다. 실제로 우리 사회에서도 결혼식과 장례식에서의 부조하기와 농촌의 품앗이 전통이나 기념일의 선물 풍습 등은 증여의 하나로 볼 수 있다.

증여 경제에는 특별한 역설이 존재한다. 증여를 하는 사람은 대가를 바라서는 안 되지만 증여 받은 사람은 반드시 답례해야 한다는 것이 그것이다. 만일 증여를 한 사람이 보답을 받지 않았다 하더라도 증여의 결과로 보람을 느끼거나 명예를 얻었다면 그것 역시 대가를 받은 셈이 된다. 따라서 증여 행위가 순수하게 이루어지기 위해서는 증여 행위 자체를 '망각'해야 한다. 이것이야말로 실제로 실천하기 어려운 난제가 아닐 수 없다. 망각은 의식의 소관이 아니기 때문이다. 그래서 증여를 하되 증여자의 이름을 밝히지 않는 행위, 익명으로 증여하는 행위가 대안으로 제시되기도 한다.

증여는 원시적인 교환 형태다. 이것은 잉여 생산물을 감당하지 못하는 사회에서 생산을 억제하기 위한 수단이기도 했다. 뉴기니 마링족은 몇 년에 한 번씩 돼지 축제를 연다. 정성껏 키운 돼지를 한 번에 잡아서 먹어 치우는 이 축제 역시 포틀래치의 일종인데 이것은 불어난 돼지를 더는 키울 수 없는 사정 때문에 생겨난 풍습이다. 그러나 증여가 경제 체제로 기능했던 역사와 지역이 실제로 존재했다는 것은, 이 체계가 교환을 중심으로 하는 시장 경제 체제를 반성하고 새로운 체계를 모색하는 데 도움을 줄 수 있다는 것을 보여 준다.

일반화된 교환은 동일화 논리이다. 원시 사회가 무엇보다 거부하는 것이 바로 이 동일화 논리이다. 타자와 동일시되는 것에 대한 거부, 자신을 자신으로 구성해 주는 것, 자신의 존재 자체, 자신의 고유성, 스스로를 자율적 '우리'로 생각하는 능력 등을 상실하는 것에 대한 거부가 그것이다. (중략) 만인 사이의 교환은 원시 사회의 붕괴를 가져온다. 동일화는 죽음을 향한 운동인 반면, 원시 사회의 존재는 삶의 긍정이다.[2]

현대 사회의 산업화는 '증여'를 통해 작동하는 시스템을 폐기하고 효율성을 앞세워 순전히 '교환'을 통해서만 작동하는 시스템을 만들었다. 그런데 시장에서의 '교환'이란 교환되는 상품의 동일화를 전제로 이루어진다. 잘 알려져 있듯이 동일화란 각자의 고유성을 없애고 평균화하는 기제다. 반면 증여를 통한 순환은 각자의 고유성을 보존하고 서로 간의 관계를 재생산하게 해 준다.

3 증여와 소설

박솔뫼의 작은 (판형의) 책 『인터내셔널의 밤』[3]을 보자. 이 소설은 이

2   피에르 클라스트르, 변지현 외 옮김, 『폭력의 고고학』(울력, 2002), 279~280쪽.

3   박솔뫼, 『인터내셔널의 밤』(아르떼, 2018). 이하 본문에 인용할 때는 쪽수만 밝힌다.

동하는 자들의 이야기이자, 사라지(고 싶어 하)는 자들의 이야기이며, 서로가 서로에게 무언가를 주고받는 낯선 사람들의 이야기다. 소설은 부산으로 향하는 기차 안에서 시작한다. 홍한솔은 일본에 살고 있는 고등학교 동창 김영우의 청첩장을 받고 고민 끝에 결혼식에 참석하기 위해 부산행 기차를 탔다. 부산에서 배를 타고 일본으로 건너가기로 했기 때문이다. 한솔이 가슴 절제 수술을 받았을 때 영우가 운전을 해 주고 동행해 주었다. 그 수술 이후 한솔은 직장을 그만두었다. 한솔의 꿈에 자주 등장하는 장면은 대체로 이렇게 해석될 수 있다. "한솔의 인생에서 무언가 사건이 있었고 그 이후, 이전의 삶을 회복할 수 없었던 것이다. 어떻게 보편 시민에서 박탈당했는지 또한 배제라는 말을 어떻게 알고 있는지 반복해서 설명했다."(55쪽)

한솔의 옆자리에 앉은 나미는 "얼굴을 보이고 싶지 않다는 듯이 부자연스럽게 꺾인 고개가 미술관에 걸린 유화의 한 구도"(18쪽)처럼 보이는 사람이다. 나미는 오랫동안 자신이 몸담고 있었던 사이비 교단에서 가까스로 도망쳐 나왔다. 하여 부산에 있는 이모 친구의 집으로 무작정 도피하고 있는 신세가 되었다. 나미는 누군가가 자신을 잡으러 올 것만 같은 두려움과 단죄당할 것 같은 괴로움에 시달린다. 나미는 옆자리에 앉은 한솔에게 충동적으로 말을 걸었다. 이를 계기로 둘은 부산에서 함께 시간을 보내고 헤어진다. 둘을 잇는 미묘한 선은 단순히 옆자리를 앉게 된 우연 때문만이 아니다. 나미가 꺼낸 첫 질문과 한솔의 대답을 보자.

　　—무슨 책을 읽으세요?
　　—그냥 별건 아닌데요, 보실래요?(19쪽)

소설은 교환의 체계에서 벗어나 있는 사물이다. 그것은 보이는/전시되는 것이지 갖는/소유하는 것이 아니기 때문이다. 소설을 공상이나 망상의 체계로 보는 시선이 존재하는 것은 소설이 교환을 위해서는 도무지 쓸모가 없기 때문이다. 당연하게도 소설은 교환되는 것이거나 가치로 환산되는 것, 그것을 소유한 이에게 부의 척도가 되는 것이 아니다. 그렇다면 소설은 증여의 체계에 속한 것이다. 한솔은 낯선 동행자인 나미에게 읽고 있던 소설책을 선물한다. 헤어질 때가 되자 나미가 한솔에게 묻는다.

　　— 계속 거기서 묵어요?
　　— 네.
　　— 이름이 뭐예요? 저는 이름 못 말해요. 지금은 잘 말 못하겠어요. 근데 이름 알려 주세요.

　　한솔은 선물로 준 책을 다시 가져가 거기에 이름을 썼다. 둘은 손을 흔들며 헤어졌다. 탐정 소설에서 저는 이름을 말할 수 없어요 라고 하면 탐정은 의뢰인이 들어온 문을 가리킨다. 말하지 않으면 도와드릴 수 없소. 한솔은 이름을 말할 수 없는 사람, 정체를 밝힐 수 없는 사람, 속으로 중얼거리며 호텔로 향했다.(38~39쪽)

　　교환의 체계에서 낯선 두 사람이 만나서 나눌 수 있는 첫 번째 품목은 무엇일까? 바로 이름이다. '명함'을 주고받는 풍습은 이 교환에 상품의 논리가 스며들어 있음을 보여 주는 것이 아닌가? 통성명이란 이처럼 자신의 이름을 재화로 제공하고 그 대가로 상대방의 이름을 받는 것이다. 둘은 이때 등가로 교환된다.

　　그런데 나미는 자신의 이름을 밝힐 수 없다고 하면서도 상대방의 이름을 알려 달라고 요구한다. 이것이 증여(gift)의 형식이다. 한솔은 선물 (gift)로 준 책에 자신의 이름을 써서 준다. 이름을 돌려받지 않고서 주는 것, 둘은 증여의 관계를 맺게 된 것이다. 증여가 시간적인 간격을 갖고, 일대일의 관계가 아니라 순환의 형식으로 준 것을 돌려받는다는 사실을 기억할 필요가 있겠다. 시간이 지난 후 둘은 다시 만나고 한솔은 이름을 돌려받는다. 그것도 둘이 아니라 셋(나미의 이모 친구인 '유미'가 둘의 관계에 참여한다.)의 형식으로.

이제 누가 자신을 붙잡으러 온다는 생각에서 조금 벗어난 나미는 그래도 당분간 자신을 마치 이리저리 움직이는 좌표처럼 생각해야겠다고 결정했다.(97쪽)

나미가 몸담았던 사이비 교단 역시 자본의 논리를 강제한다. 믿는 만큼 시간과 돈을 내야 하는 곳이라면, '믿음'도 '시간'도 '돈'과 같은 가치의 일종이다. 자본은 모든 것을 수량화한다. 이때 '돈'으로 환산 가능한 수치가 바로 가치다. 나미는 교환의 체계에 포획되지 않으려 하고 그래서 이리저리 떠돌기로 했다. 마치 음왈리나 술라바처럼.

4   인터내셔널의 밤

소설은 가치로 환산되지 않는다는 점에서, 자본주의 교환 체제하에서는 불필요한 것, 무가치한 것, 해로운 것, 따라서 판도라와 같은 것이다. 우리는 판도라가 저 상자를 연 것이 억압될 수 없는 호기심이라는 것을 안다. 호기심이야말로 교환되지 않는 것이며 양보할 수 없는 것이다. 호기심은 아무리 해로워도 포기될 수 없는 것이다. 그 상자 안에 희망만이 남았던 것은 아마도 소설이 다음 이야기를 언제나 남겨 두기 때문이 아닐까. 그것은 다음 호기심이 된다.

올해가 러시아 혁명 백 주년이라던데요, 「인터내셔널가」라도 부를까. 하지만 이 문제에 관심 있는 사람은 전 세계에 한 줌도 안 될 것이다.(107쪽)

한솔과 나미는 부산 거리를 떠돌다 러시아 청년과 마주친 다음, 위와 같은 얘기를 꺼낸다. 소설의 표제가 여기서 나왔지만, 그렇다고 해서 이 소설이 파리 코뮌(의 혁명가)을 상기시키는 것은 아니다. 글자 그대로 상상하는 것이 나을 것이다. '인터내셔널'은 'inter+national', 그러니까 나라에서 떨어져 나온 한 사람(한솔)과 종교에서 떨어져 나온 한 사람(나미) 사이의 비등가적이고 탈교환경제적 만남에 대한 비유라고.

어떻게 주민 등록에서 도망칠 수 있을까, 어떻게 모르는 사람으로 사라질 수 있을까. 그런 생각은 매일 밤 잠자리에서, 물론 매일 밤은 아니지만 자주 반복하는 생각이었다. 사라질 생각은 없지만, 큰 잘못을 아직 저지르지 않았지만 어떻게 한국에서 사라질 수 있을까 어떻게 숨을 수 있을까 혹은 한국을 빠져나가 외국에서 다른 사람으로 살아갈 수 있을까.(37쪽)

따라서 인터내셔널은 국적 없이 떠도는 자들에 대한 비유이자, 그렇게 국적을 상실함으로써 그 자신이 국가가 된 비등가적인 삶에 대한 비유다. 과연 한솔은 한 나라에서 다른 나라로 넘어가는 비식별 구역인 바다에 가며 이로써 스스로 내셔널이 된다. 나미는 한 종교에서 빠져나와 그 자신이 "이리저리 움직이는 좌표"가 되면서 또 다른 내셔널이 된다. 둘의 만남은 그것이 무엇이 되든 좋을 것이다. "손에 든 수첩에 방금 떠오른 말을 썼다. '모든 것이 좋았다'고."(119쪽)

청춘의 소금 기둥

이상운을 위한 만가

이 소설[1]은 청춘에 대한 오마주이자 청춘을 위해 부르는 만가(挽歌)다. 청춘은 성인이 된 누구나 거쳐 왔던 빛나던 한 시절이지만, 반드시 상실할 수밖에 없는 실낙원의 시절이기도 하다. 이 소설에서 그 시절을 상징하는 곳이 카페 '개들'이다. 청춘은 고상하지 않다. 부정(否定)이 청춘의 방법론이다. 세상의 온갖 부정(不淨)한 것들에 대한 부정. 청춘을 잃는다는 것은 그 부정(不淨)한 것들과 타협하고 부정(否定)을 부정함으로써, 스스로 부정한 것이 되어 가는 일이다. 그래서 이 소설의 개들은 이중적인 의미를 갖는다. 모든 세속적인 것을 부정하는 청춘의 순결한 정신을 가진 자들(그래서 자주 '개들'은 '새들'로 오독된다.)이자, 더럽고 추한 본성을 마침내 드러내는 부정한 속물들을 이중으로 보여 주는 이름이다. 이 소설은 "대한민국의 수도 서울의 신촌에서, 세월의 똥에 저항하는 가장 늙은 최후의 청춘"(109쪽)들의 이야기다. 소설은 속물 은둔 작가인 '나'의 소설 『신촌의 개들』이 출간되었음을 알리는 장면에서 시작한다. 그러니까 이 소설은 소설 속의 소설이고, 이 이야기는 이야기 바깥의 이야기다.

---

1   이상운, 『신촌의 개들』(문학동네, 2015). 이하 본문에 인용할 때 쪽수만 밝힌다.

"세월은 흐르고, 모였던 것들은 흩어지며, 세워진 것들은 무너지고, 아름답게 담아낸 모든 음식들의 마지막 흔적은 똥이다."(11쪽) 이처럼 환멸과 회의, 독설과 자조가 가득하지만, 역설적으로 이 소설은 청춘 예찬으로 가득 차 있기도 하다. 적어도 이곳은 "일상적 안위를 최우선에 두는 소시민적 삶"(23쪽)을 살도록 가르치는 개성 킬러들의 집합체(대학, 사회)에 저항하는 공간이기 때문이다. 그들의 논리에 따르면 대학은 "고학력 킬러들이 운집해 있는 곳"이며, "우리 청춘들을 평범한 어른으로 만들기 위하여 최선을 다하는 쓸데없이 아주 체계적인 공장"(17쪽)이다. 이 소설에 대학교수, 강사, 학생들에 대한 비판이 넘쳐 나는 것은, '신촌'이라는 상징적 공간에 대한 알레고리(작가는 자서에서 이 소설이 알레고리로 읽혀야 한다고 강조한다.)이기도 하지만, 대학 시절이 청춘의 절정기와 겹쳐 있기 때문이기도 하다. 이 소설의 등장인물들을 통해서 이를 살펴보자.

먼저 속물 은둔 작가가 될 '나'가 있다. '나'는 카페 개들의 처음과 마지막을 체험하고 증언하고 기록하고 기념하는 자다. 소설에는 '나'의 압도적인 정념이 토해 낸 문장들이 넘실대지만, 정작 '나'의 모습은 희미하다. 이것은 그가 이 소설의 서술자이기 때문이다. 서술자가 자신을 부각시키면 대상들의 윤곽이 부스러진다. 그가 대상들에 집중하면 자신의 윤곽이 희미해진다. 이것은 타인은 자신의 눈으로 볼 수 있지만 자신의 모습을 보기 위해서는 거울이 필요한 것과 같은 이치다.

다음으로 카페 개들의 주인이 있다. 그는 이 청춘이 상연될 이 무대(카페)의 기획자, 연출가이자, 이 연극이 문을 닫은 뒤에도(청춘이 끝난 뒤에도) 끝내 남아서 청춘과 함께 사라져 갈 의인화된 청춘이다.(카페에 대한 내부 묘사는 그 무대에 대한 설명이기도 하다.) 그는 카페를 거쳐 간 인물들이 내뿜는 세상에 대한 분노, 자기 과시, 다짐과 회한을 모두 한 몸에 받아 주는 자다. 청춘의 증인이었으나 끝내 청춘에게 버림받은 자다. "개 주인은 어떤 종류의 남자도 거부하지 않고 받아들이기로 작정한 마음 넓은 창녀 같았다."(33쪽) 그는 지금 주검이 되어 가고 있다. 손님들이 그곳을 떠났기 때문이다. 그는 "눈먼 후원자이자 친구였다가 자신이 후원한 바로 그 개들로부터 배신당한 희생자였다."(34쪽) 한때 "남달리 맑고 뽀얀 얼굴의 소유자였던 그"가 "살아 있는 시체로 변신"(13쪽)한 것. 그것은 대저 모든 청춘은 그처럼 죽고 없다는 확실한 알리바이이기도 하다.

다음으로 카페를 드나드는 손님들이 있다. '나'와 어울려 다녔던 "베스트셀러 통속 동화 작가 김가"와 "공무원 전위 시인 박가"(36쪽)가 있고, 뜨내기처럼 그곳을 거쳐 간 "잡탕 견습생"(25쪽), "예비 턱수염"(100쪽), "소설도 별로 쓰지 않고 논문도 별로 쓰지 않는 소설가 겸 학자"(121쪽), "파리 신사"(124쪽) 등이 있고, 대화를 통해서만 출현하는 "송장메뚜기와 무당거미"(70쪽), "좌파 난봉꾼"과 "갑중의 갑"(100쪽) 등이 있다. 이 별명들은, 한때는 청춘이었으나 지금은 비천한 속물로 전락해 버린 자들을 정확하게 요약하고 있다. 동화 작가가 베스트셀러를 목표로 하는 것이나 전위 시인이 공무원 시험에 합격했다는 것은 얼마나 큰 아이러니인가? 잡탕 견습생은 대학에 자리를 잡자마자 논문도 평론도 하지 않는 게으름뱅이가 되어 놓고도 자신을 "자칭 선비"로 포장했다. "예비 턱수염"과 "난봉꾼 선배"는 모교 교수가 되기 위하여 "갑중의 갑"질을 일삼던 선배 교수에게 아첨을 일삼았다. 파리 신사는 "프리드리히 헤겔의 역사철학을 자크 라캉식 정신 분석학 방법으로 해체하고 다시 구축한 퓨전 역사 철학 논문으로 철학 박사"가 되었으나, 지금은 "한 병에 수백 혹은 수천만 원 하는 와인을 수입 판매"하는 장사꾼이다. "송장메뚜기와 무당거미"는 지성인인 척했으나 서로를 헐뜯고 후배를 줄 세우며 권력 투쟁을 벌이다 "상처로 얼룩진 추한 알몸"(71쪽)을 드러낸다. 지독한 환멸을 통해 이들이 정체를 드러낼 때 청춘은 죽고 또 죽었으리라.

이런 인간 군상들의 환멸을 폭로하고, 삶의 실감을 찾기 위해 '나'와 김가, 박가는 이상한 놀이를 고안한다. 가령 "시베리아 유형"이란 게임은 셋이서 일부러 격한 논쟁을 벌인 뒤 패배한 사람을 추방하는 놀이다. 카페를 떠난 유형자는 밖에서 무언가를 관찰하고 돌아와 둘에게 관찰한 이야기를 들려준다. "관찰한 바를 바탕으로 그 대상에 대해 해석하고 상상하여 이야기하는 것은 최고의 인간 수업이었다."(40쪽) 또한 "교란 축제"는 교수들을 조롱하는 게임이다. 셋이서 한 교수를 찾아가 서재에서 책 한 권을 훔친 후에, 다른 교수를 찾아가 또 책을 훔친 후에, 이전에 훔친 책을 그 자리에 몰래 꽂아 두는 게임이다. 이렇게 해서 백 명의 교수들의 책들을 섞었으나 아무도 눈치채지 못한다. 이런 놀이는 어떻게 보면 무의미한 장난이다. 그러나 청춘이야말로 이런 무의미를 제의화하고 공들여 실행함으로써 그 순결함을 보존하는 시기이기도 하다. 카페가 경영난에 빠졌을 때, 단골이던 광고 회사 사장이 기획한 "짖어라 개들아!" 프로젝트가 끝내 더 큰 환멸만 불러오고 실패한 것은 어쩌면 당연한 것이었으리라. 속물적인 의도가 개입했을 때 청춘은 부활하는 게 아니다. 두 번 죽는다.

이런 명명을 벗어난 단 하나의 인물, 고유 명사로 불리는 단 하나의 인물이 다해 씨다.[2] 그녀는 속물 예술가 3인과 개들의 주인 모두가 추억하는 그리움의 대상이다. 카페가 청춘의 아지트였던 어느 날 다해 씨가 이들을 찾아왔다. 개들을 새들로 착각하고 들어온 그녀는 이들의 뮤즈, "단 한 명의 그리운 존재"다. 다해 씨는 학비와 생활비를 스스로 해결하면서 힘든 학자의 길을 걷고 있는 시간 강사였고, 비열한 대학 선배들에게 따돌림을

---

2   물론 이 소설에는 고유 명사로 간주할 수도 있는 이름이 둘 더 나온다. 다해 씨의 남편이 되는 영수라는 인물. 그런데 그는 졸부가 된 아버지의 압박 아래서 주눅이 들어 있는 평범한 인물이다. 그는 끝내 아버지와의 싸움에 패해서 다해 씨를 포기하는 한심한 인물이기도 하다. 그에게 가장 흔한 이름 가운데 하나(영수)가 주어진 것은 이 때문이다. 개 주인(카페 사장)과 잠깐의 로맨스를 벌이던 향기라는 인물. 그런데 그녀는 카페의 재산을 털어서 도주한 사기꾼이었다. 따라서 '향기'(香氣)라는 이름은 썩어서 악취를 풍기는 그녀에 대한 반어적인 별명이었을 것이다. 이렇게 보면 고유 명사는 '다해'만 남는다.

당하고 있는 사회적 약자였다. '나'와 다해 씨는 가난하고 불우한 삶의 이력을 공유하면서, 애틋한 감정을, 청춘만이 누릴 수 있는 가장 아름다운 감정을 갖게 된다. 그러나 그녀는 졸부의 아들과 결혼을 결정하면서 안온한 삶을 선택했다. 그것으로 끝이었다면 그녀 역시 속물들에게 부여될 노골적인 별명으로 불렸을 것이다. 다해 씨는 결혼 후에 박사 학위를 받았고 그 후 교수로 임용되었다. 그러나 그 임용이 자신의 능력의 결과가 아니라 졸부 시아버지가 부정한 방법으로 도운 것이라는 사실을 알고 그녀는 절망에 빠진다. 결국 그녀는 학교에 사표를 냈다. 그리고 그 일로 이혼을 당한다. 실의에 빠진 나날을 보내던 그녀는 석사 시절부터 알고 지낸 여인(개들은 아니지만 그녀도 카페의 여주인이다.)의 방에서 목을 매어 자살을 한다. 이것은 엄청난 비극이지만, 이로써 다해는 유일하게 청춘의 순결함을 보존한 사람이 되었다. 그녀에게 고유 명사가 주어지는 것은 온당한 일이다.

아, 죽음이 하나 더 있다. 우리의 카페 주인, 청춘이자 죽음이었던 사내의 죽음 말이다. 카페가 회생 불가능한 폐소(廢所)가 된 것이 확실해진 어느 날[3] '나'는 이미 "살아 있는 해골"(130쪽)처럼 보이는 주인에게 한 가지 제안을 한다. 다른 곳에서 송년회 모임을 하고 있던 옛 손님들을 찾아가, 카페 개들로 돌아가자고 할 테니, 함께 가자고.

우리들의 다른 이름이라고 해도 좋을 개 주인이 죽어 가고 있다고, 개들

3　이때에 주인은 이미 이야기를 들어주는 사람이 아니라 엄청난 수다쟁이로 변모해 있었다. "심장이 멎는 줄 알았어! 딴사람인 줄 알았어! 우리 두 사람을 붙잡고 온갖 말을 늘어놓았어! 무려 다섯 시간 동안이나 붙잡고 고문을 했어!"(136쪽) 이것은 손님들이 더 이상 청춘의 말을 하지도, 그 시절의 말들을 회상하지도 않았기 때문이다. 이 말을 전한 김가와 박가에게 '나'는 이렇게 반박한다. "우리의 개 주인이 미친 사람처럼 혹은 횡설수설 혹은 고문을 하듯이 너희에게 했다는 그 말들은 바로 우리가 청춘 시절이면 날마다 날마다 끝없이 떠들었던 바로 그 말들"(137쪽)이었다고.

은 우리의 죽은 청춘이라고 알기 쉽게 도입부를 전개시킨 나는, 알고 보면 우리 모두가 사실은 자기 자신을 살해한 킬러들이라는 사실을 아느냐고 목청껏 도발했다. 계속해서 나는 지금 당장 그곳으로 가자고, 오래전부터 방치되어 먼지와 거미줄만 키우며 망각 속으로 가라앉고 있는 그 시간 속으로 가자고, 그리하여 우리가 너무도 하찮게 죽이고 버려 버린 우리의 청춘을 만나자고. 그 살아 있는 시체와 함께 마지막 밤을 보내자고, 이 쑥스러운 애도의 길을 내가 앞장서 이끌 테니 모두들 따라오라고 호소했다. (중략) 나는 멈추지 않고 걸었다. 단 한 번도 돌아보지 않았다. 저멀리 앞에서 노란 불빛이 희미하게 보이기 시작했다. 카페 개들의 불빛이었다. 나는 멈칫했다. 백 번의 갈등이 내 몸을 흔들어 놓았다. 비틀거렸다. 참지 못하여 뒤돌아보고 말았다. 나는 조급했고 참지 못했다. (중략) 나는 소금 기둥을 보고 싶었다. 그들이 행렬을 지어 일제히 소금 기둥이 되어 버리기를 고대했다. 애통하게도 그런 일은 없었다. 왜냐하면 내가 앞만 보며 지나온 내장 같은 그 여로에 동참하여 따라온 자가 단 한 명도 없었기 때문이다.(133~135쪽)

앞은 죽은 청춘이 기다리는 곳이요 뒤는 살아 있는 통속과 중년이 시끌벅적한 곳이다. 이 귀로의 제안은 끝내 실패로 끝났다. 죽은 아내를 저승에서 데려오려 했던 오르페우스는 마지막 순간을 참지 못하고 돌아봄으로써 실패하고 만다. 그러나 망자가 처음부터 자신을 따라오지 않았다면? 불바다로 변한 소돔과 고모라를 탈출한 롯의 일가 역시 뒤돌아보지 말라는 명령을 받는다. 혼자서 뒤를 돌아다본 롯의 아내는 소금 기둥이 되어 버렸다. 그러나 돌아보아야 할 자들("그들이 (중략) 소금 기둥이 되어 버리기를 고대했다.")이 아무도 없다면? '나'는 혼자 카페로 가서, 죽어 가는 개 주인의 얼굴에 이불을 덮고 두 손으로 그의 입과 코를 틀어막았다. "내가 그를 죽였다. (중략) 레퀴에스카트 인 파케!"(144쪽) Requiescat in pace. '편히 쉬어라.'라는 뜻이다. "우리가 청춘을 죽였다."(145쪽) 이 살해는 청춘에 대해 행하는 '나'의 마지막 제의다. 주인의 얼굴이 내보인 극도의 추악함이란 이미 그가 죽어 있음을 상징하는 것이기 때문이다.

이자나기와 이자나미라는 남신과 여신이 있었다. 여신이 불을 낳다가 먼저 죽었다. 남신이 저승 여행을 떠나 그녀를 구해 귀로에 올랐다. 중간에 그녀를 돌아본 남신은 부패해서 추악하게 변한 여신을 보고 무서워서 달아났다. 남신은 동굴 입구를 돌로 틀어막아 여신이 그녀가 돌아오지 못하게 했다. '나'는 동굴의 입구를 틀어막은 손으로 카페 주인(개들 주인)의 입을 틀어막았다. 그가 다시 살아나지 못하도록. 청춘이 영원히 죽었음을 기념하기 위해서. 이 글을 완성해 갈 즈음, 작가의 부음을 들었다. 그는 스스로 소금 기둥이 되어 돌아올 수 없는 청춘을 증명하는 이정표가 되었구나. 나 역시 이 짧은 글을 작가에게 바쳐 만가로 삼는다.

에우리디케의 노래

최은미의 잃어-버려진 자

1

에우리디케는 독사에 물려 죽었다. 오르페우스는 그녀를 찾아 주저하
지 않고 하계로 내려갔다. 그는 노래로 하데스를 감동시켜 그녀를 지상으
로 데려가도 좋다는 허락을 받는다. 햇빛이 닿기 전에 그녀를 보지 않아
야 한다는 금기와 함께. 지상에 다다를 무렵 오르페우스는 뒤를 돌아보
고 만다. 그 결과로 그는 그녀를 영원히 놓친다. 잘 알려진 이야기다. 블
랑쇼는 이 이야기를 일러 모든 노래의 기원에는 상실이 있음을 보여 준다
고 말했다. 오르페우스는 처음에 에우리디케를 잃고 나서 노래로 그녀를
다시 데려올 기회를 얻었다. 허나 노래가 완성되기 위해서는 그녀를 다시
잃어야만 한다. 그의 '돌아봄'은 그녀가 살아 있음을 확인하려는 행위이
지만 실제로는 그녀가 죽었음 ─ 다시 하계로 돌아감 ─ 을 확인하는 행
위였기 때문에. 상실은 반복된다. 저 노래는 이 상실을 '돌아봄'이라는 형
식 속에서 보존한다.

그러나 우리는 에우리디케의 입장에서는 이 이야기를 생각해 보지 않
았다. 영원히 잃어버려야 하는 대상으로서, 그런 한에서 에우리디케는 이

중으로 구속되어 있다. 그녀는 한 번 죽었고 오르페우스의 돌아봄을 통해 한 번 더 죽는다. 일설에 의하면 그녀가 처음 죽음을 맞은 이유도 자신을 범하려는 아리스타이오스를 피해 달아나다가 뱀에게 물렸기 때문이라고 한다. 에우리디케는 최초의 죽음에서도 두 번째 죽음에서도 상실의 대상이 되었다. 아리스타이오스가 그녀를 잃었고 오르페우스가 다시 그녀를 잃었다. 오르페우스에 대해서는, 소중한 대상을 잃어버린 자의 내면에 관해서는 오랫동안 말해 왔다. 이제 잃어버려진 자, 상실과 죽음과 망각에 든 자의 내면에 관해서 말할 차례다. 아무것도 알려진 바 없는 자, 거듭 망실되어 겨우 '돌아봄'이라는 형식 속에서만 간신히 모습을 식별할 수 있는 자에 관해서. 소설의 주인공이 바로 그런 인물이다.

2

서술자 '나'(정수진)는 죽은 사람, 적어도 상징적으로는 죽음에 처한 사람이다. 겉보기에 '나'와 가족들에게는 아무 이상도 없다. '나'는 신도시 외곽에 살면서 어머니와 남편과 딸 하나를 둔 중산층 주부이고 선량한 경찰관에 애틋한 감정을 느끼고 있다. 그런데 이야기가 전개되면서 '나'의 생활이 극단적으로 정체되어 있다는 사실이 드러난다. '나'가 상징적인 죽음을 겪은 사람이라는 증거는 다음 세 가지다.

첫째, '나'가 사는 곳은 "경기도 경진시 은정동 해릉마을 10단지"다. "20여 년 전 수도권 북부의 허허벌판 위에 세워진 신도시의 언저리"에 있는 곳으로 마을 이름에서 알 수 있듯이 무덤을 지닌 곳이다. 무덤을 음택(陰宅)이라 부르듯, 능은 죽은 사람의 집이다. 이 마을과 이어진 "야산 뒤쪽으로는 300여 년 전 어떤 왕의 동생과 계비와 다음 왕이 되지 못한 아들이 묻혀 있었다."[1] 능과 인접해서만은 아니다. 뒤에 밝히겠지만, 이 능은 무서운 기억을 숨겨 둔 죽음의 장소다. '나'는 필연적으로 이곳의 진실과 맞닥뜨리게 된다.

둘째, '나'는 이름뿐인 작가다. 등단은 했으나 작품을 발표할 수 없는 무명작가다.

> 나는 이선우 경사가 나를 '작가'라고 부를 때마다 매번 놀랐다. 그것은 내가 등단 10년 만에 처음 들어 보는 호칭이었다. 동네 사람 누구도 내가 글을 쓰는 줄 몰랐고 집안 식구 누구도 나를 글 쓰는 사람으로 여기지 않았다. 나도 나를 작가라고 생각하지 않았다. 나는 내 이름으로 된 책 한 권 없었고 이름 옆에 소설이라는 연관 검색어를 붙여도 검색조차 되지 않았다. 아무런 작가 단체에도 가입돼 있지 않았고 단편 소설을 매해 이런저런 문예지에 투고해도 한 번도 회신을 받아 본 적이 없었다.
>
> 나는 10년째 병에 걸려 있었다. 청탁을 받지 못하는 등단 작가라는 저주에. 아무도 나를 알아주지 않는다는 울분에. 장편 소설만 당선되면 이 모든 게 한 방에 해결될 수 있으리라는 희망 고문에.(5쪽)

그럼에도 '나'는 꾸준히 쓴다. 딸의 학교에서 봉사하는 시간, 공부방에서 아이들의 공부를 봐주는 짧은 시간을 빼고 '나'는 "노트북을 메고 소설을 쓰러 간다. 아무도 읽지 않는 소설을 쓰러 간다. 봄에는 '나머지 시간'을 확보하는 게 특별히 어렵기 때문에 틈만 나면 무서운 집중력으로 쓴다. 아무도 읽지 않지만 언젠간 읽힐 수도 있다는 희망을 버리지 못하고 쓴다. 고문당하며 쓴다."(10쪽) 글쓰기는 죽음에서 삶을 구원하는 유일한 방편이다. 죽은 자들은 망각(레테)을 받아들인 자인데 글쓰기 행위는 망

---

1   최은미, 『어제는 봄』(현대문학, 2019). 이하 본문에 인용할 때 쪽수만 밝힌다.

각을 거부하는 것이기 때문이다. 그러나 한편으로 글이란 글쓴이 자신의 실존을 보장하지 않기 때문에 끝내 죽음의 형식이 되고 만다. 모든 글은 결국 죽은 자들의 기록이 될 것이기 때문이다. 바로 이러한 이중성 — 글을 쓰는 자이지만 어떤 글도 읽히지 못한 자라는 이중성, 다시 말해 글쓰기의 가능성과 불가능성 — 이 이름뿐인 작가, 죽어 있으나 그럼에도 불구하고 쓰기를 멈추지 않는 작가라는 '나'의 정체성에 스며들어 있다.

셋째, '나'의 세계가 상징적으로 죽었으므로 '나'가 살고 있는 세계의 사람들도 마찬가지로 죽었다. 겉보기에는 건강해 보이지만, 알고 보면 상징적으로 죽은 이들이다.

윤소은의 친부 윤지욱. 그는 주위에서 좋은 남편이자 좋은 아빠라는 평을 종종 듣는 사람이었다. 그는 돈이 많이 드는 취미 생활에도 관심이 없었고 못 봐줄 만한 술버릇도 없었다. 같이 사는 가족들을 불편하게 하는 까칠함도 없었고 전전긍긍함이나 의심도 없었다. 철두철미함도 없었고 결벽증도 없었다. 그에겐 없는 게 꽤 있었다. 그중에 제일 없는 것은 성욕이었다.(14쪽)

예컨대 남편은 남들이 보기에 썩 괜찮은 이였지만 결점이 없는 한편 성욕도 없었다. 성욕이란 생산의 표지다. 생산과 재생산의 사이클이 마련되지 않으면 인간에게는 죽음밖에 남는 것이 없게 된다. 남편이 바로 그런 사람이었다. 남편만이 아니다.

아파트 단지 사잇길 저쪽에서 한 남자가 걸어온다. 늙은 것도 같고 아직 그렇게 많이 늙진 않은 것도 같다. 그는 나보다 걸음이 느리다. 등에는 노트북을 짊어지고 손에는 애호박과 두부와 바나나 따위가 잔뜩 든 쓰레기 종량제 봉투를 든 채 서둘러 걸어가고 있는 내 기동성의 반의반에도 못 미친다. 사실 그는 인근 100미터 안에서 살아 움직이는 것들 중에 가장 느리다. 갑자기 내달리는 서너 살 꼬마 애들이나 큰 목소리로 웃으며 지나가는 젊은 엄마들, 노란 개나리 아래를 뛰어가는 개들이나 벚꽃잎 사이를 날아다니는 벌들도 저 남자보다는 빠르다. 남자는 지팡이를 짚고, 마음대로 움직여지지 않는 거구의 몸을 끌면서, 이 봄날 이 길에서 오직 자신만이 마음껏 움직일 수 없다는 걸 충분히 인지하고 있는 표정으로 걷고 있다. 남자는 어느 때인가 뇌졸중이나 뇌경색 같은 증상으로 쓰러졌을 것이고 지난 몇 년간 혼자서는 아무것도 못 했을지도 모른다.

나는 일주일에 두어 번은 마주치게 되는 그 남자를 지나쳐 아파트 단지 안으로 접어든다. 동 사이의 작은 산책로에 한 여자가 서 있다. 늙은 것도 같고 아직 그렇게 많이 늙진 않은 것도 같다.(14~15쪽)

상징적인 죽음이란 실제의 죽음과 실제의 삶 사이에 놓인 죽음, 이를테면 사회적인 죽음을 말한다. 말하자면 그것은 그 자신이 죽었다는 사실을 모르고 있는 자의 삶, 살아 있는 죽음 혹은 죽은 삶의 상태다. "늙은 것도 같고 아직 그렇게 많이 늙진 않은 것도 같"은 저 사람들은 사회적인 삶은 잃었으나 죽음을 맞지는 않은, 산 죽음의 상태에 있는 이들이다. 이들만이 아니다.

몇 주 전부터 비슷한 시간대에 공원에 나오는 남자가 있었다. 그는 항상 유치원생으로 보이는 딸아이를 데리고 나왔다. 아이를 그네에 태운 뒤 남자는 한참 떨어진 벤치에 가서 전화 통화를 했다. 어떤 날은 세상이 끝난 것 같은 표정이었고 어떤 날은 주둥이에 꿀을 바른 것 같은 표정이었다. 내연녀가 확실했다. 남자는 요즘 내부 세차에 신경을 쓰고 블랙박스 영상과 카카오톡 메시지를 정기적으로 지울 것이다. 직장 동료일까? 초등학교 동창일까? 동호회 회원일까?(6쪽)

딸과 아내를 두고 놀이터에 나와서 내연녀와 통화하는 저 남자도 일종의 연옥, 다시 말해 살지도 죽지도 않은 상태에 처해 있다. 자신의 진정한 삶을 전화기 너머에 두고 몸만 놀이터에 두고 있기 때문이다. 그런데 '나'의 짐작은 사실일까? 모든 이들이 통속의 지옥에 갇혀 있다고 보는 '나'의 시선이야말로 하계(下界)에 몸을 둔 자의 시선 아닌가? 어느 쪽이든, 살아 있음이라는 의미에서의 삶은 거기에서 발견할 수 없을 것이다.

3

'나'가 처한 하계로 찾아온 한 남자가 있다. 오르페우스처럼. '나'가 작품 취재를 위해 만난 이선우라는 경찰관이다. 그의 등장으로 '나'의 삶에는 미묘한 변화가 찾아온다. 처음에는 대민 지원의 일환으로 '나'를 응대했던 선우에게는 몸에 밴 친절함과 성실함이 있었고 차츰 둘은 서로에게 끌리는 것을 느낀다. 기혼 여성과 경찰관의 만남이라는 통속적인 접점이 중요한 게 아니다. 둘의 만남이 서로에게 특별했던 이유는 다른 데 있다. 우선 선우는 '나'를 꼬박꼬박 '작가님'이라고 부른다.

> 이선우 경사는 마무리 인사로 이런 말을 했다. '좋은 하루 보내세요, 작가님.' 어떤 날은 이렇게 보냈다. '그럼 오늘도 좋은 글 쓰세요, 작가님.'(5쪽)

'작가님'. 글을 위해 만난 것이고 작가라고 신분을 밝힌 것이니 이상할 것이 없는 호칭이지만, 지난 10년간 어느 누구도 '나'를 작가라고 부르지 않았음을 상기할 필요가 있다. '나'에게 작가로서의 삶은 '죽은 삶'이었다. 먼 데서 찾아와 '나'를 '작가'라고 호명한 그가 '나'의 구원자가 된 것은 자연스러운 결과가 아닐 수 없다.

그런데 둘의 관계는 통상의 관계와는 다르게, 역전되어 있다. 선우는 주로 취조를 하는 경찰관이지만 둘 사이에서는 취재를 당하는 입장이다. 이것이 이 소설의 중요한 지점이다. 신화에서의 에우리디케가 오르페우스의 하강(下降, 지하 세계 방문)을 수동적으로 기다려야 하는 입장이라면, 이 소설에서 '나'는 그를 방문하고 그의 '돌아봄'을 거절할 수 있는 위치에 있다. "나는 이선우의 스쳐 가는 표정 속에서 그에게 연락을 하는 것도 연락을 하지 않는 것도 모두 내 손에 달려 있다는 걸 알게 되었다. 작가는 경찰관한테 물을 게 많지만 경찰관은 작가한테 물을 게 없으니까. 경찰관이 작가한테 먼저 연락하는 건 — 작가가 죄를 짓지 않는 이상 — 얼마나 이상한 일인가. 갑자기 나타나 질문을 들이미는 것도 며칠 동안 아무 연락을 하지 않는 것도 모두 이선우가 아닌 내가 할 수 있는 것들이었다."(20쪽) 행동의 주인, 이야기의 주동자(主動者)는 오르페우스-이선우가 아니라, 이제 에우리디케-정수진이다. 선우를 향한 격정을 어쩌지 못하게 된 어느 날, '나'는 돌연 그의 연락을 차단해 버린다.

순찰차가 지나간다. 똑같은 유니폼을 입은 사람들 서넛이 길을 건너고, 만 원짜리 지폐 다발을 들고 신문 구독을 권유하는 사람 옆에, 회양목 화단 앞에, 누군가가 서 있는 것이 보인다. 이선우다. 이선우가 서서 나를 올려다보고 있다. 통나무처럼 서서 나를 보고 있다. 밥을 이틀쯤 굶은 것 같은 표정으로. 불면과 원망이 뒤범벅된 얼굴로.
나는 이선우를 똑바로 내려다보면서 천천히, 블라인드의 끈으로 손을 가져간다. 이선우가 선 채로 메시지를 보낸다. '블라인드 내리지 마요.' 하지만 나는 눈앞에 있는 이선우를 못 견디겠어서, 못 참겠어서, 블라인드를 내린다. 완전히 내려 버린다.(54쪽)

이 장면은 오르페우스 신화의 완벽한 반전이다. 오르페우스가 내려다

본다면 그는 올려다보아야 하고, 오르페우스가 돌아봄을 통해서 에우리디케를 놓친다면 이번에는 '나'가 내려다보는 시선을 차단함으로써 그를 추방해 버린다. 오르페우스의 노래는 그녀를 '상실'함으로써 완성되지만 '나'의 소설은 그를 '상실'함으로써 새롭게 쓰일 것이다.

4

이제 하강의 이야기를 다룰 차례다. '나'가 사는 곳이 '능'과 인접한 곳임을 앞에서 지적했는데 이것은 단순히 지리적인 상징만이 아니다. 거기에는 무서운 비밀이 숨겨져 있다. 발설할 수 없으나 누구나 아는, 망각하고 있으나 결코 소거되지는 않는 비밀이다. 우리는 이를 트라우마라고 부른다.

아이가 유치원에 들어간 다섯 살 때였다. 처음으로 가는 소풍이었다. 코코몽 도시락에 꼬마 김밥을 싸서 아이를 유치원 버스에 태워 보냈다. 경진시의 많은 교육 기관에서 그러는 대로 아이의 유치원에서 소풍을 간 곳은 능이었다.

소풍을 다녀온 그날 오후 유치원 담임이 전화를 걸어왔다. 아이가 능에 들어서서부터 내내 울었다고 했다. 그냥 운 것도 아니고 바들바들 떨면서 울었다고 했다. 벌도 나무도 흙도 다 무섭다며 울음을 그치지 않아서 소풍 내내 부담임이 안고 있었다고 했다. (중략)

그날 저녁 아이는 거실에 앉아서 무언가를 그리고는 주방으로 걸어와 나에게 내밀었다. 나는 아이의 그림을 보고 한동안 움직일 수 없었다. 스케치북엔 형체를 알기 힘든 검은 선들이 가득했다. 아이가 스케치북 한 면을 검은 물감으로 채운 건 그때가 처음이자 마지막이었다. 굳어 가는 내 얼굴을 올려다보며 아이가 말했다.

"엄마. 이게 오늘 갔던 숲이야. 늑대가 가득해."(24~25쪽)

저 "형체를 알기 힘든 검은 선들", 숲에 가득한 "늑대들"은 현실에서는
결코 모습을 드러낼 수 없는, 드러낼 리 없는, 드러내서는 안 되는 망각 너
머의 형체다. 소설에서는 끝내 그 정체가 드러나지 않지만 우리는 그것이
아이가 겪었던 알 수 없는 무서운 체험이었음을 안다. 아이는 그것을 자
기가 아는 유일한 표상(검은 선들로 이루어진 늑대)으로 바꾸었을 것이다.

능과 이어진 그 숲은 '나'의 아버지가 목을 맨 여고 뒷산과도 이어지며
'나'의 어머니의 외도와도 이어진다. '나'가 스물세 살 교생 실습 중일 때
한 여자가 술에 취한 채 '나'를 찾아와 어머니의 외도를 알렸다.

"너 그거 아니?" 그렇게 물은 뒤 여자가 마침내 말했다. 내 엄마가 그 남
자와 섞는 사이라고. '그걸' '섞는' 사이라고 했다.(48쪽)

그 여자는 '나'의 어머니에게 고통을 주기 위해 딸을 찾아와 어머니의
부정을 폭로했다. 상처를 주기 위한 이 비열한 의도는 오래도록 효과를
발휘했다. "여자가 알지 모르겠지만 여자의 말은 결과적으로 상당한 효과
를 거두었다. 여자는 없어졌어도 여자의 말은 생생하게 살아 지금도 나를
찌르고 있으니까. 나를 거쳐 엄마를 찌르고 있으니까."(같은 쪽) 어머니의
'외도'는 내가 목격할 수 없는 원장면과 같은 것이다. 어머니의 출산(어머
니가 '나'를 출산하는 장면)을 내가 볼 수 없는 것과 마찬가지로, 어머니의
성교(어머니가 '나'를 갖는 장면)도 '나'는 볼 수 없다. 그 장면이 '섞는다'는
표현과 함께 '나'에게 왔을 때, 그것은 볼 수 없으나 주어진 장면, 기억할
수 없으나 지울 수도 없는 장면으로 '나'에게 기록된다. 그 결과는 이런 것
이다.

하지만 내가 정말로 역겨워하는 단어는 따로 있다. 나는 1만 매가 넘는 소설을 쓴다 해도 '섞다'라는 동사를 단 한 번도 쓰지 않을 것이다. 나는 '섞다'라는 말이 역겹다.(40쪽)

이 말을 그대로 믿는다면 '나'는 '섞다'라는 말을 소설에 쓰지 못할 것이고, 따라서 어머니의 외도를 기술할 단어를 찾지 못할 것이다. 그러나 '쓰다'의 방법론은 역설적이어서 그것을 '쓰지 못한다'는 부정이거나 '쓰지 않으리라'는 결심만으로 이미 '나'는 이 말을 쓴다. '나'는 '섞다'는 말을 이미 (소설에) 썼으며,[2] 그 말이 '역겹다'고도 썼다.

　　나는 웃고 싶어진다. 테이블이 부서지도록 웃고 싶어진다. 답가로 내 엄마 외도 얘기를 한다. 다른 말은 하지 않는다. 한마디만 한다. ×××고. 나는 내 엄마가 ××워.
　　그 말을 하자마자 나는 깨닫는다. 지난 16년 동안 내가 그 말을 얼마나 하고 싶었었는지. 소나무 숲에 들어가 땅에 구멍을 파고 얼마나 외치고 싶었었는지 그 말을!(50쪽)

처음 함께 술을 마신 날 선우는 자기 어머니의 외도 얘기를 꺼낸다. '나'도 답으로 어머니의 외도를 이야기했다. 그러나 '나'는 그 말을 발설하고도 기록하지 못한다. 그런데 ×로 삭제된 저 말은 이미 기록되었으되 발설할 수 없을 뿐이거나, 이미 발설되었으되 기록할 수 없을 뿐이다. 이것을 트라우마의 기술론이라 부를 수도 있겠다. 딸아이가 그린 검은 선처

2　이 소설의 '나'(정수진)가 작가라는 사실을 기억하자. '나'의 모든 말들은 기록되는 순간 소설이 된다. 그리고 이 기록은 소설을 쓰는 바깥의 '나'(실제의 작가)의 노트에도 기록된다. 『어제는 봄』은 이중 장부로 된 소설이다.

럼, 글자 수에 맞추어 정확하게 놓여 있는 저 ×들처럼.

5

오르페우스가 끝내 하계 깊은 곳에 내려오듯 선우는 '나'의 깊은 곳까지 도달한다. '나'는 딸과 함께 소풍을 간 숲, 딸이 늑대와 맞닥뜨린 그 숲에서 다시 "검은 형체"와 맞닥뜨린다.

검은 형체가 거칠게 숨을 뿜는다. 나는 고개를 돌려 그것을 본다. 늑대가 아니다. 돼지다. 검은 형체가 멧돼지라는 걸 알아차린 순간 나는 내 앞에 나타난 사람이 이선우가 맞다는 것을 받아들인다. 처음 본 그날처럼 청록색 근무복 셔츠를 입고 있다. 이제는 반팔로 바뀐 셔츠가 땀으로 다 젖어 있다. 이것은 꿈이 아니다. 아닐 것이다. 멧돼지가 땅에 코를 박고 점점 내 쪽으로 이동한다. 내 딸이 계속 운다. 뺨에 총을 밀착시킨 채 다가오던 이선우의 눈빛이 흔들린다. 나라는 걸 알아본 것이다. 은정초등학교의 한 학부모가 아니라 나, 정수진이라는 걸 알아본 것이다. 나는 숨을 쉴 수가 없을 것 같다. 이제 너는 나를 쏘겠지. 사격 마스터니까 아주 명중을 시키겠지. 확인 사살은 필요도 없을 거야. 나는 비틀거리며 이선우 쪽으로 한 발을 뗀다. 멧돼지의 기척이 달라진다. 땀이 눈을 찌른 순간 이선우의 총구에서 마취탄이 날아온다. 멧돼지와 나는 동시에 흔들린다. 이선우가 더 다가온다. 다시 한 발. 이선우가 더 가까이 온다. 또 한 발.(70쪽)

숲으로 소풍을 간 날, '나'는 멧돼지를 만나고 마침 그곳에 있던 선우가 총으로 멧돼지를 잡는다. 딸과 '나'의 기억 속 '검은 형체'가 마침내 모습을 드러냈고 선우가 그것을 잡은 것이다. 그런데 '나'는 그의 기척을 느끼며 그가 멧돼지가 아닌 자신을 쏠 것이라고 직감한다. '나'가 결별을 선언해서가 아니다. 멧돼지를 잡는 행동(기억 속 트라우마를 구제하는 일)이 바로 '나'를 잡는 행동(자신의 어두운 기억과 대면하고 극복하는 일)이었기 때문이다. 그런데 전자가 후자이기에, 후자는 전자이기도 하다. 트라우마를 대면하고 그것을 이겨 내는 일은 새로운 트라우마를 만드는 일이기도 한 것이다.

> "그리고…… 사람이 죄 좀 짓고 살면 어때요."
> 나는 우리 동네 어떤 경찰관을 가진다. 죄 좀 짓고 살면 어떠냐고 말하는 경찰관을 가진다.(39쪽)

아이의 (무의식적 공포 혹은) 상처, 아버지의 죽음, 어머니의 외도라는 어두운 형체와 대면하고 그것을 극복한 후에, '나'가 열어 갈 길은, 어쩌면 또 다른 죄를 짓고 사는 일일 수도 있겠다. 하지만 적어도 '나'는 수동적으로 구원을 기다리지는 않을 것이다. 마지막 장면의 '열린 결말' 역시 그 점을 보여 준다. '나'는 돌아봄의 대상이 되는 것을 거부하고 돌아보는 자(결별을 선언한 후에 다시 만남을 속개하는 자)가 되었다. 그로써 '나'는 상실의 대상이 되는 것을 거부하고 상실한 자가 되었다. 이제 우리는 하염없이 기다리는 그녀가 아니라, 스스로 찾아 나서는 '나'를 만나게 되었다.

> 나를 극복하고 너에게 가는 길은 이렇게도 멀어서, 나는 여전히 매일매일 1층으로, 엘리베이터 밖으로, 유리문 너머로, 니가 나를 기다리던 곳으로, 힘을 다해 달려 나간다.(74쪽)

이제, 우리는 에우리디케의 노래를 갖게 되었다.

노바디가 당신을 사랑할 때 2

권여선, 정용준, 한강의 유령들

노바디(nobody), 그는 아무도 아닌 자. 그는 지칭되지 않는 자. 그는 '아무(것)도 ~아니다'라는 부정 술어(否定述語)로서만 존재하는 자다. 그러니까 그는 어디에도 없는 자이지만, 역설적이게도 바로 그 '없음'으로써 거기에 존재하는 자다. 어떤 사람의 부재를 감지한다는 건 그의 이름을 한 '노바디'를 감지한다는 뜻이다. 영어 뜻 그대로 하면 그는 몸(body)이 아닌 자, 육신을 갖지 못한 자, 예컨대 유령이거나 환영, 망령이나 귀신이거나 시체 혹은 단순한 인칭에 불과한 자다. 그런데 그 모든 없음이 바로 그의 존재태인 셈이다.

데리다는 『햄릿』의 한 구절("Time is out of joint.")을 빌려, 유령이란 뒤틀린 시간, 즉 모든 상징적 질서가 무너진 시간의 너머에서 등장한다고 언급했다. 유령이 나타나는 시간은 아귀가 안 맞는 시간이다. 시간의 이음새가 무너진 지점에서만 유령이 등장할 수 있다. 상징이란 정의상 위계화, 보편화의 표현이다. 모든 시간이 계량적이거나 위계화된 것으로 파악될 때, 다시 말해 시간이 숫자에 포획되거나 지배 가능한 것이 될 때, 상징이 작동하기 시작한다. 이때 모든 것은 정상적인 것으로 보인다. 상징은 어떤 균열이나 구멍도 보여 주지 않는 일종의 가림막인 셈. 모든 것이 좋아 보인다. 모든 것이 그럴듯해 보인다. 그런데 불현듯 그 커튼이 조금 흔들리고, 거기에 그려져 있던 그림이 미세하게 일그러진다. 그 일그러짐은 뒤에 있는 유령의 등장을 지시한다. 아니, 그 일그러진 그림 자체가 바로 유령이다. 유령(specter)이란 '보다/보이다'(spect)에서 나온 단어다. 상징적인 질서를 일그러뜨리는 새로운 '봄/보임'의 나타남, 그것이 바로 유령이다. 문제는 유령이 한 번 나타나고 나면 모든 것이 뒤바뀐다는 데 있다. 인간에게 어떠한 간섭도 하지 않는(그는 노바디이므로) 유령이, 인간의 모든 것을 바꾸어 놓는다. 이제 유령이 등장하는 몇몇 양태를 살펴보려고 한다. 그들이 나타난 후에, 세계는 어떻게 달라졌는가? 이것이 핵심이다. 이것은 또한 노바디가 우리를 사랑하는 방식을 보여 주는 것이기도 하다.

1   시선의 유령: 권여선, 「역광」[1]

유령의 첫 번째 층위는 시각적(visual)인 것으로 나타나는 유령, 즉 환영이다. 바르트는 『카메라 루시다』에서 사진의 영역을 세 가지로 구분했다. 촬영가(operator)가 전문적인 사진가라면 구경꾼(spectator)은 사진을 보거나 수집하는 사람이다. 사진 찍히는 사람이나 사물 앞에서 일종의 작은 모사가 일어난다. 바르트는 이것을 사진의 유령(spectrum)이라고 불렀다. 우연히 찍힌 사진 속에서 인간의 불완전함이 드러나는 이유가 저 명명에 이미 담겨 있는 셈이다. spectrum과 관련된 spectacle이라는 단어는 고대 로마 시대의 콜로세움과 관련이 있다. 콜로세움은 검투사들이 혈투를 벌인 원형 경기장이다. 이곳은 죽음이 필연적으로 일어나는 장소라는 말이다. 이때 죽음은 인간의 구경거리이자 눈요기가 된다. 그곳에서

---

1   권여선, 「역광」, 《한국문학》, 2015. 여름. 이하 본문에 인용할 때는 쪽수만 밝힌다.

벌어지는 사투는 인간 내면에 내재된 충동을 보여 준다. 그런 점에서 분광을 통해 드러나는 사진 찍힌 자(spectrum)의 저 사로잡힌 이미지는 죽은 자의 귀환이기도 하다.

역광은 피사체의 윤곽을 잘 보여 주지는 않는, 하지만 강렬하게 시선을 사로잡는 광선이다. 역광이란 사진을 촬영하거나 그림을 그릴 때, 대상이 되는 물체의 배후에서 비치는 빛을 말한다. 따라서 역광이 비친다는 것은 두 가지를 뜻한다. 하나는 대상의 실체나 윤곽이 선명하게 드러나지 않는다는 것. 다른 하나는 그럼에도 불구하고 그 강렬함이 비교할 수 없을 만큼 나를 사로잡는다는 것.

「역광」에서 알 수 없는 환각에 시달리는 주인공은 '그녀'로 지칭되는 한 신인 소설가다. 그녀는 숲속에 자리 잡은 예술인 숙소에 머물고 있다. 공동생활은 쉽지 않았다. 사람들은 "때로 거인처럼 다가왔고 때로는 속물처럼 여겨졌다. 가끔은 착한 영웅일 때도 있었고 드물게는 정신병자 이웃이기도 했다."(26~27쪽) 아마 그 모든 것이었으리라. 낯선 타인들과의 만남이란 저런 모든 모습들을 내포하는 것이었을 터. 그녀에게는 그들이 그렇게 '보였다'. 실체를 갖지 못한 만남이기에 거기서 만난 모든 이들에게서는 얼마간의 유령성이 있었다고 보아야 온당할 것이다. 그녀는 최근 비슷한 꿈을 꾸고 있다. "어떤 사람의 직립한 키와 실루엣에 그 사람의 코를 연관시키는 꿈"(27쪽)이다. 유령에게 실체를 부여하려는 그녀의 무용한 노력을 보여 주는 꿈이 아닐까. 그녀는 꿈에서든 현실에서든 "예술가의 이름을 보고 그 사람의 나이와 외모, 직업"을 맞추는 일에 매번 실패했다.

그녀가 짧은 외유를 마치고 예술인 숙소로 돌아오던 날, 그녀는 "등 뒤에 어떤 기척을 느끼고 돌아보았다. 맞은편 공용 발코니에 누군가 앉아 있었다."(25쪽) 소설은 이 '누군가'에 대해 끝내 설명하지 않음으로써, 그의 실체를 빼앗는다. 그는 처음부터 육체(body)를 갖지 못한 자, 노바디다.(아마도 곧 만나게 될 위현일 것이다. 그러나 그 역시 노바디이기는 마찬가지다.) 그날 저녁, 그녀는 신입 입주자 두 명을 만난다. 한 명은 여배우 '달'이고, 다른 한 명은 번역가이자 소설가인 '위현'이다. 위현은 3년 전부터 약시가 시작되어 곧 눈이 멀게 될 비운의 사나이다. 그녀는 비록 앞을 보지 못하지만 지적이고 유머러스한 그에게 관심을 갖게 된다.

눈이 멀어 간다는 것은 유령성과 무관하지 않다. 유령이 '봄/보임'이라는 시각적 환영을 통해 나타난다는 사실을 상기하자. 위현은 '봄'의 기능을 상실함으로써 유령이 되어 간다. "나는 점점 비인칭이 되어 가고 있습니다. 내가 보지 못한다고 아무도 나를 주체로 여기지 않아요. 그걸 받아들이는 게 아직도 때로는 분하고 힘이 들어요. 하지만 가끔은 여전히 명랑한 주체인 양 거울을 보고 명령합니다. 내 안의 장님이여, 시체여, 진군하라!"(50쪽) 자신은 보지 못하고 오직 '보임'만 남은 존재. 실체를 잃고 누군가에게 계측되는 것으로 거기에 있다는 사실이 드러나는 존재가 유령이 아니면 무엇이란 말인가? 위현의 명명("내 안의 장님이여, 시체여.")이야말로 유령성에 대한 인증이다. 실은 이름부터가 그가 시각적인 유령임을 암시한다. 위현이라니, 그는 거짓(僞)으로 출현(現)한 존재가 아닌가?

식당으로 날아 들어온 작은 새 한 마리 때문에, 햄릿의 표현대로 시간이 이음매에서 벗어난 어떤 순간 덕분에 위현과 그녀는 술자리를 갖게 된다. 그는 기억의 속성에 대해 말을 건넨다. 이 역시 유령의 존재 방식에 대한 교설로 들린다.

"이를테면 과거라는 건 말입니다."

마침내 경련이 잦아들자 그가 말했다.

"무서운 타자이고 이방인입니다. 과거는 말입니다. 어떻게 해도 수정이 안 되는 끔찍한 오탈자, 씻을 수 없는 얼룩, 아무리 발버둥 쳐도 제거할 수 없는 요지부동의 이물질입니다. 그래서 인간의 기억이 그렇게 엄청난 융통성을 발휘하도록 진화했는지 모릅니다. 부동의 과거를 조금이라도 유동적이게 만들 수 있도록, 이것과 저것을 뒤섞거나 숨기거나 심지어 무화시킬 수 있도록, 그렇게 우리의 기억은 정확성과는 어긋난 방향으로, 그렇다고 완전한 부정확성은 아닌 방향으로 기괴하게 진화해 온 것일 수 있어요."(47쪽)

위현의 말처럼 과거는 "무서운 타자이고 이방인"이다. 거기에는 우리가 만들어 낸 "끔찍한 오탈자, 씻을 수 없는 얼룩", "요지부동의 이물질"이 그대로 묻어 있다. 돌이킬 수 없고 교정할 수 없으며 망각할 수도 없기 때문이다. 우리의 기억이 부정확한 것은 이 잘못들을 순치시키기 위한 것이다. 그의 말에 따르면 기억은 정확성과는 거리가 멀지만 그렇다고 완전히 부정확하지는 않은 이상한 방향으로 진화해 왔다. 그런데 과거와 현재의 이런 부정 교합(不正咬合)이야말로 이음매에서 벗어난(out of joint) 시간 아닌가? 실은 위현의 등장 자체가 그런 시간의 증거다. 그녀와 위현, 둘이 술을 마시는 장면을 목격한 달이 갑자기 폭발한다. "이 잔인한 인간! 두고 봐. 당신에게 받은 건 당신한테 고스란히 돌려주고 말 테니까. 공평하잖아? 뭐 잘못된 거라도 있어?"(46쪽) 초면인 듯 인사를 나누었던 달과 위현의 관계가 실은 꽤 깊은 관계였음이 폭로되는 장면이다.

라캉은 시각장에서 일어나는 환영이 질투와 관련되어 있음을 언급한 바 있다. 나에게 허락되지 않은 단란한 장면이야말로 무서운 응시, 다시 말해 질투하는 눈을 불러일으킨다. 달의 이 폭발이 모든 상징체계의 붕괴를 가져온다. 이렇게 정리해 보자. 첫째, 달의 폭언을 들은 위현의 "왼쪽 뺨"이 "불수의적"으로 일그러진다.(46쪽) '보임'만으로 존재하던 그가 왜상, 일그러진 그림이자 유령이라는 사실이 암시되는 장면이다. 둘째, 그들의 주변에서 "호로로로록" 소리를 내며 새가 울었는데 소리는 선명했으나 모습이 보이지 않았다. 그가 위로하듯 말한다. "눈동자 같은 소리군요."(47쪽) 모습을 볼 수 없는 새를 눈동자에 비유한 것은 역시 '봄/보임'이라는 시각적 환영과 관련된다. 작은 새의 '보이지 않음'은 위현의 '볼 수 없음'과 상동적이라고 말할 수 있다. 셋째, 위현은 이렇게 말한다. "나는 심지어 나하고도 눈을 마주칠 수 없습니다. (중략) 아무것도 발생하지 않아요. 아무도 오지 않습니다. (중략) 도래할 어둠의 시간 외에는."(49쪽) 이 말을 건네기 바로 직전, 그녀는 위현이 자신을 지칭할 때 "저"에서 "나"로 바꾸었음을 눈치챈다. '저'는 상대적인 호칭이다. 상대를 앞에 두고 자신을 낮추는 말이다. 그와 달리 '나'는 절대적인 호칭이다. 상대가 없어도 나는 내 자신을 두고서 '나'라고 말할 수 있다. 그런데 유령은 상대방이 없는 것은 고사하고, 내 자신과도 상대할 수 없는 이름이다. '저'라는 말이 사라지면서 대화의 상호성이 붕괴한다. 내가 나를 볼 수 없다고 말하면서 주체성이 파괴되었다. 또한 아무도 오지 않음으로써 노바디가 등장했다. 넷째, 마침내 위현은 그녀의 손을 잡고 고백 혹은 유혹으로 보이는 말을 건넨다. "강도처럼 내게서 차분한 체념과 적요를 빼앗으려는 당신은 누굽니까? 은은한 알코올 냄새를 풍기면서 내 곁을 맴돌고 내 뒤를 따르는, 새파랗게 젊은 주정뱅이 아가씨는 대체 누굽니까?"(50쪽) 그런데 이 묘사를 통해 드러나는 것은, 그녀 역시 일종의 유령이라는 사실이다. 은은한 냄새를 풍기면서(이것을 '기미'라고 번역할 수 있을 것이다.) 내 곁을 맴돌거나 내 뒤를 따르는 존재가 유령이 아니라면 무엇이겠는가? 유령과는 대면할 수 없다. 다섯째, 소설은 첫 장면으로 돌아와서 끝이 난다. 그녀는 짧은 외출을 마치고 돌아와 그의 안부를 묻는다. 여직원은 그런 사람은 온 적도 없고 올 예정에도 없다고 일러 준다. "그녀는 등 뒤에 어떤 기척을 느끼고 돌아보았다. 맞은편 공용 발코니에는 아무도 없었다."(51쪽) 위현은 처음부터 존재하지 않았다. 그는 노바디였던 것이다. 노바디가 묻는다. 당신은 누구입니까?

2   말의 유령: 정용준, 「뮤트」[2]

두 번째는 말의 유령이다. 말은 세계를 분절하고 질서화하는 첫 번째 작인이다. 말 자체를 상징이라고 부를 수 있다. 말의 의미 작용이란 소리를 그와 무관한 사물과 한 번, 다시 그 사물을 그와 무관한 의미와 또 한 번 연결 짓는 작용이다. 말의 역량은 분절의 역량이다. 말은 세상의 모든 소리를 포착 가능한 음운과 음절로 나누고선 다시 그것들을 특정한 규칙에 따라 결합한다. 그 말은 이를 통해 세계를 의미로 마름질한다. 이 과정에서 수많은 소리들, 해당 언어의 음절과 음운 체계에 속하지 않는 말들이 버려진다. 수많은 결합 규칙들, 해당 언어의 문법 체계 바깥의 규칙들이 폐기된다. 따라서 말이란 무수한 배제와 폐기를 통해서만 성립하는 상징이다. 바로 그 때문에 유령이 나타날 수 있는 조건은 이미 마련되어 있다고 할 수 있다.

「뮤트」에는 말더듬이들이 등장한다. 말을 더듬는다는 것은 무엇인가. 매끄럽게 구성된 말의 체계에서는 잡음이나 소음이 일어나지 않는다. 그것들은 상징적인 역할을 잘 수행해 내는 말이다. 그런데 말더듬이란 말 사이에서 틈새를 만들어 내는 것, 말과 말 사이를 다르게 분절하는 것이다.

우리는 말더듬이로 만났다. 당시의 난 열여덟의 고등학생이었고 형은 스물한 살의 대학생이었다. 나는 첫말을 여러 번 연발하는 말더듬이고 형은 첫말이 잘 나오지 않는 난발성 말더듬이었다. 기본적으로 말더듬이들은 첫 음을 쉽게 발음하지 못한다. 하지만 그 이유와 양상은 각각 다르다. 내 경우엔 첫말을 연속해서 발음한다. 이를테면 '다녀오세요.'를 '다, 다, 다, 다

---

2   정용준, 「뮤트」, 《문학들》, 2015. 여름. 이하 본문에 인용할 때는 쪽수만 밝힌다.

녀오세요.'라고 하는 식이다. 형은 특정 단어의 첫말이 나오지 않는다. 하지만 다른 단어로 바꾸거나 문장의 순서를 도치하면 가능해진다. '안녕하세요.'가 나오지 않는다면 '반갑습니다.'라고 바꿔서 말하거나 '버스 타고 왔어요.'를 '왔어요. 버스 타고.'라고 말하는 식이다.(282~283쪽)

이것만이 아니다. 교정원에서 만난 사람들은 영어만 더듬는 사람, 첫 음절이 아니라 첫마디를 더듬는 사람, 전화 통화만 못하는 사람 등 각양각색이다. 말이 분절을 통해 세계를 상징화한다면, "말더듬이"란 상징체계 자체의 구축에 실패한 사람이다. 정확히 말하자면 세계를 다르게 분절함으로써 상징체계에 균열을 내고 노바디를 내보낸 사람이다. 뒤에서 살펴보겠지만, 이렇게 말할 수 있지 않을까. 말더듬이는 통상의 말을 다르게 분절함으로써 새로운 말의 가능성을 만들어 내는 사람, 새로운 주체를 생성해 내는 사람이라고. 물론 그 주체는 의사소통이란 입장에서 보면 무의미한 소음, 잡음을 만들어 내는 사람에 불과하겠지만.

소설은 소설가가 된 '나'와 기차 기관사가 된 '형'의 만남으로 시작해서, 교정원 사람들의 소식으로 넘어간다. 오래전 둘은 말더듬 증상을 교정하기 위해 교정원에 함께 다녔던 사이다. '나'는 형을 통해 그때 사람들이 제각각의 자리에서 정상적인 삶을 영위하고 있다는 소식을 듣는다. 여기까지는 장애를 극복한 사람들의 훈훈한 성공담이다. 그런데 형이 잊고 있던 'H'의 소식을 꺼낸다. 그는 일반적인 말더듬과는 다른 증상을 겪고 있던 소년이다.

교정 훈련이 시작됐다. 사람들은 둥글게 모여 앉아 차트에 적힌 단어들의 첫 음을 길게 늘여 크게 읽었다. 원장이 앞에 서서 말하면 사람들이 그 말을 따라하는 식이었다. 나는 귀를 의심했다. 옆자리에 앉은 H가 들릴락 말락 한 소리로 이상한 말을 툭툭 내뱉고 있었다. 이유도 없이 유리잔을 바

닥에 휙휙 던지는 질 나쁜 아이처럼 H는 말을 입술 밖으로 막 던져 대고 있었다.(중략)

시발. 좆같은 새끼들.

고개를 돌려 H를 봤다. 입은 분명 그렇게 말했지만 얼굴은 공포에 질려 있었다. 손가락 마디가 하얗게 질리도록 두 손을 꽉 맞잡고 부들부들 떨고 있었다. 그것은 증오를 드러내는 자의 모습이 아니었다. 욕하는 자의 입술과 표정은 더더욱 아니었다. 사로잡힌 동물의 눈이었고 대꾸 한마디 못한 채 상대방에게 모욕을 당하고 있는 자의 얼굴이었다.(285~286쪽)

교정원에서는 모두들 말더듬을 고치기 위해서, 언어의 일반적인 분절의 원칙을 받아들이기 위해서 애를 쓰고 있었다. 교정(矯正)이란 바르게 고친다는 것이다. 그런데 과연 말더듬이 그런 것이었을까? 잡음이나 소음으로 치부되는 그 소리들이야말로 새로운 주체를 생성해 내는, 새로운 분절을 만들어 내는 이중 분절의 지점 아닌가? 소리를 분절하고 뜻을 분절함으로써, 해당 언어의 상징체계에 포착되지 않는 새로운 말들을 만들어 내는 힘이 거기에는 있다.
　이것은 H의 사연에서 극명하게 드러난다. 자신의 의도와도 다른 저 험한 말을 쏟아내고 있는 소년은 말더듬의 대상이 아니다. 그는 '잘못' 말하는 게 아니라 '다른 것'을 말하고 있기 때문이다. 그래서 그는 말한다. "말은 믿을 수 없어. 좋은 말도 다 가짜야. 진짜는 눈빛이지. 속마음은 눈빛에 담겨 있거든."(286쪽) 따라서 H는 교정될 수 없을 것이다. 그는 말의 가능성을 버리고, 새로운 언어의 가능성을 찾아야 했다. 그를 억지로 교정하려다 기어이 일이 터지고 만다. '나'는 더운 여름 육교에 서서 거리 스피치를 하던 H를 두고 도망쳤다. 뜨거운 육교 위에서 사람들의 냉대 어린 시선을 받던 H는 결국 사라졌고 다음 날 '나' 역시 교정원을 떠났다. 소박한 선의가 오히려 H를 고립시켰던 셈이다. '나'는 억지로 그를 잊으려고 노력했다. 마침내 그는 기억에서 추방되었다. "H는 망각의 형태로 존재한다."(287쪽) 그는 노바디였다.

언어는 왜 순서가 있을까. 어찌하여 문법이 필요한 걸까. 배열과 체제 없이 논리와 인과를 만들 순 없는 걸까. '가'를 말하지 못하면 '나'도 말할 수 없는 나 같은 사람은 가나다라마바사를 모르는 멍청이 취급을 받지. 적혀 있는 대로 읽어야 하고 정해진 대로만 발음해야 해. 그것이 안 되는 사람이 있어. 그것이 힘든 사람이 있다고. '말을 할 수 있으면서 왜 제대로 말할 순 없어?'라는 질문 앞에 더듬거리며 아무 대답도 못하는 사람들이 있어. 호명하는 것도 호명되는 것도 두려운 날들. 내 입은 얼굴을 돌아보게 만들 정확한 이름을 말할 수 없어. 입술 밖으로 튀어나온 말은 반쯤 죽어 있어. 반쯤은 부서진, 반쯤은 뭉개진, 절반은 투명한, 어쩌면 바람 같은, 형상 없는 유령 같은. (중략) 정작 그것들은 이름과 상관없이 고요히 침묵하는데 왜 우리들은 시끄럽게 이름을 불러 그들의 단잠을 깨우려 할까.(287쪽)

말더듬이의 말은 상징의 언어가 아니다. 그들의 말은 반쯤 부서지고 반쯤 뭉개져 있다. 그래서 투명하고 바람 같고 유령 같다. 그런데 바로 그렇게, 그 형식으로 그 말들은 거기에 있다. 왜 그 말들이 상징의 권위에 종속되어야 할까. 훗날 '나'는 H의 근황을 듣게 된다. H는 지금 감옥에 있다. 7년 전 일이다. 마스크를 쓰고 길거리에서 욕설을 퍼붓던 사내가 있었다. 사람들과 시비가 붙었는데, 그의 처지를 설명하고 이해를 구한 한 여성 덕분에 싸움을 피했다. 남자를 돕던 사회복지사였다. 그런데 남자가 갑자기 그녀를 돌로 쳐서 살해했다. 그가 H였다. 이 비극은 언어라는 상징적 질서 속에 들어가기를 끝내 거부한 한 남자에게 닥친 비극이다. 여자의 말은 선의였을 테지만, 그녀가 이해를 구한 방식은 그를 비정상으로 규정할 수밖에 없었을 것이다. 그러나 자신이 생각하기에 그는 잘못된 말에 갇힌 정상인이었다. 처음부터 잘못된 것은 말이지 그 자신이 아니었기 때문이다.

'나'는 H에 대한 죄책감에 시달린다. "내 속에는 늘 네가 한 조각 있었다."(299쪽) 소설의 마지막 장면에서 '나'는 H와 마주 앉는다. "나는 너를 만나는 것을 상상하며 소설을 쓰고 있다."(298쪽)라는 말을 염두에 둔다면, 상상 속 장면일 것이다. 과연 H는 엉뚱한 말을 하지 않고, '나'에게 정확한 말을 건넨다. "너는 입술을 움직이지 않고 말한다. 왜 말이 없어. 형 말 좀 해 봐."(300쪽) 이 말은 노바디의 말이자, 노바디에게 건네는 또 다른 유령의 말이다. '나'는 실제로 말을 하고 있지 않고 소설을 쓰고 있다. '나'는 작가-유령이다. 작가인 '나'는 (실제의) 말을 하지 않음으로써 (소설 속에서) 말을 하고 있다. 또한 너는 굳어서 움직이지 않는 입술로 '나'에게 말을 건네고 있다. 이것이 노바디의 두 번째 물음이다. 왜 말이 없어. 말 좀 해 봐.[3]

3 시간의 유령: 한강, 「눈 한 송이가 녹는 동안」[4]

이번에는 실제로 나타나는 유령을 만날 차례다. 「눈 한 송이가 녹는 동안」은 유령(죽은 자)의 방문으로 시작한다. '방문하다'라는 뜻을 가진

---

3   이 소설에는 흥미로운 착오가 있다. 소설은 7개의 절로 나뉘어 있는데 4절이 중복되어 있어서 6절로 끝난다. 말더듬이 만들어 내는 새로운 분절과 닮아 있지 않은가. 이 역시 일종의 더듬음이다.

4   한강, 「눈 한송이가 녹는 동안」, 《창작과비평》, 2015. 여름. 이하 본문에 인용할 때는 쪽수만 밝힌다.

'visit'역시 '보다'와 같은 어원에서 파생한 단어다. '방문하다'는 '찾아가서 보다'다. 유령의 방문은 시간성의 차원을 드러낸다. 시간은 불가역적인 것이다. 그래서 시간의 차원에 포획된 사자는 다시 살아날 수 없다. 죽은 자가 다시 목격된다면 그는 환영이거나 유령일 수밖에 없을 것이다. 그리고 이것은 불가역적인 시간이 그 자체로 재생됨을 뜻한다. 과연 이 소설은 역진적이어서 시종 회고담으로 진행된다.

희곡 작가인 '나'('k')를 방문한 유령은 마흔여섯에 암으로 세상을 뜬 '임 선배'다. 그는 지금 죽은 지 3년 만에, 당시 모습 그대로 '나'에게 나타났다. 둘이 처음 만난 것은 17년 전이다. 13년 전에 '나'는 결혼한 적이 있다. 그리고 지금은 혼자 산다. 그런데 잡지사에 있을 때 '나'가 가깝게 지냈던 사람은 임 선배가 아니라 류경주 선배(이하 '경주 언니')다. '나'보다 5살 위인 경주 언니 역시 지금은 이 세상 사람이 아니다. 결혼 후 얼마 지나지 않아 교통사고로 세상을 떠났다. 경주 언니는 갓길에 세워 둔 사고 차량을 도우려다 참변을 당했다.

소설은 세 명의 인물('나', 임 선배, 경주 언니) 사이에서 일어난 에피소드를 중심으로 전개된다. 입사한 지 한 달 만에, 회사 수련회를 갔던 바닷가 콘도에서 영문 모르는 '나'를 놓아두고 둘 사이에 사건이 일어났다. 경주 언니가 임 선배의 얼굴에 맥주잔을 끼얹은 것이다. 술자리가 파하고 셋만 남았을 때 임 선배가 바람 쐬러 나가자고 제안한다. 그는 경주 언니와 심각한 대화를 나누며 앞장서 걸으면서도 가끔 고개를 돌려 "제발 이곳에 둘만 남겨 놓지는 말아 달라고, 이 시간 자신들이 겪고 있는 곤란과 괴로움의 증인이 되어 달라고 청하는 것 같은 이상하게 간절한 시선"(296쪽)을 '나'에게 보냈다. 따라서 '나'는 (의도하지 않게) 목격자가 되었다. 둘 사이에 개입하지 않으면서도 둘에게 '봄/보임'의 주체/대상이 된 것이다. 어쩌면 '나'도 유령이었던 셈이다. 월미도에 놀러 가서도 동일한 일이 있었다. 놀이 기구를 타고 탁구를 치고 회를 먹으면서도 둘은 '나'

에게 "계란이는 빠지라니까."(306쪽) 하면서 계산을 못하게 했다. 그러던 두 사람이 죽었다.

나만 살았어. 하마터면 그렇게 소리 내 중얼거릴 뻔했다. 내 마음을 꿰뚫어 보듯 그가 말했다.

k 씨만 남았네.

그의 침착한 말씨를 흉내 내려 애쓰며 나는 대답했다.

아직까지는요.(307쪽)

'나'만 살아남아 죽은 자들의 목격자가 되었는데 그때에도 유령성은 오직 '나'에게 주어져 있었다.(그 때문일까. 이 소설은 유령의 입을 통해서, '나'에서 'k'로의 시점 이동이 일어난다.) 물론 그때와 지금은 다르다. 그때 '나'는 유령과 같은 목격자였고, 지금은 둘이 실제로 죽은 자다. '나'와 임 선배(와 경주 언니)의 입장이 바뀐 것일까. 문제는 그리 간단하지 않다. 경주 언니는 여자 직원들의 처우 개선을 위해 투쟁하는 전사 같은 선배였다. 당시 셋이 다니던 회사의 경영자는 "귀중한 모성은 보호받아야 하므로 가정과 직장을 양립해서는 안 된다."(303쪽)라는 구실을 내세워 여직원들을 결혼과 동시에 해고했다. 그로써 인건비의 상승을 억제했다. 이 부당한 처사가 여성들에게만 강요되었기 때문에 동료들 간에 미묘한 불편함이 생겨났다. 경주 언니가 임 선배에게 맥주잔을 뿌린 원인도 여기에 있었다. 똑같이 무력했을 뿐인데도 그는 이 회사에 남아 늙어 갈 때까지 자리를 지킬 것이라는 불편함 말이다.

그런데 실은 임 선배와 경주 언니 모두 무력하게 살지 않았다. 임 선배는 그 회사에 뼈를 묻지 않았다. 그는 시사 잡지 편집부로 이직했으며 특정 기사가 삭제되는 사건을 겪자 파업에 적극 참여하여, 검약하고 성실한 태도로 파업 현장을 지켰다. 임 선배는 사측의 회유와 협박에 굴복하지 않고 사비를 추렴해 새로운 잡지를 꾸렸다. 경주 언니 역시 결혼 후에 퇴사할 처지가 되자 혼자 노동청에 신고하고 출근 투쟁을 벌였다. 경주 언니는 그 이후의 가혹하고 지속적인 따돌림을 버텨 낸 후에야 이직을 결정했다. 다만 그 당시에는, 그런 노력과 투쟁의 삶이 노출되지 않았을 뿐이다. 둘은 죽었고(한 명은 병으로, 한 명은 사고로) 그로써 둘의 삶은 완결되었다. 따라서 둘의 죽음은 삶의 허망함과 노력의 무의미함을 보증하는 장치가 아니다. 완결된 시간이 이제 회상과 죽은 자의 방문을 통해 재조명되려고 하고 있다.

그날 그녀는 (중략) 수령이 오래된 듯한 갈참나무들 아래를 지나다가 불쑥 나에게 말했다.

이렇게 오래 살아가는 것들 아래 있으면 더 그런 생각이 들어. 우리가 해치지만 않으면, 어쩌다 불이 나거나 벼락만 맞지 않으면 수백 년도 살 수 있는 것들 아래에서, 이렇게 짧게 꼬물꼬물 살아가는 우리가 어떤 존재인지…… 다음 달, 다음 해, 아니 오 분 뒤 일조차 우린 알지 못하잖아. 그렇게 시간에 갇혀 서로 찌르고 찔리면서 꿈틀거리잖아. 그걸 내려다보고 있는 존재가 어딘가 있다 해도, 그가 우릴 사랑할 것 같지 않아. 우리가 상처 난 벌레를 보듯 혐오하지 않을까? 무관심하지 않을까? 기껏해야 동정하지 않을까?(314쪽)

경주 언니의 말이다. 존재들의 원환 가운데서 저급한 존재들에게 주어진 삶의 조건은 이것이다. "시간에 갇혀서." 그 원환 바깥에서는 투명해 보일 삶의 문제가, 시간에 갇힌 존재들에게는 "서로 찌르고 찔리면서 꿈틀거리"는 일이 되고 만다. "시간에 갇혀 앞을 보지 못하므로" 혹은 "시간에 갇혀 앞일을 알지 못했으므로"(315쪽)와 같은 말은, 끊임없이 언니의 삶을 설명하는 클리셰가 된다. 시간에 갇혀 있을 때, 서로가 서로에게 상처를 주고 술잔을 끼었고 험한 말을 했다. 그런데 그 삶의 원환을 떼어 놓고 보면, 임 선배도 경주 언니도 각자의 일을 해냈다. 따라서 '나'와 둘의 입장이 바뀐 것은 아니다. '나'는 수습이거나 금방 일을 그만두거나 해서 그들의 투쟁에 동참하지 못했다. '나'는 처음부터 목격자로서의 유령이었다. 그리고 (잠시 뒤에 할 말이지만) 지금은 기록하는 자로서의 유령이 추가된다. 반면 둘의 죽음은 시간에서 벗어나기 위한 것이다. 주목을 요하는 부분이다. 시간의 바깥에서 비로소 둘은 진정한 화해에 이른다. 둘의 삶의 궤적이 크게 다르지 않았기 때문이다.

이 소설의 제목은 '나'(k)가 쓰고 있는 희곡의 한 장면과 관련되어 있다. '나'는 「삼국유사」의 노힐부득과 달달박박 이야기를 현대적으로 각색한 극본을 쓰고 있다.

> 함께 있어 주세요, 소녀가 말한다.
> 젊은 승려가 멀찍이 떨어져 서서 대답한다.
> 그건 안 된단다.
> 제발. 눈 한 송이가 녹는 동안만.
> 소녀는 나무 욕조의 물속에 들어가 있는데, 이상하게도 그녀의 머리에 쌓인 눈이 녹지 않는다. 그 눈송이들을 커다랗게 확대한, 눈의 결정 모양을 한 빛무늬가 무대 뒤편 검은 벽에 하얗게 비쳐 있다.
> 그 결정들을 홀린 듯 바라보며 승려가 묻는다.
> 왜 머리 위 눈이 녹지 않을까?
> 시간이 흐르지 않으니까요.
> 하지만 우리는 이야기를 나누고 있는데.
> 우리가 시간 밖에 있으니까요.(316~317쪽)

이 이야기에서 소녀로 변신한 관음보살이 두 승려를 찾아온다. 한 사람은 소녀가 유혹자라고 생각하여 거절했고, 한 사람은 그녀가 불쌍한 중생이라 생각하여 도와주었다. 소녀와 승려가 대화를 나누는 동안 눈 한 송이가 걸려 있다. 소녀는 눈이 녹지 않는 이유가 둘이 시간의 바깥에 있기 때문이라고 말한다. 해탈이란 시간 바깥으로 나가는 일이다. 그러니 소녀와 승려는 이미 유령이 되었다. 시간의 단절과 중지, 바깥에 처해 있기 때문이다. 그런데 똑같은 의미에서 해탈이란 순간에 거처하는 일이다. 눈 한 송이는 금방 녹는다. 그러나 순간에서 포착한 그 눈에서 시간을 정지시킨다면, 순간 그 자체가 영원이 된다. 이때의 순간이란 시간의 단면이 아니라 영원의 단면일 것이다. 그렇게 '나'와 임 선배, 경주 언니는 시간의 유령이 됨으로써 화해에 이른다. 간밤의 꿈에서 '나'(k)가 임 선배의 어린 딸이 되는 것과 같은 에피소드(324쪽)들이 그때 탄생한다.[5] 세 번째 노바디의 질문은 희곡 속 소녀의 입을 통해 나온다. 함께 있어 주세요.

---

[5] 이 소설에도 흥미로운 장치가 있다. '나'(k)는 10년 전에 결혼했다. 그런데 별다른 얘기도 없이 '나'는 혼자 사는 것으로 나온다. 그리고 이런 장면.

그런가. 하지만 지금도 k 씨는 평화로워 보여.
아니요, 불가능해요. 이 세상에서 평화로워진다는 건. 지금 이 순간도 누군가 죽고.
나는 재빨리 입을 다물었다.
누군가 뒤척이고 악몽을 꾸고.
내가 입을 다물었는데 누가 말하는지 알 수 없었다.(321쪽)

이 세상에서 평화는 불가능하다. 그런데 '나'는 평화롭다. 그러므로 '나'는 이 세상 사람이 아니다. 혹은 '나'는 입을 다물었다. 그런데 누군가 말하고 있다. 그러므로 '나'는 누군가의 악몽 속의 존재다. 어느 쪽이든 간에 '나' 자신도 유령이라는 암시다. 그리고 '나'는 소문자 'k'다.

4   작가라는 유령

소설 세 편에 등장하는 유령에 관해서 살펴보았다. 시선의 유령, 말의 유령, 시간의 유령. 데리다는 유령이 바로 타자라고 말한다. 우리가 포착하는 데 실패한, 그러나 늘 우리 바깥에서 우리를 보고 있는 혹은 우리의 봄을 바라는 타자들. 타자들은 그렇게 환영을 통해, 말더듬을 통해서 그리고 시간적 착란을 통해 나타난다. 노바디의 저 질문과 간청에 우리는 어떻게 응답할 것인가? 흥미로운 것은 이 세 편의 소설 속 중심인물이 모두 작가라는 사실이다. 유령 작가란 타인의 원고나 작품을 대신 써 주는 대필 작가를 의미하는 말이지만, 타자의 말을 대신 받아쓴다는 점에서 본다면 모든 작가는 유령 작가다. 유령 작가에게 유령이 말을 건넨다. 이것이 노바디의 마지막 질문이다. 이제 우리 각자가 그 질문에 대답할 차례다.

이야기를 더 해 봐요.(307쪽)

5부

무(無)는 사라지지 않는다

먼 곳에 대한 세 개의 주석

최은영의 위상학

> 모두가 이별을 말할 때
> 먼 곳은 생겨난다
> 헤아려 내다볼 수 없는 곳
> ── 문태준, 「먼 곳」

1   조망점 혹은 그것의 사라짐

'먼 곳'이란 떨어져 있는 곳, 이곳과 분리되어 있는(be apart) 곳이다. 그래서 먼 곳은 "이별을 말"하는 곳, 좀 더 정확히는 이별이 체험되는 곳이다. 이별할 때 둘은 서로에게서 떨어져 나가기 때문이다. 한편으로 먼 곳은 "헤아려 내다볼 수 없는 곳"이다. 먼 곳은 끊임없이 멀어지는 곳이고 마침내 그 격절을 헤아릴 수 없을 때까지 멀어지는 곳이다. 그런데 이 측정 불가능성이 먼 곳에 특수한 위상학을 부여한다. 첫째, 먼 곳은 내다볼 수 없는 '이곳'이라는 조망점(point of view)을 마련해 놓는다. 조망할 수 없는 조망점이 이렇게 생긴다. 둘째, 먼 곳은 필연적으로 이곳과 등가적이다. 둘은 아무리 멀리 떨어져 있어도 서로 묶여 있다. 서로 헤아릴 수 없는 곳에서도 둘은 반드시 서로를 헤아린다. 셋째, 먼 곳은 측정 불가능한 곳으로 사라졌다. 그러므로 먼 곳은 무(nothing)다. 그럼에도 불구하고 먼 곳의 위상학은 사라지지 않았다. 무는 사라질 수 없다. 다시 말해, 없는 것은 없어질 수 없다. 그리하여 먼 곳은 무의 현존이다.

이 글은 '먼 곳'에 대한 주석이다. 최은영의 「먼 곳에서 온 노래」[1]는 '먼 곳'에서 출발하여 '먼 곳'에서 끝난다. 이 여정을 따라가다 보면, 먼 곳의 위상학적 역설과 만난다. 세 가지 역설이다. 하나. 조망할 수 없는 조망점, 다시 말해 이곳의 위상학. 둘. 없는 관계가 만들어 내는 관계, 다시 말해 이곳과 먼 곳의 관계의 위상학. 셋. 무의 현존, 즉 먼 곳의 위상학. 이렇게 셋이다. 우리는 이 조망점들의 위상과 사라짐, 먼 곳의 사라짐과 나타남, 둘의 관계의 불가능성 혹은 불가능성의 가능성 들을 모두 염두에 두어야 한다.

이 위상학에 따라서 세 개의 시간이 생겨난다. 이 소설에는 세 개로 분열된 시간의 층위가 존재한다. 각각은 뜨겁게 달아올라 단호하게 결렬되는 시간의 지반이다. 먼 곳의 시간(미진의 시간), 이곳의 시간(소은/즉 '나'의 시간), 관계의 시간(율랴의 시간)이 서로 이동하고 부딪히고 변형된다. 거대한 대륙의 지반들이 그렇듯이 저 시간적 층위들의 만남과 어긋남이 소설의 지각을 옮기고 변형하고 재구성한다. 저 시간의 해안선들을 맞추어 보는 것은 단순히 선조적(線條的) 시간성의 방식으로 에피소드를 정렬하기 위한 것이 아니다. 그것은 소설이 남긴 거대한 그림의 조망점을 찾아가는 일이기도 하다.

먼저 시간을 연대순으로 분할해 보자. 첫 번째 시간은 소은과 미진이 함께 보낸 시간이다. 10여 년 전 소은의 새내기 시절이 그 시기에 고스란히 담겼다. 02학번 소은이 학내 노래패에서 97학번 미진을 만나서 함께했던 시간들로 구성되어 있다. 두 번째 층위는 미진이 러시아로 유학을 떠난 뒤 폴란드 여성 율랴와 함께 보낸 시간이다. 한국에서 미진은 소은과 3년을 함께 살다가 러시아로 떠났고, 러시아에 온 미진은 율랴와 3년 동안 플랫메이트로 함께 살았다. 이 두 시기는 시간적으로나 물리적으로 동

---

1   최은영, 「먼 곳에서 온 노래」, 《창작과 비평》, 2015. 가을. 이하 본문에 인용할 때는 쪽수만 밝힌다.

떨어져 있지만 유비적으로 연결되는 두 개의 시간적 해안선이다. 공동체에서 소외된 두 삶이 서로에게 의지해 시간을 견뎌 냈다는 점에서 그렇다. 세 번째 층위는 소은과 율랴가 함께 보낸 (혹은 보낼) 시간이다. 현재 소은은 서른세 살이 되었고, 선배는 7년 전 서른두 살의 나이로 세상을 떠났다. 선배와의 추억을 공통분모로 삼아 소은과 율랴가 교감을 형성한다. 선배의 부재가 소은과 율랴를 매개한 셈이다. 이 시간들은 어떻게 분절되고 교차하고 이어지는가? 이를 통해 먼 곳의 위상학이 모습을 드러내게 된다.

2 심리적인 장소로서의 '먼 곳'

세 개의 연대기적 시간을 매개하는 것은 '먼 곳'에 있는 미진이다. 첫 번째 연대기적 시간, 즉 소은과 미진의 시간에서 둘은 서로 가까웠다. 둘은 분리되지 않은 상태지만 둘 모두가 공동체에서 분리되어 있다. 그렇다면 미진은 어떤 사람인가. 노래패 홈커밍데이 때 일어난 일이다. 오랜만에 학교를 찾은 선배들과 대화를 나누다 노래패 내부의 갈등이 외부로 드러났다. 한때 사회를 바꿀 수 있다고 믿었던 사람들, 급진적인 운동권 선배들이 지금은 다들 속물이 되어 있다. 이들의 대화는 압도적인 사실감을 주고 있어 길게 인용할 가치가 있다.

"우리 학교 여자애들 보셨어요? 계집애들처럼 몰려다니면서 선배보고 오빠라고 하질 않나. 우리 노래패도 단단하게 이끌어 줄 남자애들이 안 들어와서 결국 이렇게 된 것 같아요. 나도 여자지만 여자애들은 뭉칠 줄도 모르고 도무지 조직이라는 걸 이해 못하잖아요."

"소은이라고 했나?" 기자 선배가 말했다. "너도, 우리 후배라면 그런 여성적인 태도는 좀 버려야 할 것 같다. 말투도 그렇고 옷차림도 그렇고. 나도 여자지만, 사회에 나와 보면 참 융화가 안 되는 여자들이 많아. 툭하면 삐지고, 불평불만에. 우리 대학 여자들이 좋다는 게 뭐야. 제3의 성이잖아. 여자지만 다른 여자들의 열등함은 지양해야지. 네 선배니까 이렇게 말해 주는 거야. 이렇게 말해 주는 사람 없으면 사회 나가서 욕먹는다, 너."

"남자애들이 편하기야 하지. 우리 때는 후배가 마음에 안 들면 세워 놓고 빠따로 두들겨 팼어. 그게 다 교육이었지." 변리사 선배가 웃으며 말했다.

"지랄."

옆 테이블에 앉아 있던 미진 선배가 우리 쪽을 바라보고 말했다.

(중략)

"학번이 벼슬입니까? 해마다 나타나서 제일 어리고 만만한 여자애 붙잡고서 주정하는 인간도 제 선배입니까? 민주주의를 사랑한다고 하셨어요? 이 작은 영역에서도 자기보다 약한 사람 위에 서야 후련한 사람이 무슨 민주주의 운운이에요. 당신 같은 사람은 차라리 독재가 편할 거야. 인간이 평등하다는 개념 자체를 이해하지 못하시잖아요, 솔직히. 씨발, 이 더러운 꼴을 꼭 쟤한테까지 보여야 합니까? 전 이제 그러기 싫어요, 싫습니다."

"넌 항상 이렇게 감정적이었어. 그게 네 약점이고, 그걸 극복 못하면 너 사회생활 못해." 기자 선배가 말했다.

"김연숙 씨, 여자인 게 그렇게 부끄럽고 괴로운 일이었습니까? 여자들은 감정적이고, 분란 일으키고, 이기적이어서 조직 배반하기 쉽고, 여자의 적은 여자고. 그런 자기 부정이 김연숙 씨가 말하는 건강함이었습니까? 여자 후배들 앞에서 부끄러운 줄 아세요. 당신이 아무리 발버둥쳐 봐도 당신은 당신이 그렇게 좋아하는 남자가 될 수 없어."(280~281쪽)

양성평등을 주장하는 여자 선배의 입에서 나온 여성 비하 발언, 민주주의를 추구한다는 남자 선배의 입에서 나온 상명하복의 가치. 미진은 바로 이 같은 조직 내부에서 벌어지는 차별에 끝까지 항거한다. 이 때문에 미진은 노래패의 명맥을 끊었다고 비판을 받기도 했지만, 이미 작은 지옥인 집단이 무엇을 추구할 수 있었을까? 미진은 엄격한 선후배 문화나 남학생 중심으로 이뤄지는 집행부, 상명하복식 문화에 일일이 문제를 제기했고 그러한 강직한 태도 때문에 동아리 구성원들에게 비판을 받았던 셈이다. 결국 미진은 노래패 사람들에게 소외되고 끝내 러시아로 유학을 떠나게 된다. 그녀가 한국을 떠나고 석 달 뒤 노래패도 문을 닫았다. 그 원망과 책망을 미진이 모두 떠안게 된다는 점에서, 그녀는 배척당한 먼 곳이다.

미진과 소은이 함께 지내던 시절, 둘은 가장 가까운 곳에 있었다. 둘의 3년간의 동거 생활이 종결되고 미진이 러시아로 떠난 후, 소은은 그녀와의 관계가 완전히 끝장났다고 생각했다. 그때 소은은 홀로 미진과 이별했다. 내가 떠나보냈으므로, 이제 나는 이곳이 되고, 그녀는 먼 곳이 된다. 러시아는 물리적 거리만이 아니라 심리적으로도 먼 곳이 되었다. 이제 미진은 그곳에서 언어의 장벽에 가로막힌 가난한 동양인 유학생으로서, 약자이자 소수인 이방인이 된다. 이곳에서 미진은 율랴를 만난다. 폴란드인 율랴는 아버지의 냉대와 남편의 폭언 속에 고스란히 노출된 채 살았다. 남편과 헤어지고 러시아에 와서 미진을 만난 것이다. 율랴는 미진과 함께 생활하면서 서로의 삶을 이해하고 서로에게 위로받는다. 율랴에게 미진은 "율랴 당신이 특별하다고"(288쪽) 말해 주는 유일한 사람이다. 따라서 율랴는 한국에서의 소은의 역할을 대신하는 인물이다. 소은과 의지하며 지냈던 시간이 그랬듯이, 미진과 '이곳'을 이룰 수 있는 두 번째 메이트인 셈이다. 그러나 그 조화로운 삶은 길게 지속되지 않는다. 3년을 함께 산 율랴와 미진은 크게 싸운 뒤 헤어졌다.

"나중에 생각해 보니 그때 저는 저보다 약한 누군가를 도와주는 제 모습을 좋아했던 것 같아요. 말로는 친구라고 하면서도 제가 미진보다 더 위에 있는 사람이라고 생각했어요. 너는 나 없이 아무것도 못해, 라고. 미진이 점점 더 러시아 말을 잘하게 될수록, (중략) 미진에게 화가 났습니다. 미진이 저에게 이렇게 말하는 것 같았어요. 넌 아무것도 아니야. 넌 아무것도 아니야. 그게 저를 견딜 수 없게 하더군요. 이타심인 줄 알았던 마음이 결국은 이기심이었다는 걸 깨닫게 된 건 미진이 떠난 이후였습니다."(277쪽)

미진은 언어를 뛰어넘어 서로를 도울 수 있는 친구를 만났으나, 서로 언어가 통하게 되자 역설적으로 다시 그녀에게 배척당하는 처지에 놓이고 만다. 율랴와 미진은 말이 안 통했을 때 서로 교감했으나, 말이 통하는 사이가 되자마자 조망점의 자리로 돌아가게 된다. 그러나 율랴의 고백을 보면, 둘은 '이곳'에 함께 있지 않았다. 율랴가 미진을 도운 것은 연민과 우월감이 섞인 지배자의 감정이었기 때문이다. 결국 미진은 먼 곳(러시아)에서 다시 먼 곳(율랴의 배척)으로 밀려간다. 조망점이 없는 한(여기서의 조망점은 소은, 즉 '나'다. 소은은 그녀의 소식조차 받지 못한다.) 먼 곳의 먼 곳은 가까운 곳이 아니라 더욱더 먼 곳이 된다. 이제 미진은 누구도 알아보지 못하는 먼 곳, 아무것도 아닌 자가 된다.

3 시간에서 '먼 곳'

시간에서의 '먼 곳'은 연대기적 시간의 균열, 단층 지점에서는 어디서든 발견된다. 그 내력을 살펴보자. 먼저 '이곳'인 소은에게서 발생하는 균열.

마로니에공원 담벼락 위에 앉아 여한 없이 노래를 부르던 스물, 스물하나의 나와, 항우울제 부작용으로 가만히 서 있다가도 무릎이 꺾여 주저앉는 스물넷의 내가 같은 사람인가. 마로니에공원에서 노래를 부르던 기억, 그 노랫소리, 웃음을 나는 잃었다. 실수로 꼬리 칸을 자르고 앞으로 달려가는 기차처럼, 예전에 내가 나라고 알던 사람을 나는 잃어버렸다. 스물의 나는 스물넷의 나로부터 완벽하게 분리되어 다시는 돌아갈 수 없는 어두운 레일 위에 우두커니 남겨졌다.(285쪽)

스물넷의 소은은 "나는 내 몸의 주인이 아니었"던 시간을 보내고 있다. 그것은 스물의 소은과도 다르고 서른셋 현재의 소은과도 다르다. "예전에 내가 나라고 알던 사람을 나는 잃어버렸다"는 것. 그것은 스스로가 스스로에게 '먼 곳'이 되어 가는 과정이기도 하다. 시간의 균열에 의해 생겨난, 자기 자신에 대한 거대한 심연. 우울증이 '나'의 이전과 이후를 분할하는 먼 곳을 만들어 냈다.

다음으로, 이곳인 소은과 저곳인 미진 사이에서 생겨나는 균열. 소은이 우울증에 사로잡혀 있었을 때에도 러시아에 있던 미진은 소은을 염려하고 사랑했다. 소은이 깊은 우울증으로 스스로의 삶을 절망으로 밀어 넣고 있을 때, 미진은 여전히 소은에게 손을 내밀었다. 그러나 둘은 진정으로 만나지 못했고, 소은은 미진을 향해 끝내 웃어 주지 못했다. "선배는 멀리에 있으면서도 내게 너무 가까웠다. 나는 나의 가장 추한 얼굴까지도 거부하지 않는 선배의 마음을 견딜 수 없었다. 나는 애초부터 사랑받는 것을 두려워하는 인간이었으니까."(288쪽) 때문에 선배가 죽고 나서야 소은은 선배의 모든 동선을 함께하면서 선배에게 말을 걸게 되었다. 안타깝게도 삶과 죽음으로 둘은 갈라서고 말았다. 따라서 이를 잇기 위해서는 제3자의 매개가 필요하다. 미진이 죽은 후, 율랴와 소은은 이메일을 주고받았다. "내가 나와 함께 살 때의 선배에 대해 쓰면, 율랴는 자신과 함께 살 때의 선배에 대해 썼다. 둘 다 선배에 대해 말하고 있었지만, 결국 나는 나에 대해서, 율랴는 율랴에 대해서 이야기할 수밖에 없었다."(291쪽) 1년 동안 그녀와 나눈 이메일을 통해 소은은 한 번도 만난 적 없는 율랴와 친구가 되었다.

그렇다면 둘의 먼 곳은, 먼 곳으로서만 가까워질 수 있는 먼 곳이 아닌가? 소은이 미진과 화해한다면 둘은 한국에서처럼 다른 먼 곳(이를테면 노래패)에 의해서만 먼 곳이 되었을 것이다. 그때처럼 둘은 가까울 수 있었을 것이다. 그러나 미진이 이미 먼 곳으로 떠났기에, 그 묶음은 불가능해졌다. 그런데 이제 또 다른 먼 곳(러시아의 율랴)이 개입하면서, 소은과 미진은 시간적인 격차를 지닌 채로, 즉 서로가 서로에게 먼 곳인 채로 가까워진다.[2] 연대기적으로 종결된 두 개의 시간이, 그 먼 곳으로서 가까워지고 있는 지점이다. 다음 장에서 말하겠지만, 소설의 처음 부분에서 소은과 미진이 "뻬쩨르부르그"에서 만나는 장면은 저 먼 곳끼리의 만남을 보여주는 것이다.

다음으로 '먼 곳'인 미진의 균열. 소은이 율랴에게 들려주려고 가져온 테이프에는 "97학번 미진"의 목소리가 담겨 있다. 먼 시간을 건너온 목소리며, 그 먼 곳의 시간이 현전하는 순간이다.

---

2 시간적 착란을 통과하면서, 최은영 소설의 여성들은 '진정으로' 조우한다. 이 구도는 영화 「파이란」의 구성과 유사하다. 연대기적 시간 순서에 따르면 파이란의 시간이 완결된 후에야 강재의 시간이 시작된다. 그녀와 위장 결혼을 했던 강재가, 그녀의 죽음 이후 사망진단서를 떼러 가는 여정이 영화적 시간을 구성하기 때문이다. 그런데 두 시간은 영화적 서사 내에서 평행 배치된다. 위장 결혼 이후 한국에 정착한 그녀가, 사진 속 남편인 강재에게 사랑을 느끼고, 그를 찾아갔다가 만남에 실패하고, 병을 얻어 죽는 파국의 구성과, 죽은 그녀를 찾아가는 강재가, 그녀의 흔적을 더듬다가 사랑을 느끼고, 감화를 받아 건달 생활을 접으려 들다가 살해당하는 파국의 구성이 만난다. 그런데 이 과정에서, 둘 사이의 교감, 사랑이 관객에게 인지된다. 둘 모두 비극적인 죽음을 맞았지만, 죽어 가는 강재의 흐릿한 눈에는 자신에게 고백을 하는 파이란의 모습이 비디오에서 상연되고 있다. 저 연인은 이렇게 진정한 만남을 갖게 된다. 단 파국의 형식, 즉 먼 곳과 먼 곳의 시간적 착오를 통해서만.

빈손 가득히 움켜쥔 햇살에 살아
벽에도 쇠창살에도 노을로 붉게 살아
타네 불타네 깊은 밤 넋 속의 깊고 깊은
상처에 살아 모질수록 매질 아래
날이 갈수록 흡뜨는 거역의 눈동자에
핏발로 살아 열쇠 소리 사라져(290쪽)

녹음된 목소리가 현재에 끼어든다. 두 개의 「녹두꽃」이다. 1997년 새
내기 시절 스무 살 미진이 부른 노래 「녹두꽃」에서 시작해, 스물셋의 소은
과 스물여덟의 미진이 함께 부른 「녹두꽃」으로 끝나는 녹음테이프. "내가
병자도, 선배가 망자도 아니었던 그때, 우리가 아직 그렇게 아무것도 아
니었던 그때, 우리는 그렇게 이별했다."(291쪽) 우리는 '먼 곳'이 되어서야
비로소 만난다. 이것은 시간의 낙차이자 존재의 낙차다.

3 존재적으로 '먼 곳'

장소로서, 시간으로서의 먼 곳은 그 시간과 장소를 구현하고 있는 인
물들 자신들에게서도 구체화된다. 연대기적 시간은 이 소설에서 여러 차
례의 습곡, 단층 작용에 의해 왜곡된다. 소설의 서두에서는 소은과 미진이
"빼쩨르부르그"의 이곳저곳을 동행하는 장면이 나온다. 저 동행이 환상이
라는 것이 소설의 중반부에 이르러서야 밝혀진다. 미진은 현재 소은의 나
이가 되기 전에 세상을 떠났다. 소은은 미진이 죽은 뒤, 부재하는 미진의
동선을 함께하면서 그녀에게 말을 건다. 미진이 생전에 힘들게 한국에 들
어와 소은을 만나러 왔을 때조차 회복되지 않았던 귀한 교감이다. 이것은
심리적 교감의 형식으로 등장하는 시간의 착란인가? 아니면 먼 곳을 통해

서 나타나는 만남인가? 단연코 후자다. 왜냐하면, 소설의 끝부분에 가서 동일한 만남이 다시 등장하기 때문이다.

율랴는 식탁 위에 놓인 선배의 사진을 물끄러미 바라봤다.

"미진, 네가 보고 싶어." 율랴는 선배 사진을 가슴에 품고 조용히 말했다. "너를 자꾸만 잊어 가. 이제 네 모습, 잘 기억나지 않아, 미진." 나는 선배의 이름을 부르는 율랴를 안았다. 율랴의 몸은 크고 따뜻했다. 그 품에서 나는 율랴를 안아 주는 선배를 느꼈다. 율랴, 율랴, 그렇게 가 버려서 미안해, 라고 내 몸 속에서 율랴를 위로하는 선배의 목소리를 들었다.(289쪽)

미진은 존재하지 않지만, 소은은 미진을 만났고, 율랴는 미진의 품에 안겼다. 이 역시 존재적 먼 곳이 단순한 결여가 아니라, 교감을 가능하게 하는 통로임을 보여 주는 것이다. 결국 율랴와 소은은 "첫 번째 여행"(292쪽)을 떠나기로 한다. '없는' 미진, 즉 존재적인 부재인 '먼 곳'이, 둘을 만나게 해 주었다. 물론 이 만남은 이별이기도 하다. 만남의 고양된 순간은 이별의 순간이기도 하다. "마지막 노래는 선배와 내가 함께 부른 「녹두꽃」이었다. 스물셋의 나와 스물여덟의 선배가 우리 안에 있는 가장 곱고 가장 뜨거운 마음을 그 시에 담아 부르고 있었다. 내가 병자도, 선배가 망자도 아니었던 그때, 우리가 아직 그렇게 아무것도 아니었던 그때. 우리는 그렇게 이별했다."(291쪽)

미진은 존재적인 먼 곳이 되어서만 소은과 율랴 안에 내재하는 조망점이 되었다고 말할 수 있다. 결국 미진의 죽음은 그 모든 만남을 가능하게 한 조건이 된 셈이다. 미진은 심장 마비(heart attack)로 숨졌다. 다른 소설이었다면 이러한 죽음은 플롯의 폭력적인 단절로 인식되었을 것이다. 어떤 예고도 없이 도래한 죽음이었기 때문이다. 그런데 이 소설에서는 다르다. 그녀의 부재는 있음의 폭력적인 중단이 아니라, 조망점을 확보하기 위해 필연적으로 도래해야 할 먼 곳이기 때문이다. 그녀는 존재를 멈춤(being-attack)으로써만 존재하는 이들의 체계를 작동시킬 수 있었다. 이를 먼 곳의 존재적인 박동이라 불러도 좋을 것이다.

'없는' 그녀가 '있다.' '없는' 그녀가 매개되어 관계를 구성한다. 조망점은 먼 곳이다. 그 먼 곳에 의해, 이곳이 또 다른 먼 곳이 된다. 소은과 미진이 나누는 모든 이야기는 회고담이다. 둘은 존재적인 부재를 통해서 구성된 서사다. 미진의 존재적인 박동이 그 서사의 추동력이다. 여기서 존재적인 시간의 세 번째 측면이 부상한다. 율랴와 소은이 함께하는 시간이다. 이 시간 층위들을 평행 배치하고 나니, 둘은 어느새 친구가 되어 있다. '먼 곳'으로서의 시간적 구성이다. 먼 곳의 박동이 만들어 낸 등장성(等長性)이라고 말하면 어떨까. 둘은 부재하는 선배를 통해 교감한다. 율랴와 소은이 각자의 시간 속의 미진에 대해 쓰고 있노라면, "둘 다 선배에 대해 말하고 있었지만, 결국 나는 나에 대해서, 율랴는 율랴에 대해서 이야기할 수밖에 없었다. (중략) 서로 눈을 잘 마주치지 못하던 율랴와 내가 언제부턴가 서로의 얼굴을 보고 있었다."(291쪽) 미진의 이야기가 율랴와 소은('나')의 이야기였다는 말이다. 이것이 존재적 먼 곳이 이곳에 개입하는 방식이다.

4 무(無)와 함께 살기

이 소설의 아름다움은 먼 곳이 단순한 격절이나 격리, 이별이나 사별만을 구현하고 있지 않다는 점에 있다. 먼 곳은 멀리 있음을 지시하는 말이 아니다. 그렇게 멀리 있음으로써만 가능한 만남의 형식을 지시하는 말이기도 하다. 결국 그것은 만남의 형식이기도 한 것이다. 단 존재적으로 지워짐을 통해서만 가능하다. 그렇다면 미진만이 지워졌을까? 먼 곳은 이 곳과 등가다. 먼 곳을 보는 사람은, 설혹 그 먼 곳이 아득히 멀어져서 "헤아려 내다볼 수 없는 곳"이 되었을지라도 먼 곳과 필연적으로 묶여 있는 사람이다. 모두가 존재적인 먼 곳에 처하는 것이다. 이들은 서로가 서로에게, 자신이 자신에게 끊임없이 이렇게 말한다.

"넌 아무것도 아니야." 율랴가 말했다. "소은은 그런 얘기 들어 본 적 있어요? 난 어릴 때부터 그런 이야기 자주 들었어요. 넌 아무것도 아니야. 다른 누구도 아닌 아버지가 그렇게 말하는 겁니다."(276쪽)

"말로는 친구라고 하면서도 제가 미진보다 더 위에 있는 사람이라고 생각했어요. 너는 나 없이 아무것도 못해, 라고."(277쪽)

"미진이 저에게 이렇게 말하는 것 같았어요. 넌 아무것도 아니야. 넌 아무것도 아니야."(277쪽)

예전에 내가 나라고 알던 사람을 나는 잃어버렸다. 스물의 나는 스물넷의 나로부터 완벽하게 분리되어 다시는 돌아갈 수 없는 어두운 레일 위에 우두커니 남겨졌다.(285쪽)

"당신이 저번 밤에 저에게 이야기했었죠. 자기가 아무것도 아니라는 생각과 함께 산다고. 그 이야기 듣는데 그녀가 바로 제 옆에 앉아 있는 것 같았어요."(289쪽)

스무 살, 나의 어린 선배가 아무것도 모르는 투명한 목소리로 「녹두꽃」을 불렀다.(290쪽)

"우리가 아직 그렇게 아무것도 아니었던 그때, 우리는 그렇게 이별했다."(291쪽)

소은('나')과 율랴는 끊임없이 자신을 아무것도 아닌 자, 존재적인 무(nothing)로 인식한다. 너는 소중하다고, 너는 아무것도 아닌 자가 아니라고 끊임없이 위로하고 격려하는 이가 미진인데, 미진이야말로 지금은 무 자체다. 따라서 이 소설은 부재한 그녀와의 동행을 이야기한다. 무와 동행하기. 무와 함께 살기(life with nothing). 이것은 우리 안에 내재해 있는 구성적 무에 대한 이야기다. 이 무야말로 우리 자신이 무로 돌아가는 것을 방지하고, 우리 자신의 존재적 이곳을 지탱해 준다.

그리고 이 아무것도 아님은 자유의 다른 이름이기도 하다. 자유야말로 모든 이곳의 속박을 벗어 버린 먼 곳으로의 지향이기 때문이다. "살과 뼈가 점점 무게를 잃어 가는 기분, 내 몸이 작은 열기로도 쉽게 상승할 수 있는, 속이 텅 빈 풍등이 된 기분이었다. 가는 끈만 끊어 버리면 어디로든 날아갈 수 있어. 누구도 나를 속박할 수 없어."(273쪽) 이 소설에 어떤 연통(連通)이 있다면 바로 이런 무의 연통일 것이다. 또한 그로써 가능해지는 진정한 자유의 가능성일 것이다.

먼 곳에 대한 또 다른 세 개의 주석[1]
김애란, 이장욱, 박민규의 먼 곳으로 돌아오기

> 먼 곳보다 먼 곳이 있다.
>
> (……)
>
> 곁에 있으되 찾을 수 없는 진짜 먼 곳
>
> ─ 복효근, 「먼 곳」

0   먼 곳 혹은 다른 차원〔異界〕에 관하여

먼 곳은 멀리 있는(faraway) 곳, 나아가 점점 멀어지는 곳이다. 그것의 위상 속에서는 운동성이 있다. 끊임없이 멀어지는 곳, 그래서 조망점이 사라지는 곳이 먼 곳이다. 그럼에도 불구하고 먼 곳은 이곳과 연동되어 있다. 무(無)의 부대 현상설. 이곳에서의 바라볼 수 없음(실재)이 먼 곳에서 무로 존재함(관념)과 연관된다는 믿음. 혹은 먼 곳의 무가 이곳의 나와 신비하게 일치한다는 동조론. 그런데 먼 곳의 위상이 이곳과 부대하거나 연관된다면 먼 곳은 이곳에 있는 것이기도 하다. 이런 '짝 현상'을 "곁에 있으되 찾을 수 없는 진짜 먼 곳"이라고 불러도 좋을 것이다. 먼 곳은 이곳에, 먼 곳을 볼 수 없는 이 지점(조망점)의 내부에 이미 포함되어 있는 것이다. 이곳에 내재하고 있으면서도 이곳에 존재하지 않는 위상이 이차원

---

1   이 글은 「먼 곳에 대한 세 개의 주석」과 이어지는 글이다. 이 글의 서두에서 나는 '먼 곳'의 위상학을 세 가지로 요약한 바 있다. 첫째, 먼 곳은 내다볼 수 없는 이곳이라는 조망점을 확보해 준다. 둘째, 먼 곳과 이곳은 반드시 묶여 있다. 셋째, 먼 곳은 무(無)다. 이 글은 그다음에 시작된다.

(異次元)이다. 사랑하는 사람의 부재가, 타인이, 어쩌면 내 자신이 그러한 이차원의 먼 곳이다.

1 존재의 '먼 곳': 김애란

김애란의 「어디로 가고 싶으신가요」[2]는 제목에서부터 역설을 포함한다. 사랑하는 이를 잃은 사람에게 갈 곳이란 어디에도 없다. 그녀가 가고 싶은 곳은 너무 먼 곳이어서 이를 수 없는 곳이기 때문이다. 그녀가 따라잡을 수 있는 먼 곳이란 기껏해야 (이곳을 기준으로 볼 때) 지구에서 가장 먼 곳, 영국까지다. 소설은 그녀가 영국으로 떠나는 장면에서 시작된다.

30대 중반에 이른 부부에게 닥친 시련. 그것은 모든 형상을 물보라 속에 감추면서 하얗게 일어나는 물거품의 이미지를 동반한다. 대학 동창생인 도경과 명지는 긴 의논 끝에 아이를 낳기로 했다. 도경은 담배를 끊었고, 명지는 김장 준비를 했다. 이들의 안온한 삶은 폭력적으로 중지된다. 중학교 교사인 도경이 학생들을 데리고 현장 학습을 갔다가 사고를 당했다. 강물에 빠진 어린 학생을 구하려다 함께 목숨을 잃은 것이다. 도경의 가족과 어린 학생의 가족에게 닥친 시련은 어찌 말로 다 할 수 있을까. 모든 계획이, 희망이, 삶 자체가 그야말로 물거품이 되었다. 사고로 목숨을 잃은 중학교 1학년 학생 권지용은 일찍 부모를 잃고 반신불구인 누나와 함께 지내던 아이라고 한다. 명지는 홀로 남아 사랑하는 이의 부재, 그 '없음'의 무게를 감당하지 못한 채 휘청이다가 사촌 언니의 소개로 스코틀랜드로 떠난다. 두 달간 빈집에서 생활하기로 한 것이다.

---

2 김애란, 「어디로 가고 싶으신가요」, 《21세기문학》, 2015. 가을. 이하 본문에 인용할 때는 쪽수만 밝힌다.

그녀를 따라온 것은 "장미색비강진"(89쪽)이란 낯선 이름을 가진 피부병이었다. 공기에 노출되지 않는 부분을 중심으로 살비듬이 일어나고 반점이 잡히며 발진이 일어났다. 여기에 관한 묘사는 소설 전체를 관통하는 이미지이기 때문에 인용할 가치가 있다.

> 반점이 분홍빛일 때는 그냥 두드러기 정도로 보였다. 그런데 시간이 지날수록 색이 바뀌어 좀 끔찍해졌다. 처음에는 분홍빛이다 과일처럼 발갛게 무르익은 뒤 검붉어졌다. 그러다 나중에 연한 갈색으로 변하며 비늘처럼 반질거렸다. 크기가 다양한 반점들은 테두리 부분 색이 유독 진해 타다 만 종이나 화려한 꽃처럼 보였다. 같은 자리에 허물이 내려앉고 벗겨지길 반복했다. 그 위로 다시 '인설'이라 불리는 살비듬이 내려앉아 파들거렸다. 벌레에 물린 게 아니라 벌레가 된 기분이었다.
>
> (중략)
>
> 에든버러의 시간은 더 이상 쌀뜨물처럼 흐르지 않았다. 화살처럼 지나가지 않고, 창처럼 세로로 박혀 내 몸을 뚫고 지나갔다. 나는 내 안에 어떤 시간이 통째로 들어온 걸 알았다. 그리고 그걸 매일매일 고통스럽게, 구체적으로 감각해야 한다는 것도. 허물이 새살처럼 계속 돋아날 수 있다는 데 놀랐다. 그것은 마치 '죽음' 위에서 다른 건 몰라도 '죽음'만은 계속 피어날 수 있다는 말처럼 들렸다.(90~91쪽)

명지가 영국에 머물기로 한 것은 집에서는, 남편의 흔적이 도처에 묻어 있었기 때문이다. 그녀는 도경의 흔적에서 멀어져야 했다. 그리하여 그 기억에서 놓여나야만 했다. 그런데 한국의 집에서도 스코틀랜드 사촌 언니의 집에서도 명지의 곁을 떠나지 않는 것이 몸에 돋은 발진이다. 살비듬이 덮이고 "벌레가 된" 것처럼 '인설'이 뒤덮인 몸. 이미 명지는 제 몸의 주인이 아니다. "'죽음' 위에서" "'죽음'만이 계속 피어나"는 "비늘" 같은 반점들이 그 몸을 점령했다. 이것이야말로 죽음의 이미지다. 명지의 반점은 정확히 사랑하는 이의 죽음을 반복하고 있다. 바로 물거품의 이미지다.

도경과 함께 목숨을 잃은 지용의 누나가 보낸 편지에 이런 구절이 있다. "겁이 많은 지용이가 마지막에 움켜쥔 게 차가운 물이 아니라 권도경 선생님 손이었다는 걸 생각하니 마음이 조금 놓여요. 이런 말씀 드리자니 너무 이기적이지요?"(109쪽) 거친 계곡물 속에서 도경과 지용이 손을 맞잡은 장면, 그리고 물거품이 되어 가는 장면을 그녀는 자신의 몸으로 재현하고 있었던 것이 아닌가.[3] 도경은 명지에게 '먼 곳'이 되었으나 명지는 먼 곳의 이미지를 체현함으로써 그 사랑의 거리를 스스로 건너뛴다. 인어공주가 사랑하는 이의 죽음을 포기하고 물거품이 되기를 선택한 것처럼 명지 역시 인설에 덮여 온몸이 떨어져나가면서 스스로 먼 곳이 되었다. 보라, "몸통 가득 하얗게 허물이 덮인 열꽃이 보였다. 마치 몸속에서 수류탄이 쉴 새 없이 터져 생긴 흔적 같았다. 폭죽처럼-파열의 잔상을 허공에 남긴 뒤 불꽃 모양 그대로 공중에서 굳어 버린 재 같았다."(102쪽) 명지의 몸 자체가 도경의 마지막 순간을, 죽음의 순간을 기억하고 있지 않은가?

따라서 이 소설의 먼 곳은 존재적인 '먼 곳'이다. 사랑하는 이의 죽음이자 부재다. 그리고 살아남은 자는 그 부재의 경계까지 제 자신을 밀어붙인다. 물거품 외에도 세 가지 증거가 있다. 하나는 영국이라는 먼 곳으로 이동한 것. 저승에 이를 수는 없었으나 삶의 터전에서 멀리 벗어남으로써, 그녀는 남편의 흔적을 따라간다.

두 번째 증거는 영국에 유학 온 동창생 현수와의 에피소드. 현수는 명

3 스승과 제자가 손을 맞잡고 죽음의 수면 아래로 내려가는 이 장면에서 세월호를 떠올리지 않을 수는 없을 것이다. 이것은 우리 시대가 감당해야 할 원이미지이기 때문이다. 뒷부분에서 인용할 지용의 꿈속 목소리가 우리에게 그토록 큰 울림을 주는 것도 같은 이유에서다. 그것은 우리가 그토록 듣고 싶어 했던, 그러나 끝끝내 듣지 못했던, 그래서 꿈이라는 형식을 빌려서야 가까스로 들을 수 있는 먼 곳의 목소리다.

지와 만나 함께 술을 마시고 서울에 있는 도경에게 전화를 걸자고 제안한
다. 그녀가 남편의 죽음을 말하지 않았으므로 현수는 남편이 죽었다는 사
실을 모르고 있다. 현수의 제안에 명지는 결국 길바닥에 주저앉아 오열하
고 만다. 그런데 현수의 제안은 과거 도경과 명지가 했던 일을 반복한 것
이다. "왜? 너희도 새벽 3시에 정동진에서 전화한 적 있잖아. 파도 소리 들
어 보라고. 잔뜩 취해서. 야, 재밌겠다. 한번 해 보자."(98쪽) 그러니까 그
는 영국이라는 '먼 곳'에 와서 서울이라는 '먼 곳'으로 전화를 걸어 보라고
제안했으나, 그녀에게 그 제안은 저승이라는 '먼 곳'을 호출하라는 제안
이었던 셈이다. 그것도 물거품 소리를 듣기 위해서. 먼 곳, 거대한 포말(泡
沫)이 된 도경에게, 역시 물거품 된 도경을 재호출해 보라고 말이다.

　세 번째 에피소드는 '시리(Siri)'에 대한 것. 명지의 곁에는 질문에 예
의 바르게 대답하는 목소리가 있다. 시리는 핸드폰에 장착된 인공 지능
프로그램이다. 이 목소리가 아무리 명쾌한 답을 내놓는다고 해도 실제로
는 프로그래밍된 데이터에 지나지 않는다. 시리는 '존재'하지 않는다. 따
라서 그의 응답은 부조리하거나 무의미할 수밖에 없다. 도경이 살아 있을
때 가끔 엉뚱한 질문을 물으며 시간을 보내곤 했다. 어느 날 명지는 시리
에게 묻는다.

　　─사람이 죽으면 어떻게 되나요?
　　짧은 침묵이 흘렀다. 이윽고 시리가 되물었다.
　　─어디로 가는 경로 말씀이세요?
　　─ ……
　　─어디로 가고 싶으신가요?
　　─ ……
　　─죄송해요. 잘 못 알아들었어요.
　　시리가 사용자의 침묵에 호응하는 일은 드문데 이상했다. 그것도 세 번

연거푸 혼자 말하고 있었다. 어쩌면 저 먼 데서 '누군가의 상상을 상상하는' 한 인간이 이런 일을 예상하고 희미하게나마 걱정을 담아 넣은 문장인지도 몰랐다. (중략) 나는 그만 안 해도 좋을 질문을 했다.

─ 당신은 정말로 존재하나요?

작은 고요. 시리의 캄캄한 얼굴 위로 가느다란 실금이 갔다. 그러곤 몇 초 후 익숙한 목소리가 들렸다.

─ 죄송합니다. 답변 드릴 수 없는 사항입니다.(104~105쪽)

이 소설의 제목이 시리의 대답에서 나왔다. 이렇게 번역해 보면 어떨까. 죽으면 어떻게 되는가? 즉, 남편이 죽었다. 그는 어떻게 된 것인가?(명지) 어디로 가고 싶은가? 즉, 살아남은 당신은 어느 쪽을 선택하겠는가?(시리) 남편의 죽음 쪽? 아니면 살아남은 그쪽? 당신은 존재하는가? 즉, 시리 너는 존재하는가? 남편은 죽었다. 하지만 당신 말대로 죽음 다음에 어디로 간 거라면, 남편은 존재하는 것인가?(명지) 답할 수 없다.(시리/남편) 시리의 마지막 답변은 지용의 누나가 보낸 편지에서 반복된다. "뭐라 드릴 말씀이 없어요."(108쪽) 시리의 답변이 부조리하고 무의미하다고 치부하고 말 것이 아니다. 시리의 음성이 흘러나오는 지점, 그것이 바로 부재의 자리이자 죽음의 자리이기 때문이다. 그렇다면 이 자리는, 존재하지 않는 자리라는 점에서 바로 남편의 자리가 아닌가? 이 답변은 "아니요, 존재하지 않습니다."와는 다르다. 죽은 도경에게 "당신은 존재하나요?"라고 물었다면, 그리고 그가 대답할 수 있었다면 어땠을까. "나는 존재하지 않아."라고 대답할 수 없다. 아무것도 아니라면 대답 자체가 불가능할 테니까. "나는 존재해."라고 대답할 수도 없다. 도경이 존재한다면 명지는 끝내 물거품이 되어 그를 따라가게 될 것이다. 말하자면, 명지가 도경을 만나기 위해서 따라 죽어야 할 것이다. 저 이상한 답변은 소통하지 않으면서 소통하는 방식을 보여 준다. '먼 곳'에서 온 답신은 이런 형식을 취할 수밖에 없다. 시리와 같은 문장을 적어서 보낸 지용의 누이 역시 반신불수의 몸이다. 절반의 마비, 절반의 죽음. 둘 모두 남편과 동생의 죽음을 제 몸에 구현하고 있다.

　누나 잘 지내?
　평소처럼 인사하는데 그새 키도 크고 눈빛도 자라 조금 놀랐어요.
　누나 잘 지내는지 보려고 왔어.
　그런데 금방 가 봐야 해.
　너무 짧은 시간이라 꿈에서도 막 서운했는데.
　지용이가 제게 이런 말을 했어요.
　누나 나 키워 주고 업어 줘서 고마워.
　누나 혼자 있다고 밥 거르지 말고 꼭 챙겨 먹어.
　누나, 나 이제 갈게.
　누나 사랑해.(108쪽)

　명지와 지은(지용의 누나)은 일종의 문턱에 서 있다. 절반은 삶이고 절반은 죽음인 경계 말이다. 그리고 신화가 가르쳐 준 바 있듯이, 경계에 있는 사람만이 망자의 목소리를 접할 수 있다. 시리가 답할 수 없었던 바로 그 말을 꿈속에서 지용이 말한다. 누나. 그동안 고마워. 꼭 살아야 해. 사랑해. 사랑하는 이의 부재란 먼 곳의 멂이 아님을 역설하는 장면이 아닐 수 없다. 그의 부재는 부재의 임재다. 따라서 다른 차원이 이곳에 함께하는 것이다. 김애란 덕분에 우리는 부재하는 이의 사랑을, 그가 미처 다하지 못했던 고백을 들을 수 있게 되었다.

2　타인이라는 '먼 곳': 이장욱

　　김애란의 소설이 '먼 곳'으로 떠난 자와 '먼 곳'을 그리워하는 자가 '먼 곳'이 되어 가는 과정을 그린다면, 이장욱의 「최저 임금의 결정」[4]은 이미 3분의 1쯤 죽어 있는 세 사람을 호출한다. "나는 3분의 1쯤은 이미 죽어 있다고 생각한다. 나머지 3분의 2쯤은 죽이고 싶다는 감정으로 충만하다."(338쪽) 소설에 등장하는 세 사람 가운데 한 명이 죽었다. 평균을 낸다면 각자는 3분의 1씩 죽었다고 말할 수 있다. 이러한 이상한 산수는 정체성의 문제와 연관되면서 정당해진다. 이장욱의 소설에서 정체성의 문제는 중요한 화두 가운데 하나이기 때문이다. 이 소설에서 세 사람은 각자이기도 하고 서로이기도 하다. 김애란의 소설에 나온 "당신은 정말로 존재하나요?"라는 질문이 이장욱의 소설에서는 이렇게 세 번 반복된다.

　　　"에쎄 주세요. 프라임으로."(343쪽)

　　　"에쎄 줘."(354쪽)

　　　"아저씨, 아저씨, 에쎄를, 에쎄를 주세요."(359쪽)

　　첫 번째 목소리는 스토커임이 밝혀지는 '나'(청년)의 것이며, 두 번째 목소리는 편의점을 찾은 노인의 것이고, 세 번째 목소리는 역시 편의점을 찾은 어린 여자아이의 것이다. '에쎄'는 담배 이름이지만 글자 그대로 '존재'(esse) 그 자체이기도 하다. 에쎄 주세요. 내게 존재를 주세요. 에쎄 있나요? 나는 정말로 존재하나요?

　　위의 세 번의 질문은 이 소설에 등장하는 세 인물이 서로 유사한 거울상이라는 것을 암시하는 것이기도 하다. '나'와 편의점 주인은 그곳에서

4　이장욱, 「최저 임금의 결정」, 《세계의 문학》, 2015. 가을. 이하 본문에 인용할 때는 쪽수만 밝힌다.

아르바이트를 했던 희수의 죽음에 책임이 있다. 그들이 희수에게 가졌던 감정이 사랑이건 욕망이건 간에 말이다. 소설은 '나'의 시선으로 전개되다가(이 시선으로 볼 때 희수의 비극은 편의점 점주 탓이다.) 편의점 주인의 시선으로 급격히 바뀐다.(그의 시선을 따르자면, 희수는 '나' 때문에 죽었다.) 죽음의 귀책 사유에 대한 질문과 함께 각자의 존재감은 급격하게 희박해진다. "인간이 아닌가. 동물인가. 기계인가. 아니면…… 좀비인가."(340쪽) 이들은 존재의 확실성을 포기했다는 점에서 서로가 서로의 거울상이다. 사건이 일어나는 시간이 새벽 4시라는 점 역시 현실감을 약하게 만든다. 새벽 4시, "인기척이 희박한 시간. 인간의 시간이라고는 할 수 없는 시간. 밤고양이라든가 벌레라든가 나뭇잎들의 시간."(346쪽) 그 시간에 일어나는 기묘한 만남들. 사건들. 회상들. 사람들.

희수가 죽었다. 희수의 죽음이 사실인지 정확하게 설명되지는 않다. 그렇지만 그 죽음을 둘러싼 두 가지 가능성은 편의점 점주와 스토커가 반반씩 나눠 갖고 있다. 한쪽이 망상일 수도 있고, 어쩌면 둘 모두 망상일 수도 있다. 그럴지라도 인간의 욕망이 가닿을 수 없는 타인의 심연이 바로 '먼 곳'이라는 사실만은 정확해 보인다. 그 먼 곳에서는 타인이 환상이나 환영으로 나타날 수밖에 없기 때문이다. 이장욱의 전작 「곡란」이나 「고백의 제왕」을 떠올릴 수도 있겠다. 궁극적으로는 그가 정말 존재했는지, 존재하고 있는지 알 수 없으니 말이다. 희수가 어두운 찻길로 뛰쳐나가게 된 데에는 희수를 둘러싼 두 개의 먼 곳이 큰 영향을 끼쳤다. 이제 두 개의 '먼 곳'을 살펴보자.

① 부드러운 향기가 당신의 코로 스며든다. 당신의 입술이 그녀의 목덜미에 가까워진다. 그 순간, 그녀가 고개를 홱 돌리며 낮고 짧은 비명을 지른다.
뭐 하시는 거예요, 지금!

(중략)

이년이 나를 의심해? 그렇게 잘해 줬는데. 시급까지 올려 준다는데. 최저 임금에 맞춰 준다는데. 주휴 수당은 주지 않겠지만…… 그래도 최저 임금인데……. 그게 어딘데……. 당신의 머릿속으로 그런 말들이 흘러간다. 당신은 천천히 끓어오른다. 그녀가 기름을 붓는다.

사장님, 성추행이에요, 이거!

요즘 들어 당신은 점점 더 화를 차지 못하고, 화가 나면 뭘 어떻게 해야 할지 모르고, 양은 냄비처럼 끓어오르고, 맨홀 뚜껑처럼 덜컹거린다. 성추행이라니……성추행이라니……. 당신은 폭발한다. 뭐? 성추행? 성추행! 내가 뭐! 뭐! 이 씨발년이! 당신은 자제력을 잃어버린다. 계산대를 나가 그녀에게 다가간다. 겁에 질린 그녀가 뒷걸음질 친다. 당신이 그녀를 향해 달려든다. 그녀가 편의점을 박차고 뛰쳐나간다.(349~350쪽)

② 희수는 자네를 견딜 수 없었어. 연락하지 말고 찾아오지 말아 달라고 간청했지. 애원하기까지 했어. 그럴수록 자네는 불현듯 전화를 하고 카톡을 보내고 장소를 불문하고 나타났다네. 어느 날인가는 집 앞에 나와 있던 그녀의 아버지를 맞닥뜨리기까지 했잖은가. 모두에게 불편한 장면이었지. 점잖은 훈계 정도로 끝났지만, 자네는 자네의 내부에서 무언가가 무너지는 걸 느꼈어. 끓어오르는 걸 느꼈지.

자네도 알다시피 희수의 집 근처에는 골목들이 많다네.

(중략)

거기 어디쯤에서 자네는 불쑥 나타났어. 퍼포먼스라도 하고 싶었던 것일까. 활극이라도 벌이고 싶었던 것일까. 희수는 자네 손에 들린 것을 물끄러미 바라보았지. 기름통이었어. 기름통이라니. 그걸로 뭘 어떻게 하려고? 자네 스스로도 잘 몰랐을 거야. 자네 자신이 뉴스에 나오는 사람이 되리라고 생각해 본 적이 없을 테니까. 그저 그렇게 하지 않으면 견딜 수 없었던 것뿐이니까.

　처음에 희수는 자네를 달래려고 했다네. 하지만 자네의 눈을 바라보며 입술을 떼려는 순간, 거대한 벽을 느꼈어. 이 사람, 다른 세계에 살고 있구나. 무언가를 넘어갔구나. <u>먼 곳</u>에 혼자 있구나. 그녀는 진정으로 겁을 먹었지. 자네가 무슨 짓을 벌일지 자네 자신도 모른다는 것을 깨달았으니까.(밑줄 강조는 인용자, 356쪽)

　두 장면은 희수의 죽음을 놓고 벌어지는 두 가지 서술이다. 희수는 편의점 앞의 좁은 골목길에서 차에 치였다. ①에서 제시되었듯이, '나'의 기억에 따르면 그녀는 편의점 주인의 성추행을 피하기 위해 가게를 뛰쳐나갔다. ②에서 제시되었듯이, 점주의 진술에 따르면 그녀는 '나'의 스토킹을 피해 달아나다가 차에 치였다. 어느 것이 사실인지를 알 방법은 없다. 분명한 것은 이들에게 타인이란 절대로 가닿을 수 없는 먼 곳이라는 사실이다. 타인이라는 심연. 저 두 서술 혹은 시선에서 희수는 까마득히 사라지고 만다. 그 둘 가운데 누구도 희수를 온전히 만난 적이 없다. 김애란의 '먼 곳'이 존재적으로 사라졌음에도 불구하고 가닿고자 노력하는 이에게 허락된 사랑의 거리라면, (그리하여 그 물거품이 사랑의 완성을 의미한다면) 여기서는 정반대다. 먼 곳은 끝끝내 닿을 수 없는 심연을 지시한다. "무언가를 넘어"서는 문턱. 그것은 사랑이 아니라 폭력적인 욕망이고 그리움이 아니라 정상을 벗어나는 집요와 집착이다.

　제목에 대해 이야기할 차례다. "최저 임금의 결정"은 자본주의 사회에서 통용되는 현실을 직시하는 표현이기도 하며, 존재적 차원의 비유이기도 하다. 우선 현실적인 맥락을 보자. 편의점이 어떤 곳인가. "편의점이 배경이라면 세상의 영화와 소설은 모두 똑같을지도 모른다. 인생도 사랑도 죽음까지 그럴 것이다."(343쪽) 편의점은 자본주의의 CCTV다. 자본이 잠식해 들어간 삶의 통속성, 삶의 비루함. 편의점은 그 통속과 비루함의 전시장이다. "상투적이며 뻔한 공간이기 때문에, 현대 사회의 획일성을 비판하는 진부하고 전형적인 메시지밖에 나오지 않는"(343쪽) 장소다. 점주가 희수에게 선심 쓰듯이 했던 "최저 임금 맞춰 줄게."(348쪽)라는 말이 이곳의 상징성을 극도로 집약해 준다. 저 50대 중반의 편의점 주인은 알바생들에게 최저 임금조차 맞춰 주지 않는 악덕 점주였다. 얼마 전에 해고한 알바생이 고용노동부에 신고하지 않았다면 이런 행태는 계속되었을 것이다. 그는 이런 문자를 보내왔다. "사장님, 최저 임금은 존재의 최저 수준, 존재의 밑바닥입니다. 기본은 맞춰 주셔야죠."(348쪽) 이 상투적이고 비루한 공간에서, 최저 임금은 존재의 최저 수준이자 인생의 영점이다. 따라서 최저 임금은 존재론적인 맥락을 갖고 있기도 하다. 이 문턱을 넘어야, 간신히 존재가 시작되기 때문이다. 에쎄 주세요. 내게 존재를 주세요. 에쎄 있나요? 나는 존재하나요?

'나'와 편의점 주인은 같은 방식으로 희수를 파괴한다. 스토커는 자신의 폭력이 사랑이라고 생각한다. 내가 사랑하는데 어떻게 네가 나한테 이럴 수 있어? 편의점 주인은 자신의 권력이 정당하다고 생각한다. 내가 최저 임금도 주는데 네가 감히 나에게 이럴 수 있어? 성추행범으로서의 사장과 스토커로서의 '나.' 타인이란 봄/보이지 않음의 경계에 선 먼 곳이다. 그 희미한 경계에 선 인물들은 최저 임금의 경계에 서 있다. 그것은 존재의 최저점이다. 존재의 최저 임금이라는 최소한의 문턱을 넘어야 한다.

소설은 이 문장에서 시작된다. "당신은 누구인가." 그리고 이런 문장도 있다. "당신은 당신의 삶이 유일하다고 생각하는가. 수많은 당신들이 이 도시에 바글거린다면 어떤가. 내가 당신을 살해한다면 그건 자살인가 타살인가."(338쪽) 이렇게 소설 속에는 여러 당신'들'이 등장한다. 최저 임금의 경계에서 출몰하는 타인들의 형상이다. 편의점에 와서 '에쎄'를 찾는 노인은 이렇게 말한다. "4시. 아직도 4시인가. 요즘엔 시간 감각이 없어서 말이야. 시간이란 게 흐르다 말다 하는 것 같다니까. 그러다 영원히 멈추겠지. 엉뚱한 데서."(354쪽) 이 노인을 '나'의 미래라고 해도 좋을 것이다. 새벽 4시, 과거와 현재와 미래가 뒤섞이고 존재가 희미해지는 최저 임금의 시간에 '나'는 여전히 에쎄(존재)를 찾아 거리를 헤매는 유령이다. 좀비다. 소설의 말미에 등장하는 여자 아이도 에쎄를 찾는다. "아이의 말이 편의점에 웅웅 울렸다. 말이라기보다는 무슨 기체처럼 느껴졌다. 낯선 질감의 공기가 편의점을 채우는 것 같았다."(359쪽) 이 여자아이를 희수의 과거라고 말해도 좋을 것이다. 존재를 구하는 간절한 부름이 거기에 있다. 이들의 정체성이 섞이는 것은, 아직 바로 이 최저 임금의 수준에 이르지 못했기 때문이다. "뭔가 우리의 역할이 바뀐 것 같은데⋯⋯."(358쪽) 그것은 비현실적인 질문처럼 느껴지지만 실재성을 담고 있는 질문이다. "지구 상에서 하루에도 수없이 반복되는 사건"(350쪽)이지만, 반드시 경험해야 할 실존적인 사건이기도 하다. 그렇게 우리는 서로가 서로에게 타인이라는 먼 곳이 된다.

4 자기 자신이라는 '먼 곳': 박민규

박민규의 「팔레스라엘」[5]에서 먼 곳은 내 안에 있다. 이 소설의 중심에는 쌍둥이 모티프가 있다. 이 모티프가 되살려 내는 이미지는 박해받는 유대인과 박해자 유대인이다. 소설이 배경으로 삼은 아우슈비츠 유대인 수용소에서 저들은 죽어 가는 유대인이었다. 그런데 시공간의 벽을 뚫고 도착한 팔레스타인 가자 지구에서 이들은 살인 기계가 되어 있다. 박민규는 가장 큰 수난을 겪은 민족이 반세기 만에 최악의 가해자로 돌변한 역사의 아이러니를 정면으로 겨눈다. 이런 이중성을 구현하고 있는 것은 소

5　박민규, 「팔레스라엘」, 《Axt》, 2015. 9/10. 이하 본문에 인용할 때는 쪽수만 밝힌다.

설의 주인공인 빅토르 블라이쉬타인 자신이기도 하다. 빅토르는 사랑하는 여인을 만나러 갔다가 질투에 눈이 멀어 한 남자를 죽인다. 이 유대인의 내부에는 선과 악이 동거하고 있었던 셈이다. 가장 먼 곳에 자기 자신이 있었다는 것, 이것이야말로 아이러니가 아닐 수 없다.

그의 첫 번째 얼굴을 살펴보자. 박해당하는 유대인의 형상 말이다. 소설은 벽을 통과하는 능력을 가진 한 유대인에게서 시작한다. 빅토르는 아우슈비츠에서 수인 번호 '62835'로 불린다. 어느 날 그는 아우슈비츠의 독일인 군의관이자 친위대 대위인 요제프 멩겔레의 부름을 받는다. 멩겔레가 있는 특별 병영은 다른 수용소와는 달리 난쟁이와 쌍둥이들이 많은 곳이다. 멩겔레는 죽음의 천사로 알려진 2차 세계대전의 실제 전범이다. 그는 수감자들을 대상으로 잔혹한 생체 실험을 행한 것으로 악명이 높다. 그는 "인간의 특별함에 대한 연구"(152쪽)를 하는 중이라고 말한다. "당신은 특별함이 증명된 유일한 존재요. 증명되지 않거나…… 아무리 해 봐도 발현되지 않는 다른 샘플들과는 전혀 다른 존재지."(152쪽) 인간을 실험 대상으로 보는 멩겔레의 태도는 박해당하는 유대인의 형상을 부각시켜 놓는다.

멩겔레는 빅토르의 비밀을 알고 있다. 그는 벽을 넘나드는 빅토르를 실제로 목격했다. 멩겔레 앞에서 빅토르는 자기 존재를 증명(실은 부정)해야 한다. 흥미로운 점은 빅토르가 제 자신을 증명하는 것이 아니라, 자신이 아님을 증명해야 한다는 점이다. 빅토르에게는 오래전 헤어진 일란성 쌍둥이 동생이 있었다. 빅토르는 자신을 쌍둥이 동생인 척 속이면서 이 곤경에서 벗어나려고 한다. 빅토르가 자기 동생인 체하면서 설명한 빅토르의 약사(略史)는 이렇다. 빅토르는 우연히 자신의 능력을 발견했다. 어렸을 때 벼락을 맞은 후 그는 벽을 자유롭게 통과할 수 있는 신비한 능력이 생겼다. 동물이나 사람을 데리고 통과하기도 했다. 이 재능으로 그는 극단에 들어갔고 벽을 뚫는 마술로 스타가 되었다. 그러던 어느 날 폴란드에서 조안나라는 여성에게 마음을 빼앗기고 만다. 독일에 있던 그는 벽을 통과해 폴란드에 있는 그녀를 만나러 갔으나 이미 열 달이 넘는 시간이 지나 있었다. 그사이 조안나는 결혼을 했다. 실망한 빅토르는 독일로 돌아와 술에 절어 지내다가 자취를 감췄다. 그는 그때 형과 헤어졌다고 말했다.

그 시기 빅토르는 질투심에 눈이 멀어 벽을 뚫고 조안나의 집으로 갔다. 거기서 부지깽이로 그녀의 남편을 죽이고 만다. 그 직후에 그는 벽을 통과하면서 칠 년이나 시간이 흘렀다는 것과, 조안나가 이미 폐병으로 세상을 떠났다는 것, 그 뒤에 어린 두 딸이 남았다는 사실을 알게 되었다. 그 사건 이후로 그는 벽을 통과하는 일을 그만두었다. 죄책감 때문일 것이다. 멩겔레는 빅토르에게 마지막 시험을 하기로 한다. 다음 날 그가 속한 동의 수감자 전원이 샤워실로 끌려간다. 통로가 꺾인 유일한 샤워실이다. 그 벽을 통과하지 않으면 모두가 죽임을 당하게 될 것이다. 한편 같은 유대인 수감자 가운데 하나인 라파엘이 빅토르를 찾아와 간청한다. 아들인 야곱을 델리고 이 수용소를 빠져나갈 수 있게 도와달라는 것이다. 빅토르는 조안나의 두 딸을 생각하며 마지막으로 벽을 통과하기로 마음먹는다.

마지막 벽이었다.

캄캄했다. 그리고 잠시 후 귀를 찢는 듯한 폭음과 비명이 울려퍼졌다. 이곳이 어딘지는 알 수 없어도 그들이 향하던 샤워실이 아닌 것만은 분명했다. 야곱! 야고오옵! 하고 라파엘은 울부짖었다. 야곱의 목소리는 들리지 않았다. 빅토르! 하고 외쳐도 결과는 마찬가지였다. 라파엘은 정신 나간 사람처럼 주변을 더듬었다. 단단한 조각들과 파편들…… 그리고 물컹한 것들을 더듬을 수 있었다. 어디선가 불길이 치솟으며 비로소 라파엘은 정황을 살필 수 있었다. 라파엘은 야곱을 발견했다. 그러나 야곱이라고는 할 수 없는 부족한 야곱이었다. 자신이 알고 있는 야곱의 전부가 아니었기 때문이다. 야고오오~~옵! 하고 라파엘은 통곡했으나 그 말을 알아듣는 이도 없었다. 라파엘의 뒤집힌 눈에 빅토르의 얼굴이 들어왔다. 무너진 벽에 깔린 채로 그는 힘없이 신음을 뱉고 있었다. 말해, 이 사기꾼아! 우릴 어디로 데려왔냐고 라파엘은 울부짖었다. 빅토르는 잠시 눈을 떴고 겨우, 죽어 가는 쥐처럼 입술을 떨며 말했다.

유대인의 거룩한 나라……
이스라엘…… (167쪽)

빅토르와 아이들은 탈출에 성공했다. 유대인의 거룩한 나라, 이스라엘로! 그러나 그들이 도착한 곳은 현대의 팔레스타인 가자 지구였다. 빅토르는 그리워서 "이스라엘"을 호명했지만 팔레스타인 가자 지구는 더욱 처참한 전쟁터가 되어 있다. 포탄이 쏟아지는 지옥의 현장에 도착한 것이다. 그곳은 박해자 유대인의 자리다. 박해자 유대인들은 벽을 통과하는 데 수십 년 걸려서 그 자신이 악마가 된 현장에 도착한 것. 이곳에서 라파엘은 야곱을 잃었고, 빅토르를 향해 "악마"라고 소리치며 시멘트 파편을 집어 그의 얼굴을 내리찍는다. 이 장면을 박해자 유대인들이 내려다보고 있다.

스데롯 언덕은 가자(Gaza)와 가장 가까운 곳이라 지금이 아주 절경이었다. 방금 방송 들었나. 이삭? 알트만이 물었다. 몰라, 빵빵 하고 터지는데 어떻게 방송을 듣나. 이삭이 대꾸했다. 4분 30초마다 하나씩 건물을 날리고 있다는군. 알트만의 말에 유후~ 이삭이 맥주병을 치켜들었다. 이스라엘 만세! 누군가 외치자 이삭과 그의 부인 미리암이 환호성을 질렀다. 각자가 가져온 소파나 의자에 몸을 묻고 주민들은 불타는 가자 지구를 내려다보며

맥주를 들이켰다. 자기야, 팝콘 좀 집어 줘. 에르나가 말했다. 알트만이 한
움큼 팝콘을 집는 순간 펑! 펑! 다시 불꽃놀이가 시작되었다.(168쪽)

가자에서 벌어진 사태는 전쟁이 아니라 일방적 학살이다. 박해받던 유
대인들은 이 전쟁을 통해 박해자 유대인들이 된다. 그것도 학살을 "불꽃
놀이"로 여기며 즐기는 악마가 된다. 자신이 그토록 두려워하고 미워했던
바로 그 악마였다는 사실, 이것이야말로 가장 먼 곳 아니겠는가. 소설의
제목이 다소 노골적으로 드러내듯, 이스라엘은 팔레스타인이었다가 이제
는 팔레스라엘이 되고 말았다. 역사적으로 볼 때 유대인에게는 유대인 자
신이 가장 먼 곳이었다. 그것은 선과 악이라는 이차원(異次元)이 같은 내
면에 동거하는, 기이한 먼 곳이기도 하다.

목소리 앞에서[1]

안보윤과 김이설의 초자아들

1 목소리는 어디에서 오는가

목소리에 관해서 생각해 보자. 당신이 발화할 때, 그 소리는 내면과 외면에서 동시에 울린다. 성대를 거쳐 입 밖으로 나온 소리는 외이, 내이를 거쳐 당신에게 돌아온다. 그 소리는 타인이 듣는 소리, 녹음기에 녹음된 소리다. 당신은 당신의 소리를 들으면서도 그 소리를 당신 아닌 사람의 것인 양 듣는다. 그런데 당신이 낸 소리는 당신의 몸, 이를테면 근육과 장기와 뼈의 진동을 통해서도 청신경에 도달한다. 두개골을 돌아 나온 그 소리는 더 저음이어서 평소에 타인이 듣는 당신의 목소리보다 더 진지하게 들린다. 그 소리는 당신의 몸과 밀착해 있으므로 당신이 평소에 듣는 당신 자신의 목소리다. 타인의 발화가 외면에서 기입된 목소리라면 자신의 발화는 내면과 외면에서 동시에 기입된 목소리다.

[1] 안보윤의 목소리를 분석한 이 글은 이 책의 281쪽 (「도도와 두두의 세계에서」, 『소년 7의 고백』해설)에도 부분적으로 포함되었다. 문맥의 흐름을 거스를 없어 논의의 중복이 생겼다. 읽는 분들에게 미리 양해를 구한다.

내면에서만 울려나오는 목소리가 있을까? 감각 기관의 도움을 받지 않는 순수한 내면의 소리가 있을까? 아니 질문을 바꿔 보자. 도대체 내면이란 무엇일까? 언어는 규약,(그것은 자의적이고 임시적인 약속이다.) 추상화,(그것은 개인의 발화를 지워 버린다.) 분류(그것은 임의로 설정된 단위로 통약된다. 이때 단위 내부의 이질성은 무시된다.)를 통해 분절된 것이므로 전적으로 외부에서 주어진 것이다. 내면의 어떤 소리도 이 약속된 것, 실체를 잃은 것, 통약된 것으로서의 언어와 무관할 수 없다. 내면이란 이 언어의 외화(外化)되는 성질, 다시 말해 외부에 의해서 강제로 맺어지거나 구체성을 잃거나 통합되는 것이 아니면 어떤 방식으로도 드러나지 않는다. 정리하자면, 내면은 목소리로 나타나지 않으면 처음부터 존재하지 않는다. 내면은 없다. 있는 것은 내면의 외면이라 할 목소리뿐이다.

바깥에서 부과된 것이므로 그것은 강제적인 것이다. 목소리가 흔히 명령문의 형식을 띠고, 질책하는 자의 말투를 갖고, 금지로 내용을 채우는 것은 바로 이 때문이다. 소크라테스에게 말을 건넨 다이몬처럼, 내면의 목소리는 명령하고 꾸짖고 금지한다. 그것은 흔히 초자아의 외양을 하고 있다. 그런데 우리는 한편으로 초자아가 부정하고 금지하는 명령을 통해서 동시에 긍정하고 유혹하는 작인이라는 사실을 알고 있다. 부정하고 금지하는 명령이 없었다면, 부정되는 것, 금지된 것도 없었을 것이다. 따라서 유혹은 명령 이후에 비로소 발생한다. 그런데 이런 역설마저도 사후적인 것이다. 부정하고 금지하는 명령은 처음부터 주체를 긍정하고 허용된 지점에 두기 때문이다. 위반에 대한 유혹이 사후적인 역설이라면 긍정과 용인은 선험적인 역설이다.

2   목소리, 금지/질책하다

안보윤의 「때로는 아무것도」[2]로 먼저 가 보자. 주인공 도영에게는 시도 때도 없이 속삭이는 목소리가 있다. 그 목소리는 늘 이렇게 말한다. "중요한 건 그런 게 아니지."(「때로는 아무것도」, 111쪽)

중요한 건 그런 게 아니지. 걸걸하고 낮은 남자 목소리가 귓속을 파고들었다. 비아냥대는 것처럼 말끝이 끌려 올라간, 기분 나쁜 어투였다. (중략) 이후 남자의 목소리는 수시로 도영의 귓속을 파고들었다. (중략) 목소리의 판단은 냉정하고 정확했다. 도영은 수능 공부를 할 때, 대학 원서를 넣을 때, 하다못해 십자 퀴즈를 풀 때조차 목소리의 도움을 받았다. 보다 더 중요한 것을 선택하는 일. 도영은 올바른 선택에 대해 그렇게 정의해 왔다.(「때로는 아무것도」, 112쪽)

도영이 학업에 열중하거나 주어진 일에 고분고분할 때면 저 목소리는 침묵을 지켰다. 반면에 학업과 무관한 일을 하거나 자신의 일에 의문을 가질 때면, 예의 목소리가 나타나 도영의 선택을 비웃었다. 도영은 목소리의 도움을 받아 크고 작은 일에서 "보다 더 중요한 것을 선택"해 왔다. 그런데 과연 그랬을까?

학생은 그 책장 중 하나에 몸을 붙이고 있었다. 정확하게는 하드커버로 근 칠백 페이지는 될 법한 두꺼운 책을, 책장 빈 칸에 펼쳐 놓고 그곳에 상체를 기울이고 있었다. 커터를 교묘하게 세운 학생의 손이 책 이음새에 매몰되어 있는 도난 방지 안테나를 뜯어내고 있는 걸, 도영은 똑똑히 보았다.

---

2   안보윤, 「때로는 아무것도」, 《한국문학》, 2016. 봄. 이하 본문에 인용할 때 쪽수만 밝힌다.

도영은 사서들이 만들어 낸 끝없는 목록을 떠올렸다. 크림도넛 반쪽과 커피를 나눠 주던 또 다른 근로 학생 역시 떠올랐다.

　　—중요한 건 그런 게 아니지.(「때로는 아무것도」, 123쪽)

　도영이 일하고 있는 도서관에서 도난 사건이 빈발한다. 도난 방지 스티커를 뜯고 "고가의 전공 서적"만 훔쳐 가는 사건이다. 어느 날 도영은 같이 일하던 근로 학생 하나가 책을 훔치는 장면을 목격한다. 사실을 말했다면 도서관은 도둑을 잡고 학생은 처벌을 받았을 것이다. 그때 그 목소리가 나선다. 그건 중요한 게 아니라고. "수없이 긴 목록에 한 칸이 더해진다고 크게 달라질 일은 없을 터였다. 사서들은 또 다음 방학에서야 사라진 책들의 존재를 깨닫게 될 것이고, 도난 도서 목록과 신청 도서 목록을 새로이 작성할 것이었다. (중략) 쓸데없는 생각은 그 정도로 충분했다. 이곳에서는 이곳에 맞는 일을 하면 그만이었다."(같은 쪽) 그러니까 금지/질책하는 저 목소리는 도영과 무관한 일에는 나서지 말라는 소리였다. 또한 철저하게 이기적/실용적인 목적을 위해서만 움직일 것을 강요하는 목소리다. 그 학생의 비리를 못 본 척한 후, 도영은 오히려 사서와 근로 학생들에게서 따돌림을 당한다. 그들 모두가 비리에 연루되어 있었던 것이다.

　김이설의 「갑사에서 울다」[3]를 보자. 이 소설에서 서술자인 '나'에게 말 건네는 목소리는 '당신'이다. '당신'은 죽은 아이의 엄마인 '나'가 쓰는 편지의 수신인인 남편이다. 사고로 아이가 죽은 후, 실의와 비탄에 잠겨 피폐해져 가는 '나'와 달리 당신은 그 슬픔을 금세 잊는다.

　　죽는 순간까지 당신을 이해하지 못할 겁니다. 아이가 죽으면서 부모 걱정에 보험금이라도 남겼다고 말하던 당신이었으니까요.

3　김이설, 「갑사에서 울다」, 《자음과모음》, 2016. 봄. 이하 본문에 인용할 때 쪽수만 밝힌다.

그 돈을 준 보험 회사 사람에게 당신은 넙죽 고개를 숙이기까지 했어요. 비정한 인간. 당신은 그런 사람이에요. 그러고 나한테는 잊으라고 했죠. 죽은 자식 돌아오지 않으니까 잊으라고. 죽으면서 부모 살길 마련해 준 자식이니 그것으로 잘 살면 되는 일이라고 했죠. 그래서 그 돈으로 당신은 차를 바꾸고, 옷을 사 입고, 여행을 떠났어요. 인간도 아닌 인간. 당신은 그런 사람이었죠.(「감사에서 울다」, 97쪽)

저 목소리(부재하는 남편의 목소리)는 슬퍼하는 '나'를 질책한다. '나'에게 잊으라고 명령한다. '나'가 애도하는 것을 금지한다. 그리고 자신은 기뻐하고 망각하고 유흥을 즐긴다. 그는 "인간도 아닌 인간"이며, 그래서 자식의 죽음 앞에서 뜻밖의 횡재(보험금)에 기뻐하고, 그 돈으로 호의호식하는 인간이다.

3 목소리에 저항하다

귀를 막아도 들려오는 저 끔찍한 목소리에 어떻게 대응해야 할까? 안보윤의 소설에서 저 목소리의 정체는 "201호 남자"다.

가게 텔레비전에서 뉴스가 흘러나오고 있었다. 테이블 모서리에 노가리를 탕탕 찍던 노인이 화면을 보고는 물었다.
　—저 사람들은 다 뭐고? 공터에 웬 사람들이 저래 빼곡하니 꽂혀 있나?
　오묘한 색깔로 변한 마요네즈를 찍어 먹던 도영의 어머니가 마요네즈만큼이나 오묘해진 낯빛으로 대꾸했다.
　—촛불이잖아요, 할아버지. 광화문 광장이에요. 사람들이 촛불을 들고 모인 거예요. (중략) 저 촛불이 엄청 중요한 거거든요. 효순이 미선이 모르

세요?

　—중요한 건 그런 게 아니지.

　맥주 거품에 상의 앞섶이 푹 젖은 채 소주를 따라 마시고 있던 201호 남자가 끼어들었다.(「때로는 아무것도」, 107쪽)

　도영의 어머니는 도영을 등에 업고 영광빌라 입주민들의 친목도모회에 참석했다. 도영이 세 살 때 일이다. 분위기는 처음부터 험악했다. 301호에 세쌍둥이가 이사 온 후 벌어진 층간 소음 시비로 냉랭해진 분위기는 끝내 난장판으로 끝났다. 도영은 이때 날아온 통닭에 뒤통수를 맞아 움푹 팬 상처를 갖게 된다. 온 나라가 효순 미선이 사건으로 촛불을 든 그때, 201호 사내는 그 화제를 제지하며 말한다. "중요한 건 그런 게 아니지." 중요한 건 내 머리 위에서 쿵쾅거리는 301호 아이들의 발소리라는 말이다. 201호 남자에게 공공의 정의, 광장의 윤리 따위는 어떻든 상관없는 일, 중요하지 않은 일에 불과했다. 저 목소리가 도영에게 내면화되었다는 것은 그 역시 공공의 일에 근시가 되었다는 것을 뜻한다. 동료의 비리에 눈감았다가 오히려 불이익을 당하고 마는 것도 그런 예 가운데 하나지만, 도영은 끝내 거기서 벗어나지 못한다.

　근데 저게 뭐예요? 도영이 화면을 가리키며 물었다. (중략)

　—리본이잖아. 광화문 광장에. 리본 묶어 둔 거.

　—무슨 리본요? 빈 빨랫줄만 몇 겹씩 휘감겨 있는데.

　—안과 가 보라니까. 저 리본이 벌써 몇 년째 묶여 있는 건데 저걸 못 보냐.

　—안과 가 봤다니까요. 몽골리안의 시력이라고.

　— 지랄한다.(「때로는 아무것도」, 127쪽)

효순 미선의 일로 열렸던 광장은 이제 세월호로 다시 열려 있다. 도영은 몽골리안의 시력을 갖고 있음에도 끝내 노란 리본들을 보지 못한다. 도영은 눈앞의 통닭밖에 보지 못한다. 도영의 뒤통수에 흔적을 남겨 놓았던 그 통닭만을. 이것이 201호 사내의 목소리를 내면화한 결과다. 실제로 도영이 듣는 저 목소리를 도영은 무의식중에 발화하고 있던 것이다.

특이하게도 201호 사내의 목소리에 대한 저항은 그 사내와 똑같은 방식으로 대응했을 때 가능해진다. 어느 날 201호 사내가 골목에서 쪼그려 앉은 시체로 발견되었다. 그것도 서른두 시간이나. 경찰관이 폐지를 모으며 그 앞을 지나치던 B02호 노인을 추궁하자 노인이 대답했다.

─몇십 년을 알고 지낸 사람인데 유독 그날만 못 보셨다?
─그렇지.
─그게 말이 됩니까? 저희가 CCTV도 다 확인했어요. 할아버지가 수레를 끌고서 골목에, 그러니까 그 사람 앞에서 한참 서성대는 걸 다 확인했다고요.
─폐지를 주웠다니까. 수레도 폐지 모으는 수레고.
─이십 년을 알고 지낸 사람이 코앞에 죽어 있는데, 폐지를요?
─그렇지. (중략) 시체는 못 보지. 내 눈엔 폐지밖에 안 보이니까, 못 봐, 그건.(「때로는 아무것도」, 118~119쪽)

경찰은 노인을 용의자로 특정하고 집요하게 질문을 이어 간다. 시체가 죽어서 서른두 시간이나 방치되어 있었다. 노인이 아침저녁으로 수레를 끌고 그곳을 지나쳤으니, 혹시 범인이 아닌가. 어떻게 시체를 못 볼 수가 있을까. 노인의 대답은 완강하고 일관적이다. 나는 폐지를 주웠고, 그래서 내 눈에는 폐지밖에 안 보인다고. 시체를 보는 일? 중요한 건 그런 게 아니지. 결국 노인은 201호 사내의 삶의 방식을 죽은 사내에게 그대로 돌려줌으로써 저 목소리에서 벗어난다. 사내는 이곳 영광빌라의 삶에 갑자기 등장한 일종의 얼룩이다. 활기를 잃은 복마전 같은 삶에, 죽은 사내는 시체로 재등장했으나 아무도 그의 등장에 주목하지 않았다. 그의 삶/죽음은 이미 영광빌라 사람들의 삶에 중요하지 않은 것이 되었다. 사내가 추구했던 삶의 실제적인 결과물이 자신의 시체였던 것이다. "중요한 건 그런 게 아니지."라고 주장했던 그의 목소리는 마침내 그 목소리 자체에 대한 외면으로 끝났다.

김이설의 소설 「갑사에서 울다」에서 저 얼룩은 '뱀'으로 나타난다. '나'는 열 살 때부터 뱀 꿈을 꾸었다. 뱀 꿈을 꾼 날이면 여지없이 불행한 일들이 터졌다. 그 목록은 집요하다고 할 만큼 길고 상세하다. 칼에 손을 베인다. 넘어진다. 형제들과 사소한 말다툼을 한다. 화상을 입는다. 넘어져 이마를 꿰맨다. 접촉 사고가 난다. 빙판에서 넘어진다. 급체한다. 언니가 가출한다. 유리 조각이 손에 박힌다. 초경을 한다. 아버지가 실직한다. 산동네로 이사한다. 치한을 만난다. 오빠가 군대에서 다친다. 그리고 마침내 아이를 사고로 잃는다. 그것도 눈앞에서. "조심하라는 말 한마디도 못한 것 때문에, 차 다니는 골목이라는 걸 뻔히 아는데도 헬멧 하나 씌우지 않은 것 때문에, 숨이 넘어가던 아이를 끌어안고 아무 말도 못 한 것 때문에, 무엇보다도 전날 돌담 사이로 고개를 내민 뱀 머리를 오랫동안 노려본 꿈을 꾸었다는 사실 때문에, 나는 정신을 차릴 수가 없었어요."(「갑사에서 울다」, 102쪽) 그렇다면 저 뱀은 '나'에게 흉사를 예고하는 목소리였던 셈이다.

'나'는 아이의 죽음을 잊을 수가 없었다. 자신의 삶을 용서할 수 없었다. 죄의식과 죄책감 속에서 10여 년을 버텨 왔다. 그러던 4월의 어느 날, '나'는 눈앞에서 침몰하는 세월호를 목격하게 된다.

4월의 어느 날, 나는 배가 가라앉는 걸 하루 종일 보고 있었어요. 그 후로도 내내 텔레비전 앞에만 앉아 있었고요. (중략) 누구와 어떤 말도 할 수 없었어요. 살아 나오는 사람이 단 한 명이라도 있기를 바랐지만 결국, 모두…… 분명히 처음에는 배가 보였잖아요. 그런데 순식간에 푸른 바다만 남았죠. 결국 배가 가라앉은 자리에 부표만 떠 있게 되었을 때 깨달은 건, 내가 며칠간에 걸쳐 그 많은 이들이 죽어 가는 걸 실시간으로 보고 있던 목격자라는 사실이었어요. 나도 모르는 사이에 방관자가 되어 버린 셈이었죠. 죽는 것을, 죽어 가는 것을, 그냥 보고만 있었으니까요. 그러자 내가 죽였다는 생각이 들더군요. 그때처럼.(「갑사에서 울다」, 95쪽)

죽은 아이에 대한 죄의식과 죽은 '아이들'에 대한 죄책감이 만나는 장면이다. "모든 어미는 자식들에게 죄인"이 된다.(같은 쪽) 아이를 잃은 슬픔이 아이들의 죽음과 만나면서, 어떤 확산과 연대가 일어난다. 그런데 그 사이사이에 뱀과 당신이 교대로 나타나 죽음과 사고를 예언하고(뱀의 경우) 그 죽음과 사고를 잊으라고 강요하고('당신'의 경우) 부정한다. 여기서 우리는 저 목소리가 끝내 세월호의 진상 규명을 외면하고, 유가족들의 고통을 조롱했던 권력의 목소리로 전환되는 것을 목격한다. "잊으라"고 말하는 목소리, "죽으면서 부모 살길 마련해 준 자식이니 그것으로 잘 살면 되는 일"(「갑사에서 울다」, 97쪽)이라고 말하는 비정한 목소리, 상처 따위는 이제 그만 잊으라고 말하는 비인간적이고 몰지각한 목소리, 조롱하는 권력의 목소리가 뒤섞인다. 이 목소리에 어떻게 저항할 것인가? '나'는 절에서 마주친 뱀을 돌멩이로 힘껏 내리친다.

나는 언 땅에 눌어붙은 돌멩이 하나를 그악스럽게 잡아 빼 들었습니다. 그리고 돌담 앞으로 한걸음에 달려갔습니다. 돌멩이를 냅다 뱀 머리를 향해 집어 던졌습니다. 나와 보라고, 거기서 훔쳐보지 말고 나와서 물어 보라고! 뱀 머리가 힘없이 푹 고꾸라졌습니다. 나는 바닥에 떨어진 돌멩이를 다시 주워 또 뱀 머리를 맞췄습니다. 뱀 머리가 터지고, 살갗이 벗겨질 때까지 돌멩이질을 멈추지 않았습니다. (중략) 나는 발로 머리를 짓이겼습니다. 그러고는 뭉툭한 돌멩이로 머리뼈를 갈아 대기 시작했습니다. 몸통에서 떨어질 때까지 갈고 갈았습니다. 이마에서 땀이 뚝뚝 떨어질 때서야 대가리가 끊어졌습니다.(「갑사에서 울다」, 106쪽)

이 잔인한 처벌에는 상징적이고 제의적인 몸짓이 담겨 있다. 이 처벌을 이해하기 위해서는 다음 구절과 이어서 읽어야 한다.

할 만큼 했다는 말은 꺼내지도 마세요. 언제 정신 차릴 거냐고 다그치지도 말아요. 또 그 얘기냐고, 언제까지 죽은 자식 얘기만 할 거냐고, 죽은 자식 이제 안 돌아온다고, 그러니 잊어라 —— 고 할 생각이면, 닥치세요. 당신이 그 말을 꺼낼 때마다 당신의 주둥이를 짓이기고 싶었어요.(「갑사에서 울다」, 94쪽)

이 처벌은 '나'에게 잊을 것을 강요하고, 애도를 금지한다. 그것은 죽음의 보상금을 즐기라고 강요하는 '당신'을 향한 것이다. 그 잔인한 주둥이를 짓이기고 그 머리를 끊어 내야 했기 때문이다. 이 상징적인 저항 이후에야 '나'는 비로소 '당신'을 저주할 수 있게 된다. 이렇게. "당신이 죽는다면 더할 나위 없겠고요. 그렇게 된다면 나는 쓰러진 당신의 머리통을 발로 밟고 당신의 모가지를 오래오래 갈아 끊어 놓도록 하겠습니다. 돌멩이는 아직도 내 주머니 속에 있으니까요."(「갑사에서 울다」, 108쪽) 그 후에야 '나'는 뱀 꿈을 꾼 후에도 아무 일을 겪지 않는다. 이미 목소리로서의 뱀을 혹은 '당신'을 '나'에게서 끊어 냈기 때문이다.

4   더 큰 목소리 앞에서

안보윤과 김이설의 두 소설 모두 '세월호'라는 이 시대의 상처를 피해가지 않았다. 세월호는 이 시대의 고통을 표시하는 특별한 기표다. "세상에 자식 먼저 앞세우는 것들이 어디 너희들뿐이냐! 그만 좀 해라, 지겹다, 지겨워. (중략) 덕분에 다들 팔자 피게 생겼는데 대체 뭐가 억울하단 거야!"(「갑사에서 울다」, 107쪽) 이것은 '당신'의 목소리이면서, 그 뒤에서 참혹한 논리를 제공하는 권력의 목소리이기도 하다. 그것을 끊어 내야 한다.

김이설의 소설에서 아들의 죽음과 아이들의 죽음이 멀지 않듯이, 안보윤의 소설에서도 개인의 상흔과 세월호의 상흔이 멀리 있지 않다. 설혹 영광빌라 사람들의 삶처럼, 각자가 단절적이고 근시안적인 삶을 산다고 해도 그렇다. 우리는 모두 저 목소리 앞에 서 있기 때문이다. 우리는 모두 연루되어 있다.

> ─ 때로는 아무것도 아니라고 생각했던 것들이 세상의 전부가 되기도 한다는 건가요?
> ─ 반대이기도 하고. 세상의 전부라고 생각했던 게 한순간 아무것도 아닌 게 되기도 하니까.
> ─ 그럼 중요한 게 뭐라는 거예요?
> ─ 난들 아냐.(「때로는 아무것도」, 124~125쪽)

"때로는"(sometimes)과 아무것도 아님(nothing)의 만남. 우리는 시시때때로 우리에게 말 건네는 저 목소리 앞에 노출되어 있다. 목소리는 참으라고, 슬퍼하지 말라고, 행동은 금지되어 있다고 말한다. 그러나 그것은 우리의 내면에서 울려 나온 소리가 아니다. 그 소리를 끊어 낼 때, 혹은 그 소리에 대항하는 새로운 목소리를 발명할 때, 우리는 비로소 우리 자신의 목소리를 갖게 된다. 세월호 2주기가 지났다. 여전히 우리 주변에서 울려 나오는 무시무시한 목소리가 있다. 누구의 목소리도 아니지만, 누구의 목소리도 될 수 있는 그런 목소리. "이상해. 그런 건, 그리고 무서워."(「어쩌면 아무것도」, 126쪽)

그림자 앞에서

조해진과 정영수의 그림자 인간

1   동굴 속에서

동굴에 결박당한 죄수들이 있다. 입구를 등지고 묶인 채 결박당한 고개를 돌릴 수도 없어서 그들은 오직 동굴 벽면만을 볼 수 있다. 입구 쪽에 불이 있어서 광원(光源) 역할을 하고 있다. 불과 죄수들 사이에 담이 놓여 있고 그 위로 사람들이 인형극을 하듯 온갖 인물상과 동물상, 물품들을 들고 지나간다. 죄수들은 그 물품의 그림자만을 볼 수 있을 뿐이다. "만일에 이들이 서로 대화를 할 수 있다면, 이들은 자신들이 벽면에서 보는 이 것들을 실물들(실재, ta onta)로 지칭할 것이라고 생각지 않는가?"[1] 이것은 유명한 동굴의 비유다. 사람들은 동굴 밖의 참된 세상(실재계)을 알지 못한다. 겨우 동굴 벽에 비친 그림자 세계(현상계)만을 알 뿐이다. 사슬을 끊고 동굴 밖으로 나간 이가 실제 세계를 보고 동굴로 돌아와 이데아를 전한다고 해도, 죄수들은 믿지 않을 뿐 아니라 그를 죽이려 들 것이다. 플라톤이 보기에 현상계에 머물러 있는 인간들(죄수들)의 인식은 불완전하고

[1]   플라톤, 박종현 옮김, 『국가』(서광사, 2005), 449쪽.

제한적이다. 이들의 지식은 왜곡돼 있다. 이들에게 참된 실상(이데아)은 은폐되어 있다. 반면 동굴 밖의 세상은 불변하는 진리의 세계다. 현상계에 자기 그림자를 비추는 참됨을 이데아라고 부른다. "시각을 통해 드러나는 곳을 감옥의 거처에다 비유하는 한편으로, 감옥 속의 불빛을 태양의 힘에 다 비유함으로써 말일세. 그리고 위로 오름과 높은 곳에 있는 것들의 구경을 자네가 '지성에 의해서만 알 수 있는 영역'으로 향한 혼의 등정으로 간주한다면, (중략) 인식할 수 있는 영역에 있어서 최종적으로 그리고 각고 끝에 보게 되는 것이 '좋음의 이데아'이네."[2] 이데아는 모든 것에서 옳고 아름다운 것의 원인이다. 이데아는 현상계(가시적인 영역)를 낳고 진리와 지성을 제공한다.

이데아(idea)는 '봄'(idein)에서 온 말이다. 형상(eidos)은 '보다'(eidō)에서 온 말이다. 원래는 사물의 보임에서 파생되어 보이는 모양, 형상, 특성 등을 뜻하는 말이었다가, 지성에 의해 알아볼 수 있는 사물의 본질이란 뜻으로 전용되었다. 인간이 시선으로든 지성으로든 사물의 본모습이라고 파악한 모든 것은 이데아, 즉 관념이 된다. 이제 이데아를 이데올로기(ideology)라는 말로 바꿔 보자. 그러면 그것은 관념들의 촘촘한 망(網), 우리가 평생을 포획당한 채 그 자리에서 살아가야 하는 관점들의 총체로 바뀐다. 누구도 이데올로기의 포획 작용에서 벗어날 수가 없는데, 바로 그것이 자기 자신을 참된 것이라 주장하기 때문이다. 이름을 바꿔도 우리는 여전히 동굴에서 벗어나지 못한다. 이데올로기에 포획된 개별자가 그 망상(妄想/網狀)에서 벗어나려고 할 때, 바로 그 벗어남의 '실천'을 우리는 윤리라고 부른다. 그런데 우리가 여전히 동굴에 묶여 있다면, 우리가 대면하는 것은 윤리가 아니라 '윤리의 그림자'다. 이데올로기와의 투쟁은 윤리적 실천의 문제가 아니라 윤리의 그림자와 대면하는 문제가 되

---

2   위의 책, 453쪽.

는 것이다. 두 편의 소설을 통해 그림자의 작용을 확인해 보자.

2   첫 번째 그림자: 명명하기/잘못 부르기

타자(의 그림자)와 대면하는 첫 번째 방식은 명명하기다. 이름을 부르는 것은 타자를 특정한 관념(idea)(의 망)으로 포획하는 작용이기 때문이다. 그런데 관념은 실상이 아니기 때문에, 명명하기는 언제나 잘못 부르기다.

조해진의 「눈 속의 사람」[3]은 최근 조해진이 보여 주는 먼지의 존재론을 완성하는 듯하다. 다른 사람들에게 그저 먼지같이 보이는 존재감 약한 사람들의 이야기. 이들은 잠시 운집할 뿐 결합되거나 동화되지 않은 채 흩어지고 만다. "작은 바람에도 속절없이 흩날리는 먼지"[4]와 같은 삶, 그리고 흔적조차 남기지 않는 "눈 속에 파묻히는 이야기"(129쪽)들. 「눈 속의 사람」의 서술자는 30대 후반의 남성 기홍('나')이다. 기홍을 "기홍 씨"라고 호명함으로써, 불쑥 과거로 호출한 여인 정여진이 있다. 이 소설에서, 인물들에 대해 말할 때, 7년의 시차를 고려할 필요가 있다. 이들이 이렇게나 오랜 시간 연락조차 주고받지 않은 헤어진 연인이기 때문이다. 그런데 그때나 지금이나 기홍은 여진의 이름을 온전히 저장해 두지 않았다.

액정에 찍히는 다섯 글자가 과거에서 소환된 은밀한 암호처럼 보였던 것일까. 아니, 그 다섯 글자에 은밀함은 없었다. '구술팀와이'로 저장된 사람이 여진이라는 건 되새겨 볼 필요가 없었고, 우리 각자의 휴대폰에 서로의 번호가 삭제되지 않은 채 그대로 남아 있었다는 것 또한 직접적이고도

---

3   조해진, 「눈 속의 사람」, 《현대문학》, 2016. 7. 이하 본문에 인용할 때는 쪽수만 밝힌다.

4   조해진, 「문주」, 《문학사상》, 2015. 9, 111쪽.

자명한 정보였다.(109쪽)

7년 전 그녀를 만나 번호를 핸드폰에 저장할 때, "번호는 제대로 입력했는데 이름의 첫 음절이 '여'인지 '유'인지 헷갈렸다. 그사이 그녀는 이미 다른 사람에게 붙들려 의례적인 소개의 인사를 나누고 있었으므로 기홍은 다시 이름을 묻지 못한 채 일단 '구술팀와이'로 그 번호를 저장했다. 그 뒤 그녀와 같은 팀이 되어 책 한 권을 함께 완성했던 1년여 동안에도 기홍은 '구술팀와이'를 '여진'으로 수정하지 않았다. 게으른 기홍의 성격 탓도 있었고 "구술팀와이'가 익숙해서이기도 했다."(109쪽) 이름이 상대방을 대표하는 기호=관념(idea)이라면, "구술팀와이"라는 흐릿한 이름은 최초 관념의 희미한 그림자다. 여진이 끝내 기홍에게 구술팀와이로 남을 것이라는 사실, 7년 만의 만남이 그 어떤 것도 돌이키지 않은 채 끝날 것이라는 사실이 저 명명에서 드러난다.

두 사람이 7년 만에 재회하게 된 것은 구술팀에 있을 때 구술자로 만났던 최길남이 사망했기 때문이다. 최길남은 한국 전쟁에서 미군의 정찰병으로 징발되었으며, 산속에서 인민군의 흔적을 발견하면 셰퍼드를 보내 미군에게 알리는 임무를 맡았다. 세 번에 걸친 정찰과 진압 과정에서 사람이 시체가 되어 죽어 나가는 것을 본 그는 "죄책감과 수치심으로, 혹은 통한이나 무참함으로, 아니 그 어떤 감정으로도 메워질 수 있는 구멍이 그의 몸 안에서 만들어지는 진통의 시간"(114쪽)을 겪고, 은둔과 속죄로 여생을 보낸다. 그런데 한 극작가가 구술사 책을 본 뒤에 그의 사연을 희곡으로 쓴다.

책에는 이니셜 C로 등장했던 최길남 씨가 연극에서는 김명철이 되어 있었다.(113쪽)

최길남은 익명의 이니셜(C)로 은닉되었다가 다른 이름(김명철)으로 다시 모습을 드러낸다. 이 역시 잘못 명명하기의 예다. 연극은 김명철이 눈을 맞으며 "백색의 눈덩이"가 되는 장면(114쪽)으로 끝나지만, 실제 최길남에게는 다른 결말이 있었기 때문이다.

> 마지막 진압 때, 그토록 침착했던 개가 딱 한 번 흥분한 모습을 보였다. 미군보다 최길남 씨가 먼저 이상한 낌새를 파악하고 개가 으르렁거리는 쪽을 바라봤다. 시체 속에서 하나의 몸이 꿈틀거렸다. 팔다리가 짧고 몸통이 가는 연약한 생명은 그 순간 우주 전체가 되었다. 미군 한 명이 목줄을 잡아당기는데도 자리를 지키며 짖어 대는 개와 시체 사이에서 작게 꿈틀거리는 움직임을 번갈아 보던 최길남 씨는 이내 개에게 달려들었다. 그때 여길 물렸지. 말한 뒤 그는 소매를 걷어 움푹 파인 자국을 보여 줬다. 그 개랑 나랑 눈 위를 뒹굴며 한참을 싸웠다니까, 아마……(126쪽)

최길남은 자신이 미군의 "셰퍼드에 지나지 않다는 자조적인 생각"과 "고통조차 허물 같던 지독한 무력감"(114쪽)에 사로잡혔지만, 죽어 가는 생명 앞에 몸을 던짐으로써 마지막 남은 인간적인 자존감 하나를 끝끝내 지켜 낸다. 물론 그 행동이 평생의 죄책감을 대신할 수는 없었다. 그럼에도 불구하고 그 행동은 "아무도 알지 못하고 알려 하지도 않았던, 그래서 증언할 이유가 없고 거짓을 의심할 필요도 없는 한 사람의 고유한 삶을"(127쪽) 증언하는 미기록(오프 더 레코드)의 기록(구술사에 기록되지 않았으나, 채록자의 기억에는 남아 있는)이 되었다.

정영수의 「지평선에 닿기」[5]에서는 두 개의 축을 따라 이야기가 전개된다. '나'와 형의 서사가 하나라면, '나'의 여자 친구 '서지연'의 서사가 다

5   정영수, 「지평선에 닿기」, 《문장 웹진》, 2016. 7.

른 하나다. 지연은 미국 텍사스의 황무지 한가운데에서 살았다. 아버지가 대형 석유 회사에서 일하며 자주 집을 비워 그녀는 쌍둥이 동생과 엄마, 이렇게 셋이서만 집에 남겨질 때가 많았다.

그러던 어느 날, 초등학교에 입학하기 직전의 나이였던 두 아이가 이제 다 컸다고 생각했는지 어머니는 집에 둘만 남겨 둔 채 차를 몰고 마트에 갔고 그날 사건이 일어났다는 것이다. 그녀의 말에 의하면 둘은 앞마당에서 같이 흙장난을 하고 있었는데 어느 순간 고개를 들어 보니 동생이 사라지고 없더란다. 동생은 어머니가 집에 돌아올 때까지 나타나지 않았다. 어머니는 장을 보고 집에 돌아왔을 때 아이가 하나밖에 없는 것을 보고 아무 생각 없이 그녀에게 "주연이는 어디 있니?"라고 물었고(그녀의 어머니는 보통 엄마들이 그러하듯이 자식들을 정확히 구분하지 않고 생각나는 대로 이름을 부르는 버릇이 있었다.) 그녀 또한 별 뜻 없이 자신이 주연이라고 밝히는 대신 그저 "모르겠어."라고 대답했다. 서지연은 그 대답 하나가 모든 것을 바꿨다고 했다. 그 말을 한 그 순간부터 그녀는 언니 서주연이 아니라 동생 서지연이 되어 버렸다는 것이다. 동생이 영영 돌아오지 않았기 때문이다. (중략) 모두가 비통해하는 그런 상황에서 자신이 사실 지연이가 아니라 주연이라고 부모님에게 이야기하는 일은 전혀 중요하지 않은 일처럼 느껴졌을뿐더러 오히려 그런 얘기를 꺼냈다가는 호통을 들을 것만 같았단다. "지금 이 상황에서 그게 그렇게나 중요하니?"

동생이 납치, 살해된 사건이 일어난 후 모든 것이 변했다. 그녀는 자신이 주연임을 끝내 밝히지 못하고 지연으로 살아왔다. 부모는 비극적인 죽임을 당한 주연(사실은 지연)의 "모든 물건과 사진들, 그리고 옷가지들"을 전부 버리고, 마치 그녀가 없는 것처럼 행동하기 시작했다. 그런데 최초의 명명이 실패로 끝났기에(죽은 사람은 주연이 아니라 지연이다.) 지워진 것은 둘 다가 되고 말았다. 주연은 이름을 잃고 지연이로 살아야 했으므로 상징적인 죽음을 겪었다. 지연은 실제로 죽임을 당했다. 지연의 몸에서 살고 있는 이는 주연이었으므로, 지연은 유령에 지나지 않았다. 명명하기의 실패가 관념의 혼란을 불러왔던 셈이다.

3 두 번째 그림자: 거울놀이/ 반대로 비추기

거울은 나를 비추는 그림자다. 동굴의 빛이 대상의 윤곽을 제대로 비추는 데 반해, 거울은 역상(逆像)을 비춘다. 윤리는 관계에서만 발생하므로 타자를 목적어로 삼는다. 그런데 윤리의 그림자에서 타자는 흔히 자신의 거울상이 된다. 이것은 타자가 자아의 왜곡된 모습에 지나지 않는다는 뜻이 아니다. 거꾸로 타자야말로 왜곡된 자아를 바로잡는 진상(眞像)이라는 뜻이다. 처음부터 자아가 왜곡된 상이기 때문이다.

「눈 속의 사람」의 짝패로 돌아가 보자. 7년 전 그들이 만나던 시절, 기홍은 케이블 방송국에서 계약직 피디로 일했고, 여진은 역사를 전공하는 박사급 대학원생이었다. 직장도 학교도 이들에게 안정감을 제공해 주지는 못했다. 기홍은 케이블 방송국이 장기 파업에 들어가면서 백수와 다름없는 처지였고, (뒤늦게 밝혀진 사실이지만) 여진은 지도 교수의 추행을 참지 못하고 신고했다가 오히려 지도 교수에게 무고죄로 고소를 당했다. 둘 모두 현실적인 감각 자체가 없었고, "현실적인 계획이나 대응 방식을 갖고 있지 않았"(111쪽)다. 둘은 구술사 출판 기획에 참여하면서 만났다. "전쟁과 독재와 혁명의 역사 — 그녀와 나는 한국 전쟁을 맡았다 — 를 현장에서 경험한, 아직 생존해 있는 사람들의 언어로 새로 쓰겠다는 출판사의 기획 의도"(111쪽) 역시 이들에게 안정감을 주지는 못했는데, 책 판매량이 보장되지 않는 상황에서 도박에 가까운 투자였기 때문이다.

둘은 7년 만에 어색하게 만나 최길남의 장례식에 간다. 그러고는 7년 전과 비슷한 상황을 경험한다. 7년 전, 마지막 구술을 받은 뒤 둘은 "버스 터미널 대합실을 서성이다가 충분히 탈 수 있었던 막차를 놓"치고, "마치 오래전부터 그 순간을 준비해 온 사람들인 양 덤덤하게 터미널 뒤편 모텔로 들어갔다."(128쪽) 그러나 둘의 섹스는 실패한다. "그녀의 몸은 젖지 않지 않았고, 그 위에서 버둥거리는 내가 우스꽝스러워지는 지경이 되고 말았다. 아름다운 건 없었다. 비극이 물리적이듯 섹스도 물리적이란 생각뿐이었다. 안 되겠어요, 그녀가 지친 얼굴로 날 올려다보며 말했다."(127~128쪽) 새벽이 되자 기홍은 여진을 남겨 둔 채 버스를 타고 혼자 돌아왔다. 그러고는 서울의 터미널 대합실에서 그녀를 기다렸다. 여섯 시간 후에 "대합실로 들어선 그녀는, 그러나 나를 못 본 척하며 그대로 내 앞을 지나쳐 갔다."(121쪽) 기홍('나') 역시 여진을 붙잡지 못했다. 이들은 그렇게 헤어졌다.

7년 만에 만나 장례식에 참석한 둘에게도 동일한 운명이 기다리고 있다. "눈이 너무 많이 와서 막차도 못 타게 되었어요."(123쪽) 둘은 상주가 제공해 준 방에서 밤을 보내고, 기홍은 깜빡 잠이 든다. 새벽에 잠이 깬 기홍은 그녀를 찾아 뒷산에 오르고, 다시 만난 그녀와 서울행 버스를 타고 와서 헤어진다. 연락처를 묻고 만남 → 구술자를 찾아감 → 막차를 놓치고 같은 방에 들었으나, 진정한 만남에 실패함 → 한 사람이 먼저 떠남 → 시간차를 겪으며 재회했으나 별다른 말없이 헤어진다. 자, 일련의 과정을 보자. 7년 전과 똑같지 않은가? 다만 똑같지만 역상이다. 둘의 역할이 서로 바뀌었다. 만남(처음에는 기홍이 번호를 묻고 저장했으나, 나중에는 여진이 연락해 왔다.)에서 떠남(처음에는 기홍이 먼저 방을 떠났으나, 나중에는 여진이 먼저 방을 비웠다.)에 이르기까지 둘의 역할은 정확히 반대다. 이 거울 놀이는 역할극의 교대다.

정영수의 소설에서도 거울놀이가 계속된다. 앞에서 말한 주연/지연의 교체 역시 거울놀이에 해당한다. 산 자와 죽은 자, 상징적으로 죽은 자와 유령의 형식으로 살아 있는 자의 교대이기 때문이다. 그녀는 주연이 아니라 지연으로 살아왔다. 그녀의 부모가 죽은 딸의 물건을 모두 폐기하고 "이상하게도" 죽은 딸이 아예 존재하지도 않았던 것처럼 여긴다. 그리하여 한 소녀의 죽음은 "이상하게" 봉합되었다. 지연과 주연이 뒤바뀐 삶, 쌍둥이의 어긋난 삶인 터. 이렇게 이 둘은 그림자 구조를 갖게 된다. 그녀는 지연이라는 이름뿐 아니라 삶 전체의 반전을 받아들이게 된 셈이다. 그런데 이 모든 것을 뒤집는 반전이 또다시 일어난다.

"엄마, 나 사실 지연이 아니야, 주연이야." 나는 힘없이 누워 있는 서지연의 어머니의 얼굴을 살폈다. 그녀는 아무 말도 하지 않았고 표정에도 그다지 변화가 없었다. 서지연은 말을 이었다. "나 지연이 아니라고. 주연이라고." 그래도 지연의 어머니는 아무 말도 하지 않았다. 서지연은 잠시 기다리다가 쏟아내듯 말했다. "일부러 그런 건 아니야. 어쩌다 보니 그렇게 됐어. 지연이가 사라진 그날 엄마가 나한테 먼저 물어봤잖아. 주연이는 어디 갔느냐고. 어쩌다 보니 그렇게 된 거야. 다시 말할 틈이 없었어. 거기에서, 황무지에서 죽은 건 내가 아니고 지연이야." 서지연은 거기까지 말하고 말을 멈췄다. 그러고는 어머니의 반응을 기다렸다. 그녀는 멍한 얼굴로 허공을 바라보고 있었다. 그러고는 한참 동안 아무 말도 하지 않았다. (중략) 그러다 서지연의 어머니의 표정이 천천히 바뀌었다. 그녀는 잠시 후 놀랍게도 마치 순진무구한 아기 같은 얼굴을 하고 있었다. 그녀의 눈은 기이한 빛으로 반짝였다. 그러고는 천천히 입을 열었다. 그녀는 바람이 다 빠진 폐를 쥐어짜서 말하는 듯한 아주 작은 목소리로 말했다. 그 목소리는 너무 작아서 주의 깊게 귀를 기울여야 겨우 알아들을 수 있었다. 그녀는 이렇게 말했다. "주연아…… 네가 무슨 소리를 하는지…… 하나도 모르겠구나. 지연이가…… 도대체 누구니?"

지연(으로 살아온 주연)은 대장암으로 시한부를 선고받은 어머니를 찾아가 오랫동안 숨겨 놓았던 비밀을 말한다. 자신이 지연이 아니라 주연이라는 고백이다. 이것은 그녀가 그림자로서의 삶을 살지 않겠다는 선언일 것이다. 오랫동안 죽은 딸이 존재하지도 않았던 듯이 살아온 어머니였기에, 지연은 다른 말을 기대했을 것이다. 인용된 마지막 문장, 어머니의 마지막 반문에서 두 이름은 이렇게 바뀌어 있어야 했다. "지연아, 네가 무슨 소리를 하는지 모르겠구나. 주연이가 도대체 누구니?" 죽음을 앞에 둔 어머니에게서 기억의 착오가 일어났던 것일까? 아니면 역할을 바꾼 둘의 거울놀이가 실패로 돌아갔다고 말해야 할까? 확실한 것은 이로써 주연(혹은 지연)이 지연(혹은 주연)으로 살아야 했던 그림자극은 끝이 났다는 것이다. 이제 그녀는 타자의 거울이기를 그만두고 그녀 자신이 되었다.

그녀는 별일 없이 대학을 무사히 졸업했고 곧 미국으로 유학을 떠나게 되었다고 했다. 그녀는 사실 유학은 핑계고 그냥 미국에 가고 싶어서, 라고 말했다. 미국에 가서 차를 한 대 산 뒤에 옥수수밭이 아닌 황무지를, 지평선에 닿을 때까지 달려 볼 계획이라고 했다. 언제 볼지 모르겠지만 그래도 나라도 자신이 진짜 누구인지 알고 있어서 조금은 위안이 된다고, 고맙다고도 했다. "이제 나한테는 정말 아무도 없거든. 어린 시절부터 미국에 살아서 친척들하고도 전혀 모르고 지냈고. 그리고 알잖아, 나 친구 없는 거."

그러나 이 자리에 이르면 그녀가 혼자가 된 것은 그녀에게 아무도 없어서가 아니라, 그 모든 타자들의, 혹은 타자의 그림자들의 자리를 모두 다 지나왔기 때문임을 알게 된다. 지연이 납치당했을 무렵 했던 어머니의 질문, "주연이는 어디 있니?"라는 질문에 그녀가 비로소 온전히 대답할 수 있게 되었으니 말이다.

이 소설에서는 '나'와 '형'도 서로의 그림자다. 둘은 그야말로 빛과 어둠, 흑과 백, 존재와 비존재와 같은 거울상을 하고 있다. '나'는 가족의 테두리에서 벗어나 자유롭고 독립적인 삶을 꿈꾸며 성장했다. "어떤 관심사도, 가치관도, 윤리관도, 생활 습관도 공유하고 있지 않은데 사람이 그저 혈연관계라는 이유로 한 집에서 문제없이 함께 사는 것은 불가능한 일이었다."라고 말하는 '나'는 온 힘을 다해 공부를 했고, 그 결과 가족으로부터 벗어날 수 있었다. '나'는 안양 집에서 최대한 떨어져 있는 연세대학교 영문과에 입학했다. 반면에 형은 전과자였다. '나'는 사고 한 번 친 적 없이 순탄한 성장기를 보냈으나, 형은 초등학교 때부터 담배를 피우고 싸움을 일삼았으며, 결국 학교를 중퇴하고 끝내 교도소 신세를 지게 되었다. 따라서 '나'와 형은 모범생/문제아, 명문대생/전과자, 법을 아는 자/법을 어긴 자와 같은 역상(逆像)을 갖게 된다. 그런데 지연과 주연이 끝내 하나가 되듯이, '나'와 형도 서로의 거울이었음이 드러난다.

나는 여름 방학 동안 형을 자주 찾아갔다. 형은 『지하 생활자의 수기』를 재미있게 읽었다고 하고는 이것과 비슷한 것이 있으면 넣어 달라고 했다. 그래서 나는 형에게 나와 서지연이 읽은 '지하 생활자의 수기'형 소설들을 차례차례 건네주었다. 『외로운 남자』나 『우아하고 감상적인 일본 야구』 같은 책들.(제목 때문에 차마 『인간 실격』은 넣어 주지 못했다.) 형은 어떤 것은 재미있어 했고 어떤 것은 지루하다고 했지만 대체로 마음에 들어 했다. 나는 잠시 고민하긴 했지만 내가 좋아하는 '수용소 문학'도 넣어 주었다. 『이것이 인간인가』와 『숨그네』, 슈피겔만의 『쥐』나 『모래의 여자』 같은 것들. 다행히 형은 수용소 문학을 특히 재미있게 읽었다고 했다. (중략) 형은 그곳에서의 생활에 대해 나중에도 자세히 이야기해 주지 않았지만 나는 그 사실에 대해서는 지금도 종종 떠올리곤 한다. 불이 꺼지지 않는 방에서 고단한 몸을 누이는 사람들에 대해. 형은 "그래도 수용소보다는 나아, 『이것이 인간인가』? 와, 나 그거 읽고 유대인 아니어서 존나 다행이다 싶었잖아."라고 웃으며 말했다.

책 따위는 읽지 않을 것 같은 형이 '나'에게 책을 넣어 달라고 부탁해 왔다. '나'는 자신이 좋아했던 책들을 보냈는데, 형은 그 소설들을 탐독했다. '나'가 위의 책들을 읽은 것은 가족에게서 답답함을 느꼈기 때문이다. 속물적이고 상투적인 집안은 '나'에게 감옥 같은 답답함을 느끼게 했다. 그 속에서 '나'는 스스로가 '지하 생활자'라고 느꼈다..그런데 형에게 그 소설은 비유가 아니라 삶 자체였다. 형이 정말로 수용소에서 지하 생활자로 살고 있었기 때문이다. 그렇다면 '나'가 동굴의 그림자를 보고 있었다면, 형은 실재를 보고 있었던 것 아닌가? 여기서 둘의 자리가 역전된다. 어머니의 마지막 말에 의해 지연이 처음부터 주연이었던 것이 밝혀졌듯, 형의 말에 의해 '관념'적인 삶을 살던 '나'와 실재의 삶을 사는 형의 처지가 이제서야 밝혀졌던 것이다.

4　세 번째 그림자: 그림자이면서 실체인

자, 동굴의 비유로 다시 돌아가 보자. 사슬을 끊고 동굴 밖으로 나간 최초의 인간은 무엇을 보는가? 처음에 그 인간은 눈부심 때문에 실물들을 제대로 보지 못한다. 다시 동굴로 돌아온 다음에도 캄캄함 때문에 동굴의 그림자들을 올바로 식별할 수 없다. 실물도 그림자도 처음의 인간에게는 미분(未分)된 어떤 것이다. 빛에 익숙해진 다음에 인간은 순서대로 그림자, 물에 비친 상, 실물 들을 보게 된다. 궁극에는 "해를 그 자체로서 보고 (중략) 그를 포함한 동료들이 보았던 모든 것의 '원인이 되는 것'"[6]으로 인

6　플라톤, 앞의 책, 451~452쪽.

식하게 된다. 여기서 태양은 최후의 빛, 궁극의 진리, 불변하는 실체로서의 이데아다. 그렇다면 동굴 안에 놓여서, 동굴 벽에 그림자를 비췄던 그불은 무엇인가? 그것 역시 진정한 빛은 아니다. 태양으로 표현된 이데아를 형용하는 표상에 지나지 않는다. 결국 실체인 그 빛도 이데아의 그림자였다. 그림자이자 실체인 것, 여기서 우리는 타자를 취해서 자기 자신을 표현하는 윤리의 세 번째 그림자 형상을 얻게 된다.

그녀의 이름만 부르던 나는 어느 순간 소스라치게 놀라며 뒤로 넘어졌다. 떨리는 손으로 라이트를 비췄다. 저기, 검은 개가 있었다. 개는 마치 오랜 세월 산을 지켜 온 영물인 양 귀를 쫑긋 세우고는 몇 걸음 떨어진 곳에서 날 주시하고 있었다. 어둠 속에서도 몸이 탄탄하고 근육이 발달된 개란 걸 알아볼 수 있었다. 최길남 씨가 자신과 동일시했던 그 셰퍼드의 자손은 아닐까, 불현듯 그런 생각이 들었다.(125쪽)

「눈 속의 사람」에서 여진을 찾아 산을 헤매던 기홍은 환상인지 실재인지 알 수 없는 장면과 맞닥뜨린다. 비문도 없는 묘지를 지키던 개다. 기홍은 그 개가 최길남이 부리던 셰퍼드의 후손이 아닐까 짐작하지만, 확실한 것은 아니다. 아마 아닐 것이다. 기홍은 또한 최길남이 자신을 셰퍼드에 빗댄 것을 기억하지만 그 역시 아닐 것이다. 저 개의 형형한 눈빛은 결코 자조적인 빛을 띠지 않기 때문이다. 최길남이 평생을 죄책감 속에서 숨어 살면서도 유일하게 몸에 지니던 흔적, 어린 인민군을 지키기 위해 개와 싸우다가 남긴 손목의 흉터를 생각해 보자. 개는 유일하게 인간임을 증명하는 그의 저항적 행동의 대상이면서, 그에게 저항의 표식을 남겨 준 존재다. 따라서 개는 타자의 그림자이면서 주체의 표식이 된 것이다. 그가 저항한 대상이 그 자신의 표상이 되었기 때문이다. 이렇게 본다면 저 남녀의 7년 만의 재회 역시 무의미한 결말로 끝나지 않는다. 기홍과 여진은

7년 만에 만나서 동일한 경로를 거친 후에 헤어지지만, 기홍은 그녀의 모습에 최길남의 모습을 겹쳐서 본다. "보이지 않는 눈이 터미널 대합실의 지붕을 뚫고 내려와 그녀가 최길남 씨처럼 묵묵히 그 눈을 맞는 모습을 나는 상상한다. (중략) 눈 속에 파묻힌 이야기라면 그녀의 것이기도 하니까."(129쪽) 최길남이 타자인 개의 표상을 자기 것으로 삼았듯, 그녀도 최길남의 마지막 모습을 자기 것으로 삼았다. 기홍 역시 그랬다. "스탠드 조명 덕에 최길남 씨의 얼굴이 흐릿하게나마 보였다. (중략) 기묘하게도 영정 속 그 얼굴은 조금씩 나처럼 보였다."(124쪽) 결국 최길남을 찾아간 두 번째 여행은 그들 자신을 찾아간 여행이 되었던 셈이다.

정영수의 소설에서 형 역시 그렇다. 형이 출소하던 날, 가족들이 형을 맞으러 갔다.

형이 나왔을 때는 두부가 다 식어 있었다. 형은 어머니가 입에 넣어 준 두부를 한 입 베어 물었는데 어머니는 군이 그 한 모를 다 먹이려 들었다. "너 또 들어가려고 그러니? 이거 다 먹어야 다시 안 들어간다." 형은 서너 입 더 먹긴 했지만 한 모를 다 먹지는 못했다. 아버지는 형에게 그간 고생했다며, 먹고 싶은 거 있냐고 뭐든 다 사 주겠다고 했다. 형은 그냥 집에 가고 싶다고 말했다. 하지만 형이 그곳에 있는 동안 부모님은 이사를 했기 때문에 형에게는 그곳도 예전의 집이 아닌, 낯선 장소일 것이었다. (중략) 이십 분쯤 지났을까, 형이 다급하게 차를 세워 달라고 했다. 아버지가 갓길에 차를 대자 형은 구석에 가서 구토를 했다. (중략) 소화되다 만 두부 말고는 나오는 것이 없는데도 형은 좀처럼 구토를 멈추지 않았다. 형은 땀을 흘리며 계속해서 마른 구역질을 했고, 나도 조금씩 땀이 나기 시작했다. 차들이 먼지를 일으키며 우리 곁을 빠르게 지나쳐 갔고 햇볕은 우리 머리 위에서 따갑게 내리쬐고 있었다. 우리는 형이 배 속에 있는 모든 것을 비워 낼 때까지 아무 말도 하지 않은 채 햇볕 아래, 끓어오르는 길 위에 서서 형을 바라보고

서 있었다.

형은 개과천선의 상징인 두부를 결국 다 토했다. 개에게 물린 자국이 최길남에게 새겨진 타자의 흔적이듯, 구토는 용납되지 못한 형의 삶에 대한 흔적이다. 형이 바라는 건 집에 가는 것이었으나, 그는 구토 때문에 "햇볕 아래, 끓어오르는 길 위에" 있다. 형이 집에 있다가 체포되었다는 사실을 기억하자. 형은 귀가 중의 길 위에 있다. 반면 '나'의 삶은 끊임없이 집에서 나가는 것이었다. '나'는 가출 중의 길 위에 있다. 형이 돌아갈 집은 "예전의 집이 아닌, 낯선 장소"다. 그의 귀가는 완수되지 못할 것이다. '나'가 나올 집은 가족들이 사는 곳이다. 그러나 '나' 역시 끊임없이 호출될 것이다. '나'의 가출 역시 완수되지 않을 것이다. 그러니 형과 '나'는 서로의 타자이자 그림자가 되며, 바로 그런 타자로서 자기 자신이 된다. 바로 그 모습으로서만, 둘은 윤리의 그림자가 된다.

그들의 시간은 다르게 흐른다

김홍과 임현의 상대성 이론

0   그들의 시간은 다르게 흐른다

아인슈타인의 상대성 이론은 우리에게 새로운 시공간의 개념을 소개
했다. 이에 따라 절대적이고 균질적인 공간과 시간이라는 고전 물리학의
세계가 부정되었다. 이제 진리값, 즉 절대적인 측정 기준은 시간이나 공간
이 아니라 광속(光速) 즉 빛의 속도가 되었다. 시간과 공간은 광속의 항상
성을 유지하기 위해서 가변적인 것으로 변했다. 물체가 빛의 속도에 가까
워질수록 시간은 느리게 흘러서 광속에 이르면 정지하고 공간은 압축되
고 질량은 무한히 늘어난다. 그 어느 것도 광속을 추월할 수는 없다.

소설은 시간의 장르다. 서사를 시간의 도입, 전개, 전환, 매듭으로 바
꾸어 설명할 수 있을 것이다. 고전적인 서사론에서 시간은 절대적인 측정
도구였다. 여기서 고전적인 서사의 특징을 다음과 같이 간추릴 수 있을
것이다. 첫째, 시간의 3분할이다. 모든 서사는 현재를 기준으로 이전의 서
사와 이후의 서사로 나뉜다. 둘째, 불가역성이다. 시간적인 순서는 인과
성으로 재번역되고 재기술된다. 과거에 일어난 일은 현재에 일어난 일의
원인이다. 그 반대일 수 없다. 셋째, 분할 가능성이다. 시간은 삽화(에피소

드)의 형식으로 분할되어 서술될 수 있다. 이 액자들은 두 번째 특징의 일부가 된다. 넷째, 시제의 일치다. 첫 번째 특징을 따라 각 시간대에서 벌어진 일은 현재(서사가 장면화하는 바로 그 지점)로 수렴되어야 한다. 고전적인 시간의 법칙들은 모든 우연을 필연으로 환원한다. 때문에 모든 사건을 신화적인 것으로 총체화한다. 거기서 한 번 일어난 사건은 (동일한 조건이 주어지면) 반드시 다시 일어나게 될 것이다. 전형성의 개념이 여기서 얻어진다.

현대적인 서사론에서 시간은 상대적이고 가변적인 것이다. 시간의 불가역성(어쨌든 일어난 일을 부정할 수는 없다.)을 제외하면 다른 조건들은 부차적인 것으로 변했다. 시간은 말랑말랑한 것, 예컨대 조형할 수 있거나 신축적이거나 부가적인 것(필연적이지 않은 것)으로 변했다. 이제 인물들에게 주어진 시간들은 상대성 이론을 따른다. 두 작가의 작품을 통해 새로운 서사의 시간관을 검토해 보자.

1   하루와 모든 날, 실제와 상상, 노동과 감금을 뒤섞어 하루를 만들다

김홍의 등단작 「어쨌든 하루하루」는 달 탐사 프로젝트를 공약으로 내걸고 당선된 대통령이 등장하는 위트 있는 풍자 소설이다. 엉뚱하고 흥미로운 상상력은 「699.77」[1]에서도 이어진다. 이 작품은 물류 단지에서 일하는 노동자의 하루 일과를 담는다. 이 소설에 「어쨌든 하루하루」라는 제목을 달았다고 해도 나는 수긍했을 것이다. 물류 단지에서 보낸 하루는 24시간(실제로 소설에 나오는 시간은 13시간이다.)에 지나지 않지만 마치

---

1   김홍, 「699.77」, 《현대문학》, 2017. 4. 이하 본문에 인용할 때는 쪽수만 밝힌다.

1년 365일을 경험한 것과 같은 느낌을 준다. 거기서 보내는 하루하루가 동일한 노동으로 점철되어 있기 때문이다. 그런 동일성의 감옥에 갇혀 '나'는 특별한 상상(과거의 수용소에서의 탈출기)을 한다. 열탕과 냉탕을 오가듯 현실과 상상을 유쾌하게 오가지만 뒷맛까지 개운한 것은 아니다. 현실도 상상도 과잉 노동의 감옥이기 때문이다. 독자는 소설을 읽으며 둘을 오가는 이상한 서술 패턴에 길들여진다. 들고나는 서술의 요철(凹凸)은 모종의 리듬감을 갖는데 마치 등장인물 가운데 한 사람의 등판에 새겨져 있던 용이 현실로 미끄러져 들어왔다가 돌아가는 것만 같다.

본격적으로 소설의 시간 속으로 들어가 보자. 이 소설을 구획하는 '현실/상상'의 시간은 '노동/감금'의 시간이기도 하다. 노동의 시간은 다시 세 개의 시간으로 나뉜다. "이곳에는 최소한 세 개의 시간이 서로 다르게 흐르고 있다. 바코드를 찍는 시간. 물건을 쌓는 나의 시간. 마침내 다가온 밥의 시간."(63쪽) '나'와 'K'는 물류 단지에서 짝을 이뤄 상차와 바코드 입력 작업을 하고 있다. "물류 단지는 거대한 하나의 기계처럼 움직인다."(57쪽) 배송지에 따라 분리된 짐이 레일을 타고 내려오면 바코드를 입력하고 짐을 싣는다. 바코드를 입력하는 일이 상대적으로 쉽기 때문에 둘은 번갈아 가면서 500개씩 바코드를 찍는다. "정신없이 바쁠 때도 K와 '나'는 경쟁하듯 딴생각을 한다."(57쪽) 이 딴생각이 상상의 입구다. "그와 다른 곳에서 만난 적이 있다고 생각해 볼까."(58쪽)

'다른 곳'은 다른 시간, 바로 감금의 시간이 흐르는 곳이다. '나'와 K는 시설에 갇힌 수감자들이다. 여기에서는 인간이 기계의 지배를 받고 있다. '나'와 K는 외국 총리의 비밀 사절과 혁명 지도부 접선을 주도한 혐의를 받고 체포되어 이곳에 감금되었다. "나는 혁명이란 단어에 추상적으로 공감했지만 혁명적인 과업에 참여하거나 의식화 교육을 받지는 않았다. 지도부와 같은 지역에 살고 있거나 먼 친척이라거나 하는 등 관계없는 관계를 추궁당했다."(59쪽) 사실 죄목은 아무래도 좋다. 상상의 죄목이니까.

그들은 종일 기계들에게 괴롭힘과 고문을 당한다. 심문과 고문의 반복. 그리고 이들은 높은 건물들 사이에 둘러싸인 3층짜리 건물의 2층과 3층 사이(그러니까 의미심장한 2와 1/2층) 숨겨진 공간에 감금되었다. 감시병들이 삼교대를 하면서 수감자들의 인신 구속을 관리, 감시한다.

이때 옆에 있던 K의 질문이 끼어든다. 현실의 틈입이다. "오백 개 안 됐어?" '나'는 여전히 물류 창고에서 물류를 정리하고 바코드를 찍는 무료하고 고단한 반복 작업을 수행하는 중이다. 그리고 그 사이사이 다른 시간이 끼어들고 포개지고 점점이 스며든다. 가령 밥 먹는 장면을 보자. 여섯 시간 물류 작업을 하고 나면 식사 시간이다. 그러나 식사 시간은 시급으로 쳐 주지 않는다. 한 시간을 포기하고 그 대신 밥과 시간을 맞바꾸는 셈이다. "즙처럼 땀을 쏟아내고 몸을 계속 움직"(60쪽)이고 나면 금방 배가 꺼져 버린다. 마음에 드는 반찬을 마음껏 먹지도 못한다. '나'는 수감된 곳에서 먹었던 '마라탕'(그것도 간수가 경멸의 뜻으로 침을 뱉어서 건넨 음식이다.)이 이것보다 훌륭했다고 생각한다. 이 지점에서 형편없는 식사와 노동만 있는 현실에서, 날개 없는 중국 용이 날아다니는 시간대로 전이된다. 중국적인 분위기를 풍기는 감금 시설에서는 아침저녁 한 컵씩의 물만 허용된다. 때문에 이곳에서는 늘 목마르고 허기진다. 이곳에서 '나'는 언제나 탈출할 궁리만 해 왔다. "갇혀 있는 사람이 탈출에 관해서 생각하지 않으면 가두는 쪽이나 갇혀 있는 쪽이나 의미를 발견할 수 없기 때문에 꼭 필요한 일이었다."(63쪽) 결국 노동의 시간(현재의 물류 작업)/감금의 시간(상상의 수인 생활)은 현재/과거, 실재/상상, 상상하는 '나'/상상된 '나'의 격벽과 구분을 넘어서 서로 섞인다. 고된 노동은 고문과 같고, 열악한 식사는 경멸 섞인 침이 섞인 마라탕보다 못하다.

식사와 휴식 시간이 끝나고 '나'는 작업 레일로 돌아온다. '나'는 흔들리는 상자마다 각자 다른 소리를 낸다는 것을 알고 있다. '나'는 숫자에는 약하지만 소리에는 강하므로 상자를 흔들면서 그 내부를 상상하곤 한다. 택배 상자를 흔들면서 "ㅌㄹㅂ. 두 번 흔들면 ㅌㄹㅂ ㅌㄹㅂ한다."라고 말하는 '나'를 보면, 살아 있는 존재를 감금하는 존재가 바로 '나'와 K 같기도 하다. 이들은 작업장의 레일에 갇힌 신세이고. 그렇다면 이미 이 세계는 바코드로 이뤄진 세계이며 지금은 기계에 지배당한 시대가 아닌가. '나'는 국민 모래 스무 포대를 옮기면서 모래에서 규소를 뽑아 폭탄을 만드는 테러리스트의 얼굴을 상상한다. 그때 작업장에 울리는 여러 겹의 소리들. '나'는 이명을 듣는다. 다시 상상이 시작되는 순간, 사이렌이 울린다. 작업장의 모든 기계가 멈춘다. 사고인가? 관리자들이 나와서 기계를 고치고 조금 후 다시 컨베이어 벨트가 움직인다. 작업은 재개되었다. 멈췄던 기계 때문에 연장 근무를 할 생각을 하니 '나'는 당장 집에 가고 싶다. 하지만 그럴 수는 없다. 연장 근무 시간을 힘겹게 채우고 작업이 모두 끝났다. 명시되진 않지만, 대략 저녁 6시부터 아침 7시까지. 열두 시간과 추가근무 한 시간이다.

중간중간 끼어든 다른 시간대에서는 이런 일들이 벌어진다. '나'와 K는 뱀처럼 작아진 용을 따라 감금 시설을 탈출했다. 그들은 기계들의 감시에서 벗어나기 위해, 최대한 사람들 틈에 숨어 있어야 했다. 밤마다 사람이 북적대는 클럽에 가기도 하고, 광장에서 개최된 "사랑의 김장 담그기" 행사가 "혁명적으로"(69쪽) 붉게 변해 가는 광경을 목격하기도 한다. "덕분에 잡혀 갈 때는 단편적으로만 알고 있던 혁명의 대의를 어느 정도 이해하게 됐다. 양념이 젖은 김치를 횃불처럼 들어 올리면 나도 모르게 환호성이 터져 나왔다."(69쪽) '나'와 K는 이내 그곳이 그리워져서, 그들이 도망쳤을 때처럼 "중력에 대한 반작용을 이용"(73쪽)해 포물선을 그리며 건물 위로 날아오른다. 그러고는 그들이 감금되었던 건물 내부를 몰래 들여다본다. "우리가 묶여 있던 자리를 다른 누군가가 차지하고 있다."(74쪽) 상상의 시간에서 감행한 상상의 탈출기는 그들의 빈자리가 다른 누군가에 의해 신속히 채워진다는 것. 그들이 있건 없건 감금이자 노동의 시간은 여전히 지속될 것임을 보여 주는 것으로 끝난다.

노동의 시간도 애증의 대상이긴 마찬가지다. 이곳에 1초도 더 머물고 싶지 않지만 이 정도의 돈을 벌 수 있는 일이 많지 않다. '나'와 K는 "699 언저리에서 끊임없이 기만하고 화해한다."(74쪽) 둘은 500을 세고 넘기기로 했으나 그 선을 넘는다. 하지만 700을 넘기지는 않는다. 500을 넘었으니 상대방에게 과도한 노동을 요구하는 것이지만 700을 넘지는 않으니 어느 정도 상대에 대한 배려가 있다고 할 수도 있다. 그러니까 700은 중노동을 감당할 만한 제한선이면서 상대에 대한 배려가 부여한 양보선인 셈이다. 77은 '나'의 오늘의 기분. "77에 33을 더하면 100이 될 거 같은데 그렇지 않고 넘친다. 그래서인지 77은 슬프지만 33은 쾌활하다."(64쪽) 이제 "택배가 늦으면 빡치"(70쪽)는 시대, "택배는 기본권"(70쪽)이 된 시대다. 그 거대한 시대의 톱니바퀴를 돌리는 자들이 여기에 있다. 거기에도 어떤 제한선, 3분의 1쯤이 더해지거나(500이 700이 되듯) 감해지는(100이 아니라 77이 되듯) 어떤 적정선이 있다. 여기서 컨베이어 벨트가 부지런히 오늘과 구별되지 않는 어제와 내일을 실어 나른다.

이들이 보낸 것은 택배 컨베이어 벨트에서의 1/2하루지만 700을 세기 전에 여러 번 숫자를 바꾸었다는 데서 보듯, 이 하루는 여러 번 되풀이된 하루다. 즉 반복되면서 마모되어 어제와 구별할 수 없는 오늘, 내일과 구별되지 않을 오늘인 그런 하루다. 상대성 이론에 따르면 빛은 늘 광속이고 광속일 때에 시간은 0이다. 그래서 빛은 나이를 먹지 않는다. 그러나 중력이 센 곳에서는 질량이 0인 빛도 빠져나오지 못한다. 공간이 중력에 의해 휘어져 있기 때문에 매번 빛이 광속으로 달려도 그 공간 안에 갇혀 있기 때문이다. 이들의 하루가 바로 그런 하루, 다른 모든 날들과 똑같이 컨베이어 벨트에 갇혀 맴도는 하루다. 700에 도달하기 전(699)에 1로 변하는 숫자처럼. 여기에 접속된 다른 시간은 상상의 시간이지만, 거기서도 감금, 협박, 형편없는 식사, 모멸감 등은 똑같다. 그곳을 탈출했다고 해도 거기에는 똑같은 시간이, 똑같은 사람이 있다. 결국 상상의 시간 역시 이곳(노동)의 시간에 근거하고 있었던 셈. 이 시간은 다른 곳으로 접속한 게 아니라 같은 시간의 반복 위에 접속된 시간이다. 77이 100으로 채워지는 순간, 699도 700으로 변할 것이다. 결국 그들은 빛의 속도로 그 하루에 갇혀 있다. 시간은 컨베이어 벨트 위에서 영구 동력 기관처럼 불가능하게 반복된다.

2 운명과 일탈, 필연과 우연을 뒤섞어, 죽음과 만나다

앞에서 말했듯 광속이 절댓값이라는 것은 우리의 시공간이 광속의 종속 변수가 된다는 뜻이다. 우리는 어떤 경우에도 우리 앞을 달려 나가는 빛을 따라잡을 수가 없다. 여기, 그렇게 달려 나가는 시간에 관한 소설이 있다. 임현의 「그들의 이해관계」[2]에서 '나'는 갑작스러운 사고로 아내 해주를 잃는다. 명시되고 있진 않지만 둘은 부부인 것 같다. 해주가 세상을 떠난 뒤, '나'는 관공서에 신고하거나 각종 서류들을 해지하는 등의 행정적인 일을 처리해야 했다. 그 과정은 당연히 고통스럽다. '나'는 '그 사고'의 경위와 원인을 찾아다닌다. 사고 전 해주와 '나'의 사이가 그리 원만했던 건 아니다. 둘은 작은 일로 티격태격했다. 해주를 잃은 후에 '나'는 과거를 회고하고 반성한다. 그 반성은 되돌릴 수 없는 사고 때문에 뼈아픈 반성이 되어 버렸다.

이제 와서 나는 우리가 더 오래 같이 살았더라면 어떻게 됐을까, 자주 상상한다. 그랬다면 좋은 것과 나쁜 것, 얻을 수 있는 것과 잃게 될 것 들을

2　임현, 「그들의 이해관계」, 《문장 웹진》, 2017. 3.

구분하다가 결국에는 크게 싸웠을 거라고, 그런 날들이 지루하게 반복되다가 집히는 게 무엇이든 던지고 부수고 그랬을 거라고, 살면서 우리가 진짜 그랬던 적은 한 번도 없지만 아마 결국에는 그렇게 되지 않았을까. 붙잡거나 매달리는 일 없이 서로에게 할 수 있는 가장 매정한 말로 상처를 줬을지 모른다. 가능한 최악의 경우로 흘러가다가 매일매일을 후회하고 지난날에 좋았던 것도 실은 하나도 좋지 않았다고 고백하는 그런 사이가 되어 버리지 않았을까. 그럼에도 그게 무엇이든 더 괜찮아 보였다. 아무리 나쁜 상상을 해도 지금보다는 더 나은 결말 같아서 나를 몹시 슬프게 만들었다.

그런 시간이 있다. 일상이 개입하면서 조금씩 마모되고 지쳐 가는 삶. 끝내 좋은 것은 하나도 남지 않을 때까지 서로를 피폐하게 하는 삶이다. 하지만 그것마저도 "지금보다는 더 나은 결말"이다. 지금은 그 모든 과정을 '겪을' 시간 자체가 파괴되었기 때문이다. '나'는 이 급격한 파국을 여전히 '나'의 서사로 받아들일 수가 없다. 그래서 '나'는 해주가 어떤 경위로 사고를 당했는지 추적하기 시작했다. 해주는 도로에서 전복된 차량 때문에, 그 차량을 가린 짙은 안개 때문에, 이어진 다중 추돌 사고로 인해 목숨을 잃었다. '나'는 뉴스 속보에서 해주의 이름을 확인했다. 그것은 누구에게나 임할 수 있는 불운이었지만 여전히 질문은 남는다. "왜 이런 일이 우리에게 벌어졌나. 우리가 대체 뭘 잘못했다고."

'나'는 사고 경위를 조사하다가 그 "참사"를 "기적적으로" 모면한 고속버스 운전기사를 알게 된다. 그는 기적적으로 사고를 모면했지만 그 여파로 인해 해고되었다. 그 운전기사는 '나'에게 이런 얘기를 들려준다. 그에게는 '오경남'이라는 동료 (시내버스) 운전기사가 있었다. 그가 어느 날 자신을 찾아와 자꾸 귀에서 노랫소리가 들린다고 하소연을 했다. 아무에게도 들리지 않는 노랫소리가 자신에게만 들린다는 것. 오경남은 그 환청 때문에 정차해야 할 장소를 지나치거나 노선에서 벗어나곤 했고 그 일로 마침내 해고를 당했다. 그런데 오경남에게 들렸던 그 노랫소리가 사고 당일 자신에게도 들리기 시작했다는 것이다. 노선을 벗어날까 봐 걱정하던 그는 예정보다 휴게소에 일찍 들렀고 거기서 승객 한 명을 덜 태우고 출발하는 실수를 저질렀다. 차를 돌려 휴게소로 돌아갔으나 그 여자 승객, 그러니까 해주는 뒤따라오던 다른 버스를 타고 떠났다는 것이다. 그러고 나서 그는 사고 소식을 듣는다.

오경남과 고속버스 운전기사가 들었던 노랫소리는 무엇이었을까. 이상하게 접속된 그 다른 시간은 무엇일까. 노랫소리가 또렷했으니 노래를 부른 이가 있었을 것이다. 그런데 그는 운행 중인 버스 안에는 분명 없는 인물이다. 그러니까 오경남과 그는 어떤 비-존재, 존재하지는 않으나 현존하지 않는다고는 할 수 없는 어떤 외속적(外屬的)인 이의 부름을 들은 것이 아니었을까. 그 비존재는 어쩌면 해주일 수도 있다. 버스 안에 없으면서 (오경남이나) 그로 하여금 경로를 이탈해서 다른 길로 가게 만든 이, 버스 안에 존재하지 않으나(그녀는 노선 안에서 죽임을 당했으며, 그녀를 찾으러 간 돌이킨 시간-노선 안에도 존재하지 않았다.) 그 없음(비-존재)으로 인해 (오경남과) 그를 이탈하게 만든 이가 해주였기 때문이다.

그런데 한편으로 해주는 자신의 운명에 내속(內屬)된 인물이기도 하다. 그녀가 처음 휴게소에서 버스를 놓치지 않았다면 그녀는 처음 버스를 탄 채로 사고를 당했을 것이다. 그 버스를 놓친 후에 뒤이어 온 버스를 타고서도 그녀는 사고를 피하지 못했다. 먼젓번 버스를 사고 현장에서 떼어놓았으나 정작 자신은 그 죽음의 운명에 속해 있었던 것이다. 그녀의 시간, 혹은 그녀의 운명은 빛의 속도로 자신의 길에 정확히 이르렀다. 어떤 일탈도 그녀의 시간이 먼저 죽음에 도달하는 것을 막지 못했다.

이런 우화가 있다. 서머싯 몸이 각색한 것으로 알려져 있는 「사마라에서의 약속(The Appointment In Samarra)」이라는 이야기다. 옛날 바그다드에 사는 어느 상인이 시종에게 시장에 가서 물건을 사 오라고 시켰는데 잠시 후 돌아온 시종이 놀란 얼굴로 떨면서 말했다. "주인님, 아까 시장에서 한 여자가 절 거칠게 떠밀길래 돌아보았더니, 글쎄 그 여자가 바로 죽음이었지 뭡니까. 그녀는 저를 보고는 위협적인 몸짓을 해 보였습니다. 그러니 제발 제게 말을 좀 빌려 주십시오, 이 도시에서 달아나 운명을 피해 갈 겁니다. 저는 사마라로 갈 텐데 그곳이라면 죽음이 절 찾을 수 없겠지요." 상인은 말을 빌려 주었고 말에 탄 시종은 가장 빠른 속도로 질주해 떠나갔다. 그길로 상인은 시장에 와서 군중 속에 서 있는 '나', 죽음을 보고 다가와 물었다. "오늘 아침 제 시종을 보셨을 때, 왜 그에게 위협하는 몸짓을 하셨습니까?" "그건 위협하는 게 아니었어요. 그냥 놀랐을 뿐이죠. 바그다드에서 그와 마주치게 되어 깜짝 놀랐거든요. 그 사람하고는 오늘 밤 사마라에서 만나기로 되어 있었는데."

해주의 시간은 죽음이라는 운명과 얽혀 있다는 뜻인가? 겉보기와 달리 실상은 저 우화와 정반대다. 해주는 제때 버스를 타지 못하고 다음 버스를 탔다. 그런데 해주가 본래 버스를 탔더라도 사고가 났을 것이다. 우화 속 시종은 자신의 운명(죽음)을 피하기 위해 전속력으로 달려가서 죽음을 맞닥뜨렸다. 시종에게는 자신의 의지가 필연과 만났다. 반면 해주는 어느 버스를 탔어도 죽음을 피할 수 없었다. 해주에게는 우연이 필연의 길을 돌려놓지 못했다. 다른 이들(처음 버스에 탔던 이들)이 우연이나 기적, 행운을 말하는 동안, 해주는 불운도 아니고 운명도 아닌 어떤 필연을 맞았다.

광속은 언제나 그 속도로 제가 갈 곳을 주파한다. 그 속도에 가까워질수록 시간은 느리게 흐른다. 해주는 언제나 자신이 이를 곳(사고 지점)에 정확히 도착했다. 고속버스 기사는 반대로 노선을 이탈하면서 사고 지점에 이르지 못한다. 따라서 해주의 시간은 빛의 시간이다. 그녀는 언제나 저 지점에 버스보다 한발 앞서서 도착한다. 반면 고속버스 기사의 시간은 그녀를 따라잡지 못하는 무거운 시간이다. 그는 자신의 노선에서 이탈했고 언제나 사고 지점에 도착하지 못한다. 이 두 개의 시간 사이에 '나'(해주 남편)의 시간이 있다.

그날 저녁, 해주가 혼자서 좀 쉬고 오겠다는 말을 했을 때도 그런 기분은 여전했다. 그랬으므로 거길 왜 가려는 거냐고 묻지 않았다. 거기가 어디냐고, 누가 거기 있는 거냐고, 무얼 준비하는 사람처럼 새벽부터 서두르는 이유가 대체 다 뭐냐고. 그런 것들을 전혀 알지 못했으므로 해주의 장례식 내내 모르는 남자가 나타나 나보다 더 슬퍼할 것이 두려웠다. 그러는 순간에도 누군가는 내 손을 붙잡았고, 등을 두드려 주고 함께 울고 그랬으나 이런 의심들에 대해서라면 함부로 터놓고 이야기할 수 없었다. 그랬다면 더 많은 위로를 들었을 것이다. 무언가를 더 이해하려 들었을 테고, 그것으로 우리를, 해주와 나를 더 안타깝게 만들었을 거라고 생각한다.

해주가 여행을 다녀오겠다고 했을 때 '나'는 아무것도 묻지 않고 그녀를 보내 주었다. 그런데 정작 그녀의 장례식에서 '나'는 "모르는 남자"가 나타날까 봐 두려워한다. 이 의심은 사랑하는 이의 외도에 대한 의심이 아니다. 그녀의 시간이 자신을 떠나서 정확히 자신의 운명에 가닿았다는 깨달음 때문이다. '나'는 해주처럼 빛의 속도로 자신이 이를 곳에 정확히 이르지도 못했고 고속버스 기사처럼 자신의 노선에서 이탈하여 이르러야 할 곳에 도달하지 못하지도 못했다. '나'는 '정지'해 있다. 그러니 '나'가 그녀의 속도에 대해서, 그녀의 운명과 도착 지점에 관해서 무엇을 말할 수 있었겠는가.

누구든, 빛(죽음)을 추월해 달릴 수 없다. 우리는 빛보다 빨리 갈 수 없다. 제프리 베네트[3]의 재치 있는 설명처럼, 그런 질문은 북극에서 어떻게

---

3   제프리 베네트, 이유경 옮김, 『상대성 이론이란 무엇인가』(처음북스, 2014), 48쪽.

더 북극으로 갈 수 있는지를 묻는 것과 같다. 북극에서는 북쪽으로 갈 수 없다. 그것은 기술적인 한계가 아니라 불가능한 것이다. 상대성 이론에 따르면 동시적인 것은 존재하지 않는다. 상대성 서사 이론에서도 그럴 것이다. '나'의 관점에서 해주가 겪고 고속버스 운전기사가 모면한 참사는 동시에 발생했지만, 달리는 버스 속 해주와 운전기사에게 둘의 시간은 동시적인 것이 아니다. 우리는 모두 각자의 시간을 산다.

제프리 베네트의 말처럼, 시간의 흐름이 무엇을 의미하는가는 우리 스스로 결정해야 한다. 시공간의 관점에서 우리가 말할 수 있는 것은 "당신이 우주에 지울 수 없는 흔적을 남겼다"는 사실뿐이다. 이를 통해 우주적 관점(The Cosmic Perspective)에서 조망하는 우리 각자의 서사가 가능해진다.

이 많은 '나'들을 어찌할 것인가

윤이형과 김엄지의 유사-나(pseudo-ego)들

1   나를 묻다

인간의 모든 질문은 궁극적으로 '나'를 향해 있다. 질문을 수행하는 주체가 '나'이기 때문에, '나는 누구인가?'라는 질문은 모든 질문의 궁극적인 요체(질문의 질문)다. 나에 관한 질문을 '너'에게 떠넘기고 나면 신학이 등장한다. 내 존재의 근거를 신에게 위임하는 사고가 바로 신학이다. 나를 정신과 육체로 분할한 후에, 정신에 관한 질문(나를 나라고 인식하는 자기의식이란 무엇인가.)을 물으면 형이상학이 된다. 육체에 관한 질문(나를 구성하는 물성은 어떻게 의식을 출현시키는가.)을 물으면 유물론이 된다. 요컨대 나는 누구인가, 라는 질문은 이 세 갈래 영역을 순환한다.

그런데 한 가지 영역이 더 있다. '나는 누구인가?'를 질문할 때, 나는 질문하는 자와 질문의 대상인 자로 분열한다. 나는 발화 주체와 발화 행위 주체로 분열하는 것이다. 그런데 이 질문에는 답하기가 쉽지 않다. 질문의 주인과 질문하는 행동의 주인이 밝혀진다고 해서 모든 것이 밝혀지지 않기 때문이다. 나는 그 질문의 분열 속에서 또다시 분할된다. 발화의 행위는 발화를 통해서만 확정된다. 그 역도 마찬가지다. 나의 분할이라는 문제에 대해서, 두 작가의 질문을 통해 접근해 보자.

2   윤이형: 무수한 '나'들의 레플리카[1]

'나'는 사회적이고 역사적인 산물이다. 공간성, 시간성이 나를 구성하는 본질 구성적 요인이라는 뜻이다. 필연적으로 나에 관한 질문은 나의 공간성, 시간성에 관한 질문과 연루될 수밖에 없다. 따라서 나에 관한 질문을 명료하게 하기 위해서는 질문에서 시간이나 공간에 관한 요소를 공제해야 한다. 윤이형의 소설은 이 가운데 시간성을 공제하고, 공간성에 전념하는 것처럼 보인다. 윤이형에게서 시간은 이미 공간화된 어떤 것으로 주어진다. 이것이 윤이형 소설에 독특한 '사이-공간'을 선물한다.

> 오래전부터 경은 시간에 관한 표현들을 이해할 수 없었다. 시간이 흐른다면 그것은 액체이거나 기체여야 했다. 영어식 표현대로 시간이 날아간다면 그것은 날 수 있는 몸 구조를 지닌 생명체이거나 자신을 날려보낼 수 있는 힘과 관계를 맺고 있어야 했다. 경이 이해하는 시간은 그런 특질 가운데 어떤 것도 지니고 있지 않았다. 그것은 가루, 색깔도 맛도 냄새도 없이 불균질적으로 흩어져 있는 가루 무더기에 가까웠다. 시간은 스스로의 의지로 움직이지 않았고 경의 노력에 의해서도 움직이려는 기미를 보이지 않았다.
> 어떤 사람들이 하는 말, 시간이 자신을 어딘가로 데려갔다거나 데려왔다는 말 역시 경이 이해할 수 없기는 마찬가지였다. 시간은 언제나 그 자리에 그대로 있었고, 그 위에 두 발을 딛고 서거나 앉거나 누운 채, 혹은 몸의 일부가 그 속에 묻힌 채 움찔거리는 것은 경 자신이었다. 그렇게 수없이 만지고 피부가 쓸리면서도 경은 자신을 둘러싼 시간과 제대로 관계를 맺을 수 없었다.(「러브 레플리카」, 153~154쪽)

---

1   윤이형, 『러브 레플리카』(문학동네, 2016). 이하 본문에 인용할 때는 쪽수만 밝힌다.

이 독특한 시간관은 시간이 나를 구성하는 변화소(變化素)도 아니고, 내 행동을 추동하는 동인(動因)도 아니라는 사실을 폭로한다. 시간은 나와 무관한 채 문 밖에 흩어져 있는 "가루"와 같은 것, 접촉될 뿐인(시간이 저기 있다고 느낄 수 있을 뿐인) 사물에 가깝다. 시간은 정지된 채 변화하지도 흘러가지도 날아가지도 움직이지도 않는다. 그것은 단순히 공간에 "흩어져 있"다.

이 시간관을 이해해야 작가의 '레플리카(복제품) 메소드'를 이해할 수 있다. 「러브 레플리카」의 최경은 자신의 존재가 순식간에 다른 장소로 옮겨진다고 믿는다. 누군가가 먼 곳에서 자신을 똑같이 복제한 후에, "여기 있는 내 스위치를 끄고 저쪽의 나를 켜는 거야."(156쪽) 그러면 이곳의 나는 사라지고 저쪽의 내가 태어난다는 것. 그런데 그 과정에서 "뭔가 어긋나 있다"는, "제대로 옮겨지지 않았다는 생각"이 그녀를 사로잡고 있다. 의학적으로 그녀는 허언증이라는 진단을 받는다.

'나'(서이연)는 거식증을 치료하기 위해 다니던 병원에서 경을 만났다. '나'는 뚱뚱하다고 조롱하는 아버지와 사람들 때문에 한때 '나'는 거식증에 걸렸다. 극단적으로 마른 몸을 꿈꾸는 프로아나 커뮤니티 활동을 하기도 했다. 거식증은 음식만을 거부하는 게 아니다. 그것은 존재 자체를 거부하는 의식에 가깝다. '나'가 병들었듯이 경 역시 깊은 죄의식으로 병들었다. 경은 동네에서 자신에게 호의를 느껴 "남자 친구가 있느냐고, 괜찮으면 밥을 같이 먹지 않겠느냐고"(164쪽) 접근한 외국인 남자에게 두려움을 느꼈고, 그 이야기를 들은 부모가 남자를 신고했다. 경은 얼마 후 본국으로 추방당한 외국인이 자신의 처지를 비관해 자살했다는 기사를 보게 된다. 경은 그 사건이 자신의 이야기가 아닐 수 있다고 생각하면서도 죄책감에 사로잡혔다. 경의 다른 몸-되기, 극단적인 레플리카 꿈꾸기는 이때부터 시작되었다.

만일 시간이 변화소였다면? 그 스스로 흘러가는 것이면서 사람들을 변화하게 만드는 것이었다면 어땠을까? 경의 다른 사람 되기는 실패할 수밖에 없었을 것이다. '나'가 보기에 경은 단순한 환자가 아니다. 그녀는 '나'보다 열 살 연상이고, 풍부한 경험과 판단력과 식견을 가진 사람이다. 경과 일본 여행을 다녀온 후, '나'는 거식증에서 벗어나 점차 건강을 되찾는다. 그런데 경의 병은 더욱 깊어진다. '나'는 경의 입을 통해 재생되는 과거의 '나'의 이야기, '나'의 모습을 견딜 수가 없다. 타인의 기억을 복제하는 방식으로 삶을 유지하는 경의 모습은 '나'의 일그러진 표상이다.

'나'와 경, 둘은 거식증과 허언증을 앓았다. 거식증은 구토가 대표하듯 자신의 내면을 거부하는 증상으로 자기 부정의 표현이다. 그런데 경의 증상은 '자신이 말한 거짓말을 믿는 증상'이라는 의미의 의학적 허언증이 아니다. 오히려 경은 '나'(이연) 자신이 거부했던 바로 그 사람이 되고 싶어 했기 때문이다. "진짜가 아니면서 진짜 행세를 하는 것을 사이비나 짝퉁이라고 부른다면 그 반대의 개념을 가리키는 말도 있을까. 있다면 무엇일까. 적절한 단어를 찾지는 못했지만 내 눈에는 경이 그런 사람으로 보였다."(171쪽) 그런데 이것은 사랑의 깊은 표현이 아닌가? 나는 과거의 '나'가 된 경을 미워하고 거부했다. 그러나 경은 과거의 '나'였던 그 몸을 있는 그대로 사랑했던 것이다.

다른 몸-되기가 생성하는 사이-공간은 더 있다. 어느 날 '나'는 한 권의 책에서 경의 이름을 확인한다. 인권 운동가 열 명이 이주 노동자 작업장을 취재한 결과를 묶어서 낸 이 책을 보고, '나'는 저자 가운데 한 명인 최경이라는 사람이 바로 그녀라고 확신한다. '나'는 이주 노동자와의 아픈 추억이 그녀를 인권 운동가로 변하게 했을 것이라고 짐작한다. '나'는 출판사를 찾아가며 생각한다. "무언가가 나를 들어 여기에 옮겨 놓았다. (중략) 건강한 몸과 조용한 미소, 타인의 얼굴에 어린 빛을 알아보는 눈과 섬세한 마음을 지니고 있던 경. 그런 경을 좋아하고 닮고 싶어 했던 나."(175쪽) '나'(이연)마저 다른 사람-되기(경의 레플리카-되기)를 실천하고 있었던 것이다. 결국 '나'는 책의 저자가 자신이 알던 경이라는 확신을 얻지 못했다. 그렇다면 레플리카-되기는 실제로 여러 번 일어난 셈이다. 경의 '나'(이연)-되기. '나'(이연)의 경-되기. 경이 다른 최경-되기. 소설집의 제목이 『러브 레플리카』인 것도 바로 이 때문일 것이다. 이 모든 '다른 나-되기'는 사랑의 표현이다. 이를테면 이런 인사. "안녕. 이것이 나의 마지막 기억이다. 나는 이제 다른 곳으로 간다."(「굿바이」, 82쪽)

퀴어 연인의 이야기인 「루카」를 보자. '루카'와 '나'('딸기')는 퀴어 영화 커뮤니티에서 만나 사랑에 빠졌고 3년 동안 같이 살았다. 다른 연인들과 마찬가지로 이들의 사랑도 소모되고 탈각된다. 그러나 이 소설에서 진정한 타인은 따로 있다. 루카의 아버지가 그 사람이다. 그는 대형 교회 목사로, 아들 예성(예수와 성령에서 한 글자씩 따온 이름이다.)이 성소수자 루카라는 사실을 끝내 받아들이지 못한다. 그는 자신이 평생 투신한 세계와 배치되는 아들을 이해할 수도, 용납할 수도 없어서, 아들을 죽였다. 기억 속에서 아들을 죽이고 장례를 치른 것이다. 그것은 상징적인 장례. "그의 아들, 너는 죽은 적이 없었다. 교통사고가 일어난 적도, 장례식이 치러진 적도 없었다."(146쪽) 아버지로 대표되는 완고한 믿음과 전체성의 세계와, 루카와 '나'로 대표되는 다양성의 존중과 소수자의 세계가 따로 있었다.

루카의 아버지는 기억 속에서 아들을 지운 뒤 가족들과 함께 남미로 여행을 떠난다. 그는 우연히 블로그에 소개된 동물원 사진을 본다. 루한에 있는 동물원이다. 관광객이 우리 안에 들어가 커다란 사자와 호랑이의 머리를 쓰다듬는 장면이 담긴 사진. 그는 그 광경을 보고 극심한 두려움을 느낀다. "사진을 보는 것만으로, 몸이 말 그대로 떨릴 만큼요. 너무나 무서운데, 왜 무서운지는 모르겠고, 그래서 거기 가야겠다는 생각이 들었어요."(132쪽) 이 장면이야말로 성서에 나오는 이상적인 세계의 표상이다. 약육강식이 부정되고, 모든 존재자들이 존중받는 세계 말이다. "그때에 이리가 어린 양과 함께 거하며 표범이 어린 염소와 함께 누우며 송아지와 어린 사자와 살진 짐승이 함께 있어 어린아이에게 끌리며 암소와 곰이 함께 먹으며 그것들의 새끼가 함께 엎드리며 사자가 소처럼 풀을 먹을 것이며 젖 먹는 아이가 독사의 구멍에서 장난하며 젖 뗀 어린아이가 독사의 굴에 손을 넣을 것이라."(「이사야서」11장 6~8절) 이곳은 약육강식이 부정된 신의 세계다. 세상의 질서가 섭리로 정돈된 천상의 장소다. 그런데 이 이상향이야말로 루카와 딸기의 소수성이 존중받는 세상 아닌가? 아버지가 느꼈던 극심한 두려움은 여기서 온다. 그 자신의 믿음(전체는 항상 옳다. 전체에 배치되는 소수는 부정되어야 한다.)이, 정작 그가 가려고 하는 곳(이상향)에서는 통용되지 않을 것이라는 강한 예감에서.

한편 루카는 이런 시나리오를 썼다. 배경은 미래다. 모든 학생들이 전자뇌를 달고 집단 지성에 합류한다. 그런데 두 소년만이 전자뇌를 달지 않았다. 각기 다른 이유에서다. 전체 공동체와 단절되고 소외된 둘은 우연한 계기로 가까워진다. 소외된 둘이 서로를 돌보게 된 것이다. 미완의 시나리오에서는 이들이 끝내 수술을 받지 않은 이유가 나와 있지 않으나, '나'(딸기)는 그것이 사랑 때문일 거라고 확신한다. "그들은 곧 사랑하는 사이가 되었을 것이다. 설령 다른 이유가 있었다 한들 그 시점에서는 이미 중요하지 않아졌을 것이다. 그때의 나는 그렇게 생각했다."(142쪽) 그런데 루카 역시 그렇게 생각했을까. 사랑이라는 이름의 확신 역시 또 다른 완고함이라는 걸, 그때의 '나'는 몰랐다.

너는 나를 유일한 시민으로 갖는 사회가 되어야 했다. 네가 내 사회의 유일한 시민이었으니까. 너는 나를 온전해지게 하는 가족이었고, 속마음을 털어놓을 단 한 명의 친구였으며, 주기적으로 긴장감을 불어넣어 주는 지인이었고, 내가 살아 보지 못한 좀 더 나은 삶이었다. 나는 너라는 한 사람 속에서 그 모두를 찾고 구했다. 그 일이 잘못이었다고는 생각해 보지 않았

다.(「루카」, 143쪽)

루카와 '나'가 보여 주는 것은 동성의 사랑만이 아니라 나아가 사랑의 불가능성 그 자체다. 소외된 두 사람 사이에서도, 그들만의 간절한 사랑 속에서도 소외는 일어난다. 예성은 루카가 되었으나, 루카는 끝내 딸기가 되지 못했다.

「대니」 역시 보다 근본적인 차원에서 사랑의 불가능성을 보여 주는 아름다운 소설이다. 「대니」에서는 베이비시터 안드로이드가 등장한다. 여기 스물네 살의 젊은 청년 대니가 있다. 한 인간이 가질 수 있는 모든 선의와 봉사 정신, 이타심만 모으면 대니가 될 것이다. 애당초 그는 그렇게 설계되었다. 그는 폐기를 앞둔 순간까지도 선의를 버리지 않는 존재다.

'나'(민우 할머니)의 시점에서 기술된 사건의 전말은 이렇다. 대니가 이웃인 '나'에게 말을 걸었다. "아름다워." "아름다워요. 정말."(14쪽) 예순아홉인 '나'는 적잖이 당황한다. 그 이후 동네에서 자주 마주치면서 대니가 안드로이드이며 매우 선량한 청년이라는 것을 알게 된다. 대니는 '나'에게 무한한 친절과 호의를 베푸는 이웃이 되며, '나'는 대니의 둘도 없는 친구가 된다. '나'는 점차 대니를 향한 자신의 감정을 감당하지 못할 지경에 이른다. '나'의 생일날, '나'를 찾아온 대니는 '나'(와 민우)와 같이 살고 싶다고 말한다. 그 감정의 혼란을 견디지 못한 '나'는 대니에게 이별을 통보한다. 둘의 연락이 끊긴 뒤, 대니가 낯선 타인에게 접근해 친분을 쌓고, 그 친분을 이용해 돈을 요구하는 사건이 벌어진다. 그로 인해 대니는 폐기될 운명에 놓인다. '나'는 알고 있다. 대니가 자신과 함께 살 집을 구하기 위해 한 행동이라는 걸. 그런 행동의 원인 제공자가 바로 자신이라는 것을. "나는 일흔두 살이고, 그를 사랑했고, 죽였다."(47쪽)

안드로이드 대니는 자신에게 입력된 명령(인간을 속이거나 금전을 갈취해서는 안 된다.)을 어기면서까지, 자신에게 부여된 명령(시종 선의로 대하며, 이타적이고 헌신적이어야 한다.)을 성실히 수행했다. 연애의 가능성을 잃어버린 노인에게 다가간 스물네 살 청년의 사랑, 그것도 다른 어떤 가능성 자체가 부인된 순정이라니! 그런데 이 최초의 순수한 연정마저, 무의미한 우연에 지나지 않았음이 폭로된다. 대니가 취한 행동의 최초, 모든 이타적인 행위의 첫 단추가 어디서 기인했는지 밝혀진다. "그냥 장난이었어요. 그래요. 좋은 장난은 아니죠. (중략) 그게 그렇게 큰 잘못인가요?"(12쪽) 그것은 대니의 주인인 지희 엄마가 무심코 해 본 장난이었다. 할머니를 보면서 충동적으로 발휘된 선의의 표시였던 것이다. 그렇다면 우리는 그로 인해 파생된 수많은 감정들, 연쇄적인 또 다른 사건들, 그리고 관계의 파국까지, 그 모든 것을 무의미의 일부로, 우연의 장난으로 보아야 할 것인가? 아닐 것이다. "아름다웠나요?" 대니는 답한다. "잘은 모르겠어요. 내가 그 순간 무슨 의미로 그 말을 했는지요. 몰라서 미안해요."(43쪽) 이것이야말로 안드로이드 대니가 인간에게 보여 주는 내 안의 또 다른 나 아닌가? 대니는 자기 안의 알 수 없는 다른 나의 행동을 성실히 떠안고 그 행동에 부합하는 일관된 선의를 실천했다. 그 혼란스러움은 대니에게만 있는 게 아니다. 대니로 가장해 '나'에게 말을 건 지희 엄마 역시 "충동적으로"(12쪽) 그런 일을 벌였다고 말하지 않았는가. 결국 지희 엄마가 대니-되기, 대니가 노인의 애인-되기, 대니가 지희 엄마의 충동을 자신의 것으로 삼기 등 이 모두 러브 레플리카의 임무였던 것이다.

3   김엄지: 우연도 필연도 아닌 제3의 시간

윤이형의 소설은 '나'를 질문하기 위해 시간성을 공제했다고 말했다. 윤이형에게서 시간은 공간화된 어떤 것으로 주어진다. 그럼으로써 '나'가 배가되는 공간이 가시화된다. 윤이형의 기계 인간(스파이시), 안드로이드,

소수자는('나'를 증식시키고 치환하고 그 과정에서 결락을 만들어 내는) 이러한 사이-공간의 자식들이다. 이 레플리칸트(복제 인간)들은 사랑의 관계를 극명하게 보여 준다. 나의 '다른 나' 되기란 사랑하기의 다른 이름이 분명하다. 인간은 사랑의 레플리칸트들이다. 홉스를 비틀어, 인간은 모든 인간에 대해 레플리칸트라고 말해도 좋겠다. 윤이형은 공간화된 감각 속에서 인간이 인간에게 어떻게 관계 맺기를 이어 가는지 보여 준다.

　반면 김엄지의 소설은 공간성을 공제하고 시간성에 천착하는 것처럼 보인다. 일상적인 세계에서는 공간이 시간의 흔적이다. 이를테면 운동은 구획된 등간격의 시간 동안 나아간 거리로 설명되거나, 혹은 일정한 공간을 지나간 자취로 해석된다. 그런데 김엄지의 세계에서 공간은 무의미하게 반복되거나 뒤틀리거나 내던져져 있다. 윤이형의 시간이 "가루"가 되어 흩어진 것과 비교할 만하다.

　　그는 한 시간 동안 걸었지만 약도에 그려진 절을 발견하지 못했다. 그리고 그 뒤로 한 시간 더 걸었지만 절을 발견하지 못했다. 절을 기준으로 오른쪽 방향으로 가야 했다. 오른쪽으로 더 걸으면 계곡이 나타날 것이라고 주인 여자는 말했다. 약도 역시 그렇게 그려져 있었다. 그러나 두 시간을 걸어도 절은 나타나지 않았다. (중략) 그는 조금 더 걷기로 했다. 길이 나 있는 쪽으로 걷다 보면 무엇인가, 누군가와 마주칠 것이라는 기대 때문이었다. 그의 기대는 소박한 편이었다.[2]

　'그는 두 시간 동안 걸었지만 약도에 그려진 절을 발견하지 못했다.'라고 써도 이 단락의 정보는 보존되었을 것이다. 그럼에도 불구하고 작가는

2　김엄지, 「미래를 도모하는 방식 가운데」, 『미래를 도모하는 방식 가운데』(문학과지성사, 2015), 160~161쪽. 이하 본문에 인용할 때는 쪽수만 밝힌다.

'한 시간을 걷고 발견하지 못했고, 다시 한 시간을 걷고 발견하지 못했다.' 라고 쓴다. 이런 공간의 분할이 의미하는 것은 아무것도 없다. 그것은 그저 토막 난 두 개의 공간(한 시간 동안 헤매 다닐 만한 두 공간)일 뿐이다. 게다가 목적지에 이르지도 못했다. 김엄지의 소설에서 중요한 것은 차라리 시간성이다. 두 개의 시간은 동일한 간격의 시간이 아니다. 마라토너를 생각해 보자. 42.195킬로미터를 달리는 동안 마라토너에게 시간은 다르게 체험된다. 거리를 이야기하는 게 아니다. 물리적 거리로 측정하자면, 처음 10킬로미터와 나중 10킬로미터는 동일한 거리일 것이다. 하지만 시간은 그렇지 않다. 마라토너에게 처음 한 시간과 나중 한 시간은 질적으로 전혀 다른 시간이다. 피로감이 다르고 체험의 강도가 다르며 심리 상태가 다르고 목적의식이 전혀 다를 것이다. 마찬가지로 김엄지의 인물이 처음 경험한 한 시간은 그다음 경험한 한 시간과 전혀 다르다. 작가는 이런 이질적인 시간들을 묶어 독특한 '시간의 다발'을 만들어 낸다. 이를테면 이소설에서 서사는 끊임없이 지연되면서도 간추려진다.

산을 찾은 남자가 있다. 산에 올라 숙소를 잡고 주인 여자에게 계곡 위치가 그려진 약도를 받는다. 산길을 물어 계곡을 찾아간다. 그러나 그 약도에 그려진 계곡은 나오지 않는다. 주인 여자의 말과 약도를 믿고 길을 나선 남자는 "그의 믿음과 상관없이"(159쪽) 계곡을 찾는 일에 실패한다. 다음 날 다시 골짜기를 찾아 나선다. 그것은 대단한 열망이 있기 때문이 아니다. 오히려 그 반대에 가깝다. "그는 대체적으로 간절한 것이 없었다. 언젠가 그는 종교를 갖고 있기도 했다. 그때에도 그는 간절한 것이 없어서 기도가 늘 부실했다. 그는 자연스럽게 종교를 잊었다. 그는 이제 다이빙에 대한 열망도 잊을 것이다."(167쪽) 그러니까 이런 식이다. 절을 찾는데 실패하고 그는 돌아온다. 다음 날 그는 다시 절을 찾고 계곡으로 간다. 한 순간은 다음 순간과 이어지지 않으면서도, 어쨌든 이상한 중복에 의해서 다시 이어진다. 이것은 필연이 아니다. 필연이란 계기적이어야 하기 때문이다. 그러나 이 실패담에는 '그래서'의 논리도 없고 '그럼에도 불구하고'의 논리도 없다. 이것은 우연도 아니다. 우연이란 무관한 것들이 계기적으로 참여하는 것이다. 그런데 이 소설에서 무관한 것이란 아무것도 없기 때문이다. 이것은 이중 부정의 논리에 가깝다. 그는 계곡을 찾아가리라고 마음먹었고 계곡을 찾았다.(우연이 아니다.) 그런데 계곡을 찾는 데 실패했다. 어떤 절박함도 없이 다음 날 다시 그곳을 찾았다.(필연이 아니다.) 필연도 우연도 아닌 이 이상한 시간의 다발을 무어라고 이름 붙이면 될까? 이상한 시행착오와 비-우연, 비-필연으로 얽힌 시간의 묶음이란? 이것은 시간이 내장한 수많은 가능성들의 집합이다. 다시 말해 시간의 수많은 겹침이 하나로 묶여 있는 형국이다.

표제작인 「미래를 도모하는 방식 가운데」는 그 무의미한 시간의 연쇄를 극명하게 보여 준다. 무의미한 서사와 반복되는 시간. 김엄지의 소설에서 미래를 도모한다는 것은, 시간의 흐름으로 무언가를 지향하면서 나아간다는 것을 의미하지 않는다. 어떤 파편적인 순간들이 반복되고 무의미하게 중복되거나 탈락한다. 그렇게 해서 하나의 이야기가 만들어진다.[3]

「삼뺑의 즐거움」을 보자. 매번 돈을 잃는 호구 노름꾼 김영철은 어느 날 삼뺑을 당한다. 화투판에서 지독한 불운을 겪은 사람을 인정해 주는 게 바로 삼뺑이다. 삼뺑이란 한 판에 세 번을 연이어 '뺑'(내가 가진 패로 바

---

3 게다가 서사만이 아니라 문장 차원에서도 시간은 다발을 이루고 있다. 이를 다음 문장을 통해 확인할 수 있다. "그는 무서웠다. 부메랑 때문인지, 시뻘건 하늘 때문인지, 끊임없는 뺄 때문인지, 그중에 무엇이 무서운지 알 수 없었다. 알 수 없어 계속해서 무서웠다. 잠에서 깨기 직전이 가장 무서웠고, 그는 신음하며 잠에서 깨었다. 잠에서 깨었을 때 그는 엎드린 채로 이불에 얼굴을 묻고 있었다. 엎드려 잤기 때문에 악몽을 꾼 것이라 그는 짐작했다."(「미래를 도모하는 방식 가운데」, 166~167쪽) 무서웠다 — 무엇이 무서운지 알 수 없었다 — 잠에서 깨기 직전이 가장 무서웠다 — 잠에서 깨었다 — 잠에서 깨었을 때 엎드린 채였다 — 엎드려 잤기 때문에 악몽을 꾸었다. 이러한 문장 연쇄가 끝없이 반복된다. 이것 역시 미시적인 시간의 다발(의 형상)이라 할 수 있겠다.

닥에 깔린 패를 선택했는데 뒤집은 패가 역시 같은 패일 때를 말한다. 해당 패를 먹지 못하고 뻑을 가져간 사람에게 피 한 장을 헌납해야 한다.)한 경우를 말한다. 세 번 뻑하면, 기본 점수 3점을 취득한 것으로 인정받아 그 판을 이기게 된다. 그러니까 삼뻑이란 지독한 불운이 그 자체로 행운이 되는 역설이다. 그는 아들 팔광이 육상 종목에서 금상을 타서 받아 온 트로피를 잡히고 화투판에 끼어들었다. 아들의 운세 덕인지 삼뻑을 해서 트로피를 잃지 않고 돌아온 영철은, 그러나 돌아오는 길에 넘어져 트로피가 머리에 꽂히고 만다. 거듭된 불운(뻑)이 행운(삼뻑)으로 변화하고 행운(우승 트로피)이 불운(사고)으로 변환되었다고 말하고 말 것이 아니다. 그에게 불운과 행운은 동일한 것이었기 때문이다. 그날 화투판에서 돈을 잃지 않았다고 해도, 어차피 호구 노름꾼 영철은 다 털리게 될 것이다.

노름꾼 김영철이 보여 주는바, 미래는 예측 가능한 방식으로도 필연이나 우연의 형식으로도 오지 않는다. 그것은 도모할 수 없는 것이다. 그러면서도 세계 자체가 난데없이 온다. 한 번이 아니라 반복해서 온다. 어긋나게 오고 무의미하게 온다.[4] 「영철이」를 보자. 성실하게 살아온 가장이었으나 실직 후 아내에게 개보다 못한 취급을 받는 남자가 있다. 그의 이름은 (역시) 김영철이다. 온라인 바둑을 두면서 시간을 보내는 그에게 아내

---

[4] 이런 어긋남과 무의미함의 다발은 「기도와 식도」에서도 극명하게 드러난다. 「기도와 식도」에서 아버지를 교통사고로 잃고, 의붓어머니에 의해 정신 병원에 갇힌 신세가 된·소녀의 화법을 살펴보자. 오래전 나는 김엄지의 소설에 대해 이렇게 말한 적이 있다. 「기도와 식도」에는 모두 세 번의 교차가 있다고. 요약하면 이렇다. 기호의 의미를 정반대로 해석함으로써 참사(아버지는 빨간불을 무시하고 달렸다.)를 겪었던 언어의 오해가 하나. 세속적인 질문과 그것의 세속적인 대답을 통해서 엇나간 의도(새어머니에게 아버지 보험금의 행방을 물었다.)의 교차가 둘. 기도(祈禱)의 언어와 유희의 언어를 교차하면서 삶과 죽음의 간격을 없애 버린 교차(죽은 가족의 환영이 나타난다.)가 셋.(양윤의, 「언어(言魚)의 교차로에서」, 『포즈와 프러포즈』(문학동네, 2013), 313~316쪽) 삶은 끊임없는 언어의 교차와 의미의 오류로 요동치고 있는 것이다. 여기에 하나의 교차가 더 추가되어야 할 것 같다. 무의미의 교차. 정신병동에 갇힌 소녀가 세상을 향해 부르는 노래처럼. 물고기처럼 벙긋거리는 입의 놀림은 강렬하게 무(無)를 뿜어낸다.

가 우는 게 보인다. 아내가 아끼는 반려견 개영철이 집을 나간 것이다. 부부는 어두운 거리를 헤매며 개영철을 찾지만, 개들에게서 개영철을 구분하기란 불가능한 일이다. 김영철은 허공에 대고 개영철을 부른다. "워우월 월."(105쪽) 그러자 어디선가 화답하는 개 소리가 들린다. 김영철의 입에서 나온 개영철의 소리, 이것은 무의미의 방식으로 우리에게 육박한 시간, 필연도 우연도 아닌 다발로서의 시간이 만들어 낸 교차가 아니겠는가? 아내는 영철에게 말한다. "당신은 그냥 무야, 무. 차라리 진짜 무면 썰어 먹기라도 하지. 너란 인간을 도대체 어디에 써먹어. 어디에 써먹느냔 말이야."(85쪽) 그러나 그는 시간의 묶음을 통해 김영철에서 개영철로 사람에서 '개-되기'에 성공한 셈이다. 이 지점에서 김엄지의 소설은 윤이형의 소설과 만난다. 윤이형처럼 김엄지의 '나' 역시 영철(사람)에서 영철(개)로 옮겨 간다. 더구나 그는 18세 김영철이 되기도 한다. 어느 날 그는 온라인 바둑방에서 18살짜리 김영철과 바둑을 둔다. 바둑에서 진 어린 영철은 퇴장하기 직전 영철에게 욕설을 퍼붓는다. "나잇살 처먹고 반나절 바둑 두네 아 쪽팔. 너랑 이름 같은 거 존나 쪽팔."(105쪽) 영철은 어린 영철에게 이렇게 조언한다. "나와 이름이 같은 건 나도 유감이네. 자네의 미래가 나와 같지 않길 바라네."(105쪽) 김엄지의 '나'에게, 미래는 이렇게 도모된다.

양윤의

2006년 중앙신인문학상 평론 부문으로 등단하여 비평 활동을 시작했다.

비평집으로 『포즈와 프러포즈』, 『문학은 위험하다』(공저)가 있다.

현재 고려대학교 교양교육원 교수로 재직 중이다.

앨리스의 축음기

'언노운'과 '노바디'를 향한 비평의 편애

1판 1쇄 찍음	2020년 8월 31일
1판 1쇄 펴냄	2020년 9월 7일

지은이	양윤의
발행인	박근섭, 박상준
펴낸곳	(주)민음사

출판등록	1966. 5.19. (제16-490호)
주소	서울특별시 강남구 도산대로1길 62(신사동) 강남출판문화센터 5층 (우편번호 06027)
대표전화	02-515-2000 팩시밀리	02-515-2007
홈페이지	WWW.MINUMSA.COM

값 22,000원

ISBN   978-89-374-1239-4 04810   978-89-374-1220-2(세트)

＊이 책은 서울문화재단 '2020년 창작집 발간 지원사업'의 지원을 받아 발간되었습니다.